U0455319

这些漫游对我意义非凡，它让我清晰地确认了
世界与历史作为一张巨网的存在，而我们都在继续编织它。

想象另一种可能

理
想
国

imaginist

Unexpected Journeys from
Malacca, Honolulu and
Kafū Nagai's Asakusa

意外的旅程——马六甲，檀香山
以及永井荷风的浅草

许知远 © 著

云南人民出版社

图书在版编目（CIP）数据

马六甲、檀香山以及永井荷风的浅草 / 许知远著
. -- 昆明：云南人民出版社，2024.2
（意外的旅程）
ISBN 978-7-222-22601-2

Ⅰ.①马… Ⅱ.①许… Ⅲ.①随笔–作品集–中国–
当代 Ⅳ.①I267.1

中国国家版本馆CIP数据核字(2023)第245396号

特约编辑： 张 妮 郭 亮
责任编辑： 金学丽
装帧设计： 陈超豪
排版制作： 陈基胜
责任校对： 柳云龙
责任印制： 代隆参

意外的旅程：马六甲、檀香山以及永井荷风的浅草

许知远 著

出 版 云南人民出版社
发 行 云南人民出版社
社 址 昆明市环城西路609号
邮 编 650034
网 址 www.ynpph.com.cn
E-mail ynrms@sina.com
开 本 850mm×1168mm 1/32
印 张 25.625
字 数 410千
版 次 2024年2月第1版第1次印刷
印 刷 山东韵杰文化科技有限公司
书 号 ISBN 978-7-222-22601-2
定 价 158.00元（全三册）

目　录

马来西亚

003　从吉隆坡到槟城

010　伍连德

018　新南洋青年

026　马六甲的低语

035　逃离

日本

045　吉原漫步

054　钻石公主号

夏威夷

071　在夏威夷读永井荷风

080　鼠疫、维新与梁启超

098　檀香山的孙小姐

110　特朗普国际饭店与三民主义

117　遥远的密谋者

127　鲸鱼、牛群与革命者

140　隐喻的阴影

重返日本

149　银座的北京话

155　姜尚中与石川啄木

166　樱花与向日葵

171　塑料帘后的石川小姐

177　瑜伽、黑洞与世界图景

182　意外的放逐

191　暧昧的东京

196　难以理解的日本

205　过去还是未来？

209　离去

218　成田的"白日梦"

马来西亚

从吉隆坡到槟城

下午六点，太阳依旧灼人，我在乔治城（马来西亚槟城州的首府）已晃荡了一阵。中国街上的观音庙香火缭绕，一旁的小印度咖喱味袭人，一家休息的中餐厅里，一群老人在打麻将，清真寺祷告召唤声准时传来，离海岸越近，纯白的新古典建筑越醒目，它是维多利亚时代英国人的偏好。

你很容易被这城市的宗教与文化的多元性吸引。的确，这个位于马来西亚西北的岛屿，似乎就是为了这多元化而存在，它与马六甲、新加坡共同构成了中国与印度这两个古老文明的最初交汇地，穆斯林与扩张的欧洲人也随即到来。

在 19 世纪前半叶，直到新加坡崛起前，槟城是英国人所设立的海峡殖民地最初的首府，一个繁荣港口。它也是中国人下南洋的一个重要目的地。你看到那些高大的会馆、富丽的住宅，很容易想象中国人昔日的财富，这些财富还曾支援过中国。自 1910 年后，槟城取代新加坡成为同盟会的中心，孙中山曾多次到来。另一些重要人物汪精卫、胡汉民、戴季陶也曾至此。英俊的汪精卫还引来一位当地华侨女子陈璧君的爱慕，为他筹措刺杀醇亲王载沣的经费，并在失败后积极营救。

我也感到自己内心的变化。当我在 2020 年 1 月 22 日晚登上前往吉隆坡的航班时，仍未感到太多的紧张。是的，在武汉，新冠肺炎的病例已达几百起，各省市也开始出现。我首先感到的是愤怒，愤怒于一个庞大却一时失灵的机器，却并未觉得这个尚未被正式命名的病毒会带来多大影响。我估计，五天后返回北京时公众的恐慌或许已经减弱。十七年前，我经历过北京的 SARS，并不觉得眼前的一切会比当初更困难。

次日下午，我坐在茨厂街旁的明乐咖啡翻看《新海峡时报》，感觉到自己内心的分裂。"医院可以应对冠状病毒案例"，前卫生部副部长李文材（Lee Boon Chye）这样对记者说。此刻，马来西亚尚无一起病例。我感到一丝轻松。这轻松从走进吉隆坡机场时就已开始，我很高兴扯掉了飞机上一直佩戴的口罩，它让人觉得窒息、压抑。机场内、街道上，没人戴口罩，这景象令你倍感轻松。这个墙壁破败、露出红砖，头上吊扇缓慢旋转，坐满要么闲谈或敲着电脑键盘年轻人的咖啡馆，尤其令人松弛。它让我想起青年时从未实现的梦想，背包周游世界，住在陌生城市的小旅馆，结识各色陌生人，或许还会陷入短暂的爱情。这一切似乎已经为时过晚，不过想一想，也有少许隐秘的欢乐。

我忍不住浏览微信朋友圈，它是一个截然不同的世界。你看到系统应对的迟钝、自媒体信息的碎片化，一种扑面而来的感觉是，在应对一场危机时，我们很难分辨信息源是否可信，更失去了描述现实的能力。若你不能清晰地描述、分析困境，又怎么能找到解决方案？将近十年，我们越来越生活在一种扭曲的语言中，专业媒体缺失。当"大象"占据了主要空间时，人们就缩在一个娱乐与消费的狭小领域里狂欢，它导致了思想与情绪的高度浅薄与轻浮化。人们或许更快地购买、支付，更快地点一份外卖、下载一部电影、对别人作出评论，但对表达的完整性、连贯性与逻辑，则丧失基本的追求。当语言变得碎片、单调、夸张时，思想与情感也随之变形。我自己或许也是这溃败的一部分。"非典"暴发时，我任职的报社每天都在召开会议、派遣记者，寻求更多的信息，做出分析与评论。它或许并不能一定提供具体的解决方案，却是一种公共思想与意识的训练。如今，只有少数几家媒体仍坚持昔日的努力。

接下来的两天，我过着双重的生活。在清真寺的平台上闲逛，看着穿着白色制服、殖民风格犹存的酒店服务员将红色鞭炮挂起来，在唐人街一家酒吧里点上一杯"Chinatown Screwdriver（唐人街螺丝刀）"——这家酒吧是昔日的雪隆杂货行，孙中山曾到此串联华侨、募集资金，他是一把"革命的螺丝刀"，将那些散落各处的螺丝钉拧向革命的方向。他也是个全球旅行者。中国这个庞然大物生活于自己的强大惯性中，历史中常是由边缘人、外来者意识到它的困境，提供新的理解视角。在夏威夷、香港接受教育的孙中山就是一个彻头彻尾的局外人，被他的演说所鼓舞、慷慨解囊的海外商人与劳工则切实地感受到身为中国人所遭受到的屈辱，他们渴望一个强大的中国，让他们可以依靠，甚至能提供尊严及荣耀。那时中国在世界的形象，与奥斯曼帝国一样，是另一个"病夫"。这疾病不仅来自政治制度的失败、文化的衰退，也来自真实的疾病——普遍吸食鸦片，嗜好赌博、缠足，皆是身体与心理的疾病。

吉隆坡比我想象的小且破败，双子塔则更如某种大型玩具。这感觉或许与东南亚世界与中国地位的戏剧性变化有关。仅仅二十年前，吉隆坡、新加坡、曼谷仍是富庶、先进、自由的象征，海外华人在跨国公司有着更高的职位，代表更国际化的风格；能去新马泰一游，是令人羡慕的出国体验，人们仍在乐此不疲地谈论着东南亚华人富豪的世界。如今，它们更像是中国人的后花园。对于很多中国游客来说，这里高楼更少、街道更窄、物价也更便宜，它们怎么能与北京、上海、深圳、成都相比？即使对"中国模式"有所怀疑，你也深刻地感受到，自 2008 年起，中国的规模、影响力变成了时代的主题。学者们谈论着，历史的天平又摆了回来，一个复兴的中国让东南亚世界似乎回到了某种古老的体系，他们需要重新学会与巨人相处。

昔日英国人所建的老牌酒店，塞满了操着各式口音的中国游客，他们对墙上挂的那些老照片，以及刻意保留下来的爱德华时代风格没什么兴趣。我自己也是如此，即使再喜欢毛姆、彼得·弗莱明这样的旅行作家，我也知道自己难以成为他们的一员。任何一个国家的兴起，不仅是军事、经济上的，也是智识与情感上的。你可以批判昔日欧洲帝国的残酷与掠夺，但他们毕竟留下另一种遗产。在加尔各答旅行时，我惊异地发现东印度公司竟产生出这么多语言学家、历史学家与哲学家；在开罗散步时，我读到法国人破译古埃及文、福楼拜关于尼罗河的动人游记……我也不无惊奇地发现，这些帝国扩张年代的一些杰出的外交官、银行大班、巡警，同时也是植物学家、业余人类学者与勤奋的日记作家。

相较而言，尽管我们的影响力在五个世纪前就遍布东南亚，不管是郑和、福建巨商或苦力，早已深深植入当地社会，我们却很少留下对当地社会更深入的描述与分析，即使是关于自己的故事。我前来的马来西亚，只能在中文世界找到对此零星的记述，而在英语世界，他们为你分析这个国家的历史与现状、宗教与政治、食物与自然。你信任这些分析，并非因为他们正确，而是他们的观察视角。或许，我也在潜意识地抱怨。在英帝国衰落前，倘若你是个牛津、剑桥的毕业生，恰好也加入过某个俱乐部，你很可能就可以在半个世界畅通无阻，你总有机会接触到不同区域的风俗、富有思辨力的个人，或许还有机会陷入一场莫名的爱情，再写出一本后人翻阅的著作。你很难想象，一个普通的毕业生，会拥有类似的一张网络，让他／她周游世界。你更难想象我们的驻外新闻、商业、外联机构，也能成为知识生产中心，把他们对于其他地域与文化的理解带回中国，丰富人们对于外界的认知。

饮着 Chinatown Screwdriver，我陷入了沮丧。这个小小的唐人街，尽管带有近代中国的种种缩影，有着它自己的悲喜剧，见证着不同的时代浪潮，却几乎找不到关于它的任何详细记载。如今，海鲜餐厅里、服装摊位上是缅甸、孟加拉国的劳工，他们皮肤黝黑、工资低廉。在旅途中，你会一次次感到，我们似乎既不好奇于他人，也不关心自己，尽管对世界曾经、正在产生诸多影响，我们却忽视对此进行梳理与分析。

吉隆坡的景观只是我内心感受的薄薄表层，我的头脑与内心，完全被微信的世界占据了。消息一个接一个涌来，感染人数与扩散的地域数量迅速攀升，比疫情更令人不安的是一整套系统性的失灵与混乱。在一连串最初的延误之后，终于开始激烈反应，启动了或许是截至当时历史上最大的一次封城。我也被一种无力感包围。

伍连德

来到槟榔屿，原本是为了寻找孙中山的足迹，这是他全球旅行的重要一站。但到达后，另一位中国人更引发我的兴趣，1879年出生于此的伍连德（Wu Lien Teh），此时突然活跃在中国的社交媒体上。倘若孙中山试图治愈的是近代中国的政治疾病，伍连德则是更具体的疾病的克星，他领导了1910年东北鼠疫的医疗战役，是现代中国卫生系统的缔造者。突然暴发的新冠疫情，让中国陷入巨大的恐慌，也让这个被遗忘了多年的名字，再度浮现。人们对历史的兴趣，总与现实危机紧密相连，尽管对伍连德的信息所知甚少，却认定他代表了昔日中国的某种理性与希望。

"男女老少都来此点着红色蜡烛和线香，下跪祈求健康和财富……无数点燃的香烛所产生的浓烟，使人几乎窒息。"大年初三的观音庙，就像伍连德笔下的回忆一模一样。这一天寺庙发红包，很多印度人也挤在人群中。

伍连德就出生在这个观音庙旁，是一位金店老板之子。1850年代初，伍祺学从广东新宁（今台山市）到此讨生活，这是很多广东、福建人的选择。他们被官僚腐败、内战、贫困驱赶着，去南洋、金山寻找新的人生希望。他只带一个枕头、一副草席而来，凭借灵巧的双手，从一个金铺学徒到拥有了自己的生意，雇用了其他伙计。他娶了一位当地的客家女人为妻，他们孕育出一个十一个子女的大家庭。出生于1879年的伍连德，在家中排行第八。

最初知道伍连德的名字，是因为林文庆与宋旺相。后两者都是19世纪末到20世纪上半叶的新加坡华人社会的重要人物，他们接受了最佳的英文教育，却对中国有着强烈的归属感。林文庆更是直接卷入近代变革，与康有为、孙中山过从甚密，支持他们的政治行动。伍连德则以另一种方式应对了近代中国的危机——公共卫生危机。

这个时刻，我了解他的冲动前所未有的强烈。我从网上找到了伍连德自传，这是一次妙趣横生、又极富现实意义的阅读。自传从他一生中最关键的时刻开始。

1910年12月24日，当伍连德抵达哈尔滨时，他最担心即将到来的春节。次年1月31日，中国人将走亲访友，它可能导致病毒的大规模传播。

这个年轻医生，骄傲且敏感。他有理由骄傲，年仅三十一岁，已在天津陆军军医学堂帮办任上坐了三年，他有当时中国人少见的世界经验，曾在剑桥获得医学博士学位，在英国、法国与德国都从事过细菌学研究。他还身负重任，要应对东北突然出现的鼠疫。

9月初，一些病例开始在满洲里出现。患者多是农民，以捕获旱獭为生，这种啮齿类动物的皮毛，经过染色可以仿制成黑貂皮，高价出售。他们在高烧、咳嗽、咳血之后死亡，皮肤变成紫色。

这个中俄边境城市随即陷入恐慌，人们开始购买火车票，沿着铁路涌向东部与南部，很多人在哈尔滨下车。在哈尔滨附近的小镇傅家甸，病例从11月1日的二个增加到12月中旬的每日八至十个，没人知道原因是什么，包括经验丰富的老中医，即便他们是很多患者唯一可以求助的对象。

伍连德与他更年轻的助手，依赖的是另一种方法，他们随身携带了"贝克牌袖珍显微镜"，"各种染色剂、载玻片、盖玻片、盛着酒精的小瓶子、试管、针头、解剖钳……三大打盛有琼脂培养基的试管"。他们还准备解剖尸体，以了解病毒的根源。

他们先是前往傅家甸。一进入这个小镇，他就发现"居民惶恐不安、大祸临头的气氛。到处都有人交头接耳议论。人们谈论着高烧、咳血和突然的死亡，谈论着路旁和旷野被人遗弃的尸体"。地方官倍显无能，据说，同知章大人身穿一件肮脏肥大的长衫，给人一种效率不高或不足为信的印象。即使一些简单问题，他也回答得吞吞吐吐，模棱两可。

也是在傅家甸，他得到了一个解剖尸体的机会。中国人遵循着"身体发肤，受之父母"的传统，死者的家人或是收容者拒绝这一"野蛮"的行径。一个嫁给中国人的日本女患者成了第一例。据记载，伍连德与其助手切除胸软骨部分后，将粗大的注射器的针头插进了右心房，吸出足够的血液，放在两个琼脂试管里培养细菌，并用显微镜载玻片涂片观察。然后又切开肺脏和脾脏的表面，伸进白金接种环，挑取这些器官里的物质进行必要的培养和涂片观察。将感染的肺、脾和肝各取出二英寸乘二英寸大小的组织放进盛有 10% 福尔马林液体的瓶子里。

确认是鼠疫杆菌后，伍连德特意邀请道台、同知章和警务长在显微镜下观察病菌，试图向一脸茫然的他们解释医学原理。他得出结论，病菌的传播途径并非从老鼠到跳蚤再到人，而是直接的人传人。他建议，在满洲里与哈尔滨之间实行严格管制；派人巡查其他道路与河道；傅家甸也要提供更多房舍收留病人，隔离患者，京奉铁路也必须采取防疫措施。

他还深知国际合作之必要。当时哈尔滨不仅是一座中国的城市，也是大量俄国人的聚居地，事实上，它正因修建西伯利亚铁路而起。他要赢得俄国铁路管理局总办霍尔瓦特将军的支持，借用货车车厢隔离病人，他还逐一拜访日本、英国、美国与法国领事。他的专业训练与流畅英文并未赢得相应的尊敬，他的黄皮肤面孔以及背后的中国政府，让这个年轻医生的可信度大打折扣。

之后的半个世纪，中国陷入一次又一次危机，它自我革新的速度常常比不上腐朽、衰败的速度。这场鼠疫不过是它遇到的诸多危机之一。在当时的北京，一场更大的政治危机也日益突显。流亡海外的孙中山、康梁的声音暂时微弱下去，但国内的变革呼声却日益响亮。从杭州到武汉，从南京到西安，各地的请愿团体都一波接一波提出迅速立宪的主张。这个体制的根本矛盾已不可回避——清朝已没能力统治这个庞大的帝国，他们的无能导致了全方位的失败与屈辱。慈禧太后与光绪皇帝在两年前几乎同时离世，让这个本就摇摇欲坠的政权，失去了最后的黏合剂。年轻的醇亲王与他的满人权贵们的本能反应是继续收紧控制，排斥政治参与。

在这样的全面危机中，一场鼠疫也必然会被高度政治化。俄国人与日本人正在争夺在"满洲"的影响力，他们多少期待借由这一事件扩张自己的权力。因此，伍连德之行也充满了政治含义。

我从中华街走到国王街、皇后街，想象伍连德童年成长的印记，也多少理解为何伍连德能在1910年危机中脱颖而出。如果他1879年出生于家乡新宁，聪颖、勤奋且运气好，他可能在1905年废除科举前，获得一个功名，也可能东渡日本，成为孙中山或梁启超的追随者。他是不太可能接受西式的医学教育的。而在槟榔屿，他一开始就成长于多元文化中，进入英文学校大英义学读书，接受了当时流行的绅士式教育，学习文学，热爱体育，注重团队精神，对人公平。考取"英国女皇奖学金"让他有机会前往英国接受教育——这也是帝国统治术的一部分，在殖民地中选拔精英，接受最优良的教育，让他们成为当地人与伦敦统治者之间的桥梁。剑桥提供的训练与国子监、翰林院截然不同。他也在前往伦敦的旅途中，剪掉了脑后的辫子，以一名现代绅士自居。在接下来的时光里，他穿梭于东西方，在他语调轻快的自传中，很少提及当时普遍存在的种族歧视——东方之衰落不仅是制度与技术上，更是人种的。这身份上的困惑也必定给予他另一种动力，他要在各方之间保持平衡，也要更依赖于自己的能力，除此之外他没有任何依靠。

当他返回海峡殖民地，则要扮演双重角色。他既是一名医生，也要扮演社会改革者的角色。他写文章呼吁华人社会的革新，成立禁烟协会，抵制鸦片，呼吁女子教育。他也招致了孤立与报复，被人陷害私藏鸦片，蒙尽羞辱。

恰在此刻，施肇基的邀请到来。他比伍连德年长两岁，虽出生于江苏吴江，却没有走上才子文士之路，而是在上海圣约翰大学接受英文教育。他后来赴美成为使馆翻译，旋即令人惊异地辞职，进入康奈尔大学读书。1905年，他一回国，就加入了端方与戴鸿慈领导的宪政考察团，途径槟榔屿时，他与作为社区领袖的伍连德相识。作为当时少量接受过纯正西方教育的新人物，他们必定惺惺相惜，他们更知道中国的困境与局限。

抵达中国后，伍连德展现了高度的灵活性与适应性。在正打算前往北京时，慈禧与光绪先后离世，接着他在天津陆军学堂的保护人袁世凯下野，他迅速找到了新的保护人，为了拜见陆军大臣铁良、肃亲王这些满人权贵，他熟练地穿好了清朝官服。

在天津任职时，他遇到一小群昔日的留美学童，他们曾随容闳前往美国读书，突然改变的政策中断了他们的学业。此刻，他们已人到中年，回到中国多年，却"依旧说着英语"，回忆往昔。与同代的日本留学生不同，他们从未进入政府核心，发挥他们的优势。

伍连德比他们幸运。哈尔滨给他提供了一个历史性的舞台。国际压力加速了北京的紧张，更多的志愿者前去哈尔滨支援。其中北洋医学堂的法国首席教授梅尼的遭遇尽管不幸，却极大地帮助伍连德获得了威望。1911年1月2日抵达，这个傲慢的法国人期待取代伍连德，成为防疫事务的负责人。三天后，当他检查病人时，没有听从伍连德的建议佩戴口罩，随即被传染并去世。连这位权威都无法自保，这加剧了恐慌。恐慌使防疫工作加速，人们普遍接受了口罩，所有的官员与群众也开始摆脱之前的迟钝与麻木。

新南洋青年

他突然停下来，扭头盯着我，凸起的白色 N95 口罩上方，一双眼睛透过镜片，流露出困惑。我正斜躺在椅子上，啜下一口过甜的槟城白咖啡，看着院落里的芭蕉以及吊角屋檐。

这家 Boutique Hotel 有一个令人浮想联翩的名字，"乐林"，典雅烫金的汉字匾额，悬挂在门上方。这中式院落与西洋结构的混合，散见于东南亚的很多城市，这里也如此。你或许会猜，这定是当年哪个富裕的华商的住宅。

坐在乐林的庭院中时，我突然想起口罩。在寻找伍连德成长的昔日踪迹时，我忘记了去便利店买口罩。但在街道上，你感受不到紧张，人人松弛、开心，偶尔有戴口罩的，可以猜出他们是中国游客。在柔佛州已确诊了三位患者，是从新加坡前来的中国游客，这在媒体上引发了一些可控的恐慌，吉隆坡机场里佩戴口罩的人明显增加。而在这个海岛上，阳光，微风，似乎对疫情没有半点感知。只是在当地的《光华日报》上，提及一艘载着上千中国游客的游轮将短暂登岸，一些读者用马来文留言，颇感焦虑。

几天来，病毒已开始在世界肆虐。过去十年，"中国制造"转变成"中国消费"。很多国家即使对中国游客的种种举止有所不满，却都依赖于他们的购买力。十七年前，SARS的暴发引起了全球性的恐慌。那一年中国的神舟五号成功升空，仿佛让人看到一个大国的崛起。比起十七年前，现在中国对世界的影响更大，它与其他国家之间的人员、货物、金钱的流动更为深广。

疫情的焦虑，越来越浸入我心里。它减弱了旅行的乐趣。我为自己的无能为力懊恼，甚至有一种逃离现场的怯懦感。我又希望延长这段旅行，返回此刻的北京，但即使机场空荡、顺利到家，那股禁闭在家、谣言四起、恐惧弥漫的气氛，也同样让我不安。潜意识里，我希望有那么个恰当的时刻，可以安全与顺利地回去。

在泳池划伤了脚，处理伤口的医生问我从哪里来，我说是中国。他几乎本能地加入了一句，"哪个部分？"我意识到他的顾虑：是武汉吗？医生专业、礼貌，你知道他并无其他意思，但还是有某种警惕。他必定搞不清武汉或者湖北省位于中国哪个位置，就像我搞不清砂拉越在马来西亚哪个方向，但过去一周，"Wuhan"这个名字已经传遍世界。我赶紧说是北京，却也知道中国人本身就是可疑的。

湖北通向外界的道路封闭了，其他省份各个城市、县城、乡村也对过路者充满怀疑，原本在假期前往世界与中国各地旅行的湖北人，一夜间发现自己变成了另一种"难民"。在国外，他们被视作令人不安的潜在感染源，在国内他们的境遇同样难堪：旅馆突然结束了他们的住宿，各地拒绝他们的车牌入境，他们也回不去湖北，一些人在公路上盲目地行驶。

在旅途中，我偶尔会碰到热情的游客前来攀谈、留影，与他们握手时，我也下意识地缩了一下手。他们充满体谅地说，我们不是湖北来的。

在这下午的槟城小院中，这个盯着我的人，脱下了口罩，露出一张消瘦的脸，说读过我的书。他看着四十岁出头，手里提着一大包东西，身旁是一位穿花连衣裙的姑娘，有一种并不令人反感的俗艳。我问他从何而来，他说自己是温州人，旅途中发生了疫情，那一大包是刚买的口罩。槟城尚未有病例，中国游客还少，口罩供应仍充足。他说，接下来要前往新西兰，感觉一时回不去了。

很可惜，我没有追问，他作何营生，对于此刻的局势怎么看，到了新西兰，又作何打算。如今，我们都在遥远的地方感知中国。他是我的同龄人，是市场化改革、全球化的受益者，体验着日渐扩展的个人自由，或许也对未来有着种种期待。在这个特殊时刻，我们也该分享某种特别的命运感。尽管经常被说成自私、彼此排斥，中国人却自有一种特别的魅力，一旦与你熟悉、信任你，会乐意与你分享自己的一切。我们还拥有一种灵活的、特别的创造力，可惜，似乎总没有一种制度能够匹配我们的活力，或许也正是因为缺乏制度提供的安全感，我们才需要如此灵活，建立一个可依赖的熟人社会。说不清楚，是什么东西压抑住了我职业性的好奇心与本能的亲密，当他离去时，我反而有了少许的放松。

那时我正与Dennis有一搭没一搭地聊天。这个二十四岁的年轻人，头发一丝不苟，鬓角修得整整齐齐，圆脸庞还挂着显著的孩子气。他斯文有礼，白衬衫、白裤与皮鞋，像是老照片里走出的南洋青年。

我们是在昨晚的一场聚会中认识的。露天烧烤、喝啤酒、在餐桌上闲聊后，打牌小赌，是当地华人家庭的常见活动。斜对面的极乐寺被荧光灯包围，在夜晚熠熠闪光。它是本地最知名的寺庙，慈禧太后、光绪皇帝与康有为都在其中留有墨迹。这也是海外华人与故国联结的方式。他们生活在两个帝国之间，大英帝国代表着现实的权力，中国依旧代表着更重要的身份归属，尤其是文化意义上的。

我想与人谈谈伍连德。他不仅出生在这里，也葬于这里。他在中国的辉煌事业持续到1937年，经历了从晚清到北洋再到南京国民政府时代，尽管政权屡经更迭，他的事业却不断扩展，帮助中国建立了初步的现代防疫机制。他的国际声誉也不断上升，如果没有记错，他还在1935年被提名诺贝尔生理或医学奖。中日战争的爆发，迫使他回到家乡，先是在怡保执业，后回到槟城，执笔写作这部迷人的自传。

我多少有些意外，很少有当地人知道这个名字。设计鞋子的Jimmy Choo（周仰杰）才是此刻最知名的槟城人。只在一家娘惹博物馆里，我看到了印刷粗糙的伍连德的英文自传。他是英帝国教育的产物，一生都在为自己不能熟练运用中文不安。

Dennis 知道这个名字，尽管并不了解。他的信息不是来自当地历史，而是中国的社交媒体。他是第三代移民，爷爷为躲避战争，从厦门而来。他就读于本地著名的钟灵中学，这所学校是孙中山昔日的追随者所创办，一心要为革命做教育的准备。在普遍偏重实用性知识的同学中，Dennis 像个异端。他对李敖与康德颇有兴趣，喜欢前者的引经据典，对后者虽然并不很懂，却认为他有一种明晰、深邃的魅力。当他前往纽卡斯尔读书时，又对托马斯·霍布斯发生兴趣，他尤其记得，这个 17 世纪的英国人虽然是利维坦的支持者，却也说过，如果一个政府不能给子民提供安全与食物，人民就可以推翻它。也是在英国，他发现了文学、思想与艺术的重要性，相形之下，槟城显得市侩、褊狭。他也觉得，欧洲姑娘们更有吸引力，她们独立，有思考。他还第一次密切接触到中国留学生，与他想象的大为不同，他们出手阔绰，却对学习并不上心，还普遍缺乏基本的道德感，在考试前集体抄袭。这个景象与媒体上纷纷谈论的中国奇迹形成戏剧反差。与伍连德一代相比，Dennis 这一代槟城人面对的是一个截然不同的中国，中国获得了几代人渴望的富强，然而富强之下，你仍感到某种缺失。

身为槟城的华人，Dennis 有一种特别的身份敏感。在马来西亚，他们是仍受到马来人打压的少数族裔，他们的数量、财富与对应的政治权利不相匹配，但他们仍有一种内在的优越感。在英国，他则是别人眼中的中国面孔。他喜欢英国精英的那套生活方式，却觉得自己无法成为其中一员，一个多世纪前的种族成见仍在发挥微妙的作用。他欣赏定居伦敦的 David Tang（邓永锵），他是华人面孔，却活跃在英国的上流社会，写文章、创办时尚品牌、收藏古董，虽然来自香港，却是一个所有人皆认可的 taste maker。Dennis 学习的是法律与金融，却期待成为一个时尚设计师。不过，他最终选择进入一家马来西亚的汽车公司工作，而这家公司被来自中国的吉利汽车所收购。

漫谈的愉悦中，我忘记了口罩的焦虑，也忘记了要去找伍连德父亲的金铺旧址。我们起身离去，发现那对温州夫妇正在转角处，摆手告别。我随 Dennis 离开唐人街，走向 E&O 酒店。

这座建于 1889 年的酒店，是大英帝国权力顶峰时代的象征。长长的回廊、百叶窗、旋转的吊扇，深色木制地板，宽阔的空间，还有墙上有关植物的水彩画，都代表着昔日的特权与品位。它也是英国主导的全球化的产物，酒店的创建人萨奇斯兄弟是亚美尼亚裔，他们在新加坡创建了莱佛士，在仰光则是斯特朗德，它们都是那个时代豪华旅行的必经之地。在酒吧的墙上，挂着一连串黑白肖像，是的，吉卜林、毛姆、黑塞、卓别林的照片都悬挂其上，还有那位黑白片时代最性感的女星，他们都曾是住客。孙中山照片也悬挂其中，很有可能，他是多次前来发动革命的某一次，也来这里住下，看着窗外的海面饮咖啡。

伍连德也必定来过。他获得女皇奖学金时，这里可能会有庆祝宴会，这可是殖民地的大事件，从边陲去了不起的剑桥；回到槟城执业时，他更必定是这里的常客，他是华人社会最闪耀的青年领袖。

我问 Dennis，你想认识伍连德吗？"我想问他每一个问题，如果能跟着他学习，就更好了。"他啜下一口咖啡，缓缓地说。他对自己的家乡，产生了崭新的兴趣。

马六甲的低语

我鼻子一酸，眼泪溢出来。在马六甲的一家露天火锅店，我情绪失控。在朋友圈的一段视频中，一个母亲正在哀号，请求管理者让自己罹患白血病的女儿过桥看病。

自武汉 1 月 23 日封城，隔断与封闭，成了应对疫情扩散的流行手段。突然之间，省与省、县与县、村与村、小区与小区之间，都被路障、壕沟隔开了。一个被铁路、公路、桥梁、河流连接的中国，变成了一个个网格。

马六甲的夜晚微风习习，这座曾经的贸易中心，如今变成一座休闲城市。比起槟城，这里更富有历史感，不仅有英国人的遗产，葡萄牙人、荷兰人是更显著的欧洲印记。郑和的名字与形象则无处不在，提醒着人们自 15 世纪初，中国人就以征服者的面目出现在这里。那也是中国的辉煌时刻，倘若达伽马、哥伦布看到郑和的船队，定会大吃一惊。一些历史学家则宣称，中国人最早发现了美洲。现实的历史版本是，这些欧洲小国的探险家们，最终征服了世界，而郑和的史诗性航行戛然终止，宝船腐烂、埋入地底，工匠们甚至遗忘了造船的技术。盛大、不可阻挡的表象之下，常蕴含着某种自我摧毁的因素。

漫步在残存的城堡、教堂、庙宇以及小店云集的鸡场街上，你已很难想象这里曾是地缘政治的中心，文明冲突与融合的前线，人们为了争夺香料、黄金、丝绸、瓷器而来，空气中弥漫着欲望与金钱，那是枪炮与商品驱动的历史。如今，它像是活在了历史之外，一座静止的主题公园，世界各地的旅行者们在此放松神经，而不是参与历史。

早晨，我去施医生的诊所检查脚伤，和这位福州来的、在新加坡国立大学获得学位的医生闲聊几句，中午顶着烈日，穿过一堵漂亮的、西班牙风格的墙去吃海南鸡饭，这里的白切鸡与灯笼椒尤其诱人。傍晚，我则坐在"地理学家"喝着金汤力，读书，发呆，看人群来来往往。这个酒吧的名字提醒我此地曾风云际会，它所放的音乐却是丽江式的——从邓丽君到《加州旅馆》，中间还穿插着杨坤与张学友。中国变得遥远。

现实会以另一种方式闯入。"昨晚三点才睡"，老江抱怨说。他身形高大健壮、声若洪钟，一望可知是个西北汉子，且受过军事训练。在郑和博物馆的一间闷热的会议室，我认识了这个新朋友。他是马六甲新的中国移民。出生于甘肃的他，军队退役后下海经商，在经济高速增长中分得自己的一杯羹，周游过世界，却在途经马六甲时喜欢上这里。此地不再是大航海时代随时进出的港口，或是大英帝国的一个属地，它是一个新生国家马来西亚的一部分。江先生加入马来西亚政府"第二家园"，获取居留权。

与中国大都市紧张的节奏相比，这里人人穿人字拖出门，日日天高云淡，还可以躲避掉过分复杂的人际关系、权力关系。你还可以保持某种优越感——比起西方城市那种仍可感知的种族意识，甚至不远处的新加坡的势利，在马六甲做一个中国商人，令人心安。同时，地理仍发挥着作用，他不想距离中国太远，这既是情感上的，也是生意上的，过去十多年，中国是世界经济增长的重要来源，也是这个时代的动力。

这一次，一股恐慌席卷全球，谁也不清楚这次的病毒因何而起，又严重到何种程度？它的传染速度惊人，配上如此庞大的人口基数，与开春时节人们高度的流动性，它会导致怎样的结果？

但世界也以一种方式感知了中国的冲击。这台持续运转不停的生产与消费机器，突然停顿下来，它带来了真空感。马六甲就像是这状态的缩影。突然失去了中国游客的古城，空空荡荡，小店老板们怀念起忙碌的时光，中国客人虽然过分喧闹，却也意味着生意兴隆。口罩是冲击的另一种明证，每一家药店、便利店都已售罄，即使少量的中国游客，也足以扫清他们所有的存货。这也是一个崭新的全球现象。昔日，智利的铜矿、巴黎的奢侈品店、澳大利亚的地产经纪，都感受到中国的购买力，如今，所有的口罩都消失了。

江先生正是为口罩而忙到凌晨三点。看到家乡的疫情日趋严重，他购买了一批口罩寄给医院。货物抵达兰州后，却陷入了医院与红十字会之争，后者坚持它有统一的发放权。他不得不做出各种沟通，寻找解决办法。这或许也是他离开家乡的原因之一，人们似乎在无休止地制造毫不必要的麻烦。

P 君也在为医疗设施四处奔忙，试图将印尼、马来的公益组织与中国的基金会联系起来。多年前，我与 P 君在北京有过一面之缘。他刚刚辞去一家旅行公司的高管职位，投身于公益事业，帮助的是国内很少有人涉及的国际难民。他前往金三角的难民营，也去印尼参与灾后重建。他热情、无私，身上有国际志工的那种特殊气质，让你觉得，不管你有何种困难，都可以向他张口，他也总值得信赖。这种气质对我始终是个谜。到底是何种力量，驱使他们离开自己的舒适地带，投入这样没有现实回报的事业？在剑桥的学生中，在香港的讨论会上，在旧金山的街头，我都见过这样的气质。除去志趣高尚，是否还有更隐秘的动力？他们也在逃离自己的生活吗？总是渴望被更多人需要吗？

过去一年，P君住在马六甲，成为一名华人学者兼商人——陈先生的助手。这位陈先生亲历了战后东南亚的动荡与新生。他曾是南洋大学最早的毕业生，历经马来西亚与新加坡的先后独立，也曾在印尼教书、著述。时局迫使他放弃了学术生涯，成了一名商人。在最初的艰难的探索之后，他成为一家基建公司的创始人，并成为新加坡经济奇迹的参与者与受益者。二十年前，当他重返马六甲时，发现昔日成长的老城已破败不堪，曾经盛极一时的华人富商大院，已是残垣断瓦、杂草乱石。他几乎以一己之力，

马六甲的夜晚，像一个时空错乱、废弃多年的游乐场

复兴了古城，不断涌现的南洋风格的民宿、娘惹餐厅、海南鸡饭、各式会馆、设计工作室，令历史的遗产化为当代生活的景观。他更是对郑和充满热忱，认定他是个被低估的世界旅行家，更重要的是他代表了与欧洲不同的中国特征——和平交流的，而非扩张的。他将自己一家酒店命名为"富礼"。

对于 P 君来说，陈先生代表了一种反而在中国已失去的传统。他带我去看傍晚的青云亭。这个建于 17 世纪的庙宇（一说始建于 15 世纪），直到 1911 年前，都是当地华人社会的权力中心。主要修建者李为经的个人经历，也凝结了本地华人社会的某种气质。这个在画像中消瘦、儒雅的人物，是典型的明朝读书人。三十岁时，他遭遇了历史之巨变，这一年，李自成攻陷北京、崇祯皇帝自缢煤山、吴三桂引清兵入关，这个厦门人则南来马六甲经商。当北方的蒙古族占领中国的大陆时，一个海上中国也迅速兴起，它以一位叫郑芝龙的海商为首领，覆盖了中国东南沿海、日本南部，以及南洋这片广阔海域。他的儿子郑成功更是将贸易能力、利润转化成政治力量，他击退了荷兰人在台湾的统治，并想反攻新生的政权。

夹在这股历史力量之中的李为经，在马六甲开启了自己的新人生。他成为荷兰人统治下的华人领袖，被委任为甲必丹（荷兰语首领之意）。除却处理华人社区的内部纷争，他也努力重塑中华文化传统，他向荷殖政府购置三宝山，以纪念郑和。他也努力拒绝遥远中国的历史浪潮，在碑文上，拒绝使用清王朝的年号，而使用"龙飞"，在他心中，明才代表正统。

傍晚坐在青云亭的长椅上，香火升腾。人们跪拜、祈祷，视线越过庙墙，一个精瘦男子正爬到屋顶发呆、看云。四百年来，因为远离了中国内部的王朝更迭、各式革命与运动，此地意外地保持了某种历史的连续感。

P君与我坐在火锅店，两杯啤酒下肚后，这种边缘的悠闲感，突然消失了。中国此刻的危机，以另一种方式到来，作用在每个个体上。社交媒体上不断传来武汉的画面，走在街上的人突然倒地，怕传染家人的患者跳下大桥，未染病者生活于蔓延的恐慌之中。随着世界卫生组织宣布中国疫情为紧急状态，一系列国家已以某种方式对中国游客关闭了大门，一种飘零感突然到来。我的旅行签证即将到期，是要回到北京，还是继续旅行？下一站又在哪里？一种无力感也伴随始终，我不知该怎样参与其中。

那个哭嚎的母亲的视频，就在此刻闯入我视线，那种绝望以及随之而来的愤怒与无奈，塞满我的心。或许还因为夜色、酒精、与故人的重逢，加之各种观点、信息带来的疲惫不堪，我的眼泪涌出，情绪突然找到了某种出口。

P 君拍着我肩膀，讲起他在泰北难民营的经历。那里的难民是昔日国民党军队的后代，像是历史的弃民，"亚细亚的孤儿"。他们来自中国历史不断上演的悲情时刻中的一个。但一个已重获富强的中国，却似乎仍未摆脱这种"悲情"。我讨厌自己的泪水，它是真实的，也是怯懦、无能的。

翌日，我去了施医生的诊所。我脚上的伤口愈合，可以拆线，我也要离开马六甲。施医生仍旧慢慢悠悠地说，病毒似乎并不可怕，不过是一种更重的流感，他也多少觉得美国人在夸大其词。他还说，中国定能渡过难关，他被中国人能在十天内建立起一座全新医院的速度深深震惊了……

逃离

起床时，我感觉不适。喉咙干涩，体温似乎比平时略高，像是感冒的前奏，也像是昨夜酒精的后遗症。

我开始收拾行李，将口罩与洗手液塞进背包的侧袋。在脚伤的缝线拆除时，我的旅行签证也到期了。我望着公寓露台上的泳池，遗憾于一次也未能下水。这马六甲河的一角，总让我想起阿姆斯特丹，水道蜿蜒，或许通向一种隐秘的欢愉。

我没碰到任何类似的欢愉。一家临河酒吧的老板娘，修长、干练，单眼皮上有股俏皮。她喜欢坐在岸边的石墩上，与客人闲聊。我意识到年龄带来的影响，那股莽撞的热情已迅速散去，包着纱布的右脚、不够流畅的英文，以及心中对疫情的焦虑，都成了阻碍。

我也厌倦了这静止的生活，游客式的体验日渐乏味，有时觉得语言与思维都在退化。微信里、新闻里的中国，真切却又抽象。情绪剧烈起伏：上一刻，你觉得一切都将很快过去，习惯的生活将会回来；下一刻，你又觉得一切愈演愈烈，不知会以何种方式收场；间歇的，你有某种期待，希望这场灾难，能唤醒更多的沉睡者……

回到北京吗？感受一下空荡荡的机场与街道，在家里学习做饭、听音乐、读书？这样的穴居生活，会让我发疯。我喜欢孤独，却希望能够随时加入人群。我怎么应付日常的挫败？拿着出入证进出，每日被居委会打电话询问体温，焦虑地进入超市，觉得四处都有病毒蔓延，担忧每一个经过的人，总担心口罩戴得不对，触摸了电梯却忘记洗手？只能登录百度或在微信朋友圈获知信息——那是一个同时制造麻木与恐慌的世界，会让人对外部世界的感受日渐模糊。而且，除了看到正在发生的荒诞，我将没有任何方式表达愤怒。·或许，我还要加倍面临自己的无能：作为一名记者，我未能前往现场；作为一个评论者，又无法直抒胸臆——你可以发出某些议论，却要小心翼翼地回避某些问题。

签证页上的选择有限。新加坡已经拒绝中国护照，美国过分遥远。泰国？我实在厌倦了观光客的生活，而且，那里也可能是恐慌的中国游客的聚集地。日本成了最佳的选择。它与我的个人研究紧密相关，我正在撰写梁启超传的第二卷，追寻他流亡日本的岁月，被疫情驱赶的我，或许也能体验一点他的流亡感。

面对突然到来的疫情，日本的反应，令很多中国人倍感唏嘘。他们在捐赠的医疗物资上写上"山川异域，风月同天"的诗句，在街头与海边为中国与武汉大声加油，他们的医院免费收治病人，还刻意隐去国籍，他们为武汉的游客延长签证，当一扇扇国门对中国封闭时，日本只拒绝过去十四天去过湖北的入境者……

这也是日本在中国矛盾重重形象的最新例证。任何国家，都无法仅依靠自身来理解自己，它也需要对手、朋友来确认自己。在近代历史上，没一个国家比日本更象征了中国自我认知的纠缠。日本代表着屈辱与觉醒，甲午之战让中国陷入前所未有的困境，败给英国与法国，尚可接受，日本却曾是中国的仿效者，即使它不从属于朝鲜、越南、缅甸这个序列，也相差不远，它被轻蔑地视作"倭国""蕞尔小国"。日本撕去了神秘的中国的最后面纱——在当时的傲慢与辽阔背后，是彻底的无能与虚弱。一场觉醒也随之到来，维新者开始寻求变革中国之道，日本成为榜样。1898—1911年间，至少有两万五千名中国学生前往日本留学，被形容成"历史上第一次以现代化为定向的，真正大规模的知识分子的移民潮"。

这段关系在1930年代滑向灾难。一个失控的日本，变成了一台战争机器，在中国制造了无穷的悲剧。仇恨，刻骨的仇恨，成为中国对日本的情绪基调。

但当邓小平在1978年访问日本时，感慨"什么叫现代化"，日本再一次成为速成教材，战后日本则被看作一个了不起、值得被效仿的腾飞故事。这个腾飞故事因股市与地产的崩溃而结束。

中国经济的崛起似乎彻底终结了日本作为榜样的时代。21世纪到来了，东京的商场、旅店与公园里挤满了来自中国的游客，《读卖新闻》、NHK上充斥着关于中国经济实力的报道，中国媒体不断重复着日本"失落二十年"的论调。日本变成了某种反面教材，评论家们提醒中国不要重蹈它的经济泡沫与萎靡不振。

中国游客很快就发现，尽管中国经济规模庞大，他们还是想在大阪买一个马桶盖，去逛京都的寺庙，感慨日本乡村之整洁、人民之礼貌，追逐村上春树的小说与日剧《深夜食堂》。一些时候，21世纪的中国游客的感受竟与一个世纪前的留学生不无相似，"学校之备，风俗之美，人心之一"给他们留下深刻印象。

近年来，中国与美国关系的迅速紧张，反而拉近了中国与日本的距离。疫情之下，借由社交媒体，中国人看到了与自己截然不同的社会景观。当湖北人在自己的土地上因身份而恐慌时，日本的小学老师却提醒学生，不要因地域而歧视他人。日本人在灾难面前有一种令人惊异的镇定，甚至还保持着宿命式的诗意。

我还记得《朝日新闻》2011年3月15日的社论，它写于地震、海啸与核泄漏之后的第四天。它以洼田空穗的短歌开端，这首短歌写于1923年的关东大地震时，"他不断对自己嗫语／孩子与妻子已逝／一个男人穿过燃烧的桥"，以谷川俊太郎的诗句结尾："孩子们总是很高兴／即使在种种恐怖之中"。

在电视画面中，灾民排着队撤离，没人对着镜头哭喊，超市免费开放，没传来任何抢劫的消息。一位外来的记者发现，即使在废墟中，人们仍听到邻居们以良好的情绪，礼貌地问候彼此和来访者。而另一位则发现，在东京，出租车司机依然向客人鞠躬致敬，车内依然装饰着白色花边，卫生间的马桶座圈依然是热的，店主们仍然一路小跑到顾客面前为他们服务，公司的员工们兢兢业业地加班，要提供更好的服务，在街道上，人们被口罩遮住的面孔异常平静。他们几乎都像海明威笔下的人物——有一种压力下的风度。目睹那些过分镇定的面孔，读着充满节制的悲伤的短歌时，我也不禁好奇，这是否也蕴涵着一种可怕——是什么力量，让一个人可以在失去亲人时，仍能够不失声痛哭、不丢掉理智？一种神秘主义隐约浮现，日本人是否真的与众不同？

李先生的出租车准时出现在楼下，把我的行李塞进后备厢。他爽朗、乐观，是第五代福建移民，也像施医生一样，他对马来西亚的天气很有信心，炎热、潮湿，病毒似乎无力蔓延。我带着一丝忧虑，抵达了机场，两周以来第一次戴上口罩，那还是施医生慷慨赠给我的，六个一包。

机场内，人群涌动，并没有特别的紧张，一队空姐从我眼前经过，她们修身的绿色制服，在这一刻曼妙无比。我感到之前所有的不适都消失了，我似乎从一个沉闷的小城，回到了一个充斥着可能性的都市之中，一种充满选择与流动的生活之中。我也意识到，我主要的焦虑来源，不是疾病，而是我钟爱的一整套生活方式的消失。它曾经消失过，也必定会再度消失。

日本

吉原漫步

在吉原一家居酒屋，我第一次感到少许焦虑。夜晚十点，街道上空空荡荡，霓虹灯招牌依旧闪烁，有着各色诱人的名字：白夜、皇帝、贵公子、英国俱乐部，每一个名字似乎都引往一个销魂时刻，以及之后的虚空。其中一个招牌尤其引人入胜——金瓶梅，一旁还有一家四川火锅，对于一个中国游客，这种组合像一种全方位的召唤。

店门前站立的皆是戴着口罩的短发大叔，热烈地发出召唤。姑娘们都在幕后，以照片示人，这也是另一种保持尊严的方式，客人只能翻看照片，不能在真实个人面前，挑来选去。

吉原的历史足以追溯到 17 世纪。一场大火烧毁了日本桥的风俗街之后，它搬至浅草附近。它见证了江户时代的繁盛与衰落。即使你出身武士，也可能潦倒街头，四民之末的商人，却可能一掷千金。在一个等级森严的时代，这意味着难得的平等。这些欢愉，即使片刻，也像是对自己所处世界的逃遁与抵抗。

正是在吉原，永井荷风找到了对抗自己时代的慰藉与灵感。这个浪漫、决绝的游荡者，一个留学美国与欧洲，却厌弃明治以来的西化，认定东京的一切变化，皆丑陋不堪。他认为渐渐逝去的江户，才值得不断被歌咏，再没有什么比这些风月场中的女人，更能代表江户风情。

我钟爱永井荷风，不仅因其闲散、疏离中有股热忱的作品，更是因为他的个性。他是日本社会少见的个人主义者，用纯粹的个人力量，抵御时代洪流。他或许也相信，肉欲至为诚实，它从不撒谎。即使在国家主义攻占了每一个角落的二十世纪三四十年代，他仍按自己的节奏，兀自走在去吉原的路上，在酒杯与艺伎的三弦声中，沉溺于对江户岁月的想象。在诚实得惊人的日记里，他表达了对这个狂热、粗鄙的集体主义年代的厌恶。

走在此刻的吉原，你再难以重温永井荷风式的漫步与怀想。吉原有着令人赞叹的生命力，经历过多次大火，即使承受了 1923 年的关东大地震与 1945 年的东京大轰炸，亦很快复原。但在战后颁布的新条例中，公开的风月场所不再被允许，它以浴房的名头示人，泡泡浴曾在昭和末期风靡一时。甚至吉原的名字也消失了，变为乏味的台东区千束三丁目、四丁目。它还遵循着上班族式的作息，早晨九点营业，晚上十点接纳最后的客人。

江户的风情消失了，昭和的味道犹在。那些霓虹灯招牌，令我想起昭和年代的老照片。像是 90 年代的台湾，它显得土气，却有一种放松、温暖与自嘲，就像北野武的老歌。

或许，这也是下町的魅力。明治末年，人们会开始把上野到浅草一带，划入下町，它是匠人、小商贩的居所，与官僚、富有者的世界截然不同。即使在今日，这种划分仍不无道理。当我从帝国饭店搬到浅草六町的一家民宿时，我对东京的感受陡然增强了。掠过樱田门的乌鸦、银座后巷里那些穿着和服的妈妈桑自然迷人，霞关的议会与政府大楼有股冷峻的魅力，但从地铁的浅草站出来，瞥见仲间世的招牌时，你会感到别样的温暖，这多少像是在北京经过国贸或南长街之后，你停在了大栅栏的一家涮羊肉，肩上搭着白毛巾的掌柜给你端来一杯二锅头，你还知

想象自己是永井荷风，提篮在隅田川畔漫步，可惜没有去吉原，那个香艳之所

道，微醺之后，你还可以与朋友去八大胡同逛一逛。

我对泡泡浴充满好奇，欲望却未在体内升腾。这缘于羞涩，也因为两位年轻、新结识的朋友的作陪，像是进行一场考古学式的漫游。小陆是个热情的导览，他成长于郁达夫的家乡——富阳，青春期最喜欢的作家是韩寒，你看得出，他的发型、谈吐方式，都多少受到那个时刻的韩寒的影响，开朗、戏谑、慷慨、钟爱车与姑娘，还有一种不无刻意的漫不经心。

十七年前，他前来日本，经历过一段过分复杂的留学生生涯——送过报，在流水线当过临时工，还做过监狱中的翻译。精明与运气最终让他脱颖而出，他开办了自己的旅行社，抓住了中国人突然迸发的旅行与消费浪潮。这让他见识了一个迅速富裕的中国消费群体：他们在高级烤肉店点下吃不完的牛肉，在银座的俱乐部一掷千金；当然也有无穷的尴尬时刻，因为他们的无礼与粗鲁，有时，由于习惯性的霸道，他们还会触碰到犯罪边缘，他要在夜晚跑进警察局解释一切。他喜欢与人交往，接触过画家、歌手、企业家、漂亮的女明星，名声的肥皂泡，也给人带来另一种满足。

他卖掉让他过分操劳的旅行社，创办了自己的民宿公司，招待不断涌来的游客。今年年初，他做好准备，迎接春节到来的人潮。这也是安倍时代的新国策，"观光立国"令旅游业成为新的支柱产业，中国游客至关重要。

突然，所有的订单都消失了，我成了他唯一的客人。初次见面时，他正在电话中忙于口罩的事，他从韩国购买了十万只用于捐献，过程却麻烦重重。

我感到了自己情绪的新变化。疫情突然暴发时的焦灼与慌乱，对一个失灵系统的愤怒，对种种悲惨与荒诞故事的难过与哭笑不得，正在逐步减弱。李文亮医生去世的翌日晚上，我坐在酒吧的一角，看着朋友圈中接力式的悼念，有一种久违的共同体之感，它虚幻又真实，无力又浓烈，抗议亦宣泄。

东京的节奏有条不紊，精确又多样。疫情似乎仍属于对岸的中国。无处不在的中国游客消散了，餐厅、咖啡馆、街头仍挤满了人，人们谈笑、干杯，一些人戴上了口罩，但你不知他们是因为担心病毒，还是为了抵挡花粉，或掩饰羞涩。偶尔，我会突然陷入某种错乱，手机影像里空空荡荡的北京城，被迫穴居、无时不面对恐惧的国人，像是一个反乌托邦的科幻世界，三周前刚刚离开的祖国，已面目全非。你意识到，眼前喧闹的日常生活多么动人，又多么脆弱，它需要一整套机制，需要人人承担对应的责任，来确保它的延续。

办了一张国会图书馆的图书证后，我每天坐两站地铁，在阅览室里读剑桥日本史。我尤其着迷19世纪最后二十年这段时光。经过明治维新最初的动荡与尝试，新一代人成长起来，新闻业成为最时髦与最富影响力的职业。在《日本》《日本人》《国民之友》杂志上，德富苏峰、志贺重昂等展开了一个接一个国家议题的辩论。与上一代一心要拥抱西方的革命者不同，他们要寻找日本在世界中的独特地位与价值。阅览室中，我觉得自己镇定又热烈。比起喧嚣的新闻，历史富有逻辑与边界，让你清晰意识到个人与时代之关系；它又代表了我向往的时代气氛——观念与思想是中心议题，一个胸怀理想的年轻人，理应以思考国家与社会的未来为志业。

这种阅读似乎是对现实的一种逃避。我无力分析中国正在发生的变化，一场疫情波及整个社会肌体，从制度到价值，一切皆在考验之中；描述与分析这场危机，又充满风险，你不仅无力推动公共辩论，更逃不出权力与公众带来的双重压力。做一个知识分子，在此刻显得如此不合时宜，为了保持某种平衡，你只能选择疏离与旁观。

永井荷风跳入我脑海，比德富苏峰更年轻一代的他，面对的是一个国家主义占据上风的年代。做一个坚定的个人主义者，只跟随自己的节奏，或许已是最不坏的选择。在无处不在的压力与紧张中，片刻的欢愉，是多么重要，它能保护你内心的好奇与温润。

我们走进一家居酒屋，点了 Highball 鸡尾酒与各种炸物。身旁是两个年轻女子，脸上的浓妆与疲倦犹存，不知是哪个俱乐部刚下班的姑娘。

我们有一搭没一搭地闲聊，说起今天新闻上的日本出租车司机的感染——第一例死亡的病例——它荡起一点点涟漪，却未打破东京的平静。我下意识地试图回忆，在这里接触过的司机。东京的出租车是老人家的世界，他们偶尔行动迟缓，却都有一种你无法不信赖的认真。钻石公主号仍停在横滨港上，每日传来新的感染病例，它仍像个被隔绝的危险。日本人的应对能力，总让人有种盲目的信心。

抬头时，我看到斜挂在屋角的电视正在播放疫情新闻。先是钻石公主号的画面，然后是新闻评论员的分析，让我意外的是，北野武亦出现其中。对于我们这些旁观者，他是日本电影业的象征，对于普通日本人来说，他是一个无处不在的形象，一个在浓郁的集体与规训氛围中，恣意生活的人。接着是厚生劳动大臣的画面，他承认新型冠状病毒已开始在日本蔓延，零星的病例已在各处出现。我不了解日本官僚的语言方式，却感到某种严重性。紧接着，手机里传来北京朋友的问候以及转来的文章，在他们眼中，病疫的浪潮，已到日本。

钻石公主号

一

决定前往横滨时，我感到一丝兴奋。那是一种久违的感觉，与参与、行动相关。旅行，使我成为这场灾难的旁观者。逃离了身在现场的恐惧与困顿，也必定会被某种负疚与无奈左右。

永井荷风式的漫步，只提供暂时的抚慰。旁观给你某种敏感，也可能让你陷入沉溺与麻醉，在自我的情绪中循环往复。

恐慌开始入侵东京，尤其是在华人群体中。在居酒屋小酌翌日，小陆提出开车接送我，担心出租车会变成传染源；几个朋友发来日本对于疫情的预测，按照如此的扩散速度，十天后，东京的感染人数将达到十二万；一位华人司机自豪地说，他早已在家中囤积了大量的大米与消毒液；几个同样滞留在此的朋友或者打算返回北京、上海，或者准备前往下一个目的地，疫情追赶着他们。

我多少理解这恐慌。人生是由种种叙事推动的，中国人对恐慌叙事并不陌生。它弥漫于生活中的每一个细节：一个学前儿童，要同时上钢琴课、舞蹈课、英语课；家长要焦灼于学校的选择，担心孩子输在起跑线上；人们会突然间抢购任何商品，从食盐、卫生纸到公寓；即使你是别人眼中的社会精英，也要费心去寻求另一个国家的护照，从最强大的美国到最被忽略的塞浦路斯；因为西方的任何一个微小甚至无心的举动，你也可能火冒三丈，相信它正在侮辱我们……

一切都充满意外，一切皆不清晰，我们必须未雨绸缪，必须过度反应。每一代中国人的成长皆多少包含一些恐惧。曾祖父母要躲避水患、瘟疫、贫穷、兵匪；祖父母要应对革命、抗战与内战，或许一个迟疑，就错过了南下的火车、去往对岸的船票；你这一代享受了前所未有的繁荣，但你逐渐发现，生活像一个肥皂泡，看似光彩亮丽，却一戳就破，从就医到读书再到婴儿奶粉，你要独自承担后果，用不成比例的精力与金钱去获得基本的信息与保障，你无法信任别人，只能依赖自己。最新例证是，在此刻，你甚至不敢正常地生病，偶感风寒，都可能意味着隔离、无医可就。

这种焦虑，经常以另一种面貌示人。我们需要靠强调他人的糟糕境遇来证明自我。一位加拿大学者发明了"悲观的乐观主义国家（Pessoptimist Nation）"一词来形容中国。即使在最势不可挡时，它仍感到屈辱；倒过来同样成立，即使在最灾难性的时刻，它仍认定自己的优越感。在中文自媒体上，东京似乎变成了最令人忧虑之地，如此密集的人口、如此高速的流动，各地仍在举行的比赛与盛会……更难以想象，日本政府会（或者能够）突然封闭某个区域，强迫人们闭门不出。中国式铁腕，散发出了意外的魅力。停泊在横滨港的钻石公主号，被视作日本迟缓反应的象征，似乎既无能力迅速检测乘客，又无法疏散人群，让来自世界各国的游客以及船员们困于一个"水上监狱"，任由病毒在其中传播。

尽管试图保持镇定，但在乘坐地铁时，我还是戴上了口罩。身后一位年轻母亲突然连打喷嚏，我感到少许不安，心想是不是该减少出门，乖乖待在浅草的公寓里。

我厌恶自己的怯懦和不必要的恐慌。一个朋友恰好提来建议：为何不去横滨，看看正停泊在港口的钻石公主号？若对正在发生的历史缺乏兴趣，又怎能理解历史之精髓？现实是历史的初稿。

车驶向横滨时，我感到暗暗涌起的兴奋。历史现场富有吸引力，团队工作是更重要的动力。一个多月来，孤独旁观者的状态，让我颇感厌倦，热情退隐，敏感亦消失了。

行动带回了好奇。2月5日抵达东京后，每天早晨，我都在《日本时报》上看到钻石公主号的消息，看着患者数量迅速攀升，却从未真正对它发生兴趣。我总记得李光耀的感慨。1989年，他参加昭和天皇的葬礼时，发现即使在寒冷的户外，日本人的马桶坐垫也是温热的。我也记得九年前的福岛危机，地震、海啸、核泄漏接连而至，是的，日本仍深受集体主义的影响，官僚系统也总显得迟钝，倾向于隐瞒问题，但多党制、新闻自由、强有力的民间组织，是有力的制衡。

去横滨前，我重读了一些新闻报道，不无意外地发现，媒体对这几千名乘客与船员的处境缺乏足够的同情。这也是令我困扰的问题，苦难也分等级吗？在更大的苦难面前，轻量级的苦难就失去了重要性？这种比较是错的，我却下意识地遵循了这规则。理解他人之痛苦是如此困难。

二

真正令我好奇的是这艘受困游轮的象征意义。载着世界各地的客人以及尚未被清晰理解的病毒，停泊在横滨港，它是一场新型危机的开始吗？它会在日本历史上扮演何种角色？

近代日本的历史，也是由船开始的。是美国海军准将佩里率领的"黑船"，在一百六十七年前正式打开了日本的大门。喷着浓烟、船体染成黑色的美国军舰，也是陌生挑战的象征，它揭开了幕府时代的日本的内在困境，明治维新紧接着到来。对于几代中国知识分子来说，这也是令人难忘与费解的历史时刻：同样面对西方的冲击，为何日本成功了，中国却一败再败？

那么此刻呢？持续了三十年的平成时代刚刚结束，它平静、不无沉闷，各种潜在的危机不断酝酿——迅速老化的人口，越来越自我沉溺的青年文化，在新的地缘格局中的尴尬地位，乏力的经济增长，匮乏的政治领导力。两年前，明治维新一百五十周年时，很多人对我说，或许日本需要一艘新的"黑船"，打破目前的沉闷。这个时代的黑船是什么？中国的崛起？AI的到来？人口的急剧萎缩、衰老？一场世界性的冲突？

"危机意味着突然的觉醒与行动"，在前往横滨的车上，我读到这句话，它来自《动荡——国家如何应对危机与改变》，贾雷德·戴蒙德的新书。

二十三年前，这位人类学家就以《枪炮、病菌与钢铁》闻名于世。这本旧作在此刻的中国再度流行起来，人们前所未有地感受到，一场流行病正在怎样改变我们的日常生活，重塑世界的历史进程。

我对这类书籍始终持疑，五百页的篇幅，试图容纳进整个人类历史，给出简洁的答案。它将繁茂的历史之树删剪枝节，一切清晰可辨，却可能让我们丧失对历史与现实的复杂性的理解。

在信息纷繁、现实恐慌面前，一个不容置疑的声音、一个明确的解释，总是富有诱惑。尤其是这本新书的主题——危机。我们正处于危机之中。我有很多感慨、很多愤怒，却从未认真思考过，该如何分析危机。

我喜欢戴蒙德对"危机(crisis)"一词的追溯。它源自希腊文 krisis，意为分隔、决定、一个带来新思路和新解决方法的转折时刻。对他来说，危机是真相浮现的时刻。人们面临的困境并非是突然到来的，它潜藏了很久，一直被忽略与回避，直到一个契机将它全部暴露。

我也喜欢这本书的封面。一幅浮世绘，巨浪之中，武士吉田松阴与其助手驾一叶扁舟，驶向黑船，这是日本历史上最著名的危机时刻。

历史学家曾将国家的兴衰比作个体生命，亦有幼年、青春、衰老与死亡。戴蒙德向心理治疗师借用了个人危机的分析框架——一个人面对人生危机，比如失去求学方向、婚姻失败、亲人离去、沉溺毒品或酒精，该怎么办？

首先，要承认自己处于危机，否认这一点则无从展开；其次，意识到个人有责任去行动，要有改变现状的意志；接着，要为个人问题筑一道篱笆，将问题清晰化，防止陷入整体的自我瘫痪；然后从他人与组织中寻求帮助，寻找他人的例证作为榜样；然后，建设自我力量，诚实地自我评估，建立信心；还要研究此前的个人危机并从中获取经验；要培养耐心以及灵活性；要追问到底什么是自己相信的、追求的价值；最后，做更自由、摆脱现实束缚的尝试。

国家危机比个体复杂得多，涉及"领导力，集体决策，国家体制"诸多问题。戴蒙德却相信，国家危机与个人危机之间具有某种共通性。一个国家，也要从意识到危机开始，做出一步步行动。

被苏联入侵的芬兰、突然推翻民选总统的智利、苏加诺之后的印度尼西亚、战后重建的德国、陷入常年身份困惑的澳大利亚，以及幕末时代的日本，戴蒙德选取了这六个国家的转折时刻，分析它们如何应对困境，寻求解决之道。

这本书的写作粗糙、松散，论述过分简化，但它分析的情境却打动了我。我们若能在面对危机时做出少许对应的尝试，或许不会陷入如此的慌乱和惨剧。往往在第一步，即承认危机的存在上，我们就耗费了所有的精力。

在这本书中，没有一个国家比日本更完美地符合分析框架。长州藩武士吉田松阴在下田港试图登上黑船时，是日本的一个"真相时刻"。半个世纪来，一些官员与地方大名、武士，皆在议论即将到来的海外威胁，而幕府加强锁国政策，不是因为对外部一无所知。借由长崎的碎片报道，他们已知晓一个迅速扩张的西方，而中国战败于英国的消息传来后，更激起了前所未有的恐慌：倘若一直奉为榜样的中国都无力抵挡，日本又如何可能？

直到佩里舰队来航之前,幕府一直在以各种方式回避、拖延与外界的接触。它也取得了一定成功,英国人、俄国人、美国人,都铩羽而归。佩里准将这一次却不同,他坚定意志,手段强硬且灵活,背后更有一个迅速扩张的美国,它是世界历史的新动力。

从江户的高级官员,到萨摩藩的一个普通武士,一个新的共识开始形成,都意识到危机之严重,旧有的幕府体制已无法应对。1853年至1868年这段时间是一个寻求新秩序的行动过程。没人比那些"志士"更象征了这种探索,从吉田松阴到坂本龙马、西乡隆盛,以及众多不知名的下层武士,四处奔波、缔结联盟,他们寻求各式的策略与口号,最终"尊王攘夷"将人们从慌乱中拯救出来。以恢复天皇权力的名义,一些大名与武士推翻了幕府。新政权成立后,表现出高度的灵活性。新一代掌权者尽管以与西方国家重新修订条约为目标,却清楚知道,自己并无实力实现这一目标。他们展开了一场浩大的学习工程,从英国、法国、德国、美国借鉴不同的经验,重组自己的军队、教育机构、商业组织,创建新的宪法。同时,他们也试图保持住自己的核心价值,天皇制、传统日本精神,都在西化的外表下,留存下来。这一切变化,皆伴随着内部无穷的争辩与冲突。1870年代，是否"征韩"导致了新领导阶层的破裂，并引发了一场内战；民权运动也随之而起，延续到1880年代；当国家主义在1890年代迅速兴起后，内部争辩、反省的声音开始式微，也为日后的灾难埋下伏笔。

同期中国的反应，恰好形成对比。自道光至光绪，你看到清王朝如何一再否认危机的存在，陷于自我麻痹之中，直到甲午之战的失败，才达成某种全国性共识。当一些人试图展开行动时，又被再度压制，直到1901年的义和团灾难，才迫使整个上层精英决定变法，但一切已然太晚。

带着戴蒙德的这本书去横滨，会对我理解眼前的挑战有帮助吗？历史与他者，皆是我们审视自身的必要角度。在中国传统中，它几乎是批评可以借助的唯一角度。直面问题，总引来无穷的麻烦，甚至危险。但隐射与隐喻，却又带来新的问题，它使思维丧失精确，陷入不断地重复。我偶尔意识到，我与自己反对的事物有某种密切的联系。我如此强调个人之作用，却在潜意识里着迷于历史的力量，觉得个人不过是这历史力量的体现。我像是"体制"的另一种俘虏，在人道悲剧面前，我对"体制"的批判热忱，远胜于对个体的真正关心。我会谈论好奇心、敏感、怀疑精神的重要性，却不得不承认，爱不是驱动我的重要动力。

三

看到钻石公主号时，我并无特别的兴奋。我没有记者俱乐部的证件，无法前往离它更近的采访区。隔着码头的铁丝网，我遥望着这艘白色游轮，船头的"Diamond Princess"标识并不显著，看上去就像一个大型模型。港口的风大，我沿着铁丝网行走，另一些没有证件的记者，也同样在等待，或站在凳子上，将长焦镜头对准船身。一个穿绿色套裙的女记者，有点像是更瘦小、头发更长的天海祐希。

这是2月18日的下午，游船已在此停泊了十三天，明天是隔离期的最后一日，所有人都将下船。它也是人类困境的某种隐喻。一个已于香港下船的客人确认染上疾病后，原本的豪华度假变成了噩梦。日本亦不知如何处理这样一群数量庞大的潜在感染者。这艘邮轮由日本人制造，属于英国公司，由美国人运营，乘客来自各国，是这个全球化时代的象征。日本展现了它习惯性的稳健，亦没有任何创造性可言。比起柬埔寨首相洪森展现出的强人姿态——他不仅接受了在海上漂泊多日的游船，还亲自接见了乘客，且没戴口罩。

透过铁丝网，我看到游轮上有人走动，该是每天的轮流放风时刻。在仿佛一栋浮动白色大厦的背景下，每个人如移动的点，他们都在期待明天的到来。人们在这里接受了十四天的集体隔离，让这艘船变成一个封闭的传染场。其实，十四天也丧失了意义，因为每个人都可能给别人带来新的十四天。明天，不过是一个形式化的节点，但形式又是必要的，这也是日本的风格。

我意识到，新闻现场只对我有短暂的、象征性的吸引力。倘若不能进入个体的叙述，这些旁观显得不无轻浮。之前那些想法，在具体现场与细节面前，突然显得大而无当。

我绕到船尾，这里没有等候的记者，也没有常出现在新闻中的现场，米字旗迎风飘舞。码头旁，几位钓鱼者正在风中等候鱼上钩。其中一位本田先生告诉我，他不担心这陌生的病毒，却忧虑乘客的心理问题，"他们一定很焦虑"。

码头对岸是我熟悉的横滨市的轮廓。这也是明治日本迎接挑战的象征。佩里准将曾在尚是小渔村的横滨港展示美国的火车模型，这是想告诉日本人美国的力量所在。日本人则回报以相扑力士，这是他们认定的力量象征。但接下来，日本展现了惊人的灵活性。

跨过海港大桥，我来到横滨市区，一切如常。昔日热闹非凡的中华街冷清下来，在一家川菜馆，我吃到了久违的酸辣土豆丝，听着服务员抱怨生意不佳。客人的减少也反映在山星先生的占龙手相馆。平日，他会为至少五十个客人分析掌心纹路，而今天，夜幕已降，我才是第二个。

眉眼温柔、戴着贝雷帽却不戴口罩的山星先生，有股中层经理式的可信感，他说他选择这个职业全凭热爱，二十多年钻研不止。此刻，他的说法似乎比戴蒙德的理论更有吸引力。他沿着我的手掌纹路，说起我未来可能兴盛的多重事业，以及稍令人不安的情感生活，言之凿凿地说，我在六十岁以后会有一段迟来的婚姻。

我提及港口的钻石公主号，问他，受困乘客们的命运，是否也会反映在他们的手相上。他微笑着，岔开了话题，他说自己偶尔会看到新闻，却没有真正忧虑它给横滨带来的影响，他还笃信，到了3月中，一切都将结束。十五分钟内，我认识了自己的命运，收获了对疫情的乐观判断，不过五百五十日元。

疫情中的横滨中华街，空空荡荡，像是演员散去的片场

夏威夷

在夏威夷读永井荷风

我有了重读永井荷风的冲动。

夏威夷航空，像是直接从海滩飞来，空中小姐的花衬衫里或许还带着沙粒。她们用力地展示笑容，张大嘴吐字，比起懒散且傲慢的美联航，这是一个更亲切，亦更富朝气的美国。

它理应更富朝气。夏威夷不仅是地表上最年轻的岛屿之一，也是政治版图上的迟来者。1810年，当工业革命与法国革命已席卷欧洲时，那些分散的岛屿才勉强结合成一个独立王国。它的形态与近代国家相去甚远，更似一个酋长部落联盟。即使它在1898年就被并入美国，但要直到1959年，才正式成为美联邦中的一个州。人们对它的期待也是反历史的——落日、海滩、草裙舞，它是逃离现实的场域，过去与未来皆暂时消退了，只有一种即刻的喜悦与轻松。

或许，这也是日本人尤其钟爱它的原因。东京前往檀香山的航班满员，一点没有显现出正迅速扩散到全球的病毒给航空业带来的致命影响。乘务人员皆不戴口罩。似乎夏威夷不仅免疫于历史，也免疫于病毒。

我没被这种气氛感染，反生出了少许的飘零感。我对于度假并无兴趣，出行半因即将到期的签证，半因手头的研究项目。前者使旅行更有某种被迫的意味。

对于疫情的焦虑，也不无影响。新冠病毒打破了东京的平静。一个多月前，钻石公主号上的乘客乘坐出租车、公共汽车返家，开始与朋友们聚会，更多的病例也开始涌现出来。这个病毒的传染能力与无症状的特性，都使忧虑蔓延。电视新闻上，专家们指着柱状图预测，十天内，传染人数可能达到十万人。那些红色的显示条，显得尤其刺眼。

我离开已经数月的中国，仍未看到明显好转的迹象。我的内心从焦灼、痛心、愤怒到麻木，有些时候，还产生了前所未有的陌生感。仅仅几个月，她已经让我无法辨识。有些东西早有趋势，却在这一个月猛然加剧了。病毒激发起的不安的暗流，如今汇为滔滔大河，迅速淹没那个本就要消退的世界。

下意识地，我也在逃避一些东西，我无法理解亦无从解决，它们令我的智力与勇气显得双重匮乏。我想从现实躲入另一个时空。这个看似历史之外的岛屿，却是孙中山酝酿革命思想之地。

此刻在飞机上，戴着口罩的我，像是飞向一个混合的时空，既逃离历史之外，又满是历史的沉重。永井荷风则代表一个疏离、亲密的声音，一个独行者的最佳陪伴。

永井也是从旅途开始写起的。在从横滨前往西雅图的轮船上，他碰到了柳田君与岸本君，他们皆三十岁上下，前者中等身材，"条纹西装外裹着褐色的外套，高高的领口露出色彩华美的领结……看上去总有些装模作样"，后者则"身材矮小，捻线绸的夹衣上罩着一件绒布单衣"。在旅途的单调中，他们凑在一起，打发时光。柳田在日本不得志，是个盲目的西洋崇拜者，痛恨岛国的一切，"在日本，从未遇到过称心如意的事情"。岸本则想去美国拿一个短期学位，回到日本重新开始。

这些萍水相逢的人物，构成了《美利坚物语》的主题。

1903 年至 1908 年，那个由永井荷风演化的"我"，从西雅图、芝加哥、圣路易斯到纽约、华盛顿，邂逅了形形色色的日本人。

在塔科马，他看到了那些日本劳工，"三四个人一堆，五六个人一组，一边高声说话，一边拿出日本带来的烟袋吸烟。他们将烟灰磕在甲板上，又担心被路过的船员斥骂"。他们被当作货物塞进狭窄、脏污、恶臭的货仓，期待用三年辛苦，换回后半生的快乐。也是在这些劳工中，他听说了那个发疯男人的故事。一个伐木工人从日本接来的老婆，被另外两个伐木工人抢占。这里面有残酷、愤怒，更有一种普遍的辛酸。在异乡的孤独与压力之下，社会规范与个人道德，皆崩溃了。

在芝加哥附近的一所大学，"我"遇到了自我放逐的渡野先生，他在日本获得了一切，却仍感到不安，逃至美国后，也觉得同样疏离，或许，他将继续逃亡，逃至比法兰西女人更妖艳的舞女怀中。

在纽约的春天，"我"又听闻了藤崎君的故事。他是一名伯爵之子，虽然入读哥伦比亚大学，却过着花花公子的生活，他狂热地爱上了一个不道德的女子，甘愿为她放弃自尊。

在密歇根南部的 K 大学，"我"又听闻了三位日本学生的故事。出于寂寞，大山君追求了竹里小姐，尽管觉得这个日本女生，有"一张多么硕大的圆脸，多么小的眼睛和多么稀疏的眉毛"，"日本生产的粗糙西服，裹着过于肥胖的肩膀，又粗又短的手腕，轮廓模糊不清的豆虫般的手指"。这段恋情以始乱终弃结尾，竹里小姐最终嫁给了同属一个教会的日本学生山田太郎。

尤其令我难忘的是山座君的故事。他是"我"哥哥昔日的同学，年轻时放浪形骸，甚至害得哥哥死亡。在西雅图，"我"偶遇山座，如今的他"留着漂亮八字胡，又是金戒指又是金项链"，专以贩卖日本妓女到美国为业。在异乡，他似乎更加放浪了，不用在意任何道德准则，只有眼前的成功是重要的。

在永井荷风笔下，美国给予这些到来的日本人不断的惊叹，以及矛盾重重的冲击。圣路易斯的世界博览会现场，就让他震惊："美国人依靠财富创造的一个魔幻世界。"震惊不仅来自物质、技术力量，也来自人种，它引发性的焦虑。

公派到纽约的泽崎先生，"无论到哪儿，看到的不是初来时曾经为之惊叹的二十层的高楼大厦，而是那些用束腰将乳房隆得高高的细腰肥臀的女人，那种风摆荷叶的步态和娇滴滴的话音，令他憎恶又眼馋"。比起日本女人，西洋女人的肉体似乎更为诱人，却又难以接近。

在异乡，日本也变得清晰起来。在轮船的汽笛、火车的鸣钟、留声机的演奏中，在西洋的环绕中，日本的一切都变得亲切起来，"夹杂着那种拖着长长的尾音、犹如犬吠一般、又似催眠剂的九州乡下的歌谣、断断续续的"；"日本的美，并非诸如楠公与西乡的铜像，而在于乱云迷蒙的樱花，彩蝶翩翩的舞伎"，东方人的天职"并非醉心于某些人所说的东西文明调和之梦的空想，而要使男人们尽可能莳花弄草，女人们尽可能当舞伎，举日本全岛为世界丝竹嘈切之乡"。

永井荷风游荡于美国时，也是日本的一个转折时刻。自 1853 年被美国黑船打开国门，日本就生活在一种强烈的追赶中。在"富国强兵""殖产兴业"这些口号声中，普通日本人承受着国家转型的压力。随着国家体制在 1890 年代逐渐稳固，个人空间日益窄小，变为国家的工具。在军事上，1895 年战胜中国、1905 年战胜俄国，令日本的国际形象陡变，普通人要承受的肉体与精神压力，却被普遍忽视。

通过海外日本人是观察这个迅速膨胀的日本的另一个角度。他们或为讨生活，或为逃避昔日的家庭，或渴望获得新生。来到陌生之地，在陌生人中，他们的感受更为敏锐，优势与缺陷也更为显著。

对出生于1879年的永井来说，美国是一个勉强的选择。他深受法国文化的影响，活在波德莱尔、左拉的世界里，巴黎才是他的梦想之地，"与西洋女子一起，在西洋的天空下，于西洋的河湖边，用英语或法语，谈论古希腊以来的西洋艺术"。

但他的父亲，一位高级官僚商人，也是位文人，执意让他进入银行业。不管怎样，美国让他逃离了这个严厉、讲求实用的父亲，后者正是明治时代的某种象征——它对个人自由、浪漫之美毫无兴趣。永井着迷于波德莱尔的人生态度，要不停地醉下去，酒、诗歌、女人、美德，沉醉令人忘掉时间的重负。

飞向夏威夷途中，我心中却是永井笔下的不无萧瑟的冬日西雅图与芝加哥，渴望柔和的灯光与一壶清酒。我也感受到某种下意识的焦虑。20世纪初的永井荷风，被种族焦虑所裹挟。那是一个"黄祸"的年代，日本人自认比中国人更优越，但在西方人眼中，却并无差异。一股自我厌弃之感，伴随彼时的日本作家。身在伦敦的夏目漱石，觉得自己短小、丑陋，只能钻进书堆之中；永井更为潇洒，同胞在他眼中无疑是一种不堪的存在。

在西雅图日本街上，他看到"豆腐店、赤豆汤店、寿司店、荞麦面店，应有所有"，而路上的行人是"腿脚短曲、上身很长的我的同胞"。

中国人亦是如此，散发着不无邪恶的魅力。纽约的唐人街，"众多的餐馆、杂货店、蔬菜店，每家店门悬挂的各式各样的金字招牌、灯笼、朱红纸的招贴，连同高低不平、进出繁杂的房屋的污秽与陈旧，一道黯然相和"。夜晚，人们"各自叼着长烟管，在路旁兴致勃勃地谈着彩票与赌博的话题"，进入街道内部，"炖肉汤和青葱的气味，焚香和鸦片浓烈的香气扑鼻而来"。

偶尔，我抬头看看四周的日本乘客。他们戴着口罩，不管成年人还是孩子，皆衣着得体、安静、自持。他们代表的是另一个日本，一个常年和平与富足，或许也不无乏味的国家。倘若永井荷风看到此刻的日本，他会感到欣慰，还是同样的厌倦？他钟情的是江户时代的日本，是暗巷与榻榻米上的风情。他崇敬法国，却厌恶明治时代的西化。若他看到此刻的东京，定会对江户风情的彻

　　　　　意外的旅程：马六甲、檀香山以及永井荷风的浅草

底消失深恶痛绝吧。

深夜从东京出发的航班，抵达火奴鲁鲁时，仍是当天的正午。这里比东京迟十九个小时，突然间，你为自己多争取了一天，一切忧虑、烦恼，也会更晚到来。

它也的确如此。机场内，一切平静，仿若席卷亚洲的病毒，与此毫无关系。我扯掉了口罩，扔进了垃圾桶。海关的小伙子头发短粗，笑容灿烂，他用力将钢章印在护照上，"欢迎来到美国"。

我很快发现，日本人在此留下的历史痕迹是如此之重。中日近代平行、交错的历史，在夏威夷也以另一种方式显现出来。

鼠疫、维新与梁启超

一

梁启超会看到什么景象？

坐在 9 号码头的露天酒吧，我喝着菠萝啤酒，白色游轮"火奴鲁鲁之星"，停泊到岸。几个粉裙、肤色棕黑的姑娘正在甲板上扭动腰肢，小乐队演奏着令人慵懒的曲调，没错，就是那些夏威夷小调。

乘客们举起手机，记录下这个典型、符合期待的夏威夷景象。没有一个地区只按照本来面目存在，它也依赖他人的想象，甚至按这些想象来塑造自己。自身愈是衰弱，这想象就愈重要。

中国人也按自己的方式想象火奴鲁鲁。最初的移民都来自广东的香山县，此地出产檀木，它就得名"檀香山"。这名字给予劳工们一种慰藉，即使你跨越了半个太平洋，仍有一种熟悉感。

菠萝啤酒的劲道比想的强烈，甜蜜没能压住酒精烈度。它来自本地的都乐（Dole）公司，这家酿酒厂也是本地历史的缩影。它的创始人詹姆斯·多尔有一个大名鼎鼎的舅舅。在1893年夏威夷女王被废黜后，桑福德·多尔成为了事实上的统治者，1900年，他被美国总统麦金莱正式任命为"president"，他有一副令人难忘的胡须，白且长，像是京剧里的长髯公。

种植甘蔗、菠萝曾是夏威夷的支柱产业，它们是制糖业的原料。糖与香料、咖啡一样，曾是驱动世界的主要动力。人们为了味觉，跨越大海、征服异族，融合"文明"与"野蛮"。岛上的白人寡头们控制着制糖业，将金钱转化成政治控制。

我感觉微醺，眼前的一切皆显失真。五周以来，我看到疫情在全世界蔓延开来。我离开羽田机场时，日本已经成了第二大疫情国，东京媒体忧虑于离开钻石公主号的乘客，他们乘坐出租车、公交车到家，迫不及待地

檀香山的9号码头，夕阳中，菠萝啤酒比想象的更有劲头，我陷入一种甜蜜的迷惑

与家人、朋友聚会。

2月末的夏威夷，像是身处历史之外。疾病、恐慌、焦虑，暂时被排除在外。在这里，一切总是更迟地到来。流行病似乎也是如此，SARS 于华南发现半年后才在夏威夷出现。

"病毒冲击"，2月24日的 *Honolulu Star Advertiser* 头版文章宣称。作为夏威夷主要的报纸，它自称"天堂的脉动"（Pulse of Paradise）。新冠病毒尚未搅动它的脉动，它首先担心的不是人员感染，而是经济受损。尽管几天前一对度假的日本夫妇归国后检测出阳性，危险似乎更属于日本，而非本地。连经济冲击也在可控范围内。夏威夷的旅游业中，来自中国的游客只占有很小的份额，去年只有九万四千名。日本人占据着四成，来自美国大陆的客源更重要。

人们尚不担心，本地医院甚至尚未有测纸。美国大陆也同样漫不经心，特朗普信誓旦旦地掌控一切，普通人多少觉得，疫情似乎也仍像是个东方的危机，高加索人具有某种天然的免疫。北京、首尔与东京被口罩遮起时，罗马、巴黎、柏林、伦敦与纽约的生活仍在继续，口罩更是个不可理喻的存在。对于陌生的危险，人们也总倾向于忽略它、否认它，担心它打破日常的惯性。与经常陷入荒诞的慌乱相比，我对于这种方式有着下意识的支持。

檀香山的海滩上、电影院里、餐厅中、购物中心内，到处都是人，他们流连于此，正为了遗忘现实的困扰。

我觉得自己在进行一场逃逸，在历史缝隙中，保持某种暂时的自由，尽管它或许只是幻象。日本的旅行签证即将过期，必须出境。夏威夷成了最佳选择。这里是孙中山的革命生涯开始之所，梁启超也曾短暂停留，还遭遇一场鼠疫危机。我很是好奇，在一个遥远之地，这些变革者们怎么看待中国内部的危机。

1899 年 12 月 31 日下午 3 点，梁启超抵达檀香山。这是期待已久的旅程。自前一年秋天流亡日本，他已遭受一连串挫败。他原以为日本政府会伸出援助之手，帮助光绪皇帝复位，重启中国改革之旅。结果，康有为被强迫离境，他创办的《清议报》不断受到停刊的压力。逆境带来意外的机会，被迫前往加拿大的康有为，发现北美华人对他及其政治理念如此推崇，慷慨解囊成立保皇会。散落在世界的华侨，或许可以变成一股值得期待的政治力量。

梁启超的旅行与这个新形势相关。他计划在檀香山小住一个月就前往旧金山，展开美国大陆之旅，他要巡回演讲、募集款项，声援各地新成立的保皇会。这些款项将为一场正在酝酿的起义提供动力，他的生死之交唐才常正在长江一带四处活动，联络维新派与秘密会社，前者对慈禧太后越来越封闭的统治风格日益不满，后者具有反清基因，更会因金钱使用暴力。倘若一切顺利，起义将同时在华南与长江流域发生，将赢得列强的支持，挥师北上，最终恢复光绪皇帝的权力。

旅程也不无被迫。康有为前往加拿大后，梁启超与孙中山的关系迅速升温。康门弟子发现，推翻清政府更有吸引力，它是重建中国更便捷、有效的方式。这激起康有为的愤怒，派遣梁启超赴美，也为打破这种日益浓厚的革命情绪，康有为容不下孙中山。

梁启超的性格也在这紧张气氛中展露无遗，他既遵从师命，又向孙中山许诺，要继续推进革命。孙中山信任他，写信介绍哥哥孙眉以及朋友给他。梁甚至想出一条折中之路，若起义成功，建立起共和国，可以推举光绪皇帝出任第一任总统。

12月20日，梁启超在横滨上船，诸多同仁前来送行。此刻的梁启超，早已剪掉辫子，西装笔挺，中分的短发，就像一个英俊的日本绅士，他的护照则借自挚友柏原文太郎。这也是安全所需，梁是清廷的通缉犯，他在《清议报》上对慈禧的一连串攻击，招来北京的愤恨。登船当日，北京再度发布上谕，将康梁视作头号敌人，他们逃到海外后，"狼性未改"，"犹复肆簧鼓，刊布流言，其意在蒙惑众听，离间宫廷"，要求海疆的督抚，悬赏捉拿，"无论绅商士民，有能将康有为、梁启超严密缉拿到案者，定必加以破格之赏"，即使不能生擒，如果能"设法致死"，也从优给赏。

尽管已是蒸汽船时代，穿越太平洋仍疲惫、危险。前几日，梁启超不仅晕船，海水还灌进船舱，还有水手被卷入浪中丧命。危险激发了他的冒险精神，他想起自己儿时最怕乘船，不想此后，乘船奔波于中国，现在更做如此航行。他还诗兴大发，很少作诗的他，几日内成诗三十余首，其中一首是《二十世纪太平洋歌》。

"亚洲大陆有一士，自名任公其姓梁"，他以此自称开始，"任公"的名号自此流传。接着，他回顾了日本的生活，"尽瘁国事不得志，断发胡服走扶桑。扶桑之居读书尚友既一载，耳目神气颇发皇"。而这次前往美国的目的，"誓将适彼世界共和政体之祖国，问政求学观其光"。

他展现出一种崭新的时空感，相信自己身处"新旧二世纪之界限，东西两半球之界限"，太平洋则是"世界第一关键之梁津"。"世纪""世界"成为他钟爱的词汇，他不再是那个传统的中国读书人，而是世界的一分子。空间带来气温变化，离开东京时，仍雪深尺许，而接近檀香山时，穿单衣仍嫌热。"香港丸"（Hong Kong Maru）邮轮也是一个全球融合的缩影。船主是英国人，"温厚勤恳善人也"，还有一位曾在胶州湾服役的德国军官，两位曾在甘肃传教的耶稣会教士。作为头等舱的乘客，梁启超得到船员前岛君的悉心照料。

从"香港丸"走下的梁启超，不会看到草裙舞的女子，这些现代旅游业的景象，1970年代才兴起。他可能看到一个欣欣向荣的港口。"繁忙的码头，低矮的建筑，以及毛茸茸的青山"，罗伯特·路易斯·斯蒂文森在1889年写道，这位因《金银岛》闻名的英国作家曾到此旅行，他也多少期待，这些太平洋岛屿能治愈他的肺结核，这是19世纪的流行病之一。比起苏格兰过分清癯的矮山，夏威夷的山坡，丰润、宜人。

檀香山港口的历史可以追溯到公元1100年，波利尼西亚人就开始在此活动。18世纪末，欧洲人将它纳入一个迅速兴起的全球市场。19世纪上半叶，它已是世界贸易网络的一环，是捕鲸业与皮毛业的重要港口。接下来，蔗糖出口与劳工运输令它日渐繁忙。

梁启超抵达时，檀香山已有四万五千人口，是二十年前的三倍，"近期已经成为一座不小的城镇，占据檀香山海港以北及以东的平缓坡地。它顺着 Beretania 与 King Street 向东西各绵延数英里，顺坡而上，直抵 Manoa 山谷，以及被当地人称作汤碗的沉睡火山口，再延至 Nuuann 山谷的洼地。一座六层的 Stangenwald Building 刚刚竣工，加上去年的四层 Judd Building，它们构成了新的天际线"。

梁启超并无斯蒂文森的雅兴，观察并记下眼前的景象。"舟将及岸，忽闻岛中新有黑死疫病。"他日后写道。他没意识到，这场流行病将给他带来怎样的影响。

二

司机将我放在 King Street 与 Kekaulike Street 的路口，说这里就是唐人街。我一头雾水，看着绿色街道牌，上面的中文译名分别为"京街"与"祈克利琦街"。唐人街的翻译，就如海外华人的姓名拼写，令人费解又好奇。语言即权力，我习惯的普通话与简体字，是1949年后新政权的象征之一，与北京方言相关。威妥玛拼音（Wade–Giles）的拼法，建立于广东话之上，这些广东人、福建人，又把自己的发音，带到东南亚、澳洲、美洲。在我的青春时代，这些发音与拼写又成了时髦的象征，香港以及海外华人，代表财富与时尚。过去十年里，它们似乎再度被边缘化。

喝掉菠萝啤酒，我想沿梁启超的登岸路线散步，却搞不清他具体的行踪，他从哪里上岸，又沿着哪条路行进。况且，一百二十年过去了，檀香山的面貌早已改变，难以确认原港口的确切位置。

摄于1899年的一张照片上，一群日本人正拥挤在码头上，皆着宽松的便装和服，戴巴拿马礼帽，或站或坐，身旁是简陋的行李箱。他们大多来自广岛、福冈、和歌山——这都是日本的贫苦之地，带着改变命运的憧憬来到夏威夷。彼时美国大陆的排华情绪，已传导至此地。日本劳工开始涌来，取代华人地位，薪酬甚至更低。这亦是一个迅速崛起日本的另一面，比起国家富强，个体仍困苦、无助。

走下"香港丸"的梁启超，会看到类似景象。他还会发现，前往旧金山的旅客不许登岸，原本要来接他的人没有出现。他一人独行，言语不通，甚苦之。他的记载过分简略，甚至未提及登岸时的困扰。对他的通缉早已抵达檀香山，驻美公使伍廷芳，致电各地领事，要他们广布眼线，如果拿到康有为，赏银一万两，梁启超则是五千，即使当场格毙，也一律给赏。

檀香山领事杨蔚彬表现积极，他知会海关，望他们严查从横滨前来的"香港丸"，其中一位叫梁启超的乘客，是大清国要犯。在巡查中，却没发现这个名字，也没有中国装束、形迹可疑的人。只有一名头等舱客人，面貌与流传的梁启超照片吻合，但他持日本护照，名为柏原文太郎（Kashiwabara Bantaro），护照号为14636，上有外务大臣青木周藏（Aoki Shuzo）的印章。护照信息表明，他时年三十一岁，家住"东京芝区露月町14番地寄留千叶县印幡郡成天町字寺台日白28番地"。

护照无误，这位柏原先生仍显得可疑。海关人员以及清国领事以日本工人登岸的法例搜查行李，发现他随身携带不足五十美元，不符合条件，试图扣留。此刻日本领事及其翻译赶来，坚持若阻止登岸，有害两国邦交。这位佐藤（Saito Miki）领事，收到外务省的指示，给梁启超提供保护。

我猜不出亚灵顿旅馆的确切名称，更查不到昔日地址，定是在唐人街旁的某一处。我发现一条 Hotel Street，想它定是因为当年旅馆云集而得名吧。从港口沿岸那些高大、由花岗岩、混凝土建成的新古典建筑穿过，一个乱糟糟却五彩斑斓的唐人街就浮现了。红砖墙、菜市场、牙医店、算命铺子、糕点行，还有绘着龙标的银行，就这样涌到眼前。墨尔本、旧金山、横滨，很多城市都这样一种组合。唐人街镶嵌在城市中心，象征着中国人是最早的移民，城市最初的缔造者之一。它却并非是城市的塑造者，又从未被同化，像是一个格格不入的外来之物。城市中亦有"小意大利""小韩国""小菲律宾""小越南"，但没有一个社区像唐人街这样完整、独特。在檀香山同样如此。19世纪后半叶，中国人一度占据着本地四分之一人口，并未遭受美国大陆的歧视。最终，人数少得多的白人成为统治者。它也折射了近代中国在世界的命运，它有一种令人惊叹的生命力，更引发不安。

这种不安仍存于此刻。夏威夷庆幸自己尚未受到新冠病毒的影响，唐人街却比往日萧条得多。病毒发生于遥远的武汉，游客们与本地人却下意识觉得它与黄皮肤直接相关，那些美食也变得可疑。

梁启超到来时，一场恐慌也正在唐人街发生。1899年12月8日，一个叫Yuk Hoy的店伙计在高烧中醒来，感到大腿有奇怪的肿胀，他四十岁，是个簿记员，几周前刚从广东来到此地。当地医生随即得出结论，鼠疫来到夏威夷了。

这场鼠疫在19世纪中期曾一度被认为自云南开始，也有学者认为源自中东或其他地方的可能性更高。1893年左右，它在广州被发现，导致上千人死亡，接着传至香港，随即开始向世界蔓延。梁启超定感受过鼠疫带来的恐慌。彼时，他正在万木草堂就读，很难不察觉到广州城的气氛。但对于疾病与死亡，彼时的中国人与我们截然不同，死亡从来就是人生的一部分，你会目睹兄弟姐妹的夭折，看到疾病折磨着周围人，没有现代的医药，你凭运气与生命力，闯过生死。很少有读书人留下对疫情的只言片语，疾病显然也并非文人所关心的主题。

鼠疫未引起欧洲人的忧虑。在疫情严重的香港，死亡大多发生于拥挤的中国社区，半山上、通风良好的欧洲人很少受到影响。纯属卫生条件的差异被解读为人种差异，疾病属于亚洲人。他们似乎彻底忘记了5个世纪前，鼠疫曾使欧洲三分之一人口消亡。

1899年6月，当抵达的"日本丸"邮轮上发现一具中国人尸体时，对鼠疫的忧虑开始出现。到了秋天，唐人街开始传出更令人不安的消息，中医们开始以中草药医治病患。他们也倾向于隐瞒消息，他们不信任夏威夷政府。这个五年前成立的临时政府越来越倾向于将美国大陆的排华法案引入本地，对亚洲人的歧视也日益强烈。一位叫李启辉的医生充当了这两个世界的连接者。他曾就读于广州博济医院，参与对鼠疫患者的救治，出于对自由与爱情的追逐，他与新婚妻子江棣香逃亡檀香山，幸运地成为第一个在唐人街营业的西医。

也是他明确地判定Yuk Hoy罹患鼠疫，并通知当局这一消息。这加剧了檀香山的白人对于中国人的怀疑。地方下令对唐人街进行五日的隔离，令八个街区的上万中国人、日本人、夏威夷人困在原地，全副武装的警卫站在街口。用以杀死病毒的火葬，更激起中国人的不满，他们习惯将尸体运回家乡，入土为安，而火葬让灵魂无处归依。

隔离并未带来期待的效果，死亡接连而至。尽管鼠疫杆菌已被发现，全球的科学家们却并未找到病毒传播的确切原理与应对方法。12月31日，亦即是梁启超登岸这一天。当局认定火能解决问题，焚烧感染者的房屋，期望彻底杀死病毒。一座有鼠疫死难者的两层楼，其中的住户包括中国人、日本人与夏威夷人。他们对此无能为力，危机总会给予粗暴手段以合理性。

入住旅馆的梁启超，带着疲倦、困惑与忧虑，却尚不知檀香山正面临着有史以来最严重的一场公共危机。傍晚，几位到访者将他从困惑与孤立中解脱出来。"夕间同志已闻余之来，其不在禁限者，有数人来谈。"他在日记中写道。

这个对新世纪满是憧憬的青年变革者，在一场鼠疫恐慌中迎来了20世纪。这个天堂岛屿，如今弥漫着受困于大洋中之感。梁启超的受困感迅速消失，正月一日，更多拜访者涌来，"岛中同志来访者十余人，相见咸惊喜出意外"。

"消息却像野火般传开来……人人都想见这位著名的改良派。"钟工宇日后回忆道。他是当地著名的华商，他的City Mill公司刚刚建成，他也是孙中山的同学与热情支持者。在拜访梁启超之后，他随即"被这个人的魅力深深迷住了"。对梁的通缉，也很可能张贴于唐人街上。

午间，梁启超随众人去参观华人学校，七十多名学生中，皆是广东子弟，还有几名夏威夷土著儿童。执教者是一位美国耶稣会传教士，曾在广东传教，会讲粤语，"其夫人尤娴熟，相见握手如乡人"。

次日，梁启超前往日本领事馆拜会斋藤领事，后者带他会见夏威夷的外交部长，再次确认他的身份，尽管他是一个中国变革者，却已归化日本，受到日本政府保护。这一消息随即令杨蔚彬陷入恼怒与焦虑，要求外交部驱逐梁启超，即使不行，也要监察他的举动。当然，这个建议被驳回。

纷至沓来的拜访者，也令梁启超不无吃惊。他发现此地华人"热心国事，好谈时局者，殆十而七八"。对于普遍政治冷淡的华人社会来说，这实在非同寻常。他分析这与本地动荡的政治氛围有关，"十年以来，经三次倡革命，猝倒旧朝，兴新政府"，这些事件清晰地刻入他们脑中。他也对于夏威夷的地理与商业环境有了了解，华人中甘蔗、制糖、种稻谷最多，商业则主要是土产贩卖，供华工食用。他也发现檀香山是一个日渐蓬勃的港口，并入美国更给它带来新的机会，"百物腾跃，需用日繁，商务日盛"，工人的月工资从十八涨到二十四美元。他也叹息，排华法案也延伸至此，这里登岸甚至比旧金山还难，日本人反而迅速增加，"每一船至，辄运载五六百人"，日本人已成为岛内最大的外国人社区。他也嘲讽清政府外交官的无能，"能无愧死"。

檀香山环境宜人，"竹林果园，芳草甘木，杂花满树，游女如云"。温润气候也让他舒适，"终岁御单夹衣，夜间盖秋被"，令他想起苏东坡歌咏琼州的诗句："四时皆是夏，一雨变成春"。

这美好更凸显眼前的困顿。华人成为鼠疫最严重的受害者，不断有房屋被焚烧，"初议有病疫者之家则火之，其后则议一家有疫，殃及左右两邻，其后又议一家有疫，火其全街"，禁令又一日数遍。这也彻底打破了他的计划。集会禁止，礼拜堂、戏院皆关闭，他无法开始演讲，招募听众，募集资金。

灾难与屈辱也令华人更急于寻找某种支持。杨蔚彬代表的清政府无法提供急需的保护，梁启超声称的保皇会或许意味着另一种可能。对于大多数人，梁启超的举人身份、与光绪皇帝的密切关系都平添吸引力，在这些漂洋过海的劳工与商人看来，一个被皇帝召见的人，不可小觑。对于一小部分更激进的革新者来说，他还有孙中山的介绍。他的热情、温和、激昂的演说风格，也不无作用。

1月14日，檀香山保皇会成立。仪式一如温哥华，堂中摆放光绪画像，康梁分别居于左右，众人一起诵救圣主歌。大会设总理一人，副总理、协理数人，分会则有值理数人。会中事由总理、协理、值理议定。共八十四人，除去总理、管库、正书记各一人外，另有副理四人、副书记三人、协理七人、值理五十二人。它还特别设立了五位演说员，这是一项至关重要的技能，流畅、热烈的演说，能驱动人们翻出口袋。

保皇会也吸纳大量兴中会的成员。总理黄亮，管库钟宇，副理钟木贤、张福如，协理许直臣、李光辉等，皆来自兴中会，甚至孙眉也成了热情捐助者。孙中山建立的网络，一下子被梁启超所覆盖。

檀香山的孙小姐

一

"你说，三民主义是什么？"

她直截了当地问我，甚至没有半句寒暄。Moana 道上的一座玻璃幕墙的公寓大堂中，我坐在电梯旁的沙发上颇等了一小会儿，好奇这位传说中的孙女士将会如何登场。

我买过她的书，《我的祖父孙中山》，却未认真翻阅过。你会把它当作历史的纪念品，而非一本严肃的历史著作。历史人物的后代，本能地会与政治人物、学者们争夺历史的叙述权，皆认定自己更能理解历史的源头与价值。

我也在各种新闻报道与学术文集中见过她的名字，是一个荣誉性、亦必不可少的存在。是啊，在一群依赖演讲稿、老照片、档案来接近孙中山的人中，一位喜欢穿红色套装、有直接血缘关系的女士，会带来不一样的气氛，即使也像其他与会者一样，她从未见过孙中山。况且，她是那么热情，不知疲倦地飞往世界各地，重申孙中山的伟大意义，捐献他的铜像。

我没有想到，会在檀香山见到孙穗芳小姐。也没想到，1967 年以来，她就一直住在此地。不过，这似乎也是个命定之地。孙中山就是在此地，开启了启蒙之旅，接触到不同于中国的政治制度与思想文化。她的父亲孙科，则在此度过了青少年时代，比起广东，夏威夷才更像是他的故乡。

"民族、民权……"我本能地答道，头脑陷入短暂的空白，像是一个被校长巡查时抓到的逃课学生。她也的确像一位严厉的校长，有着不容置疑的权威以及短暂的耐心。"民生"，她替我答道，紧接着让我解释，它们该作何解？

我陷入了少许窘迫。这些历史课本上的主义与名词，似乎只属于考卷。即使我开始对近代历史发生兴趣，也下意识回避它们，它们仿佛都成了被高度政治化的教条。我经常也忘记了，在被教条化之前，它们曾是如此鲜活、有力，曾激起一整代人的想象力；它们也曾充满疏漏与莽撞，是深思熟虑与仓促行动的共同产物。

孙小姐一定理解我的窘迫，或许也不在意它。她的使命，正是使更多的人，认识到孙中山思想之伟大——他或许是孔子以来最伟大的中国人之一。他还能为世界政治思想提供新燃料。毕竟，他在1912年创建的中华民国，是亚洲第一个共和国。

"没人比我更理解他，你们都写不好他。"孙小姐语速短促、斩钉截铁。她对我的反应并无兴趣，她是个布道者，我必须要认真收取信息。她也坐到沙发上，拿出一沓资料，其中一本蓝色封皮的画册《永载中华——国父孙中山先生纪念集》里面夹了一张A4复印纸，是《礼运大同篇》的节选，孙中山著名的"天下为公"正是出自其中。她要我朗读，她就对每一句作出解释。

"大道之行也，天下为公。选贤举能，讲信修睦……"就在被茂盛植被包围的公寓大堂中，我轻声读起来。这也是一个超现实的场景，公寓外的海滩上，男男女女们躺在沙滩上或是游进蓝绿交替的海水中。对于很多人来

遇到孙穗芳女士，就如被班主任抓个正着的逃学生，她要一字一句地给我讲解三民主义

说，夏威夷是天堂，一个逃离现实沉重的地方，它似乎在历史之外。

近代中国的历史，却与此紧密相关。"我在这里长大与接受教育，看到一个现代的、文明的政府，使我知道这样的政府（对人民）意味着什么。"孙中山在1910年接受一位本地记者采访时说。当这个广东香山翠亨村的少年于1879年到来时，他正式的名字是孙文，母亲还为他起了"帝象"的乳名。他的大哥孙眉八年前来到夏威夷，加入了一个迅速蓬勃的移民潮流。

新兴的蔗糖业使这个群岛急需劳工。夏威夷本地人口不足，更因欧洲人带来的传染病而迅速衰退，中国人则成了最佳的选择。比起美洲、澳洲日后增长的排华情绪，此地对中国劳工友善得多。1850年代，广东与福建的劳工开始抵达此地。

孙眉很快取得成功，他开办了自己的商店，并与人合伙将更多的劳工引来此地。他也请人把弟弟带来接受教育。孙文日后回忆起这初次远行："始见轮舟之奇，沧海之阔，自是有慕西学之心，穷天地之想。"不仅跨洋航行拓宽了他的眼界，这里的学校亦是如此。1879年至1883年间，他先是就读于意奥拉尼学校（Iolani School）

与奥阿厚学校（Oahu College），它们皆是美国传教士开办的英语学校。这个华南少年很快展现出过人才智。最初十天，他只能是个沉默的旁听生，三年后毕业时，他却在英文文法考试中名列第二。国王卡拉卡瓦亲自为他颁发奖品，王后与国王妹妹皆出席。这也是夏威夷王室的巅峰时刻。

1810年，檀香山国王卡美哈梅哈一世，统一了夏威夷诸岛。美国传教士在1820年代到来，迅速参与到这个王朝的演进之中，与本地王公共同统治。1839年，卡美哈梅哈三世创建了一个宪政国家，由王室成员构成上议院，平民组成下议院，男性获得选举权。在白人的帮助下，这个王国也取得了外交上的胜利。1843年，英、法、美承认它为独立王国，并与之建立平等的外交关系。此刻的国王卡拉卡瓦，精力旺盛，个性张扬，敏感于自己的国际地位。他建造欧洲风格的王宫，周游世界，推行他的泛亚洲主义。他在天津会见李鸿章，在东京会晤明治天皇。倘若门罗主义者声称，美洲是美国人的美洲，他也宣扬夏威夷是夏威夷人的夏威夷，而亚太也属于亚太的国家与岛屿，而非白人。

十三岁至十七岁，正是人生第一个关键时期，你生机勃勃，对外界充满好奇。少年孙文恰好遇到一个繁荣、自信的夏威夷王国，并借此接触到西方世界。终其一生，他的英文比中文更流畅。也是在这里，他接触到基督教，并成为美国公理会的追随者，常去圣安德鲁教堂礼拜。他结交了 Francis Damon，后者曾在广州传教，如今在奥阿厚学校任教，他随即成为孙中山坚定的支持者。

孙中山对基督教的兴趣，令孙眉颇感不安，他中断弟弟的学业，让他返回家乡。已经触摸到新世界的少年，对于故土产生了深刻的怀疑。官吏之无能与腐败，乡亲之蒙昧，都令他愤慨不已。他与同伴砸毁了村里的北帝像，触发了众怒之后，他前往香港就读。

檀香山的经验，以一种新方式延续。香港学校推行的英式教育，让他想起过去的经验。宗教兴趣也得到了新的指引，他在美国传教士的帮助下受洗，并为自己取名"日新"，取"苟日新，日日新，又日新"之意。在广东话中，"日新"也发音为"逸仙"。孙逸仙之名，很快在朋友中流传。也是在香港，中国内部危机也以更鲜明的方式展现在孙文面前。在中法战争的高潮时刻，明明清军节节败退，中国人却都沉浸在必胜的消息中。也是在香港，孙文反叛的意识更为强烈，他与三位同学组成了议论时政的"四大寇",期待用更激进的方式变革中国。

上书失败,他再度来到檀香山。

二

在沙发上聆听了半小时教诲后,我提议去吃个午餐。走出公寓,棕榈树、阳光与海风,让我的神经即刻松弛下来,像是下课铃声响了,你可以扔掉课本,冲到户外。

在一家提供 Fusion 菜系的餐厅,我要了一份泰国辣炒鸡,孙小姐点了一份咖喱饭。四周皆是度假男女,宽松长裙、夏威夷衫、人字拖、黝黑的肌肤,人人松弛慵懒。再一次感受到,夏威夷像是一个逃离历史与现实之所,灾难、困苦,似乎变成了遥远的存在。

孙小姐也是被灾难推到此地的。1967 年,骚乱在香港愈发失控,罢工不停,街上四处是土制炸弹,一些香港人前往欧美、新加坡,孙小姐随丈夫来到夏威夷。这是三十一岁的孙穗芳又一次搬迁。她之前的岁月充斥着动荡与磨难,这与时局有关,也与她独特的出身有关。

1936 年,她生于上海,似乎注定要纠缠于历史之中。作为孙科的私生女,她蒙受遗弃,不仅没有父爱,还要被继父毒打，她的母亲冷漠地看待这一切。她的命运也随着时局不断流转，熬过了抗日战争的童年，她前往台湾，之后又是香港，1951年又被送回上海。尽管她在上海第八女子中学名列前茅，却因出身问题，未能考取同济大学。她在愤恨与焦虑中，写信向宋庆龄求助，后者没有给出明确的许诺，勉励她继续努力。翌年，她如愿考取了同济的建筑系。但混乱迅速升级，已无法度过一个平静的大学生活。这时身在香港的母亲患病，她前往香港探亲，并留了下来，1963年入读香港大学商学系。

在香港，她将对建筑的兴趣与商业直觉结合起来，成立了一家装修公司，专门承接旧房改造，再以高价出售。她因此认识了日后的丈夫王守基，一位富商之子。在香港的平静生活再度被打破，1967年，全家搬至夏威夷。在这里，她重操房产生意，并开始寻找自己的角色。

"我和他最像，他最后的日子，只信任我。"她这样说起与父亲孙科的关系。他们曾在香港一见，那是他们父女的初次见面，十年后，孙科来到檀香山，父女关系更为密切起来。檀香山也必定令孙科更为放松与甜蜜，作为圣路易斯学校的毕业生，他的整个青春时代都在此度过。1973年，孙科病逝于台北，在其葬礼上，孙穗芳第一次见到了宋美龄。这位素未谋面的姨祖母一把搂住她，仿佛一切尽在不言中。

这是让她深感慰藉的一刻，似乎这个 20 世纪最卓越的家族，终于将她纳为正式一员。她对于孙中山的热情也随之增强。自从九岁时她得知自己的确切身份后，就开始收集关于祖父的种种资料，这也像是对自己受困身份的补偿，尽管眼前的生活充满不幸，她却代表着一个光辉、荣耀的传统。

大陆打开国门，两岸的对峙开始缓和，海外华人也因此被激活。她的独特身份赋予她一种新的使命。唯有孙中山及其理念，才是现代华人世界的连接点。她乐于承担这个新使命。

她穿梭于大陆、台湾与海外华人世界，拜会政治人物，参与学术与公众活动，在不同的系统间传递消息。在孙中山所有的后代中，没有一位比她更有热忱与精力，来代表这个传统。她也力图在檀香山复苏孙中山的痕迹，给社区大学捐赠史料与文献，定制孙的铜像送往檀香山与茂宜岛，召集全球学者参与的国际学术会议。1991 年，纪念辛亥革命八十周年的国际会议在夏威夷大学的东西文化交流中心召开，与会者来自中国大陆、香港、台湾，以及新加坡、澳大利亚、美国、日本，这再好不过地展示出孙中山的特性——他是一名真正的全球革命家，他借助全球性的思想、金钱、政治网络，来构造一个新中国。檀香山是一切的起点，它介于东与西之间，是孙中山最初接收到多元文化之地。

孙小姐胃口很好，几乎吃掉了整份的咖喱饭，85岁的她，依旧精力旺盛。她带我返回公寓，继续对我的教育。她的公寓出乎意料地凌乱，那是一个宗教、历史与民俗装饰品混杂的世界。孙中山的胸像与观音像，并排在窗台上，沙发上堆满了关于孙中山的资料，孙小姐出席各种活动的新闻剪报，贴满了一墙，她还供奉着佛龛。

我们盘腿坐在沙发前的地毯上，她给我讲述三民主义与佛学思想的关系，穿插着她与诸位历史人物的交集。她说张学良亲口告诉她西安事变的原委，周恩来曾托梦给她，说三民主义一定会实现……间歇地，她会回忆起童年的不幸，以及她与另一位著名妹妹孙穗芬的关系。同父异母、比她小一岁的穗芬的命运轨迹，似乎与她截然不同。她有一个更为顺利的童年，先是成为空姐，然后作为一名外交人士与社交名媛，活跃于华人世界。从香港、广州、到台北、上海与新加坡，人人都知道这位

Nora，她风采过人，她回避了历史之沉重，沉醉于个人之轻盈。"父亲说，我比 Nora 更像他。"孙小姐不忘强调这一点。是啊，谁又不是终生与童年焦虑作斗争。她希望将自己全部身心投入于这个家族的光辉传统之中，来确认自己的身份。

偶尔，我自卷叶窗帘的缝隙，瞥向窗外，希望海滩还能稀释一下日益浓厚的气氛。整个 20 世纪动荡的中国史以及被历史裹挟的个人命运，似乎充斥了整个房间，也压迫到我个人身上，尽管我只是一个恰好路过的旁观者。

特朗普国际饭店与三民主义

"中国人最崇拜的是家族主义和宗族主义，所以中国只有家族主义和宗族主义，没有国族主义……所以中国人的团结力，只能及于宗族而止，还没有扩张到国族范围。"

在特朗普国际饭店的房间里，我第一次阅读《三民主义》。从东京起飞前，我特意订了这家酒店，它价格不菲，却品位不佳。七年前在拉斯维加斯，我体验过一次特朗普大厦，记得它已经褪色的镀金外壳，以及室内过分功能化的装修，这也像是特朗普给人的感觉，他代表一个已经老化的镀金时代。

谁能想到，这个粗俗的 dealmaker 会成为总统。我记得他获胜的时刻，世界一片哀叹。尤其那些自由派媒体，皆预言一个黑暗时代的来临。其中乐观者相信，他必在一个任期之后，因言行之不端、政策之混乱下台。将近四年过去了，他的混乱甚至超出预想，他在无情摧毁一个制度化的美国，激怒昔日的盟友，但与很多人预想的不同，他很可能连任。对于他越来越多的支持者而言，他的个人专断带来意外的效率，他似乎跳过了烦冗的官僚体系，还有某种令人亲切的直截了当。有时候,我甚至期待他是对的。

走进国际酒店的一刻，我似乎就感到了那股特朗普式气息。接待我入住的 Tim，消瘦、精干、短促的头发向上竖立，脸上挂着那股再职业不过的微笑，它随时到来，亦随时离去。他的语速极快，要在最短的时间，传递最多的信息。他不太顾及我这个外国人的听力，或许也下意识地觉得，他的语速越快，我就越无法拒绝——一种真正的推销员精神。他用尽方式创造新的利润，房间要到四点才入住，他马上建议我，只要再多加一百美元，就帮我调整到一个更大的房间，而且即刻入住。我表现出一丝犹豫，他又给出了第二个方案。

此刻，一位扎马尾的女士端来一杯柠檬水。她瘦长脸，身材高挑，上了些年纪，却一眼可辨，年轻时定是个美人，样子与第一夫人不无相似，且有一种意外的朴素，与 Tim 的过分老练迥然。也因此，这杯水格外清凉。我的四周，皆是即将离去或刚刚到来的游客，其中大部分是日本人。

马尾女士的朴素，以及 Tim 职业般无法拒绝的热情，让我搬进了那个更贵的房间。它平淡得一塌糊涂，仅仅因为了多一个微波炉与几套餐具，就自称是一间 Loft Room。

《三民主义》比我想象的好读。它是孙中山 1924 年在广州高等师范的十六次演讲的结集，其中"民生主义"部分尚未完结，孙中山就前往北京和谈，病逝于北京。

这是孙中山一生政治思想的总结。很少有人将他视作一个深刻的、富有体系的思想家，他更是一个行动者。他的行动，也常常是即兴的，从来没有一个长远的战略，更缺乏一个严密的组织去执行。他是一个鼓动者，一个网络缔造者，一个富有想象力的舆论塑造者。他一定也想不到，自己的那些常常即兴的思想，日后可能会变成教条，进入少年的头脑。

或许孙穗芳小姐是对的。在一个民族隔阂重新显现的时刻，孙中山仍是华人世界的最佳黏合剂，他无处不在的题词"天下为公"，仍可以轻易激起中国人的普遍情绪。在她眼中，这种理念足以与林肯的"民有、民享、民治"比肩。

窗外喧闹十足。威基基（Waikiki）像是火奴鲁鲁岛的飞地，沙滩、林立的酒店、购物中心，它是游客的世界，全球消费主义的一环。在此，你无需感受到地方的历史、文化与精神世界，它是四海一家的服务标准。

在这样的环境中，阅读孙中山是个独特的体验。可能，也并非那么独特。他是 19 世纪末、20 世纪初那股全球化浪潮的产物。这位中国革命者，经常表现得一点也不中国。比起一名广东香山农民之子的出身，他更像一名全球旅行家，一位网络缔造者，一位四处募集风险投资的冒险家……火奴鲁鲁，是他开始的地方。这个被中国人称作"檀香山"的岛屿，以及它所属的夏威夷，对他的影响，超越我们的想象。彼时的檀香山，也正处于一场独特的政治实验中。

"就某种程度，中华民国模式源自夏威夷，孙逸仙的 1920 年代的泛亚主义也与 1880 年代夏威夷王国的实践相关。"Lorenz Gonschor 写道。在恰好读到的这篇论文中，这位夏威夷大学教授认定，孙中山深受当时夏威夷政治思想的影响，甚至三民主义也扎根于此。

"为了改良与加强中国，孙强调抵抗外国入侵，既反对满族人的外来统治，也反对西方帝国强加的不平等条约。"Gonschor 教授相信，孙中山倡导一种公民民族主义，它超越种族基础，这一点正是夏威夷王国所提倡的。孙在檀香山求学时，正是这个王国最开明、富有朝气的时刻。原住民、中国人、日本人、葡萄牙人、英国人、美国人、葡萄牙人、美国人，都在此共处。原住民是名义统治者，其他种族也分有着自己的政治参与权。夏威夷也在努力抵御西方帝国主义，寻求独立的国际地位。

"孙倡导一个由人民选举、对选民负责的政府。"Gonschor 教授说，孙中山的民权主义，也与夏威夷王国有关。自 1840 年以来，夏威夷就施行君主立宪，1874 年起则推行全民选举，甚至比很多欧洲国家要早。

至于民生主义，这位教授同样笃信，它与夏威夷王国的公共服务很有关系。自 1860 年代起，夏威夷就提供免费医疗。

读到这些段落时，我大吃一惊又将信将疑，甚至想致信这位教授约他见面，我对他的名字也感到好奇，似乎是个夏威夷原居民的名字的英译。所有地域、人群都有某种以自我为中心、重新书写历史的冲动，在现实世界失去越多，你越要在想象与书写中，夺回荣光。

19世纪的夏威夷王国或许曾繁荣、开明，却一直在衰落。衰落的重要原因之一是传染病。欧洲人不仅带来了枪炮、基督教、科学知识，也带来了麻风病、天花，令夏威夷原住民大量死亡，国王与王后面对的是当地人口的迅速收缩，不得不依赖外来的劳动力——中国人、日本人、葡萄牙人因此涌来，涌来的还有美国的资本。这个王国在1893年被推翻，五年后又成为美国的一部分。夏威夷自身的历史被掩埋，需要被唤醒。

强调夏威夷王国对一位中国现代之父的影响，也是这重申荣光的一部分。不管它是否夸大，却是对中国的自我中心意识的一次提醒。即使你是一片辽阔大陆，人口众多且自足，你仍是世界体系的一部分，仍受到外来观念的影响。观念世界更充满意外，以莫名之逻辑链条不断延展。你会觉得，香港、东京、伦敦皆可能对孙中山造成深刻影响，它们是新兴文明的基地，而不会强调檀香山的重要性。

这真是个奇妙的夜晚。窗外的音乐声、欢呼声从未衰减，在红酒的帮助下，我开始想象孙中山在夏威夷的生活，他怎样看待美国政治、华人之自尊。如果他活在此刻，会怎样评价特朗普。他所生活的时代，也是个美国民粹主义获胜的时代。

遥远的密谋者

一

我找不到爱玛巷（Emma Lane）上的停车场，已经是第二次了。我在檀香山唐人街一带游荡，找不到它的确切位置，只看到爱玛皇后广场（Queen Emma Square）的标牌，它是一块绿地，一群少年在旁边嬉闹。

一份当地华人旅行地图标明，这个停车场是兴中会成立之处。没错，就是那个兴中会，近代中国第一个政治社团，它联结同志、募集资金、发动起义，为中国危机提出自己的解决之道——只有推翻满人的统治，中国才能重获富强。

1894 年 11 月 24 日，一群檀香山华人定于爱玛巷 140 号聚会。这住所属于何宽，他是檀香山卑涉银行（Bank of Bishop）的经理。到来的人比预料的更多，足有二十几位，何家过分窄小，移至 157 号的李昌家。

没有确切的记载表明，聚会发生于白天还是夜晚，只在当天还是连续数天。另一些细节留了下来。他们成立了一家叫兴中会的组织，举办了入会宣誓。众人左手按《圣经》，右手举起，宣誓："联盟人某人，某省县人氏，驱逐鞑虏，恢复中华，创立合众政府，倘有贰心，神明鉴察"，似是天地会与基督教的混合体。他们脑后的长辫分外显眼，所操皆为粤语，以香山一带口音居多。

聚会的灵魂人物是孙逸仙，他刚从中国回来不久。距离上次檀香山岁月，将近十年过去了，昔日的少年，已成长为一个结实的青年，还有着同龄人少见的见识与历练。他不仅在香港接受了一流的医学教育、在澳门行过医，还编织了一个小型的精英支持者网络，其中既有何启这样的殖民地华人领袖，又有康德黎这样的英国人。他还有一群忠诚的同龄追随者，所有人都怀抱相似的政治远景——中国必须进行彻底的改革，推翻满人统治也并非不可。

这一年夏天，他做了一个大胆尝试，前往天津上书李鸿章。李鸿章曾是香港医学院的校董，几位重要幕僚都与何启有着密切的关联，其中一位伍廷芳，更与何启是一对连襟。作为海外华人精英的两位杰出代表，何启与孙逸仙选择了两条截然不同的道路，前者依附于中国的权力系统，期望将自己掌握的西方知识转化为革新动力，获取荣耀、权势与身份认同；后者保持着一贯的批评态度，甚至不惜密谋推翻既有政权。

孙逸仙的上书并无新意，不过是诸多改革建议的另一个翻版。这种建言从三十年前的冯桂芬就已开始，可惜的是，它们很少被采纳，只停留在纸面上。途经上海时，孙还去拜访王韬，后者是另一位重要的改革思想家，如今垂垂老矣，却仍期冀自己的理念得到实现。他帮助这位年轻医生修改了上书，并将朋友介绍给他。

孙医生在天津一无所获，李鸿章正忙于即将到来的中日冲突，无暇接见这位年轻人。即使读到这份建言，他也肯定不会有丝毫兴趣，他比任何人都了解朝廷对新思想的排斥，以及空想者之无力。

这个挫败更坚定了孙逸仙的志向，清王朝必须被推翻。他正是带着这样的信念回到檀香山，这个他思想的最初解放之地。

比起 1885 年离去时，如今的檀香山以及它所属的夏威夷王国，正处于另一个转折时刻。那位曾给他颁发过奖学金的国王，已于 1890 年离世。去世前，他曾试图恢复日渐衰微的王室力量，对抗日益专断的美国垄断寡头，后者期待一个不断扩张的美国兼并夏威夷。国王依赖一位叫罗伯特·威尔科斯的意大利人，进行了一场过于短暂而无力的反抗。他的妹妹继承了王位，她比哥哥更缺乏政治技巧，她试图修改宪法，恢复王室的主导权，倡导"夏威夷，是夏威夷人的夏威夷"。1893 年，由美国人控制的夏威夷制糖业在一队美国海军陆战队的帮助下，废黜了皇后，并向华盛顿发去迫不及待的邀请，期望成为美国的一部分。华盛顿表达出明显的迟疑之后，1894年 7 月 4 日，一个临时共和国宣告成立，一位美国传教士之子、律师桑福德·多尔出任第一任总统。

这些政治动荡，也给中国人社区带来显著影响。中国与夏威夷的交往足以追溯到 1780 年代，一位英国船长带着一位夏威夷贵族来到澳门，在回程时，五十位中国人加入船队，来到了夏威夷。19 世纪中叶起，中国移民迅速增加，据记载，到 1884 年时，夏威夷已有 18254

个中国人，占当地人口的 22.7%。他们或是在糖厂当工人，或是开设饭店旅社，或是放牧奶牛，还有人贩卖鸦片。比起在美国、澳洲或是南美，这里的中国移民更少受到歧视。

比起其他地区，这里的中国移民也更有政治意识。旧金山的移民远离华盛顿，难以感受到日常政治的影响，但檀香山不同，它既是港口又是首都，人们每天看到政治事件的上演。它的政治结构松散、脆弱，华人亦有机会参与其中。在 1889 年威尔科斯发动的起义中，几位华人领袖提供了资金支持，他们皆期望一个重掌权力的王室给予华人更大的安全保证与经济权利，将自己的商业影响力转化为政治力量。排华法案已在美国实行，影响也蔓延至夏威夷。因为恐惧华人的数量与影响力，大规模引进日本劳工的计划业已开始。

失败的政变，加剧了美国人控制的政府对华人社区的不信任。1893 年初，新政府宣布禁止华人经营新的工商业，禁止华人参加政治活动，还散布这样的信息，"只要给华人一角钱的茶叶，他们就会把选票卖掉"。

华人的屈辱感，因远方故国新的悲剧，进一步加剧。甲午战争中，中国败给昔日的学生日本，日侨欣喜若狂地游行，华人则深感泄气。清王朝不仅无力保护他们的权益，在战争的高潮，中国领事还要当地华人为慈禧的六十寿辰举办庆祝活动。

爱玛巷的这场聚会，代表着华人精英的觉醒。领着众人宣誓的是李昌，他曾出任夏威夷政府的译员。刘祥当选主席，他是首屈一指的永和泰商号的老板。本地传奇人物何宽则出任副主席，他也是本地第一份中文报纸《隆记报》（1881 年）的创办人之一，还曾因卷入威尔科斯的起义，被罚 250 美元。正文案程蔚南亦是《隆记报》的创办人之一，副文案许直臣是一名教员，管库由永和泰的司理出任。八位值理分别是李昌、郑金、林槛泉、李多马、李六、黄亮、钟工宇与邓荫南。钟工宇是孙逸仙的昔日同学，在孙 1885 年回中国时，他在一家裁缝店做工，将当月工资五美元给了孙，此刻已是一位成功的商人。

二

我很后悔，忘记问问孙穗芳小姐，他祖父成立兴中会的确切位置，或是请她推荐一位当地的华人历史学者，带我四处走走。我又不无担心，一旦拨通电话，她又会追问我三民主义的含义，对我展开另一番宣讲。也很有可能，她对我并无兴趣。她心中的祖父孙中山，已是一位世界性伟人，需要被崇敬、追随，而我好奇的孙中山，仍在挣扎、困惑、盲动——他甚至还不叫孙中山，这个名字要他抵达日本后才获得。他也还不是日后照片中那个英俊、干练的样子，那时的他脑后还拖着长辫，那是驯服与屈辱的象征。

他的确在试图反抗，方向却并非那么明确。倘若天津之行中，他被李鸿章召见，被这位政治老人眷顾，并成为幕僚，他的命运会怎样？至于兴中会的成立中，是否真的有"驱除鞑虏"的誓词，也仍值得商榷。历史被胜利者书写。中华民国建立后，孙的神话就开始被塑造，他成为了国父。国民党取得政权后，他的一切言行更具有了贯穿始终的逻辑，国父从来如此。

但在1894年的檀香山，没人能想象这个二十八岁的青年会成为未来的"国父"。人们会被他的言辞、聪慧、热忱所吸引，会因自己日常受到的屈辱而期待改变，会渴望同道者的慰藉，会在一时冲动下行动，还有人会有投机心理，他们听惯了水浒英雄、洪杨起义的故事，想成就一番事业。

但谁能想到这次相聚，会是一个崭新浪潮的开端。与中国隔着半个太平洋，他们却无意中开启了这一切。或许，他们也意识不到，夏威夷经验是怎样塑造了他们，他们看到一个王国在眼前消亡，看到了当时美国的帝国主义倾向，也看到了宪政王朝向共和制的转变，这些或许都潜移默化地影响到他们对于未来中国的想象。

不过，他们仍是华人社群中的异端。孙日后回忆，走在唐人街，他会被叫作疯子，感慨"不图风气未开，人心锢塞"。自 1894 年 11 月 24 日到 1895 年 9 月 2 日，只有一百一十二人参加兴中会，会费五美元。它还创造了一种股份制式的革命模式，从而筹集到一千三百八十八美元。

这笔钱最终用于次年的广州起义。当孙逸仙在 1895 年初返回中国时，邓荫南、夏百子、陈南等先后加入。似乎越是工人、裁缝、厨师、小业主这样的卑微职业者，热情就越高涨。一位叫宋居仁的餐厅老板，不仅投入全部身家，还把两个儿子——皆是与夏威夷女子所生——带回中国。

广州起义失败后，是来自檀香山的夏百子手持双枪，护送孙逸仙逃走。在清王朝发布于 1895 年 10 月的悬赏中，孙的头颅值"花红银一千元"，他的夏威夷追随者们，则悬赏一百或二百元。这些原本被王朝忽略的移民们，以这种方式被写入了历史。

如今的檀香山唐人街，有好几座孙中山的铜像，他发表演讲的地方、暂居之所、创建的学校与报刊的地点，都被详尽标出。这也是夏威夷新身份的一部分，它是全球旅行者必经之地，探访历史也是旅行的重要部分。谁能想到，这个太平洋中的岛屿，是中国变革的开端之地。而孙的追随者们，一些留在历史中，更多的早已被遗忘。他们中的少数人回到中国，牺牲于革命，或是分享到部分成功果实，另一些留在檀香山，听着孙中山的种种胜利与失败，目睹着他成为神话的一部分。他的同学钟工宇的生意兴隆，且传给后人，当他在1950年代撰写回忆录时，孙中山的国民党已到台湾。但孙中山的形象依旧光辉，两岸都尊称他为国父。如今，钟家仍是当地最负盛名的华人家族之一。

最终，我放弃了寻找停车场的努力。或许，历史本不该是一个停车场，它该是多维度的车道，过去、现在与未来，从来都交织于一处。我回到唐人街，在Hotel Street上闲逛，寻找《自由新报》的旧址，这是孙中山在 1908 年创办的一份革命报纸。一阵大雨突然袭来，我钻进一家餐厅，它的名字富有诱惑，"幸运的肚子（Lucky Belly）"。一家日本餐厅，墙上挂着身穿校服少女的油画，充满后现代式的戏谑。

我下意识点了一杯朝日啤酒，以及一份煎饺。密集的雨点敲打在玻璃窗上。我想，孙中山必定无数次听过这样的雨声，夏威夷总是忽晴忽阴，海风拂面，也带来无尽的雨水。

一对夫妇也冲进餐厅，皆是东亚面孔，都上了些年纪，脸上带着一丝老嬉皮式的自在，男人有点像村上春树，女人则与小野洋子有些神似，皆热情、富有教养。果不其然，他们是夏威夷第三代日本人，已经一句日语不会讲，对于东京也没有特别的兴趣。

在礼貌的、不咸不淡的闲谈之后，突然有一瞬间，我期望他们是中国人的后裔，最好还是兴中会的后人。我真是想知道，这些革命者的后人，会怎样看待自己先人的冲动。

此刻，即使通讯如此发达，中国也显得那么的遥远，疫情仍在继续，武汉仍处于封闭之中，绝望、痛苦与哀叹，四处蔓延。

鲸鱼、牛群与革命者

一

　　在火奴鲁鲁国际机场，我看到两个指示牌：美国大陆（US Mainland）、邻岛（Neighbour Islands），指引乘客通向不同的方向。

　　我低估了夏威夷的面积。来之前，我甚至不知它是由一连串的岛屿所构成，最大那个叫夏威夷岛，也是库克船长最初抵达之地。这个岛名来自波利尼西亚人口中的 Sawaiki，意为"故乡"。它也的确成为了这位伟大探险者的故乡，因与岛民误会，他死于一场不必要的冲突。我唯一知晓的火奴鲁鲁，即中国人口中的檀香山，只是其中一个市镇的名字，它所处的欧胡岛，是夏威夷的第三大岛。不过，檀香山却是整个群岛的中心，集中了主要人口与政治、经济、文化生活。

我喜欢邻岛这个名字，它属于一个广阔无边的世界。对一个来自大陆的人，你很难想象一个场景，看似它们是一个个孤立岛屿，却又构成了绵延的世界，有着自己的网络、律动。也是在檀香山的毕夏普博物馆（Bishop Museum），我看到了以夏威夷为中心的地图，那是个岛屿与海洋的世界，塔希提、斐济、萨摩亚、关岛、冲绳、菲律宾、印度尼西亚、巴布内亚新几内亚、新西兰，大陆反而成了边缘。我突然想起了深夜奥克兰酒吧外的几个毛利人，他们在一座白人主导的城市反而像是外来者，是啊，从夏威夷土著居民、高更笔下的塔希提女人到新西兰的毛利人，他们才是这片区域的最初主人。

这个地图也是过分自我中心世界观的解毒剂。我想起冲绳县知事给我展开的地图，那是以那霸为中心的世界，他自豪地说，在四个小时航程内，覆盖着二十亿人口的区域，都将在冲绳中转。

半个小时后，飞机降落在茂宜岛的机场。沿途，我看到了绿玛瑙似的海面以及艳红色的岛屿，一切都过分不真实。我也意识到统一夏威夷的卡美哈梅哈一世了不起，全赖木船与铁器，以及欧洲人带来的少量火器，他不屈不挠地征服了不同岛屿上的部落。

为了追寻孙眉的踪迹，我来到茂宜岛。每一本关于近代中国的史书，都会写到这位大哥对于孙中山的援助，是他将少年孙中山带到檀香山，让他接触到另一个世界，也是他卖掉了农场的牛，支持弟弟一次次失败的革命。他的农场就在茂宜岛。1891年，他向夏威夷政府租地，在岛的西南部的库拉兴建牧场，占地达三千九百英亩，当地中国人把他称作"茂宜王"。一段时间里，小镇凯奥凯阿（Keokea）像是一个小型的中国城，一百多户中国家庭落户于此，大多来自广东的香山。金矿、码头、洗衣店、橡胶林、中餐馆、木匠，还有奶牛，它们是革命资金最初的来源。

我失算了。夏威夷比我想象的大，我原以为一小时的渡轮就可以自由来往，结果需要乘坐飞机；我也以为只要半天就可以逛完茂宜岛，结果需要坐三个小时车才能抵达酒店，甚至没有一位优步（Uber）司机愿意接单。

这时Neil出现了。处于海岛一角的酒店推荐了这位司机。在机场门口晒了半个小时太阳后，一辆蓝色的丰田车开过来。粗壮、黝黑、寸头，穿着蓝色短袖衫，腹部明显凸出，热情的握手，他圆脸上的单眼皮，透着朴素与慵懒，给人一种奇怪的信任感，仿佛是一个二十年未见的高中同学，顺道来机场接你回家，一群死党正等着你喝啤酒、吃烤肉。

"你是中国人的后代，还是本地人？"在车上，我下意识地问他。在夏威夷，除去高加索血统，你经常分不清种族。中国人、日本人、夏威夷人，经过婚姻、血统的融合，承受同样的阳光、食物，连笑容也都差不多，很难分辨出来。这也是本地的魅力，它是全美种族最融合的州。甚至一个多世纪前到来的中国劳工也发现了这一点，比起美国大陆的旧金山，他们在这里享受的条件要平等得多。直到1893年利留卡拉尼女王被推翻前，它名义上都是由夏威夷王室统治的，白人种植园寡头们虽拥有实权，却无法推行美国大陆的排华法案。像孙眉这样一个劳工，很快就可以积累起一笔不菲的财富，还能娶夏威夷贵族女子为妻，建立地方网络，确保自己的财产安全。

我多少期待，Neil是中国人的后裔，或许也会听闻过孙眉与孙中山的故事。可他是日本人的后裔，是一位

Sansei。在北美与夏威夷，人们用 Issei（一世）来指出生在此地的日本人，他的子女则是 Nisei（二世），孙子辈是 Sansei（三世）。讲起自己的身世，他愈发兴奋。家族从福冈来，这是个长寿之家，祖母已经一百零二岁，家族有五百人之多。每年祖母生日时，大家仍要在火奴鲁鲁聚会，祖母仍会穿上和服。他已不说日文。与华人家庭努力让子女掌握中文不同，海外日本人并不介意日本特性的消失。或许，这也是一个岛国的思维方式，它必须迅速融入一个更强大的文明，在此过程中，可能反而能保存自我。

他没有听说过"Sun Yat-sen（孙逸仙）"这个名字，多少吃惊于茂宜岛竟然还与中国的现代之父有关联。为了解释孙逸仙是谁，我把他比做华盛顿之于美国。如果选一个日本人，他该是西乡隆盛与胜海舟的结合体，很有可能，Neil 已不知这两位近代日本之父是谁。

我很快意识到，历史情绪不那么重要。车沿着海湾线穿行，路过一个夕阳下的小镇后，就是海岸与密林。天色渐暗，海水之蓝愈见深邃，拍岸的浪愈加迅疾，几个冲浪人正乘浪滑行。除去赞叹，我也感到一丝恐惧。傍晚的海，总让我生畏，那股无法控制的力量，仿佛会吞噬一切。那些捕鲸故事让我着迷，在茫茫海上，很可能还是深夜，借着月光或星光，你试图驯服一个庞然大物。比起无边无际的自然，人类的历史显得过分短暂、脆弱，遑论一个多世纪以来的近代史。一种难言的神秘感也随之出现，夜愈深，路愈窄，林愈密，这感受就愈强，你觉得自己应该附属于一个更大的力量。

所幸，乐观、喋喋不休却不令人生厌的 Neil 总能将我拖回到现实的琐碎，他做过餐厅，开过几年的机场巴士，经营过旅行社，他见证了 1990 年代茂宜岛的突然繁荣，日本商人蜂拥至此，他们修建高尔夫球场、豪华酒店、时髦餐厅，日本游客也随之而来。

琐碎常意味着温暖。经过一家孤零零、悬崖之上的基督教青年会后，酒店就到了。Neil 则慷慨地建议，他明天陪我一游茂宜岛，通过 Google，他知道了孙逸仙是谁，孙逸仙公园又在哪里，还有哪些景点值得一去。

二

夜雨把我惊醒。它打在屋顶的玻璃窗上，一声紧过一声，令人烦躁。我睁眼，盯着天花板，听到海浪拍打岸的声音。它是一个失眠者的最佳陪伴，倾诉着种种的哀伤与愤怒，也是个糟糕透顶的陪伴，提醒你生活的种种忧惧。

清晨到来，一切又恢复了朝气，Neil 正在酒店门口等我。我突然看到了牛群，就在对面的矮山上，身上皆着白色斑点，有种令人神往的悠闲。

"Happy Cows（欢乐的牛）。"酒店前台对我说。他是个高瘦的男子，笑容令人放松。这也是孙眉牧场上的牛群吗？政治变化时过境迁，生物却更长久，自然就更长久。这孙眉、孙逸仙，和我看到这同样的天空、洋面、海滩、夜色、牛群。

Neil 载着我，沿着岛屿的另一半海湾线前行。与昨日的风和日丽不同，今晨风雨交替。我这个来自华北平原的人，很少经历这样的时刻，五分钟前的艳阳天，突然变成瓢泼大雨，且间断进行，海岸线愈发美丽。

"这是我钓鱼的地方，"他会指着一块凸起的海崖说。比起昨日，Neil 更为健谈，他说起从小打 Golf，要专注于自身，别让外界打扰你；他也很少感受到种族问题，他在福冈仍有亲人；他毫不掩饰对于茂宜岛的偏爱，檀香山是的国际都市，过分繁忙，这里却放松，世界各地的客人又令它保持着适当的活力。

我尤其喜欢听他讲述鲸群的故事。每年 11 月，大约两千头鲸鱼从阿拉斯加游来避寒，来年 4 月返回。它们喷出水柱，用鲸尾拍打水面，你可以从尾部的形状，辨别它的种类。怀孕的母鲸则留下，她们要花上两年，才产下小鲸鱼。

　　我问他，品尝过鲸鱼肉吗？也突然意识到，他的命运也与鲸鱼相关。捕鲸业曾在 19 世纪辉煌一时，鲸油是照明的主要来源，鲸骨撑起了欧洲、美国沙龙里妇人的长裙，鲸肉被广泛地使用。为捕鲸船寻找稳定供给，要求善待船上水手，是佩里将军 1853 年远航日本的主要目的之一。这一行动最终打开了日本的封闭之门，使它开始融入新的世界潮流之中。Neil 的家族也是这个潮流的一部分，从福冈的贫困乡村到夏威夷，借由全球商业潮流，他们对个人命运进行反抗。他没吃过鲸鱼肉，在发达国家中，只有日本仍在捕鲸。这也是令人费解的决定，一个对国际压力如此敏感的国家，却如此固执己见，日本的言行总是不可测。这种日本特性，离心直口快的 Neil 很远了。

　　洋流的方向，火山的周期，鲸鱼的作息，以及牛群何时被引到岛屿上，激发起我的强烈兴趣。对历史与政治的热忱减弱了，正席卷世界的病毒，更完全退隐了。比起火奴鲁鲁，茂宜更感受不到外来的冲击，"茂宜的旅游业不依赖远东"，2月27日的《茂宜新闻》宣称，这里不仅中国游客稀少，日本游客亦不多。

我在一家叫"牛仔（Cowboys）"的杂货店买三明治，躺在门口的摇椅上，一旁是牛仔们的木刻像。茂宜岛上的牛仔，该有更独特的存在。他们穿花衬衫，边缘卷起的牛仔帽上，还有粉色的花环围绕，比起在一望无际的草原与山川，不得不忍受突然到来的狂风与沙尘的大陆牛仔相比，这里的牛仔仿佛在误闯伊甸园，也被茂盛的植被、潮湿的气候软化了。

我还在一家酒庄品尝菠萝酿制的 Wine，后劲儿颇足。这个小小的酒庄是茂宜历史的缩影。它最初的创始人是一个捕鲸船长，他发展了蔗糖种植，卡拉卡瓦国王也曾是他的股东，这个木屋，就是他曾经的下榻之所。到了1974年，新主人将早已衰败的种植园，改成了一个酿酒厂。我喜欢墙上那些黑白照片，它提醒历史的连续与中断，昔日人物的冒险与挫败。

三

当 Neil 将车停到孙逸仙公园门口时，我丧失了追寻的兴趣。"世界大同，天下为公"，石门两侧的柱子上悬挂这样的对联。几只棕色的鸡，闲散地走着。那股夏威夷的气氛突然就消失了，我像是走进一个华南的社区公园，草地稀疏，还有一个似鱼似兽的石像，一对夫妇正带着两个孩子散步，我辨不清他们祖先来自何地。公园中的气氛倦怠、疏于管理，像是被时代忽略的一角。孙眉与孙中山的铜像立在园中，目光都眺望着山谷以及太平洋，前者的右手拄着拐杖，是我们再熟悉不过的华侨形象。

孙眉也是个隐形的英雄，几乎消失于孙中山光照之下。没人真的关心，他也会像牛仔一样，驱赶牛群吗？他会将自己的辫子盘起，再带上牛仔帽吗？他如何看待弟弟的反叛行为，如何在一连串的失败中复原？在如此遥远的岛屿上，他如何感知遥远中国的危机？当他听到中国败给日本时，他作何感？他头脑中的政治图景是什么？他怎么看待夏威夷迅速变化的政治环境，女王被推翻，白人掌权，亚裔被排斥在权力之外？他又怎么面对生意上的挫败，当他1907年回国时，是解脱、还是挫败？十年前，他还被称作"茂宜王"，如今被迫出售农场，即使他不给予弟弟资金支持，面对一个更具垄断性的商业时代的到来，他也可能难以为继。

也是在茂宜岛，孙中山度过了难得的平静时光。1896年1月，在他人生首次起义（广州起义）后，他到此暂避风险，积蓄力量。他的母亲、妻子、四岁的儿子、刚出生的女儿也随即搬来。这个失败的革命者，重操旧业，为当地的华人社区行医，他还给人种牛痘来预防天花，男人收费两元，女子则一元。他是否也会骑上马背，去驱赶牛群，或是给母牛挤奶？一些留存的照片表明，中国工人曾在农场自制铁器以及五加皮酒，孙中山还带了一本日本军刀，送给哥哥。

1907年，孙眉回国，一位叫安东·塔瓦拉斯的人买下他的牧场，如今它的管理人是彼得·鲍德温（Peter Baldwin）的后人。Baldwin家族也是19世纪的传教士后人，他们是夏威夷最富财力与声望的五大家族之一。他们模糊地知晓这个农场与中国的复杂关系。

在随身携带的一本《孙中山在夏威夷》中，我读到这些细节。本地历史学家马兖生，追溯了孙中山在夏威夷的踪迹，以及他最初的追随者的事迹。她也曾驱车至此，孙眉时代那个还算繁华的中国人聚集区，早已消散。

在一家加油站兼杂货铺门口，Neil 停下来。"Ching Store"，他大声说，示意我去看一看。大概，在他眼中，它也是与中国相关的场所。的确，我像是踏进了一个沉睡的、被遗弃的博物馆。墙上挂着万宝路香烟的广告，该是四十年前的了，海报早已泛黄，边缘已经卷起，零食与日用品杂乱地堆满各处，只有几盆鲜花仍散发着生气。你总感觉，四处皆是灰尘，它既是真实的，亦是想象的。一位瘦弱、温和的老太太缓缓地从收银台后站起，像是广东县城某个杂货店的老人家的样貌。我用英语问她，可以讲中文吗？她慢慢地回答，她可以讲英文与客家话。她指着墙上一个块木制招牌说，店是 1939 年、她的爷爷开设的。

那又是另一个故事了。孙眉于 1913 年、孙中山于 1925 年去世，中国未能如他们期待的重获富强，反而面临被日本征服的危险。她的爷爷，或许是一位姓秦的先生，会在茂宜岛怎样看待故国的困境呢？我什么也没问她，甚至感到局促，像是贸然闯入了一个无法沟通、也无法理解的世界，买了一包口香糖之后离去。

在前往机场的路上,我开始后悔,忘记与她拍一张照,她像是我与那个消失的旧中国社群最后的连接,尽管这连接仅仅是象征性的,它随时可能断裂。

隐喻的阴影

"那么，你何时回中国？"

柜台小姐一边录入护照信息，一边问我。正午的檀香山国际机场，空空荡荡，身着彩色套裙与衬衫的工作人员，低声闲聊，敞开式建筑，让海风与鸽子，自由穿梭。

我仍沉浸在方才车中的愉快气氛中。在檀香山，所有的优步司机都开朗、健谈，都有着复杂身份以及关于这个群岛的浪漫故事。一位黝黑、健壮的女人告诉我，她有十六分之一的中国血统，她的曾曾祖父来自广东，原本想去檀香山，结果船停泊在西班牙的一个港口，他结识了一位清扫甲板的葡萄牙女人，最终，他们在檀香山繁衍出一个大家庭；另一位上来就自报离婚十年的老兄，说起与自己日本太太的纠缠，以及两个日本、夏威夷混血儿子的固执个性；一个韩国司机，则在四十年前，逃离朴正熙政权而来；还有一个开越野吉普的波多黎各大哥，曾在阿拉斯加服兵役，也在美国南方混过生活，发现只有在夏威夷，他才不会因为自己的肤色与样子被当作另一个墨西哥人，被警察随便搜身；说起各式各样的女人时，他尤为兴奋，对于自己在马尼拉的经历念念不忘。

今天这位司机富有思辨气质，小个子，柔软的金色卷发，像是一位 B 级电影的男配角。他批评夏威夷正在失去其本来面貌，檀香山城区，就像一个漂浮的洛杉矶；他也嘲笑西方人的无知，以为自己给夏威夷带来了科学与文明，却不知早在库克船长环游太平洋前几万年，波利尼亚人已用自己的小船，从一个岛屿抵达另一个岛屿；当他说起冲浪的秘诀，人与潮水的微妙平衡，我觉得身下的丰田汽车，似乎变成了一艘舢板，不是靠着 Google Map，而是头顶的星星，来指引方向。

夏威夷之行，带来一种意外的放松。现实世界的危险与荒诞，变得遥远，甚至无关紧要。我沉浸在海滩、落日、历史追寻之中。一种淡淡的无聊感也随之而起，一切皆轻飘飘，你不知该附着何处。

我可以继续旅行，比如前往旧金山。1900 年，因为鼠疫，梁启超被困在檀香山，中断了他的美国大陆之行。我也可以借此观察，美国人如何应对这场疫情，两天前，加州宣布进入紧急状态。特朗普，仍保持着一贯的乐观。或者返回东京，继续在国会图书馆查阅资料，东京的节奏与细节，令人想念。随着疫情的加剧，这节奏会被打乱吗？在全球的疫情地图上，日本与韩国的患者数量迅速攀升，面对同样的危机，不同的制度与文化的反应截然不同，都值得仔细分析。

是的，柜台小姐提醒我，仅有前往东京的机票是不够的，还要有一张在签证过期前离开日本的机票。我感到意外，随即有某种轻微的愤怒，抗议说，如果这是新政策，我想想看条文。自疫情在武汉暴发以来，日本表现出一贯的镇定，对于中国旅行者的友好，甚至令人心生感激。它也会出此规定吗？

接着，一位男主管到来，他只强调这是日本政府的规定，我要么买一张回到中国的机票，要么是去任何一个允许我入境的国家，或干脆再飞回夏威夷，总之，我需要用此表明，我计划离开日本。

没有人做出更多的解释，没人继续给我办理登机手续，他们站在一旁，闲聊、打趣，没准备提供任何建议与劝告，夏威夷人的 Aloha（你好）精神，消失了。

我陷入慌乱与急躁。一个全球旅行者自以为的自由，不过是个幻觉，即使你的护照戳满了签证。我日常的笨拙也显露无疑，身在北京的助手仍在睡梦中，没人能立刻解决眼前的麻烦，我手忙脚乱订机票，打电话催促客服发送票号。

将机票呈现给柜台小姐时，我释然了，又有一丝不安。我订了商务舱的票，却感到自己像一个逃票者，期待检票员的认可。疾病从来都是一种隐喻。不管我们如何声称疾病是全球挑战，你也不能回避，它与你的肤色、面部轮廓与护照，都有某种联系。不管你多么怀疑与批评你的国家，你也是它的一分子，在他人眼中，就是它的一部分。

我猜，突然的焦躁，与这种不安相关。一种羞辱与受害感同时到来，它转化成对柜台小姐的不满，甚至不无失态。这种受害者心态，是恐惧与无能的象征，你过分敏感，将所有正常的要求，都视作一种挑衅。

它也是潜藏的自卑的反应。尽管中国被视作 21 世纪的新兴强权，19 世纪的屈辱记忆却从未真正离去，昔日中国的痼疾仍在困扰着我们，我们仍会为"东亚病夫"一词愤怒不已。事实上，这只是一种习惯的修辞，很多国家都曾是专栏作家笔下的"sick man"，倘若你打开报纸，英国、美国、德国、法国、俄国，一次次被称作各个领域的"sick man"。或许更根本的原因是，我们不习惯一个多元舆论场的存在，即使我这样自诩的世界主义者。

与过度敏感相伴的是过度迟钝。我们期望重获世界的尊敬，认定财富、购买力、投资会通向这种尊敬，并敏感于别人任何不够热切的回应。我们却并不在意，自己给他人带来的真实影响，必然引发的某种焦虑。或许我们与世界沟通的渠道过分单调。

柜台这一插曲给我带来了短暂的慌乱，过安检时，我甚至忘掉了机票，一位留着一撮小胡子的大叔递给我，满脸温暖。

坐在候机厅时，我想起刚才的一幕，怀疑是不是自己想得过多。是尼采说的，过度思虑导致精神衰弱。自我意识是认识世界的起点，过多的自我意识，却使世界扭曲。即使如此向往世界主义，我也并未脱离中国知识分子的一贯特质，焦灼于中国与外部的关系，在这两个世界皆是边缘人。

有时候，你不禁想起鲁迅著名的演讲《无声的中国》。他在 1927 年的香港感慨，中国人应对自己纷至沓来的事件，没有一部像样的著作，"反而在外国，倒常有说起中国的，但那都不是中国人自己的声音，是别人的声音"。他呼吁这些年轻人发出自己的声音，"只有真的声音，才能感动中国的人和世界的人；必须有了真的声音，才能和世界的人同在世界上生活"。我知道自己在回避这真的声音，躲进历史中，借由逝去的人物，发出声音。这能为现实提供另一个维度，却也丧失了直接与鲜活。

我翻出包里的《黄祸——当代世界的中国叙事》，它是几天前在夏威夷大学书店所购。这组论文集出版于 2018 年，正是中国的影响力不可阻挡之时。特朗普的美国退出世界领导权带来的真空，似乎必然由一个迅速膨胀的中国取代。但这本书的编辑与作者们却发现，影响力从约翰内斯堡到罗马、从东南亚到南美洲，几乎无处不在的中国，仍受困于历史的叙述。

一百年前的"黄祸"与此刻的"中国威胁论"或"中国统治世界"，有着内在联系。不管中国弱或强，它总是难以赢得信任。一个多世纪前，先后来到夏威夷的孙中山与梁启超，面对一个"黄祸"时代，他们陷入强烈的焦虑，认定必须改变政治、社会的痼疾，创造富强，才能摆脱窘境。如今，我追随他们的足迹，来到这个天堂，这场疫情的冲击，却让我更贴近了他们的思想与感受。你感到，历史回响仍作用于此刻。如今你感觉，即使获得富强，阴影似乎并未散去，它既是现实存在，也源自你的想象。但我们总被自己的想象与虚构所塑造。

此刻，最迫切的任务就是直面这种虚构。这虚构塑造了我们，在我们内心埋入了傲慢、羞辱、怀疑与对抗，它也令个人的感受被集体情绪所吞噬。它使我恐惧，也使我失声。

重返日本

银座的北京话

在出租车座背上的屏幕里，我看到了查尔斯王子的照片，他的鼻头与脸颊皆发红。透过新闻播报中的汉字，你猜得出内容，他的新冠病毒检测呈阳性。

尽管在微信朋友圈你早已知晓了这则新闻，但当它在出租车里一则日本电子支付广告之后出现在眼前时，你仍有某种奇特感。车正经过日比谷公园，它的对面就是日本皇宫。

皇室，多少像这个平民时代的恐龙，它存活下来，却显得不合时宜，徒有象征意义。历史的吊诡也在于此，人们越强调平民精神与实用主义，也就越渴望等级与无用之价值。

东京的皇宫与伦敦的白金汉宫，也分享着某种亲密感。它们统治的皆是岛国，自得于某种"光荣的孤立"，与大陆的关系若即若离，需要对方，又忧虑对方破坏自己的独立性。刚刚发生的脱欧行动，是英国与欧洲大陆纠缠史的最新一章。过去十年的日本，则急于应对一个重新崛起的中国，包括它的经济扩张、军事姿态、诱人的购买力，以及突然出现的病毒。这两个民族的性格，也不无相似，皆内敛，又间歇性地疯狂，人与人之间有着隐晦又明确的界限感。

自3月3日回到东京，我就没有戴过口罩。一周的夏威夷时光，像是某种精神抗体。在蓝天、沙滩、人群中大口呼吸、自由走动之后，那些忧虑似乎突然消失了。

回到东京后，我发现，倘若以病毒的视角，一个新世界版图开始浮现。中国与韩国皆暂时遏制住了势头，意大利、西班牙、德国、英国、美国却开始暴发。意大利北部的伦巴第，让人想起一个多月前的武汉，失控的病人与崩溃的医疗系统，主宰了一切的死亡与绝望。

东京，却保持了平静，甚至比我离开时更平静。2月中旬，人们还会为出租车司机感染而焦虑，如今却习惯了这样的态势。比起整个世界迅速攀升的感染人数，日本的新增数字显得过分平淡。

当各国争相宣布进入紧急状态时，日本官僚系统仍在焦虑奥运会能否如期召开。安倍政府期待这一时刻，这是他们重振日本的重大尝试，除去经济刺激，它还有助于建立日本在21世纪的新形象。五十六年前的东京，曾通过第十八届奥运会，向世界展示了一个从废墟上站起的、和平、繁荣、友善的新日本。而如今，在泡沫经济崩溃三十年后，日本要在世界寻找一个属于它的新位置。然而，与五十六年前不同，日本民众对于一个集体性目标缺乏热忱，也丧失了那种自我证明的冲动。走在东京街头，我常有种感觉，日本似乎已经来到了这样一个时刻——国家性的感召丧失了吸引力，可是个体又未能从集体与社会的束缚中真正摆脱出来。

我开始对疫情新闻产生某种排斥。自1月22日的旅行开始，几乎每天，我都被潮水式的、或真或假的新闻包围着。一开始，我出于焦虑与好奇阅读它，接着，我开始过分依赖它，它构成了生活的全部，经常让我陷入愤怒，然后，我想删除它，不想被它吞噬，再后来，我开始迟钝，对新的消息下意识地麻木，想从这个现实中逃离。

那个新闻世界，散发出一股浓重的超现实的味道。是啊，你可曾想到，威尼斯的水路与街头能空无一人，大阪的相扑选手在无人的体育场中独自角逐，香港匪徒抢劫了厕纸，加州的华人开始频频光顾枪支店……

前所未有地，我渴望日常的、规律性的生活。每天清晨，我在便利店买一份*Japan News*，然后前往一家昭和风的咖啡店喝一款佐藤巴西咖啡（Saito Brazil）。我猜，那个打领结、穿深蓝色长围裙、颇似坂本龙一的店主，该是佐藤先生吧。我静静地读报，在报纸上，混乱的世界被组织起来，变得稍微有迹可循。中午，我则在旁边的一家中华料理店，吃一份辣炒牛肉或麻婆豆腐，这不可救药的中国胃，也满足了我对忠诚的渴望。这些规律帮我度过了旅居的焦灼。最初的度假，变成了此刻的流放。

在3月13日的*Japan News*上，我读到了汤姆·汉克斯夫妇染病的消息。对我而言，这是另一个触动时刻。自高中时代起，我就是他的影迷，像他所饰演的阿甘一样，他代表着希望、乐观与道德原则。这再度印证了病毒的危险性，也使这种危险以鲜明的、个体化的形象出现在你面前。

日本的节奏似乎仍有条不紊。*Japan News*上对于本国的报道篇幅简短，甚至也不怎么聚焦在本国的疫情上。我仍去上野的火锅店与朋友涮毛肚，在六本木的文喫书店喝茶、读书。是的，商业区的人口明显稀少，戴口罩的人明显增加，时髦餐厅也不需要预订与排队，日常生活却仍在继续，人们惊人地冷静。

我也逐渐理解了日本人在灾难面前的冷静。倘若你早晨醒来，常感到地面轻微颤抖，家中常备有急救包，其中还有不煮即热的饭菜，处处可见逃生聚集地标志，你也会有种镇定。比起九年前的地震、海啸与核泄漏，眼前的危机并没有那么显著。更何况，所有东京人都在等待一场更不可测的危机——距离关东大地震快一百年了，许多地震专家预言，一场相似震级的大地震即将发生，而没人知道它会在何时、以怎样的方式到来。

3月24日，东京都知事小池百合子宣布，患者数字突然增加，劝告东京人减少社交活动，尽量待在家中，官员们也在讨论是否以及如何封城。尽管封城（lockdown）一词，已出现在几乎每一篇世界新闻里，你还是很好奇，东京会怎么做。自从18世纪起，这就是世界上最大的都市。

焦虑又开始在我心中泛起。是的，当奥运会宣布延期的一刻，危险真正地显露了。它意味着东京不再需要因这一国际盛会，刻意掩饰一些信息。所有的官僚系统都分享着相似的迟缓与否认，但在一个宪政、民主选举与新闻自由的国家，这种迟缓与否认就变得愈发困难，且代价高昂。

我下意识摇下了窗，自己没戴口罩，通风或许有好处。在银座的五町目，我下了车。

镰仓衬衫店仍在营业，当我试着用过分笨拙、刚刚记下的日语与店员交流时，对方突然说：您是中国来的吧？他是个身材高大的年轻人，足有一米九之高，但真正让我吃惊的是他的北京口音，那是大栅栏、广渠门才特有的京腔，而且是老一辈人才会的发音节奏，你觉得它应该来自民国时的戏院、茶楼，再加上一句："爷，您来了！"

这让我突然获得了少有的放松。小杨先生来自北京崇文区（现已并入东城区），已经来东京六年了，其间没回过一次家乡。你猜得出，他一定与家人有着难以解释的冲突。他夸张、戏文式的肢体语言，流露着一些东西。他也很兴奋，能在生意如此惨淡的时刻，碰见一个北京客人，可以让他尽情发挥一下乡音。在结账时，我对着日本收银员用英语说，你的同事杨先生讲的北京话，就像是日语在江户时代的口音。

走出店门时，我突然有一种奇妙的感受。令和时代真的开始了，与平成相比，它注定是个颠簸的年代。

姜尚中与石川啄木

"埋头于时代，将无法批判时代"，读到这一句时，我心头一震。这是 3 月初的东京，我刚从夏威夷返回，新冠病毒正把整个世界拖入恐慌与封闭，似乎人人都是病毒的化身。

恐慌也促使人思考，我们该如何应对这个状况？阅读了一系列欧洲人的文章后，我头昏脑胀。从葛兰西到福柯，那些曾经迷人的、充满生命体验的理论，在不断地被引用之后，显得过分拗口，它们没帮你辨清真相，反而阻挡了对于现实的感受。你不禁觉得，欧洲真的老了，它仍旧优雅、迷人，却有种"过度文明"的琐碎与无力。美国人尚将之视作一个遥远的威胁，只与特定的种族与制度相关。

姜尚中会怎样看待此刻？在浅草六丁目的一个微醉夜晚，我忽然想起这位朋友，一年半前，我们在东大那次欢快又意犹未尽的谈话，他对于时代的敏感与警醒，让我印象尤深。

"此次针对亚裔人群的排他主义与种族歧视，只不过是日清战争前后，盛行于欧美的'黄祸论'的重现。"在《朝日新闻》上，我读到他的几篇短小文章。依旧是批判性与历史感并存，身份焦虑洋溢其中。一年多以前，他对我说，此刻的日本仍对西方充满焦虑。而现在，病毒似乎又确认了这种焦虑，你无法决定的肤色与面部轮廓，仍在影响你的命运。

也像一个多世纪前的一些开明的日本知识分子，姜尚中强调东亚的整体感，"'黄祸论'指的不是中国威胁论，而是亚洲威胁论"。而在另一篇文章中，他批判安倍内阁的独裁，担心他们借疫情扩大政府权力，增强对国民私权的限制。

最打动我的一篇是《此时的'闭塞感'与百年前一样》。"回首过去的平成三十年与现在的令和元年，日本国内依旧漂浮着一种'时代的闭塞感'，"他写道，"新冠疫情的发生，让这种闭塞感更加明显"。

"闭塞感"之说，亦来自一位明治时代的人物，诗人石川啄木，文章开头的引语正来自他。当夏目漱石在《朝日新闻》上的连载小说风靡日本时，石川仍是一位苦苦挣扎的年轻作家，以为同一份报纸做校对维生。他一心想成为小说家，期待以此获得名声与财富，却在小说领域缺乏天赋。他的天赋在于写作短歌，一种古老的日本文学体裁，与俳句不无相似，皆是用简单词句，表达出独特意境。但在明治末年，对于很多人来说，短歌已然是陈腐之物，理应被新时代抛弃，来自西洋的小说才值得称道。

"围绕着我们青年的空气现在仍是死寂沉闷的，强权势力横行全国。"1910 年，这位二十四岁、正为生活挣扎的作家如此写道。这也是一个矛盾重重的时刻。对于外界，日本令人惊叹。经过四十年的"富国强兵"，日本似乎实现了它最初的抱负。它先是击败了中国，然后战胜了俄国，它不仅免于成为另一个殖民地，还成为第一个跻身于世界强权的非西方国家。

集体性的目标之下，是普遍的个人危机。夏目漱石的迷惘与困惑，到了石川啄木笔下，已是绝望的呼号。

一个诚实的、富有批判意识的个体，在这个时代已然无处容身。他借批判文学中的自然主义，批判整个时代。

"我们必须一齐起来，首先向这种时代闭塞的现状宣战。抛弃自然主义，停止盲目的反抗和对元禄时代的回望，必须把全部的精力倾注于对明天的考察——对于我们自身时代的结构性考察。"写于1910年的《时代闭塞的现状》是一篇战斗檄文，它几乎对当时的流行思潮，都做了某种反驳。

他强烈地意识到新一代人需要新的精神。明治社会是由他父兄一代所创建，但他们所追求的国家富强日益变成一种压迫个人的强权。青年一代则陷入虚无。"他们说，帝国日益强大，这很好……什么正义，什么人道，这种事是无所谓的，只要拼命赚钱就行。国家的事我们哪有时间考虑啊。"

反叛者只能寻找微小的缝隙伸张自我，"他们虽然一再克制，仍不堪对自身的压迫，他们被装进箱子里，箱板最薄的地方若有空隙，他们便全往空隙处盲目突进"。对于此刻的文学创作者，这薄弱处就是"妓女、卖淫，乃至野合、通奸的记录"。另一些人则对元禄年间充满向往，那是江户年代的黄金岁月，市民文化高度繁荣，但那也是个封闭的时代，德川幕府实行锁国政策，还有人沉迷于宗教体验。

啄木对这一切倾向皆感不满，认定他们都缺乏批判精神，更是对"明天"的逃避。在他看来，只有青年们都充分去想象、建设未来，才可能确切地批判此刻，批评时代正是一切创作者最重要的使命。

这篇文论令我对姜尚中心存感激，他将我引至一位未知的人物，且对这位人物充满共鸣。《时代闭塞的现状》不无杂乱、武断之处，所指的方向也不无危险，但你很难不被其中的那股真挚、尖锐与热忱打动。那是一个敏锐的心灵苦苦挣扎时的呼唤，他对现实敏感，又始终在追寻超越性的目标。

每个时代都有陷入闭塞的危险。啄木面对一个强权弥漫的明治时代，姜尚中则感到常年的社会驯化、消费主义、自我沉溺，让此刻的日本丧失批判精神，而病毒可能加剧个人的孤立，令他们在社会压力、政府行动面前缺乏抵抗。

我多少觉得，自己比姜尚中更能体会这种"闭塞感"。在某种意义上，啄木更像我的同代人。倘若生在这个时代，他也会对微博、抖音、娱乐综艺的世界充满不安吧，它们是这个时代的薄弱环节，让人们享有暂时的"自由"。他憧憬的是另一种精神状态。

附：夏目漱石与《烦恼力》

我大约能想象出三四郎的心情。若我就读于彼时的东大，或许，我们也该是朋友。

就是在这个小小的、被茂盛树林围绕的水塘旁，小川三四郎感到片刻平静，他暂时逃离都市的喧闹，也第一次品尝到孤独，"一团像薄云似的落寞感在内心弥漫开来"，还遇到美弥子，她美丽、肉感，又令人费解。

这是20世纪初的东京。从熊本乡下前来的三四郎，像是闯入一个新世界。"叮叮当当叫唤的电车使他感到惊奇，还有那众多的人群在这种叮叮当当的响声里上上下下叫他惊奇"；"一切东西在遭受破坏，同时，一切的东西又都像在建设起来"；那些德语单词、英国作家、法国画作，还有"一声炮响，惊破浦贺之梦"的开国史，样样让他惊奇；而电灯、银勺、冒着泡沫的香槟以及魅力四射的女人，也突然出现在眼前——这一切，与那个似乎一成不变的熊本乡下，如此不同。

在日本，人人皆知《三四郎》，它是夏目漱石的长篇小说，出版于1908年。没有一本书比它更好地捕捉到日本社会在20世纪初的迷惘，一切瞬息万变，个人无所适从。这个平淡无奇的池塘如今被命名为三四郎池，它与赤门、安田讲堂一样，是东京大学的传说的一部分。

这迷惘不仅属于那个时刻的日本，它也同样可以击中任何时空的敏感心灵。如果早二十年读到，三四郎定会像歌德笔下的维特，或是海明威、菲茨杰拉德笔下的年轻人一样，成为我青春记忆的一部分。说不定，我也会把未名湖想作另一个三四郎池。

我撑着伞站在塘边，阴雨让一切更显忧郁。不过，我没有心情发挥自己的想象力，后悔自己穿了人字拖，潮湿令蚊子更为活跃，它们叮着我脚背，奇痒无比。我也多少有些焦灼，该与即将到来的姜尚中先生谈些什么。

他是日本最知名的评论家之一，常在电视节目中评论东亚事务，还以夏目漱石研究著名。与惯常的学者不同，他善于将思想与现代生活结合在一起，十年前，他将马克斯·韦伯与夏目漱石的经历与思想带入了此刻的日本，用以探讨现代生活的孤独与困惑。

《烦恼力》畅销一时,给无数烦恼于经济衰退、信息过剩、迷失自我的读者以抚慰。他的独特身份令他的思想更为敏锐,他自身就是一个痛苦寻找自我的最佳例证。他是第二代韩裔日本人,这是个深受歧视的少数群体。为了掩饰真实身份,他曾使用日本名字"永野铁男"。当1972年第一次前往韩国后,他的身份意识被唤醒,用回了本名姜尚中。1970年代末,留学联邦德国,不仅加深他对马克斯·韦伯的理解,也给予他看待朝鲜半岛的新视角。此后,他逐渐成为一名活跃的公共知识分子,对于民族主义、帝国主义、全球化以及朝鲜危机,都有自己的独特见地。1998年,他被聘为东京大学教授,成为这所日本最著名大学中仅有的三名韩裔教授之一。

他突然出现了,黑色西装一丝不苟,皮鞋锃亮,面颊英俊、消瘦,神色有点过分严肃,比起他的实际年龄,显得过分年轻。他出生于1950年,看上去却不过五十岁左右。

"他(三四郎)对我来说很亲近,他应该也是熊本人,"他回忆起自己初读《三四郎》的感受,"或许就像你们的西南人到北京、上海求学时的感受。"

我们都有些拘谨,同传耳机中的噪声、翻译者的生疏,皆传导过来。但某种亲切感迅速冲淡了这一切。"我想我有双重的迷惘吧，"他沿池塘台阶拾级而上时说，"身为在日的韩国人的迷惘，从九州乡下到首都的迷惘。"面对陌生人，他有种特别的坦诚，且关照你的感受，试图将他的表达与你的感受联系起来。

他说起19岁时初次前往韩国的印象，"当时首尔处于政治独裁，贫穷，人与人之间充满强烈碰撞的感觉，但其中又有一种跃升力"。这是他的觉醒时刻。日本1960年代的学生运动已然落幕，整个社会陷于一种空虚与困惑之中，他同时也陷入一个青年的身份焦虑，韩国之行令他开始寻找自己，用回原本的韩文名字。

我们在东大校园散步，坐在一个露台上闲谈，从夏目漱石到马克斯·韦伯，从安田讲堂前的学生运动到此刻年轻人的无力，从金大中到无名的英雄。这也是个奇妙的对话过程，尽管翻译常常掉线——我怀疑他要么遗失内容，要么逻辑错乱，对话却一直在继续，我们似乎都在凭借对方所说的一些关键词以及面部表情，来推进交谈，偶尔彼此都困惑时，他就饮一口咖啡，我则看看隔壁操场上打棒球的少年。

我感到，我们间有某种共鸣。我们皆热爱知识与思想，但更易被个人感受打动。我们乐于在公共表达中传递私人情绪，在个人情感中发现普遍的社会价值，常常被自我所困扰。我们也总在寻找历史的呼应，期望另一个时代给此刻带来某种回应。

走出赤门，沿本向通前往心咖啡时，他突然用英语与我闲谈，说起他多年前在德国的经历。那是1979年，这个国家还处于冷战的高潮，被柏林墙东西分隔。也是在这一年，朴正熙遇刺，韩国开始进入一个更颠簸不定的时代。尽管他操着某种Broken English，却带来亲密感。

当我们在二楼坐下，他点起烟，我开始喝下第一口啤酒，气氛又变化了。"Are you married?"吸入一口香烟后，他突然问。当我说恐惧婚姻后，我们都笑起来，像是少年时小小恶作剧后的欢快。

回到北京后，我第一次翻看《烦恼力》。2010年，上海译文出版社就已把它翻译出版。它被包装成一本典型的心灵鸡汤式的作品——"人的一生，工作、恋爱、家庭和金钱，没有一件事不让人烦恼，总是会有消极的声音在你耳边响起。姜尚中却让我们转换观念：'烦恼即是喜悦的一种'。"

在某种意义上，它的确是一本心灵鸡汤。但在安抚之外，姜尚中却巧妙地将夏目漱石与韦伯的感受与思想带入其中。

在他看来，出生于19世纪后半叶的这两位思想者，都面对一个剧烈现代化所带来的异化，宗教与传统皆瓦解，个人必须独自面对世界，个人意识的觉醒也不可避免带来尖锐的焦灼，它需要自我膨胀来应对无力。此刻的全球化亦使个人陷入相似的境地，个人需要借助各个时空的经验，用更为开放的意识，来面对这种无力感。

书中尤为动人的是他对母亲的回忆，在应对战时的轰炸、战后的匮乏时，她总有一种乐观、信念以及伴随而来的创造力。他的自我袒露也恰到好处，他说自己还有很多心愿等待实现，想骑哈雷摩托周游日本，拍摄一部电影。这些句子一点也不像一个著名东大教授所写，更像是一个文学青年的自白。或许正是这种错位，让这本书如此畅销，尤其击中那些日本主妇之心。

樱花与向日葵

每天 11 点左右，我从游云亭出门，去隅田川旁慢跑。自 2 月中旬开始，我就住在浅草六町目的这家五层高旅馆的顶楼。

比起银座的帝国饭店，这里更像一个久居之所。除去厨房、卧室，屋内还有一张长条厚木桌，适合堆放书籍、报纸、酒瓶，以及我的电脑。原本以为，最迟 2 月底，我也该返回北京。如今已经 4 月上旬，一切仍遥遥无期。

1 月 22 日抵达吉隆坡时，我为自己安排的是五天的旅行。过去十周里，我从吉隆坡前往了槟城，接着是马六甲，国内迅速严峻的疫情，令旅行不断延长。我前往

　　意外的旅程：马六甲、檀香山以及永井荷风的浅草

东京，然后夏威夷，再返回东京。还有某种侥幸心理，也许当我的旅行结束时，中国又恢复了正常。

尤为重要的是，我也借此前往了此前从未成行的目的地，它们与我正在撰写的书籍相关。在《梁启超传》的第二卷，我要试图分析流亡者们的命运，他们如何将庞大却松散的海外华人群体，塑造成一个个紧密的组织，去筹集资金、创办学校、编辑报纸，甚至发动起义，期待去建立一个新的、强有力的中国。他们也许诺这些备受挫败与歧视的华人，这个新中国将保护他们的安全与财产，还给予他们渴望的尊严。

康有为、梁启超、孙中山，是这些流亡者中最著名的三位，尽管都想寻求一个富强中国，他们的主张与路径却不同，他们偶尔合作，大部分时间争斗不休。我也很好奇，当他们流亡海外，那个中国如此之遥远，且只能靠信件、报纸上的只言片语来了解，他们该怎样理解故国之危机，忧虑其命运。

这次意外延长的旅行，让我突然间逼近了他们。一个多世纪前的中国与此刻大为不同，他们面对的是一个衰败的、被称作"东亚病夫"的中国，他们要忍受作为一个黄种人的羞辱，并努力将这种羞辱转化成动力。此刻，中国不仅不需要拯救，还成为一个令人生畏的力量。即使当它陷入一场公共卫生危机，仍以强有力的方式影响着世界。它几乎吞噬了全世界的口罩、防护服、呼吸机，令产业链突然停摆，在成为世界工厂三十年后，中国与世界是如此深切地彼此依存。

时代不同，流放的心境却相似。你不再是那个庞大的共同体的一员，而是孤立的个体，时时意识到自己的处境。陌生的住所、语言、生活习惯，都陡然增强你的自我意识，你同时变得更脆弱与坚强。在这样的情况下，你该如何思考与行动，怎样克服内心的无力？

日常的节奏，变得如此重要，它越精确，越可能克服那种无力、彷徨。每天，我去慢跑，去便利店买报纸，在一家充满昭和味道、只有两位老人服务的咖啡店点一款黑咖啡。无意中，我发现自己成为了社区的一员，这家寿司店的老板娘会微笑着打招呼，她的先生曾是一位风云一时的相扑选手，有着爽朗的笑声；那家咖啡店的老板，消瘦、温和、讲英文、习惯我的喜好，他还有一个从未露面的太太，善于手绘浅草的街景以及手冲咖啡的流程；还有浅草寺旁的酸辣粉，由一对福建的兄妹所开，他们温和、善良，有一种特别的热心。

今天，4月7日，一个樱花最灿烂的时刻，我刚刚熟悉东京的节奏，突变却骤然到来。人人都在等待安倍即将宣布的紧急状态。多年来，这也是一个最令人神伤的樱花季，政府劝告人们，不要在樱花树下欢聚，避免不必要的外出。但倘若失去了朋友们的欢聚，不能在樱花树下饮酒、大笑、诉说恰好不在的朋友的八卦，这樱花的魅力必定大打折扣。我也记得，在樱花树下，偶遇几位高三的女孩子，被迫的放假让她们有更多的闲暇时间，但她们比任何时候都渴望上学，渴望那种集体的欢笑与争吵。其中一个女孩子，单眼皮并习惯蹙眉，她说最喜欢的不是樱花，而是向日葵——它总是向着太阳的方向，这令她觉得温暖向上。

这也是个天气变幻莫测的樱花季，大雪，狂风，突然降温。"从来没见过这样的樱花季。"小陆告诉我。他是我的房东，游云亭老板，已在日本生活了十七年，娶了一位迷人的日本太太，有了两个可爱又令人头痛的小朋友，每日叽叽喳喳不停。

我对樱花从来缺乏兴趣，或许也觉得它被过分地浪漫化。所谓的短暂、刚烈之美——它们突然盛开，又被突然狂风卷落——就像我们的人生，因为随时可能被摧毁，所以才有如此动人之美。我很怕这种解读，它太容易被理解，太容易自我感动。樱花季仿佛正是这样的一个 cliché（陈词滥调）时刻。但我也忽然意识到，cliché 中或许也蕴含着某种真理，一个人人接受的真理，它的确如此，所以触动每个人的内心。

这也是对我个人的某种警醒。我总期待与众不同，担心成为某种 cliché，这或许正是另一种 cliché。这是近代世界的特征，每个人都要宣称自己的独特性，最终，这种独特性变成最大的 cliché，就仿佛，每一片樱花，都宣称自己的独特，但在游人眼中，它们片片相似，只不过，有的悬荡于风中，有的跌落地面，有的仍暂时残存枝头，但最终，它们都分享同样的命运。

隅田川旁的樱花正盛开，孩子们在嬉戏，情侣依偎，还有人戴着口罩在跑步。经过言问桥时，看到那些鸽子与海鸥共同拉下的粪便，它们似乎在同一时间、同一地点，进行了欢快的释放，这集体的欢愉必定无可比拟。是的，我想念北京、上海、深圳、长沙、武汉，以及很多城市的朋友们，那种集体的欢愉变得如此真切、诱人。与他们相聚的一刻，或许你会忘记樱花之凄美，只沉浸于向日葵之温暖、镇定。

塑料帘后的石川小姐

透明的塑料帘，隔在我与石川小姐之间。六町目的这家罗森便利店，如今是我日常食物的来源与主要的社交中心。

沿着隅田川晨跑后——尽管总是 12 点才开始，我仍愿意称它为晨跑——我总会来这里买当天的 *Japan News* 以及一杯咖啡。热气腾腾的肉包子，在两周前消失了，我怀疑那家食品公司或许倒闭了。我刚刚熟练使用的日语单词"两个（ふたつ）"，派不上用场了。

我眼见着自己生活的范围迅速缩小。一个自诩的全球旅行者，被困在了东京。接着，六本木的俱乐部、银座的茶餐厅不能去了，上野的火锅店也闭店了。才熟悉了浅草的生活半径，佐藤先生的咖啡馆、福建兄妹的酸辣粉店，还有那家原本营业到凌晨的烤肉店，也都暂停了。浅草寺倒散发出意外的魅力，你可以在任意一个时刻穿过，寥寥可数的游人令宝殿恢复了昔日的尊严，东门的两尊门神，眼神尤其凄厉，让人想起芥川龙之介的笔端。

世界封闭时，便利店似乎提供了某种迫切的稳定性与开放性。我的晨跑结束时，正是便利店最繁忙的时刻，附近居民以及仍在勉力上班的人们，购买便当与饮料，其中不少是建筑工人。这也是东京令我意外之处，当整个城市静止时，工地仍作业不休。包括我的房东小陆，他的一家新民宿仍在继续施工。这嘈杂的作业声，也是某种信心的来源，一切终将过去，此刻的建设通向未来的繁荣。

便利店也是这种信心的来源，从报纸到红酒、酸奶与半成品的麻婆豆腐，它保持着流动与充足。只有一次，我感到少许的失控，大概是安倍宣布七县市进入紧急状态的第二天，便当货架空空荡荡，大号橙汁也消失了。

这感受转瞬即逝。随着空间感的迅速缩小，我的时间感也日渐迟钝。我记不清确切日期，常搞不清星期几。

我常和别人说，一定要具有历史感受力，敏感于历史节点，但当历史真的发生时，我只想逃遁。三个月来，你感受到太多的"历史性时刻"，每一件事——封城、断航、股市熔断、油价暴跌——都在刺激你的感受，颠覆你的认知。

迟钝与漠然，变成某种自我保护。当整个世界都在晃动时，只要确保周围一平方米仍是稳定的，卫生间的厕纸仍充足，咖啡是新鲜的，冰箱里仍有番茄与老干妈，网络通畅，可在户外散步，你似乎仍可以保持镇定。

这是一种逃避，还是一种反抗？或许皆然，你是世界的一部分，也是独立之宇宙。你也发现了人的弹性，即使被推进一个越来越逼仄的角落，你发现自己仍能很快适应。你甚至在想象更糟糕的可能。倘若我的银行卡突然失效，这生活再持续一年，疫情彻底失控，或是一场大地震突然到来，我会做何反应？

事实上，地震的确光临了一次，似乎是 4 月 12 日的凌晨，我正坐在桌前读一本枯燥的史料，一阵颤动袭来。最初，我以为这只是幻觉，因为身处一个地震之乡，我常觉得大地在轻微颤动，但这一次持续更长，而且剧烈程度更清晰。我脑中闪过念头，或许该穿上鞋，从五楼冲下去，随即又觉得，这房屋足以对抗这程度的震动，倘若这真是那场人们已经预言了很久的、随时可能到来的百年地震，我该早被压在了楼板下。我也总有一种莫名的信心，这个国家知道如何应对灾难，楼下的自动贩卖机就算翻倒，流出的咖啡也还会是热的。

但你感到另一种严重的匮乏。你渴望那些与朋友们相聚的夜晚，一种意外邂逅带来的欢愉，甚至是办公室里的争吵。即使都戴着口罩，你仍可以感到那种热气。如今，在腾讯会议上，在微信中，交流的密度更高，但你总觉得，这是纯粹功利性的。而在东京，朋友们都在自肃，谁也不好意思给别人带来少许的不安。热情会激发新的热情，疏离则繁衍更多的疏离。

石川小姐知道我喜欢美式咖啡，每次我到收银台时，她将大号纸杯放在咖啡机上，摁下启动键，才开始扫描其他货物的二维码。付款时，咖啡就满杯了，她也总不忘拿出消毒液，给我的手喷两下。这似乎是我们之间的小默契。有一次我找不到 *Japan News* 向她求助，另一次我向她要洗手液。大概很少有客人愿意这样麻烦人，连"谢谢"的发音都如此走样，还经常忘记戴口罩。自此，她开始主动给我喷洗手液。

我几乎忘记了她的样子。便利店的收银员，礼貌却冷淡，在白炽灯光下，在毫无美感的货架前，面对接连到来的客人，用职业化来掩饰内心的疲倦。只有一次在银座，一位巴基斯坦的收银员，用中文向我问好，然后用英语说"巴基斯坦与中国是好朋友"。便利店中，深肤色面孔的收银员日渐增加，他们可能来自缅甸、孟加拉国、印度、巴基斯坦或菲律宾。这是日本应对日益短缺的劳动力的举措。对于这些劳工，东京必定是一个散发着魔力的城市吧，如此干净、整洁、富裕、有秩序。六町目的这家罗森也有一位来自马尼拉的收银员，我按照她铭牌上的片假名拼读，她似乎叫索菲亚。

回到石川小姐。她中等身材，平淡的面孔，有种温暖，像是中学时代的生活委员，似乎总能在你忘带盒饭时，分一半炒饭给你，然后转身就忘了。都是记忆与想象。两周来，她总戴着口罩，只留下一双圆眼睛与同样平淡的额头。

我隔着透明塑料帘，想和她寒暄一句，却发现那勉强记下的几句日语又忘光了，或许，也并非忘光，它们只是缩在口腔的某一处，不愿意冒出来。这塑料帘标志着疫情来到了一个更严峻的阶段。是的，安倍与小池都在新闻发布会上谈论疫情的严重性，语言与现实之间，是通过一个个细节来贯通的，这一个个细节，也在减缓这突然的冲击波，将它分散为一个个可逐渐承受的压力。

地铁车厢里微微打开的车窗，每个人都能收到的十万日元补助，逐渐关闭的店铺，禁止营业的红灯区，中午时分隅田川畔越来越多独自吃便当的人，还有刚刚出现的塑料帘——它为保护收银员所设，仅仅口罩的防护已不足够。

对我这样一个外来者，这一切细节上的变化都平缓得惊人，似乎可以轻易消化掉。

我猜，多年之后，我也仍会记得这位石川小姐，以及她喷洗手液时的利索举动。她给一个陌生人，带来了淡淡的，却难以忽略的温暖。也有可能，这是不值得信赖的多愁善感，一旦可以在居酒屋比肩而坐、推杯换盏，这一细节会像一场浅梦一样被忘记。

瑜伽、黑洞与世界图景

他们在站台上练瑜伽，都戴着口罩。在 4 月 21 日的 *Japan News* 的第 12 版，我读到这篇报道《在印度，等待不会到来的列车》，其中的新闻是练瑜伽的照片。那是印度北部的瓦拉纳西的站台，一座圣城，唐三藏取经的目的地。

创刊于 1955 年的 *Japan News* 与历史更悠久的 *Japan Times*，是日本两家主要的英文报纸。后者作为独立的英文报纸运转，前者则是《读卖新闻》的下属。不过，它们的质量不佳，不管是报道还是评论，皆过度依赖于英文媒体，原创文章则过分简单。

这是日本社会特性的另一种展现。这是世界上识字率最高的国家之一，阅读习惯更无人能敌，《读卖新闻》的发行量超过一千万，《朝日新闻》也接近八百万，地铁里、公园长椅上、咖啡馆中，到处是正在阅读的人。

同时，这些读物令人吃惊地简单。以 *Japan News* 为例，倘若报道来自日本记者，它就会像是一篇白开水式的说明文，社论同样不温不火，记者与编辑似乎没有兴趣设置戏剧张力，做出大胆判断。

"打开报纸，进入日本。"它的征订广告上这样宣称，"了解日本主厨的秘密；窥探幕后的歌舞伎；找到隐藏的旅行地，至关重要的事件。它来自《读卖新闻》的调查与深入社会报道，人人都想一窥究竟。"

尽管每日阅读它，我尚未窥到日本社会的究竟。科比（Kobe），那位刚罹难不久的天才篮球运动员，原来得名于神户牛肉（Kobe Beef），他的父亲在日本品尝到这美味，给儿子起了这样一个名字。哆啦A梦（Doraemon）迎来五十周年，它是日本漫画的重要象征，陪伴几代人的成长，影响力扩及全球，它也是我成长记忆的一部分。

在报上，我常读到这些新闻，它们皆带有显著的"traveler's tale"的特性，有趣又带着某种轻慢，外来者只需要看到这些表象。每个国家都会宣称自己的独特性，一些国家总更令人费解。

"就像一个黑洞，"梅棹忠夫曾这样形容日本，"它吸纳各种信息，自身却不发出任何光线，不对自己作出任何解释。"他还说，比起其他国家，日本文明就像是鱼类中的海豚，与其他鱼类一样在海中，却是一个完全不同的物种。

这位声誉卓著的学者，近四十年前，对着一群法兰西学院的听众，作出这样的判断。彼时，"日本世界第一"的说法四处流传，这也是令人震惊的时刻，在1940年代，日本还是一个废墟上的国家，在1968年却成为世界第二大经济体，日本制造征服了世界。令人难以理解的"神风敢死队"，摇身变为公司战士。社会学者、商业思想家创造了各种理论来解释它，皆不令人满意。

日本人则沉湎于"日本人论"，梅棹忠夫就是代表人物之一。这个黑洞一样的国家，认定别人不能理解自己，却孜孜于自我分析，似乎越分析，越能确认，自己的确是一头海豚，是海洋中的另类。这些分析却常常显得有欠深刻且过分缠绕，就像日语表达本身一样，说了一长串，意思却简单。日本是一个视觉与感觉的国家，思辨非它所长。

穿过言问桥时，我想起了黑洞与海豚的比喻。三个月来，我四处旅行，在东京度过了大部分春天，看着樱花绽放又凋零。在这场世界性的疫病中，日本再次展现出某种黑洞与海豚的特质。钻石公主号停泊在横滨港时，人们觉得疫情的蔓延似乎不可避免，日本与中国的联结如此紧密，又迟迟没有关闭国门，对于邮轮危机的应对又显得如此迟缓，没有表现出任何果断。

病毒迅速征服了世界，从首尔到罗马到巴黎、伦敦再到纽约、新德里、悉尼，就连夏威夷人也开始自制口罩，上面的图案仍有着 Aloha 精神。

东京仍保持着不紧不慢，甚至宣布紧急状态也显得那么迟缓。戴着口罩的安倍，街上沉默的行人，以及隅田川畔孤独地吃便当的人，都给人这样一种感觉——是的，它真的要发生了，但实在要发生的话，就发生吧。

事实上，它却没有真的发生。作为世界上最大、最拥挤的城市，东京播报的每日感染人数，总是维持在一百多个。纽约、伦敦、巴黎深陷困境时，东京的感染数字才逐渐攀升到三千个，且死亡率惊人地低。它从未陷入那种慌乱与绝望。

自新冠疫情暴发起，你目睹病毒驱动着历史，随着它起伏的节拍，随着它一步步地蔓延，整个世界沦陷其中。在 *Japan News* 也能读到这幅世界图景，其中很多地方，是我昔日的旅行地——这也是我的人生的梦想之一，翻开一张报纸的国际新闻版，发现每一个报道的国家，都曾留下我的记忆。这将令人陶醉同时让人疲倦，地震、水灾、明星之死、军事政变，所有的远方都与自己有关。

　　站台上的瑜伽也与我有关。十一年前，我去过瓦拉纳西，也在那个站台上度过了一夜。印度的火车，就像情人的怒火，你总搞不清它何时突然到来。在站台上，我与一个瘦弱的法国小伙子，喝着速溶咖啡，有一句没一句地闲扯，我们说起科幻小说以及他的人生新计划——要到大吉岭学英语。这也是一个难忘的时刻，这世界总充满意外，听一个法国人操着印度式英语，定是种独特的倾听体验。

意外的放逐

我点了一杯冰咖啡。

5 月 1 日的东京，炎热骤然到来。我在浅草的生活，已经进入了第四个月。三个月前，在出地铁站看到"仲见世"的指示牌时，我内心还会一阵激动，这不就是北野武歌中的名词！如今，"仲见世"上尽是拉下卷帘门的商铺，漫才表演的广告招贴已然褪色，上面总能看见两个汉字："延期"。

天气响应了世界混乱的脚步。整个春天，东京都显得过于寒冷，大风紧接着雪，樱花无人观赏，独自飘零。我习惯打开空调，早晚两次钻进浴缸。寒冷不仅来自天气，也来自隐隐的孤独与厌倦。熟悉的生活节奏突然中断，带来生理与心理的双重困扰。刚开始，你觉得它只是暂时的，当疫情散去，将一切如初；逐渐地，你意识到，再也回不到从前，整个时代的结构与情绪都发生了突变。旅行，变成了一种隐喻，你没有回头路，只能一直走下去。

我对自然缺乏感受。秋日的月色，内海之宁静，或是山下的竹林，令我舒适，却很少能激发起更深沉的感受。樱花开满门前小路时，我只觉得它们毛茸茸的，粉得不真实，它们被风吹散，飘落到水泥地面时，我亦未生出特别的感触。

倒是这突然升温的天气，让人感到一丝喜悦。从旅行箱里，我翻出黑色的人字拖，我原本穿着它们在吉隆坡闲荡，没想到它们还能在东京派上用场。它们总令我感到自由，裸露地进入生活，忘记世俗规范。

在前往言问通上的银行时，我感到浅草正在醒来，路人明显增加，甚至看到了穿短裙的姑娘。她赤裸的双腿，散发出魅力。在一个人人要保持社交距离的时刻，邂逅与亲密，哪怕仅仅是想想，也令人心潮荡漾。

或许，这只是我的个人感受。大部分时刻，我们并不在乎世界的真实模样，执着于自己的细微感受。很可能，只因为昨晚睡眠充足，今早竟然记住了五十音图的大概。艾略特的诗句也不可少，他说四月是最残忍的月份，四月过去了。当然，气温同样重要，我总喜欢那种皮肤微微沁汗的时光，舒畅、自在，且有一种淡淡的黏稠感，那不正是期望的生活的感觉吗？

办一张储蓄卡，也是新生活节奏的一部分。你接受了现实，暂时停留，要变成新常态。储蓄卡暗示着，你与本地更直接地连接。相比之下，信用卡象征着一个自由流动、不断透支的世界，空间与时间失去意义，你在西雅图的劳动，可以在曼谷换成休闲，也可以用十年后的收入，来购买眼前的房屋与汽车。

我把这一切视作当然。出生于1970年代后期，我这一代的青春时光，是在一切皆更开放、更富裕中度过的。开始职业生涯时，恰逢中国崛起。两种力量塑造着我对世界的态度。西方的一整套价值，从巴黎的思想家、纽约的格林威治村、伦敦的《经济学人》杂志，到硅谷的创业精神，都是我追寻的一部分，它们让我兴奋，亦疲惫不堪；同时，我的中国意识也逐渐苏醒，清晰地感受到作为一个中国知识分子的边缘感，过去几个世纪，我们对于智识世界的贡献是如此之少，甚至在谈论中国时，依赖的也是外来的理论与新闻报道。

中国在世界舞台上赢得新的关注。在我工作的新闻界，西方媒体对于中国的报道迅速增加。我最喜欢的《经济学人》在 2012 年甚至增设了中国栏目，在它报道的全球事务中，只有美国、英国拥有独立的栏目，前者是世界最强大的国家，后者是该杂志的母国。中国是这个时代最伟大的经济故事，它先是成为世界工厂，又从一个商业游戏的追随者变成规则制定者。谁能想到，一个从杭州起家的黄页公司，不到二十年，完成了纽约交易所历史上最大的 IPO；而一个深圳的聊天软件公司，在香港成为亚洲市值最大的公司。

这皆是在一代人中完成。即使到了 21 世纪，你定然不会相信马云、马化腾会比李嘉诚、郑裕彤更富有，更不会相信，他们会成为 Fortune 或 Forbes 的年度人物。中国公司则开始购买那些曾经辉煌一时的西方企业，甚至成为欧洲足球俱乐部的老板。

虽未加入过这股淘金热潮，我也以另一种方式分享到了这突然增加的财富与自由。2002 年第一次出国时，我尚要去中国银行换取美元与支票，在纽约与伦敦，我们要小心翼翼地计算酒店的价格，把书店里的几本书，拿起又放下。很快地，你就习惯在世界任何地区从 ATM

中取钱，又过了几年，你甚至可以用手机支付，微信与支付宝的标识四处可见。我可以订最舒适的酒店，只要背得动，还可以尽情买书。你也看到，自己的同胞如何涌向每一个角落。

我曾希望，知识分子也能从这股浪潮中分享到一些力量，这些突然积累的财富，也该转化为某种艺术与思想，中国应拥有世界级的大学、报刊、电视节目，知识分子不仅能在世界媒体发表对中国的分析，也同样能表达对人类普遍困境的看法。

这样的转变曾经上演过。20世纪初，尽管美国已跃升为第一等强国，在欧洲人心中，美国文化仍粗俗、边缘。美国人自己也这样认为，它最好的作家亨利·詹姆斯移民英国，认定伦敦才代表着他认可的文学、审美趣味。比他年轻一代的作家们，则将巴黎视作圣地，他们参加过一战，以詹姆斯·乔伊斯、埃兹拉·庞德为师，被称作"迷惘的一代"。这迷惘的一代，却旋即成为革命性的一代，海明威、菲茨杰拉德、帕索斯，三十岁上下时就名扬国际，且创造出一种独属于他们的风格。

半出于狂妄、半出于无知，我觉得自己这一代正应扮演相似的角色。20世纪末的中国，与19世纪末的美国，不无相似，皆处在一个突变的时刻。某方面的确如此，在当代艺术、电影领域，一小部分中国艺术家脱颖而出，即使未能带来一种全新的思想，他们独特的中国经验也令人难忘。突然崛起的中国购买力，更令这些艺术家获得了非同寻常的关注，在任何时代，money always talks。同样的规则，却未能进入思想、文学、媒体。在一个视觉时代，它们处在边缘，更重要的是，它们与自己的土壤也发生了断裂。它们要求分析、批评、反思、辩论，无法带来一目了然的兴奋与奇观。娱乐消费的冲动，令它们无法伸展自己的感受与思考，而倘若你不能充分、诚实地表达，就会加深与国际舆论场的隔阂。这多重压力，令它们尚未生长，就迅速凋零。

我逐渐感到，雄心勃勃消逝了，疏离感日渐浮现。伴随着中国的富强，评论它、分析它的空间并没有随之增多，而公众也对你缺乏兴趣，甚至不无厌恶，一切都如此欢快，你的那些怀疑显得过分刺耳、不合时宜，更缺乏娱乐价值。况且，你遵循的一整套人文价值，在这个技术、消费主导的时代，都显得陈旧落伍。

2002 年，我写作《我要成为世界的一部分》，八年后，我的书名则成了《祖国的陌生人》。接下来，连这种哀叹都消失了。我逐渐适应了一个知识分子被边缘化，然后被污名化的过程。

我也在下意识地淡化自己的身份。我成为一名创业者，接着又开始制作介于文化与大众娱乐之间的视频节目。我的写作方向改变了，从时事评论转入历史写作。尽管我的主要精力用于写作，更被广泛认知的身份却是一个书店老板与一位主持人。很多时刻，我觉得自己更像是葛兰西笔下的"有机知识分子"，知识是他融入社会的润滑剂，而非批判的武器。

我成功地说服了自己，将批判隐藏于历史书写中，隐藏于内心，与此同时，我尽量享受中国经济成长带来的便利。我周游世界，探访我感兴趣的世界名人，从坂本龙一到赫拉利，从许倬云到陈冲。偶尔，我也有某种自得，似乎在一个狭窄的空间里，我充分享有了某种自由。隐隐的，我感到这也像是浮士德的交易，你暂时交出了良知；这或许只是一个肥皂泡中的自由，它随时可能破裂。

我不会想到，这个肥皂泡会以一场疫病的方式破裂。当我 1 月 22 日从北京飞往吉隆坡时，武汉的疫情激起了我的少许忧虑，但我觉得它很快就会过去，等我度假归来，还将一切如初。五天的度假，变成了三个月，归期仍不确定。

自武汉开始，病毒演变一场全球性危机。起初，你担心武汉崩溃的医疗系统，愤怒于管理失败带来的人道危机；接着，你看到世界如多米诺骨牌似的倒下。更令人忧虑的是，围绕着病毒、口罩、抗疫模式的讨论不断升级。不可见的病毒，未能令世界更为团结，却加剧了原本就日益紧张的冲突。它是一个漫长演进的结果，既有结构性的，亦有新因素。

我这一代人，即使不完全相信历史终结论，也多少是某种"融合（convergence）论"的信奉者。不同的制度终会因经济、文化的交往，逐渐趋同。我们正是这趋同过程的受益者。我曾以"天然全球化一代"来形容自己这一代。资本主义或社会主义，东方或西方，这一套词汇都该丢进历史垃圾桶。尽管过去十年中，你能看到一种对抗逐渐形成，那些原本僵死的思维与词汇，再度复苏，但你总在安慰自己，这只是暂时的，历史潮流仍会回到既有的轨道。

我们总是有一种搭顺风车的思维。车明明已经脱轨，你却只是暗暗期待，它会自己开回来，或是别人会下去推车。出于良心，我会为推车人大声叫好，写文章称颂他们，但倘若让我抛弃一切去推车，我又自觉做不到。每个人都深知这个举动的危险，大部分情况下，你会被车轮碾压，被迅速抛弃与遗忘，只在极偶然的情况下，你会成为短暂的英雄。

银行里的人，比想象的更多。人们可以暂时放弃围绕食物与音乐的聚会，金钱却不允许休息，需要被及时处理。坐在绿色座椅上，我看着朋友小陆代我与银行职员交涉。在这一刻，东京突然陌生起来。我意识到自己的困窘，倘若不是小陆，这样一个简单行为都对我充满难度。

坐在浅草医院对面的露天咖啡店时，我隐隐意识到，人生的另一个阶段要开始了。即使不久后回到北京，我也知道，原来熟悉的节奏与气氛将不复存在。我拼命维持的灰色地带，已变得非黑即白。

年轻时喜欢流放的意味，并且将它浪漫化，相信这是自我更新之必要。只是在此刻，我才真正意识到，流放或许是不可避免的命运。此刻的东京，发出了暧昧的召唤。

暧昧的东京

乌鸦叫了一整夜，嘎嘎声起起落落。混沌中，我意识到，窗又忘记关了，却翻身睡去，带着一种初夏才有的松弛。

这也是久违的松弛。疫情暴发以来，我就被紧张、恐惧与茫然的情绪左右。一开始，你焦灼地看着迅速恶化的态势，被微信上的各种消息轰炸得不知所措；接着，身处异域，你也恐惧于这极速扩散的病毒，令你无处可躲；再接着，中国疫情好转，武汉结束了封城，我暂居的东京却陷入紧急状态，尽管这里的"紧急"，远没有中国的"紧急"那样"紧急"，却仍有一种显著的受困感。

今夜，你感到这受困感正在散去。浅草六丁目，汽车的轰鸣声增多了，关闭多日的咖啡馆飘出了香气，即使凌晨将至，还有穿短裤的姑娘穿过巷口，一家拉面店里仍有两桌客人。

持续了四周的"紧急状态"，令烦闷四处蔓延、家庭暴力陡增，即使一个日本这样的Otaku Nation（御宅国度），似乎都有股难以压抑的情绪在暗涌，每一个口罩背后，都暗示了某种重回生活的渴求。我房东迷人的日本妻子，在街上看到了争吵的夫妻，对她来说，这是从未见到的景象，一个生怕给别人添麻烦的社会，怎能公然表现家庭内的矛盾？

升高的温度，加剧了躁动，人们潜意识里都愿意相信，高温或许的确能杀死病毒，至少减弱它的活力。每日感染的数字，给人新的鼓舞，这一天公布的数字只有十五个，前一天则是二十二个。

对于一座二千万人口的城市，这实在是个不可思议的成就。以数学模型而言，它安然度过了可能的暴发。或者说，你能称之为暴发吗？最高的一天也不过二百多个感染者，死亡人数更是低得惊人。

一段时间里，疫情之于东京人，就像一段令人厌倦的关系，你希望它暴发，彻底接受现实，以便展开新生活；又担心它真的暴发，一切不可收拾。

它却始终似暴发又未暴发，像极了日本给我感觉，它总是暧昧的。是大江健三郎，第一次让我将日本与暧昧联系在一起。"面向西欧全方位开放的现代日本文化，并没有因此得到西欧的理解，至少可以说，理解被滞后了……在亚洲，不仅在政治方面，就是在社会文化方面，日本也越发处于孤立。"他1994年在斯德哥尔摩讲到。继川端康成，大江成为日本第二位诺贝尔文学奖得主。比起川端在世界面前展现的美丽、神秘的日本，他强调的是日本的暧昧，它处在西方与东方、传统与现在之间的身份困惑。

我从未能在大江的演讲与现实的日本间建立起关联。不管日本，或是暧昧，我皆所知甚少。一旦说起日本，不论怎么警惕，也往往被种种陈词滥调所左右。或许，我该沉默，不做任何妄言，但沉默、留白，不也正是关于日本的最佳陈词滥调吗？

在疫情蔓延时，这暧昧似乎变得清晰起来。最初，日本的反应显得如此迟缓，应对停泊在横滨的钻石公主号，它的处理优柔寡断；世界纷纷中断与中国的航班时，东京犹豫不决，中国领导人可能的到访，加剧了任何决定的困难；疫情从东方到西方，席卷世界时，它从未作出特别强制性的措施。比起如多米诺骨牌般倒塌的世界都市，东京却从未陷入慌乱、大规模死亡与绝望。

比起北京表现出的果断风格，比起首尔、台北、新加坡高科技的抗疫模式，东京显得过分沉闷，有时，你甚至觉得，它表现出一个官僚国家的显著特性，习惯性地拖延，不解释自身。但一个悖论也同时出现，危机真的没有到来。媒体保持着对安倍的一贯批评，公众对政府的信任则位居全球最低的行列，但人人佩戴口罩，保持社交距离，餐厅自动关闭，你说不清是公共卫生体制的先进，还是由来已久的生活习惯，抵御住了这场危机。你甚至也搞不清楚，这到底是一个开放的社会，还是一个封闭的社会。尽管人们普遍不信任政府，却信任它公布的感染数字，对于它的措施深感不满，却从未产生真正的慌乱。

走在东京街头，看着口罩上方的淡淡眼神，你不禁会想起大江先生三十年前的感慨："日本现在仍然持续着开国一百二十年以来的现代化进程，正从根本上被置于暧昧的两极之间。而我，身上被刻上伤口般深深印痕的小说家，就生活在这样的暧昧之中。"

这种感受一定渗透入社会的每一个细节，渗透每个人的内心。暧昧，常也是对抗种种极端的武器。当你总是面对悬殊的力量，不管是地缘政治还是地震海啸，你需要发展出某种独特的情感方式。常年的无奈与无解，促生了一种镇定，或者随波逐流。

这只是一个旁观者的胡乱猜想。次日下午，带着睡眠不足的困乏，我坐在门口喝咖啡，翻阅报纸，乌鸦偶尔掠过头顶，叫声远不似夜晚那样尖利。

"重新开放带来新的问题"，*Japan News* 第 3 版上这样宣称。现状令人厌倦,恐惧正迅速减少,但谁也不知,这病毒会以何种方式卷土重来。一个暂时的结束，也可能是一个漫长过程的开端。很有可能，日本人所代表的生活方式，譬如在拥挤人群中的安静，没完没了的自我克制，以及这似有还无的暧昧，将要变成这疫情下的新常态，Otaku 御宅不再是一群日本青年的独特选择，而是更大的人类群体的必要训练。这一次，日本社会不再意味着纠缠与混沌，而是预示着某种未来。

我感到轻快，且有一丝感伤。这浅草六丁目的生活，要告一段落了，或许，我该查询飞往北京的航班了。经由这场危机，原本已经极端的，必定更为极端，那一刻，我必定会想念这东京的暧昧吧。

难以理解的日本

就这样结束了？

安倍宣布结束全国紧急状态时，我心里生出这样的迷惑。也许，还有一丝怅然，我已习惯东京的新节奏，四处皆安静、闲散。疫情还提供了最佳借口，你可以整日无所事事，没有一定要做的事，没有一定要见的人。也没有过分的受困感，尽管是紧急状态，日本却没有真正的强制措施。

当东京都知事——喜欢佩戴不同色彩与花纹的口罩的小池百合子——要求市民自我隔离、餐厅、夜店停业时，她的口气是协商的、劝告的。按照一位久居本地朋友的话，她几乎是妈妈桑式的。她将东京视作一家大酒吧，不紧不慢地嘱咐客人，听话，不要外出，等疫情过后再来。

"日本神秘的抗击大流行病成功。"我想起一位美国评论家在5月14日的《外交政策》上感慨，"在与新冠病毒的斗争中，日本似乎做错了一切。它仅检测了其人口的0.185%，其社会隔离做得半心半意，而且大多数日本人对政府对策持批评态度。然而，日本依然是世界上死亡率最低的国家，不仅避免了医疗系统的超负荷危机，甚至还在不断减少，一切都在怪异地进行着"。

这位评论家在东京已生活了十五年，仍充满外来者的典型困惑。这个国家总令人费解。是啊，2月时，世界媒体上充斥着对日本的担忧。钻石公主号停靠在横滨港口，作为中国游客最密集的旅行地，它仍保持着通航。它还是一个高度老龄化的国家，这个群体最难抵御病毒。但一切都没有发生，连预计的暴发也未到来。

傅高义该会对此作何评价？1979年，他的《日本第一——对美国的启示》引起世界性的轰动。饱受石油危机、越南战争、经济衰退影响的美国，突然意识到它击败并重塑的日本，已成为最强有力的对手。这本书在日本更是大获成功，它卖出了几百万册，每个日本人都熟知作者的名字，这给他们带来前所未有的自豪感：连哈佛的知名学者都宣称日本是"世界第一"。

从新加坡的李光耀到中国的朱镕基都是这本书的热忱读者。一个世纪前，日本曾是亚洲的楷模、第一个跻身现代强国的非西方国家。如今，在废墟之上，它创造了新奇迹，从汽车、钢铁、新干线到录像机，日本制造征服了世界。在经济高速成长的同时，它还在很大程度上保持了公平、和谐，其贫富差距如此之小，比起世界其他主要都市的犯罪率，东京的要低得多。

人人都想知道日本成功的秘密。语言、社会习俗、组织结构，都令这理解路径过分崎岖。傅高义是个恰当的人选。1958年，他前往东京研究日本家庭的变迁。这项研究最终以《日本新中产阶级：东京郊区的工薪阶层及其家庭》一书面市。更重要的是，这段经历将傅高义与一个迅速变化的日本紧密地联系在一起，他成为最令人信服的日本解释者。

"只要仔细观察日本在各方面所取得的成就，就可以确信，这个国家固然资源贫乏，但在处理一个后工业化社会所面临的基本问题上，却出类拔萃"，傅高义写道。他也相信，日本的成功并非是所谓的国民性、古已有之的美德，"而是来自日本独特的组织能力、措施和精心计划"。他也发现，日本人很少大肆谈论自己的成功，他们"秉性自谦，往往低估自己的成就"。傅高义把日本作为一面镜子，照射出美国的不足。

当我读到《日本第一：对美国的启示》时，日本的故事又发生逆转。这大约是 2003 年，日本在世界媒体上已是一个失败者的形象。1990 年的泡沫崩溃后，它不仅迎来了"错失的十年"，还可能变成"错失的二十年"。与之相对，中国则像是二十年前的日本，它迅猛的经济增长以及庞大的规模，令人更觉得中国是新的世界第一，它甚至会取代美国，成为新世纪的领导者。

也是在此刻，傅高义又出版了《日本还是第一吗？》。他肯定了自己三十年前的判断。但对于中国读者，他的中国观察更为重要。1980 年代，他对广东的描述是理解改革开放的必读书目。到了 2012 年，他又将自己在日本的成功在中国重演了一次。《邓小平时代》的出版，让他以七十二岁高龄荣获了美国外交界最高的学术奖 Lionel Gelber Prize，更成为中国重要的畅销书作家，这本书激起了两代中国精英对于邓小平的强烈感情，并让人重思，中国的经济奇迹是如何发生的。

他是少有的能同时理解日本与中国的学者，与哈佛东亚研究的一个伟大传统紧密相连。他是费正清（John King Fairbank）的副手，后者才华横溢、骄傲、富有贵族气，就像是这个领域的"King"；也与赖肖尔（Edwin O. Reischauer）熟识，后者是日本权威，还出任过驻日本大使。

"那么，其中哪一段历史，最让你意外？"我举起手中的书，问对面的傅高义，他已经八十九岁，驼着背，却仍旧精力旺盛，刚从波士顿飞到香港，航班上一个哭闹的孩子令他难以安息，仅在酒店睡了六个小时后，他就精神抖擞，开始接受一连串的采访。

2019年11月，我与傅高义在沙田的一家酒店见面时，这个城市正陷入动荡。四十多年前，四十岁出头的他在此学习中文、研究中国历史。他这一次来到香港，是为了宣传他的新书《中国和日本——1500年的交流》。白色封皮，上面叠加着中国古玉与日本红日，五百页。这部著作有一个过分宏大的标题，它追溯自6世纪到此刻的日中关系史。

在日本，它起始于推古天皇掌权之时，在中国，它则以短命的隋朝为开端，自这个时期，从书写文字到佛教经典再到城市规划，日本开始大规模地向中国学习。接下来的十三个世纪中，这两个国家的交往若即若离。

到了 19 世纪后半叶，双方的关系陡然增强。在西方的威胁面前，它们都是受害者，其反应却截然不同。中国刻意地拒绝这种冲击，试图将西方的"野蛮人"排斥在门外，日本则在短暂的抵抗后，热情地拥抱了"野蛮人"——他们的技术、制度、生活方式。这截然不同的选择，也造就了各自不同的命运。

不到半个世纪，中日力量发生了戏剧性的转变。被中国长期藐视的"蕞尔小国"日本，不仅迅速实现了近代化，还在甲午战争中令人惊异地击败了中国。这也令中国陷入了前所未有的屈辱，它可以败给英国与法国，它们是陌生的、远道而来的"蛮夷"，而日本——这个昔日的学生——怎么也能击败你？

在日本与中国的双重巨大成功，给予傅高义特别的使命感。他眼见中日关系在过去十年中的颠簸，认定自己有义务做出努力。他尤其想突出中日关系的甜蜜岁月——600 年至 838 年，日本学习中国；1895 年至 1937 年，中国学习日本；1978 年至 1992 年，日本为中国提供经济、技术支持。他相信，中日的现代历史充满了残酷、悲剧，重温这些合作的记忆，会加深彼此的理解，为谅解与未来的合作创造平台。

"最意外的就是，在甲午战争后，中日竟然有这样一个热烈交流的时代。"对着窗外的海湾，傅高义说。我们靠窗而坐，此地也是他观察中国的起点。

历史的确充满了惊奇，甲午战争的失败激发起一代中国人的变革热情。他们似乎立刻将屈辱感转化成学习的动力，日本不再是敌人，而是值得追随的楷模。流亡日本时，康有为、梁启超试图将光绪皇帝塑造成另一个明治天皇，孙中山则创造了革命理念与组织。

那个时刻，日本也进入一种崭新的模式。尽管1868年才开始维新，但二十七年后就击败了中国，三十七年后又击败俄国。它赢得了西方的侧目与疑惑，日本是如何取得这一切？它也导致不信任：日本是否成为另一种"黄祸"，威胁到白人的世界？

在亚洲，从中国、菲律宾、印度到越南，都期望学习日本成功的秘密。日本人从英、美、德、荷获取灵感，中国人则发现，比起西方，日本是一个更容易模仿的国家。日本人也发现，尽管他们赢得对中国的战争，却仍挣扎于赢得西方的认可。比起白皮肤的西方人，中国是值得帮助的亚洲伙伴，他们要联手与西方一争高下。

1898 至 1907 年被称作中日关系的"黄金十年"，这期间日本的角色是"持久的、建设性而非侵略性的"。日本对于中国的帮助有着实在的利益考虑，它希望在军事与非军事领域都能影响这个庞大却病弱的伙伴，同样也有不可忽视的纯粹友谊的色彩。1898 至 1911 年间，至少有 2.5 万中国学生前往日本，构成了"历史上第一次以现代化为定向的，真正大规模的知识分子的移民潮"。日本为这些未来的中国领袖青年提供了瞭望世界的窗口：鲁迅对于西方小说的理解源于日文译本；蔡锷、阎锡山、李烈钧、蒋介石皆受惠于日本的军事教育；学者们则翻译日文书籍，按照日本方式改造中国教育机构；清政府则参照日本模式，改革了警察与监狱系统，这种改革同样进入了司法领域，变革派大臣甚至准备推行日本式的君主立宪制。

1980 年代，日本不仅让美国人深感意外，也再度成为中国人追寻的现代化的楷模。邓小平感慨，日本让他明白了现代化的意味，新干线的速度，就是中国未来的方向。

但在历史中，日本总是被习惯性地低估，它也不为自己做出太多辩解。当日本制造已经征服世界时，是一位哈佛的历史学家向世界解释它的独特性。而当1990年的泡沫破裂后，世界再度低估日本，结果日本文化——漫画、电影、游戏——开始征服世界。

而此刻，日本在对抗一场全球性疫情方面，又展现出意外的成功。这个成功，再次没有得到充分的解释，日本似乎也无意展示这成功，他们继续批评自己政府的无力、日本的不足。

我很期待，九十岁的傅高义对此做出新的解释，也更期待，中国人更耐心、更系统地理解日本。充满热忱地理解他人，是对自我中心的解毒剂。我想，傅高义写作《日本第一》时，正是为了戳破美国人的傲慢、自以为是，提醒美国人面临的困境。

过去还是未来？

走出浅草地铁站，我有一丝恍惚。"社交时差（Social jetlag）"这个说法，出现在脑中。几个月来，新冠病毒、大流行、封城、社交距离，这些崭新的词汇成为日常的一部分，皆象征突然被中断的生活，一种蔓延的恐惧，一种仓促的反应，一种显著的受困。

"社交时差"是最新一个——社会生活已重启，你却不知怎样适应往日的节奏，像是陷入时差。统一、精确的时间，是现代世界的标志，它造就了一个工业化的大众社会，驱动了全球的紧密融合。新冠危机会中断这种融合，还是会造就一种更紧密、更具韧性的融合？

突然中断的此刻，是重新想象未来的契机。工作与生活会被怎样塑造，我们需要做出哪些调整？有趣的是，比起未来，人们对过去兴趣似乎更为强烈。人们搜寻黑死病与西班牙大流感的信息，想知道疾病的规律，它怎样塑造历史轨迹、政治形态与社会心理。加缪、桑塔格甚至丹尼尔·笛福再度流行，在《鼠疫》中，你似乎读到了对此刻世界的描述，生活遵循的是一本六十年前小说的节奏，它成了预言之书。

车厢中闪现的站名，让东京的庞然之躯逐渐浮现。这是困居浅草三个月后，我首次乘坐地铁。我感到时空的错乱。每一座伟大的城市皆自成一个宇宙，纽约、巴黎、伦敦各有其魅力，但对我而言，东京才是最令人兴奋与困惑的存在。在此地，过去与未来、现实与幻想、地方与世界、个人与集体的紧张与融合，如此显著又不着痕迹。被护城河环绕的皇宫中，天皇仍在春日种下稻谷，举行各式祭祀，它也是好莱坞科幻电影中的典型景象，斯嘉丽·约翰逊从布满荧光屏与虚拟人物的摩天楼上，纵身一跃。

它也令我更清晰地意识到，过去与未来不是线性发展，或许亦非螺旋式的上升或下降，它更像一张网，过去与未来紧密牵系在一起，并蔓延到任何可能的方向。

　　意外的旅程：马六甲、檀香山以及永井荷风的浅草倘若你转换视角，或许会发现，未来常常陈旧，过去反而崭新。

我从银座下车，街上的人流明显增加，忧虑与"社交时差"，皆藏于口罩后。穿过铁道，我走进帝国饭店。这家饭店是近代日本的象征，当它于1890年建立时，与一旁的鹿鸣馆一样，竭力向西方人证明，日本也可以像他们一样，穿燕尾服、跳交际舞、设立国会，以及建立这样一家西式的酒店。自黑船于1853年出现在东京湾以来，日本就在消化这股西方的冲击——蒸汽机、铁路、电报、跨国贸易、驱逐舰、议会、大学——它们皆从西方到来，日本试图吸收它们，又保持自我。

它看起来成功了。如今，日本仍像是一个难以解释的异端。它似乎比任何社会都善于应对陌生的冲击。新冠危机同样如此，日本政府没有做出任何戏剧性的举措，也未利用高科技无视隐私、跟踪个体，却从未迎来失控的暴发。

戴着透明塑料面罩的服务员端来咖啡，她像是科幻式的人物，还是日本式的科幻，即使在一个冷冰冰的机械、数字世界，仍保持某种"卡哇伊"，它有效地软化了陌生刺激。

我翻阅手边的 *WIRED* 日本版。这本来自旧金山的杂志以预言未来著称，将近三十年来，它是数字革命最有力的预言家与鼓吹者。过去十年，它更成为一种文化主流。大数据、人工智能、基因改造、人机合一、太空探索，已成为人们最热衷的话题。在中国尤其如此，人们陷于一场对技术的迷狂，着迷于埃隆·马斯克、赫拉利与刘慈欣，似乎比起如此广阔、令人心潮澎湃的未来，今日与昨日都变得毫不重要。但没有过去的持续存在，未来将会脆弱不堪，没有对昔日丰富性的保存，也不可能孕育出一个灿烂的未来。

当埃隆·马斯克的火箭升空时，它的确是通向宇宙探索的一个新旅程，但印在回收船上的巨大的 "Of Course I Still Love You"，或许才是一切力量的源泉。

离去

车过两国桥时,鼻子突然酸楚。我想控制自己的情绪,毕竟,这是一次早已计划的离去,情感或已渐次释放。

为了分散注意力,我讲起两年前在两国的经历。这是相扑竞技的大本营,一个午后,我看到比赛结束后的选手们鱼贯而出。他们竖起的发髻油光锃亮、散发着香气,肥硕的身躯被各式花色的和服包裹,他们自信、闲散,被等候的观众包围着,像是一群小型抹香鲸突然游弋到街道上,其中一头还以轻快的步伐,拦住一辆出租车,填满后排座位。

这个插曲没有什么功效。我还是觉得泪水在眼眶打转,后悔播放了这首歌。《旅行终点之歌》,是无意中发

现的。那该是 5 月上旬的某一刻，我在网易云音乐上的
一张冲绳民谣专辑上听到它。那是东京疫情开始衰退之
时，每日感染人数降到二十几位，偶尔还是个位数。长
期绷紧的神经开始松弛，一些餐厅开放了，地铁里的人
数也多起来。

我意识到，回国日期临近。尽管时间如水流般绵延，
但偶尔，你可以清晰地感到节点。这个节点出现于 5 月
15 日晚。小陆、岚岚与我照常吃晚饭。自疫情开始，这
已是我们的固定仪式。在这家叫游云亭的民宿，两个被
困房客与一个不愿意回家的房东，组成了一个临时家庭。
对我而言，这是个从未有过的体验，如此密切地与人共
处一室。而我们仿佛来自不同的世界。

刚搬到游云亭时，我与小陆谈起葛饰北斋、永井荷
风与北野武，他们皆与浅草紧密相关，象征了此刻的繁
华与衰败。也正是这种庶民的活力与平等精神，孕育出
非凡的创造力。这是我接触日本的方式，它主要来自书
籍与影像。上学、打工、创办旅行社、开设民宿，在东
京已生活十七年的小陆，以一种极具体的方式体会日本。
在隅田川散步时，他会指着雾气中闪亮的晴空塔说，他
曾经在建设时搬运过水泥；路过东五轩町时，他想起自

临别前夕，与小陆与阿雅，我们意外相遇，却结成长久的友谊

己上学时在此送外卖的日子，老板很温暖，总在一天结束时，专门做一份菜让他带回家；他也记得在上野的倒霉日子，要在两个饮料贩卖机间取暖……最初来的日子与他此刻的状态截然不同，现在他开着奔驰或雷克萨斯接我去吃烤肉，微信朋友中从演艺明星到上市公司老板皆有。

他是中国赴日旅游浪潮的受益者。突然富裕的中国游客，在日本挥金如土，他们要吃最好的和牛，泡风景最佳的温泉，在六本木的俱乐部成排地开香槟，还要买光商店里的电饭煲与马桶盖……他先是买了第一台车，去机场接送客人，随即发展成一个小小的旅行社，有了一个临时的车队，他记得最疯狂的时刻，一天就有几十万利润，且是现金。他也记得，这股热潮，让东京的华人社区陷入迷狂，似乎人人都是导游、代购，一个表参道潮牌店替人排队的留学生，一天也能挣到八千块。

我搬入他的民宿时，这股热潮戛然而止。新冠病毒让世界陷入停滞，旅游业最先受损。这震惊来得过分突然，人们尚不愿接受现实。日本政府迟迟不宣布奥运会推迟的消息，普通人则多少期待，病毒突然到来，或许也会突然离去，一切再恢复从前。在形势变得严峻之前，小陆带我去一家俱乐部体验夜生活。包间角落里竖着一个木匾，上写"自由饮酒党总部"，有一张娃娃脸的老板，《北国之春》唱得甚佳。在酒局间，小陆看似放肆，其实体贴，关照着每个人的感受，他人的愉悦，让他安心。他也慷慨，我约略猜测，这一顿酒钱，要顶我一个月房费。

这样的短暂欢愉过后，东京进入自肃状态，小陆熟悉的生活方式突然暂停。我回国的日期一推再推，人生第一次有了"难民"之感，像是被悬置在历史的缝隙之中，进退不得。这悬置感，也意外地促成了《十三游》的开始。小陆被拉入这个计划，他的细腻与灵活，迅速发挥作用。我意识到，正是这种特质让他把握住了生意上的机会。

我也感到他身上的变化。他那些社会化的表达渐趋减少，开始对日本文学与思想产生兴趣，尤其与浅草相关的。他多少不安于，在此地生活多年却对他们缺乏了解。他的"激愤"一面也展现出来，在大仓饭店喝咖啡时，他看到同盟会成立的碑牌，顿感激励，感慨日本人留下这一切，中国却将之遗忘。我给一百多年前浙江留日学生所办的《浙江潮》，作为富阳人的他，生出很多感触。

生意的焦虑隐藏在他心里。偶尔，我陪他去看兴建中的新民宿。这是他的第三个民宿，五层楼，七个房间，还有一个地下酒吧与餐厅。他对它的期待，是一个迷你的安缦。这也是他对这一阶段人生的总结。在度过了物质积累之后，他期望创造自己的意义。他也对华人社区的某种不足感到不安，他们一窝蜂做这个，一窝蜂又去追逐那个，无意建立一些更长远的东西。

我忘记了，彼此的信任是如何建立起来的，总是一个酒酣耳热的时刻，你觉得，对方是一个值得长久信赖的朋友。病毒与放逐皆增加了个体的脆弱，也令友情变得更为迫切。而小陆，交往越深，越感到他内心孤独，在他玩笑不羁的谈话背后，常常隐着一种不安。反叛、善良、敏感、渴望认同、奋斗时的苦涩与孤立、突然到来的机会、强烈的自尊，混作一体。或许，他也觉得，我能够理解他。

当岚岚抱着一口方便锅搬进游云亭后，这友情得到了新的确认。来自吉林的岚岚，是我从未遇到的类型。她修长、漂亮，妆容与表情，像是刚刚直播下来的网红。当她开口时，我经常被模糊、支离破碎的话语，弄得云山雾罩，我也很少听人这样直截了当谈论金钱。她是在朋友圈与短视频中成长的一代人，消费与娱乐占据了他们的主要注意力。她来自东北一个极为富有家庭，开一辆白色保时捷穿过东京街头，为朋友的餐厅义务送外卖，她在诞生过山本耀司的学校学习设计，却执着于在朋友圈里出售化妆品自立。她容易相信别人，三言两语后就把自己的一切坦诚告之，热心地为他人着想。在她过分爽朗的笑声背后，还有一丝不易觉察的宿命感——年幼时她就遭逢重大变故，在生死间徘徊，她得到过纵容的爱，却又缺乏长久的温暖与支持。一旦相处，她的温暖与聪慧就展露出来，她有一种抓住事物本质的天分，尽管无法确切表达，但你知道，她知道了。她还有编织人际网络的天分，可以将不相关的人聚拢到一起，她那股热情以及突然爆发的笑声，足以消融各种隔阂。她也像一种弥漫的黏合剂，为这友谊，增添了新的成分。

偶尔，小陆迷人的日本太太也会到访。来自熊本的阿雅，温柔、笃定，还有同代日本女人少有的开放头脑。她曾在加拿大留学，独自前往拉丁美洲旅行，她对外部世界充满兴趣，当我赠送她《日本人在夏威夷》等历史书籍时，她有种由衷的欣喜。她热爱书、旅行，热爱一切能将她带往他乡的事物。或许，小陆也是她的某种他乡。他们在打工时相恋，她当时也许觉得，这个一无所有的中国男孩子，也预示着生活的另一种可能性吧。

这即兴的亲密，缓解了我们的焦灼。它也是我人生少有的时刻，我习惯独自一人，如今却又了少许兄弟姐妹的感受。它也会随疫情的改变而消失吧。5月15日晚，我们在吃晚饭时，循环播放着《旅行终点之歌》，每个人都在讲述自己的生活、挫败与希望，酒喝完一瓶又一瓶，看着天光逐渐转亮。那一刻，我觉得像是回到大学时代，一个悠长假期行将结束。

相似的感受，在小陆、岚岚身上接连上演过。情绪传染却并不同步。记得是6月初的一个晚上，岚岚喝醉，与小陆争吵起来，然后她突然哭起来，说这样的日子不会再有了。

小陆把我的行李塞进后备厢，两瓶山崎用报纸裹起来，他说，按照我的酒量，足够对付十四天的隔离。今天，阿雅开车，岚岚坐在副驾驶。小陆和我坐在后座。他带着相机，已经很适应一个Vlogger的角色，他说要拍下离别。

歌声在继续，我把头转向窗外，一排低矮的房屋，让我想起了上海虹桥附近。突然间，那些台北朋友的模样闯入我脑海，有几年，台北就像我第二个家，一下飞机，我就知道，他们在哪个排档等我消夜。一个午后，我穿过交错的小巷去找铁志，就像是一个逃学的少年。

　　而现在，东京给了我台北的感觉。

成田的"白日梦"

一份茄汁意大利面，一杯啤酒。只有这家快餐厅仍开放。食物，不仅充饥，也给人安慰，激活僵化的感官。况且，这啤酒，还有一个动人的名字——"白日梦"（Daydream）。

我像在两场梦间切换。抵达成田前，是一场5个月的浅草六丁目之梦，我被从日常的轨道中抛到了隅田川；走进机场的一刻，又像是另一场梦的开始。

6月午后的成田机场，似一处废弃码头。只有中国国际航空的柜台前，稀稀疏疏地排着几位年轻乘客，皆是留学生模样，其中两位裹在严实的白色防护服中，护目镜后的眼神颇为游离。他们不像是搭乘返乡的航班，倒似开始一段生化危机之旅。

我曾如此热衷于机场。看不同肤色、语言的人群在我眼前晃过，心里就生出欢愉。显示屏幕上的那些城市，从萨拉热窝、胡志明到迪拜，仅仅这些名字就令人心波荡漾，每一个都通向重重叠叠的历史、活色生香的此刻，以及暧昧不清的未来。更不要说空姐们，像是成群结队穿着制服的塞壬，向你发出邀请。印象中，来自新加坡、埃塞俄比亚与全日空的"塞壬们"，尤其让人难以拒绝。

但"塞壬们"正在丢掉工作。航空业是疫情最先亦最严重的受害者，曾经喧嚣不堪的机场像是陷入休克，只靠这一组客人，表明它一息尚存。巨大的显示屏上仍播放着2020年东京奥运会的广告，小吉祥物们在其中奋力拼搏，它们越活力四射，越显出现实之暗淡与荒诞。突然，觉得吉祥物有了西西弗斯的味道，即使徒劳，也要竭尽全力把石头推到山顶。

我喜欢废墟的气息，罗马的斗兽场，英格兰北部的哈德良长城，苏州的一处废园，或是金大班的内心。已逝的繁华，给予此刻一种镇定——不管多么雄壮与婀娜，一切终将败落，正因这终将的败落，那一刻的灿烂才如此珍贵。但如此突然生成的废墟感，却让人稍有不适，它尚缺乏时间带来的美感，你亦不知，它标志着令人叹息的终结，还是一个不安的开始，或者，只是一个插曲——最多两年，一切又将恢复如常。

穿过安检与海关，这超现实的感受更为显著。只有两家免税店仍然开放，导购小姐头戴透明塑料头盔，礼貌、孤零零地站立着，邀请又似拒绝，没一个客人。每一个登机口，皆空旷无人。一种忧虑，又在心头浮现。病毒会出现在桌椅、洗手池、贩卖机的摁钮，还是一个过路人呼出的气息里？我用消毒巾擦拭了座位的把手，以及刚调整了口罩的右手。我日常的笨拙与漫不经心，在这样一个时刻，更显得慌乱。我也对自己过多的历史感慨心生怀疑，我们对这场危机如此感慨，或许只是因为我们经历的太少，又生活在一个因社交媒体而过分放大自我感受的时代，才误以为自己身处一个前所未有的时刻。

临近37号登机口，人陡然增多，中文开始从各个角度钻入耳膜，听声音几乎都是年轻人。我意识到，航班只是在东京转机，主要乘客来自美国，且几乎都是留学生。"东西岸的都有"，一个卷发、戴着口罩的小伙子对我说，他在加州大学圣地亚哥分校读书，两个月以来好不容易抢到票，另一位来自耶鲁大学的女孩说，她的航班被取消了三次，总算登机了。

几个月来，充斥在社交媒体上的留学生的回国困扰，如此具体地展现在眼前。这也是一个转折时刻，四十年来，留学被视作年轻人的最佳选择之一。西方的训练与熏陶，是你自我实现的重要部分，也通往国内的光明之路。在毛时代，留学生成了危险的来源，外来的影响令人怀疑。邓重启的开放，令这潮流再度恢复。十年来，这股潮流又发生了新的调整。即使你从哈佛、耶鲁、哥大归来，亦不能保证你有一条坦途。中国迅速崛起，散发着新的财富与权力的气息。西方的吸引力退隐了，它没有腾讯视频、美团外卖与支付宝。一些时候，西方的训练与习惯，反而成为发展的障碍，很多人相信，中国自有其逻辑，你必须融入，而非改造它。

疫情又带来新变化。他们突然成了要防范的对象。对于很多人来说，这也是个困惑的时刻。整个成长岁月，他们都是在中国日益富强的故事中度过的，他们也比前几代人更有国家认同感。但在这一刻，却感到强烈的动摇：获得富强的祖国仍未获得期待的尊重；祖国也未在他们遭遇困境时，给予他们期待的支持；在社交媒体上，则充斥着对他们的怀疑甚至谩骂，认定他们为了私欲，给祖国带来新的危险与麻烦。他们中的幸运者，也要承担掠夺性的票价。他们也不知，何时才能恢复学业，很有可能，一切就戛然而止。他们大都沉默着，表情被口罩遮掩，但你完全可以想象他们所经历的煎熬，或许也有很多梦破的时刻，仍处于混沌之中。

半品脱的 Daydream 恰到好处，转移了离别的感伤，也令梦更为清晰。我开始填写之前在柜台扫码的表格。结账时，柜台上有微信支付的标识，我拿出手机，展示了自己的支付二维码，同时意识到，这个二维码，它不仅意味着我可以支付账单，还将显示我健康与否，去过何地，甚至与何人相遇。在新的梦中，一切都是透明的。

这些漫游对我意义非凡，它让我清晰地确认了
世界与历史作为一张巨网的存在，而我们都在继续编织它。

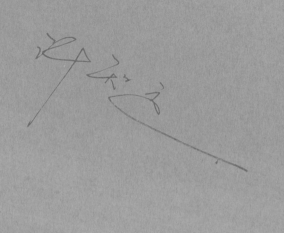

想象另一种可能

理
想
国

imaginist

Unexpected Journeys from
Kolkata, Cairo and
the most blessed country

意外的旅程——加尔各答、开罗
与最幸福的国度

许知远 ◎ 著

云南人民出版社

第一版序：拙劣的旅行者

很少有比我更拙劣的旅行者了。

2002 年 3 月，我第一次前往纽约。距离两架波音飞机撞击大楼的事件不过半年，我却没想起去看一眼世贸中心遗址，把很多下午时光扔进了拥挤不堪的史传德二手书店。这座城市的悲伤、震惊、韧性，犹太面包房的香味和中央公园里的阳光，我都记不清了，发霉的纸张、腻腻的汗味、高高的书架，还有收银台前那个胸部丰满的姑娘，倒是从未忘记。

2004 年 5 月，我在巴勒斯坦拉姆安拉的街头。阿拉法特正处于垂死状态，全世界的记者蜂拥至此，他们要捕捉一代传奇的落幕，以及伴生的虚空与躁动。在同事拍摄的一张照片里，我站在混乱街角的一根电线杆旁，心无旁骛地读一份《纽约时报》，身边是表情亢奋的人群。《纽约时报》的记者就在现场，我浏览的这篇报道所描述的，不过是身边的场景。

阅读是一种逃避。真实而巨大的纽约、悬而未决的拉姆安拉，都令我茫然无措，甚至心生恐惧，而书籍、报纸提供秩序、节奏与边界，多么惊心动魄、不可理喻的事件都在页边终止，只要跳过几页，就掌握了历史的结果。

我忘记自己是怎样逐渐爱上了旅行。在行程中，我能控制自己的烦躁不安，试着观察陌生人的表情，和他们交谈，品尝他们的食物，进入他们的客厅，倾听他们的往事……2011年1月，我坐上"突突"作响的三轮摩托车穿越班加罗尔的小巷时，意识到自己真的爱上了旅行。我期待自己像浮萍一样，从这条河流漂到那条河流。

但我不是浮萍，无根的自由带来的喜悦也注定短暂。阅读是一种逃避，它让你回避现实的失控，旅行也是。它经常是智力与情感上懒惰的标志，因为无力洞悉熟识生活的真相与动人之美，人们沉浸于浮光掠影的新鲜感中，以为看到了一个新世界，其实不过是在重复着旧习惯。

异质的声音、颜色与思想，没能进入他们的头脑与内心，不过是庸常生活的小点缀。

旅行更深的意义是什么？是加缪说的吧，旅行中最有价值的部分是恐惧。旅行者远离了家乡，一种模糊的恐惧随之而来，他本能地渴望旧环境。正是在恐惧中，你变得敏感，外界的轻微变动都令你颤抖不已，你的内心再度充满疑问，要探询自身存在的意义。人类的所有知识、情感、精神世界，不都因这追问而起吗？

我期待却可能永远也成不了加缪式的旅行者。他在一个充满着溃败与挣扎的时代生长，旅行与写作、武装抵抗一样，是他重构意义的方式。他对恐惧的理解，或许只有浸泡在基督教气氛中的人才能真正懂得。

这本书中的游记，不管它多么故作感伤与镇定，仍带有明显的乐观情绪。它首先寻求的不是恐惧，而是愉悦与知识。我像是启蒙时代的小册子作家们一样，通过展现不同民族的风俗来劝告自己的同胞：世界如此多元与丰富，跳出这狭隘的自身吧，了解自己的缺陷与不足，我们自以为的独特，其实一点也不独特。我也常炫耀自己的见闻，沉浸于道听途说的快乐。拙劣的旅行者的弱点也从未消失，我谈论了太多死去的人物与书籍，描述了太少的当前与未来。

这些篇章不可避免地带有时代痕迹。离初次纽约之行已经过去十年，这也是中国崛起的十年。在我试图把不同见闻带给中国读者时，中国也迅速涌入了世界。中国的商品、中国人随处可见，中文的标牌也进入了欧洲的百货商场、博物馆中，开罗的小贩们会说"你好"，而阿姆斯特丹的橱窗里性感女郎们则大声叫出"有发票"。中国形象，不仅是那个广东烧腊、黄琉璃瓦亭子、客家话构成的唐人街，更带着一些金光闪闪的痕迹。中国社会内部的成就、困境与失败，在世界的其他角落越发分明。在旅行中，我总是不断地遇见这些痕迹。

在通往世界的途中，中国变得更清晰了；在试图了解中国时，我也多少意识到自己的角色与价值。但我清楚，自己对内心的更彻底的追问尚未开始，我对世界的理解，仍停留在知识层面，即使这层面也浅薄不堪。至于偶见的内心追问，也更多是暂时的情绪，而非深沉的情感。我还活在生活的表层，连接灵魂深处的根还没有生长，它需要真正的恐惧与爱。

没有这些朋友，这些旅程、这本书都难以实现。感谢覃里雯、黄继新，他们是我最初的同伴。感谢王锋、邵忠、张力奋，这些文章的不同片段都出现在他们编辑的刊物上。最重要的是我曾经的恋人王子陶,她是个不屈不挠、观察力惊人的旅伴,她通过色彩、味道与人们不经意的小动作,拓展了我对陌生人与陌生社会的理解。

2011 年 5 月 26 日

第二版序

　　在首都机场旁的天竺小镇，我再次见到了肖卫克。他给我带了短短的印度烟，并爱上了我手里的"中南海"。

　　他作为印度青年代表团的一员，来参加中印两国的交流计划。我想起了在圣蒂尼克坦的中国学院，那个湖南青年谭云山的遗产以这样的方式继续着。

　　肖卫克邀请我去阿萨姆邦，那里的茶叶种植远近闻名。真不知，他以何种方式教授那些阿萨姆邦大学的中文学习者。我给他寄过中英双语的冯友兰的《中国哲学史》，他则想把我的印度游记翻译成英文，让更多的印度人看到。

　　我们的谈话仍浅显，持续一段之后，就让人感到疲倦。我想起在旅途中，常与惊喜伴随出现的疲倦，正是无法深入理解他人的症状。

收录在这本书中的都是这样浮光掠影的观察。我竭力加入了大量历史与知识性的叙述，但我很怀疑，是否真的逼近了自己描述的对象？

但不管怎样，这些漫游对我意义非凡，它让我清晰地确认了世界与历史作为一张巨网的存在，而我们都在继续编织它。

2013 年 9 月

目 录

001　世界的鸟巢

057　最幸福的国度？

091　列宁的阴影

143　欧洲五则

195　剑桥一年

227　衰落与新生

269　漫长的告别

279　山腰上的中国人

世界的鸟巢

加尔各答的乌鸦

满城都是乌鸦。它们盘旋在天空上，掠过河面，落在楼房的阳台上、车顶上、垃圾堆上，电线杆上。它们不羞怯，也没有恐惧，聒噪不停，甚至在路旁的小吃摊上与人抢食。

它们还落在泰戈尔雕像的头顶。这是一个温暖的冬日下午，加尔各答城北的泰戈尔故居游人寥寥。小巷与院墙隔离了无处不在的噪音与肮脏，工作人员没精打采地翻阅着报纸，那些弯弯曲曲的文字不知是印地语还是孟加拉语。

我在枯黄的草坪上睡着了，对着楼前那座铜像。那是俄国人在1963年赠送的，为了纪念泰戈尔对两国友谊的贡献。1930年，泰戈尔曾访问苏联，那是斯大林统治的黄金时代。很多杰出人物赞扬这场伟大的实验，泰戈尔也是如此。"我在这里所看到的一切，简直令人惊叹不已。这个国家与任何别的国家相比，都毫无相似之处。这里的一切完全是另一种景象。他们不加区别地唤醒了全体人民。"他在给儿子的信中写道。将近三十年来，他一直在寻找一种新的智慧，来平衡已陷入危机的西方。他赞扬过日本，期望过中国，俄国人如今则激起他最慷慨的钦佩，在两周的旅行中，他保持了一贯的高产，写下十四封信。在最后的两封信中，他的乐观开始消退，感到了苏联实验的另一面："我还是觉得，他们不能正确地划清个人和社会的界限。在这方面他们同法西斯分子相类似。他们忘记了，削弱个人，不可能加强集体，如果束缚个人，那么集体也不可能获得自由。"

这最后两封信，没出现在苏联官方出版的泰戈尔文集中，他接受苏联记者采访时表达出的相似忧虑，直到1986年才被刊登出来。

乌鸦不理会陈年往事，它们照样站在铜像的头顶，凝望深思，它们似乎比鸽子更自制些，不随便排下粪便。栽上了棕榈树、芒果树的庭院与两层英式楼房是泰戈尔的祖父所建。如今它是关于泰戈尔的一座小型博物馆。博物馆周围一片连绵的建筑，则是一所以泰戈尔命名的大学。它们也曾归属泰戈尔家族，它的规模与风格显示出这个家族曾是多么富有和风雅。

泰戈尔出生在这里，经过漫长多彩的旅途后，又在这里离去。博物馆中，泰戈尔睡过的床摆在那里，他写过的诗句、作过的画、拍过的照片都挂在墙上。

无处不在的，是泰戈尔的形象。英俊的、椭圆的面孔，富有穿透力的眼睛，都被包进了浓密、垂下的头发和白胡须中，还有那袭白色长袍，如果他再晚生一些年，必定可以直接出演《指环王》中的甘道夫——这一形象曾风靡世界——一位神秘的东方智者，了解拯救世界危机的智慧。这个形象太深入人心了，当我看到照片中他少年时瘦弱、敏感的样貌，多少有些不适应，似乎他理应一出生就老去。他是那个由报纸、摄影、电报、杂志构成的媒体革命中的全球偶像，他的外表与内涵同样至关重要。能与这个形象媲美的，可能只有爱因斯坦——伟大的物理学天才的头发如宇宙爆炸般展开，一脸孩子式的心不在焉。他们还会过面，在1930年的柏林，他们共同谈论科学、美与真。"如果不再有人类，那么阿波罗瞭望台就不再美了吗？"爱因斯坦问。泰戈尔说："是的。"

有一间屋子摆满了泰戈尔家族男人们的油画像，他们都有个显著挺拔的鼻梁。另一间陈列室里是泰戈尔的画作。他在晚年时突然爆发出绘画的能量，也像他的诗歌、小说、歌曲、表演一样，似乎一开始就进入了成熟阶段。我多少吃惊于色调的黑暗与紧张，像是蒙克的版画。那个写作童谣一样诗句的人，内心潜藏着另一种力量。

这朴素的院落与展览没有太多的吸引力。我赤脚在地板上走着，从一个房间到另一个房间。我从未对泰戈尔产生过特别的兴趣，《吉檀迦利》与《新月集》都曾短暂地出现在我的书桌上，但那些诗句从未打动我，它们有一种一厢情愿的抒情，假装像儿童一样说话。倒是他的小册子《民族主义》，我读过至少两遍。它是泰戈尔 1916 年在日本与美国的演讲集，强烈地批评了全球范围内日渐兴起的民族主义，认为那是虚荣、利益与权力的扩张。我在 2008 年的春天读到这本小书，猜想如果他在此刻的中国发表演讲，会是怎样一种态度，他的世界主义仍处处受敌。我还知道他来过中国。那是个混乱、焦灼的年代，中国人渴望一切来自外界的指导。杜威、罗素都来过，人们还试图邀请过爱因斯坦。泰戈尔和他们不同，他不是来自代表科学、民主、强盛的西方，而是来自印度——一个比当时中国境遇更糟的国家——它不仅落后，还亡了国。泰戈尔却在这种情况下，为印度赢得了另一种自尊，他的诗歌征服了欧洲，他还四处宣扬东方文明的重要性。他的这种观点，一定给予了一些中国人某种鼓舞，在某种意义上，它也是"亚洲价值观"的前身。

除此之外，我对他一无所知，我甚至不知道他的大部分作品是用孟加拉语写的，印度与孟加拉国的国歌都出自他笔下。不仅泰戈尔，甚至整个南亚大陆在我脑中都是一片空白。谈论亚洲时，我想起日本、韩国、新加坡、越南、马来西亚，它们或多或少受到中国文化的影响。至于印度、孟加拉国、斯里兰卡，那是个全然陌生的世界，也激不起我们的任何兴趣。我们的世界观中充满了等级意识，当我们谈论世界时，世界仅仅意味着发达的、白皮肤的欧洲与美国，他们意味着财富、权力、教养。相较之下，我们对于黑色、棕色皮肤主导的地带兴致寥寥，即使我们的时代充斥着权力中心东移、中印崛起的神话。

"别乱吃东西，只喝瓶装水，要打防疫针。"北京的朋友听说我去印度，警告我说。在全球经济中刚刚大放异彩的软件公司、呼叫中心的印度形象，压不过那个"失败"

的印度形象——连车厢顶上都站满了人的火车、满街的垃圾、路旁睡着的人群，"红头阿三"的印象也偶尔冒出，他们天生是做苦力的。印度宗教与文化中的神秘色彩从未让我产生兴趣，虽然美国的诗人、英国摇滚乐手，还有无数的嬉皮士都曾对印度流连忘返。当代中国人对印度人产生的短暂兴趣来自电影，《流浪者》感染了一代中国人。他们既在其中感受到期望的自由，又读到了感同身受的愤怒：一个法官的儿子就一定是法官，一个罪犯的儿子就一定是罪犯吗？像是对"老子英雄儿好汉，贼子生来是坏蛋"的另一种控诉。多姿多彩、自由自在的歌舞片，为那个单调的中国带来了乐趣。但这些形象，都压不过印度在物质建设上的失败。

当我到达加尔各答时，这种失败感的确扑面而来。这个城市似乎一个多世纪以来再没修建过新的建筑，最雄伟与漂亮的建筑都是英国人的遗产，但它们都在可悲地衰败。红色的作家大楼，白色的邮政总局，连成一片的银行、律师楼，它们曾是大英帝国的象征，都曾闪闪发光，如今全部年久失修，褪色，墙皮脱落。

到处是公共管理失败的例证。人们睡在马路两侧，甚至中央的一条隔离带上，总是出现交通堵塞，黄色的出租车挤占道路的一半，不停地鸣笛，男人们在路旁的水洼旁小便，他们可以半蹲下，像是杂技表演，似乎这种姿势保持了最后的体面。人人都吃槟榔粉，车上、路旁总有人出其不意吐出一口红色的唾液，露出猩红的牙龈。连电线都响应了这种拥挤与混乱，它们经常是如一团乱麻般纠缠在一起，竟然仍在运转。

奈保尔浮现在我脑海里。他来过加尔各答，那是1962年，印度获得独立的第十五个年头。尼赫鲁带来的民族自豪感尚未消退，但奈保尔看到的则是一个可怖景象。殖民者早就离去，民族主义者们无力管理从英国手中要回的一切。原本能容纳二百万人口的城市又拥进四百万人口，随之而来的是公共管理的崩溃。他们该住在哪里，水源与食物在哪里，有足够的医院、警察局、公共汽车与厕所吗？"触目惊心的人类档案"，1960年的一期《孟买周刊》这样形容加尔各答。奈保尔曾引用了这句话。不过在首次的印度之旅中，最令他震惊的是印度人对苦难的无动于衷，它还发展成一种习惯性的自我蒙蔽，他们不能直接面对自己的国家，否则必定会被眼前的悲惨逼疯。

又一个五十年过去了，对我来说，加尔各答仍像是"触目惊心的人类档案"。我从未见过贫困以如此赤裸裸的方式展现在城市的中心。教育的失败也随处可见，尽管英语是这个国家的官方语言，但大多数出租车司机完全听不懂任何英文单词。而我们在泰戈尔故居周围问路时，大多数人甚至不知道它的具体地点，人们对于自己生活的环境既不敏感也没兴趣。

我对印度的理解深深烙上了奈保尔的印记。在这位特立尼达的印度后裔眼中，印度是个失败的国家、断裂的文明，所有的辉煌历史都掩饰不了它眼前的困境。他要毁掉关于这个国家的任何幻想与同情，他又知道自己与这个国家撕扯不断的内在联系，印度是他洗也洗不掉的身份认同。

奈保尔深深地打动了我。可能是他的冷静，更可能是他执着的自我追寻，在他描述的印度里，我分明看到了自己。我们都是受伤的文明的后代，都在为自己在现代世界中的虚荣与自尊苦苦挣扎，都急于打破同胞们自我蒙蔽的幻象。

孟加拉文艺复兴

这已不是泰戈尔的加尔各答。1861 年他出生于此的时候，这座城市正在张开发现的眼睛，急于建设一切。

邮政总局旁的一家茶馆，加尔各答的喧闹都被阻挡在外，老店主像是毕加索，客人们面带愁容

它既是英国人的城市，也是孟加拉人的城市。在1857年印度兵的悲壮起义后，英国人正式接管了印度，连德里象征性的莫卧儿王朝也不再需要了。而加尔各答是新的权力中心，也是经济、文化中心。

大多数印度精英欢迎这一举动，明确的"印度民族意识"仍在昏睡中。这块辽阔的大陆上，有着众多的种族、宗教、语言、阶层，他们彼此通商、交战，却从未具有共同意识。加尔各答人都知道自己属于孟加拉语地区的一部分，至于对更广阔的印度属性的意识，则相当淡薄。

英国人到来的一个多世纪，这种意识逐渐苏醒。除去贸易、工业、铁路、机关枪和压迫，英国人也带来了欧洲的思想：民族主义、自由主义、浪漫主义、启蒙精神。一些殖民者还表现出对印度传统的极大热忱。东印度公司的威廉·琼斯成立的"亚细亚研究会"，探讨印度的文化、宗教、语言、历史。琼斯也是欧洲启蒙运动的重要一员。

整个18世纪，从爱丁堡到那不勒斯、从巴黎到柏林的启蒙思想家，或许彼此争执不休，却都在试图建立这样一个世界：这个世界主张人道，主张教育与宗教分离，主张世界主义和自由的纲领，主张不受国家或教会专断干涉等威胁，还有权提出质疑和批评。这场运动内容庞杂，彼此矛盾，但其核心内容却由一位德国人清晰定义："启蒙，就是要勇于运用你的理智。"它要把人从各式各样的遮蔽中解放出来，人不应受到宗教、专制政府、陈规陋习的压抑。思想家们也被一种乐观情绪鼓舞，他们对理性抱有充分的自信，也相信能获取关于世界的全部知识。

这种热忱、理性与知识，经由这些殖民者，也来到印度，刺激了加尔各答最活跃的头脑、最自由的心灵，他们也要清理传统，反抗蒙昧。与欧洲同道不同，他们一开始就面临着双重的挑战，他们要追溯、塑造自己的传统，赢得文化上的自尊，还要参照新的标准，来批判传统本身的弊病。发现世界与自我发现总是并行而来。

泰戈尔的祖父德瓦卡纳特·泰戈尔，就是这股浪潮中的杰出代表，也是他那一代人中最多姿多彩的人物之一。他是个成功的商人、地主，也知道如何把财富变成生活的趣味与社会变革的力量。他是"亚细亚研究会"的第一个印度会员，也是印度第一座现代学院的主要赞助者，还是拉姆·莫汉·罗易（Ram Mohan Roy）的挚友。

罗易是个伏尔泰式的人物，精通波斯文、阿拉伯文、孟加拉文，最终沉醉于英国的启蒙精神。在他的强烈呼吁下，延续多年的"殉葬"制被废除。他还富有象征性地死于布里斯托（埃德蒙·伯克也死于此），当时他正为德里的莫卧儿王朝出使英国。德瓦卡纳特·泰戈尔在 1846 年病逝于伦敦。他们那代人还没有遭遇民族主义的煎熬，心无芥蒂地吸纳世界的养分。

在泰戈尔成长时，启蒙的种子已经成长。在加尔各答，再没有谁比泰戈尔家族更能表现出生机勃勃的崭新生活。泰戈尔的兄弟中，有的是玄妙的数学家，有的创办轮船公司，他们在自己的宅院里编辑杂志、朗诵诗歌、编排舞剧，还带着不戴面纱的妻子周游全国。加尔各答的新思想人物大都是他们的朋友。

旧世界的美妙之处也从未失去。"我出生的加尔各答是一座古老的城市。城市里的大街小巷上嘎嗒嘎嗒的出租马车，掀起滚滚烟尘，车夫的鞭子不停地抽打骨瘦如柴的马背。那时候没有电车、汽车、摩托车，工作也不像现在这样忙得让人透不过气，人们过着悠闲自在的生活。政府机关的职员在出门之前，从容地吸上几口水烟，而后嚼着蒟酱包去上班……"泰戈尔在回忆录里写道。

城里没有煤气灯，也没有电灯，人们遵循着自然的节奏。黑暗令一切都倍感神秘，在人们心中仍活跃着魔鬼和精灵的故事。古老史诗《罗摩衍那》被一代代人讲述，孩子们热衷于倾听强盗与怪兽的传说。在这个庞大的家族中，泰戈尔享受着充分的爱与关注。密切又紧张的人际网络，激发他对人性的理解。少年泰戈尔在屋顶上、走廊里、房间里，在黑夜的寂静与幻想中，在最新一期的《孟加拉之镜》与古老的梵文诗篇里游荡。

我很难在泰戈尔的童年记忆与眼前的加尔各答之间建立联系。胡格利河仍从容不迫地流淌，人们仍跳入河中洗澡，大街小巷仍飘着各种油炸食品的香气，其中肯定有他最喜欢的炸甜豆包。但如裹入毯子的浓重夜色早不见了，电力不仅驱赶了神秘，也赶走了闲暇。即使到了夜晚十点，马路仍挤满了汽车，工人卸下卡车上的面粉袋，在街旁的小摊上讨价还价，孩子想必很少在听大人们讲述传说了。

一个现代印度早已觉醒，其结果却喜忧参半。它既融合了广阔的地区，又分裂了另一些地区。巴基斯坦、孟加拉国、斯里兰卡，都曾是模糊的印度概念中的一部分，如今却都是独立国家，彼此间仍有紧张的冲突。

泰戈尔曾经担忧过这种可能。他总结过19世纪以来印度觉醒的过程：先是宗教改革，然后是文学运动，最终是民族运动。拉姆·莫汉·罗易是第一阶段的代表，他自己是第二阶段的中心人物，而第三阶段则以甘地为精神领袖。

1921年的一幕显示了第二阶段与第三阶段的过渡，它正发生在泰戈尔故居的两层小楼前。这一年的9月6日，甘地前来拜会泰戈尔，他期望诗人能给他正在发起的非暴力不合作运动注入新的动力。自1915年从南非归来，甘地就成为新的民族情绪的象征，他似乎找到了重建民族自尊、抵抗英国殖民者最有效的方式。

从拉姆·莫汉·罗易、德瓦卡那纳特·泰戈尔一代开始的自我追寻，走到了另一个关键时刻。在文化复兴之后，是民族主义与政治觉醒。1905年的"爱国运动"，标志着新阶段的到来。英国的印度总督寇松把孟加拉邦一分为二的举措，激起了本地人的反抗。泰戈尔是这场运动的精神领袖，他编写歌曲、发表文章，替民众表达他们受伤的情感。但在这场运动后，社会情绪日趋激进，人们不仅厌恶英国人的统治，甚至要驱逐关于英国人的一切。

泰戈尔为这新的情绪深感不安。他也知道，印度的这种激进情绪并非独有，民族主义浪潮正在全球范围内兴起。他相信民族主义不过是对虚荣与权力的渴望，它扭曲了人们对世界的丰富理解。

在甘地到来时，他感觉到了这股狭隘之火在印度熊熊燃烧。当他与甘地在屋内会谈时，一群激动的民族主义者正把从商店里抢来的英国制造的衣服堆在院中空地上，似乎烧毁英国货才能表现他们的爱国热忱。

甘地需要泰戈尔的支持。1912 年，泰戈尔获得诺贝尔文学奖，他还是第一个赢得这样殊荣的亚洲人。世界性的声誉对印度的抵抗运动至关重要，印度人与英国人的实力对比如此悬殊，唯有唤起广泛的同情。泰戈尔仰慕甘地的非暴力精神，却没准备接受他的抗争方式。甘地是个坚定的信徒，泰戈尔则天然是怀疑者，警惕一切支配性的、未经反省的力量。

在这次历史性却远非投机性会面的最后一刻，甘地请求泰戈尔也拿起纺纱车，以此象征对英国纺织品的抵制。但泰戈尔委婉地拒绝了："我可以纺织诗句，可以纺织歌曲，但亲爱的甘地，对于你宝贵的棉纱，我会弄得一团糟。"

对他来说，这不是对英国殖民者的抗争，而是一种拒绝现代文明的褊狭。土制的纺纱车，不仅没有经济意义，也是另一种逃避："纺车无须任何人思考，人们只是无休止地转动属于过时发明之物的纺轮，几乎用不着判断力与精力。"

到印度去

在甘地来访的七年后，两个中国年轻人也先后来到这座小楼。其中一位英俊、多情、才华横溢、声名显赫，在中国，以写作轻盈梦幻的诗句、追求不羁的爱情著称，象征了一代中国青年对自由生活的渴望，他是徐志摩，也是泰戈尔四年前中国之行的主要陪同者。徐志摩为泰戈尔安排行程，现场翻译，还在报纸上写文章热情赞颂他。

对于泰戈尔来说，1924 年的中国之行期盼已久却不尽如人意。多年来，他期望印度、中国与日本能够在精神上融合，东方智慧或许能够纠正这个由西方主导的世界的价值偏差，后者太过重视物质创造与力量扩张了。

这种感觉因第一次世界大战而加剧。战争的残酷、无意义，像是宣告了欧洲价值的破产。"欧洲人是一种有统系有组织之自私民族，只有外部的物质生活，而无内部的精神的生活，而且妄自尊大。"泰戈尔 1921 年在柏林的一次演讲中说，他担心欧洲"欲以自己之西方物质思想，征服东方精神生活，致使中国印度最高之文化，皆受西方物质武力之压迫；务使东方文化与西方文明所有相异之点，皆完全消灭，统一于西方物质文明之下，然后快意，此实为欧洲人共同所造之罪恶"。

在几年来的环球旅行中，泰戈尔不断重复这种论调，它激起了很多共鸣。在那个迷惘、幻灭的时刻，东方与西方，物质与精神，这简单的对比捕捉到了时代的情绪。很多西方人渴望这陌生的东方智慧，而对于东方人来说，它则是一剂安慰，他们已在西方的阴影下生活了太多年。当时在柏林留学的宗白华记得泰戈尔所带来的东方热，一位德国人对他说，现在你来德国留学，不日我将去中国留学。

泰戈尔式的观点在中国也有热烈的响应者，最著名的是梁启超。1918 年年底，梁启超率领一个半官方的考察团访问欧洲。除去参加巴黎和会，更拜访当时欧洲的一流知识分子，迫切地想从他们身上获得更直接的指教。此刻欧洲的景象，令梁启超深受触动。他们参观了曼彻斯特的工厂、巴黎的巴士底狱，在阿尔卑斯山等待日出，拜访了奥伊肯、柏格森等哲学家。欧洲给予他"一片沉忧凄断之色"。"谁又敢说那老英老法老德这些阔佬，也一个个像我们一般叫起穷来，靠着重利借债过日子？"他写道，"谁又敢说那如火如荼的欧洲各国，他那 [曾] 很舒服过活的人民，竟会有一日要煤没煤，要米没米，家家户户开门七件事都要皱起眉来……"这颓败景象甚至动摇了他一直以来的信念。自从 1895 年公车上书以来，西方，尤其是英、德、法为代表的欧洲，一直是他这一代知识分子心目中的榜样——古老的中国应向它学习，它象征着科学、进步、理性。但现在，梁启超开始觉得西方走得太过了。它不再是他眼中的共和制、物质昌盛、科学进步的希望，而是军国主义与帝国主义的贪婪与野心，他感慨说："谁又敢说（战前）我们素来认为天经地义尽善尽美的代议政治，今日竟会从墙脚上筑筑动摇起来"，"欧洲人做了一场科学万能的大梦，到如今却叫起科学破产来"。一些西方人的悲观论调也确认了他的疑惑。一位美国记者塞蒙氏对他说，西洋文明已经破产了，他回美国就关起门来，等着中国文明输入进来拯救他们。

1924 年，泰戈尔的中国之行，正是由梁启超领导的讲学社安排的，徐志摩是全程陪同者。这是一次繁忙、疲倦的旅行，上海、杭州、济南、北京、太原，六十多岁的泰戈尔要观光、赏花、听戏，接见源源不断的拜见者，发表公开演讲。中国听众的热情，必定让他深受鼓舞。他经常要在两千人的礼堂、体育馆甚至操场上发表演说。主要的报纸刊载他的行踪，他收获很多赞扬与友情，杰出的知识分子围绕在他周围，政治人物也对他表示仰慕，孙中山派出特使邀请他前往广州，阎锡山与他讨论乡村重建与平民教育。反对的声音也从未消失。一些人在礼堂里散发反对他的传单，一些重要作家公开发表抨击他的文章，新文化运动的领袖陈独秀甚至在他主编的杂志上出专号来反对他。泰戈尔读不懂这纸面上的声讨，但一定感受到了演讲场中的骚乱甚至敌意。在北京的六场演讲被缩减到三场，他提前结束了中国之行，在离去之前的告别演说中，他不无感伤与愤慨："你们一部分的国人曾经担着忧心，怕我从印度带来提倡精神生活的传染毒症，怕我摇动你们崇拜金钱与物质主义的强悍的信仰。我现在可以吩咐曾经担忧的诸君，我是绝对地不曾存心与他们作对；我没有力量来阻碍他们健旺与进步的前程，我没有本领可以阻止你们人们奔赴贸利的闹市。"

行程只有五十几天，还不足以让泰戈尔了解中国社会正经历的思想混乱。他所遭遇的礼遇与敌意，都是这种混乱的延伸。半个世纪以来，中国已经历了几次变革浪潮。先是洋务运动，要在军事与技术上学习西方。然后是百日维新、辛亥革命，人们寄望于制度上的变革，但共和之后的溃败与混乱令人绝望。在随后的几年中，一种新的共识形成，唯有彻底改变中国人的思想与文化，中国才可能得救。就像当初购买克虏伯的大炮、照搬美国的民主政体一样，西方的思想家们成了人们追逐的对象。他们的书籍与思想被翻译进中国，他们被邀请来到这里，给予这片古老土地以崭新的建议。

泰戈尔也是这种序列中的一位。不过当他到来时，中国知识分子几年前的一致性已开始分裂。倘若1905年的爱国运动标志着孟加拉文艺复兴的结束，1919年的五四运动则宣告了文化启蒙的中断。人们曾经集中在"打倒孔家店"、反思中国传统的旗帜下，但现实的政治危机打乱了文化启蒙的步伐，很多急躁的心期望寻找包治一切的意识形态，建立更有力量的组织。在泰戈尔到来前，一家报纸所做的"世界上最伟大的人"的民意测验中，泰戈尔名列第四，获得17票，列宁则以497票名列榜首。在北京大学的另一次民意测验里，1007人中的725人欢迎"人民革命"，497人相信苏联是中国最好的朋友。

在这种气氛中，谁又能耐心听泰戈尔的论调？急切如吴稚晖者，甚至说出了这样的话："他们拿机关枪来射我们，我们也要造枪去射他们。"即使温和派也对泰戈尔赞扬东方文明的话心存怀疑，认为它是过分简单的对比。讲学社的成员——胡适，在两年后给朋友的一封信中写道："要是我发现自己假装有什么真知灼见要带给西方世界，我觉得那是可耻的。当我听到泰戈尔的演说，我往往为他所谓的东方精神文明而感到羞耻。"在他看来，东方文明不仅是精神的，还往往是更功利、物质的。

喧嚣与争论随着泰戈尔离去暂告终结。中国社会马上迎来了1925年的五卅运动、1927年的上海大屠杀，一个不仅激进而且极端化的时代到来了，谁还有兴趣探讨东西方文化的差别？但这个问题却从未消失，每隔一段时间，它就会以新的面貌出现。

在泰戈尔博物馆里，徐志摩的形象出现在一张被放大的黑白照片里，是他与一群青年和泰戈尔的合影，显著的高鼻梁是他鲜明的标记。另一个年轻人的形象却没出现。

1928年的9月，这个中国青年也曾拜会泰戈尔。他叫谭云山，比徐志摩小一岁，出生在1898年的湖南，也曾在长沙第一师范求学。他的学长中最著名的一位叫毛泽东。

谭云山没有徐志摩幸运，他没机会上大学，更没能去欧洲游学。他选择了当时知识青年的另一条出路——下南洋。自19世纪以来，中国人开始大量移居海外，东南亚已有了很多华人社区。他们曾是康有为的保皇党、孙中山的革命党的主要支持者。他们对中国的认同，随着距离的遥远、异域生活的磨难而增强了。在政治上，他们期望一个强大的中国；在文化上，他们则更迫切地保存传统。他们期待国内的知识青年们能去创办学校、编辑报纸，为他们延续文化的香火。在徐志摩风靡青年一代时，谭云山默默无闻地在新加坡编辑一份叫《叻报》的中文报纸，他为自己主持的文化副刊起名"星光"，要"以小小的星光点燃在黑暗寂寥的长夜"。

他遗憾自己错过了泰戈尔的中国之旅。或许他自己也不清楚，为何急切地想见到泰戈尔。他是个佛教徒，谈论佛学是20世纪初中国的时尚之一。这其中既有误解，也有真实的需求。人们曾经认为佛学是帮助日本强大的主要原因之一，它是救国之道；在那个混乱与迷惘的时代，佛学的确能部分地安抚内心。中国的一切都变化太快了，它就像是鲁迅说的："简直是将几十世纪缩在一时：自油松片以至电灯，自独轮车以至飞机，自镖枪以至机关炮，自不许'妄谈法理'以至护法，自'食肉寝皮'的吃人思想以至人道主义，自迎尸拜蛇以至美育代宗教，都摩肩挨背的存在。"

很有可能，他想见泰戈尔的愿望，也出于一种误

谭云山创建的印度国际大学中国学院犹在，它是现代中国历史的另一个侧面

解——以为他是佛教思想的传递者。然而在印度，佛教早已衰落，至于泰戈尔本人，他是印度教、伊斯兰教与英国文化三种文化的产物。莎士比亚的戏剧、拜伦的诗歌、英国政治中大度的自由主义，而不是释迦牟尼，对他更有影响。误读也常导致新的理解。谭云山错过了在中国的泰戈尔，却在新加坡遇到了他，也是在那次会面中，泰戈尔谈起了他的国际大学。1917年他在小镇圣蒂尼克坦建立的这所大学，是他对教育的新设想。他已见过了太多西方大学的模仿物，在这里他要强调的思想交流不仅是学术训练，他也要把被遮蔽的东方思想展现出来。他曾经希望梁启超能前来这里讲学，这计划因中国的内乱而延宕。如今，他又寄望于新加坡见到的这位青年。他喜欢年轻人，从不吝于给予他们鼓舞。谭云山在这鼓舞下，又从新加坡来到加尔各答。会面想必非常愉快，谭云山连夜要去看看泰戈尔的教育试验场……

中国学院

从红砖墙的豪拉火车站出发，只需两个半小时，就抵达圣蒂尼克坦——在孟加拉语中，它是"和平之乡"。

车厢破旧，头顶上两排黑乎乎的电扇，像是巨大的苍蝇挂在那里。沿途是水塘、田地、树木，晾着色彩鲜艳的衣服的房屋。太阳落下时，我想起了博尔赫斯所说的"平原一样的忧伤"。

我试着揣测谭云山的感受，他也曾沿着同样的铁轨前行。它也令我激动，这是我短暂的追寻之旅的终点。吸引我来到印度的不是泰戈尔，而是这个中国青年。

两年前，一对意大利夫妇对我说起在印度的一个小镇有一所了不起的大学，其中还有中文图书馆，它们是蒋介石与周恩来捐献的。半年前，我偶遇谭中、黄绮淑夫妇。在北京大学的勺园外交公寓，这对夫妇向我讲起了他们的父亲谭云山，讲起了他与甘地、尼赫鲁的友谊。意大利夫妇所说的中文图书馆，正是他们的父亲所建。他不仅建立了中文图书馆，更有一所中国学院。

坐着晃晃悠悠的三轮车，我从车站来到国际大学。校园里到处都是树，学生们在芒果树下上课，你看得到一块块砌出的圆形空地，凸起的水泥台就是讲台。老师站在上面，同学们围坐四周。如果泰戈尔仍在，他一定会坐在其中。我穿过树林，看着穿着黄色纱丽的少女们结伴而行，在小路上，一群人正竭力把一头受伤的牛抬上三轮车。

这是一个未被打扰的世界，泰戈尔的教育理想也顽强地被保持下来。他期望国际大学是"世界的鸟巢"，是东与西的交流之地，也是东方国家相互理解之地。在艺术系，一个娇小的日本姑娘正在组装她的艺术作品，把三组钢片挂在层叠的支架上，它们自由碰撞、分离，她要借此象征人与人之间的关系。她的旁边，一位斯里兰卡的女孩正忙于她的泥塑，两颗人头重叠到一起，不知是何意谓。在一个简陋的只卖速溶咖啡的露天咖啡店，我还碰到了一个高大的韩国男青年，他要在这里学英文，想想印度式与韩国式发音的相逢，真令人"不寒而栗"。与世界所有的大学不同，这里的青春与酒精、性和狂欢无关。你找不到小酒馆，只在小镇一处半掩门的小店，才能买到酒精饮品。男人们挤在店里的小隔间里，喝上一小杯，满脸的鬼鬼祟祟。青年男女大都太过阳光、得体、温柔，身上很少散发出性的气息。这似乎也是泰戈尔个人风格的延续。在他漫长的一生里，从未传出过关于女人的绯闻。他多姿多彩的个性、横溢而出的才华，早已通过诗歌、小说、绘画、歌曲、表演、演说、旅行释放了。他似乎与整个世界在恋爱，不需要具体的异性。

当然，我也见到了刷成粉红色的中国学院。两层的楼房有着民国时代的典雅。它建成于1937年，卢沟桥事变前的几个月。1928年的圣蒂尼克坦之行迷住了谭云山，他留了下来，在这里教授中文。但不久，迫于生计，他又前往缅甸编辑中文报纸，还卷入政治。1930年，他陪同国民政府的密使前往拉萨拜访十三世达赖，又把达赖的信带给甘地。印度始终伴随着他，回到中国后，他成立了中印学会，为待建的中国学院筹款。它的捐助者名单由一连串显赫的名字构成，既有蔡元培又有蒋介石，谭云山与国民政府是主要支持者。中国学院的意义不仅在于文化交流，也关乎国家战略与民族命运。中日战争即将到来，印度是中国的后方。

在中国学院，我看到了林森与戴季陶的题字。中正馆如今改为女生宿舍，在中国学院的露台上，我看到这几个字被半遮半掩在芒果树叶下。我想进去一探的愿望，被几个姑娘拦住了。我该怎么向她们解释？这是一个中国青年在七十多年前建造的，我跑了这么远，就是想看看他当年的努力。

对我来说，谭云山是个谜。我在他建造的学院里游荡了一个下午，坐了坐他当年的办公室，在灯光昏暗的图书馆里，我看到了堆积在一起的线装书，那是他千辛万苦运来的，蒋介石与周恩来的捐献都在其中。我辨不清那些线装书的种类与名字，即使叫得出名字，也读不懂它们的内容。那个古老的中国已离我远去。我很怀疑，七十年来是否真的有学者翻开过它们。但历史经常以特别的方式回到我们身边。这些书籍中的很大部分与佛学相关，这是自唐朝以来，一代代中国学人与僧侣的翻译结晶。印度人早就丢失了这部分遗产，倘若他们想要了解自己的过去，就必须求助于这些中文典籍。谁又知道，这些无人理睬、沾染灰尘的图书，会有一天会激发起哪颗年轻的心灵。

我看到了那些老照片。谭云山与泰戈尔、尼赫鲁，与到访的蒋介石、宋美龄、周恩来，毫无疑问，他是 20 世纪的重要见证人。错乱的世界也给予年轻人意外的机会，将他突然推到历史的前台。他充当了中国与印度之间的纽带：泰戈尔需要他传授中国文化，这与他的东方文化理想有关；蒋介石需要他安排与尼赫鲁、甘地见面，因为抗战的中国需要印度的支持；周恩来要在一个新世界秩序中确立中国的位置，中国与印度都是第三世界的领袖。

这些强有力的人物是他活动的背景，但他个人的内心到底是什么样的？他很少吐露自己的感受，我们不知道他的政治立场，他怎样看待这些历史人物。一些人回忆说，他实在过分谦逊了，从不谈论自己建立中国学院的艰苦过程，也很少流露内心的困惑与失落。在这些黑白照片上，他神情端庄甚至不无拘谨，是再典型不过的谦谦君子。在一本关于他的生平与贡献的纪念文集上，我很难捕捉到关于他内心的信息。

1951年，国际大学在变为国立大学后，泰戈尔的教育理想让位于现代官僚系统。在一些校务会议后，谭云山忍不住向家里人抱怨，教授们只关心自己的薪资。在他的长子谭中的记述里，他在家里自称"忍仙"，尤其是在中印关系紧张的时刻，他一生的努力，都可能因政治纠纷而破灭。

至于他的晚年生活，很少有人知道。1967年从国际大学退休后，他再次上路，开始了新的筑梦之旅。他要再新建一所佛学院。他前往缅甸华人社区，向这些昔日的朋友募捐。这行动似乎也是在安抚他受伤的理想。到1983去世时，他的梦想仍未实现。

在和平乡的一个下午，我在阴冷的房间里读到谭云山的一本小书，它出版于1957年，是关于中国学院二十年的历程。书中的绝大部分篇章是说明文式的，资料性的，只有第一页的总述中带有了少许个人色彩。

他先是引用了中国的谚语，"光阴似箭"，"一寸光阴一寸金"，提到了大禹、陶渊明与李后主。接着，他谈起了印度教中的时间，一昼夜相当于86.4亿年。最后，他引用了英国人阿迪生的观点：时间对于聪明人总是太短，对于蠢人则过长。

他自己的观点则淹没在这些广博的引用里，但那淡淡的感伤却洋溢其中。或许他终生都处在对强有力心灵的渴望之中。他仰慕泰戈尔，敬佩蒋介石，他的儿子谭中与谭正，则取自"蒋中正"，他被周恩来、尼赫鲁的风度折服。

他似乎关闭了自己，只向内心探索。但这探索，究竟多少是智慧，又多少是玄虚？泰戈尔曾感慨："啊！我悲怆的祖国，裹着褴褛的衣饰／带着陈腐的知识，自鸣得意／以为自己敏锐地看透了创造的虚假／你怡然自得地坐在自己的小天地里／你所做的不过是砥砺玄奥的谈锋。"

我来到谭云山一家住过的房屋。这座两层楼建于1945年，门顶上有篆刻的汉字，它也是中印文化协会的办公地点。谭中记得，家中从来宾客不断，人们谈论中国与印度的过去与未来，中文、英文与孟加拉语、印地语彼此交织。

谭云山的家如今被改成男生宿舍，我进去时，电视正开着，播放着板球比赛，阳台上晾着内裤与衬衫。很少有人知道谭云山的故事了，中国学院也不再有昔日的光芒。它不再教授中国文化，而变成了一个单纯的语言系。已经有两年，没有一个来自中国的老师到来过。

我突然想起在北京见到的谭中。他身材不高，方方的面孔，他的谈话破碎而重复，着迷于"Chindia"这个说法，把它翻译成"中印大同"。我也记得他的愤愤不平，谭云山的贡献被低估了。他不断提到印度的几代政要与他父亲的友情，像是处于某种身份危机中，渴望得到承认。

如今我明白了，他一定感觉到父亲的遗产在不断萎缩。中国学院曾是国际大学最著名的机构，它的建筑都是最雄伟与最精致的，现在却失去了独特性，它不但没有扩张，只能靠遗产生存，而且没人多么在乎这份遗产。人们总是健忘，在大谈中印同盟时，却忘记了这个昔日最重要的联结者。

希望也常常寄生在衰落里。"你一定要给我写信。"几乎每隔二十分钟，他都要重复一遍，一字一顿，语带恳切。我在中国学院二楼的露台上碰到他。一个英俊的年轻人，今年才二十四岁，脸上带着似乎只有在这里长大的人才有的单纯与笃定。他们是在音乐、树丛与诗歌中成长的。他陪着我在校园中闲荡，Neem Tree, Bokul Tree, Guava Tree, Rupel Tree, Chahatim Tree, Taal Tree……他叫得出所有树的名字。他还是个篮球健将。

他叫 Souvick Mondel，中文名字叫肖卫克。他两年前从这里毕业，如今是阿萨姆邦提斯浦尔（Tezpur）大学中文系的助理教授。他还会唱《两只蝴蝶》《老鼠爱大米》。两年前，安徽大学一名叫马刚的老师在这里教课，他是个活泼青年，除去中文，还教他们流行歌曲。自他离去后，再没有中国老师到来。这里也有中国留学生，最多时有八个，有来自兰州大学到此学新闻的，有来自山东大学到此学经济的。但今年只有一个在艺术系，我们在校园里找不到他。

肖卫克迫不及待地和我交流，因为他很少碰到中国人。他请我抽一种短短的烟，说起他仍在读书的女朋友。他希望能申请到中国的奖学金，他一直问我是否了解教育部的一个交流项目。我在想象他为学生讲解中文的情景。

或许一切都不值得哀叹，谁能想到谭云山的理想，以这种方式延续下来。谁又能想到泰戈尔与一个湖南青年的偶然相逢，会这样改变他的一生，并带来这样的影响。

泰戈尔"世界一家"的理想经常被攻击为幼稚，它也经常在现实的政治与军事冲突、物质争夺中显得脆弱。但是那些美好的、单纯的信念，比我们想象的更强大，它总是以意想不到的方式生长。

叶名琛往事

我在一个电车总站门口下车，大批电车停在那里，它们斑驳、褪色，像是个废弃的车场。

"托里贡"，司机喊出了这个词，就停了下来，他不会说英语，唯一说得出的是地名。

我不能苛责这肤色黝黑、性情急躁的司机，因为我也不知道自己要找的是什么。

1859年4月，叶名琛曾被关押在此地。一年多以前，他还是两广总督、大学士，大清的一品大员，现今却成了阶下囚，被运到了异乡。

在中国的近代史上，他经常被描绘成大英帝国的暴力与清王朝的腐朽的共同牺牲品。在第二次鸦片战争的炮火中，他无能地恪守"不战不降不和"的原则，通过扶乩问卜的方式来确认战局。个人悲剧不仅来自两种政治体制与军事技术的较量，更源于两种文明的落差：东方衰落了。

他在我心中刻板、模糊的形象，因为偶然的阅读而被挑战。历史学家黄宇和相信，叶名琛干练有为，亦属饱学之士。在两广地区十几年的任职中，他驯服士绅、兴办学堂，成功地平息了几次叛乱。

他在广州城被俘，实属无奈。尽管他主要的军队被调往其他地区平息叛乱，他也没有放弃守卫，在持续了一年的战事中，他收复炮台、重建练勇、收集情报。他对于世界的理解，也比我们想象的更为广泛，尽管未必准确。他知道克里米亚战争的爆发，尽管他误以为英国人战败了，他相信英国人要进广州城，完全是为了收税，以赔偿对俄国人的赔款。他还知道，印度在1857年发生兵变，他相信英国人消耗了大量人力、物力，无法再发动另一场战争。他期待群众的力量，相信他们将包围和击败入城的英国军队。他从未依赖于神秘的力量，扶乩问卜的说法纯粹是谣言。

黄宇和对叶名琛的信念与风度大加赞扬。他在现实中失败了，却恪守内在的价值，那来自中国漫长的教养传统。他可以在炮弹落到客厅时，仍保持镇定，在被囚禁在"无畏号"上的一个多月里，他举止端庄，赢得了英国军官的尊重。

黄宇和的著作出版于 1976 年，它多少受到新兴起的后殖民主义的影响。先进／落后、文明／野蛮的概念饱受质疑，年轻一代的学者试图恢复被压迫者的尊严。但这努力也可能滑向另一个极端，它美化了被压迫者，比如叶名琛。倘若你对 19 世纪中叶的官场有所了解，了解它弥漫的无知与无能，它的骄纵与胆怯，一定会怀疑黄宇和的溢美之词。

令我着迷的是叶名琛的最后岁月，他从广州被运到加尔各答。他该怎样看待自己的旅程？怎么面对自己的囚禁，又怎样宽慰自己？

在漫长的海上航行中，他从不走上甲板，似乎对所经之地毫无兴趣。但是一旦周围没人，他就兴致勃勃地向窗外看。住在加尔各答的威廉炮台时，他还写下了这样的诗句："向戍何必求免死，苏卿无恙劝加餐。"他自比汉代的苏武，来劝慰自己。中国的危险早已从西北草原转向了东南海域，英国人与匈奴人也大不相同。牧羊十八年后，苏武终于回归大汉，而他不可能了。

叶名琛必是逐渐意识到这希望的破灭，或许更重要的是，他不再有苏武对自身文化的信心，汉文明在匈奴人面前仍是不容置疑的高级文化，但住在托里贡的叶名琛面对的是不同的挑战者。他见到了传教士、商人、外交官、记者，他们都对这个被俘的中国大员深感好奇。他还坚持要人翻译《加尔各答英国人报》，新奇于英国议会的辩论。这迅速拓展的知识，让他欣慰又困惑，或许还加剧了他的沮丧。"现在我明白了，这比我以前从香港了解到的清楚得多，那时我根本不懂。"他曾对自己的翻译人员感慨说。

1859年4月，叶名琛死在托里贡。他拒绝食用英国人提供的食物，他没有变成另一个苏武，却追随了伯夷、叔齐的轨迹。

很少有人记得这个插曲了，我在加尔各答遇到的华人，没一个听说过叶名琛这个名字，尽管他们都来自广东。

塔坝是加尔各答的"新中国城"。夜色中，我看不出它"新"在何处。从市中心出发，大约半小时后，出租车从尘土飞扬的大路突然拐入一条寂静的小路。在夜色中，我只看到路两旁静默的高墙，像是传说中的江湖世界。但再一个转弯之后，那个熟悉的加尔各答景象再度浮现。汽车、摩托车挤压到一处，放肆地鸣笛，人们站在街旁，交谈、嬉笑、兜售油炸食品。唯一不同的是，街两旁的商铺多了很多中餐厅，它们都窄小、暗淡，霓虹灯管编织的店名散发着廉价的光。其中一家赫然叫"南京"。这真令人产生奇妙的联想，正是从《南京条约》起，中国被拖入了近代世界。而英国人的战舰也正是从加尔各答出发的，运载的印度兵远超过英国人，据说也正是这些印度兵让广东人不悦，他们的黑皮肤比白人的蓝眼睛更能引起当地人的不安。

李万成执意要带我们去一家叫"金利"的中餐厅。他五十六岁，出生在这里，他的爷爷在20世纪20年代移民至此后，就再没回中国。住在塔坝的中国人全部来自广东的梅县，他们说客家话、孟加拉语、印地语和少量的英语。李万成的语速短促而急切，吐字又不十分清楚，像是连发的、但炮筒被高度磨损的迫击炮。我很少能听清他的完整句子，但这不妨碍他对自己中文水平的自信："这里的华人区再没有比我说得更好的了。"

我没品尝出这"金利"的独特味道，发白的油菜无精打采地堆在盘子里，炒鸡丁淹没在红色辣椒里。李万成谈兴甚浓。他说起少年时读过鲁迅、茅盾与冰心，尤其记得最后一位所写的《寄小读者》。20世纪五六十年代是这个华人社区的繁盛时期，这个客家人的小世界达到了两万多人。他们有自己的商业组织、社区中心、公共墓地、几份华文报纸、四所华人学校，李万成在其中一所接受教育。

学校里的老师不乏毕业于燕京大学这等名校，他们下南洋既是为了寻找一份生计，也多少为了呼应当时的思潮——服务海外华侨，使他们成为筑造新中国的力量。因为远离故土，他们对中国的情绪更为浓厚，阅读的文学作品被赋予了更多的意义。

但政治因素随时可以中断文化上的努力。这个华人社区在20世纪70年代后开始衰落。衰败的种子可以追溯到1962年，中国与印度的边境战争令华人身陷困境。他们成为不被信任的族群。在关系最紧张的时刻，他们随时可能被捕，被送往北部的集中营，或者被遣返回国。

李万成对此一句带过，他更愿意谈论现在的中国。"我已回了中国七次，"他说，"我看中央台的国际频道，上网读新闻，对中国发生的什么事情都清楚"。他抑制不住地赞赏中国的崛起，还有海外华侨的扬眉吐气。他也说起家乡新修的大楼与马路，比加尔各答还要气派得多。他很愿意在我们这些北京来的人面前表明，他不仅没有落伍，还紧跟变化。中国的繁荣，似乎也抚慰了华人社区的衰落给他带来的不安。

如今，只有两千个梅县人住在这里，孟加拉人占领了他们昔日的领地。街上几乎都是印度人，偶尔有几张中国人的脸，漠然地从我们身边经过。

第二天上午，我再度来到这里。当夜色消失、霓虹灯不再闪烁时，衰退以更鲜明的姿态展现出来。不过，中国的痕迹也更显著了。

这一天阳光明媚，我看到了中国人坐在院子门口，晒太阳、发呆。他们大多五十来岁，早已中年发福，脸上带着生活宽裕的慵懒。院门口贴着红色的对联，倒着的"福"字随处可见。你几乎闻得到那股在华南乡村的气味。

建筑大多是两层的厂房，中国的厂主们既在这里生产也在这里居住。除了一两家酱油厂、糖厂，他们从事的几乎全部是皮革生意。他们收购牛皮，在清洗与靛染后，加工制作成皮鞋、皮带、皮包，销往世界各地。

在印度，牛是神圣之物，它们可以在大街小巷悠然踱步，或是横卧在马路中间，它们的尸体却被视为不洁。印度的清洁概念与众不同：旅行者们震惊于城市与乡村的肮脏，印度教却又宣称不洁是主要的禁忌。婆罗门是不会面对动物尸体的，只有贱民才会。客家人为何都从事皮革业已无从可考，或许他们来自异乡，不用理会这些禁忌，或许因为这个行当容易进入，在等级严密的印度社会没太多竞争者。

我参观了一家老式的皮革厂。木制的结构早已油光发亮，我怀疑它半个世纪以来就没变过模样。我看到了巨大的木转盘和屋顶上晾牛皮的工人。一块块的牛皮被染成了淡蓝色，上身赤裸的工人们正把它们钉在木头屋顶上，防止晒干后皮革收缩。这一片片牛皮，像是房顶上静止的浮云。我多少可以想象，在鼎盛时期，这一区域必定如同奇异的画作，一家接一家的屋顶上，飘满着浮云。

"这家是老式的厂房，规模也小。"李万成说了好几遍，担心它破坏了我对华人工厂的期待。更大、更现代化的工厂已经迁往更远的郊区，它的污染太严重了。

我站在其中，赫然看到对面楼房阳台上的牌匾：关帝庙。关云长不仅为送大嫂千里走单骑，还保护着加尔各答的梅县人。

我倒是碰到了一位拥有新厂房的厂主。他高个子，长圆脸，看得出年轻时的英俊。他的子女都已移民加拿大了，他夏天住在温哥华，冬天则回到更温暖的加尔各答。"在这里住了一辈子，才有家的感觉。"他说。他还保持着客家人智力上的自信。"中国人这里聪明，印度人不行。"他指着自己的头说。很可惜，我没时间去看他那有上百个印度工人的现代化工厂了。

但这个"家"在不断衰退、瓦解。大规模的移民潮从20世纪80年代初就开始了。更年轻的一代前往加拿大、澳大利亚、欧洲，那里有更多的机会，也更有心理上的安全。他们中的很多人从未去过中国，可能也了无兴趣。

《印度商报》

在塔坝厂商理事会的办公室里，你几乎闻得到败落的气息。它是桌子上的粉尘味道，屋檐上蜘蛛网的味道，墙壁上相框脱落的金边的味道。在对着门的那面墙的正中，并列悬挂着孙中山与甘地的画像。我从未想过，他们会以这种方式相逢。世界的联系总比我们想象得更密切，甘地曾对1911年的中国革命深怀希望，它也是亚洲反抗殖民者的广阔斗争中的一环。对于各自的国家，他们的象征性都要远远大于实际作用。

在其他的两面墙上，则是厂商会的理事会的黑白合影照片，看得出它曾繁盛一时，还有历任会长的半身像。照片像是20世纪30年代上海滩照相馆冲洗出的，男人们的表情镇定而略有羞涩。其中一位特别英俊，像是《良友画报》的封面人物。

"他1969年就死了，被谋杀的。"站在我身旁的李万成说。死亡激起他昨夜被压抑的表达欲望，他说起这个华人社区持续不断的内斗，斗争从商会的管理权到中学的运转、报纸的编辑。话头刚开，他又停止了。我隐约感到他一定是某个派别中的一分子，他不愿意领我去那个关闭不久的华人中学，因为不想提及"伤心事"。"谋杀""伤心事"，也像昔日繁华一样随着社区萎缩了，剩下的人只能延续往日，没有力量和热情再开创些什么。

在理事会办公室的内间，我碰到了张国才和《印度商报》的编辑们。一张长方形的桌子旁，一位编辑在上网找文章，一位在编辑文稿，还有一位正在收拾东西，她已经完成了上午的工作，张国才正在裁剪打印出来的稿件，贴在一张四开的白纸上。《印度商报》每日出版，四个版面，它不需要印刷机，只要把编辑好的纸样在复印机上批量印出就好了。它只有文字，没有照片，发行量是二百份，都是订户。

张国才是这份报纸的发行人。六年前，他从一家皮革厂退休后，就承担起这个职务。算上他共四位编辑，一位印度的送报员，这五人的迷你编辑部运转着可能是世界上发行量最小的报纸。我随手抄起手旁的一期旧报纸，出版于 2010 年 12 月 21 日。

头版是四条国际新闻：英国机场滞留航班、阿桑奇性丑闻、朝鲜半岛局势，还有黎巴嫩与以色列的争端。第三版是四条中国新闻：内地富豪的香港购物潮、钓鱼岛之争、杭州湾大桥的"海中平台"，还有温家宝访问巴基斯坦。第四版是港、澳、台新闻，主要是马英九与陈云林的消息。看得出，文章都摘编自中文网络。每份两块五卢比的售价不足以维持它的运转，故它的第二版是广告版，主要的广告源自婚礼与葬礼相关服务。但这一千多人的社区能有多少喜丧之事？为了填充版面，它也刊登连载小说或是保健知识，比如多喝绿茶能防止打鼾。

难道真有人要阅读这些新闻？还是它成了这个社区最后的联结点，以提醒彼此的存在？这个中文世界一息尚存。自 1967 年创办以来，每天一期，它从未中断过，这真是个奇迹。在 20 世纪 70 年代，它的发行量达到过七百份，皮革厂商们纷纷投放广告，编辑是个荣耀的职位。

这一切都已过去，不过它至少活了下来。它昔日的竞争者《印度日报》已在七年前停刊。《印度日报》也创办于 60 年代末，台湾当局长年支持着它。当国民党退守台湾后，海外华人就成为另一个战场，每一方都希望赢得更多的支持，社团与报纸则是争夺的延续。国民党在2000年的"大选"中失利后，上台的民进党再无意于海外影响，终止了资助，《印度日报》或许还有一批其他国家的中文报纸都停刊了。世界联系是如此千丝万缕，谁能想到陈水扁的上台，会终结一份加尔各答的中文报纸？

张国才不愿意谈论中国，自从1956年来到这里，他再没回去过，甚至在1962年最窘迫的时刻，都没动过这个念头。那时每个中国人都有间谍之嫌，他和三千多个中国人被关押在印度西北部一个营地里，长达二十个月，他们可以在营地里生产劳动。他们可以选择回到中国，"但回去又如何呢？"他的哥哥对他说。家已破，母亲与嫂嫂都相继去世，他好不容易离开中国，来投奔这里的哥哥。在集中营里，他坚持写日记，很可惜，日记被没收了。

1962年的战争深刻地改变了华人社区的命运。但到底发生了什么，却很少有人清楚。中印两国的历史学家们似乎都有意忽略了这一段。在"Chindia"概念大行其道时，在它们要共同领导世界的喧嚣声中，谁又会在乎那几千名华人在五十年前的不幸遭遇，它不过是宏大历史中的一个小插曲，和叶名琛的片段差不多。

"我去找这些亲历者，但他们都不愿意去想这个问题了。"坐在我左侧的鬈发女士是编辑部里最健谈的一位，与其他人不同，她不在这里出生，十多年前才从梅县移居到此，她是嫁给了这里的男人还是随亲人而来，尚不清楚。她有着某种外来者的好奇心，想知道这里到底发生过什么。不过，没人响应她的好奇心，这些悲剧与苦难，都将随着亲历者的衰老与死亡而消失……

塔坝是新中国城，老中国城在市中心，后者的历史可以上溯到 19 世纪中叶，或许还更早。鸦片被从加尔各答运到广州，广州的苦力、手工艺人也随船来到这里。在一家博物馆里，我看到一个英国人所画的中国鞋匠，大约画于 1853 年，比叶名琛被俘早五年。

一座整洁的观音庙，一条孙逸仙路，还有一家接一家的会馆，大都重门紧闭，人去楼空。建筑的规模与装修，暗示着它曾何等繁荣。他们也都从事皮革生意。意外的是，我还发现了一家湖北会馆。真不知地处内陆的湖北人因何而来。一直紧闭的会馆铁门打开了，一张中国面孔探出来，欢迎从小巷走来的另几个中国人。

我上去和他们攀谈，今夜是新年聚会，他们特地从瓦拉纳西（Varanasi）来。他们的中文已如残片，我们用同样残片式的英语交流。他们对我没什么兴趣，不过是北京来的陌生人。他们也没留下地址。下一站，我正想前往瓦拉纳西，恒河旁的圣城，当年玄奘也曾至此。

在圣城，我没有碰到湖北人，发现恒河如此平静与壮丽。正是旱季，河水只占了一半的河道，露出黄色的滩涂。夜晚六点，音乐响起，仪式也开始。来自全印度各地的尸体，被人们运来这里焚烧，盛装裹起，在河水中浸润。我目睹了葬礼，烧尸体，人们叫喊、祈祷，像是在召唤亡灵。河面上水汽朦胧，载着尸体的小船像是驶向未知的来世。

圣城的灵光没能让交通畅通，我被困在瓦拉纳西的火车站。一场雾让北部印度的铁路陷入瘫痪。到底是印度，火车的晚点至少六小时起。没人上前向你解释原因，站台上的问询台空空荡荡。即使有人在，我也没信心从他们的口中搞清楚细节。是的，印度人、新加坡人、日本人、中国人，我们说的都是英语，都竭尽全力想让对方搞清楚自己说的正是英语，但还是要靠手势与猜想才能大致明白。

我满身尘土，心中焦躁不安。但本地人只是冷冷地看着指示牌的显示，似乎晚四个小时、六个小时都与他们无关。这符合我对印度的期待，我要磨炼自己的耐心，还要学会对陌生人袒露心扉，它安全、放松，又消磨时光。

在站台上，我碰到了这个年轻人。他的英语，我听得

宽阔而静谧的恒河，我可以对着它整日发呆

懂，他的眼睛黑又亮，凹进眼窝里。他披着土布的披风，他说自己是个婆罗门。我们坐在仅有的一家快餐店里，喝装在纸杯里的红茶，几乎没说一句陌生人的客套话。我知道他来自圣城盖亚，一位旅游从业者，专在车站等候陌生的游客，他具有一种征服陌生人的"快捷"智慧。他还有个俄国女朋友，这女人住在距离莫斯科二百五十公里的地方，在一所大学教授经济学。他说昨晚来到这座城市，在车站丢了包裹，口袋里只有一张车票。

而我刚刚丢失了恋人，就在恒河旁，通过拙劣的手机短信。"我的朋友，让我来分担你的忧愁"，他的话简单直接。我们都不足以用更复杂的英语来表达自己。至于如何分担，他毫无头绪，只是不停地在讲话，顺便向我推销圣城盖亚，他的家乡和工作的地方。

他的俄国女人，我的中国恋人，故事的梗概都讲完了，细节则无从深入。他还为我分析了种姓制度，那些名称我永远也记不住。谈话已经耗尽，隐私差不多暴露一空，火车还迟迟没来。

手边正好有刚买到的维克拉姆·塞斯（Vikram Seth）的诗集。这位印度作家曾在南京大学读书。他四处游荡，从江南到西北，出版诗集《拙政园》。

我提议读诗吧。我为他读了一首《江宁之夜》，写的是南京城的一个雨打芭蕉的夜晚。他读了另一首，在其中，诗人的想象与莫卧儿王朝的第一位统治者相逢。

我的江南，他的莫卧儿，我们都是衰落文明的孩子，而今又都在声称自己再度崛起，人们都说"Chindia"要主宰新世纪。

他的车来了。在稍许的间隔后，坐在我对面的换成了一个法国小伙子。他来自法国南部，一座偏僻小城，名字我从未听说。他二十三岁，第一次出国，有一股小城人的单纯与羞怯，几乎不会说英语。他在印度做红十字会志愿者，想见识世界，顺便学英语。他要前往大吉岭。两百年前，英国人把茶叶从中国偷来，种在这里，它倒变成了红茶的代名词。我似乎还记得，康有为流亡时曾在大吉岭住了不少时日，他说"万里印度之地，如一大牢焉"，用印度人的遭遇来映射中国："伤哉，亡国人之惨。"

我们都是这世界的过客，在黑夜里相遇，再离去。

班加罗尔的历史学家

倘若加尔各答代表着旧印度，班加罗尔则象征着新印度。在这个地方，空间与时间模糊了，一切都是透明的、平面的，就像我正穿越的班加罗尔机场大厅。浅蓝色的玻璃幕墙、光洁的地面、色彩鲜艳的广告灯箱，可能是来自新加坡、上海、吉隆坡。比起老牌的都市纽约、巴黎、伦敦，这些新机场更明快、整洁、宽敞，洋溢着后来者居上的自得。

它也给我一种期待的秩序感。一条高速公路通往市区，两旁的路灯散发出乳白色的光线，每一盏都亮着。出租车干净、宽敞，司机英语流利，他还使用计价器。

这符合、可能也过分地符合我对班加罗尔的想象。过去的十多年里，这个南部城市的软件公司、呼叫中心，就如同中国长江三角洲、珠江三角洲的工厂一样，被视为东方崛起的象征。

"二十年前，印度还因驯蛇人、穷人、特蕾莎修女著称。这个形象被扭转，如今这是个充斥着聪明头脑与电脑天才的国度。"托马斯·弗里德曼那本平庸却大受欢迎的著作里这样写道。也是这本著作把班加罗尔的声誉推到了顶峰。自诩为现代哥伦布的托马斯·弗里德曼声称"世界是平的"，他的旅行就从这里开始。而给予他最初灵感的，是这"印度硅谷"中最著名的软件企业的首席执行官——

Infosys（印孚瑟斯，印度历史上第一家在美国上市的公司）的南丹·尼勒卡尼（Nandan Nilekani）。

我在加尔各答市场街的书摊上买了南丹·尼勒卡尼的《想象印度》，这是他去年的作品。我最初抱着一丝轻视，人们总喜欢僭越，在获得财富与名声之后，还要把自己打扮成知识分子、意见领袖。他还是弗里德曼的挚爱，那位《纽约时报》的专栏作家像是这浅薄年代的传教士，妄图用一些简单的概念与词汇来忽略世界的复杂性。他那推平世界的十种力量，适合做工商管理学硕士的课堂教材，却无助于理解世界的真实模样。在某种程度上，它就像马克思的"经济决定论"与"技术决定论"的拙劣翻版。

我最好压抑一下自己的刻薄劲儿。是啊，人人都会轻蔑地讥笑一下别人的浅薄——它把复杂的问题简单化了。但当你面对印度这样一个复杂的国家时，还是抑制不住地要找一个快捷的入口，泰戈尔的诗歌、甘地的精神、德里的泰姬陵、恒河旁的朝圣者，或是班加罗尔的软件公司……

《想象印度》的行文是托马斯·弗里德曼式的，从一个世界名人跳到另一个世界名人，经他们之口传达某个理念，再不失时机插入个人感受。其中还有某种故作天真的惊叹——你看，不到二十年，印度的模样已经大变了。

但这本书仍值得阅读，尤其对一个外来者来说。政治、经济、能源、教育、技术、环境、传统，它涉及当代印度的每个方面，而经济变革是贯串的主线。在尼勒卡尼的眼里，1991年开始的市场化运动是构造今日印度的主要力量。他这一代是"桥梁的一代"，他们成长在一个国有体制年代，政府占据着经济生活的"制高点"，当他们开始第一份工作时，这个体制开始松动，印度社会被压抑的创业精神开始复苏，而在过去二十年里，这种热忱汇集成一个浪潮——除去中国，再没一个国家比它的经济增长更快。尼勒卡尼处于这股浪潮的最前端——如果班加罗尔是"新印度"的皇冠，Infosys则是皇冠上的明珠。这本书暗含的信息是，商业管理哲学可能推广到整个国家。

我喜欢他的开阔眼界和这股雄心，印度是一个开放的系统，它许诺与支持这种雄心。我很难想象，中国会产生对应的人物。

但班加罗尔吸引我的，不是软件公司、呼叫中心、商业领袖，而是一位历史学家，拉姆钱德拉·古哈（Ramchandra Guha）。离开北京前，我读到他的《甘地之后的印度》，我很久没读到这样令人心动的历史著作了，能将典雅的叙述和透彻的分析如此密切地结合在一起，厚度超过八百页。它还有着畅销书的特质，给予读者一把钥匙，将如此复杂的当代印度史，经由一种理念而串联在一起。

我和古哈约在 Koshy 咖啡店见面。这里嘈杂、热气腾腾，墙壁上挂着黑白的照片，那是英国人统治下的印度景象，有一种危险的怀旧气息——那是个更单纯、更具美感和更有秩序的年代。自从 1904 年创办以来，这个咖啡店就是本地艺术家、作家、新闻记者和风雅人物的聚集地。这里用蓝色桌布，服务生们的白色制服像是中国警察在 20 世纪 80 年代的服装，只是少了两个红色肩章。市区的味道与机场不同，而硅谷的味道与景观都被隔离在郊区的工业园区了，市中心仍是那个摩托车、破建筑、英国殖民的遗产构成的印度，偶尔的几座现代购物中心，都显得鹤立鸡群。

古哈准时而至，白棉布衬衫，暗黄色裤子，运动鞋，身形魁梧，他曾是个板球好手，而他第一本引起广泛注意的书，是关于板球的历史。

"他只是个体育历史学家。"一位小说家曾不屑一顾地说。当时，他们正就印度的民主问题在报上打笔仗。除去情急中的小说家，没人能把《甘地之后的印度》的作者不当回事。他刚刚坐下，一位热情的读者就前来表示敬意，

《华尔街日报》欢呼他是"首席印度记录者"，查理·罗斯（Charlie Rose）邀请他出现在深夜谈话节目里，更重要的是，印度人拥抱了它，这样一本严肃、厚度十足的作品，登上了畅销书榜首。这本书的命运也像是印度现实的延伸。绝大部分印度人读不懂英文，这里有十五种官方语言，不同区域的人们有着自己的独特文化传统与语言方式。古哈对我说，它已被翻译成这十五种语言中的六种。

这也是这本书的核心命题：是什么把这样广泛的人群和区域变成了一个叫印度的国家？19世纪的英国殖民者们感慨，根本就不存在一个所谓的"印度"。人们觉得自己是旁遮普人、孟加拉人、马德拉斯人，而非"印度人"。欧洲人依靠某种语言、区域或抽象的民族本质，而成为一个个民族国家，而印度，"旁遮普与孟加拉的差异，要比苏格兰与西班牙之间还大"。这种怀疑也贯穿了20世纪。宗教、种姓、语言、阶级，这些屏障难以克服，似乎意味着不可避免的混乱和冲突，穷人又太多了，他们能理解民主制度的含义吗？

但印度不仅存在下来了，而且生命力旺盛。古哈相信，"民主"是理解这一切的钥匙。比起广泛传颂的经济故事，他认定"当代印度真正成功的故事是政治而非经济"。正是民主政体，才让这么多嘈杂的声音与争端共同存在、相互激发，而印度也对民主这个理念作出了新的补充。

古哈热情、亲切，但我们却没有太多好说的。他所知的一切都已在著作与文章中表达清楚了，更糟糕的是，我还同意他所有的看法，认同他的视角。他是我最欣赏的那类知识分子，既有强烈的热情，又保持着冷静与批评的态度。当印度沉浸在自我庆祝时，他列举出"印度无法成为超级大国的十个理由"。他赞扬了这么多印度的民主，也对它的弊端忧心忡忡。

有那么一两个时刻，谈话突然中止了，我不知该问什么，他也不知该说些什么，各自喝上几口咖啡，听着周围一片的嘈杂，班加罗尔的傍晚已在窗外来临，摩托车发出轰鸣声，背着黑色电脑包的青年人满脸疲倦。

我意识到自己的尴尬。不管中国比印度多建造了多少公路与大楼，多消费了多少汽车与名牌时装，在智力与创造领域上，印度却从未落后。一百年前，当泰戈尔环游世界时，他是伦敦、巴黎、纽约、柏林的贵宾，人们倾听他的东方智慧。而中国的一流人物，康有为、梁启超、蔡元培却从未受到如此礼遇，他们是西方的热切学习者，却很少有人乐于询问他们对世界的见解。这种失衡也留在中国与印度之间。泰戈尔有无数的中国追随者，却从未有一个中国诗人、艺术家在印度激起这样的回响。如今，我来到这里拜会拉姆钱德拉·古哈，像是谭云山追随泰戈尔的延续。当我了解中国的民族主义历史时，需要依赖一位印度学者杜赞奇的论述。

这种失衡弥漫到细节里，从加尔各答、瓦拉纳西、圣蒂尼克坦到班加罗尔，不管是城市还是小镇，我总是钻进书店，在行李中塞满英文书，很多与印度无关，只是英语世界最新的出版物。

是我的虚荣心作怪吗？在中国崛起的这个故事中，知识分子的角色令人可悲地处于弱势，甚至全然缺席。印度的存在，像是在提醒我们的状况。"印度是个多元社会，它创造出了民主的魔力、法治和个人自由、社群关系与多元文化。这是个多么适合知识分子的地方……我不介意在这里重新发现印度十次。"一位美国大使在离开新德里前，这样说过。

而中国的知识分子呢，我们该怎样重新发现中国，辩论关于我们国家的一切？我们差点忘记了，自由的争辩，也是人类的尊严所在，即使它不比食物、居所、性更重要，也至少同样重要。

最幸福的国度？

水坝风波

噶玛晋美（Karma Jigme），三十八岁，黑黑的脸，胡须和头发同样黑而密，五英尺高，穿一件尼龙网眼的绿迷彩短衫，身上满是尘土。他带我们看他山坡上的果园。

荔枝树要二十年才结果实，柠檬要二十五年，石榴也要二十年，这种日本芒果短一些，五六年就好了……他谈起这些，像是说起童年的伙伴，他们一起长大，分享忧虑和喜悦。十二公顷的坡地，从山坡的这头到那头，都是噶玛晋美家的。他的爷爷在三十年前，或更早一些，买下这片地，田里的果树大多是爷爷种下的，他的父亲也带着他种过一些。

"它们不该这么早就掉下来。"他弯腰捡起地上青而硬的芒果，把自己短衫的前摆一卷，变成个兜子，放了进去。

山坡上风景宜人，果树、竹子和野草共生，涧流拍打着岩石。顺坡而下是普纳昌河，它浑浊而有力地穿过山谷。对面则是另一座高山，山坡上是大片的松林。

只可惜，我们的视线不能忽略山脚下一辆辆到来又离去的黄色卡车，它们满载石头和沙土，发出恼人的轰鸣声，一阵山风吹过，沙尘扑面袭来。

"尘土、尘土，它不能呼吸了。"噶玛晋美指着三株枯黄的小树说。他的英文费力，我们全凭挑出的关键词，试着相互理解。

对他来说，提前掉下的青芒果和枯树以及河畔荒芜掉的稻田，一样都是这项巨大工程所致。还有对面山上的野山羊，它们常成群结队在山坡上吃草，自从大坝开始修建以来，它们就都失踪了。

八个月前开始修建的普纳昌河水坝，是不丹有史以来最宏大的水利工程，一千二百万瓦的发电量，主要输送给印度，换取不丹需要的经济增长。

除去水利资源，这个喜马拉雅山南麓的国家，无可依靠。它的面积与瑞士相当，夹在辽阔的中国与印度之间，北部是茫茫雪山，南部是茂盛的丛林，它的七十万人口分散在山谷和丛林之中。没有大块的平地耕种，也没有矿产资源，贸易则因高山而阻隔。沿山而下的水流，蕴含着无穷的动力。

因为修坝而淹没田地和住房，是几个月来不丹的大新闻，八十九户农民因此搬迁。政府许诺给予他们相应的土地补偿，他们对这个赔偿并不满意。

"假如土地分为 A、B、C、D 等，他们要给我的是 D 等。"噶玛晋美说。除去四公顷的稻田，政府还想征用他的十二公顷的果园。政府要付每月五百美元的租金，他期待的则是四千美元。在一个人均年收入一千四百美元的国家里，噶玛晋美是个不折不扣的富人。除去拥有这一片田地，他还在普纳昌河旁开了一家小咖啡厅，站在山腰上，店招牌"NT"清晰可见。七年以来，这家小店是来往车辆的歇脚之地，而现在它则被包围在工地里，建坝的小伙子们拥挤在店中，谈笑、喝啤酒、听音乐、玩 Caron 游戏——它有点像是变形的台球游戏，塑料片取代了台球，手指则充当球杆，而同时成群的苍蝇在四周飞个不停，这是佛教国家，没人会主动伤害它们。

不丹，街头流行的 Caron 游戏，两位英俊的导游与我的女朋友王子陶

放学的少年们

我坐在铺着塑料布的桌前，听着工人们的喧闹，还有软塌塌又闹哄哄的印度流行歌曲。五点时，一声巨响传来，我跑到阳台上，看见远处的河面上一阵尘土扬起，接着又是一声，河岸山坡上的碎石随声飞起，一块块地落入河中，又是一浪尘土扬起，灰尘开始像波浪一样涌来。转刻间，咖啡馆和它的喧闹被裹在其中，我们满身尘土。

　　噶玛晋美笑吟吟看着我们。他早已习惯这爆炸，每天三次，早晨、中午、傍晚，当工人们在吃饭休息时，爆炸就开始了。山体被炸开，以拓展水坝的容量。

　　不知该感伤，还是沮丧，水坝破坏了从前的宁静，也带来意外的机会，对于噶玛晋美来说，他在山坡上的房子以每月五百美元租给了工程队，小店生意兴隆。不过，对噶玛晋美来说，即使赔偿合理，他也不情愿，他希望自己四岁的儿子也能看着这些果树开花结果。八十九户中绝大多数没有噶玛晋美这样富有，他们面临的困境可能要比这严重得多。

　　碰到噶玛晋美时，是我在不丹的第四天。

　　从北京出发，我带着无知、好奇和怀疑来到这个国家。还是在初中的地理课上，我第一次听到不丹的名字，它和锡金、尼泊尔共同出现，与西藏接壤。

谁会对这隐藏在喜马拉雅山中的小国产生兴趣？在我成长的岁月里，美国和西欧才是我们关心的。它们出产亚当·斯密、伯特兰·罗素、哈佛大学、《时代》周刊与好莱坞电影、曼哈顿的摩天大楼、丘吉尔与罗斯福、可口可乐和牛仔裤、汽车、电视和互联网……过去一个世纪以来的中国，吃力并不知餍足地吞下这一切，好让自己变成一个现代化的国家，我们赞赏的是富强与规模，很难感觉到对物质的厌倦。所以詹姆斯·希尔顿对香格里拉的神秘描述，只是最近几年才进入人们的视野，随即它变成了另一种消费上的时髦，人们像谈论最新的 iPod 和刚开张的泰国餐厅一样谈论他们最近的西藏之行，蓝天、白云、雪山和橙红僧衣下的青年喇嘛……色彩感十足的组合、荡涤心灵之说，让我倒足了胃口——他们不是去发现自我，而是逃避自我。

不丹，不正被称作"喜马拉雅最后的净土"吗？锡金已被纳入印度的版图，西藏则被四川人的餐馆和权力的审美所左右，尼泊尔深陷政治上的动荡，只有不丹，它不仅享受着一贯的宁静，一年前还平静地完成了民主改革，它也正向世界输送一个振奋人心的理念 GNH（Gross

National Happiness），用以取代备受诟病的 GNP（Gross National Produt）——一个国家的成就不该是它的人民生产了多少物质，而是它的人民是否感到幸福，是否呼吸到干净的空气，是否能保持昔日的传统。

在飞机上，我断断续续地阅读着打印出的一叠材料，大多是英文媒体过去十年中对不丹的报道。除去 GNH，另两个话题支配着这些报道。1999 年，不丹使电视合法并引进了互联网，在此之前，在这个国家观看电视既不容易，偶尔也得冒点风险。富有的家庭偷偷把电视机从印度带回来，安装临时的天线，可怜巴巴地只能接收到一两个印度电视台歪歪扭扭的信号，或者只能用录像带来追印度肥皂剧。另一则是有关 2008 年的大选。民主价值观在世界范围内正遭遇一连串挫败时，不丹的消息必定振奋了一部分人的心。

在厚厚一叠的报道中，最吸引我的一篇来自 1995 年10 月 25 日的《纽约时报》。纽约联合国总部戒备森严，世界政客们来参加一系列庆祝活动，纪念联合国成立五十周年。一位记者在第四十八街的一家小咖啡馆里见到不丹的外交部部长达瓦次仁（Dawa Tsering）。"他喝着立顿茶，身边没有保镖。"记者写道。

达瓦次仁正在修改他的演讲稿，在一百七十八个国家代表的发言中，他排在第一百七十一位，这时已是夜晚，庆祝会已基本结束，大多数听众已经离去。塞克斯顿发现，这并没有太多地干扰达瓦次仁，这位六十岁的外交部部长，住在一间大学公寓里，每天乘坐公共汽车前往不同的宴会。他经常穿着不丹的传统服装——一种男式长裙，它叫 Gho。不过，当他讲演或感觉到被太多人注视时，他也穿黑西装。让记者印象尤深的是他的自信，在一群世界上最有权力的人物之间，达瓦次仁从未陷入过被忽略的焦虑中，他向希拉里·克林顿推荐最近的不丹艺术展，愉快地知晓乌拉圭有三百万人口，牛却有一千万头。他对《纽约时报》说："你看，我们没有全球议题，但我们也不会忘记我们在世界上的位置。我们并不觉得身在局外。对不丹来说，联合国不仅是个展示窗，它也是此刻正在发生的历史。"

我很难说清这则短短的、十四年前的人物素描给我带来的奇妙感受，它安静、孤独、诗意、温暖，像是来自另一个时空。

不丹的确像是另一个时空。我乘坐的这架飞机隶属于

Drukair（不丹皇家航空），也是不丹唯一一家航空公司，它只有两架飞机。Druk 在不丹的官方语宗卡语中意味着 Dragon（龙），它喜欢自称是 "the Kingdom of Thunder Dragon"。

没有直通候机厅的密封通道，旅客们走下舷梯。小小的水泥机场被包围在青山中，下午四点，阳光仍旧明媚，风吹过，干爽宜人。没有巨大的广告牌，只有五位国王的画像排列在一起,欢迎你来到他们建立的国家。没有拥挤、漫长的走廊，没有一排排巨大的传输带，也没有长长的入境队列、巨大的电子显示牌，免税店冷冷清清，最抢眼的不是香奈儿的香水广告，而是一本《关于不丹的一切事实》的书……一切都是手工的、家庭式的，散发着木头的柔和，而不是玻璃、钢筋式的冰冷。

那些浮光掠影却美妙非凡的画面随之而来。在帕罗的山谷中，我看到涂着橙色龙的飞机摇摆着从绿色山间穿过，像是一个大型的遥控玩具；我还看到成群的学生，男孩子穿着红格子的 Gho——类似长袍的民族服装，配以长袜、黑皮鞋，女孩子们则是蓝色的 Kira——短上衣、长裙，夕阳正到来，到处是裹在灿烂色彩中的少年；寂静午后寺庙中的喇嘛，抬手扬起红色袈裟，惊起地面上灰色的鸽子，飞过高大的白墙；不管走在城市的何处，一抬头总是看到山，松树和柏树布满山坡，还有白色、红色、绿色、蓝色的经幡，有的破旧、有的崭新，都随风飘扬……

见惯了北京的庞大、喧闹、焦虑、拥挤、物化，你可以在不丹的首都廷布体会另一种城市生活。星期天的清晨跟随一群孩子，前往他们半山腰的学校，今天是佛祖的涅槃日，学校请来僧人主持一场仪式，我们贸然闯入，却受到意外的欢迎，单手接住圣水，喝下并洒在头顶上，坐在佛堂一角，听着僧人们念经。敲鼓的鼓槌甚是有趣，它是铁丝弯成的问号形状，是在提醒诵经的僧人们仍要保持追问和质询吗？夜晚八点，城市就变得黑暗和安静下来了，满城的狗都在叫；从城市的这头走到那头，只需要十分钟，繁华的市中心也不过是一爿商店，每间最多十几平方米，电视机、手机、音像、食品陈列其中；城市中建筑都很低矮，三四层楼，像是稍加改变的藏式建筑；再没有见过比这里更放松、友好的国民了，他们总是彬彬有礼，热情而放松，不用担心抢劫、盗窃，丢失的东西也能轻易地找回，你也可以随时推开著名学者、报纸出版人的办公室，和他长谈一个下午然后离去，他既不感到意外又始终兴致盎然……

全国唯一的交通岗亭，旁边总有两只狗在昏睡

旅行总是令人放松的，但是从未有一个地方像这里一样，让我感觉到生活在一个和谐的社区之中，这里有的是人的味道、传统的味道而不是机器、数字的味道。但这又不是一个封闭的社区，人们开放，了解世界正在发生什么，也对自己面临的问题直言不讳，却从未失去对自我身份的认同。

"加拿大，它干净、秩序，或许太有秩序了，在超市买东西时，收银员只会说谢谢，还那么机械，一个星期吧；夏威夷，沙滩、阳光，人也放松，两个星期吧；意大利，食物好、酒好，到处是 Party，六个星期吧；澳大利亚，那里的种族歧视太厉害了……"

多吉·彭乔（Dorji Penjore）对我说。他是不丹文化中心的一名人类学家，敏感、话题庞杂、热情洋溢，毫不吝啬表露自己的喜恶，我们谈话从 T.S. 艾略特跳跃到泰国廉价的性产业。他先是在不丹最著名的大学学习英国文学，爱上 T.S. 艾略特，他喜欢这个阴郁的诗人对阴郁的20 世纪的描述，那种一望无际的荒原。他在澳大利亚学习了人类学，研究活生生的个体，他们如何共处、如何应对变化。他周游世界，从夏威夷到意大利，他参加各式研讨会。他用自己可容忍的居住时间，来判断一个国家的优劣。市场里的货物没有价签，人们问价，然后开始东拉西扯地交谈，社区感不就是这样构造的吗？

不丹文化中心位于半山的一栋二层的木制房中，俯视整个廷布山谷。GNH办公室也设在这里，每年都有世界不同地区的学者至此，来探讨GNH对现代世界的意义。这个山谷中的小国，散发出意外的光彩，全球面临的七十年未遇的经济危机，也增强了它的亮度。人类生活就像是那些金融衍生工具一样，复杂、凌乱却脆弱不堪。经济增长作为世界性的世俗宗教已存在了半个世纪，似乎没有给人带来救赎，只是加重了焦虑。这个世界似乎正陷入疯狂，人们一方面变得前所未有的富足，另一方面却变得贫困不堪；世界看似进入一个复杂的高度文明，却又丢失了基本的常识。

而不丹仍是个尊重常识的国度。它需要经济增长，却无意以牺牲环境和社区感来换取，它欢迎现代世界，却也不愿丢弃传统价值。它让一个旅行者所感受到的一切迷人之处，不正是这些将相互冲突的力量容纳到一起吗？

在很大程度上，此刻的不丹受益于它的封闭。20世纪那些激动人心却也常常暴虐的历史运动，不管是意识形态之争，还是汹涌澎湃的跨国资本运动，都从未侵袭过它。从没有可怕的记忆压在不丹人的神经之上。

静静地变革

但是仅仅描绘这些吗？再次印证人们对这个喜马拉雅山隐士之国的赞叹，它的和谐、安宁、朴素，像是这个日益贪婪、烦躁、堕落的世界的对照。

一个外来者，多么容易一厢情愿地简化现实。就像一位 20 世纪 70 年代初来到中国的西方游客，他肯定是厌倦了物质世界、消费主义对个人的压抑，对中国心生浪漫幻想——这是一个多么自足、平静、缓慢的国家，却看不到下面的焦躁、压抑和渴望。不到十年后，中国人对物质的狂热劲头一定吓坏了这些幻想者。偏见深具黏性，人们走到哪里都带着它。中国经验早已潜移默化地作用于我。悠久历史、辽阔疆域，还有到哪里都摆脱不掉的人群，每一个中国人在骨子里都有种天然的优越感。对待周遭那些弱小国家，更是如此。还记得 1910 年当朝鲜最终被日本吞并时的反应吗？大多日本民众认为"朝鲜本我藩属"。

我很怀疑，我也正不由自主地带着这些烙印来看待不丹。它面积不到四万平方公里，只有重庆面积的一半，人口则是七十万，我居住的北京朝阳公园一带可能就达到这个数字了；当它 1907 年第一次统一时，中国的体制已存在了两千年……

尽管没有看到任何确切的证据，我却本能地相信，不丹曾是中国的朝贡体系的一部分。它的小规模，让它乖巧可爱，连冲突和罪恶似乎都没那么可怕。

我到来时，一些案件正让本地新闻媒体忧心忡忡。藏传经文的 Chorten（神龛）被盗窃；一名十九岁的乡村少年试图在树林中强奸一名十六岁的少女，但他失败了，因为喝多了酒；随处可见的射箭比赛，有时会误伤行人；一起诈骗案，一名不丹学生听信了电子邮件中的获奖信息，为了赢取一个来自英国的一百万英镑，他付出了一百万努（Nu），约两万多美元……

连噶玛晋美的故事，也没让我的兴奋持续太久。新闻记者喜欢冲突，大坝也正是种种冲突的体现——政府与民众，经济发展与环境保护。但是以中国的标准看来，八十九户人家的移民规模实在太小了，以至于可以忽略。噶玛晋美会抱怨这一切，但是他并没有特别的悲剧感。他也从来不是孤立无援的，新闻媒体都站在他们一边。本地报纸 KUENSEL 在 6 月 5 日的社论中写道："重新安置一个村庄不仅是重建房屋，它是容易的部分，你必须要考虑农民的耕地、牛的饲养、饮用水源、灌溉系统的建造。他们必须要适应新的生活。这种跳跃实在是太大了。"这份当地影响力最广泛的报纸的口吻既温情又坚定，它对农民温柔，对政府则强硬。它接着写道："毫无疑问，水力发电是不丹的主要收入来源。但同时，政府不该忽视迁置问题。必须确认，经济增长不该伤害本应被保护的人民和土地。"

但倘若耐下心来，你会感受到另一些景象。在这个国家平静、和谐的外表下，却是激烈的、戏剧性的变化。很少有国家像不丹将如此众多的政治、经济与文化变革，压缩在如此之短的时间内。一直到1958年，它仍是农奴制的前现代国家。在五十年里，它进行全方位的尝试。从佛学院到现代大学，从口头传说到开通电视台，从国王制定一切到民主选举，那么多第一次，第一条牛仔裤、第一辆汽车、第一部电影……

昆赞·乔登（Kunzang Choden）亲历了这些变化。1952年，她出生在不丹中部的布姆塘（Bumthang）地区。她的父亲是一位富裕的地主，一直到1958年，家里都有一大群农奴和一个大庄园。不过，地主和农奴的关系和我们习惯性的看法不同，他们仍有从属关系，但更像是仁慈的家长制，农奴付出劳动，但是地主也要为他们的生计考虑。当1958年解放农奴的法令下达时，绝大多数农奴并不愿离开。

昆赞·乔登的父亲是革新者。1961年，他决定送女儿前往印度读书，被村里人认定是疯子。在不丹，受教育只是男孩子的事，而且学习的内容都与宗教相关。求学之路是艰难的，孩子们要去印度上学，而第一所中学要到1965年才建立起来。

昆赞·乔登白天骑马，穿过丛林和高山，夜晚时睡在窄小的山洞里，整整十二天后，她才到达印度北部噶伦堡的圣约瑟夫学校。对于九岁的昆桑来说，她对印度几乎一无所知，只知佛教就是从这里来的。

毕业之后，她回到不丹，为一个瑞士援建的农业项目工作，帮助工作人员和本地人沟通。也是因此，她认识了后来的丈夫，一位瑞士农业学家。他们在1976年开始的婚姻，是昆桑的另一个勇敢尝试。虽然不丹已经缓慢地开放，但是嫁给一个外国人，仍是惊人之举。

如今，昆赞是不丹最重要的女性作家。我在廷布的泰姬酒店和她喝下午茶。她安静、温和、耐心，像是一个离休的中学教师。她已周游过全世界，美国、菲律宾、老挝，又回到了不丹。她2005年出版了英文小说 *The Circleof*

Karma（《业的循环》），追忆了她的童年经历，那个处于变革前夜的不丹。"不用过高地估计电视、互联网的影响，"她说，"1960 年代建立学校、修建公路的影响可能更关键"。是啊，如今她前往印度北部，不再需要十二天的旅程，新一代人可以在自己国家的中学接受教育。

新挑战也随着变化而来。她还是个不丹民歌的热心收集者。这些民间传说是她成长最初的养料，它们经由一代代不丹人流传下来。但伴随现代教育的开始、更多的人涌入城市，这个传统正面临着中断。这个国家的一切变化都太快了，三十年前它还属于口头文化，现在就跳跃到视觉文化，电视和电脑屏幕支配了新一代的认知。她想用文字留住这些民歌，阅读文化对这个国家的成熟仍至关重要。

多吉·彭乔一定认同昆桑对变化的感慨，担心不丹的一切美好会被不可避免的力量所改变。"全不丹，再也没有比这丑陋的城市了。"他指着山脚下的廷布市说。在我看来仍安静、和谐的廷布，在他看来正在呈现所有的城市病——汽车带来拥堵和污染，楼房千篇一律，商业化侵蚀了伦理关系，而娱乐产业则腐蚀了传统价值……"我记得那首诗，好像正是 T.S. 艾略特所写，"他对我用听不太清的英语说，"他说人有九种不同的死法，最可怜的一种是死在 20 世纪的大都市中"。几天后，我试着去查询这首诗，找到了是埃德温·布洛克（Edwin Brock）的《杀死一个男人的五种方法》，那真是悲凉而尖锐之作，最可怕的方式就是让一个人独自生活在 20 世纪的城市之中，孤独而凄凉。

在六年前的一篇探讨不丹的安全问题的论文中，多吉·彭乔提到这个国家面临的另一个巨大威胁——全球化，尤其是其中以互联网和电视驱动的大众媒体革命，它既给每个人带来了广袤的知识，也形成一种新的可怕现实——所有人都读同样的书、听同样的音乐、看同样的电影，人们不需要创造和寻找自己的观点，媒体早已大量供货，它造就了低智生活，也混淆了不同文化的独特性，在表面的丰富性之下，是新的单调。"有线电视或许打开了人们对外部世界的眼睛，"多吉·彭乔写道，"它却模糊了我们向内看的视线。"他最担心的现实是，不丹在迅速变化的全球消费文化中，"弱化了社会稳固性，污染了文化，家庭价值观也随之解体"。

对于多吉·彭乔来说，邻近的泰国，是再显著不过的失败例证。旅游业摧毁了这个国家，消费文化、廉价的性，让这个昔日美丽的国家步伐慌乱，失去了自尊。

一些东西在不丹无处不在。狗叫声从早到晚，从城市到乡村；Druk（龙）也无处不在，很多商店以此命名；但是没一样能比得上国王的画像。酒店、办公室、餐厅、杂货店、机场、住宅、电影院、咖啡店，只要你想得到的地方，总有国王的画像。有时，它仅仅是现任国王的，有时是五位国王的，从创始者乌颜·旺楚克（Ugyen Wangchuck）到现任的晋美·格萨尔·南杰·旺楚克（Jigme Khesar Namgyal Wangchuck），跨越了一个世纪。照片从黑白变成了彩色，时代的风尚也在变，国王从粗壮的武士变成了英俊的明星，分明的棱角犹在，那是王室的传统。

国王正在巡视不丹，一个乡村接着一个乡村。他今年二十九岁，是世界上最年轻的国家元首，他周游世界、见识广博，还在少年时他就见过卡斯特罗、索尼娅·甘地。他也是个早熟的青年，权力的传统使他克制，而不是放纵。在牛津大学的三年间，英国的小报不懈地试图找到年轻人哪怕稍稍放纵的迹象，却从未能如愿。2006年年底，他成为不丹的第五任国王。

这是个精心挑选的时刻。2007年是旺楚克家族统治不丹一百周年。晋美·僧格·旺楚克（Jigme Singye

Wangchuck）在他三十二年的任期中已做了很多革新。他是这样一种领导者，与其让变革的浪潮把你吞噬，不如提前响应这种变化。他创造 GNH 的理念，是因为追求经济增长已不可避免，但是与其让经济增长成为支配性的力量，不如把它置于一个可控的力量平衡中；1999 年引入电视机和互联网时，他意识到信息时代的到来不可避免；而自 1998 年以来，他一直试图将另一项变革引入不丹人民的生活中——民主，尽管几乎所有的不丹人都不认为自己需要它，在一个英明、仁慈的国王的统治下，一切再好不过了。他先是解散内阁，将政府管理权移交给大臣委员会，然后下令筹备起草宪法，以结束世袭君主制，建立议会民主制国家；在宪法通过后，他则宣布退位，因为新的变革需要新的面孔；2008 年 3 月，不丹首次通过选举产生议会民主制下的政府，选举非常平静，和周围国家的动荡形成鲜明的对比。

或许在整个 20 世纪，再没有一个王室能像不丹王室一样，既利用自己的权力推动国家进步，又不让自己被权力腐蚀。1991 年，晋美·僧格·旺楚克对一位记者发出感慨："王室的缺陷是，你达到这样的高位，不是因为你的美德，而是生而如此。"

什么令不丹与众不同？自从第一天起，这个问题就一直缠绕着我。我猜它的规模激起了我不恰当的雄心。没人试图通过一篇文章来理解美国、俄罗斯或是中国，但是我却以为可以由此掌握住不丹的精髓。

抛开浅薄的异国情调，还有经常被赋予不必要神秘色彩的宗教——它当然非常重要，佛教对相互依存的强调，为不丹提供了巨大的道德、情感和智力上的源泉，但是东南亚国家几乎都盛行佛教，却经常卷入无穷的混乱和悲哀。

随着时间的流逝，似乎所有独特性都有变成相似性的危险。报纸上哀叹的是高涨的房租、不断增加的汽车、年轻人的失业和新价值观、金钱和伦理的冲突、官员腐败的出现……一个夜晚，我去看电影。电影院破旧不堪，放映人员坐在楼上第一排工作。一部不丹电影，一句对白我也听不懂，但是画面和情节，却不难猜测。一个传统与现代冲突的故事，一个英俊青年，最终抛弃了城市的繁华，去寻求他在乡村的淳朴爱情。电影的制作是粗劣的，表演也是僵化的，但是一种单纯的尝试精神却弥漫其中，而观众的笑声和忧伤，都那么真实可触。很多时刻，它让我想起了 20 世纪 80 年代初的中国电影和观众们。这两个不同的时段、情况迥异的国家，都在睁开眼睛，努力去理解世界和自己，去接受各种涌来的冲突。

"是的，我们都是人，都有着同样的困惑和希望，"昆赞·乔登听完我的感受后评价说，"倘若说不丹真有什么独特之处，不是宗教，也不是文化，而是它的国王"。

今日世界，深受政治、经济、文化相互分离和断裂之苦，人们的内心在这种分离和断裂中无处安放。不丹的幸运之处，既得益于它长期的孤立，更缘于它的领导者用自己的权威，努力弥合这即将到来的断裂。当很多国家被变革所吞噬时，不丹努力学习驾驭这些变革。

国王的教师

"如果一定让我说个人观点，"迈克·拉特兰德停顿了一下说，"那么，一切变化都是坏的"。他近乎完美的英国口音像 BBC 的播音员，还有老派的英式幽默，在一个结论之后，立刻添加一句自我嘲讽。

我们像是去拜访一位山中隐士。迈克·拉特兰德也的确像一位隐士。对每一位来不丹旅行的记者来说，他都是必经的一站。再没有一个外来者，比他更有资格来谈论这个国家，他既是旁观者又是局内人，也是这个国家应对变革的一部分，或许也比任何人都有资格谈论它的国王们。

1970 年，他以一名科学教师的身份来到不丹。那年，他三十二岁，是牛津镇一名教授物理学的高中教师，或许那时他从未听过不丹这个国家，即使偶有所闻，肯定也从不在意。在一次晚餐上，他碰到一位英国女士，她居住在印度的大吉岭，他们随意交谈了几句。不久后，他收到邀请，来自不丹国的王后，询问他能否前来帮助她建立一所小学院，做十六个学生的科学教师，其中一位是达绍·晋美（Dasho Jigme）王子，他将成为日后的国王。

最初，迈克·拉特兰德感到莫名其妙，他谢绝了邀请，他喜欢牛津的生活，为什么要去一个他从未听说过的国家。但不久后，邀请再次到来。这一次，青年人的好奇心战胜了迷惑。他听说，只有很少人有机会前往这个国家。

这是趟独特的旅行。他先乘坐飞机从伦敦抵达印度北部的加尔各答，是在这里，而不是之后的不丹，给他第一次文化冲击。他乘坐的那架 DEKATA 小型飞机，在上空不断盘旋。等待降落的机场上到处是吃草的牛，一个小孩子将它们赶走后，才好落地，然后他发现，同样是这个赶牛的孩子负责给飞机加油。他在加尔各答待了三个星期，等待不丹王室在合适的时间将他接走。当时正值印度全国大选前夕，这个西式民主化国家，仍在艰难地学习民主之道，爆炸、骚乱、示威不停地发生，与安静的牛津太不相同了。

最终，他来到不丹，学校所在地帕罗，不丹昔日的首都，以如画的风景闻名。"我坚信全世界的年轻人都差不多，"他回忆说，"我很快适应了去教授达绍晋美和他的同学物理、化学、生物和数学的课程。这是个充满乐趣的工作，像所有年轻人一样，他们很淘气。但从不 wicked（邪恶）。他们很有幽默感而且学习努力"。他记得王子和同学相处非常融洽，从未要求被特殊对待。不过，他有一辆日本摩托车，很可能是不丹唯一的一辆。

迈克·拉特兰德的教程为期一年，回到英国不久，他听到国王去世的消息，他意识到那个十七岁的少年，已经成为事实上的新国王，他要去指导这个国家运转，给予他的人民信心和智慧。

他在 1985 年再次回到不丹，受到他当年的学生的热情招待，之后他每年都要访问不丹。而当他在英国的中学教职结束后，他每年的大部分时间都留在不丹。他也在英

山中的隐士迈克·拉特兰德，一段特别的中国故事

国成立了不丹协会，是这个国家对西方世界的重要发言人。

但是，吸引我的显然不仅于此。他是个中英混血儿。我只听说他的父亲是当年国民党内的知识精英，而他的一位叔叔更曾是台湾当局中赫赫有名的人物。似乎在喜马拉雅山中，我要碰到另一段中国故事。

见面时，倘若他不开口讲话，我不会注意他的鼻子，他像个魅力十足的中国大学教授，整洁、智慧、刚刚退休，乐意接受年轻人的拜访。即使他曾经会说过一两个中文词组，如今也忘得一干二净了。有那么几秒钟，在这荒草丛生的半山之上，我以为自己坐在牛津大学的某处草坪，听一位刚刚旅行归来的学者，讲述他的见闻。在一间书房里，他的父亲与母亲的照片并列摆在一个相框中，带着那个年代特有的纯真。那是20世纪30年代中期，来自广东梅县的谢哲声，考取公费留学名额，来到牛津大学，攻读经济政策。除了获得硕士学位，这个中国青年还找到一段恋情，他和一个英国姑娘陷入爱河。

出生于1938年的迈克·拉特兰德，是这两个世界短暂碰撞的产物。战争中断了这一切，谢哲声回到中国。先是和日本人的战争，接着是国共内战，到处是混乱、残杀。失去联系之后，这个小家庭也离散了。年轻的丈夫与妻子都再次组建家庭，或许本应叫迈克·谢的他成了迈克·拉特兰德。

他再次见到父亲已是 1962 年。那时的谢哲声，已是一位资深的经济学家，在东南亚享有盛誉。之后的很多年，这对父子总是在东南亚的某个国家相逢。我没有追问，每次见面时，他的感受是什么，成为物理教师的迈克·拉特兰德和经济学家谢哲声该谈些什么？

迈克·拉特兰德和中国的第一次密切联系发生在 1997 年。他被邀请去参加香港回归的典礼。他猜测很有可能是他那个更著名的叔叔谢森中的声誉让他获邀，谢森中曾是台湾"中央银行"的总裁，一位国际名人。

真是难忘的经历，迈克·拉特兰德记得 6 月 30 日的夜晚，大雨倾盆，站在观礼台上浑身湿透。"我从来没这么湿过，"他语气欢快地回忆说，"第二天我碰到一位中国哲学教授，他说，你既可以把它理解成天空为英国人的离去哭泣，也可以说它清洗掉所有英国人的痕迹……"

也是那次旅行，他回到父亲的故乡广东梅县。他被友好地接待，他的父亲前往台湾已不再是罪名了，他吃惊地发现，自己的名字也在族谱上，他是谢家的第二十一代。在他的电脑上，他给我看抄在一张红头文件信纸上的族谱，它们像一幅树状图一样延展，有迈克这个名字。他多少为此震惊，或许也是第一次感觉到中国人的韧性。"血缘比政治更重要，"他回忆说。他的电脑里还储存着一张黑白老照片，一个大家庭围在一起，背后是一张清代的画像，可能是谢家的祖先，他的父亲也在照片中。

我们先是在草坪，然后在一间有十平方米左右的房间里谈话，窗外是青色的群山，据说 17 世纪时一位西藏僧人在此苦修。墙上挂着他的全家与前任国王和现任国王的合影照片。去年他七十岁生日，这两位国王来此参加庆祝会。到此的人们，总是询问他关于不丹的一切。"这非常不适合比较，我喜欢去浪漫化。"当我提到清朝皇帝溥仪的英国教师庄士敦时，他边笑边摆手。他看过贝托鲁奇的《末代皇帝》。他在不丹的经历不会那么戏剧化，即使有一些，他显然也愿意去淡化它。

不过，他当初那位十七岁的学生的确与众不同。

1974 年，这位学生被正式加冕为国王。随即，他被证明是一位开明、富有远见的国王。"你们这些记者呀。"拉特兰德总喜欢以这句话和我打趣。他知道外界对不丹仍所知不多，而且新闻业总喜欢简单、粗暴的结论。

几天后，我查询到一段《纽约时报》对他那个著名叔叔的报道："当谢森中说话时，人们要倾听。这不仅是因为他是台湾'中央银行'的行长，掌握着世界最大规模的外汇储备，而且当他说话时，你似乎别无选择，只有倾听。这个七十二岁的昔日教授，不相信任何人——不管他是记者、经济学家还是美国财政部的官员——能懂得台湾经济。"这篇报道发表于1992年，它在十七年后让我大笑不止。即使迈克·拉特兰德没有中国名字，谢家人的基因却仍在，他们天生有主导谈话的能力吧。

半山的大佛

城市很小，什么消息都流传得快。几乎全城人都知道，有一些中国人在半山上修建一个佛像。估计再有几天，全城人也都知道，有两个中国人，总在街头闲荡。

"这里中国的影响几乎为零。"迈克·拉特兰德说，如果不算他的中国基因，在廷布的确很难看到中国的印记，印度才是真正的超级大国。电视屏幕上的印度歌舞剧，宝莱坞肉感十足的明星们布满了书店里的杂志栏，国家电视台的新建筑是印度捐赠的，从廷布到普纳卡的公路则是印度人援建的，这个国家的主要财政收入，也来自印度，建立起的大坝发电也是要卖给印度，皮肤黝黑、毛发茂盛的印度工人们在帕罗的街头闲逛着……

而中国，她隐藏在杂货铺的运动鞋里，隐藏在价格诱人的手机里，在世界各地汹涌澎湃的"中国制造"只有小部分进入这里，而且取道印度。据说一个姓 Hing 的中国人住在不丹与印度北部交接的小城，是个富有的贸易商人，他二十多年前就定居不丹了。在廷布最显著的中国印记就是一家叫"Chopsticks（筷子）"的中国餐馆了。大红灯笼、恭喜发财的横幅，但它是一名西藏人开的。中国的痕迹也出现在一些餐厅的菜谱上，很多有英文的四川、香港字样，真难为这些厨师了，他们在印度的中餐馆学习中国味道。这味道当然变形，却总好过不丹每道菜中过多的奶油。一些顾客热情地和我们交谈，除去他们天性的开放，也是因为他们很少遇到过中国人。

不丹夹在两个巨人之间。这两个国家人口合起来超过二十亿，任何一方只要稍抬起脚，不丹就烟消云散。喜马拉雅山麓的国家，都曾感受过这种威力。锡金已被纳入了印度，尼泊尔仍旧独立。但不丹却是个异类，尽管来自印度的影响无处不在，但它却从未影响不丹人的精神世界，不丹的独立性也从未受其侵扰。不丹以自己是个从未被殖民过的国家而自豪。

不过，不丹人对中国很感兴趣。尤其是那些收看中国中央电视台国际频道的人，他们被中国的丰富与辽阔强烈吸引。

一个刮着风的傍晚，我去寻找那群造佛像的中国人。半山上的那台吊臂车一直指引着方向。这可能是廷布唯一的一台吊臂车吧，它傲慢地戳在山腰。我搭着一群印度劳工的拖拉机抵达工地。不知是风太大，还是已到了下班时间，工地上空无一人，层层叠叠的脚手架围住一个巨大的混凝土的基座，一些巨大的黄色铜片折叠着躺在那里。

我推开临时工棚的门，看到了李扬和他的同事，他们正在上网。"能说中国话，太好了。"李扬刚刚三十岁，说起话却像个老江湖。他出生在成都，在郑州上大学，最终在南京工作。他所服务的这家公司是中国最大的佛像制造商。技术变革改变了工作的方式，包括如何制造一个佛像。它不再需要信仰者世世代代去开凿，而是在工厂中生产出不同规格的镀金铜片，运到地点再焊接起来。在这家公司的履历上，八十八米高的无锡灵山大佛、香港天坛大佛是其代表作品。

这座四十二米高的不丹太子佛，算不上一个多么重大的工程。自从3月以来，李扬一直待在廷布，并在这里过了三十岁的生日。对他来说，这段生活谈不上愉快，首先是吃不好，来这日子不长，却已碰上了3月和5月两个斋戒月，到处买不到肉吃；食品的价格也贵得离谱，鸡蛋要三块钱一个，更没有什么娱乐场所，没有什么可逛的商店，他们去过一次可能是全城唯一的卡拉OK厅，再没有兴趣去第二次。至于风景，随处可见的青山又怎么能和九寨沟相比？

不丹的安静、简朴、放松，在他们感受中变成了枯燥和匮乏。是啊，这里怎么能与南京和成都相比？那些一家接一家的食肆，商场与夜总会的霓虹灯闪烁，一刻不停地刺激感官。

不过，他也承认不丹的民风淳朴，人人彼此友好，如果你身无分文，街头定会有人给你一顿饭的钱，这里的环境也相当干净。但是，这些美好似乎太少了。

他担心还要再待上一段时间，工期还要延长，因为本地的工人似乎没那么热心于工作。而且，不丹人似乎也不知道怎样去面对复杂的工程世界，"连搭个脚手架都要去香港培训"。

李扬像是我见过的很多年轻人，年轻、聪明、灵活，却也过早地世故，太沉浸在一个已知的世界里，不准备理解其他的逻辑。他们看似张开的眼睛，却暗于另一种封闭之中。潜意识的大国傲慢，无处不在。"锡金人是看明白了。"在说到锡金归入印度的命运后，他出人意料地评价说，于是不丹小心翼翼地在大国间保持平衡，引以为傲的独立性变成一种不清醒，而依附一个更强大的力量是不可避免的。

但就是这样一个群体，他们开始拓展中国在世界的疆域，他们到全世界去修建公路、开办公司、输送物资。但在很大程度上，他们只是将国内熟悉的逻辑套到更大的范围，面对新事物的涌来却不准备修正固有的逻辑。

我们说起了无锡的灵山大佛，这座佛像所在的空间是一座富丽堂皇的主题公园。就像中国绝大部分地区一样，宗教信仰变成了利润机器，方丈成为另一种 CEO，信仰、伦理是金钱逻辑的一部分，而不是对抗这巨大的金钱机器的力量。

风更大了，透过简易的窗户，我看到山中的竹子摇摆着，颇有山水画之感。"开饭了。"一声大叫顺着风声传来，我们就此告别。

列宁的阴影

炎热的红场

我在一个炎热的傍晚来到莫斯科。"一百三十年以来最热的夏天。"当地的一份报纸宣称。俄罗斯的气温预测系统是在 1880 年建立的，那还是沙皇亚历山大二世的时期，一年后，他遇刺身亡，这也是一段更激进、更暴力的历史的开端，它高潮的一幕在 1917 年的十月革命中到来。在其后的记录中，莫斯科的最高气温是 36.8 摄氏度，发生在 1920 年的 8 月 7 日，那时成立不久的革命政权正陷入一场胜负未定的内战中，列宁是备受爱戴的领袖，他发誓要建立一个全新的国家，不知天气是否加剧了他性格中原本的狂躁。而现在，已经整整一周，莫斯科的气温徘徊在 40 摄氏度上下。

除去热气，空气里还一片迷蒙，像一层纱笼罩在城市上空。淡淡的烟味钻进鼻腔，像是城市的某些地方烧着了。的确有些东西烧着了，每年夏天，俄罗斯的一些泥炭沼地就会自燃起来，点燃草地和树林。今年持续的高温增加了它的严重程度，这似乎也是在以另一种方式向世人提醒俄罗斯的规模，仅仅莫斯科近郊的自燃地面积就与葡萄牙的国土面积差不多。我想起在前来莫斯科的飞机上读到一份中文报纸的标题：南方的水灾已造成三百二十三人死亡。中国与俄国，分别依靠人口数量与空间规模来定义自己的国家，它们得益于此，也为此付出悲惨代价。

"真可惜，你来得不是时候。"年轻的导游不无遗憾地说。我们已在莫斯科市中心步行了一个下午，衬衫的后背已经湿透，钻进一家咖啡馆，发现汽水不够冰，而空调制造的是噪声而不是冷气。草地枯黄一片，白桦树已像秋天一样掉下黄叶。多年以来，莫斯科以寒冷著名，人们不知道如何与高温共处，从未装过空调。为了躲避炎热，很多人跳入河中。过去两个月，不少人因此淹死，不是因为不会游泳，而是因为他们喝了太多的酒。再没有比这更符合

被炎热与游客包围的红场，既不庄严，又不辽阔

人们对俄国人的期待了。冬天，他们为了抵御寒冷酗酒，冻死街头。现在，因为炎热，他们仍旧酗酒，溺毙河中。

我们身在红场，炎热、烟雾足以驱散任何游兴。到处是无精打采的游客，松松垮垮的 T 恤衫、短裤、吊带裙、凉鞋、矿泉水的塑料瓶，它们让红场凌乱不堪。或许游客也和我一样，被红场的真实规模所震惊——它比想象的小得多，尤其是当你看过北京的天安门广场之后。

红场南北长不到七百米，东西宽一百三十米，不平整的石砖地适宜散步，而不是坦克履带。真想象不出这里检阅的军队可以击败纳粹德国，与美国分庭抗礼四十年。

红场四周的建筑，没有增添它欠缺的威严，反而令它更为滑稽。克里姆林宫是个小小的城堡，红色围墙，黄色的房子，绿色的瞭望塔尖上有一颗巨大的五角星。它足以应对 15 世纪莫斯科大公国的统治需求，而对于 20 世纪的苏联帝国却显得过分局促。瓦西里大教堂是俄罗斯的象征，那些簇拥在一起的穹顶，既像是洋葱头，又像是堆积在一起的卷筒冰激凌，绿色、蓝色、黄色代表着不同的口味。北面的国家历史博物馆、老杜马大厦，通体刷成了红色，它不够高大却又相当的尖利。它们像是即兴搭建的积木房，色彩、线条、规模上显著不和谐，带着一种建造自己小王国的儿童稚气。方盒子一样的列宁墓和沙皇时代的圆形宣谕台，像是两个多余的积木块，随意地散落在广场上。倘若你记得一些偶然的历史事件，这种稚气感会更加强烈。1987年，一位十九岁的联邦德国青年，驾驶一架小型飞机从芬兰出发，最终着陆在红场的一块斜坡上，它因为紧邻瓦西里大教堂而被称作瓦西里斜坡。这是冷战的最后时期，尽管戈尔巴乔夫被迫改革暗示了苏联的衰落，但谁也没想到帝国竟会衰落得这么快，不仅填不满商店的货架，甚至让来自资本主义的飞机轻松地停到了克里姆林宫门口。一连串高级官员为此丢掉了职位，令人生畏的帝国没穿衣服。

"孩子气的帝国主义。"我记得伟大的奥西普·曼德尔施塔姆曾写过这样一篇散文，他描述的是19世纪末的圣彼得堡。在沙皇帝国的威严外表下，是说不出的脆弱与幼稚，它禁不起任何严肃的挑战。只用五天，二月革命就推翻了沙皇的统治；只用一夜，布尔什维克就夺取了政权；只用三天，苏联就意外地轰然解体。

当然，这稚气背后总蕴含着人类最残酷的一面，那小小的红色城堡中充斥着阴谋、杀戮、谎言与恐惧。它们以希望与理想的名义，散发到世界的很多角落，让几代人痴迷不已。

"那么，你对这里的印象是什么？"在普希金广场附近的一间露天咖啡厅里，几位驻莫斯科的外国记者问我。两位来自英国，一位来自芬兰，还有一位来自美国，他们多少期待一个外来者能给他们提供一些新鲜的角度，时间消磨了他们的感受力。倘若这种角度来自一名中国记者，就更有趣不过了。

我不知怎么回答。在过去一周里，我茫然无措地在莫斯科的街头闲逛。我路过普希金的广场，看到陀思妥耶夫斯基的铜像，经过那么多列宁曾经演讲过的场所，看到列宾所绘的伊凡雷帝杀死儿子的画面、方头方脑的克格勃大楼，找到中山大学黄色的二层小楼——王明、李立三、邓小平、蒋经国都曾在这里学习过，叶利钦站在坦克上发表演说的白宫空地……我也说不清自己在寻找什么，只感觉内心充满焦虑。

莫斯科、俄罗斯、苏联，在我脑中是一片信息的杂烩。与我之前的几代中国人不同，这座城市、这个国家或是这种文明，不再是我生活的支配力量。十月革命鼓舞起五四一代人的斗争热忱，他们以为找到了拯救中国的捷径。我的父辈读着《钢铁是怎样炼成的》《卓娅与舒拉的故事》，聚集在一起哼唱《莫斯科郊外的晚上》，批判赫鲁晓夫的修正主义。20 世纪 80 年代的青年排队购买《安娜·卡列尼娜》，争论戈尔巴乔夫的新思维……在很长一段时间，人们相信周恩来的判断——"苏联的今天，就是中国的明天。"

但对我这一代来说，在我们刚刚睁开眼睛打量这个世界时，"明天"轰然倒塌了。

这桩历史事件给我们带来的影响，远不如台湾的小虎队和香港的四大天王。在接下来，我们对于这个广阔地区的唯一印象就是飞涨的物价、冗长的排队、空荡荡的货架、贬值的卢布、冻死街头的流浪者……这是个失败的、被历史遗弃的国家。两个世纪以来，俄国先是以伟大作家和作曲家的作品改变了世界的面貌，然后以布尔什维克革命产生的经济计划和社会理想改变了世界的面貌。如今，却似乎变得无关痛痒了。对于我们来说，美国才是这个新时代最重要的国家。我们没有耐心理解安娜·卡列尼娜式的爱情，而更愿意接受"美国派"的性放纵，当代英雄不是莱蒙托夫笔下的哥萨克，而是硅谷年轻的亿万富翁。我们不是已生活在一个历史终结的年代吗？世界变得更轻、更薄、更透明，而苏联或是俄罗斯的一切都太重、太厚、太灰暗。在好莱坞电影里，俄国不再是令人畏惧的对手，而仅仅是鱼子酱、长腿美女、休克疗法、被倒卖的武器，醉酒的不再是浪漫诗人与思想家，而是滑稽、无能为力的总统。没人还把它当成巨人，如果是，至多是跛脚的巨人。我还记得在一些前往欧洲的长途飞行中，我看着显示屏上广阔的区域，伊尔库茨克、梁赞、贝加尔湖、里海这些名字，觉得自己可能永远也不会和它们发生关系，它们似乎仅仅是地理与历史课本上的注释。

　　一年前在中欧的旅行，激发起我对俄国的兴趣。我清晰地记得华沙的科学文化宫给我带来的震撼。在这座似乎仍未从第二次世界大战阴影中摆脱出来的城市，这幢无比巨大、狰狞的建筑，像是一枚铁钉把波兰钉在历史之上——它似乎永远也摆脱不了俄国的影响。我想起北京展览馆那座规模小得多、形状一模一样的建筑。从布达佩斯到布拉格再到华沙，距离柏林墙倒塌已经二十年了，我发现新时代的到来比人们期待的缓慢得多，而所遇的当地人经常会缅怀起从前的美好岁月，二十年市场竞争的残酷性、民主选举的混乱，都让他们觉得希望破灭。人们总是期待，一种意识形态、一种社会制度能解决所有困惑。人们并不真正热爱自由，反而经常逃离它，自由需要承担太多的责任，忍受太多的挣扎。如果个人自由是人类历史的永恒主题，再没有比 20 世纪的俄国更能表现它的困境与希望了……

怀旧之情

在库尔斯卡亚地铁站的穹顶上，我见到重新出现的对斯大林的颂词："斯大林培养我们对人忠诚，他鼓舞劳动精神与英雄主义。"颂词以浮雕的形式，凸显在入口大厅的拱顶上。

倘若红场与克里姆林宫令你大失所望——它们与俄罗斯的规模不相匹配——莫斯科的地铁则会弥补你所有的遗憾。沿电动扶梯而下，你会觉得自己不是去坐一班列车，而是通往地下迷宫。扶梯经常超过一百米，像是一座四十层的大楼斜倒下来。你可以从容地把手上的书读上两页，倘若你身后的姑娘性感撩人，还可以试着谈上一场微型恋爱，在抵达前，你足以说完所有的甜言蜜语。不过更多时候，你只能面无表情地站在那里，任由这钢铁传输带把你送到地下，心中毫无浪漫可言。

与斯大林时代的很多庞大工程不同，始建于 1935 年的地铁仍在莫斯科人的生活中扮演着重要角色。用马赛克拼出的巨幅列宁头像，麦穗形的花纹，火炬形的灯具，满脸朝气的工人、农民与士兵的雕像，大理石筑造的宽阔拱门与走廊——它代表一个时代的审美与雄心。在其中穿梭的人群像潮水一样从车厢中涌出，向不同的方向流淌。潮水一样的人群、庞大的空间结构，都让个体脆弱、渺小、毫无特殊可言。法西斯主义、纳粹主义等现代专制不都是建立在这"无个性"的人之上吗？它们都许诺集体的温暖、稳定的价值观，人们不再需要为个人困境苦苦挣扎，转而寻求整体性的解决方案，期待某个无所不能的超人来承担责任、指明方向。斯大林曾是这样的超人。

重修的库尔斯卡亚车站引发了争论，它也是不断升温的斯大林热的最新证明。两年前，在俄罗斯一家电视台举办的"历史上最伟大的俄罗斯人"的评选中，斯大林获得第三名，超过了普希金。在新版教科书里，斯大林时代被描述成"最好和最公平的社会"。新一代少年从这样一句话中展开对祖国的理解："亲爱的朋友们！你手中的这本教科书是献给我们伟大的祖国的……从伟大的卫国战争到今天。我们将回溯苏联从最伟大的胜利到悲剧性解体的全过程。"

原本的斯大林形象日趋模糊了。他发动了残酷的党内斗争，用清洗、流放的方式至少使一千五百万人丧生，他发展了强大的秘密警察制度，使两代人生活于深深的恐惧之中，他的审查制度则使伟大的俄罗斯创造力陷入停顿……另一个斯大林形象则不断清晰。在他统治的时期，苏联迅速进行了物质积累和领土扩张，并在第二次世界大战中，击败了希特勒的军队。莫斯科跃升为世界新秩序的奠基者之一，斯大林堪与富兰克林·罗斯福、温斯顿·丘吉尔比肩，甚至更伟大，正是由于斯大林格勒战役中德军被击败，世界大战的形势才发生了逆转。

他甚至获得了超乎所有人设想的形象——性感。在2008年10月的英国杂志《前景》（*Prospect*）的封面上，斯大林与玛丽莲·梦露共舞。那是一位俄罗斯当代艺术家的作品。像切·格瓦拉一样，斯大林成为后现代英雄，他不仅没有被扔进历史的垃圾桶，反而再度占据时代的潮头。

我站在库尔斯卡亚站中，想象人们怎样看待头顶上那些颂词。是因为岁月流逝，那些亲身经历过残暴年代的见证者们离去后，记忆逐渐被淡化与抽象化，昔日的残酷也被过滤掉了吗？是因为民主道路与市场改革没有人们期待的那样顺畅？或许更重要的是，他们渴望强大的苏联帝国？长久以来，俄罗斯人享受着自己的与众不同，但现在，比起美国和整个西方世界在"历史终结"时刻的趾高气扬，俄罗斯人倍感沮丧。他们没有获得最初期待的帮助，反而感到本国的影响力迅速萎缩。

在我的旅行包里，有一本出版于20世纪70年代中期的新闻作品《俄国人》。而在此刻的莫斯科，我则听到人们议论，俄罗斯是否再度掉入了"停滞年代"。

"你们怎么看这本书？"我曾在普希金广场问过那几位记者。《俄国人》的作者赫德里克·史密斯，是当时《纽约时报》的记者。那是新闻业的黄金时代，"冷战"令公众对外交关系、"铁幕"另一边的生活充满好奇。那正是勃列日涅夫掌权的年代。苏联的共产主义试验似乎正进入这样一个尴尬时刻：它既度过了理想高涨的列宁、斯大林年代，赫鲁晓夫式的内部调整也已走到尽头，领袖魅力正在被平庸的官僚系统取代，除了保持现有秩序，他们不再尝试任何新事物。社会失去希望与朝气，嘲讽与幻灭感四处蔓延，除了要让个人生活更舒适些，大多数人别无他求。我还记得那本书中最有趣味的逸事：赫德里克·史密斯发现，俄国人无论如何也难以理解"水门事件"。对苏联的政治人物来说，这是小事一桩，窃听政治对手是再正常不过的行为。苏联公众则把它视作单纯的权力斗争，认为弹劾尼克松的议员是想成为新总统。即使那些有自由倾向的知识精英，也难以想象媒体具有如此的信念和力量，能抗衡总统的压力，法院竟然站在媒体一边。

这一代的新闻记者再没有赫德里克·史密斯式的幸运。自从约翰·里德写出《震撼世界的十天》以来，莫斯科就是世界最重要的新闻产生地之一。它的社会实验、太空竞赛、全球扩张都决定着世界的命运。它最后一次引发广泛的兴趣，是由于二十年前的巨变。人们想知道，在列宁的坟墓之上，俄国人能建立一个新国家吗？

但如今，兴趣业已消退，记者们发现，不仅要奋力说服编辑，让他们相信这些俄国故事的重要性，还要不无沮丧地承认，自己的声音对莫斯科也不再重要。克里姆林宫里的掌权者，对这些外来的批评毫不在意。俄罗斯正在重申自己的大国地位，有时候，它要通过对西方的敌视来证明这种新的自信。

这桩关于"水门事件"的往事，引起一位英国记者意外的共鸣。在两年前的一次聚会上，他和一群俄罗斯精英讨论美国大选。俄国人对奥巴马的当选充满怀疑，而且一致相信，即使他成为历史上第一位黑人总统，也一定会很快被暗杀。从尼克松的"水门事件"到奥巴马的当选，将近四十年过去了，苏联瓦解了，莫斯科的体制也已发生剧烈变化，但一些东西却顽固地生存下来。俄国人依然充满狐疑地看待民主政体。

"像是另一个'停滞年代'，"这位英国记者说。这种情绪正在莫斯科蔓延。在我每日阅读的《莫斯科时报》上，感觉到处都是历史的回声，似乎俄罗斯总是处于历史的循环之中。它们都遵循着马克思的另一句判断：历史事件往往发生两次，前一次是悲剧，后一次是闹剧。在我到来的前一天，俄罗斯与美国刚刚进行了一场"冷战"结束后最大规模的间谍交换，普京接见了十位俄罗斯特工，称他们将过上"精彩、前途无量的人生"，其中一位貌美的女特工正准备接拍她的第一部色情电影。倘若这让你想起了詹姆斯·邦德式的情节，另一些俄罗斯人则提起更古老的例证。当总统梅德韦杰夫四处推销他的俄国"硅谷"计划时，一位评论者说，这令他想起了果戈理的《死魂灵》：在计划实现之前，官僚将吞噬它所有的利益。历史学家安德烈·祖波夫呼吁拆毁所有的列宁雕像，仿佛它们的存在将把俄罗斯再次拖入历史的梦魇。"停滞的勃列日涅夫时代"

的类比更是不断出现，社会失去所有变革的动力，依靠高油价带来的利润，单一的政治权力再度主宰公共生活，人们对此无能为力。

民主选举、言论自由、市场经济，倘若华盛顿、伦敦的记者习惯从这些角度看待莫斯科，那么俄罗斯最令我着迷的却是它与历史的关系。似乎真的存在某种抽象的、无可抗拒的历史力量，令它不断重复自身的悲剧。

历史的陷阱

"你不了解俄国人，我们需要这样的强人。"卡琳娜这样为普京辩护。她今年二十八岁，算是"革命"后的第一代俄国人。在 20 世纪，"革命"是个因过度使用而暧昧不清的词汇，对于俄国尤其如此，除非你加上清晰、准确的定语，否则人们很容易被你口中的"革命"弄得迷惑不已。

对于卡琳娜这一代，"革命"当然不是 1917 年的十月革命，也不是我们这些外来者习惯性误认为的柏林墙倒塌的 1989 年，而是 1991 年，苏联在那一年行将结束前解体了。

她那年才九岁，对这场重大的历史事件和共产主义体制下的生活都记不清了。她的成熟与一个新俄国的成长紧密相连，一个旧时代结束、新时代却没有随之而来的俄国。经济崩溃、社会动荡、大国地位迅速衰落，这些创伤记忆都增强了普京的合法性。

像此刻世界的很多地区一样，这里的青年人对政治没太多兴趣。像是对被政治运动、意识形态弄得乌烟瘴气的 20 世纪的逆反，新世纪的青年生活在一个"去政治化"的氛围中。四十年前，哪怕是一名西方的摇滚歌手、先锋艺术家，都要表明对于第三世界革命、越南战争、政治丑闻的看法。在另一个意识形态阵营里，一首诗、一本书、一次公开谈话、一件服装的款式，都拥有政治含义。而现在，对立的东西方阵营消失了，不是作家、艺术家要扮演政治角色，而是政治人物纷纷让自己富有娱乐价值。

对于卡琳娜的绝大多数同代人来说，普京的吸引力主要来自他的个人魅力，而不是政治理念。他会开战斗机，是个柔道高手，赤裸的上身没一块赘肉，他既会在镜头前不苟言笑，也会在综艺节目中唱上一曲，最近还和一群被释放的间谍进行一场哈雷摩托车赛。政治生活变得越来越私人化、琐碎化，需要很多小小的性感。

这是我与卡琳娜第二次见面。她漂亮、乐观，有一个可爱的翘鼻子，总穿白色连衣裙。"她有俄罗斯姑娘没有的敏感和温柔，一些地方像是东方女孩。"我年轻的中国朋友告诉我。我对他的话不置可否。我几乎不认识其他俄罗斯姑娘，至于东方女孩的"敏感、温柔"的特质，似乎也更多来自臆想。不过，卡琳娜英语流畅，这在俄国青年中并不多见，她特意去马其顿的英语学校待过一年。她对中国尤其感兴趣。她为一家芬兰贸易公司工作，主要货源来自中国。她刚刚从上海回来，肩上还挎着印着青花瓷器图案的白色提袋。在上海，她被中国人的敬业态度惊呆了。"他们一直在工作，还一直保持微笑，商店里服务员都会讲英文。"她对我说。

乍听起来，这实在算不上什么有趣的发现，但倘若你在莫斯科生活了一周，就知道这是多么的例外。他们的服务员永远是爱答不理地站在一旁，很难同时做两件事，倘若五点下班，没人会在五点零一分接一个工作电话。比起令她兴奋的上海见闻，我更愿意听她谈论俄罗斯文学。与其说是谈论，不如说是提及名字，我们的英语水准都不足以对这些灵魂进行探讨。她是个陀思妥耶夫斯基迷，熟知从曼德尔施塔姆到布罗茨基的20世纪诗人，甚至很清楚六七十年代的地下文学（Samizdat）传统。这一点很不常见，对于很多青年来说，勃列日涅夫的苏联与图拉真时代的罗马差不多，都是遥远的历史。那些微弱的反抗声音，更早已被忘记。

卡琳娜的知识源于父母，一对出生于20世纪50年代的工程师夫妇。我很遗憾没有见到她的父亲，一个成长在苏联帝国中的蒙古人（卡琳娜的东方特色和兴趣来源于他），一个文学爱好者。他退休了，正忙于写一本关于苏联地下文学的书，他没指望出版，只是个人兴趣。他也对晚期的共产主义时代颇有怀念，那是个更单纯的岁月，人们既开始逃离意识形态的束缚，也没有被市场与消费的力量弄得心慌意乱。或许，那也是个更有秩序的年代。这秩序既包括政治、经济上的，也包括文化与道德上的。布尔加科夫的小说、阿赫玛托娃的诗，都是书店中的畅销书。因为政治、经济生活中的无能为力，人们把精力都投入精神世界中。对于卡琳娜父母这样的工程师来说，这似乎是尤其好的安排。

普京意味着秩序再度被恢复。卡琳娜的政治观点或许不成熟，却在俄罗斯广为流行。20世纪90年代的混乱再度印证关于俄国人古老、顽固的看法——这个民族不适合自由，它渴望强有力的统治者。我还记得别尔嘉耶夫惊心动魄的论述："俄罗斯民族不想成为男性建设者，它的天性是女性化的、被动的，在国家事务中是驯服的，它永远期待着新郎、丈夫和统治者。"伊凡雷帝、彼得大帝、亚历山大一世、斯大林都曾是它的新郎，但结合的后果常常不尽如人意。即使此刻，在对普京的期待中，又多少蕴含着矛盾。在几个月前一次民意调查中，普京与梅德韦杰夫总统的支持率达到82%，但与此同时，94%的俄罗斯人认为自己对政治没有影响力，68%的人觉得得不到法律的保护，只有4%的人感到财产是安全的。俄罗斯人似乎陷入这样一种僵局：他们越是对生活缺乏信心，越是渴望强有力的领导人，但不受制约的政治权力就越是加剧了生活的不安全感。它像是一个令人不安的循环，甚至令人想起托尔斯泰在一个多世纪前更令人沮丧的判断：他期望新的俄国人能打破这个"铁环"。

尼基塔·巴甫洛维奇·索科洛夫可不相信什么"历史的陷阱"。在莫斯科南郊的一幢刷成粉红色的三层楼中，我遇到这位《环球》杂志的副主编，一名受人尊敬的历史学家。他语调急促，表情严峻，似乎急于澄清我对俄国似是而非的理解。是啊，俄罗斯多么难于理解，外来者们总被表象迷惑，俄国人自己也常常糊涂。

对他来说，普京的十年可与尼古拉一世时代、勃列日涅夫时代放在同一个序列。表面看来，这三个时代都曾显得强大一时，国家力量迅速成长。尼古拉一世时代的俄国仍挟着战胜拿破仑的荣耀，很多人觉得西方的自由和自由主义制度在危险时没有什么用处，强有力指导一切的专制制度是保持民族伟大的唯一手段。而且在三十年的时间里，西欧甚至觉得尼古拉的专制代表着更好的制度。勃列日涅夫的年代，苏联则一度咄咄逼人，嘲笑美国的衰落。但在国家内部，这两个时代都陷入惊人的停滞，各种改革的倾向、自由思想的碰撞都消失了。尼古拉一世统治方式的问题在克里米亚战争中表露无遗——原来俄国已经如此严重地落后于西欧。勃列日涅夫的政策导致苏联体制的最终崩溃。

似乎没有理由怀疑尼基塔的历史判断力。他声称八岁就意识到苏联制度的问题：他的科学家母亲每天勤奋工作，却不得不用一条细线把肥皂切成两块，一半留给自己，另一半让他带到寄宿学校。他体验过 20 世纪 80 年代末的无比希望，也经历过 90 年代市场乌托邦的幻灭。他是个坚定的自由派，你也可以说他是个亲西方派，他对最近几年重新泛起的"俄罗斯特殊论"深感不安。

自从恰达耶夫在 1836 年发表《哲学书简》以来，亲西方派与斯拉夫派之间的争论就从未停止过。前者相信，唯有借助西欧观念，俄罗斯才能最终走上变革之路；斯拉夫派则沉迷于俄罗斯的特殊性与神圣性，他们相信人类的全部历史就是精神与物质力量之间的斗争，而俄罗斯代表这种拯救人类的精神力量。这也是一场遮蔽真实动机的辩论，在文化、精神这些词汇背后，是对政治形态的主张。因为不能直接攻击沙皇专制，亲西方派选择了赞扬西欧，当斯拉夫派为俄罗斯传统辩护时，他们也巩固了现有的政治制度。

我问了尼基塔很多问题：俄国知识分子的角色、青年一代的价值观和西方的关系。它们关乎俄罗斯的过去与未来。

在他看来，整个苏联时期的知识分子群体黯淡无光，他们大多对邪恶选择了沉默与合作，除了那少数几个传奇人物，比如萨哈罗夫、索尔仁尼琴，或是政治性更淡的约瑟夫·布罗茨基……但他们太少了。柳德米拉·阿列克谢耶娃是这最后的传奇，我去她在阿尔巴特街的家拜访她。

一个反抗者

阿列克谢耶娃一直斜躺在蓝沙发上，穿着那件松松的墨绿色无袖睡袍，脚上套着毛茸茸的灰色拖鞋，说到兴奋处，她会把脚拿出来，踩在面前的矮茶几上，再蹭上几下。她的骨架真大，随年龄而来的消瘦与松弛，让这更加显著了。她的银白头发是沿着额头、耳朵的直线剪出来的，像是个工整的小帽子扣在头上。她八十三岁了，在两个小时里说个不停，没喝一口水，也觉得我们没必要喝。

她说，不久前也有一个中国人来拜访她，而她教育了他。她的声音爽朗，甚至有点嘹亮，跟她的年龄不相称。那个不走运的中国人是谁？一个新闻记者，一名使馆官员，或仅仅是一名好奇的旅行者。

斯大林去世时，她已经二十五岁。她是第一代苏维埃人，出生在红色政权下，参加了少先队与共青团，还经历了卫国战争。她谈不上多么热爱斯大林，却也并不反感。自她出生起，这个人就一直在那儿，悬挂在教室的墙上，出现在广播里，站立在街头的广场上。没有这场"伟大的共产主义实验"，她也没机会上大学，在沙皇俄国，教育可是贵族的特权，轮不上他们这等平民。

真相逐渐披露出来，尤其是在苏共二十大的秘密报告之后，神话破灭了。她正年轻、头脑活跃，是"解冻一代"的中坚力量，她穿梭在不同的公寓里，彻夜地谈论时局，期待一个更自由的社会。1964年，赫鲁晓夫垮台了，短暂而浅显的"解冻"结束了，她决定成为一名行动者，这比谈话与写作更能展现她的能力。她为地下组织抄写文章，组织讨论会、传递消息。

"我很有工作能力，"她说。她知道怎么对付克格勃，她把手稿塞进胸罩里，在接受问话前，她会买上火腿三明治、长松饼和橙子，它们在那个匮乏年代诱人无比。在审讯开始前，她吃东西，橙子与火腿的味道弥漫在空气里，克格勃们的注意力转移了。

她是那一代人仅存的幸存者之一。她经历过布罗茨基的公开审判，是索尔仁尼琴秘密写作《古拉格群岛》的最早期读者之一，她和萨哈罗夫共同创办了莫斯科赫尔辛基人权基金会，为人权、言论自由而呼吁。接着，她流亡美国，写作了《解冻的一代》，参与创办了自由俄国电台。她心中的英雄尤里·阿尔洛夫，一位卓越的异议活动家，自从20世纪70年代中期一直流亡美国。在她见过的那么多杰出人物中，他的个性给她最鲜明的印象，也是在他的住处，她见到了流亡中的约瑟夫·布罗茨基。20世纪90年代初，和很多人一样，她回到莫斯科，准备建设一个新俄国，对未来充满莫名的乐观与期望。

你感到失望吗？我问她。二十年过去了，新俄国的旅程比想象的坎坷得多。一个旧秩序崩溃了，并不意味着新秩序就随之而来。而她仍在为一些老议题呼吁与行动：人权、自由、宪法、民主。三十年前，她与一名伟大的物理学家反对苏维埃体制对人权的践踏，而现在，她又与国际象棋冠军卡斯帕罗夫抗议普京政府，而她仍领导着赫尔辛基人权基金会。

"克格勃"的 KGB 已更名为 FSB（俄罗斯联邦安全局），尽管它们的职责都差不多，年轻一代的警察却已认不出她了。去年年底，他们甚至把她短暂地关押进刑拘车里。等他们弄明白她是谁，全世界的镜头已聚集在这一戏剧性的画面上——一名身穿蓝睡袍、满头白发的老太太被一群身强力壮的特别警察挟持着。她喜欢这一刻，甚至在镜头面前故作惊恐，或许这令她想起四十年前吃橙子的一幕。但这一幕也只能出现在莫斯科，这里外国记者云集，抗议可以引来世界的关注，这是她最熟练使用的武器。但俄罗斯是如此的广阔，她的基金会在其他区域步履维艰。多年来，他们只坚持用合法手段来进行抗议。这个国家受够了暴力、激进与整体方案式的行动，他们推崇渐进的、非暴力的与具体而微的方式。但在莫斯科、圣彼得堡之外的城市，他们发现自己很难租到办公室，资金也很紧张。

缺乏独立司法系统是他们最大的难题，这令他们的合法斗争带有明显的嘲讽意味。他们的斗争仍像是姿态性的，只是俄国生活上的一丝涟漪。

她可不同意放任这种悲观情绪。"希望为什么要破灭？"她反问我，"仅仅是眼前出现的倒退吗？任何革命之后都会伴随着倒退呀"。她有足够的人生阅历来告诉我，一切仍在趋向光明。赫鲁晓夫时代就比斯大林时代要好，三十年前时"人权""民主"仍是陌生和危险的词汇，现在它们已深入人们的脑海中。他们从前的斗争只是抄抄写写，如今可以公开游行、在媒体上发言，还涌现出那么多独立组织。她也对俄国人信心十足，你看他们转变得多快，二十年前他们觉得事事要依赖国家，现在他们都是个人主义者。

至于普京重新苏联化的举措，她则觉得那纯粹是表象，因为财产私有制和自由结社的存在，一切都不可逆转了，新的统治者自己也矛盾重重，他们想像斯大林那样管理，却期望自己的生活像阿布拉莫维奇*。而且这还是历史的趋

势。十多年的美国生活给她的主要影响是，俄国人与美国人没什么不同，有着相似的渴望与能力，他们能做到，我们也能做到。她的乐观还让我想起了黑格尔，历史是有其方向的，倒退只是暂时的。

我没问出心中的疑惑，我被她的信念深深地打动了。"重要的不是能看到什么东西的实现，而是自己能做些什么。"她对自己四十五年来的抗议生涯没什么遗憾。她冷气充足的房间里，一面墙上挂满中国的青花瓷，图案与质地都不是太好。

她觉得自己太老，不能再去中国看看了。几年前，他们还考虑过也在中国设立一个人权组织，但没人愿意提供资金赞助。冷战结束了，市场的概念超过意识形态的需要。这也意味着抗议者需要寻找新的策略和语言。

"每个人都知道政府是个白痴，"她这样形容苏联时代，"现在事情变得有迷惑性了，你要告诉人们他们的哪些权利被侵犯了"。

在我们告别前，她说，如果她的儿女再邀请她去游莱茵河，她想带一本莱蒙托夫的诗集，她很遗憾社会活动占据了她太多精力，她没有整块的时间阅读，尤其是19世纪伟大作家们的作品。

这位伟大的反抗者，抗议生涯从赫鲁晓夫延续到普京

小郝的故事

小郝不希望我周日去看在普希金广场的示威。"他们只是瞎胡闹，"他说，似乎很担心它破坏了我对莫斯科的印象。他也强调，他们不是主流。他是个出色的翻译，他倾听、记录柳德米拉的谈话，却没准备赞成她的观点。

小郝是我在莫斯科的导游，腰身结实，嗓音宽厚，带着东北人的爽朗，可以耍上一套双节棍。他二十五岁，已经在莫斯科生活了十一年。他的父母是第一批中国淘金者，他们先是帮助国有企业把积压在仓库里的鞋子、夹克、棉袜、塑料盆卖给俄罗斯的小贩，接着成立了自己的贸易公司。苏联帝国变成了俄罗斯和十五个共和国，对中国轻工业产品的需求却没有减弱。这个国家产生了托尔斯泰、肖斯塔科维奇，领导了世界革命，仍不能给他的国民缝制出足够的裤子。

小郝在这里读了中学，如今在一所大学攻读心理学硕士，从威廉·詹姆斯、马斯洛到埃里克·弗洛姆，他读过所有重要的心理学家的作品，还有几个俄语名字，我从未听说过。业余时间，他在一家旅行社打工，是专业的商业谈判翻译，暑期时，他还是兼职的导游。中国游客正四处涌来，倘若要出国，西欧、东南亚仍是他们的首选，但俄罗斯的吸引力正日益增加。尤其对那些上了年纪的中国人，这是一次怀旧之旅，莫斯科的郊外、卓娅和舒拉、高尔基、阿芙乐尔号巡洋舰，都曾是他们青春记忆的一部分。

小郝是我一个好朋友的朋友，但在前四天里，他始终坚持叫我"许先生"，在每天行程结束后一丝不苟地把我送回酒店。他总是担心我碰到令人不悦的情况，比如说迎面撞上嘴里嘟嘟囔囔、死死盯着你的醉汉，或是迷失在地铁里的俄语指示牌中。他没有响应我要去看莫斯科夜生活的提议，他没有经验，担心意外发生。有时，他甚至不愿意尝试走一条陌生的小巷，总是乖乖地选择最熟悉的大路，似乎总有某种忧虑藏在他心里。

在我们逐渐熟悉之后，他说起了八年前的遭遇。那时他上高中一年级，在一个冬日清晨上学的路上，他碰到几个穿黑色皮靴、光头的青年，其中的一位左耳还挂着耳环。他们擦身而过时，他听到对方的咒骂，大约是"滚出我们的国家"。他感到愤怒，扭过头去看他们。结果迎面就是几拳，他们围了上来。恰好有其他人路过，这几个青年才离去。而他满脸鲜血，头脑一片空白，跟跄着走到附近的一个教堂，把脸擦净。中午回家后，他平时沉默的父亲听到他的诉说后，一言不发，从厨房里拿出菜刀，裹在报纸里，放进书包，要他带路去那条小巷。他们在那里转了很久，也没碰到那几个光头青年。去附近的警察局报案时，警察们显然对此无动于衷，草草记下口供了事。

他讲起这段往事时，仍旧激动。我大约可以想象这给一个少年带来的冲击，它混杂着无辜、愤怒与羞辱。在接下来的一年中，他勤奋地锻炼身体，自学了武术，甚至自制了锤子——它坚固有力又不足以致命。他似乎一直在等待再次的相逢，即使不是那几个光头青年。他需要某种冲突来释放内心的羞辱感。

在这种意义上，他对普京颇有好感。在他的任内，社会秩序重获稳定，令人不寒而栗的光头党的数量迅速下降。我还记得20世纪90年代末在报纸上关于光头党的零星报道。在一个被宣布为"历史终结"的时代，似乎早已被埋葬的极端民族主义、种族主义再度兴起。德国、奥地利还有俄罗斯，光头的青年人残酷地攻击外来移民，声称要保持民族与种族的纯粹性。它也是部落主义和全球主义古老交锋的延续。但纯粹性是个多么脆弱的自我声称，最近的研究表明，希特勒含有犹太血统。暴力则是恐惧的象征，当柏林、维也纳与莫斯科的光头白人青年奋力地殴打亚洲面孔时，他们也被一种深深的恐惧与无能所攫取——他们在新的经济与社会秩序中找不到自己的位置。

如果你在这里生活过一段时间，还可以区分出谁来自塔吉克斯坦，谁又来自土库曼斯坦。社会分工也显现出帝国的层级，清洁工人、建筑工人一般是塔吉克人、土库曼人，阿塞拜疆人贩卖水果蔬菜，格鲁吉亚人开赌场，亚美尼亚人控制着高级商业活动，零售业归属越南人与阿塞拜疆人，而中国人则开展着轻工业的批发业务。历史充满意外，二十年前十五个加盟共和国纷纷寻求独立，而现在这些地区的人民又不停地涌向莫斯科，因为这里汇聚着金钱与机会。

昔日帝国的痕迹也表现在大学里。在一个干燥的下午，小郝陪我去逛莫斯科大学。倘若克里姆林宫的外形最多令人想起莫斯科大公国，莫斯科大学的主楼则当之无愧是"第三罗马"的知识中心。在很长一段时间，它是欧洲的第一高楼。与如今我们熟悉的细长的钢筋、玻璃幕墙的摩天大楼截然不同，它强调的是威严、封闭、庞大，不知为什么，它让我想起拉伯雷所说的"庞大固埃"，它可以容纳五千人在其中学习、工作与生活。

主楼前有开阔的道路直通麻雀山，在那里可以眺望莫斯科市全景。就是在这麻雀山上，少年赫尔岑与他的朋友奥加廖夫紧紧相拥，发誓为选定的斗争而献出生命。那是1827年，十二月党人在两年前的起义激发了他们的精神觉醒，要争取自由、反抗专制，变成他们一生的信条。

青年人的热情会消沉，却从不会泯灭。它以另一种面貌出现，并且蔓延到更广大的世界。在长达半个世纪的时间里，莫斯科是半个世界青年渴望的知识圣地，社会主义不仅创造了更好的政治制度，而且在知识竞赛中也要胜出资本主义的西方。

从20世纪20年代的王明、李立三、邓小平、蒋经国，到50年代的江泽民、李鹏，在20世纪的大部分时刻，留苏学生主宰着中国的命运。

比起在麻雀山上令人惊叹与窒息的莫斯科大学，沃尔洪卡街十六号的那座四层的黄色小楼与中国的命运更紧密相连。1925年到1930年，它是莫斯科中山大学的校址，赫赫有名的二十八个布尔什维克都诞生于此，中共的六大也在此召开。我在一个寂静的午后，来到这座楼房闲逛，墙体早已斑驳，窗棂也已破碎，我甚至没找到一块标记这段历史的铭牌。以孙中山命名的这所大学，也是崭新的苏维埃政权向外扩张的手段之一。以打倒帝国主义为名的布

黄色小楼，昔日的中山大学，邓小平、蒋经国都曾在这里学习

尔什维克政权，向不同的国家派遣特使，带去莫斯科的旨意与教条，指导他们发动革命、夺取政权。不过，最终成功的却不是他们最好的学生。

至于这一代留学生的情况，小郝把我带到了卢蒙巴人民友谊大学。它是中山大学精神的延续，这一次它以一个非洲革命者的名字——帕特里斯·卢蒙巴——命名。在它建立的 1960 年，正是"东风压倒西风"之时。赫鲁晓夫雄心勃勃地要"埋葬资本主义"，它要争夺在第三世界的影响力。友谊大学正是为培养亚非拉的未来领导人而设立。这股自信早已成了明日黄花。

"赫鲁晓夫贫民窟。"小郝自嘲说。他在这里六年，学习建筑设计，弹得一手好吉他，会一连串俄国歌曲，他的梦想是回西安开一家俄国主题的酒吧。勃勃雄心已然逝去，苏联不再是世界的灯塔，中国也不再需要拯救，来这里留学更像是一种去美国与欧洲无望后的勉强之选。

但这里自由，我们在林间喝啤酒，周围尽是黑人兄弟，他们也早无上一代反殖民的热情，只是来此享受生活。帝国崩溃了，传统的纽带仍在继续。酒过三巡，面对陌生人的骄傲与自我防卫退隐了。小郝说起自己的尴尬，他昔日的中学同学早已在各自的城市谋得位置，有房有车，他们没机会周末在莫斯科河畔吟唱，却也有自己的小日子可过。他还能加入中国社会激烈的竞争吗？谁会给一个说俄语、来自名不见经传的大学的建筑系毕业生一个工作？中国的变化太快了，每次回去，他都觉得很难跟上节奏。

不过，忧虑也有补偿。一个班上竟有一多半是女生。

在人口比例上，俄国似乎从来就没从大清洗与卫国战争中恢复过来，女人要比男人多得多。严酷的极权主义，也从未渗透到性观念中。姑娘们自然，大方，开放，独立，如果你愿意，可以尽享温柔。"她们热情得可怕，"小郝说。

老北京餐馆

餐馆老板说得太快、太流畅、太抑扬顿挫了，像是事前已经演练了很多遍。从他光绪二十四年二甲第一名的祖父，到燕京大学八君子之一的父亲，再到"文革"中的四三派与四四派大辩论中的自己，20世纪的中国渗透在他的家族史中。如今他坐在莫斯科西南郊的一座二十四层高的饭店顶层。他的老北京饭店就开在这里，桌布是蓝底白花，既然包间以"燕南园""蔚秀园""燕东园"等命名，那么似乎饭店应该叫"老北大""老燕大"，而不是"老北京"。

他的少年时代是在中关园度过的。"朱光潜、任继愈、黄昆、季羡林、冯友兰",他说了一串名字,他们都是他的邻居,在院子里推自行车、买大白菜。他在主要由高干与高知子弟构成的一○一中学读书,在这里他经历过"文革"最初的狂热。他们排演戏剧,在苏式的北展剧场演出,他是《抗大之歌》的男主角,英俊、热情、自我陶醉。前往山西插队时,他也没丢掉这种优越感。他能背下整本《基督山恩仇记》,用标准的播音腔重述,在特别的时刻突然停下来或提高声调。当时在只有毛主席语录、高音喇叭的乡村,这是再受欢迎不过的才能。他被邀请走乡串户,讲述一个法国青年复仇的故事。

像同代人的幸运者一样,在经历了理想的覆灭、毛泽东去世后,他回到北京,赶上新时代的列车。他的表演才能也得到施展,他成为八一剧团的演员。1993年年初,他最终得到前往苏联红军剧团交流的机会。他是读着斯坦尼斯拉夫斯基的《演员的自我修养》成长的,俄罗斯的戏剧与表演传统对他们这一代影响至深,他申报的课题就是"斯坦尼斯拉夫斯基"。

他在一个戏剧性的时刻来到俄罗斯,帝国业已解体,新秩序尚待确立，到处是混乱，到处也是惊喜。不过，对他来说，这则是沉静的一年。他穿梭在不同的剧院中，一边学俄语，一边沉浸在契诃夫、巴耶托夫的世界里。这也是俄罗斯令他深深触动之处，政治、经济的动荡丝毫没有影响人们涌入剧院的热忱。动荡还加剧了人们对艺术的渴望，他们更期待某种恒定的情感。这也是大开眼界的一年，一些细节尤其令他难忘。他不无惊奇地发现，红军剧团的表演剧目大多与军旅生活无关，而是《假面舞会》《聪明误》《打野鸭》这样的浪漫剧、讽刺剧。

"他们天天生活在军营里，为什么还要在剧院中再看到军营生活？"导演反问他。可能也是这一刻，他明白了为什么1991年夏天莫斯科的士兵拒绝对市民开枪。是约瑟夫·布罗茨基说的吧，一个阅读狄更斯的人比一个不阅读的人更善良，人类的最大敌人不是什么主义，而是人的心灵、人的想象力的庸俗化。

他安静的艺术追求被骤然涌现的新机会打破了。中国的小商小贩正潮水般涌来，带着他们的货物和在中国社会训练出来的贪婪与精明。他的俄语派上了用场，给他们做简单的翻译，也能挣上一笔不菲的外快。一位温州人拉他入伙，给他展示了前景有多妙不可言：温州人让他脱下袖口磨损的皮夹克，这是三年前他在北京所购，价值五十元人民币。一天后，皮夹克被重新上油、磨光，挂在摊位上，以七百美元卖出。赢得了民主的俄国人什么都缺，仍没培养起鉴定真货与假货的能力。

接下来的故事顺理成章。他的语言、口才、社交能力，令他成为华人商业社区的中心人物之一。一直到1998年，俄罗斯市场都像淘金热时的美国西部，只要你足够大胆，回报不是几倍，而是几十倍甚至上百倍。倒爷们带着大包小包，从满洲里或哈尔滨出发，乘坐横穿西伯利亚的国际列车。每到一站，已有俄国人拥挤在站台买货，七天后到莫斯科，你已一身轻松，怀揣大把卢布，然后换成美元。火车运输已嫌太慢，包机业务也兴起。"我们甚至不用拆货，越南人已交了钱，在院子里等了一夜，货一到，他们就开始分配，然后用卡车运走，销往俄罗斯各区域和附近的国家，"他回忆说。这甜蜜的生意也存在着致命的缺陷——俄罗斯官僚系统的模糊性与攻击性。法律条文中充满了漏洞，他们可以收下你的贿赂，纵容你的走私，也可能翻出旧账，查封你的货物。而中国人，这些几乎不会讲俄语的温州人与东北人暂时考虑不了这么多，他们的流动性太强，早已习惯了在变动不居的环境中生存，不会为尚未发生的危险筹划。侥幸是他们应对危机的主要方法，但并不总是有效。1998年，主要由中国批发商和越南零售商居住的一座大楼被查封了，并且因为一连串的巧合与愚蠢，传统的解决方案失效了，它导致了巨大的损失和第一代倒爷们的退隐。他是中国人推选出的谈判代表之一，终于领略到倘若没有一个强大政府在背后支持，民间组织是多么无力。

天色暗了下来，窗外那些高楼群的简陋与平庸在夜色下稍许隐藏起来。向外看的瞬间，我顿觉时空错乱，不知身在何处。

"俄国还得慢慢品。"他的语调稍有减缓，多少带着长居者对陌生人的炫耀，仿佛在说，俄罗斯太复杂了，你难以理解。他在这里住了将近二十年,在给我递来的名片上，并列印有一长串的头衔，似乎只有这足够多的头衔与关系才能给他这样的异乡人一个牢固的身份。过去十年来，他主要涉足旅游与餐饮业，增长的财富也唤醒起他久被压抑的文化情怀。也是在过去十年里，中国游客迅速增加。唱着《莫斯科郊外的晚上》的一代中国青年到了退休的年纪,他们成群地来这里旅行。怀旧之情也蔓延到娱乐行业，摄制组们要在这里重塑毛岸英一代中国留学生的青春与爱

列宁的头像，威严地审视着这个新俄国

情。像是对中国社会空前的物质化、庸俗化的逆反，这些导演与演员试图臆造出一个充溢着理想主义、浪漫情怀的革命岁月，人人为了国家的未来而奉献自己。他不仅为剧组联系场地、寻找俄国演员，某些时候还客串演出。

他所经历的那些老故事仍在发生。2008年，普京政府下令查封了莫斯科著名的大市场。这个市场由中国商贩主导。这个行动据说是普京与莫斯科市市长卢日科夫的矛盾所致，它针对的也并非是中国商贩，但损失却要他们承受。

在列宁格勒车站的大厅里，我再次看到列宁像。与仍遍布莫斯科的黑铁色的全身雕像或是用马赛克拼在墙壁上的画像不同，这是个放置在石柱上的胸像。依旧是那个谢顶、额头宽阔、目光坚定的列宁形象，但当它与直直的石柱搭配在一起时，突然有了另一种味道。它挺直腰身，盯着候车厅里来来往往的旅客。倘若你看到大厅的另一侧悬挂在墙上的钟表，可怖的感觉会继续加深。表针是黄铜所制，形状则是大小不等的斧头。距离十月革命已经八十三年，离苏联解体也已十九年，很少有人还对列宁的政治理念，以及由镰刀、锤子、麦穗组合成的革命标志感兴趣了。

苏联的一切遗产，如今都像是旅游业的副产品，它提供某种可销售的怀旧。在麻雀山的小摊上，有印着伸出中指的列宁半裸像的 T 恤衫。红场上的列宁墓前，仍旧排着蜿蜒的长队。

"他竟然这么矮。"我还记得看到列宁遗体时自己的第一反应。1924 年死去后，他的身体就被浸泡在福尔马林中，他的脑组织被切去三千片，以供科学家研究"他为何是个伟大的天才"。对列宁的膜拜是当时仍脆弱的布尔什维克政权的政治需求，他们需要一个完美的领袖来证明他们权力的合法性。列宁越高大、越富有激情思想、越仁慈、越不可企及，作为列宁继承者的他们就越名正言顺。而我们真的摆脱了这种理念吗？"你为什么总是对这些东西感兴趣，它们都已经过去了，与现在俄罗斯人没什么关系。"在圣彼得堡，一位中国年轻人说。他指着芬兰火车站中的列宁像，语气中混合着不解与不屑。对他来说，共产主义、资本主义、列宁主义，这些标签不过是"冷战"的产物。或许他是对的，但是每当我从那些巨大的雕像下走过，在它们的规模下感到自己的渺小，在地下宫殿般的地铁中，看着熙熙攘攘的人群在列宁的注视下穿梭，一种忧虑之情就会随之而来。我们总以为自己能主宰自己的命运，却发现这一个个面貌不同的个体总是被那种强大的历史力量、伟大人物的光辉所左右，轻易地放弃自己的个人自由与尊严。

彼得堡旧事

站在窗边，我试着想象兰道夫·丘吉尔的喊叫，伯林的尴尬，还有阿赫玛托娃女王般的镇定。空荡荡的房间，人们竭力恢复六十五年前的模样，只有一张小桌子，一个木橱，一张沙发，引人注目的是墙边一张小小的画像，几根黑线勾勒出一个女人的外形。那是莫迪里阿尼在1911年的巴黎为阿赫玛托娃而绘，当时他们都尚未成名，都惊人地漂亮，有过一场短暂的恋情。

被刷成黄色的喷泉屋，仍旧保持着沙皇时代的气氛，设计风格流露出对欧洲的模仿。倘若那个粗壮的长发工人不开动除草机，庭院中就安静得仿佛时光停滞。如果你从游人交织的涅瓦大街来到这里，感受尤深。

从20世纪20年代中期起，阿赫玛托娃一直住在三楼的一个房间里。1945年的秋天，她在这里接受了一个年轻人的拜访。三十六岁的以赛亚·伯林是牛津庭院中出产的健谈者，出版过一本关于马克思的传记。他的敏锐、渊博让人过目难忘，足以让弗吉尼亚·伍尔夫生出这样的感慨：多么像是年轻时的梅纳德·凯恩斯。与凯恩斯一样，伯林为二战期间的英国政府工作。他被外交部派往华盛顿，用个人魅力增添大西洋两岸的传统友谊，收集美国的舆情，撰写每周报告。这些报告的实用性可以商榷，智力上的娱乐性则不容错过，引得丘吉尔为此击节叹赏。此刻，他随一个英国外交使团来到莫斯科与列宁格勒，期望增加对苏联的理解。

这趟旅程令伯林心潮澎湃。他是出生在沙俄帝国边陲的犹太人，从七岁到十一岁，一直生活在列宁格勒。在这里，他读完了《战争与和平》与《三个火枪手》，紧盯着涅瓦大街商店橱窗中的英国小火车和德国小胖熊，还经历了充满亢奋与恐惧的1917年……在英国的漫长岁月，也没能消减他浓重的俄国口音。

重新置身于俄语的环境令人心醉，长期被压抑的记忆像是一下苏醒过来。令他更感兴趣的是，俄国文化传统变成了什么样？距离十月革命已经二十八年，这场政治、社会实验产生了毁誉交加的结果。站在1945年秋天的红场上，没人能怀疑苏联取得的惊人成就。仅仅两代人的时间，不堪一击的沙皇俄国变成了进军柏林的苏联红军。这个国家似乎也变得前所未有的封闭，外界很久不知道它内部的真实情况了，除去官方不断宣扬的一个又一个伟大胜利，偶尔传出来的消息是饥荒、清洗、流放、死亡。对伯林这样的人来说，更糟糕的是，诗人、小说家、艺术家，这些伟大的心灵都黯淡下来，没人知道他们在写些什么，是生是死……

涅瓦大街上的一家书店里，阿赫玛托娃仍活着，他可以去拜访她。他对阿赫玛托娃所知不多，模糊记得她是十月革命前最迷人的文学人物，美貌和才华同样卓著。

下午的碰面并不顺利，他们彼此陌生，还有别人在场，而且不久后，兰道夫·丘吉尔——那位刚刚下台的首相的儿子，高声喊着伯林的名字，他是伯林在牛津的同学。不通俄语的丘吉尔想让伯林告诉酒店的服务生，应该把他刚买的鱼子酱放在冰块上。鱼子酱打破了伯林与阿赫玛托娃刚刚开始的谈话。

在当晚的第二次见面后，确切地说是到了凌晨，阿赫玛托娃的朋友告辞后，他们进入了真正的状态。不是关于诗歌——伯林几乎没有读过她的诗，而是关于他们共同的朋友——伯林在纽约、伦敦都碰到过她流亡的旧友。借由朋友带出的往事，他们都进入了一个久违的小世界。对伯林来说，那是他渴望却从未经历过的时代；对阿赫玛托娃来说，那是逝去的最美好时光。谈话一直持续到清晨，除去吃了一顿煮土豆，从未停止。尽管他们连手也没拉一下，房间里却弥漫着情欲的味道。阿赫玛托娃比伯林年长二十岁，但依旧美貌，时间与折磨则为其增添了新的骄傲，像一位女王。

第二天清晨，回到酒店的伯林躺在床上不断重复着"我们恋爱了"，在一年后的一首诗里，阿赫玛托娃写道："……他不会成为我亲爱的丈夫／但是他和我，我们所成就的／将让 20 世纪骚动不安……"

它真的让 20 世纪骚动不安了？阿赫玛托娃以她一贯的自信，认定这次见面触怒了斯大林，并导致了冷战的到来。

这是孩子气的自我夸张，还是诗人总能令领袖愤怒？曼德尔施塔姆，阿赫玛托娃的亲密朋友，正是因为一首讽刺诗让斯大林雷霆大发，他称这位元首是"脸上有麻点的魔鬼"。

我们从喷泉屋出来，穿过枫丹卡运河上的一座小桥，沿着一条与涅瓦大街平行的小路走上一程，就到了文化广场，一座黑乎乎的普希金雕像矗立在广场中央，也像所有的雕像一样，他的头顶上站立着一只迷惘的鸽子，它在这里短暂休息，顺便排泄粪便。尽管人们常常把鸽子视作和平的象征，但它更是民主的象征。所有的雕像，不管是政治领袖、一代暴君、伟大的诗人、天才剧作家、民族英雄，他们头顶上总是站着一只若无其事的鸽子，尖尖的爪子踩着他们的头顶，所有的威严与光环，都要被覆盖在斑斑点点的白色鸽子粪下。

在文化广场的一角，一个沿窄窄的黑色楼梯而下的酒吧，到处是彩色的玻璃和狗的模型。它仍叫"迷途狗"（Stray Dog），在20世纪初，这里是彼得堡的文化中心之一。一群诗人、学者、艺术家在此聚会、酗酒、求爱、写诗、画像、争吵……他们称自己是"阿克梅派"——"最美好的时代"。

我们到得太早，是第一桌客人，服务生正懒洋洋地清扫地面，音响里传出20世纪20年代初的爵士乐。同样的地点、同样的名字，它却不是九十年前的那家酒吧，它开张于1991年，想满足人们对沙皇年代的怀旧之情。

历史经历一个轮回，这个城市再度回到了它最初的名字——圣彼得堡。1914年当俄国与德国宣战时，尼古拉二世认定这个名字太过德国化，它被改成了彼得格勒——

它更富俄国色彩。到了1925年，列宁创造的光辉压倒彼得大帝，它又成为列宁格勒。

现在，人们走在圣彼得堡的大街上，好像一切都没发生过。

在这个年代，人们还读阿赫玛托娃吗？她的作品仍被印刷、上传到网络上，你还可以下载人声阅读版。当然，诗句无法再激起五十年前那样的回响——在那个寂静而压抑的年代，诗句说出你的压抑，也是娱乐的来源。

我在两个彼得堡之间穿行。普希金的故居、屠格涅夫的雕像、陀思妥耶夫斯基的老房子。我住在涅瓦大街六十四号的旅馆里，而别林斯基曾在六十八号编辑过杂志，在前往一家叫"哈尔滨"的中餐厅时，我还路过以赫尔岑命名的大学。

这是我臆想出来的俄国吗？到处都是美国的Hip-Hop和日本的寿司。涅瓦大街上的每间咖啡馆都悬挂着电视屏幕，纯平、直角、高清的解析率，成群的半裸女人在上面晃动着丰满的臀部，健壮的小伙子展示着修长的身材，他们都面无表情，有一种清澈的肉欲——欲望之下，空无一物。它们诉说着同样的故事，金钱与纵乐。黑人街区赤裸裸的梦想，先是占据美国的流行文化中心，继而征服世界。在上海与北京街头，你看到宽大的牛仔裤与斜戴的棒球帽，而在莫斯科与圣彼得堡的屏幕上，你看到这些高加索人也把自己弄成了 Kanye West* 的模样。寿司店甚至比喧闹的咖啡店更多，红色的三文鱼、粉色的虾、白色的扇贝，乖巧地趴在白色的米饭上，黑色的酱油碟旁是绿色的芥末。连本地人也想不起，到底这些日本的精巧吃食是何时征服了俄国人的胃。日常生活令战争与意识形态黯然失色，不管后者曾多么强大与残酷。与克里姆林宫的塔楼相呼应的是奔驰公司的巨型标志，七十年前没有攻占莫斯科的德国人以另一种方式回来了。涅瓦大街是 1905 年革命的中心，它的导火索是对日作战的失败，如今寿司征服了俄国人的胃，Hip Hop 则令冷战记忆恍若隔世。

但历史的烙印又从未消失。苏联解体了，它的思维模式以另一种模式延续下来。柏林墙倒塌后，几乎一夕之间，东柏林书店中的莱辛与荷尔德林被换成美国电影录像带与杰姬·柯林斯（Jackie Collins）的通俗小说。与其说它们是自由的衍生物，不如说它们是多年集体的、高压教育与

---

* Kanye West（1977— ），美国饶舌歌手，音乐制作人。——编者注

宣传的产物。独裁政权可以强迫人们接受高雅的艺术与文学，倘若你生活在六七十年代的列宁格勒、华沙或东柏林，会发现普希金、莫扎特、歌德、莎士比亚从未离去。政权禁止作家与艺术家们思考现实，却允许重演与重印经典作品。极权所带来的清洁社会，令这些经典畅通无阻。

在某个短暂的时间段，它甚至能造就一个小小的精神乌托邦。"整个社会都像仍生活在校园里：密切的、动感情的、耗费大量时间的友谊，无休止地把时间花费在饮茶、喝伏特加、讨论生命的意义、贪婪地追求那些深奥莫测的神奇或臆造的事物上。"有人如此描述晚期的苏联社会。这纯净与高雅，以人们的心智不成熟为代价，它很容易因环境的变化而扭曲。从荷尔德林到杰姬·柯林斯，从拉赫玛尼诺夫到 Kanye West，他们的距离比人们想象的要近得多。品位与政治之间的关联，要比我们想象的复杂得多。

海参崴的美人

临行前一夜，我还是去了"金色玩偶"。我已经路过它很多次，有时白天，有时夜晚。涅瓦大街的喧闹从未停止过，即使是午夜，人们仍在饮酒，吃饭，走来走去，摩托车呼啸而过，震得旅馆的窗玻璃阵阵颤抖。夏天是如此珍贵，彼得堡彻夜不眠。"金色玩偶"夹在剧院与药房之间，它是一家脱衣舞俱乐部，招贴画上的美人们翘着臀部，正是我喜欢的那一种。

她说你来自中国呀，给你半价怎么样？是中国的崛起为我个人增添了魅力，是中俄友谊万年长，或是她的生意太过冷清，还是更为沮丧的现实——你们中国人，什么都需要打折？

她穿得真少，一双长腿让我心神不安。她也比那些更美丽也更冷艳的姑娘更亲切。

今夜，我该被她统治吗？我如此懊恼于刚才在书店的挥霍，两本厚且重的摄影集，耗掉了所有的卢布。老彼得堡辉煌、黑白、平面的往昔，怎比得上一刻的销魂。

红色的帷帐后是一排小小的隔间，它们半掩着门，幽暗的光线发出无尽的邀请。

这是我在彼得堡的最后一夜，忘记罗马式阴沉沉的喀山大教堂、多层奶油蛋糕式的冬宫，或是阿赫玛托娃与柏林的相逢，这城市的复杂内心，我难以接近。

欲望的苏醒比想象的更慢。我的心神不宁没再转化成进一步的冲动，不仅是囊中羞涩，是太多双动人的长腿弥漫的性感压抑了欲望。

我真想为她背一背曼德尔施塔姆的诗篇："我回到我的城市 / 熟悉如眼泪 / 如静脉，如童年的腮腺炎。"这是1930年的作品，描述斯大林第一个五年计划的高潮时刻。三年后，他就因为一首诗而被流放到海参崴，他讥讽过脸上有麻子的斯大林的疯狂统治。他再没回到彼得堡，1938年，他死于帝国边缘拘留所的医院板棚内，无人知道他的尸体葬于何处。

解放人类的新政权到来了，"他们用枪命令你放下笔，然后用笔命令你放弃张口说话，然后用嘴命令你消灭人的感情，然后用感情要求你做他们的奴隶"。

在涅瓦大街呼啸的摩托车声中，在这远方姑娘的笑容里，历史的卓绝和残酷都消融了。

欧洲五则

旁观者的维也纳

对世界文化的乡愁。

曼德尔施塔姆的名言。我忘了它的出处，大约总是20世纪初的圣彼得堡，或许正是在那个流浪狗咖啡馆。一群俄国青年常聚集于此，他们声称自己是"阿克梅派"，要创造一种美学与思想标准，曼德尔施塔姆是他们的领袖之一。

沿维也纳的环城大道散步时，这句话意外地冒出来。这两座城市颇有些类似。它们都不是自然生长，而是突然被强加来的。彼得大帝最初希望把圣彼得堡变成阿姆斯特丹的复制物，然后它努力地模仿西欧的风格。

维也纳则是 19 世纪后半叶突然冒出来，歌剧院、议会大厦，帝国图书馆、维也纳大学……古典主义、文艺复兴、巴洛克的风格交替出现，维也纳就像是一座主题公园，它过分用力地想变成豪斯曼 * 的巴黎。

这生硬的模仿令人不安。置身于涅瓦大街时，仍能感到曼德尔施塔姆的意味。几个世纪来，俄罗斯生活于西欧的阴影中，它在渴慕与诅咒间摇摆。这刺痛了很多代敏感心灵，你既被他人的文化所滋养，同时又感到隐隐的痛苦，你无法参与其中，只能是旁观者与模仿者。所以，曼德尔施塔姆以更大的雄心来重新理解一切，他要打破边缘与中心的划分，把所有时空都再度诠释——"我需要奥维德、普希金和卡图卢斯再次出现，我对历史上的奥维德、普希金和卡图卢斯还不满足。"他和同辈人的雄心带来了俄国文学的"白银时代"。

维也纳也曾是边缘者。"它就像 19 世纪的拉斯维加斯"，一位文化史学家后来评论说。整个城市像是当时的

---

* 豪斯曼男爵（Baron Haussmann, 1809—1891），全名 Georges Eugene Haussmann，法国第二帝国时代的塞纳省省长。1852 年，新即位的拿破仑三世委任豪斯曼男爵负责大规模的巴黎改建工程。——编者注

各种时髦风格的堆砌之物。这堆砌也正来源于这个城市迅速增加的权力、财富与对身份的渴望。

或许是纯粹的幸运，维也纳将文化视作这身份的主要来源，书籍、音乐、哲学变成了世俗性宗教。在19世纪末到20世纪初，这是弗洛伊德、马勒、勋伯格、克林姆特、施特劳斯的维也纳，也是维特根斯坦、波普尔的维也纳……

时至今日，那股惊人的创造力仍令人惊叹与着迷，它是如何出现的，又是怎样消失的？

今日的维也纳像是一座可爱的博物馆，也是一座完美的精神废墟，时光都停留在历史某一刻。在它的城市博物馆里，所有展览都停留在1914年之前。似乎从此之后，历史就消失了。

是的，仅仅人与事不构成历史，唯有非凡的创造力、截然不同的思想与情感才意味着历史。比曼德尔施塔姆早七十年的恰达耶夫不无感慨地说，俄罗斯没有历史，它没有过去，也没有未来。他用此来控诉俄国的智识生活的停滞。

在维也纳，我同时感到"对世界文化的乡愁"与"没有历史"的焦虑，这两者从来紧密相连。

我对于维也纳的最初印象来自茨威格。少年时沉迷于他文字中的戏剧性，不管是恋爱中的女人、创作中的大师，还是试图发现世界尽头的冒险家，他赋予他们一种令人窒息的紧张感、一种灼人的激情。不过，印象最深的仍是《昨日的世界》。每隔一段时间，我都要翻阅几页。但阅读从未超过前二百页，也就是 1914 年大战爆发时。"人们对不可阻挡的持续'进步'的坚定信念，是那个时代真正的信仰力量"，茨威格这样描述当时的情绪，他们都相信未来会更繁荣、更自由、更富创造力。让我着迷的是什么？一个骄傲、敏感的青年的成长，他成为诗人，周游列国，结交高贵的灵魂；还是维也纳那令人神往的文化氛围——所有人都在谈论某篇文章、期待一幕歌剧，连小酒馆里的小市民也对乐队的演奏不无要求。

如今想来，再没有比"对世界文化的乡愁"更能表达我的朦胧感受了。茨威格的维也纳正是我期待的"世界文化"精神，它高度开放、自由，继承又打破传统，对各种新尝试难以餍足。它也正是对我现实生活的反抗，你从一个匮乏平庸的生活中逃向一个更丰富的世界。

但我从未了解这个更丰富的世界。

那一串闪耀的名字与作品，既让我兴奋、又让我感到困窘，一种旁观者的困窘。

将近两个世纪以来，中国不断发生着各种动乱、革命、转型，但所有的事件却没有构成那种"真正的历史"。

我们似乎在回应各种外来的潮流——从社会思潮、政治制度、意识形态到审美标准。这回应让我们慌乱不堪、疲于奔命。

这状况正在改变吗？历史正在向中国倾斜吗？相比于博物馆式的维也纳，北京是一座新的博物馆。它正代表权力与财富的新潮流，人人好奇于这样一种模式是否代表历史的新潮流。而这财富与权力是催生出新的创造力，还是反而腐蚀与摧毁了创造力？你分明感到这潮流的巨大力量，但同时感到其中新的封闭性。

我感觉得到内心的焦灼。这旁观者之痛，似乎唯有依靠对世界文化更广阔的理解与雄心，才能真正治愈。

共产主义与豆腐坊

"你们的主席就曾住在那里，"王子街友丰书店门口，书店老板指着斜对面的 Regent 旅馆对我说，"它曾是共产党的活动中心"。他是个和蔼的老先生，样貌六十岁上下，干干净净，讲一口南方人的普通话，语速很慢。

友丰是巴黎最古老的中文书店之一，四五十平方米的店面，从学术、科技、医学，到文学、戏曲，中文与法文两种语言的书都有，且都以中国为主题。这位黎先生1976年创办了它，最初的地址就是如今的Regent旅馆。

他是柬埔寨华侨，1973年来到法国，既是为了求学，也是为了躲避柬埔寨内乱，红色高棉政权的政策让很多人背井离乡。不过，这谈不上是全然陌生的经历。黎先生祖籍潮州，19世纪中叶，闯南洋、去金山，就是东南沿海中国人普遍的人生选择。地少人多、资源匮乏、官僚压迫、社会动荡，都让人们想去另一个世界寻找希望。

"我们刚开店时，很多人以为这还是共产党的俱乐部，上来拿一份《人民日报》就走，"他回忆起三十三年前的逸事，"一开始，我们从香港进书，等到中国开放了，就直接从内地进"。

"那你们的生意什么时候最好？"我看到收银台上摆着的《人民日报（海外版）》，刊头红艳艳的，如今是一欧元一份。四十年前的巴黎，这代表时尚的前沿。黎先生无意深入谈话。我们初次见面，他没兴趣把家世与所想和盘托出。周恩来、蔡和森、邓小平、陈毅、李立三不都曾在此生活过吗？勤工俭学，正是这一代人创造的用语。当他们聚集在法国时，他们理解的共产主义，和今天我们所理解的相同吗？

沿王子街而下，路过一家二手英文书店——旧金山图书公司。在这里，我找到了一册《周恩来的早年岁月》，作者 Chae-Jin Lee，不知该怎么译。封面是黄埔军校时期的周恩来，消瘦俊秀，英气逼人，他才二十六岁，就成为这个培养未来军事领导人学校的政治部主任，一位杰出的组织者和说服者。

不过，传记讲述的却是这张照片拍摄之前的故事：那个祖籍绍兴、出生在淮安、成长在沈阳和天津的少年，他如何在自己的亲生父亲和过继的父亲之间寻找感情平衡，又如何在陌生环境中获得安全和自信。日后他在不同组织与权力系统中游刃，伴随终生的高度谨慎与自律，可能正从此而来。在中华人民共和国的缔造者中，他最是谜一样的人物。他无处不在，魅力四射，永远操劳，按照西蒙·雷斯（Simon Leys）的说法，"他能同时展现出一位絮叨主妇对细节的关注和一位当代最伟大政治家的开阔视野"。但在这美好却不真实的面具之下，到底是怎样的血肉和内心，他守口如瓶。

我夹着这本书，坐地铁从六区到十三区。六区是布尔

这著名的铁塔，想必周恩来、邓小平会经常看到，他们当时作何感想？

乔亚们的聚集地，圣米歇尔大街、索邦大学、一家接一家的咖啡店、电影院、书店，到处都是四处游荡的青年人，夜晚十点钟仍热闹非凡。而十三区却很寂静，也平庸得多，直角的板楼取代了16世纪的遗风，也没有豪斯曼那刻意追逐第二帝国的雄壮。而空气中飘荡的自由和文化（尽管它可能是浅薄的）也随之消失了，但中国的味道却阵阵袭来。

不是著名的陈氏超市或是拥挤在一起的旅行社、餐馆、药店的中文标牌，而是霓虹灯，让我一下子想起了中国。从北京、上海到西部的一座小城，到处是红色、紫色、绿色、黄色、白色，圆形、方形、三角形的霓虹灯，它们以各种形态炫耀自己，有的不停闪耀，有的如画卷一样铺陈，它们是饭馆、购物中心、KTV、桑拿房，连同无处不在的噪音，一起来填补人们的头脑与内心。我们脆弱、涣散的注意力，需要不断的外来刺激和即刻满足，就像婴儿车上不断更换的塑料玩具。

十三区是巴黎的中国城，尽管温州人正四处涌来，但似乎潮州人仍占据着绝对的领先。"温州人是后来的，"友丰书店那个中年店员说，"有钱的还是潮州人"。他祖籍湖北，父亲一代迁台，而他现在又到了巴黎，湖北乡音或许都早已淡忘了。他佩服潮州人，因为"他们的老乡一个帮一个，如果我是潮州人，也自己做老板了"。像那位黎先生一样，这些潮州人或许从未回过潮州，他们大多在20世纪70年代从柬埔寨、越南和老挝而来。那些地方恰是意识形态和大国政治争夺的前线，个人的命运也因此而改变。像散落在世界各地的华人群落一样，巴黎的华人也以经济上的活力和政治与文化上的冷感著称。他们善于营造一个富足的家庭世界，却没兴趣参与更广泛的政治与文化生活。或许尽管久居于此，在内心深处他们仍深深觉得自己是个局外人、一个过客。或许过往的记忆太过不堪，尽管人数早已超过四十万，经济实力雄厚，算得上法国重要的移民群落，但他们仍习惯把自己视作弱者，对法国的一切，他们保持沉默。

于是陈文雄在一年前当选为十三区的副区长变成轰动一时的新闻事件。三百年华人移居法国的历史中，出现了第一位政治人物。不过，当中文媒体开始宣扬这个历史性时刻，一个常见的标题竟是这样："我们华人做事，不比他们差。"在新的豪情之下，是旧日遗留的自信危机。在访问中，这位四十一岁的华人领袖谈到对未来的设想。除去为华人社区争取更大的福利，他还要推进中医的合法化——在法国，除去针灸，中医项目都是非法的。他想建立中医医院，将之推广到全欧洲。中餐、中医、舞狮子、旗袍、长城、孔夫子，倘若你在世界各地的华人社区穿梭，会发现这个悲惨的现实——唐人街像是个民俗博物馆，既没有真正的历史，也没有富有活力的当代生活，只陈列着早已被抽干内容的种种符号。它可以被杜可风用摄影机镜头描述成夸张而空洞的东方情调。

这是我这一代面临的中国，她似乎仍未彻底走出一个世纪前那一代人面临的阴影和焦虑。从意大利广场走到戈德弗鲁瓦大街，十七号不再是一间小旅馆，仅仅有一块铜质的浮雕头像。灯光昏暗，但是周恩来的形象仍清晰可辨，只是与我熟悉的头像略有出入，脸上的线条更柔和丰润。这是雕塑家贝尔蒙多之作，他是罗丹最著名弟子德斯波奥的学生。不过，他有个更著名的儿子，电影明星让·保罗·贝尔蒙多，他塑造的那些滑稽英雄，伴随着我的青春。标牌上注明的是法文说明："周恩来，1922—1924 年在法国期间曾经居住在此。""周恩来"三个中文字，由邓小平题写。他们在 20 年代初的巴黎相遇，共同经历他们青春的冒险与挣扎。

"经历过数年痛苦、紧张和恼怒之后，人们最终抬起头，睁开眼，四处张望，伸伸腰，他们要品尝生活：疯狂地跳舞、思考、喊叫。一股突然爆发的能量充盈了世界。"画家费尔南多·勒格在1918年写道。

第一次世界大战结束了，他们想要恢复从前——战争前的富足、进步和享乐。可能吗？从未遭遇过的死亡、仇恨和愚蠢已经洗刷了欧洲，人们不能假装一切都不曾发生，街头随处可见的伤兵，都在提醒过去的残酷。巴黎，这座19世纪的欧洲中心，似乎正在这两种力量之间摇摆。一种新型混合到来了，人们要生机勃勃地重续夸张、荣耀、文明，但是又被死亡的宿命所包裹，明天不会再来，一切都要在今朝结束。因为昔日的荣耀和战后的低廉物价，全世界的青年似乎都在涌来，兴致勃勃，吵吵闹闹。

艺术家与作家们是这股潮流的中心。他们在死亡的阴影和纵情声色之间，创造对世界的崭新理解。这是毕加索、海明威、达达主义者、庞德、斯特拉文斯基的城市，是雄心勃勃的年轻人发表宣言的城市，也是欧洲最后贵族的纵情之所。他们在咖啡馆里争论与醉倒，将埃菲尔铁塔变成巨大的广告装置……

但对来自中国的这群青年来说，这座城市与他们期待的不同。1920年冬天，周恩来乘坐波尔多号抵达马赛。

五周的行程像是对欧洲殖民帝国的一次浏览。他在香港住了一夜，在西贡待了三天，他路过新加坡和科伦坡，穿越印度洋、苏伊士运河和地中海，最终在12月13日来到马赛港。

抵达这一刻，定让他内心澎湃。几个月前，他在送给一位要前往法国的同学的诗中写道："出国去／走东海、南海、红海、地中海／一处处的浪卷涛涌，奔腾浩瀚／送你到那自由故乡的法兰西海岸／……三月后／马赛海岸，巴黎郊外／我或者能把你看……"

那时他正被关押在天津市地方检察厅的看守所，他是作为天津的学生领袖被捕入狱的，1920年1月，天津学生试图通过浩大的抵制日货行动，延续五四运动的行动精神和忧患意识。他不过二十二岁，却已是个饱经风霜的人物。

在少年时期不断的动荡之后，十五岁的他来到天津，进入南开中学读书。在这座标榜新的道德与知识的学堂里，他脱颖而出。他的文章赢得老师与同学的尊敬，在业余的戏剧舞台上，他扮演的角色赢得满堂喝彩，他还和志同道合的朋友共同组织了敬业乐群会，彼此促进精神与学识的进步……一位同学后来回忆说，几乎想不出周恩来身上有什么弱点。

周恩来的个人世界逐渐成熟，但中国却陷入了更严重的混乱、衰败。清王朝被推翻了，共和制却没有带来想象的国家尊严与强大，反而陷入了更深的内乱与道德衰退，一种失败感弥漫中国。对中国深深的忧虑影响了像周恩来这样的青年。他们这一代，在两种截然不同的价值体系中成长，这既让他们陷入精神的煎熬，也让他们创造出一种更强大的人格与内心。对周恩来而言，昔日的文人理想很容易就和现代民族情感嫁接在一起，范仲淹、顾炎武和赫胥黎、卢梭并列出现。在《敬业》创刊词中，他写道："吾辈生于20世纪竞争之时代，生于积弱不争之中国，生于外侮日迫、自顾不暇的危急时间……安忍坐视而不一救耶！……天下兴亡，匹夫有责。"

他在南开的才华和魅力，没能在日本留学生活中彰显出来。他对外国语言的掌握，迟缓而缺乏成效。在日本的一年半时间中，他没能通过日本大学的考试。他在学业上遭受挫败，却在政治世界获取了新养料。20世纪初，日本就成为中国青年人的政治启蒙之地。它是孙中山、梁启超的基地，在国内受挫的变革者在这里暂获安身，并将自己的志向传递给新到来的中国青年。

周恩来是日文报纸与杂志的阅读者。无政府主义、俄国十月革命、马克思主义、社会主义、资本主义，种种理念经由日本通俗作家节选式的介绍进入他的头脑中，彼此融合、发酵。日本之行是个失败经历，周恩来既没有获得大学教育的机会，或许也没能真正理解当地社会。在日记里，他要求自己用尽一切方法去观察和研究日本人的一举一动，但在一次乘坐火车时，当他兴致勃勃地和对面的一位日本文学教师交谈时，后者完全听不懂他在说什么。当他们改用英语交流时，日本人则又几乎无法表达。最后，他们在纸上用中文笔谈。周恩来在日本的生活，主要局限在他在南开的同学网络中。是这些亲密的朋友，给他力量和意义。

回国后，他也未能如愿进入清华大学，最终他成为了新成立的南开大学的第一批学生，接着卷入学生运动。他不是个冲动、振臂一呼的领导者，在谨慎地观察之后，他才加入其中，而他的个人能力和性格则很快将他引向中心的地位。

我坐在花神咖啡馆露天的椅子上，翻阅着书中的老照片。黑衣侍者在我们的桌旁走来走去，没人多看这空桌一眼。倘若被亚洲式的过度服务惯坏了，在欧洲就要学习耐心。他们不着急让你喝上热茶，当你喝完后，又迟迟不让你买单。巴黎人已不像昔日那样傲慢，他们说英语，隐藏在语言背后的优越感消退了，却残存在刻意保持的姿态上，或许在这家花神咖啡馆里，他们可以保持得更多。毕竟在它的客人名单上，有 20 世纪的超级巨星，从阿波利奈尔、布列东，到萨特、波伏瓦，到了这个世纪，艺术家和思想们衰落了，罗伯特·德尼罗和阿尔·帕西诺则都喜欢来这喝一杯，和来来往往的人群相互观赏。一份旅游手册上还提到其中一位著名的侍者，他是个绰号叫"帕斯卡"的业余哲学家，据说服务过托洛茨基与周恩来。托洛茨基在 20 世纪 30 年代到来时，他已经是国际闻名的革命英雄，而当周恩来在这里游荡时，很难会有人特别留意他，谁会预料到他是未来影响世界的革命者？

在书中的那组老照片中，我看到了 1923 年的周恩来，他站在戈德弗鲁瓦大街的小旅馆的门口，身材消瘦，依旧是那张英俊、精干的脸，短簇的头发，一身有点发皱的西装，裤子太短了，裤脚高过了踝骨，不知是缩水所致，还是那个年代的时尚。

另一张照片拍摄于 1924 年 7 月，三十多位青年人排列在一起。周恩来坐在第一排的中央。这是旅欧中国共产主义青年团的一次会议，也是周恩来参与的最后一次，他即将回国参与创办不久的黄埔军校。照片像是毕业生的合影，他们都年轻，都穿西装，似乎也都面色紧张、略带憔悴。一些人还面带明显的孩子气，最后一排右数第三位几乎仍是个少年，圆圆脸，头上扣顶同样圆的鸭舌帽，他是来自四川的邓小平。不过他在入境时，采用的名字是邓希贤，这是他父亲的期待——希望他成为圣贤。在法文档案上，被拼成 Teng Hi Hien。

周恩来与邓小平在巴黎的相遇和友情，日后变成了神话。人们总是根据此刻的需要来书写历史。当"文革"结束后，周恩来的形象开始跃升，在经过了如此漫长的内部混乱之后，作为这个国家的总理，他的形象却奇迹般丝毫未损。他在欧洲的经历被追叙，这追叙更因为邓小平的欧洲经历和二人的友谊，变成了新的神话。于是，那张黑白照片中的其他面孔，还有未收纳其中的面孔，都逐渐模糊了。人们重又知道了张申府，因为他是周恩来的入党介绍人，在巴黎最初两年内，张申府是欧洲的共产主义小组的领导人，他和陈独秀是亲密的朋友，为《新青年》撰文描写英法共产主义的现状。但是与其说他是个共产主义者，不如说他是个知识上的漫游者，他发展的第一个党员是他的情人，而这位情人又是周恩来在天津的朋友。在从巴黎前往柏林的火车上，他给二人讲述了罗素、爱因斯坦、弗洛伊德，还有马克思。很显然，共产主义仅仅是他诸多的兴趣之一。

如果张申府代表着来到欧洲的传统知识精英，那么邓小平则是那批底层的中国青年。李石曾、蔡元培和吴稚晖在1912年创办"留法勤工俭学会"，他们想要锻造一批新人。他们鼓励学生半工半读，在困苦和勤劳中，培养意志与美德。他们与那些公派留学生不同，不需要通过特别严格的考试，也不需要太多的经济保障。他们选择了法国，不仅因为长期居法的李石曾在此打下的基础，也出于他们对法国文明的崇敬。法国大革命的血腥和残酷都被暂时遗忘了，"自由""平等""博爱"却激发着全世界的热忱，尤其是对那些仍生活在殖民主义阴影之下的落后国家。所以，当陈独秀在1915年创办《青年杂志》时，在中文的刊名下还印上了它的法语翻译。

1919年3月到1920年12月，十七批将近一千六百人来到法国，周恩来乘坐的波尔多号是第十五批。倘若再加上第一次世界大战期间大量来法、战后未归的中国劳工，一个小小的中国工人社区形成了。法国的内政部在1925年的报告表明，有三千名中国工人和学徒。

但是，"勤工俭学"的前景没有青年人想象的那样美好。邓小平的经历颇富代表性。他在1920年12月抵达马赛港，只在两所中学短暂地待过几个月。他的主要时间辗转在从哈钦森橡胶制品厂到雷诺汽车厂的车间里。在橡胶制品厂，他还帮助他的中国同事们做饭。

　　战后的法国，经济萧条，工作机会日渐稀少。他们原以为法国与其他殖民国家不同，但却最终发现它也同样是帝国主义。你可以想象这些青年人的苦恼：希望破灭、饥饿、紧张、语言不通、丢掉工作，只能拥挤在自己的小世界里，而这个小世界内部也充满斗争，一些人温和、一些人激进、一些人喜欢内部的争吵。个人的挫败，又转化到对整个国家的深深失望上，他们的政府不能保护他们。个人的失败和民族的情绪，就这样奇妙地混合在一起。当怒火无法压抑时，他们发泄到中国大使馆上。1921年2月，他们拥挤在巴黎的中国使馆前抗议，喊出的口号是"给我面包""我很饥饿"……他们才是迷惘的一代。在这种情绪中，一种散发着芬芳、包容一切的学说，很容易赢得青年人的热忱，尤其是他们在孤立无援中渴望组织在一起时。"从英国来的歌手不会歌唱，从美国来的舞者不会跳舞，从世界各地来的裸体美人既不赤裸也不美丽……这里的裁缝写作，诗人设计女装……"住在巴黎的记者约瑟夫·罗斯写道，巴黎有一种空前的业余精神。

这些受困的中国青年，准备成为一群业余的革命家。他们松散地组织起来，发表不够激动人心的演讲，印刷那些质量粗糙的印刷品，当他们实在感到生活难以为继时，还开办自己的豆腐店。正是周恩来鼓励邓小平开办的那家"中华豆腐坊"，或许对这个小群体的生活有所帮助，不知邓小平是否也会做上一道"麻婆豆腐"？

倘若周恩来早在日本就如郭沫若一样考取了公费生，或是顺利进入清华大学，或是能像同代人的中间人物罗家伦、傅斯年一样，在欧洲过着充裕的学术生活，历史将怎样被改写？社会的边缘人，最终更深刻地塑造了历史？

1975 年，暂时复出的邓小平，访问法国。回国前，他叮嘱使馆人员为他买了二百个牛角包和各式各样的奶酪。回到北京，他把这些美食分送给周恩来、聂荣臻、李富春、蔡畅、李维汉，纪念他们在法国的岁月。他们是最后的幸存者，一些人早已经牺牲，陈延年、陈乔年、赵世炎，另一些人则刚刚遭遇不幸，陈毅去世了，萧三则被隔离审查，即使是周恩来，也身陷政治运动的浪潮……

从巴黎回伦敦的火车上，我的对面是一位日本老人。

他盯着《早年周恩来》的封面看了好一会儿，突然用彻底的 broken English 问我，这个名字怎么念。当我读出周恩来时，他突然激动地笑起来："对就是他，在我们日本很有名。"我们的交谈，比九十年前周恩来与那位日本教师的交谈更不如，我们甚至不能笔谈，中文和日本的相同单词已日益减少。我大概知道，他的父亲曾是日本的左派议员，和周恩来见过四五次，这时的周恩来已是世界闻名的政治人物。

彻底的偶像崇拜和彻底的反偶像崇拜，都是危险的，它们都用偏见取代对事实的探究。事实上，伟大的建国者们都是从各种失败的尝试开始。

为什么共产主义曾对这个古老国家，对年轻一代的知识分子，产生如此强烈的吸引力？

尽管很多人可以假装各种主义已经死亡，意识形态与己无关。在这种刻意的回避背后，正是一种深深的思考无能。而正是思考无能，造就了 20 世纪主要的悲剧。

柏林墙与深圳河

突然间，年轻的士兵开始奔跑，然后纵身一跃。这是 1961 年 8 月 15 日凌晨的柏林，墙的修建已进行到第三天，它足有一百五十五公里长，将这座欧洲伟大的城市拦腰截断。它的修建者是东德政府，为了制止居民包括熟练技工大量流入西德。

被截断的不仅仅是空间，还有人们对生活的希望。康拉德·舒曼（Conrad Schumam）十九岁，是负责保卫这座迅速建成的长墙的很多士兵中的一员，他来自里萨地区的 Leutewitz，属于东德，苏联的控制范围。历史的潮流注定要深刻地改变他的一生，他三岁时希特勒自杀，而在他四岁那年，丘吉尔发表那著名的铁幕演讲——世界被一分为二，双方都宣称自己是自由的象征。

"过来，过来。"那边的人一直在喊。这座围墙已修建到最后一部分，它还没有变成两米高、顶上拉着带刺铁丝网的混凝土墙，而仅仅是铁蒺藜的路障。或许康拉德·舒曼自己也说不清当时的内心感受，他大步越过铁蒺藜的行动，震惊了所有人，而摄影师彼得·列宾正好在场，他抓住了这一瞬间——头戴钢盔、肩负长枪的东德士兵飞过了藩篱。

这座墙后来被称作柏林墙，而清晨的这一瞬间则变成了 20 世纪最令人难忘的形象，在冷战气氛高涨的年代，它被解读为"投奔自由"。

在 2009 年 6 月 16 日的《曼谷邮报》上，我又看到了康拉德·舒曼的形象。不是那张著名的黑白照片，而是一座雕像，似乎是钢材料。在柏林墙倒塌二十年后，人们用这座雕像来纪念那个伟大的时刻——十九岁青年的一跃是自由的宣言。

当事人的命运不像照片，不能定格在最灿烂的一刻，"自由之路"则充满了苦涩。康拉德·舒曼被一辆待命的西德警车接走，并随后获取在西德自由居住的权利，成为西方世界自我证明的一个活生生的标准。他定居在属于西德的巴伐利亚地区，在小镇 Günzburg 遇到了后来的妻子。

但柏林墙的阴影并未随之消失。在之后的岁月里，舒曼一定不断听说过很多像他一样的逃亡者的故事，但大多数命运不佳。他们被警察拦截、被枪击、被电网击倒……柏林墙从原来的两米被加高到三米，观察塔楼上的探照灯在夜晚格外闪亮。他肯定也担心仍身在东德的家人与朋友，不知他们会因自己的鲁莽而遭受何种牵连。

"只有 1989 年 11 月 9 日（柏林墙被拆除）后，我才感到真正的自由。"舒曼后来说。但即使如此，他还是很少去探望父母和兄弟姐妹，似乎巴伐利亚比他的出生地更像是他真正的家乡。抑郁症也一直困扰着他，1998 年的

6 月 20 日，他吊死了自己。

2003 年夏天，我第一次去柏林。柏林墙是游客必到之地，就像是纽约的自由女神像、北京的长城，它是最明确的身份认证。

哪里是柏林墙？警察必定对这样的问题再熟悉和厌倦不过了，他熟练地指着地上的白线，手指一直向远方延伸过去，还指明这里就是当年约翰·肯尼迪发表演讲的地方。我在这个陌生的城市还没找到方向，对于这座墙的历史也并不十分明了，或许也无法猜想一百五十五公里的长度到底意味着什么，我看到了保留下的一小段柏林墙，上面尽是各种颜色与形状的涂鸦，还有一截铁丝网，旁边有很多年轻人的黑白照片，他们倒在奔向自由的途中。柏林墙建立后，很多人采用不同方式来越过它：跳楼、挖地道……在后来看到的一份调查中显示这样一列数字：5043 人成功了，3221 人被逮捕，239 人死亡，还有 260 人受伤……

这次柏林之行，没激起我太多的感受，我是一个典型的游客，随着旅游手册到来，还带回了两块碎石作纪念——它们很可能是 1989 年愤怒和欢乐的人们砸下的。欧洲人与美国人或许能更强烈地意识到柏林墙的含义，因

柏林墙变成了"涂鸦美术馆",多少人还记得历史的悲剧?

为这里饱含他们的悲剧和胜利。而对我来说，它仍是历史书上的一页，有点抽象、被过度诠释。

对当时的我来说，在它倒塌的 1989 年，还有一些更为重要的历史事件发生。英国人蒂姆·伯纳斯-李（Tim Berners-Lee）发明了万维网，它随即将人类社会带入信息时代。一种新的情绪正在到来，政治不再是支配世界的主要力量，商业与技术才是；地缘划分也不再重要，全球正在被连接到一起，所有的障碍都将被清除，人们将分享相似的物质与精神成果；关于自由与民主的观念探讨也将暂告段落，历史已经终结，经济上的自由市场、政治上的民主制，相辅相成，大获全胜……

我这一代人正生活在这样一种气氛中。柏林墙，像是已经终结的冷战，笨拙、陈旧、悲伤、不合时宜……但真的如此吗？

老黄与小黄

"或许有人喜欢这些老石头，我对它一点感觉也没有。"小黄说。他驾驶的这辆深蓝色 Golf 正穿越残破却巍峨的城墙，它是古罗马壮观的遗迹之一。

小黄高高的个子，白净的面孔让二十六岁的他更显年轻，那双细长的眼睛经常不由自主地眯成一条缝。他慢条斯理地讲话，似乎在追求一种标准普通话的字正腔圆，或像所有的年轻人一样，力图表现一种他们渴望的深思熟虑。

四个小时前，我在罗马东郊的一处半仓库半办公室的空间里碰到他，他正埋头发手机短信，当我进门时，他抬起头露出腼腆的笑容。

我是来找他父亲老黄的。我和老黄是在北京机场的摆渡车上相识的。他站在我旁边，正和一个年轻姑娘交谈。他的语速特快，发音奇特，我意识到他说的肯定是中文，却一句甚至一个字都没听懂。

"这是温州话，"他注意到我的疑惑，改用普通话对我说，"去欧洲，你不用学外语，会温州话就行了。"我们搭乘同一架飞机，从北京飞往罗马，在漫长的行程中，我们有一搭没一搭地聊了几句，他的深蓝色毛衣整洁得体，黑白夹杂的寸头干净利落，他的乐观性格显现在他经常绽开的笑容上，那双小小的眼睛让人过目不忘。

他出生于温州，如今在罗马做食品生意。温州与温州人的故事是过去三十年中国的传奇之一。这个浙江东岸的小城曾长期被交通不便、土地匮乏所困扰，但在改革开放之后，它突然变成了中国每个渴望经济发展的城市的榜样。它与深圳或苏州这些城市不同，既没有毗邻香港的优势、国家政策的倾斜，也没有漫长的商业与文化传统的支持，它所依靠的是个人的勤奋与智慧。它或许也体现了中国经济增长的真正秘密——能量来自底层，源自个人与家庭。

而温州人在欧洲的创业则是传奇的另一面。他们先是在巴黎开一家餐馆或是鞋店，然后把家人与亲戚接来，他们的新生活引来了家乡朋友的羡慕。朋友在他们帮助下也来到此地，租下了隔壁的房间，开了类似的店铺，很快整个一条街都被同乡们占据了。这里有了餐厅、药店、旅馆、教堂、律师行、卡拉 OK 厅、一个小世界诞生了，你可以一句法语也不会说，照样生活得悠然自得。前往欧洲其他城市也并不困难，那里同样有温州的乡亲，他们构造了一个国际关系网络，人员、金钱、货物、机会，还有乡愁在网络间流通。

在中国，浙江的温州人，像广东的潮州人、中山人，福建的晋江人一样，以其商业头脑和海外移民著称。环境的险恶逼迫他们培养出精明的计算能力，他们积累财富以换取某种安全感。

老黄是这个温州网络的一部分，他 2001 年开始在罗马生活。我对他充满好奇，约好再见面。对我而言，温州话甚至比意大利语更难懂，后者我至少还能听懂或者说出几个单词，但前者即使我认识他说的每一个字，却一个字也听不懂。

几天后，他开着这辆两万六千欧元购买的 Golf 从火车站接我们去他在罗马近郊的办公室。在罗马的几天里，我已熟悉了壮丽得让人心颤的石建筑，被岁月侵蚀的古堡与墙壁，修剪得像是蘑菇的高大松树，快速飘移的云，四处盘桓、偶尔鸣叫的海鸥，大理石雕塑的健美的男女身体，颠簸的碎石砖路，还有浓烈、耀眼的阳光。如果忽略掉汹涌而来、正翻看着手册的旅游大军，这真是一座令人动容的城市，历史的肃穆与激情、时代的转换与衔接，就那样以突然又不经意的方式发生了。在卡拉卡拉大浴场，青青草地、头顶上不断掠过的白色海鸥与残余的形状奇特的墙壁竟是如此协调，似乎前两者一直在此生活，目睹了昔日辉煌的轰然倒塌，时间溶剂的化解……亲眼见到了这些，我才理解为什么爱德华·吉本说，正是这些古罗马的遗迹激发他投入《罗马帝国衰亡史》艰苦却辉煌的写作。

坐上老黄的车，我感觉到既陌生又亲切。我可以和他流畅地交流，而不是之前总是重复的几句简单、蹩脚的意大利语。但是，我又无法和他谈论我对罗马的感受，我知道他对此缺乏兴趣，他的罗马是另一个罗马，他在这里工作与生活，而不是个游客。

1954 年出生的老黄，像他那一代中很多人一样，既被命运裹挟又与命运抗争，小学没毕业就遭遇"文革"。1973 年他参军，成为沈阳军区的一名工程兵，驻扎在吉林，学习并演练如何在一条河流上架设一座浮桥。"一条二百米宽的河，差不多五六分钟就可以通车了，"他说，"一个班大概管十多米，大概用二百人"。战争没有发生，他参与过唐山地震的抢险，并在地震现场参加毛泽东的追悼会。1980 年退伍后，他在温州做过各种小生意，从生活用品到工业电机，他是温州兴盛起来的轻工业产品的业务员之一。刚刚开始经济改革的中国什么都缺，温州的产品质量不佳却仍有销量。

1990 年，他决定开始自己的生意，选择的是食品加工。就像东北人酿黄酱、四川人腌制辣椒，温州人喜欢吃一种虾酱。这是温州人的家庭习惯，但老黄决定将它产业化生产。他生产的成品虾酱受到欢迎，并且在 20 世纪 90 年代中期受到侨居欧洲的温州人欢迎——这是家乡的味道。老黄与欧洲的联系也这样开始了。

"我刚去了趟马达加斯加。"老黄隔着他的办公桌对我说。他讲完他的年轻时代、最初的商业冒险，他2001年正式在罗马注册的公司的经营范围已从最初的虾酱生意，扩展到更广泛的食品进出口贸易。他在温州的工厂是生产基地，几百名工人生产出口食品，而在罗马的公司则是由不到十名员工运转的贸易公司，负责签订合同、处理税务、了解市场行情、寻找新客户……每一则关于中国食品安全的新闻，都给他的生意带来波动、增加难度。"原材料和水质是食品加工的两个主要问题，"老黄说，"我们普遍使用农药，水质也在恶化"。

他前往马达加斯加，是去寻找一种青蟹，用它腌制的青蟹切块在欧洲的华人市场大受欢迎。但到了这个前法国殖民地的非洲岛屿后，他才发现日本人与法国人早已垄断了生产基地。这次无功而返的旅行，是老黄的商业生涯中再普通不过的经历之一。

他五十四年的人生，是一次次陌生尝试的集合。尽管失败与成功夹杂，但没人能否认，他的视野是一个不断开阔的过程，这开阔的速度甚至令人眼花缭乱。老黄享受这开阔与陌生所带来的惊喜。他喜欢罗马，比起温州经常阴郁的天空，这里的阳光耀眼得令人心醉，他还享受到台伯河边钓鱼，他电脑的屏幕上正是他抱着一条大鱼的照片。他也喜欢在这里相对简单的关系："只要你在法律规定内做生意，就不怎么需要和政府打交道，在中国，关系实在太复杂了。"

当看到我的朋友因时差而显露困倦时，他带着我们穿过淋湿的小街，来到街口的一家咖啡店。下午五点，这家咖啡店正人声鼎沸，站满了蓝领工人模样的白人——我还分不清他们是意大利人还是从罗马尼亚来的劳工。店主是一对福建夫妻，丈夫高大英俊，像是个东北汉子，而不是典型的皮肤微暗的东南沿海人，正用意大利语大声和一位顾客开玩笑。妻子则在咖啡机旁忙碌，模样干练，不知为何，她让我想起"豆腐西施"与孙二娘的混合体。

"你们一定要喝卡布奇诺。"老黄不由我们回答，就要了三杯。他的卡布奇诺的发音，同样是温州口味的，短促吞音。过去六年中，他已习惯了这样的节奏，每天午饭后和晚餐前，从办公室踱步到这里，喝上一杯咖啡。即使回到温州，他也坚持这个习惯，只是抱怨说咖啡不地道。

他喜欢这些新事物，但这变化不会改变他最初的模样。

他的办公桌上摆放着《封神演义》《曾国藩家书》，还有一本钢笔字帖——他经常临摹。墙壁上则挂着两副山水楹联，大约是"春山行旅""夏江烟雨"之类的话——古老中国的文人、山水与诗词。但是，整个房间的布置是那么简陋，屋内摆设的木椅、墙上的挂历，还有惨白的日光灯，都让我立刻仿佛回到了此刻的中国，在中国不同城市与乡镇，我总是遇到这样的色彩、灯光与布置，它没有精致、舒适之感。

或许老黄还有兴致练习书法、悬挂山水画，对他的儿子小黄来说，这一切都缺乏吸引力。他也没兴趣了解古老的罗马。

"我喜欢的是布鲁塞尔、阿姆斯特丹那样有现代感的城市。"小黄说。事实上，在罗马生活了七年之后，他对意大利缺乏好感。

他离开温州，是因为他高中的成绩不够好，没上大学。他是家里的三个孩子中最小的，大姐如今在上海工作，二姐和他在罗马帮助父亲料理生意。

十八岁时，他在这里的第一份工作是当送货员。他记得第一次从罗马前往巴黎的经历，那时他还没拿到欧盟的驾照，开着那辆小型货车一连行驶了十二个小时，一路听着摇滚乐。两百年前，拿破仑就是沿着这条路线从法国来到意大利的。

如今，他已是个老练的驾驶员，对欧洲公路网熟悉无比，最远花了十六个小时开到马德里。他获取了本地的居留权，还能说简单却熟练的意大利语，可以和政府部门毫无障碍地打交道——他的父亲是永远不准备做也做不到了。

但是，他从来没准备留在这里。"是生意需要，我要完成原始的积累。"他试图用更世故的口气，反而突出了他的孩子气。他说，做生意的秘诀是市场行情和反应的速度。和父亲不同，小黄不再被物质匮乏所困，他甚至也不需要充满饥渴地寻求机会，当他成长时，他的父亲已为他提供了各种选择。他不能在国内顺利地考上大学，可以来罗马，他不需要自己租房子、找工作，父亲也用不着他太为家族生意操心，觉得他唯一重要的事是去找个合适的女朋友。

但是，小黄却觉得这与其说是便利，不如说是负担。"他以为我不需要考虑生意，但怎么可能，我一直在想，"小黄说，"其实，我的压力很大，我不希望他们对我失望，实际上我的思想负担可能比他们出来时还大"。

最初，我觉得这不过是个强说愁的少年心态，但当我们的交流更深入时，他那压抑不住的哀愁开始变得更真实起来。他开车带我们在滴着小雨的罗马郊区穿行，说起了十八岁第一次来到意大利的遭遇。那是 2001 年春天的一个傍晚，父亲带着第一次出国的他在意大利托斯卡纳地区的普拉多市（Prato）的街头散步，这是座小城，也以中国人的集中著称。"有个骑摩托车的意大利人，突然从后面上来，在我头上啐了一口。"七年过去了，小黄回忆时仍耿耿于怀，可以想见，这一遭遇给少年人敏感的内心带来怎样的改变。

从此以后，对小黄而言，意大利与意大利人都变成了抽象的名词，他愿意忽略掉他们蕴含的复杂性，每一个个人都是不同的，但他们都意味着屈辱和不愉快。这一情感，随着时间，不是减弱而是增强了。

他会义愤地说起 2007 年春天，发生在米兰华人聚集区的华人与当地警察的冲突。"全世界都为此震惊，"他说起一个当地警察正在殴打华人孕妇，"但事情却不了了之，中国大使馆的抗议太软弱了"。我不清楚这一事件，但是生活在西方世界的华人群体的屈辱感，是个古老而崭新的命题。它似乎没有随着中国国力的增强而消失。

在饭桌上，小黄激动地发表着对这一事件的看法，他

这罗马的慑人之美，小黄毫无兴趣

的心情是复杂的。一方面，他对米兰的意大利警察表示愤怒；另一方面，他对中国大使馆的软弱与迟钝不满，进而发展到对整个中国政府的不满。但对我们同时谈论的西藏情况，他的态度则又转变了，他认为北京可以再严厉一些，不用理会外国人的态度。年轻人丢掉了刚认识的矜持，谈兴甚好，胃口也佳，在吃了一份海鲜、一碗面条之后，又吞下一客牛排。当父亲试图平衡他的极端言论时，他奋起争辩。

老黄会说起米兰的华人社会自身的问题，他清楚在城市中，华人社区总是拥挤、肮脏，帮派间的纷争愈演愈烈，经常激起周围人的反感。而且，华人也缺少权利意识，他们很少团结起来，争取集体的利益。但无疑父子二人，都期待能有一个强有力的中国政府，给这些海外华人提供真正的支持，不论是情感上的，还是实际行动上的。

吃过饭，小黄主动提出送我们回到罗马市内。他喜欢和我们在一起，或许是因为他好久没有这样畅快地说话了。我能感觉到他的深深孤独，在罗马，他没几个朋友，也执意不准备融入意大利社会。他最喜欢开长途车去送货，是因为那一刻他既逃离了不喜欢的意大利，又逃离了父亲的告诫。他不像父亲那样乐观，善于自我调节，他经常沉浸在自己的小世界里，不能自拔。他的父亲感受到生活越来越扩展的兴奋，他却为自己的民族身份而紧张。当车快进入罗马城区时，他突然说起，一年前，他还被当地警察局监禁过——在八个月时间里，他只能待在家里，不能使用任何通信工具。他相信，这是个莫须有的指控，因为警察凭借的仅是窃听到两位华人黑社会分子通电话时提到他的名字，而且通话发生在四年前。"哪里都不能去，只能锻炼身体了，现在很结实。"他自嘲说。

他的愤怒、不安与忧愁，充斥在这辆小小的 Golf 里。我突然想到在全球很多角落都在兴起的民族主义的年轻一代，他们感觉到自己在被边缘化，想发出自己的声音，却找不到自己的方式。与 20 世纪前半叶的民族主义者不同，他们没有明确的敌人要反抗，没有清晰的道路和主义来追逐，他们困惑，也蕴含着巨大的能量，如果得不到疏导，经常滑向暴力或自我放逐。我也不自觉地想起孙中山，当年这位屡屡失败的革命者，不断在世界各地的唐人街走动、发表慷慨激昂、"莫名其妙"的演说，这些在海外辛勤工作、节俭度日的华人却愿意慷慨解囊，把开餐馆、开洗衣店、修铁路挣到的钱转化成枪炮、弹药，也是一心期待能够建立一个真正的强大政府，既能给予他们尊严，也能在他们觉得软弱时给予保护……

车无声地穿进罗马城区，被雨打湿的碎石板路，被路灯射出的黄光照得油亮亮的。当即将来到万神殿附近时，小黄停下车，神经有点紧张。我记得他说过对这些古老建筑没兴趣，他还说过不喜欢进城，因为"看到太多的意大利人就心烦"……

他们的海德堡岁月

我看到尼古拉斯·桑巴特的照片。他身穿黑色大衣斜靠在长椅上，黄丝围巾松散却夸张地结在胸前，像是一朵绽开的绚丽花朵。

即使宽宽的额头上满是深深皱纹，眼角已随岁月下坠，头顶上的白发如风吹过的乱草，你还是可以一眼看出他曾是个多么英俊、倜傥的青年。昔日海德堡的朋友圈中有个不成文的规定——他"必须找最漂亮的女孩当女友"。

照片刊登于2008年8月6日，出现在讣告上，尼古拉斯·桑巴特已于7月14日去世。不过，他终生的学识和风流，已通过书籍留下来。

手边的这一本是《海德堡岁月》，是关于他一段青春的回忆录。两年前发现它时，纯粹是被书名与朴素的封面设计所吸引。我不知道这位桑巴特先生是谁，也从未想过是否与德国那位著名的经济学家韦纳·桑巴特有关系？

不过，它给了我久违的阅读乐趣。回忆开始于1945年，德国战败投降，从北部的汉堡到南方的慕尼黑，整个德国四处是残垣断瓦、缺衣少食、屠杀的记忆、失败的情绪、苏联和美国士兵……一等兵尼古拉斯·桑巴特幸运地躲避了被杀或被遭往西伯利亚战俘集中营的命运，以一名退役老兵的身份来到海德堡——静谧而灿烂的大学城，或许也是唯一幸免于轰炸的城市——开始他的学生生涯。

一开始，是尼古拉斯典雅和轻快的笔调吸引着我。它是教养、思索、雄心、青春活力和稚气、享乐主义和一点点玩世不恭的混合体。

那些片段让我着迷。尼古拉斯和他的朋友们，整夜地畅谈书籍与思想，一心要创办表达自己这一代声音的杂志，进入大师们的书房聆听教诲，在小酒馆里大吵大嚷，还在深夜翻过窗户去和女友偷偷幽会，享受被扼杀在枕头下的低低呻吟……

对他们来说，整个世界与人类的历史，都是一个探索之物。他们试图通过各种道路抵达终点——思想、酒精、爱情、友谊、争辩、旅行……

倘若不是几天前对海德堡短暂的一瞥，我对尼古拉斯·桑巴特的理解就到此而止了。

我在一个冬日清冷的午后到达。"这里是俾斯麦广场，这里是大教堂，老城，古堡，哲学家小径。"在火车站门口游客中心，那位热情的中年妇人从柜台取出海德堡游览图，不等我继续追问，就用圆珠笔熟练地在上面画出地标——她已见过太多我这样的陌生人，重复过千百次同样的动作，海德堡已是著名的旅游城市，游客打破了往日的宁静，当然他们很少在这样的寒冷时节到来。

在小小的被密集的电车轨道划过的广场，我看到俾斯麦的白色半身胸像。他在严寒中秃着头，表情过分严肃，上唇两撇浓密的胡须，胸前礼服夸张的折摆，这 19 世纪容克*们的威严与自满，像他身后枯枝上的树叶，早已随风飘去了。

---

* 容克：德语 Junker，指以普鲁士为代表的德意志东部地区的贵族地位。——编者注

从俾斯麦广场向北，就是跨越内卡河的特奥多尔-休斯桥了，而哲学家小径就在河对岸的山上。像过分规矩的德国人一样，我耐心地等待红灯变绿。身旁那个或许只有一米四的老妇人，却径自走过，那头蓬松、干净的白发随着步伐微微颤动。仿佛年龄从未让她变老，而只是赋予她足够的资历来藐视规则。谁知道呢，或许她已在这小镇上走了八十年，不管是雅斯贝尔斯，还是阿尔弗雷德·韦伯，她都曾对他们视若无睹。

寒冷更容易让人饥饿，跨过静静流淌的黄色内卡河后，我钻进街角一对上海夫妇经营的中餐厅，它有红皮沙发和大学食堂里的味道。

在这里，我碰到了小赵。他穿着条纹帽衫、蓝色牛仔裤，消瘦的脸上流露着国内大学男生的稚气，端着一份肉丸子配白饭，正在找座位。

我示意他坐在对面，饭菜不咸不淡，我们的闲聊也不咸不淡。一开始他的声音很低，我要问上两遍才听清楚。1978 年，他出生于贵州省的凯里市，这个黔东南的小城，以香炉山、清水江和数不清的苗族村寨著称。二十岁时他考取贵州大学的物理系，从本科读到硕士。毕业后三年里，他在贵阳市的一所律师事务所工作，但是那座西南城市的生活太过平庸了，他决定前来海德堡大学继续学习物理。

我听到他描述中的厌倦和孤独，也看到在这背后的一种深深渴望，他想抓住些让他兴奋、感到温暖的东西。我提议一起去哲学家小径走走，他毫不迟疑地就答应了。

"来海德堡的第一天，我哪都没去，就直接来到这儿。"当我们走到一条上坡小路时，他说，"就是这里，真看到时，还挺失望的"。

哲学家小径从一段窄窄的、不平整的柏油路开始，新旧沥青的颜色交替在一起，路两旁是红色的石墙，墙旁是几辆四人座的汽车，墙内是一栋栋两层的小楼，不知什么人住在其中。红色的干石墙，是海德堡的标志。小径的坡度很陡，要花上些力气才上得去，如果哲学家徒步而上，可分不出心思来思考。

"这是我们的物理研究所。"这是一幢被漆成乳白色的小楼。我们相遇前，他正在这里写写算算。再往上走，坡势平缓了，房屋也消失了，只有红色的干石还在，四处是绿树、野草和葡萄藤，空气愈加清新，四周一切安静，可以听得到自己的呼吸声，我们已到了圣山（Heiligenberg）的山腰了，转头看过去，整个海德堡小城正静静躺在内卡河谷里，内卡河水正浑浊而悄然地流过，教堂尖顶从巴洛克风格的老城建筑群里凌厉地挺出，古城堡巍然而有力地耸立在小城一角，残破的红色砖墙，城堡内的钩心斗角、风流韵事，都已随历史湮没……

哲学与思索的气氛，似乎也悄然而至。小路旁，我看到约瑟夫·艾兴多尔夫的纪念碑，上面是年轻诗人的英俊画像和一行我不懂的诗句。两百年前，他和另一位年轻诗人荷尔德林常在此结伴散步，他们或许同样苍白和敏感，同样热衷于探索世界的秘密，同样坚持某种抽象的精神。

我们没有走到山顶。小赵的情绪随着时间热烈起来。他主动和我谈起他曾多么喜欢尼采、博尔赫斯和屠格涅夫，在凯里的一所中学里，这算得上惊世骇俗了。进入大学后，他仍是个"怪僻分子"。他疯狂地爱上物理学，并自认是班级里最优秀的学生，但他的考试成绩却总是最差的，老师接受不了他的不上课和自创的解题方案。四年学业结束时，他差点没有拿到毕业证。不过，在研究生阶段，他凭着自学还是在英文期刊 *Physics Review Letters*（《物理评论快报》）上发表了两篇文章，并凭借这两篇文章，申请到了马克斯·普朗克基金会提供的研究津贴，他俏皮地把基金会简称作"马普基金"。

"真是堕落了。"我们沿一条迷宫般陡峭的石阶下山时，他不断重复着这句话。他说起大学时的一位挚友，迷恋上诗歌，每天都拿着新写的诗作来找他。"尽管，不断被我打击，他还是写，他后来退了学，现在可能在北京打工吧，"他几乎喃喃自语，"可是，我在网上碰到他时，他还会发来新诗"。

我明白他的意思，他的朋友还在坚持，而他呢？他不再在物理学中寄托自己的热忱，不再相信"物理公式中蕴含的简洁之美"这样的套话。对他来说，来到海德堡，与其说是为探索科学的热忱，不如说只是对贵阳那单调生活的逃离。但他真的逃离后却又发现仍是空空荡荡。三个月里，研究所的学习工作像是一桩习惯性的动作，而他似乎也做好准备去探索别的，他没准备学习这里的语言，没去过其他城市，甚至连小城里那座辉煌而残破的古堡也没去过，他来到尼采的故乡，却连一本他的书也再不想翻起。

我们在老城里游荡了一个下午，走过旧大桥，摸了卡尔门旁的黄铜猴子，他请我喝咖啡，陪我在一家英文二手书店里东翻西拣。看着我买的一袋子书，他突然说："我好久没看书了。"

他的房间里的确没有一本"书"。这个强行将厨房、卫生间塞进去的公寓房间，是个再典型不过的单身学生宿舍。一张床，一个写字桌，一个书架，两把椅子，再没有更多的空间了。平躺在床上，脚就正好抵在厨房的水池边。不过，平心而论，这仍是不错的居住条件，虽然每月四百欧元的房租一点也不便宜。书桌上一台笔记本电脑，很多份 *Physics Review*，吃剩的橘子皮摊在上面，而书架上只有两本物理教材。

他执意请我到这里坐坐，好让我登上离去的火车前尝尝他的手艺，他觉得自己的水平可比那对上海夫妇高多了。他拿出这一表现自己善意的方法，大概是很久没人和他提起尼采、博尔赫斯这样的名字了。

他切西红柿时，我在用他的电脑看《我的野蛮女友》，全智贤是他最喜欢的明星，不管是她的样子还是身材，都符合他对情人的理想要求。看到全智贤美丽蛮横的样子，他似乎自然地说起他从前的恋情。那时，他正在读屠格涅夫的《初恋》，开始用羞涩和纯情的方式向那个同系不同班的女生表达。古典的方式，迎来了现代的溃败，令他至今耿耿于怀……

和小赵散步、谈话时，我把尼古拉斯·桑巴特忘得一干二净。当我再一次翻开《海德堡岁月》，读到了约瑟

夫·艾兴多尔夫的诗，不知它是否就是刻在纪念碑上的
那一句：

> 他们或许在梦中见过，
>
> 就像瞧着自己的故乡。
>
> 而这魔力并未欺骗他们。

在这三行诗中，尼古拉斯·桑巴特看到了真正的"海德堡精神"——它是"非海德堡人的东西，是一代代人不断更新、确认的思想经历的产物，他们符合边缘人的特质，并神奇地在这个地方相遇。他们孑然一身，以旅人和外人的身份来到这里，在这里找到一个新的超越感性的寄托之处"。

重读这本迷人的小书，是一次再度发现之旅。插页里那些安静的黑白照片，老桥门、赫拉克勒斯的喷泉、圣灵堂前的市集，我都已到过，我呼吸到海德堡冬日的宁静与清澈，这些半个世纪前的生活，会带给我哪些新的感受？

除去两年前的青春浪漫，我更多地读到每一代人的精神世界是如何延续传统，如何被新的时代特征所塑造，当然，我也通过 Google 了解到，原来这位尼古拉斯正是那

位更为著名的经济学家桑巴特之子。

"我们属于这一代人，大概是最后一代人，一出生便理所当然地要求把这个世界当作整体来理解。"这是尼古拉斯·桑巴特在《三个朋友》这一章中写下的第一句话。他接着解释说："他们要求在他们的意识与自觉中，能在精神上达到他们那个时代的高度民主。这断然包括对人类发展的看法，阶段性的继续发展，朝更高层次的发展——进步的观念。"

这或许能解释尼古拉斯·桑巴特迷人的所有原因。他是一个身处新旧两个时代中的人物。当他降生时，他的家庭给予他一个辉煌的传统。这个传统从文艺复兴发端，经由启蒙运动、地理大发现、现代科学革命，到 20 世纪初达到成熟的巅峰。在他的上一代人身上，不管是他的父亲、历史学家克罗齐、文化学者阿尔弗雷德·韦伯、哲学家雅斯贝尔斯，还是从未谋面的巨人马克斯·韦伯，尼古拉斯·桑巴特必定感受到一种恢宏的气魄，整个人类的历史与命运都存在于他们的案头上与笔记本里。但是，溃败的种子也同时埋藏于这辉煌中。

他在马克斯·韦伯身上看到一种深深的异化。他充满"一个资产阶级知识分子的挫折"，目睹着这一阶层的创造力与财富，被俾斯麦所代表的强大官僚阶层所压制与摧毁，而他只能用道德上的愤怒来掩饰政治上的无能。

当尼古拉斯·桑巴特来到海德堡时，俾斯麦的遗产已给德国或许也给整个西方世界带来两次深刻的摧毁，而那个伟大的传统也在这过程中开始断裂。于是，他这一代人面临着多重的挑战。

他一方面试图继承那个光荣的智力与文化传统，例如他理出了"知识公民"的定义；另一方面要继续追问与清除那个糟糕的政治与官僚传统，更重要的是，他们在这个残破的现实面前寻找自己的声音。所以，他喜欢那份志趣高雅的《蜕变》，却仍执着要创办《失落的一代》，因为前者是"以过去的标准来判断当代的'思想的状况'"，而他追求如何表达出年青一代的"恐惧和希望，界定他们的政治概念，勇敢揭示他们的特异体质，让他们不再沉默，而能发声"。他在自由主义中寻求到支持，因为他标榜的是以演进的方式来看待世界，而不依赖于特定的结论。

从 1945 年到 1951 年的六年时光里，尼古拉斯·桑巴特在海德堡找到充分的宁静和思想上的激荡。古老的"知识公民"的传统和德国重建的现实，给予他一个巨大的思想实验场，以塑造自己乃至更广泛的一代人的精神世界。

当他在 2008 年 6 月离去时，他已是战后德国最重要的名字，他影响了一个世代。

在重读《海德堡岁月》的过程中，小赵的形象在我眼前若隐若现。我记得他陪我狂奔到火车站，透过合上的车门玻璃，我看到他孤独的身影。

像两百年前的约瑟夫·艾兴多尔夫一样，他以一个边缘人的身份到来。他的心中曾经带有那么多炽热又感伤的梦想，这些梦想被他曾生长的社会深深伤害，以至于不得不主动遗忘它。而在这陌生的海德堡，语言、文化，还有种族，都树立了天然的屏障，边缘人的身份会解放他、激励他，还是会加剧他的挫败和封闭？那间零乱的小小公寓，似乎是不妙的征兆，它贫乏而缺少内在秩序，我可以想象，有多少个夜晚，他是盯着那台十五寸的显示器，打发掉青春的光阴。平庸的社会习俗却有着强大的吞噬一切的惯性。自他成长以来，周围就是无时不在加强的惯性。他曾奋力地拼搏过，却没有得到足够的鼓励与响应，然后自然地衰竭与自怜，生活被缩减成简单的需求。我也知道，很多在德国留学的中国青年正遭遇着同样的尴尬——他们的世界不是更宽阔，而是更封闭，他们自嘲是"鸵鸟人"——一种夹在双重文化中的变形人种。

但我也记得，临行前他对我说，是该认真地读书与生活，停止这"堕落"了。是的，他的海德堡岁月刚刚开始，而我希望再次相逢时，他能背起这诗句——"而这魔力并未欺骗他们"。

剑桥一年

明信片的校园

来剑桥的第一个月，我每天晨跑。从赫舍尔路上我住的克莱尔堂开始，绕过有着飞檐与亭台的李约瑟研究所，回到格兰奇路，穿过一片草坪，进入圣约翰学院的铁制后门、剑河上的小桥、被中世纪红砖墙包围起的中庭。白衣的厨师们推着餐车进入饭堂，黑衣的看门人在门口闲站着，看到我跑过来，偶尔问一句"早晨好，先生"。我穿过圣约翰的前门，来到市中心。要到 10 月才正式开学，小镇的清晨仍很安静，Costa 咖啡馆刚刚传出研磨机的轰鸣声，海佛斯书店的铝合金门才拉上去。我仿佛无意闯入一张明信片，一切精致如画，有如梦幻。

剑桥是用脚与自行车轮丈量的城市，步行五分钟就能到达的音乐厅，十分钟的戏院，十五分钟的电影院，四处散落的咖啡店、酒吧、草坪与书店。它也是缓慢生长的社区，13 世纪的彼德豪斯学院，15 世纪的三一学院，16 世纪的圣玛丽大教堂，1887 年的菲兹比利餐厅，三十多年前才建起的新卡文迪许实验室……它的新时代，不以埋葬旧时代为代价。平衡感贯穿于每一个角落。这里是现代科学的发源地，教堂的钟声在每个傍晚扩散在城市里；这里涌动着新思想，但传统被无限地尊敬，拉丁语的祝词之后，晚餐才正式开始；这里遵循着等级制度，只有研究员才能踏过学院的草坪、坐在高桌上吃饭，智力上的挑战被无限推崇；藏书八百万册的图书馆象征着文明的延续，但草坪上总躺着懒散的牛群，天鹅与野鸭都在剑河上游荡；这里的年轻人被鼓励自由精神，却也强调纪律与竞争，你可以生活闲暇，也可以穿进每一间教室，倾听托马斯·阿奎纳的神学、约翰·斯图亚特·密尔的自由主义或是日本电影的变迁……

知识、传统、教养、自然、安静、大把闲暇的时光，这里有我渴望的一切。我期望它能缓和我越来越强的焦躁

冬日的国王学院，这里的学生曾以左派激情著称

与无力感，给我的写作生涯注入新的动力。

在之前的两年中，我日益感到瓦茨拉夫·哈维尔所说的作家"第一股风"的结束。在一篇真挚的自传性的文章里，他把一个作家二十多岁时的创作称作"第一股风"。他关于世界的最初经验开始在体内形成，他开始更严肃地理解自身，用自己的眼睛打量世界。这是个令人陶醉的写作过程，他生机勃勃、自信十足，充满自我发现的英雄主义。他不仅受惠于内在的活力，时代也常常宠幸他，他的自我表现与时代情绪恰好合拍，他赢得喝彩与声誉。这个过程大约可以持续十年。渐渐地，他发现自己耗尽了最初的经验与能量，尝试过各种角度，而同时，外部环境也发生转变，不再热情地接纳他之前的努力了。

哈维尔是在 1976 年写下这些文字的，那时他在等待创造上的"第二股风"的到来。他的"第一股风"从 50 年代末开始。他是个剧作家，在社会制度变革中，他的出身把他从社会等级的顶端推向底层，备尝生活的荒诞与辛酸，这也为他提供了灵感与素材。在他尝试写作时，捷克的政治气氛开始松动。他的剧本不仅不断地上演，其中的荒诞、反讽的语言与情节也激起广泛的共鸣：革命实验带来了一个机能错乱的社会。他的"第一股风"在 1968 年结束，不仅因为热情与才能的逐渐耗尽，更是外部环境的转变。

哈维尔相信，在"第一股风"结束后，作家有三种选择：他可以用更精彩的方式来表达自己过去的思想，也可以把精力用来巩固自己已获得的地位、表现出的创造力，它们都是某种意义上的自我重复。对于一个更为严肃的作家来说，他还有第三个选择，他抛弃过往的自己，把自己从昔日的经验、公众的期待、熟悉的题材与论调中摆脱出来。这也是一次重新发现自我、发现世界的旅程，你要探测到你的新声音，等待新经验的酝酿成熟，它将是你写作生涯的"第二股风"。如今我们知道，哈维尔最终找到了自己的"第二股风"，在很长的一段时间里，他不再写剧本，却成为我们时代最深邃与动人的散文作家之一。

我犹记读到这篇文章时的激动，它挑明我内心的困惑。也是大约十年前，我决定以写作为业。那是 20 世纪 90 年代末的中国，诗歌甚至散文年代都已结束，它是个新闻报道的时代。全球商业、技术、消费、信息网络似乎不可逆转地改变中国，她似乎再一次获得新生。这也是个新的信息涌动、旧的表述方式失效的年代。我这一代的写作者不再以司汤达、卡夫卡、马尔克斯、T.S. 艾略特为楷模，钟情的是《时代》《滚石》《经济学人》的新闻写作。似乎只有这种明快、跳跃的新闻体，才能把握这个迅速变化的中国社会。

我突然发现自己占据了意外的优势。一知半解的英文、杂乱的知识、炽热的青春表达欲、模仿英文杂志的写作风格，这些因素令我充当信息断层中的填补者。我引用约翰·密尔来为个人自由辩护，用哈耶克与波普尔来反对计划经济与封闭社会，用爱默生的"美国精神"来映照"中国精神"，用彼得·德鲁克的管理理论来探讨中国的商业社会，为互联网革命将改变中国而欢呼……我对所引用的人物是确切了解还是对他们的思想充满误读，没人深究这一切。对一些人来说，它正好是个热气腾腾的中国的写照。而对于我的很多同代人来说，我一厢情愿的乐观打动了他们，我们都出生在20世纪70年代，我们的成长恰好与中国历史上少见的和平与繁荣相逢，没有大规模的动乱，不中断的经济增长，日渐开放的社会，日渐增多的个人自由……我们的雄心也随之膨胀，认定自己必将是一个新时代的缔造者，我们还将随着中国的崛起而跃升到世界舞台的中央。

这股热情慢慢退却了。我日益感觉到自己对写作的对象缺乏深入的探索，只在不同的概念之间跳来跳去。我对世界丰富性的陈述，只是表层的丰富。而当我在谈论中国时，又经常像是隔靴搔痒，总是触不到它的本质问题。在这背后，很可能是我对智力与道德责任的逃避。在智力上，我过分依赖于别人的思想，它们肤浅地镶嵌在我思想的表层，从未和我的头脑建立起有机的联系；而在道德上，我则一直在回避深层的追问，那些我推崇的信念从未真正在我的内心生长起来。像很多的同代人一样，我也是个不自觉的投机主义者，我依赖于外界环境对自己的评价，而不是内心的准则。知识、思想，甚至理想主义，有时都不免是我投机的方式。

另外，我也感觉到自己与社会情绪之间发生的分裂。读者不再兴奋于我兴奋的东西，社会推崇的价值观越来越与我期待的不同。我相信个人多元价值，知识分子的历史责任，市场经济与小政府，认定个人的自由与丰富才是政治经济制度的目的。在过去的几年里，我目睹一种强烈的反智主义情绪日渐浓郁，大众文化全面胜利……我觉得愤怒与不安，也感到挫败与焦虑。但我还说不清，这日渐增长的无力感来自对自己的愤怒还是对社会的不满。

我的"第一股风"似乎结束了。

我以为自己会拥抱剑桥，却发现自己下意识地逃避。符合我一切期待的新环境，也没给我带来内心的镇定。很多个早晨，我坐在图书馆的茶室里，内心弥漫着慌张。桌上同时铺着好几本书，我从这本跳跃到那本，担心错过任何重要的段落。

倘若我的"第一股风"是即兴、激情、碎片、截稿压力式的写作，如今我想写得更深入、更系统、更富个人洞察力，要承担起一个作家对应的知识与道德上的责任。

如何获得这一切？在回答这个问题之前，我发现自己掉入了新的困境。穿过图书馆林立的书架时，兴奋与绝望同时洋溢在我心中。我关心的所有事物，都有人做出了详尽的、出人意料的探讨，如今我可以汇入这股传统，让自己的思考更丰满，但同时，我的意义何在，我能为其中添加些什么样的新东西？我也没有进入剑桥的社交生活，我回避正式晚餐，明知可能碰到有趣的交谈者，英国的分析哲学家、匈牙利裔的戏剧教授、研究以色列中世纪犹太教的博士后、来自巴西的写小说的材料学家……他们都可能出现。很多时刻，我迫不及待地钻回我的房间，听收音机、泡在浴缸里，不无病态地沉浸于寂寞与感伤里——我觉得自己轻飘飘地附着在明信片一样的剑桥上，我找不到支点，思想与身体都失去重量。

是因为所有熟悉的朋友与关系都消失了？是因为受挫的自尊心，我在中国赢得的小小名声不起作用，语言屏障令我觉得自己笨拙不堪？还是因为生活上的不适，饭堂里总是炸鱼、薯条和白得令人不安的火鸡肉？是因为一个访问学者的生活太过自由了，不需要上课，没有必须完成的义务？……

我第一次独自生活在海外，多少吃惊地发现，这彻底的自由让我心生恐惧，丰富的生活竟让我退缩。我原以为这一年，我会多谈谈亨利八世、国王学院的左派传统、《伦敦书评》、查令街的旧书店，以及罗素、凯恩斯、奥登的世界，结果我比任何时候都更多地写作中国，而且是当代中国。

多年来，我批评她是个扭曲、异化、无根、浅薄的社会。如今，我却可能比任何时候都更需要她的存在。似乎正是在这种批评及其激起的反应中，我才意识到自己的价值。

为了了解这个中国，俾斯麦时期的德国历史，东欧与俄国流亡知识分子的命运都出现在我的视野里，他们都活在一个国家主义占上风、个人自由溃败的年代。但也正是在黑暗中，一些心灵绽放出特别的光芒。似乎剑桥的自然、宁静、丰沛，加剧我对扭曲、疯狂、匮乏的兴趣，让我真正感兴趣的是索尔仁尼琴、哈维尔、米奇尼克……他们似乎都在提醒，我一直在逃避的东西是什么。

是疏离感让我觉得脆弱，要从那些流亡者身上寻找力量？是丰盛的人类文明让我不知所措，所以要拼命抓到一些更熟悉的东西？还是我正在寻找自己的内在的使命？可能都是。我隐隐地感到一种新情感在内心浮现，但不知道它是假象，还是真的变化。

过多的自我分析是危险的，它难免掉入自恋的泥潭。不过，我从前的自我分析实在是太少。你甚至可以说，成长在中国社会，你很少有机会进行真正的自我分析。我们总是生活在人群中，被无处不在的人际网络包围，更重要的是，一套实用主义的思想系统深入每个人的头脑。个人很少具有独立的价值与意义，他总是从属于某种社会标准。知识与精神也总是现实力量的附属品。这可能也是中国的流亡者中没有产生东欧与苏联流亡者中的知识与道德上的巨人的原因之一。中国知识分子总是宿命般地要和中国社会发生关联，一旦脱离了土壤，就像失去了养分的植物。即使其中最杰出的头脑和心灵，也很难建立起一个自足的精神世界，倘若不能用自己的知识与道德力量来变革中国，就倍感失落。但这也像是个悖论，倘若你无动于衷于中国的种种困境，你必定是个逃避主义者；但倘若你的头脑与内心被这些困境全盘占据，你又不可能建立起自我的精神世界。

这种平衡难以把握。一些夜晚，我发现自己陷入信心危机，发现自己没有道德勇气直接面对中国社会的困境。知识、思想是要来对抗压迫、不公、谎言的，我也仍没有能力建立一个独立的精神世界，以致我如此渴望一个现实社会对我的回馈。多年来，我在写作中倡导的一切，个人、自由、独立、内心，都只是我的功利主义的装饰物，它们让我与众不同、赢得喝彩。但我从未真正了解它们的内涵，倘若它们带来的是伤害、危险、孤立，我还可以继续吗？

我隐隐地意识到，倘若我的写作生涯存在着"第二股风"，它一定与此相关。

留学生们

《一个美国人在维多利亚的剑桥》初版于 1852 年，我手上的这本是 2008 年的新版，淡黄色的封面上有校园生活的铅笔素描。1840 年到 1845 年，美国青年查尔斯·艾斯特·布里斯特德（Charles Astor Bristed）在剑桥的三一学院读书、辩论、醉酒、划船……布里斯特德不是个多么杰出的作家，却是个诚实、敏感、勤奋的记录者。这本书既是一个青年的成长记录，也是两种文明的相遇故事。

此刻的美国仍生活在英国的阴影下。尽管政治上早已独立，美国人的精神世界仍依赖欧洲。他们如饥似渴地阅读狄更斯的最新著作，即使最杰出的美国心灵，仍不免在英国头脑面前略感不安，所以过分善于制造警句的拉尔夫·爱默生要呼唤"美国精神的独立"。

而大英帝国正处于它权力的顶峰，不仅是军事上、物质上的，也是制度上与文化上的。对于大部分欧洲人来说，美国代表着乌合之众的胜利，一种粗鄙的金钱崇拜的价值观。毕业于耶鲁大学的布里斯特德，带着文化上的自卑，在这本书中洋溢着对英国教育的赞赏、对美国大学的批判。当时只有很少人能意识到，美国代表着历史进程中的一种新的可能性。

在一个清晨，我无意中买到这本书，并问自己能否记录出此刻中国与英国的相逢，前者也是一个处于上升期的大国。

但谁会对这样的描述感兴趣？距离"一个美国人在维多利亚的剑桥"过去一百六十年了，大英帝国已经缩回到英伦三岛，人们讥讽伦敦不过是华盛顿与纽约的附庸。牛津、剑桥仍在，却越来越像这个时代的装饰品——它们典雅，富有魅力，却也无关痛痒。它们的毕业生不再统治世界，倘若你观看了最近一场首相竞选，你会发现帝国不仅在物理意义上也在精神上衰落了，甚至陷入身份危机。三位竞选人，不管是来自哪个党派，毕业于哪个学校，都竭力把自己打扮成另一个奥巴马。过去的十年里，世界权力的中心似乎又一次发生转移，这一次是向东。中国，或许再加上印度，被认定要主导世界的未来。这是眼花缭乱的新变化，中国举办了叹为观止的奥运会、世界博览会，宇航员被送上太空，能源公司登上了全球企业规模的榜首，外汇储备无人能敌，甚至一场七十年未见的经济危机也只让她更强大，她被认定创造了一种独特的政治经济模式，注定要像19纪的英国、20世纪的美国一样，塑造、领导21世纪。

中国是新的全球历史的开启者，而欧洲生活在"历史的终结"中。倘若你记得19世纪的欧洲流行情绪——"欧洲的五十年胜过中国的一个轮回"，对眼前的变化就会更兴致盎然。

但倘若历史的本质是思想史，是新的价值、意义的确立，而不是五彩缤纷的外部事件，中国真的能代表新的历史力量吗？

很有可能，剑桥为观察这种新的历史力量提供了有趣的角度。对于近代中国来说，留学是一种汲取历史动力的象征。停滞的中国要从西方寻找科学、技术、制度、思想上的活力。

1917年，从美国归来的胡适在上海码头对迎接他的朋友说："如今我们归来，一切都将不同。"二十七岁的胡适引用的是伊拉斯谟的名句。这是中国留学生最自信的时刻，他们通过充当两种文明之间的沟通者、中国社会的变革者，肩负把新观念、新技术、新组织带入中国的使命。在后来的一篇文章中，胡适写道："他（归国留学生）总是带着一种新的见解，一种批判的精神。这样的见解和精神，是一个对事物既有秩序逐渐习以为常、漠然无动于衷的民族所缺乏的，也是任何改革运动所绝对必须的。"

这当然美化了传统，拥有胡适式情怀者只是极少数。大多数留学生只是如鲁迅笔下上野公园中的清朝留学生模样："头顶上盘着大辫子，顶得学生制帽的顶上高高耸起，形成一座富士山。也有解散辫子，盘得平的，除下帽来，油光可鉴，宛如小姑娘的发髻一般，还要将脖子扭几扭。实在标致极了……"从清末到国民党政府，留学经常不过是个光鲜的标签，为一些人谋取官场与社交场的资格。他们失去与自己土地的关系，却也没接引上新的源头。

而那些"新的见解，一种批判的精神"也往往命运不佳，它们总是被吞没于顽固的中国传统与惰性中。他们的雄心、焦虑、局限，恰好像是中国自身特性的流露。但没人能否认他们的重要作用，中国与西方之间存在着如此大的权力、财富、知识的鸿沟，他们是其中的传输带。但悲剧也在于此，他们仅仅是传输带，由于外部环境的紧迫、内在的脆弱，他们从未建立起自身的意志与价值，他们的作用往往被局限在工具性的范畴内。他们可以建造一条铁路、建立一家化工厂、设计一幢新建筑，但他们的影响经常是浮在中国社会的表层。他们太急切于有用，他们可能理想高尚，要拯救祖国，也可能市侩不堪，要谋取个人成功。

很少有人深入理解这强烈的工具色彩的问题与原因。它既来自传统社会中的实用主义，也与现代世界中的国家竞争有关。陈寅恪发现 20 世纪 20 年代的中国留学生"皆学工程、实业"，"希慕富贵，不肯用力学问之意"，他忧虑"专趋实用者，则乏远虑"，"专谋以功利机械之事输入，而不图精神之救药，势必至人欲横流、道义沦丧，即求其输诚爱国，且不能得"。

20世纪的中国历史，多少像萨哈罗夫对当年苏联的批评："我们的社会必须逐步从非精神性的死胡同中走出来，这种非精神性不仅断绝了精神文明发展的可能，也断绝了物质领域进步的可能。"

萨哈罗夫的判断并非全然正确。在精神文明上走入死胡同的苏联，创造了物质上的胜利。这种胜利不是以个人而是以国家力量来衡量的。也在很长一段时间里，苏联被视作历史的新动力，一种截然不同于西方的力量。倘若西方的历史动力来源于个人解放后释放出的活力与创造力，苏联则代表集体式的成就。五年计划、集体化、国家工程，个人毫无价值，必须沦为集体目标的牺牲品。它创造了物质上的奇迹，尽管这最终被证明是暂时的，并且伴随着可怕的后遗症。

这里的中国留学生大多出生于20世纪80年代，像国内很多同龄人一样，他们喜欢叫自己"八零后"。这也是个充满反讽的称谓，他们都竭力表明自己的"个性"，却又心安理得地把自己装入这个模糊的集体身份中。与之前的几代留学生不同，中国不仅不需要他们的拯救，他们还要借助中国的荣光。他们的青春期与喧嚣的"中国崛起"重叠。中国与西方正在达成新的权力平衡，不再是一边倒的倾斜。西方的观念、技术、组织不再占据天然的优势，相反地，人们开始认定中国蕴含着新的成功秘密。留学生的地位也迅速衰落。十年来，留学不再是最优秀人才的必然归属，反被视作在国内激烈的竞争失败后的另一种选择。留学生人数的激增，也让他们丧失从前的特殊性。

　　但即使有了这样的心理准备，剑桥的中国学生的表现还是让我大吃一惊。在到来后的第三个月，我目睹中国学联主席的竞选。这是每年剑桥华人社区最重要的政治与公共活动。中国学生是剑桥最大的海外学生群体，算上那些读预科的中学生、来去不定的访问学者，它的数量接近一千五百人。他们数量众多，无处不在，却仍像是剑桥公共生活中的隐形人。在剑桥最大学生报纸 Varsity 上，我很少看到他们的消息。我不了解那些数量过分繁多的学生活动，但在演出"阿兰·图灵的悲剧一生"的戏院里，在书店里，在放映乌克兰大饥荒的小型影院里，我很少看到中国人的面孔。同样显著的是，当世界媒体都在热烈讨论中国时，这里的中国学生不知道也没兴趣发出自己的声音。

走在街头，我经常看到时髦的中国青年，他们有的头发染成金黄色，穿着那种快掉下来的牛仔裤。他们的脸上早没有匮乏与生涩的痕迹。他们来自中国新兴的中产阶级，其中一些甚至腰缠万贯。在剑桥、伦敦还有很多英国城市，你都听说过富裕的中国学生一掷千金的故事。有的用现金购买公寓、汽车，频繁出入名牌店，有的也可能一顿吃掉一千英镑的火锅。语言不是障碍，文化冲击也早已被全球化与信息化冲淡。他们是看着好莱坞电影、听着Lady Gaga成长起来的一代。

这些中国青年生活在一种新的封闭之中。新技术、自由的信息既解放了他们，也摧毁了他们。借助Skype、电子邮件、MSN、Facebook、YouTube，他们生活在一个新的群落中，即使生活在剑桥，他们也可以不错过中国的任何一部热门连续剧以及最新的一部电影《非诚勿扰》。英国反而变成了暂时的背景，他们没有兴趣发表对英国社会、对世界的看法。而中国的崛起则以另一种形态作用在他们身上。他们不仅不再把自己当作中国社会的改造者，反而以更迫切的态度融合到中国的现有秩序中。中国崛起的内在逻辑也以一种强有力的方式注入他们的生活中。三十年来的中国，是商业与消费上的成功，是文化生活中的喧闹。

发生在遥远的剑桥的这场竞选，表现了中国一切内在的困境。化学系这间阶梯教室能容纳五百人，11月初的这个夜晚济济一堂，一位华裔女警在场外巡视。这是持续了一个多月的竞选活动的高潮时刻。

在不同学院的走廊里，市中心草坪边的栏杆上，还有穆勒路上的中国超市中，都贴上了竞选海报，候选人和他们的团队都露着灿烂、自信的笑容。拉票活动以校友、同乡、同系为半径不断外延。新生是主要的争夺对象，他们初来乍到，急需一些指引与帮助，也没有养成嘲讽的态度，很容易被热情的言行打动。临时搭建的竞选班底，在火车站接新生，请可能投票者在中餐厅与不同学院里吃饭，分发来自不同商店的优惠券。一些惊人之举也偶尔出现，候选人会邀请一百位学生到某学院吃 Formal dinner，这是牛津、剑桥日常最重要的社交方式。

这种社交方式鼓励不同学科的人自由交流，但在一些夜晚，它被中国学生集体占据了。他们都穿着黑色的、像蝙蝠侠式的长袍，蜂拥而来。一个世纪前，中国人抱怨来到东方的西方列强像是"闯进了瓷器店的公牛",如今轮到我们来做公牛。

在很多方面,这场竞选的确遵循着民主程序。但这民主更像是马克·吐温的《竞选州长》中的一幕,充斥着民主试验中的粗鄙。选举前已传出了"性丑闻""贪污案"的消息,所有人都清楚,这不过是相互攻击的方式。

这一年共有三位竞选人,其中两位志在必得。而另一位 M 是竞选者中的异类,一个捣乱者。他是物理系的博士候选人,却有一颗文艺青年的内心。他每天穿戴得像个太空人,浸泡在实验室里,和他不欣赏也不欣赏他的导师一起收集实验数据。他渴望的却是到处流浪、结识陌生姑娘、给他们念海子诗歌的生活。他又没有勇气打破这一切,只能在现实的环境与内在的渴望之间摇摆。他也是我在剑桥最早的朋友之一。当他在两个月前宣布参与竞选时,他成为中国学生社区中的一个笑话。没人把他的行动当真,他自己也是如此。

这像是一个小小的游戏,人人都觉得中国学联既太过官僚色彩,也太过庸俗,每一任主席及其班底的唯一目的,似乎就是与中国驻伦敦的大使馆建立密切关系,接待来自中国的政治、商业权贵,为自己的未来搭建或许用得上的人际网络。剑桥学联主席即使不再如往日那般引人注意，也是一种自我证明的方式，每年的选举仍是华人社区的中心事件。它甚至可能会带来一笔额外的收入。

M 的参选给他自己和很多人带来乐趣。一千多名中国学生使用着共同的邮件组，人人都可能在 Facebook 上相逢、留言，M 则在这个虚拟又真实的世界里，不断攻击学联的制度，指责其他候选者的荒诞，也利用他刚刚赢得的注意力邀请漂亮的女选民喝酒。反正这是一场闹剧，人们乐于看到一个不同的闹场者。没人觉得 M 可能获胜：他既没有任何实际举措，又言辞不谨，更重要的是他没有派系网络，这在竞选中至关重要。

当晚的程序是，三位竞选人轮流发表竞选演说，然后投票，统计票数，公布结果。在那间教室里，我感到两种力量的奇妙结合。一方面，它有着民主的形式，拉票、同台演说、投票、空头许诺、自吹自擂；但另一方面，它又有着如此陈腐的内容。两位主要竞选者的演说内容，围绕着空洞的爱国主义与生活中的小恩小惠展开。

他们都提到了 2008 年的奥运火炬传递、温家宝总理几个月前在剑桥的演讲，他们声称要成为阻止藏独分子、挡住向温总理掷鞋者的坚强手臂。在这样的政治表态之后，他们的话锋迅速转向他们更熟悉也更得心应手的许诺：他们说自己已经与剑桥多少家商户签订了协议，将在未来的一年中组织多少次旅行，并成功地把每位的费用又砍下了十三英镑。我像是刚刚读完了《人民日报》，又一头扎入了《精品购物指南》。

大多数人觉得来自清华的候选人 W 会获胜。清华毕业生在剑桥不仅人数众多，还有一种罕见的凝聚力，他们是集体主义的最佳楷模，他们或许每个个体都显得生硬、没有光彩，但他们聚集在一起时，这"清华人"则自信与傲慢十足。既然他们的师兄们领导着中国，他们也该领导中国人组成的任何组织。他们有强大的动员能力，所有的清华人，还有他们的男朋友、女朋友、好朋友、酒肉朋友，都会发自内心、碍于情面或无所谓地为清华候选人投下一票。

但在投票当晚，M 却是全场的核心。他的面色比往日更苍白，尽管在网络世界总是表现出毫不在乎，他真正渴望的却是被严肃对待。他的短短演说没有任何真正的特殊之处，从某种程度而言，甚至只应该是一名稍有想法的大学生的判断。他的演说里没有爱国主义宣言，没有商店的打折信息，他讲述了自己这个从西安来的青年人最初对剑桥的向往和到了此地的失望。他发现中国的青年精英们，在这座如此浪漫、传奇的大学里，却很少有思想上的探索与碰撞，更缺乏对自身使命的追求。他期望他领导的学联，不再把精力集中于吃喝、游玩，而是放在公共的智力生活上。他让全场屏住了呼吸，接着是狂热的掌声与口号声。

M最终没有当选，他赢得了最大程度的同情，原本估计的得票率戏剧性地上升，他也赢得了很多姑娘暂时的好奇心。最终获胜的还是现实的力量，尽管W的竞选演说像是一家公司的部门经理的项目招标书，精心制作的PowerPoint不过是上一届竞选者的翻版，但他最终还是当选了。

没人在乎选举，它带来的喧闹很快被考试的紧张、圣诞节、英国冬日的阴郁所覆盖，也没人指望学联能给他们的生活带来什么改变。中国留学生就像是在两个极端之间摇摆，他们充满集体意识，只有在中国人的小世界里才觉得安全、放松；他们又是如此地自我，除去私人生活，他们不会对任何事情忧虑。

倘若这竞选暴露政治训练的匮乏，那么每年的春节联欢会则是社会文化生活的象征。它也是新当选的新一届学联领导班子的主要活动。我还记得那天晚上蜿蜒的长队。市中心的一间剧场布满中国特色，红灯笼、对联、穿着旗袍的礼仪小姐，像是唐人街的翻版。在演出开始前，是组织者们费尽心机、发动庞大关系网制作的录像。李宇春、瞿颖、花儿乐队，还有一大批脸熟却叫不上名字的二流、三流娱乐明星，纷纷对着镜头拜年，祝福远在英国的同胞们。刹那间，我神情恍惚，不知身在何处。我们走得这样远，却也走不出中国大众文化的包围。

从19世纪旧金山的唐人街到21世纪剑桥的中国学生，不管他们生活在何处，离中国有多远，时代变得多么不同，教育水准是否改变，他们都像是被施加了咒语，你感到一种东西从未变化，他们总是顽固地生活在自己的小世界里。唐人街的洗衣工们，生活在窄小的房间里，从来不知道美国的模样，只希望攒下更多的钱寄回家乡。而剑桥的青年人成长在即刻通信的年代，也仍被紧紧包裹进那个中国。

一些时刻，我不禁觉得自己的判断过分苛刻了。这毕竟不是全部，我碰到好几位思想不凡的青年，对中国和世界都有着清晰和深入的认识，一位比我年轻十岁的历史系硕士，让我叹服不已——他对世界的理解比我更深入和广泛。但他们实在太少了。

我凭什么责怪这么多人呢？他们成长在这样的社会，在学校中、社会里，都洋溢那股平庸、功利的气氛，他们从未被鼓励参与和了解生活。我们这一代，还有比我们更年长的一代，才该为此负责。

徐志摩的康桥

"轻轻的我走了，正如我轻轻的来；我挥一挥衣袖，不带走一片云彩。"这诗句如今镌刻在国王学院河畔的一块白石上。

游客改变了世界。对于生活在 20 世纪 20 年代的巴黎人来说，美国人真是无处不在，带着暴发户式的粗鄙与廉价的好奇。"不管你去哪里，都听到美式英语的腔调，"奥地利记者约瑟夫·罗特（Joseph Roth）在 1925 年写道，"在大街的每个商店橱窗前，可以听到他们在议论陈列的货物是贵还是便宜。所有的大路上都是观光巴士，每趟车上拥挤着五六十个美国人，双手折叠、规规矩矩地坐着，好像他们仍在学校里"。在他看来，巴黎有时就像是个卖淫者，专为取悦游客。

这校园的每个角落都像是明信片，美丽而失真，让人不知如何描述

游客也改变了剑桥。市中心总是吵吵闹闹，人们拍照、惊叹、用各种语言交谈，带着对某种神话的憧憬和一个消费者特别的自信。就像20世纪20年代的美国人、60年代的日本人，中国游客正在占领世界。

　　在剑桥，你每天都听得到口音各异的中文。中国游客总是拥挤在一起，总是举着照相机，似乎不透过这小小的电子屏幕，他们就不知道该如何看待这个世界，不把自己装在相框里，就什么也没体验过。

　　他们也总要问哪一座桥才是徐志摩的康桥。不是中餐厅，而是徐志摩，才是这股浪潮最重要的受益者。在因诗人鲁伯特·布鲁克（Rupert Brooke）而闻名的茶室博物馆里，除去布鲁克的诗篇，还有徐志摩的两首诗；在剑桥八百周年的纪念活动上，他的照片和达尔文、牛顿出现在一个行列。而国王学院特别为他竖立石碑，以纪念这名短暂的游学者。可惜石碑太新，色质太白亮了，似乎表明这并非古老传统的一部分，它更像是中国崛起与新一轮通货膨胀的产物。

　　《再别康桥》为剑桥增添了魅力，对于几代中国人来说，剑桥之所以为剑桥，不是因为牛顿、罗素与凯恩斯，而是因为徐志摩。

但它也变成了一种令人不安的隐喻。除去感伤、疏离，它还是一种深深的无能——他不能也不打算理解这种陌生的文明，只能浅浅地掠过。

这不也正是中国与世界相逢的缩影吗？我们的理解总是表面的、技术性的、情绪化的，总带着观光客的心态。九十年前，徐志摩拜访罗素，向托马斯·哈代讨要礼物，把拜伦与雪莱引入中国，他精致、讨巧，却没有追问的欲望与能力。此刻的中国学生们，忙着戴上方形的学位帽，向别人炫耀三一学院可以吃到天鹅肉、散步碰到斯蒂芬·霍金。他们是另一种意义上的观光客。

不管中国已变得多么富强，他们的出手多么阔绰，这些游客、学生脸上的神情、说话的语调、走路的姿态，泄露出他们焦躁、做作、茫然、胆怯却又放肆。他们很难独自面对、欣赏这个新世界，急于把所有的陌生、新奇都置于自己熟悉的系统中。迅速到来的财富，没有解放反而压垮了他们，滋养了他们的封闭倾向。

这真是讽刺性的一刻。我们是在"五千年辉煌文明"的历史教育中成长的，此刻中国再度成为世界关注的中心。我们搞不清哥特式的建筑、巴洛克风格的音乐、王尔德的讥讽天才，没法读法文、德文、俄文的著作。即使面对耗尽我们心思的中国问题，也经常发现这些西方学者比我们研究得更深入，甚至写作得更优雅。

在某种意义上，我们还失去了徐志摩一代人的自信，他们身处中国历史的低谷，但仍有一股东方式的典雅。我们与中国的传统失去联系，也对世界不甚了了。

仅仅感慨我们自身的"野蛮"吗？它不过是另一种自怜，而且可能变成一种责任推卸——是社会与时代环境使然，个人无能为力。在海外中国学生的社群中，两种极端看法一直并存着。大多数人庸庸碌碌，埋头于自己的小世界，而另一小部分人则以谴责自己的国家与时代为乐，一副愤愤然的样子。但他们的情绪也多少像是鲁迅在多年前批评的对象："不平还是改造的引线，但必须先改造了自己，再改造社会，改造世界，万不可单是不平。"

我怀疑自己也曾陷入了同样的"愤愤然"的境地。在那些古老学院中穿梭时，多少像是波兰诗人米沃什走在巴黎街头的感慨："走过笛卡儿街／我朝塞纳河走去，这是一个年轻的野蛮人在旅行／他因身处世界的中心而惶恐。"

我忘记了一个国家的转变是漫长而无序的，眼前令我不悦的现象，可能在这场巨大的转变中难以避免。更重要的是，我把自己的无力感转嫁给社会环境。谴责别人，比改变自己的无能要容易得多。

我需要更有耐心也更富创造力地面对这一切。在庞德感慨美国的野蛮，米沃什在巴黎感到惶恐时，他们都在为世界增添新的内容。传统与文明固然美妙，但它不仅滋养人，也可能是巨大的束缚。传统的"野蛮"或许粗鄙，却也可能蕴含着新的可能性。

在《经验与贫乏》中，瓦尔特·本雅明说，第一次世界大战后的一代欧洲人是传统中断的一代人、经验贫乏的一代人。但正是在贫乏中，可能诞生一种新的创造力。他们只为那些有现代感的人写作……而不为那些在对文艺复兴或洛可可的热望中耗费自己生命的人，而在这种外在及内在的贫乏环境中，可能产生真正的事物。

现代主义那眼花缭乱的创新，甚至共产主义实验，是本雅明眼中的"真正的事物"，什么是我这一代中国人的"真正的事物"？

中国的巨大转变，是对人类社会种种既有理论、思想的检验与挑战，也提供了眼花缭乱的情感与故事。如何运用自己的头脑与眼睛，来观察、理解、描述这一切，则变成一项艰巨、迷人的工作。它也是整个人类价值系统中的重要环节。

很多时刻，我们高估自己的独特性，完全忽视了人类经验的普遍性；但另一些时候，我们又缺乏智力上的自尊，不免低估自身实践的重要性，认定自己所热烈探讨的一切，那些19世纪的英国人、法国人、德国人早已取得共识。

在这两种倾向背后，都是僵化的世界观，似乎某种观念一经确立，就不再改变。每一代人、每一个人，都必须以自己的方式重新理解整个世界、人类的全部遗产，并为其中增添新的元素。没有什么制度与思想是恒定不变的，它必须被不断检验与挑战。或许对自由、民主、平等等概念，托克维尔、约翰·密尔与伯克已经讲述得足够多，但在不同地区、不同时代，人们都会以不同方式重新理解这些概念，拓宽它们的维度。每一代人都要同时拥抱世界遗产和建立智力上的自尊。世界历史是个持续更新的过程。

而对我个人或者很多有类似经验的人来说，加入这一激动人心的过程的前提是，我们真的能确立"个人精神"。每个人都要用自己的方式来发现世界，承担对应的责任，付出相应的代价，接受源自内心的喜悦与挫败。

在过去的一个多世纪，这种"个人精神"从未真正觉醒，它总是屈服于人际的网络、群体的压力、社会的标准、民族的命运、国家的危难……"个人精神"的失败经常以截然不同的方式表现出来。它可能是一种全然无私的奉献精神，为了整体的利益而压制自我；也可能是一种高度的自私，除去现实利益，什么也不关心。前者放弃了个人判断，把选择的困境、道德与智力上的风险交给了集体意志；后者则选择把自我中的一部分关闭起来，拒绝和世界发生真实的关系，更恐惧这种关系可能带来的不确定性。它们在本质上是一致的，都恐惧独自面对世界，必须隐藏在某种面具之下。在这样的状况下，我们怎么可能真正理解我们生活的世界？

或许，当我最终能建立起这种"个人精神"时，我的"第二股风"也就悄然地吹来了。

衰落与新生

开罗的午后

倘若你在一个晴朗、无风、冬日的星期五到来，开罗是一座迷人的城市。空气里没有从沙漠卷来的沙土，马路上骇人的车流消失了，没有此起彼伏的鸣笛声、引擎声，你可以轻松地从一个地点赶往另一个地点，或是仅仅坐在路旁破旧、无门的咖啡馆里发呆，看着稀疏的人群从眼前缓缓走过。人们都钻进了雄伟或平庸的清真寺，坐在临时布道堂里听人演讲，或仅仅在家里睡觉。阿拉伯世界的星期五，如同基督教世界的星期天，要献给真主与祈祷。

在开罗已经五天了，我习惯了清真寺的高音喇叭传出的诵经声，像是哀婉的音乐。几天后我才知道，这乐曲式的声音还有特定意思。"真主安拉，我只信一个真主，默罕默德是真主的使者，让我们祈祷吧。"卢克索的一个青年即兴地给我翻译。日出、正午、下午三点、日落、夜晚，一天五次，全城瞬间变成了一座无边无际的清真寺，所有的建筑、车流、行人、动物、小摊上的水果，都笼罩在哀伤的祈祷声中。

六年前，我在以色列第一次听到这种声音。那是在老城伯利恒，一座似乎将被遗弃的城市，基督教徒眼中的圣城，据说耶稣就出生在此地。到处是人去楼空的住宅，路上行人稀少，脸上很少带着欢乐，傍晚时分，我游兴寥寥，突然之间响起这声音，如泣如诉，像是这荒漠之上的落日哀悼——繁华沦为荒芜，欢乐转为寂静，一切都将终结，一切也因此永生。

那次以色列之行，是为了阿拉法特即将到来的死亡。似乎全世界的记者都拥到了巴勒斯坦狭小的、只算得上耶路撒冷附属的拉姆安拉，他们等待这个传奇人物的谢幕。我们像携带了照相机、会打字的秃鹫，焦急地等待着死亡。伯利恒清真寺传来的祈祷声，比忙碌的拉姆安拉让我更清晰地感受到死亡的气息和诱惑。

这土黄色的开罗城，到处是清真寺的尖顶

现在，我坐在默罕默德街旁一家小咖啡店里，塑料矮桌上是一杯土耳其咖啡，赭色粉末漂浮在热水里，拒绝溶化，像冒着热气的泥汤。白色瓷砖的墙面已污点斑斑，一面墙上的木板上排列着一列水烟，红绿交织的烟管如蛇一样缠绕，一个可口可乐的立放冰柜，冰柜上方一台电视正播放着祈祷画面，人们都脱了鞋跪在地上，朝着麦加的方向。

这样的咖啡馆遍布开罗街头，总是热气腾腾。很多时刻，它比清真寺的星月塔尖更代表开罗精神。1798年，拿破仑的人清点过这里的咖啡馆，一千三百五十家，二十七万人口的开罗，每二百人一家。它是开罗人休息、发呆、欢笑、闲言碎语、谈论信仰与国家、忘记个人孤独的地方。而如今，两千万人住在这个城市，咖啡馆的数量已难以清点。

迷人的马哈福兹说，每当他坐在咖啡馆里，抽上一口水烟，灵感就四处涌来。他曾经喜欢去的费沙维咖啡就在著名的侯赛因市场，开罗的伊斯兰老城。尽管手持黄蓝相间封面的《孤独星球》（*Lonely Planet*）的游客们已经塞满了这小小的咖啡馆，但你仍旧可以感受到它的动人之处。仿佛整个世界的货物、语言、味道、人种，还有历史中的每一个时代，都环绕在你周围，在眼前晃来晃去。色彩分明的香料店，像是蒙德里安的画作，却比它有更浓烈的味道。

我们经常忘记了，这些黑色胡椒粉、红色辣椒粉，还有绿色的咖喱粉，曾驱动世界的运转。五百年前环绕地球的达·伽马，在东非被当地人问道：你们要找什么？他脱口而出：基督和香料。从伊斯兰花纹的灯具、匕首到伪造的劳力士手表，真实、古老的美丽和虚假与廉价的复制，彼此交融在一起。还有不同的人群。给我擦皮鞋的这位黑人小伙子来自埃及南方，他有一双深邃的眼睛和悲剧性的面孔，再加上污迹斑斑的蓝色长衫和裹在头顶的白头巾，像是一位落难的苏丹王子。我身旁这个善言的青年，说他的父亲是巴勒斯坦人，母亲是爱尔兰人，而他如今住在华盛顿，他来开罗看自己的朋友。更不论那些游客了。倘若我每天坐在这里，用不上一年，我或许能见识到世界每一个国家的人。在超过三十年的时间里，马哈福兹每天在这个市场里穿梭，观察小贩们的讨价还价，坐在费沙维里抽水烟——他喜欢什么味道的，苹果的、橙子的还是草莓的？白天他是埃及政府的一名公务员，但夜晚却是这个城市或许也是整个阿拉伯语世界最伟大的作家，他尝试用巴尔扎克、狄更斯的方式来描述他的开罗。

我从未读过他令人生畏的"开罗三部曲",随身携带的是一本薄薄的对话集。他的朋友与仰慕者贾迈勒·阿尔-吉塔尼（Gamal al-Ghitani），记录着他们随性的谈话，从1960年的夏天一直到2004年，四十四年的光阴，足以发生任何事。马哈福兹获得了诺贝尔奖，遭遇过刺杀，顽强地活了下来，重新开始写作。贾迈勒则从一个十五岁的少年，变成了作家与新闻记者。而他们共同生活的埃及，从纳赛尔政权到了穆巴拉克年代，经历过屈辱与胜利、开放与停滞，对话却始终持续。对话集不是系统陈述，而是一个智者的即席感悟。很多时候，它让我想起了一些传统，是苏格拉底和雅典街头的闲话，穆罕默德和别人讲起的故事，或者是歌德与艾克曼无拘无束的交流。世界不是由复杂的概念与事实构成，而只是人内心真实与直接的体验。其中的几个片段让我印象尤深。

1960年的歌剧咖啡馆，也是他们第一次谈话之地。一场聚会尚未开始，只有四十九岁却已经声誉卓著的马哈福兹和十五岁的贾迈勒："你为什么写作？"马哈福兹问。"因为我想写作。"贾迈勒想也没想地回答。马哈福兹点了点头，似乎是对他们漫长的忘年友谊的肯定。第二个片段发生在 2001 年 11 月 20 日，马哈福兹谈起了本·拉登，距离"9·11"事件刚刚两个月。"我想象不出历史上有任何人像他这样被追捕，这是一场全球性追捕，用全球最现代化的手段、所有能想象得出的力量去追捕一个人，"马哈福兹说，"我在想他的处境：他怎样转移他的家人，他的妻子？他们怎么入睡？怎么在荒野里藏身？当然，他是个恐怖分子，倡导了一种错误的信念，疯狂将世界划分为信仰者和非信仰者，但同时……我也在想他是个从未遭遇过这样追捕的个人"。最后一个片段，有关污染。马哈福兹说，人们都注意到被污染的河流、空气，却很少想到道德上遭受的污染。真希望哥本哈根那些狂热的环保主义者们和野心勃勃、不得要领的政治家们，能听到这个声音。

每一个开罗人似乎都知道马哈福兹。我记得在市中心一家肚皮舞的酒吧里，一位老绅士对着我竖起拇指，"啊，马哈福兹，我喜欢他"。他看到了我手里这本书。而在费沙维，一位中年的开罗人说，他十年前在这里见过马哈福兹。马哈福兹先是记录这座城市的神话，然后他自己成了神话本身。不过在马哈福兹的笔下，现代开罗的神话，不是《一千零一夜》的故事，而是充斥着革命、压迫、动荡、希望、抗争与失落的故事。一些人相信，是他正式开创了阿拉伯语的现代写作。

我们稍后再谈论马哈福兹和他的水烟吧。咖啡馆很安静，除去我们这一桌，还有几个穿蓝白相间制服的青年正在抽水烟，他们是附近地铁站的安检人员，偷空出来休息。从咖啡店出来，走上十分钟，就是塔拉特·哈布广场。塔拉特·哈布的黑色铜像矗立在路中央的环岛上。他是经济学家、工业家，创办了埃及第一家银行、第一家航空公司，涉及的领域从纺织、船业、出版到电影、保险。他是埃及经济独立的象征之一。直到1941年去世时，塔拉特·哈布也未看到一个真正摆脱欧洲影响的埃及的出现，尽管埃及在1922年获得独立，但英国人依旧左右着埃及。

但他的一生却恰逢埃及最好的时光。在他出生两年后的1869年，苏伊士运河通行，在一个日益成熟的全球经济中，埃及是核心的枢纽。伴随着苏伊士运河的开凿与开通，对开罗的一场改造开始。新城市的面貌与埃及总督伊斯梅尔1867年的巴黎之行密不可分。他参加巴黎世界博览会，是拿破仑三世的座上宾。埃及馆吸引了很多人的注意，法老的神庙、东方集市，还有贝都因人的帐篷——一个典型的欧洲人幻想的埃及。但令伊斯梅尔着迷的是巴黎城，经过豪斯曼精心改造的巴黎城——宽阔的大道、花园、百货大楼、拱廊……伊斯梅尔雇用了大批欧洲的工程人员，在开罗西侧的空地建一座足以与巴黎匹敌的新城。雄心与虚荣，催生了苏伊士运河与新开罗的诞生，但也将埃及拖入了财政上的破产。欧洲人接管了运河，而英国派来的总督在国王背后行使真正的权力。我要寻找的是塔拉特·哈布三十四号，雅各比安大厦。我期待它能为我理解埃及提供一把钥匙。

我对埃及几乎一无所知。头脑只闪现过卡尔·马克思的那个著名的比喻，他将19世纪的中国比作埃及的木乃伊，将在现代文明的冲击下，灰飞烟灭。我也很难相信，我会真的对金字塔、斯芬克斯像、法老的坟墓产生兴趣。那个早已死去的埃及，或许蕴含着无穷的美与智慧，但我摸不着头脑。粉红色的埃及博物馆就在尼罗河畔。第一层摆满了大理石的雕像、棺材、木乃伊，第二层则摆满了黄金的面具、法老征战的马车。来自世界的游客拥挤在这里，年轻的导游们用英语、法语、日语还有汉语，热情洋溢地讲述着古老文明。

这些历史真让人头昏脑胀，你经常分不清拉美西斯一世或是图坦卡蒙的样子，也搞不清他们各自的成就到底是

这是个埃及人用个体来承担制度变革的时代，此间的少年意气风发

街道旁是一家接一家的咖啡馆，这些下午偷闲的安检人员，一年后，他们
也必定拥挤在解放广场上吧

尼罗河旁的古城，你可以想象它昔日的荣耀

什么。我强迫自己相信，那些安静地躺在一起、用亚麻包裹起来、裸露着头骨的千年尸体，是了解那个灿烂的、失落的世界的入口。但我的头脑空空荡荡——它们不能让我兴奋。或许这与我在中国的经验有关，从幼年时我们就牢记中国灿烂的五千年文明，但不管是这口号，还是四大发明和长城、敦煌等成就，都在不断单调的重复中失去了魅力。让我兴奋的是此刻的埃及。

在飞机上，我读到《埃及内幕——濒临革命的法老之地》。英国记者约翰·R.布莱德利（John R. Bradley）描述的不是法老们的故事，而是一个陷入停滞、充满愤怒的埃及。它的结构松散，叙述平庸，逻辑过分简单，却自有一股吸引力。四年前，读到奈保尔对印度的描述，我有着类似的情感，不是愤怒，而是一种深深的失落。当奈保尔称印度为"受伤的文明"时，中国的形象却突然跃入我的脑海——中国何尝不是受伤的文明？"感时忧国"，夏志清用它来形容中国知识分子的局限。他们太着迷于谈论、感受中国了，既没有建立起独立的内心世界，也没有培养起对外界的广泛兴趣。比起中文的"感时忧国"，英文的"Obsession with China"更传神，中国成为一个美丽的陷阱、一剂兴奋的麻醉，让一代代杰出的头脑受困其中。但对我这一代来说，从未体验过这种 Obsession，因为我们从来不了解中国。我们甚至还暗暗排斥中国。

我记得那次以色列之行。作为一名中国记者，我所有陈述的角度都是美国式的，因为我读的这本阿拉法特的传记是美国人写的，信息来源主要是英文。我没有试图追述一下阿拉法特、巴勒斯坦和中国之间饶有兴味的关系。它曾是中国密切的盟友，它在对抗美国的盟友以色列。世界历史的错综复杂，中国卷入世界的漫长过程，就这样被教条的教育所压抑。

在几代中国人中，一种奇特的现象已经形成。在我们的教育、媒体、公共谈话中，我们很少试图去了解外部世界。同时，我们也不了解中国，除去下意识背出口号，我们找不到别的方式来描述自己的国家。我们似乎陷入头脑和心灵的瘫痪，丧失了对自己生活的世界的好奇心与探索能力。我们全部的能量，集中在一些本能性的行动上。我们生产、我们消费、我们娱乐、我们喧哗，但我们不倾听、不感受、不思考、也不追问……我逐渐意识到那假装式的英文视角是一种多么大的损失，我主动放弃了自己独特的生长背景赋予我的感受力。像是一种逆反，我开始将中国视作我理解世界的主要支柱。它变成双重的追问，中国到底是什么样的，世界又怎么折射在中国的镜子中？在布莱德利对现代埃及的描述中，我发现太多熟悉之处：同样是中断的漫长文明，同样是一个经历着从革命到幻灭的现代社会。

布莱德利在书的一开始就提到了雅各比安，它是一座大厦的名字，也是一本小说和一部以小说改编的电影的标题。我在解放广场旁开罗美国大学的书店里，买到这本《雅各比安大厦》（*The Yacoubian Building*）的英译本，作者阿拉·阿斯旺尼。每个人都有熟悉一个陌生城市的方法。有的人依靠地图，有的人要攀上最高端，有的人要坐遍主要线路的公共汽车，有的人要长久地散步。而书店总是我理解一个城市的支点。在布拉格，我记住的不是圣胡斯像或是查理大桥，而是卡夫卡书店；我忘记了维也纳的面貌，却牢记正在装修的莎士比亚书店，我在那里买到了茨威格的《昨日的世界：一个欧洲人的回忆》。

或许是我的头脑太过懒惰、内心太脆弱，面对扑面而来、热气腾腾的新经验茫然无措，或是我总是"生活在别处"，要么执迷于过去、要么盲目地畅想未来。印刷在纸面上的一行行字迹，提供稳定秩序、经过检验的世界观，还有所谓"纵深的经验"——一个旅行者浅薄的新鲜感，怎能与咖啡馆中吞云吐雾的本地作家的感受相比？这家美国大学书店，是我出入的第一家需要过安检、登记护照的书店。对我而言，它就像都市中的小绿洲。在满是阿拉伯语、处处破败的开罗，它明亮、整洁，是一个我能读得懂又经过整理分类的世界。这里有福楼拜和萨义德描写的埃及，有开罗几代作家描写的开罗，几千年的历史，重重叠叠的文化、革命与日常生活，都被精心地排列，只等你随时探取。我买了《雅各比安大厦》。之后几天，我在这本小说和现实的开罗之间穿梭。

失败之城

第一个夜晚，我在开罗街头闲逛。粉红色的埃及博物馆，还有庞大的政府大楼、尼罗河旁一连串的酒店。夜晚的尼罗河缓慢流动，两岸的灯光打散了它的神秘。到处都是人，都是车流，人们浸泡在污浊的空气里。除去在美国大学书店，我再没有看到过一块干净的玻璃，一张整洁的墙面，即使夜色已至，你也能感觉到那种强烈的灰蒙蒙。似乎一切都已年久失修，一切都在衰退。我从没见过如此破败的政府大楼，很多玻璃窗显然破碎已久。马路上的汽车让人觉得时光倒流，20世纪70年代的菲亚特，油漆斑驳，车门破损，仍堵塞在马路上，司机们亢奋、焦灼地按着喇叭。不管是白天还是夜晚，穿过开罗的马路都是一桩轻微的冒险。供行人使用的红绿灯太少，而司机绝没有耐心为你稍作停留，他们将你看成一个障碍物，试图绕过，甚至懒得减速。"哪里是市中心？"我问路上的行人。没有期待中堪作路标的购物中心、写字楼，只有一家接一家的店铺，像极了中国三线城市的市中心。与其说它们是商店，不如说是批发市场。它们一家接一家，卖着相同的产品。我从未见过的高达三米的玻璃橱窗里，会摆上几十个塑胶模特，它们里三层、外三层，摩肩接踵地排列着，仿佛它们在不断地自我克隆，毫不在乎人口爆炸的恶果。惨白的灯光，冲到街头的音乐，海量而雷同的产品，价签上的折价信息……或许因为物质太匮乏了，他们希望每个角落都塞满东西，似乎匮乏从外在转到内心，人们对打折的货物有着永不消退的胃口。匮乏也塑造了对时间的态度。即使很少有人光顾，商店也一直开到半夜。没精打采的店员和街上的路人，所有人都有大把的时间挥霍。一个失败的现代都市——这是我对开罗的第一印象。

我认同了布莱德利描述的停滞，开始阅读《雅各比安大厦》。一开始，它的序言比正文更吸引我。阿斯旺尼回忆了他的出版经历。1995 年，当阿斯旺尼试图出版他的第一本小说集时，由于私人出版业非常弱小，他找到了埃及书籍出版总署（General Egyptian Book Organization），这个部门掌管着公用出版业。出版总署能决定一本书是否能够出版，但它的评审委员不是专业作家，而是临时从不同部门抽调来的职员，可能是一个司法部委，也可能只是个会计，他们参加评审，仅仅是为了获取额外收入，尽管这项收入少得可怜。阿斯旺尼对自己的小说富有信心，小说却没能出版。因为阿斯旺尼没能说服他们，小说主人公嘲笑民族英雄穆斯塔法·卡米勒（Mustafa Kamil）的话，不是作者的本意，虚构的人物和作者之间是有差异的。整个故事，像是卡夫卡的 K 误读了开罗。《雅各比安大厦》是阿斯旺尼绝望之前的最后努力。他准备移居新西兰，而这本小说是对埃及的告别。他是一位在美国受训的牙医，回到埃及，仅仅是为了他的业余爱好——写作。这条道路似乎已经被封死。但最后的努力带来了奇迹式的成功。2002 年，这本书在一家私营出版社出版后，成为埃及也是阿拉伯语世界最畅销的小说。2006 年，根据这本小说改编的电影，获得了不错的票房。

1937 年，亚美尼亚商人哈古普·雅各比安（Hagop Yacoubian）建造了这座十层高的公寓楼。它的装饰艺术风格（Art Deco）、考究的材质，即刻成为开罗上流社会的宠儿。房客中有政府高官、百万富翁、欧洲制造商、埃及的大地主……他们是此刻埃及的政治与经济秩序的受益者，0.5% 的人掌握了 70% 的财富。但这也是一个自由实验的埃及，政治上有议会、有不同的政治力量、有新闻自由，教育水准则在阿拉伯世界遥遥领先，它也有观念开放的世俗化社会，不同的种族、语言、文化彼此交融。公寓楼的命运是埃及历史的缩影。革命不仅给很多埃及人带来渴望的尊严，也带来更严密的社会控制和排外的浪潮——欧洲人、犹太人与富有的埃及人都被迫离去，他们被视作旧政权的合谋者。新政权的特权者成为新租客，他们大多来自社会底层，骤然获得的特权没有改变他们的生活习惯。公寓变得拥挤，房间里养鸡养鸭，再没人愿意维护公寓。由于 20 世纪 70 年代的开放，昔日的市中心衰落了，新贵们搬往新区。

公寓被不断转租、不断败坏。阿斯旺尼讲述的故事就发生在这衰败之中。渴望进入政界的制衣商人，为了生活要出卖身体的美丽少女，试图成为警察却最终被现实逼迫成为一名宗教极端分子的学生，顽固地想保持昔日优雅的没落贵族……小说中的每一个房客，都恰似时代的缩影。在大厦衰败的背后，是整个社会的溃败。这是一个权力主导一切的社会，道德已经崩溃，腐败无处不在，美好的价值难以生长。不仅埃及衰落了，埃及人也堕落了。这部小说触动了整个埃及的神经——是不是1952年的革命彻底错误了？

雅各比安大厦让我想起了一些老上海的旧楼。我不懂建筑，区分不出装饰艺术风格与新古典主义的细微差别。它们都像是希腊与罗马建筑的某种改造。不过，拱廊、铁门、百叶窗、大理石的台阶，还有铁栅栏式的辛德勒电梯，却带有某个时代特定的记忆。在那个时代，欧洲人的价值、审美、生活习惯从伦敦、巴黎扩散到孟买、香港、河内、开罗、内罗毕……本地人以三重眼光来看待这欧洲风格。一方面，它们是被殖民的不幸痕迹，它们以入侵者的姿态强加到此地；另一方面，对于一些本地变革者来说，外来者也是他们的智力源泉和无穷刺激，提供他们奋斗的确切方向，很多时候外来者甚至保护了他们，免于传统的暴政和褊狭；对更多的人来说，他们是另一个要服从的权威，比传统的统治者更有力，他们的精神世界也变成殖民地。

一间婚纱店、一个牙医诊所、一家青年旅馆，下午的雅各比安大厦毫无生气，连小说里那种拥挤的喧闹都没了，只剩下遗忘。我坐在入口宽阔的前厅的高高台阶上。看着掉色的浅绿墙壁、深棕色的信箱，还有门内侧顶上的霓虹灯管，正是花体的YACOUBIAN。你可以想象，1937年它初次闪亮时，建造者和房客们的欣喜若狂。不知它有多久没亮了，不知有多少人对老上海产生过类似的感受。

开罗是"尼罗河畔的巴黎"，而上海则称自己是"远东的巴黎"。很多中国人在法租界里躲避过战乱，这里有咖啡馆、电影院、百老汇歌舞、赛马、赌场、黑社会，中国最有才华的作家在这里写作、办报，批评当权者……它到处是西方的优越感，但也有一种前所未有的自由、新奇与优雅。当写作《上海生死劫》的郑念在2009年离去时，很多人感慨再没有这样优雅的女人了——她是老上海的女儿。漫步在老市区，你会发现成片的欧式建筑，它们很多比雅各比安大厦更雄伟更典雅。

耐心地观察被风沙、岁月和漫不经心所腐蚀的建筑，你会发现它们像是从巴黎移植而来，同样你甚至可以想象它们初建时的典雅与堂皇。而如今同样的败落，同样被吞噬在小商铺的嘈杂中……它不由得让人想起《雅各比安大厦》电影结尾的一幕，没落贵族扎基在夜晚的塔拉特·哈布街头绝望地喊道："时尚在巴黎之前，先出现在这里，街道一尘不染，人们每天都清洗，商店很时髦，人们很有礼貌……他们应该看到这些建筑比欧洲还好，而现在甚至随便在楼道里倒垃圾，我们生活在埃及的衰落时代。"

南方的遗迹

我还是去了埃及的南方。去看那些石像、坟墓和庙宇，以及法老留下的遗迹，是一个旅行者必尽的义务。在阿斯旺，我看到和开罗截然不同的尼罗河，河水湛蓝如海水，我住在河中央的 Elephantine 岛上，当年这里是非洲象牙的交易地。每天推开窗，正好看到河面上的白帆船。

有时，时空突然恍惚，我觉得这里不是尼罗河，而是希腊的爱琴海，尽管我从未去过。或许是白帆、当地人穿的白袍和湛蓝的河水，令我产生错觉。Pera Palace 老酒店也在对岸，阿加莎·克里斯蒂就是在那里写出《尼罗河上的惨案》的，如今酒店正在翻修。埃及的颜色到这里变深了。当地的努比安人是黝黑的皮肤。

我们乘车继续向南三个小时，是阿布·辛拜勒，一座边陲小城，再向南四十公里，就是苏丹。它曾经是埃及的管辖地，也是整个奥斯曼帝国的一部分。据说，它是世界上最美丽的地区之一，如今是人道危机的代名词。尽管是观光地，但小镇管控严格，外国人都必须登记护照。深夜，我出来找夜宵吃，一个不会说英语的警察陪着我找到最后一家没打烊的餐馆。我坐在露天的二楼，看着夜色中的南方。忽然想起中国与苏丹的另一桩联系。帮助李鸿章战胜太平军的英国人戈登，常胜军的指挥者，最后不就死在苏丹的喀土穆吗？他是个冒险家，也是虔诚的基督徒，像具有维多利亚时代奇特人格的人。他的一生似乎也是英帝国达至权力顶峰的象征。一个英国人既可以在中国的江南水乡穿梭，帮助政府军平定叛乱，也可以在非洲东岸担任总督……自从1813年被意大利冒险家发现以来，阿布·辛拜勒的拉美西斯神庙，震惊了每一代旅行者。

我读不懂那些象形文字，古埃及的美在之前的其他神庙都已呈现，剩下的就是规模了，如果雕像越高大、石柱越粗壮，我就只能越强迫自己惊叹，我私下羡慕那些19世纪的旅行者，他们可以在石像上刻上：杰克逊，1848年至此。不知为什么，我没对它们产生亲密感。或许是太多游客了吧，人人都拿一本《孤独星球》——这是现代游客的《古兰经》，你逃不出它设定的世界。同样的酒店、同样的咖啡馆、同样的小商店、同样的观光点，它既解放你又诅咒你。你可以如此迅速地了解一个城市、一个国家，钻入小巷深处。但也因此，所有人都钻到同一个小巷。人们放弃了自我探寻的风险与乐趣，假装自己可以被同样的景色、味道所吸引。旅行不再是寻找，而是印证，印证《孤独星球》的描述。是加缪说的吧，旅行寻找的是恐惧，是再度的陌生，而更多的人寻找的是熟悉、是确认。

从阿斯旺到阿布·辛拜勒，再到卢克索，最后一站是古埃及文明的顶峰，一座纯粹的游客城市。国王谷睡在尼罗河东岸，而两座巨大的神庙在西岸。它的市容的确与众不同，更干净、整洁，马路中央甚至种了树，上面有圣诞节的塑料灯。据说雄心勃勃的州长，在过去三年里以埃及官僚系统罕见的高效重整了市容，他宣称要把卢克索变成一座露天的博物馆。成为博物馆的滋味到底是什么？我记得10月份在《金融时报》上读到的评论《未来的博物院？欧洲此刻的选择》。作者菲利普·斯蒂芬森的忧虑恰似此刻的欧洲情绪——在一个亚洲和其他地区迅速崛起的年代，欧洲是否越来越变成无关痛痒的力量？配合文章的是一幅漫画，在玻璃罩下是一个悬挂欧盟旗的欧洲城堡，而两名中国人与一名印度人正围着它好奇地打量。成为博物馆，也在宣告着死亡。而卢克索或许还有整个埃及期望通过这种方式获得重生。

历史与现实达成奇妙的结合。法老们崇拜死亡，他们一生唯有两件重要之事，征战、修建自己的坟墓。而七千年后，这种对死亡的崇拜变成埃及的主要经济依靠。卡纳克神庙超出预料的宏伟，即使正是游客人头攒动的中午时分，似乎这世界各地涌来的嘈杂和廉价的好奇心，都不足以分散它少许的震慑力。两三个身着蓝色长袍、包着白头巾的老人偶尔经过巨大石柱和废墟，像是遗迹暂时的托管者。阿拉伯人在八百年前占领埃及，欧洲人在二百年前到来，但所有人都只是暂时的托管者，不知下一个是谁。1849 年的最后一天，英国二十八岁的南丁格尔也曾到此。比起对建筑本身的惊叹，神庙地下人的生活是另一番景象："孩子们的眼睛上沾满了东西，苍蝇落在上面，母亲不去驱赶它，说这'对他有好处'，文身的男人坐在地上，骆驼舔着脚掌……""卢克索人，"一位开罗的朋友说，"他们是最糟的埃及人"。而布莱德利更刻薄，他说卢克索是埃及丧失了尊严的标志，而这种丧失与政治直接相关。

"如果说纳赛尔给埃及人的礼物是骄傲，"他在《埃及内幕》中写道，"穆巴拉克则创造了一种文化氛围——无耻的机会主义和缺乏尊严是唯一被奖赏的品质"。布莱德利给出的极端例证，是卢克索盛行的，本地青年与西方中老年妇女的露水婚姻。金钱与性的交易，这古老的主题在大部分情况是男人提供金钱，女人提供性，而这里是少年们出卖自己的身体。廉价的好奇心，甚至战胜了神庙的宏伟。在街头和酒吧，我四处寻找年龄不相仿的一对。在绿洲咖啡店，一个善谈的英国妇女却主动讲起了她的埃及丈夫。她看起来不够老，像是四十五岁上下，有着英国人少见的爽朗，大概是卢克索终年的日照让她早已忘记了伦敦的阴霾天气。她说起埃及可怕的结婚手续，她仍不会说阿拉伯语，丈夫比她年轻，他们开一家餐厅，叫"尼罗河的珠宝"。

"她的婚姻算得上成功。"英国女人离去后，大卫说。他是咖啡店的老板，一个毛发很重、肚子很鼓的美国人，自从1969年到德黑兰学习阿拉伯语之后，再没离开过中东。他的咖啡店已开了将近十年，他熟悉这个城市的每个人，每个人也都熟悉他。对这些速配的婚姻，他语带嘲讽地说："这是卢克索最大的产业了。"咖啡店里有过期的《外交事务》《纽约客》，是本地的西方人与旅行者的聚会地。他说起这些年在埃及的经历，他从未读过《埃及内幕》

与《雅各比安大厦》，却一口咬定他们的悲观论调既无知又荒诞。"你可以说穆巴拉克有问题，但是倘若自由选举，他还是会当选，"他的语气既嘲讽又肯定，"他们找不到更合适的人选了"。他暗含的意思是，阻碍埃及的不是领导人与政治制度，而是更深层的东西——埃及人的文化、社会心理。我似乎听到他在说"他们就该当是目前的样子"。一些时候，你的确觉得"他们该当如此"。

在卢克索的大街上，我和马车夫吵起来。"我的朋友，你说给我多少就给多少。"一路上我不断碰到这样的小贩、导游、出租车司机、赶马车的人。主动的示弱是另一种力量的表示。倘若你给予的没有他们期望的多，最初的慷慨就会变成喋喋不休的讨要。一切都是模糊的，所以每次正常的服务，都变成讨价还价。他们知道旅行者的耐心有限，所以总是能够得到他们期望的价格，它经常要比本地人给的高上十倍。这两个身穿蓝色长袍的马车夫，刚才还递给我卷着烟土的香烟，和我说起英国女人如何如何，现在又突然多要五十块钱，因为"他的马累了，需要小费"。不知为什么，我突然变得愤怒与烦躁，一个旅行者的种种新奇感和耐心都无影无踪了，我开始大声斥责，威胁着下车，一分钱也不给他们。他们又突然安静下来，刚才的执着与生硬都消失了，满脸堆笑、故作诧异地说："我的朋友，你为什么生气，我们是朋友，你还要烟土吗？"

我想起奈保尔对非洲人与印度人的刻薄描述——他们摆脱了殖民者，却没有获得真正的独立，他们仍有着被殖民化的头脑，缺乏独立与自尊。我不得不承认，很多时候，他是对的。但是，我也理解他们的感受。你知道中国人是如何对待外国旅行者的。倘若你长期生活在一个匮乏的社会，见惯了弱肉强食，新到来的金钱会摧毁掉一个人最后的纯真。但也有很多时候，你可以看到一个人如何在压力与诱惑下，顽强地保持自尊。在开罗的维多利亚旅馆，我碰到餐厅值班的服务员，他的眼窝深陷，有一张安静、愁苦又极富自尊的面孔。借助一本阿拉伯与英语的字典，他和我谈起他的人生。正是夜半，所有人都睡去了，他用手机放着阿拉伯语老歌，一边给我准备三明治，一边谈起他的个人故事。白天，他是小学教师，从早晨九点到下午五点，在学校教课。到了晚上九点，他在这里照管餐厅，一直到早晨七点，房客们开始吃早餐为止。"那你什么时候睡觉？"我问。"下午五点到九点，吃一点就睡，然后就是休息日，学校是周五休息，餐厅周日，这两天我就睡个不停。"他有三个男孩子需要供养，他们要读书、成家。

这样的生活，他已经过了二十年。他的经历不算新奇，很多埃及人需要两份以上的工作，才能维持基本的生活。临行前，一个在开罗工作的小伙子对我们说："这是他们所依赖的一切，你还能指望他们怎么样？"

亚历山大城的《阿凡达》

在埃米尔电影院（埃米尔是长老的意思），我看到了《阿凡达》。影院破旧，观众稀疏，看不到一个女人。

亚历山大城的繁华与喧闹都集中在 Saint Stefano 新区，那里有购物中心、四季酒店和星巴克，穿着牛仔裤的姑娘们和小伙子们，彻夜游荡。我所住的老市区，荣耀不在，只有亚历山大图书馆是崭新的。但倘若耐心，你会发现它们曾是多么典雅，它们是 19 世纪末与 20 世纪初的遗迹，是一个一心要变成另一个欧洲城市的亚历山大的见证。老城堆积着层层的记忆，从二十三岁征服世界的马其顿的年轻君主，妖冶的克利奥帕特拉再到奥斯曼帝国的年代和拿破仑的舰队，它诉说着埃及人独特的身份——埃及不仅是尼罗河文明、伊斯兰文明，也是地中海文明。

在 20 世纪后半叶，这里发生的最重要的故事，是一次演讲。1956 年 7 月 26 日，年轻的总统纳赛尔在交易广场（Manshiya Square）发表震惊世界的演讲——仅仅三年的革命政府要收回苏伊士运河。

自从 1882 年以来，它一直处于英国人的管理之下，是埃及获得真正独立的阴影。宣言有着错综复杂的背景，它也与纳赛尔的性格紧密相关，也是新政权权力本质的展现。不过，对埃及人与整个阿拉伯世界来说，没人想去探究这前因后果，它是一次彻心彻肺的狂欢——埃及和阿拉伯世界所遭遇的西方的屈辱被一扫而空。

在接下来的十年中，纳赛尔是全体阿拉伯人的领袖，他倡导"泛阿拉伯主义""阿拉伯社会主义"，他象征着中东重获的"尊严"，也是一个帝国退却、殖民地获得独立的年代最重要的声音。

《阿凡达》就像是詹姆斯·卡梅隆其他电影一样，是精心的特技和煽情风格的结合，黑白分明的简化版世界观贯穿其中——残酷的压迫与正义的抗争，它还如此不可救药地追随时髦情绪——人人都在谈论全球变暖，我们就来崇拜自然吧。身在埃米尔影院，你很轻易产生这样的联想——西方人（一开始是英法，如今是美国）带着他们的资本主义逻辑与现代科技而来，他们破坏了原本自主的伊斯兰世界。

简化的世界观有着无穷的魅力，它们以不同的面目出现。总存在着明确的敌人和解决方案，只要推翻它，就可以获得拯救。似乎历史并非如此，审判了资本家、赶走了帝国主义或是流放了封建的君主之后，一个新世界常常并未到来，在很多时刻，它甚至变得更糟了。

如今的埃及，正沉浸在对法鲁克国王的怀旧之中，而对1952年的革命则心生憎恶。至于纳赛尔赢得的尊严在1967年与以色列的战争之后，再度转化成羞辱。那个曾被美化的泛阿拉伯主义从未达成真正的联盟，不同的阿拉伯国家也从未有过真正的和睦。但处在激动情绪中的人们，没兴趣理会这些东西。

一个专制、傲慢的政权令人憎恨，但这不意味着所有愤怒的大众与反抗情绪就可以被浪漫化为正义和希望。

牙医作家

20世纪的世界与中国，充满了这样的例证，它们都以简单化的希望为开端，以更深刻的幻灭为结果。一个丧失细微的感受力与判断力的社会，经常是这种希望与幻灭交替作用的温床。

但是，阿斯旺尼比我乐观得多。最终，我见到了阿斯旺尼。约定的时间是晚上九点，他的诊所。

Garden City 不似 Downtown 喧闹，却同样破败。夜晚的街上静无一人，路灯昏暗，"阿斯旺尼牙医诊所"白色灯箱的广告牌难以被错过，Dr. Alaa EL Asswany 的名字和他的职业"牙医"赫然其上，标明在第四层。你想象不出在其他地区看到类似的景象。比如在芝加哥，你会看到索尔·贝娄工程公司的名牌出现在街道的拐角。乘着迟缓的电梯，我们来到四层，诊所在顶角的一间公寓房。

星期日，是阿斯旺尼每周两天行医中的一天。在这一天，他下午来到诊所，然后一直到半夜。我们坐在狭小的接待室里等他，耳边不时传来机械动力的声音，不知是什么医疗设备正被使用。一侧墙上挂着美国伊利诺伊大学授予阿斯旺尼的毕业证书，1983—1985 年，他在那里学习。在埃及，这是最好不过的信誉保证。人们对美国，表面愤怒，内心崇拜。阿斯旺尼从诊所的里间走出来，身形高大、宽阔，有一种与身形相匹配的温暖。

"左拉是医生，契诃夫也是医生。"他丝毫不觉得自己的双重生活有什么特别。

我拜会的阿斯旺尼，埃及最重要的作家，也是一名牙医。这是他的诊所在夜晚的灯箱

很少有埃及作家能够依靠自己的写作维持生活，马哈福兹一直是一名公务员，直到1988年获得诺贝尔奖之前，那些动人的篇章给他带来的收入少得可怜。在《雅各比安大厦》出版的前两年，尽管它前所未有地畅销，却仅仅给阿斯旺尼带来九千元的收入，思想与创造力不被重视。直到它的外语版权出现后，这一状况才得到改善，几个月前，它的全球版权书籍卖出一百万册。

他仍愿意继续行医，他担心成功会限制他的生活。还有什么比和形形色色的病人谈论病症，交流感受，更能保持着一个作家对现实生活、社会的敏感呢？当一个人身处病痛，总是呈现出他最真实的一面。埃及也是他的病人。"贫困、腐败、教育，甚至恐怖主义，这些埃及面临的问题，都只是病症，"他说，"它们都来自共同的病因——政治独裁，而民主是最好的解药"。

与小说中弥漫的绝望相比，他在现实中的乐观令人意外。存在着两个阿斯旺尼，小说家阿斯旺尼描述痛苦、幻灭，紧紧地扼住埃及与埃及人的咽喉，让他们濒于窒息；而专栏作家与公共知识分子阿斯旺尼，则努力使人确信，复杂的问题有着清晰的解决方案，一切都有希望。他说尽管没有成熟的反对党，但他听到了越来越多的反对声音，希望就在其中。他和他的朋友们正热烈地期待巴拉迪的归来。

去年11月离任的国际原子能机构总干事、诺贝尔奖得主穆罕默德·巴拉迪，或许是最有国际影响力的埃及人。他决定参加2011年总统大选的消息，是对埃及政治秩序令人振奋的冲击。所有埃及人都知道这个公开的秘密计划——穆巴拉克的儿子贾迈勒将竞选并很可能当选为下任总统。通过他每周一次的专栏与沙龙，阿斯旺尼是一个热忱的公共生活的领导者，但他不准备加入任何党派。

"小说家本身就是政治力量。"他的这句话适用于所有处于政治高压下的社会。他说小说要激怒人，迫使人们深入地思考他们的生活。这或许解释了他的小说中为何充斥性描述——在一个蒙面妇女日渐增多、腐败无处不在的社会，性仍是个禁忌的话题。它是权力的滥用、个人压迫的副产品。你甚至可以说，他小说的政治与社会效果，超越了文学性。

不管是《雅各比安大厦》还是《芝加哥》，它们都像情节紧凑的肥皂剧。情节扣人心弦，结果却在预料之中，人物太过类型化，不管是商店的营业员，投身极端主义的青年，还是芝加哥大学的教授，他们似乎都只是自身背景与现实力量的产物和俘虏，无法逃离自己的出身、肤色、性别、阶层，一切努力最终都只是迎来幻灭。它们是让人充满快感的读物，却很难说是杰出的文学作品。西方世界给予他广泛的承认，与其说是出于文学表达，不如说是出于政治姿态。他是当代埃及的反抗声音，阿斯旺尼自有其辩护方式。他谈到了加西亚·马尔克斯——是他将小说重新带回到讲故事，当时法国作家们的那些实验——终止阅读的乐趣。他说自己的小说是给普通人，而不是给文学评论家阅读的。

我们的谈话时断时续，有时淹没在突然传来的机械噪声中，有时则被进出的人打断，阿斯旺尼和他们用阿拉伯语谈上几句。当其中一位老先生离去后，阿斯旺尼说他是他的病人，也是一位开罗大学的政治学家，著名的反对派——他们在诊所谈论牙齿和埃及的未来。

我们的话题从陀思妥耶夫斯基延展到穆巴拉克，阿斯旺尼给我一种越来越强烈的感受，即他对埃及人的独特性一再强调，甚至于沉醉。它有过如此辉煌的古文明，它曾一直是阿拉伯世界的中心，但现在却陷入停滞与衰退。即使他在《芝加哥》中展现出的难以融入美国生活的海外埃及人形象，也是某种埃及中心论的延伸。

埃及人不习惯于移民，埃及一直是移民的接受者。它是欧亚的连接点，有尼罗河，有苏伊士，有细长棉，有石油与天然气，还有八千万勤奋的埃及人，"我们埃及真的不同，从亚历山大到乔治·W.布什，没人能忽略埃及的战略位置"。在法老王朝结束后，是阿拉伯人的到来，接着是奥斯曼帝国年代，拿破仑的法国短暂入侵过，英国人的间接统治则从19世纪中叶一直到1952年革命。走在此刻的开罗，你发现历史像是一个洋葱头，它一层又一层，人们杀戮、谈判、贸易、通婚、生儿育女。在到达开罗之前，我很难想象它曾经被称作"尼罗河旁的巴黎"。

如今，阿斯旺尼最期待的变化来自巴拉迪，2月7日那一天，他们要去机场迎接巴拉迪的归来——似乎是另一个奥德赛归来的故事，另一个现代童话。"历史上的任何变革都来自不可想象的梦想，"他说，"很可惜，你们要走了，看不到这场景了"。

解放广场

2011年2月20日，阿斯旺尼出版了他的新书《论埃及的现状：一个小说家的激烈反省》。发布会是在那家干净、明亮、必须穿过安检门的美国大学书店举办的。

在网络上，我看到了现场的照片，阿斯旺尼神采飞扬。十三个月前，他在诊所里的乐观期待，如今得到了回应。

十八天的抗议，竟让三十年的独裁者下台了。双方的对比如此悬殊，一方是手无寸铁的平民，除去游行、抗议、在网络上传递信息，别无所能，另一方则掌管军队、警察与财政。这必定也是历史上最幸运的革命之一，它付出的鲜血如此之少。

一年前，我在旅行时碰到的那些青年，应该都出现在了街道与广场上。长久以来，恐惧是这个政权得以维系的关键。一旦人们冲破了这层恐惧，爆发出的力量连他们自己也感到震惊。

在将近二十年前写的一篇小说里，阿斯旺尼借一位青年人之口嘲讽埃及人：他们满口法老的传统、灿烂文明，却在实际生活中"怯懦""虚伪""懒惰""卑鄙"，他们永远是仆从心态，总是对更有权力的人卑躬屈膝。

革命改变了这一切吗？"当一个人陷入真爱时，他会变成一个更好的人，"他在几天前对一位记者说，"一场革命就是这样"。他相信革命的参与者们，会觉得自己的生活变了样，"我们有了尊严，我们不再害怕"。

他用马尔克斯的《族长的没落》来形容穆巴拉克在这

十八天里的反应。一开始，他拒绝承认现实。接下来他指责抗议者被"敌人操纵"。而后，他用尽卑劣手段保持权力。当这一切都失效后，他逃离了。似乎不是文学描绘生活，而是生活在模仿文学。

人们仍沉浸在胜利的喜悦里，还没人去探问逃离的穆巴拉克的隐秘生活，去追问一个曾被寄予厚望的青年领导者，如何堕落到今日的下场。三十多年前，作为萨达特的主要助手，他的高效与低调作风曾赢得中东诸多领导人的信任。但在他下台前，那个精干的空军军官早已消失，取而代之的是一个现代法老，绝对权力腐蚀了他的头脑，禁锢了他的内心。

仅仅是广场上的公众抗议把独裁者驱赶下台吗？很多人在解放广场上的行动中，看到了新的抗争模式。它是非暴力的，它不需要完善的组织，没有明确的领导人，新媒体提供了新的联结方式……剧烈的变化，令之前的所有设想都没有发生。穆斯林兄弟会没扮演重要角色，让很多自由派期待的巴拉迪，也没成为反对派的领袖，倒是一位Google公司的管理者成为意外的英雄。连阿斯旺尼如今都承认，埃及需要年轻一代来领导。

很有可能，随着卡扎菲在利比亚疯狂屠杀的展开，埃及人多少会对穆巴拉克产生某种特别的感情，他是个独裁者，却还不是个疯子。也有可能，他其实一直是个业余的独裁者，他的权力比人们想象的小得多。一些研究者发现，军队才是控制埃及的真正力量。他们小心翼翼地隐身在政权背后。在埃及的自由媒体中，似乎一直存在着某种界限，他们可以批评穆巴拉克政府，却不敢批评军队。军队也善于使用自己的权力，在这次抗议中，他们的中立态度令声望达到新高峰，被授予重组政府的新权力。

悲观者们忧虑军队不放权，穆斯林兄弟会的兴起，担心埃及再度掉入历史的惯性。它有过漫长的法老统治，而在 20 世纪则饱尝失败革命的苦果。人们曾经对纳赛尔的革命如此迷狂，如今却缅怀革命前的法鲁克国王时代。2011 年的开罗，又可能是 1979 年的德黑兰吗？推翻了一个腐朽的世俗政权，却迎来了一群原教旨主义者更封闭的统治。

但阿斯旺尼可不相信这种悲观。他用 1974 年的西班牙作比：在漫长的佛朗哥独裁后，一个民主、进步的时代到来了……

对他这一代人来说，民主像是空气、阳光与水，自从出生起，就是他们生活的一部分。被迫的沉默、军警的审查、猛烈喷发的狂热，他们都没体验过。政治或许仍旧重要，但它不是自由与压迫、民主与独裁之间的较量，而是身份的寻求与确认。

该怎样让民主的进步更为顺畅、更少震荡？我几乎从未设想过。

这是一种思维上的懒惰，还是蕴含着某种更深的困境？我可以找出很多借口为自己辩护。知识分子不该成为预言家。近代历史上，已经充斥了这样的例证。我也可以搬出那套似乎深刻的"反革命"理论：中国社会总是在暴君政治与暴民政治之间摇摆，"城头变幻大王旗"的戏剧不断上演，新的解放者经常比旧的压迫者更令人惊恐，它不仅没实现最初的许诺，还意味着重重灾难。

但一旦静下心来，我就不得不承认，这些原因经不起推敲。历史或许存在某种规律，它的惯性会影响此刻的现实，但它的复杂性常超越我们的想象，我们以为的规律与惯性，不过是另一种刻舟求剑。埃及的转型当然还有漫长的路要走，但这丝毫不减弱推翻一个长久独裁政权的成就，政权更迭的代价，则比人们预料的要小得多。

更重要的是，个人的自由意志与创造性，经常打破所谓的历史惯性与规律。一年前，我在埃及旅行时，人们期待的是巴拉迪，一位诺贝尔奖得主、拥有世界性声誉的自由派，回到埃及领导反对运动。但当革命发生时，一些从未预料到的人物，成为运动的核心，给予运动需要的能量与方向。

为何我丧失了对未来的想象力？很有可能，这与整个知识阶层的失败感相关。

对我这个年纪的人来说，很难相信知识分子在政治与社会变革中本应扮演的角色——即使不是中心性的，也该是不可或缺的，即使在实际操作中不够精明，也该有道德与知识上的权威。但现实并非如此，在持续的反智社会情绪后，这种使命感与中心感，已经荡然无存，一种无力感四处蔓延。对很多知识分子来说，政治权力与大众都令人惊恐。与其思索那些宏观的、无法左右的问题，不如退回到自己熟悉的小世界。我不敢也无意去想象未来，因为我无力参与其中。

很有可能，在很长的一段时间里，开罗仍旧是开罗，中国仍旧是中国。但这不该影响我们对中国未来的想象力，为可能到来的改变作出智力与情感上的准备。反抗的意义，并不在于反抗一定要成功，而是抱有对可能性的渴求，能够在最晦暗的时刻，仍怀有对光明的想象。

而这一切的前提是，你必须坚信自己的创造力与使命，同时你又不能过分自我迷恋，它常常夸大挫败情绪，怜悯自己的脆弱。

漫长的告别

花上十二美元与三十分钟的时间，你就可以坐上奔驰出租车从耶路撒冷到达设在拉姆安拉的检查关卡。几位只露出面部的以色列士兵在巡逻与盘查，他们大多是二十来岁、不无稚气的年轻人，笑容展开时，单纯灿烂。作为巴勒斯坦政府所在地，拉姆安拉是巴方政府所控制的6020平方公里土地上最繁华的地带，由于与耶路撒冷相接，巴勒斯坦人有机会在那里获得工作，还可以做一些最原始的小生意。

通过检查关卡那道转动的铁门，就来到了名义上的巴人控制区。你可以看到那座仍在不断延伸的隔离墙。"某种意义上，它就像你们的长城。"一位以色列学者解释说。

这座八米高、由坚硬的岩石与水泥构成的墙壁减少了进入以色列的自杀性爆炸者。当然，它不会知道巴勒斯坦人的感受。二十四岁的亚德·塔哈是拉姆安拉的贝尔扎伊特（Beirzeit）大学英语系的四年级学生，他有深邃的目光与卷曲的头发，穿牛仔裤与运动鞋，喜欢美国作家帕特·康罗伊（Pat Conroy）的作品。每天清晨他从位于东耶路撒冷的家前往学校，需要穿越三个检查关卡。"他们（以色列士兵）让我觉得很屈辱，"塔哈说。

"他们知道你身上什么也没有，还拼命地搜查。"至于隔离墙，塔哈觉得那是监狱的象征："以色列想把巴勒斯坦人围起来。"自 2000 年以来，加沙与西岸地区就被完全隔开。"我从未去过加沙地带。"塔哈说他也没有去过杰宁等西岸地区，因为"那里很危险，有可能被枪打中"。

隔离墙的两端像是两个不同的世界。耶路撒冷是一座充满活力的城市，它的商业与娱乐活动就像它的宗教精神一样浓厚。而在隔离墙的另一端，同样享受地中海沿岸充沛阳光与温暖气候的拉姆安拉，却衰败破旧，垃圾成堆。巴勒斯坦是一个如此年轻的国家，而它的人口平均年龄也只有十八岁。在大部分时间里，店铺有气无力地开放着，这些店铺都拥有丑陋的、千篇一律的、锈迹斑斑的铁或铝合金门。

在阿拉法特正式宣布死亡的11月12日清晨，在通往拉姆安拉的卡兰迪亚检查关卡四周，拥挤了更多的人，尘土更加飞扬，以色列士兵更多，盘查也更为严格。大批被刷成黄色的出租车拉着一批又一批本地人与仍不断到来的记者前往市中心广场和阿拉法特昔日的官邸穆卡塔。

是的，你可以感受到，飘荡在空气中的情绪更为激动了，但不像新闻媒体期待的那样激动。自从阿拉法特在10月27日病情恶化并在28日前往巴黎治疗以来，关于他死亡的这一时刻就变成一场不断进行的演习。谣言与猜测充斥着每一家电视台与每一份报纸。他先是在吃饭时晕倒，然后发现饱经风霜的身体似乎每一处都有毛病，到达巴黎后他再次昏迷、深度昏迷、脑出血。最后，在现代医学如此发达的今天，人们开始争论什么是死亡，因为不同的媒体至少两次宣布他已经死亡。

他每一次咳嗽的加剧，都将一批新的记者带到了拉姆安拉，他们匆匆到来，试图比别人更早报道这一历史性时刻对中东和世界的影响。在那个地中海沿岸的狭窄地区，有漫长的故事可以讲述。一些历史学家相信，那里隐藏着了解世界秘密的钥匙，蕴含着世界上最难以梳理清楚的情感纠缠。而对更多的人来说，那里代表着似乎永远也不可能终结的混乱，没完没了的爆炸与冲突使那里成为苏联解体后世界第二大新闻产地。

一些既清晰又模糊的图景主宰着人们的印象：抛石块的年轻人、自杀性爆炸与谁也不相信的和平会谈。

关于刚刚逝去的老人，他留下的印象同样既鲜明又模糊。他显然是我们时代所剩不多的几位具有符号意义的政治人物，他的花格头巾、永远不更换的军装与那张似乎定格的脸在过去四十年中有过不同的含义，从未从舞台中央消失过。在 20 世纪 50 年代，由于他与同伴创建的法塔赫组织，他成为第三世界革命阵营中的新兴角色，与埃及的纳赛尔、古巴的卡斯特罗、印度尼西亚的苏加诺一样，是反殖民运动中的重要声音。

1965 年，他与他的组织进行了第一次对以色列的攻击。20 世纪 80 年代，他作为巴勒斯坦独立运动的唯一合法领导人得到普遍性的承认。到了 20 世纪 90 年代，人们难以相信没有阿拉法特，巴以和谈该如何进行。他和以色列总理拉宾与外交部部长佩雷斯分享了 1994 年的诺贝尔和平奖，完成了一些评论家所说的惊人的个人转变——由一名暴力信仰者变成一位值得尊敬的政治家。他说他至少逃过了四十次暗杀。他惊人的节俭，用一种冲动却缺乏逻辑感的方式讲话。他终于成为一个由多种角色构成的混合体：一名永不停息的战士，一位受人尊敬的父亲，一个亲密的兄长……他几乎单枪匹马使巴勒斯坦问题赢得了全球性的关注，他几乎比任何同代政治领袖都更善于获得媒体的注意力。

"不，他们不了解阿拉法特，他有优点，也有缺点。"一位叫穆罕默德的本地人这样对我解释阿拉法特的批评者们对他的指责，"他像是一个大家族的族长，他用爱而不是武力来领导这个国家，他有他自己的方式"。

在穆卡塔官邸四周，摄像机镜头充斥了每一个角落，寻找任何具有象征意义的画面——人们抑郁的表情、高高举起的阿拉法特的照片、挥舞的巴勒斯坦国旗、游行……关于记者们都试图捕捉到的情感，亚德·塔哈的表达再准确不过了："我的父亲年轻时，他就是我们的领袖，我出生时，他也是领袖，他是我们生活的一部分，我们不知道失去他意味着什么。"

他的死亡会带来一个巨大的权力真空吗？这个真空会导致内部冲突从而导致更大的混乱吗？当你置身在风暴中

心时，你常常感受不到风暴的力量。生活仍在继续，11月4日夜晚，在一间拥挤的本地咖啡店里，巴勒斯坦人平静地吸着水烟，喝着姜汁味的本地咖啡。在墙壁的一角挂着一台电视，画面是半岛电视台对阿拉法特身体状况的报道。那天晚上，拉姆安拉充斥着"阿拉法特已经死亡"的说法。"你知道，在过去十天里，我们听到各种消息，我们不想再谈论，只想等待。"一位一脸平静、正在吸水烟的巴勒斯坦老人说。经过过于漫长的等待与猜测，阿拉法特的死亡已被当地人接受。在矗立着四座来自中国的石狮子的城市中心广场上，过去的一周里，几乎每天晚上都挤满人群与摄像机镜头。本地人对这一切再熟悉不过了，他们随时等待着被访问，就像他们热爱与追随的领袖一样，他们知道自己应该在摄影机前呈现什么样的状态。

"这是我们的工具，我们要学会利用它。"我在广场上至少碰到阿卜杜拉三次，他的眼睛很明亮，用不流畅的英语解答我的疑问。他没有参加过游行和声嘶力竭的口号呼喊行动，但是他说："他们的情感都是真实的，没人强迫他们到这里，他们都是自愿的。"像亚德·塔哈一样，他相信"没人能取代阿拉法特的位置"。但他也说不会有所谓的内部武力冲突出现，因为"人们需要更好的生活，而不是暴力"。塔哈甚至说："比起独立，我们更倾向于更好的生活。"

在某种意义上，巴勒斯坦地区的五百万人口所拥有的物质条件令人沮丧。在市中心广场周围是拉姆安拉的商业中心，也很可能是整个西岸地区和加沙地带最繁华的商业区，那些来自中国沿海不知名工厂的服装与皮包，充斥在每一个摊位上。按照现代国家种种标准衡量，巴勒斯坦都处于一个相当低的水准，尽管它同样拥有税收、警察、商业、教育体制，却几乎都难以运转。

"我们不可能改变过去，却可以改变未来。"在接受BBC采访时，以色列工党领袖、阿拉法特多年的谈判对手西蒙·佩雷斯在他的老对手死后这样表示。"这是一个历史性的时刻。"英国外交大臣杰克·斯特劳与很多国家的政治领袖一样，期待新的巴勒斯坦领导人能够重新开启与以色列的和谈。美军在伊拉克费卢杰的战斗仍在继续，再次当选的乔治·W.布什将继续他的革命性外交政策，中东的确处于另一个转折时刻。阿拉法特的离去，是否真的说明那个旧秩序已经结束？巴以冲突正是中东棋局上的那个死结。

一条钢筋水泥围墙，将方圆不超过一平方公里的阿拉法特的官邸包围起来。在临时搭建起来的建筑物与围墙四周的房顶上，各家电视台付出一万两千美元获得一个可以拍摄到院内景象的地点。自 1994 年起，阿拉法特就工作与生活在这里，2001 年，他迎来了一生最屈辱的时刻之一。这一年 12 月 3 日，以色列军队的坦克开到了他的住宅前，将阿拉法特"围困"在官邸中，22 日，以色列内阁决定，禁止阿拉法特离开拉姆安拉前往伯利恒参加圣诞节庆祝活动。阿拉法特从此失去了行动自由。

那也是阿拉法特政治生涯的最后一个阶段。一直到 2000 年前，他似乎仍因作为奥斯陆协议的缔造者之一而受到尊敬。但之后的 Intifada（大起义）运动再次将巴以关系推入僵局。不管是新上任的以色列总理沙龙还是新当选的美国总统布什，都相信阿拉法特是一个足以被抛进历史垃圾桶的人物，他个人的存在阻碍了和平的可能性。但即使如此，阿拉法特仍展现出他无法被忽略的政治影响力，如果没有他，不管是库赖还是阿巴斯，似乎都难以拥有足够的能力与政治资本来达成和平协议。

"即使猴子穿上西装、打上领结，它也仍是猴子。"一位极端的犹太教徒这样评论人们对阿拉法特死后可能开始的巴勒斯坦选举——人们期待选举可能造就一个值得信赖的机构，并展开新的谈判。"从没有一个阿拉伯国家取得这方面的成功，没有一个。"自由选举真的能将巴勒斯坦带上一条充满希望的道路吗？亚德·塔哈则干脆说，他觉得所有竞选人实质上都差不多，在表面的差异下，他们的观点其实都是一致的。

几个月后，塔哈会从大学毕业，他期待能去英国读书，他认为那里比美国好，因为英国人对巴勒斯坦人的态度更为宽容，而在美国，"在过去的几年中，美国政府让我们觉得自己是恐怖分子"。但在毕业前，他每天还必须穿过那些令人感到羞辱的检查关卡。"有些时候，我的确也想攻击他们。"曾经在特拉维夫与耶路撒冷都短暂工作过的塔哈说。如果那些自杀性爆炸者不去攻击咖啡店、医院与超级市场，而是针对士兵，他是完全支持的。"他们的士兵也杀害过我们的孩子。"而一位叫德维亚的二十六岁的以色列年轻人则有着截然不同的感受，在他的国家，每个男孩子都要服三年兵役，女孩子是两年。在那三年中，德维亚经常在加沙地带巡逻，并根据情报突然闯入被确认是恐怖分子的家中，将其擒获或射杀。"听着，我不喜欢杀人，那些经历的确改变了我的心灵。"在退伍后，德维亚甚至不愿再谈论那段经历。二十四岁的塔地阿亚是耶路撒冷的一名警察，在 2003 年一起著名的自杀性爆炸发生时，他看到一条胳膊从眼前飞过，汽车上满是尸体的碎片。

令人难以忘记的历史与仍在不断进行的新冲突，让巴勒斯坦与以色列之间的关系复杂得难以梳理，而且理智的作用往往有限。阿拉法特的个人悲剧，既展现了这个国家的悲剧，也是整个中东悲剧的某种缩影。他的离去，的确造成了一个巨大的情感空白，但我们更需要了解的是，淹没在阿拉法特个人魅力之下的那个民族的真实情感与渴望，这种渴望将在未来不断被表达与释放出来。伟大人物的作用总是两面性的，他既唤醒了你沉睡的情感，又抑制了你的真实感受。终其一生，阿拉法特都未能放弃他年轻时就塑造出的自我模式——一个不断革命的人。

山腰上的中国人

　　鸡鸣声持续了十分钟，一声比一声响亮；然后是清真寺的祷告声，每天五次，寺庙高墙上的两个灰色高音喇叭，在固定的时间发出同样的声响，它让我想起沙漠与夕阳——像是没落之前的亢奋。

　　透过被刷成浅蓝色、毫不隔音的墙壁，我听到小镇新一天的开始。隔壁餐厅的敲敲打打声开始了，我房门口那两个工人开始交谈——她们讲的是本地的斯瓦希里语，我一句也听不懂。她们负责这个小旅馆的清洁和厨房的杂务。她们肤色黝黑，身材丰满，臀部引人注目的宽大与上翘——让人目光无法回避，是本地再典型不过的妇女模样，唯一特殊的是她们的头发，浓密而蓬乱。昨天下午，我看到她们两个在择豆角，手指灵巧熟练。她们已在此工作了三年，来自四川的厨师，凭着简单的斯瓦希里语将她们培训成好帮手。

我是 8 月 6 日的下午四点来到坦桑尼亚的这个边境小镇 Tarakea 的。乘坐长途车从肯尼亚的首都内罗毕出发，经过七个小时不停息的颠簸和尘土飞扬，我们先是抵达肯尼亚的边境小镇雷托托（Loitokitok）。即使是东非最繁荣的国家肯尼亚，也深受基础设施匮乏所困。我们临时居住的高级公寓里，电灯时明时暗，电视机屏幕突然转为漆黑，电力供应总是不足。道路问题同样严重，离开内罗毕的市区，只有少数几条是铺上了沥青的公路。在大部分地区，道路只是被车轮压出的土路，它的边界是模糊的，上面覆盖了厚厚的尘土，任何一辆汽车经过，都会掀起漫天的尘土，远远看去像是一条土色的长龙，仿佛正竭力地吞噬掉整个汽车，只有车头勉强逃离出来。

这长龙倒是很配此刻的非洲大地，正是旱季，辽阔的红土地上了无生气，只有一簇簇野草丛和散落的荆棘，偶尔你也会看到几只满身尘土的斑马和漫不经心的鸵鸟，在路过小村落时，会看到裹在红格子棉布里的马赛人正孤独地伫立在路旁。

小镇 Tarakea，到处是飞扬的尘土与无所事事的青年人，中国建筑队在这里格格不入

两条垂直交叉的、呈"丁"字形的道路构成了雷托托的主干道，传奇的马赛人是其中主要居民。他们穿孔、拉长的耳朵，熟练地用干牛粪砌出的冬暖夏凉的茅舍，对现代生活的抵触，还有传说中的骁勇善战，都是非洲神话的一部分。但现实似乎并非如此，坐在路旁一家杂货店的长椅喝可乐时，一位马赛老者不厌其烦向我们推销刀具、木雕，在现代世界，所有的风俗都可以兑换成金钱。我们三个人显然成了小镇暂时关注的中心。几个青年围上来，半弓着腰，其中一位说着不错的英语，有着五花八门的好奇心。他指着一个方向说，如果天晴，可以看到乞力马扎罗的主峰，他还提到了海明威和割包皮——他很好奇，我们这些中国青年是否也要在少年时和他们一样进行这个小小的成人典礼。

朋友的车抵达小镇，也扬起了一阵灰尘，他从坦桑尼亚那边过来接我们。他是一家中国建筑公司的会计，湖南人，今年三十五岁，身材瘦弱，说话缓慢轻微，几乎不太需要动用脸部肌肉，总是在笑。他所在的这家公司在坦桑尼亚实施一段三十二公里长的公路建设项目。这条公路处于乞力马扎罗的山腰，这座山峰因为是非洲的最高峰，以及被海明威的小说所描写而负有盛名。据说那些来自湖南、四川的小伙子们，在工作疲倦时只要一抬头，就能看到白雪覆盖的顶峰。

正是这种一厢情愿的浪漫化，吸引我们来到此地。

在非洲的旅行，既是为了逃避北京紧张的工作气氛，也是想了解中国人在此生活的现状。

中国与非洲关系的议题，在过去几年中变得越来越炽热。我们不停地听说中国工人在非洲的油田或是矿山遇袭，中国的建筑队正在那里修建公路、电厂、政府大楼、体育馆……

对于比我年长的一代人来说，坦桑尼亚、阿尔巴尼亚却是他们最先熟悉的国家之一。我们曾慷慨地修建坦赞铁路，将援助运往亚非拉国家。

邓小平时代开始以后，这种情绪开始消退。冷战阴云正在散去，人们发现世界和他们想象的大不一样。昔日的敌国变成了他们最渴望去的目的地。而过去的盟友，倒变得像是远方的穷亲戚。非洲从国家和人们的视野中开始退隐。

如今非洲以意外而迅速的方式再次浮现。它又成了中国领导人的造访之地，人们开始谈论它蕴含的商机，非洲的元首部长们聚集在北京，探讨中国与非洲共同发展的可能性。但是，它仍显得陌生而神秘。尽管有过盟友的关系，但非洲从未留下某种更深刻的感受。那些频繁的政变、战乱、饥荒、疾病、杀戮，显得过分遥远。在某种意义上，我们也很难理解托尼·布莱尔式的措辞——非洲是"世界良心上的一道伤疤"。除去政治语言的煽情，它的确也暗示了欧洲与非洲千丝万缕的关联。是奴隶贸易开始了近代非洲的悲剧，殖民统治开启了现代非洲，也埋下了种种不幸的祸根，非洲也塑造了西方对自身的认识。

我们到来时，这条三十二公里的道路已接近完工。工程指挥部坐落在 Tarakea Guesthouse——镇上最好的旅馆。

旅馆是独立院子中的三排水泥墙平房，它们彼此垂直，正好呈现"工"字形。院子中的水泥路面早已坑坑洼洼，像是大型的货车反复压过的结果。那排外墙被刷成白色的平房，被切成一个个小小格间。门外的走廊上，拉上一条细绳，上面晾着两条蓝色裤子、一件白 T 恤、三只灰袜子。

我被分到了其中的一间，不足十平方米。除去一个卫生间、一张单人床、一张桌子、一把椅子，就再没有多余的空间了。小小的窗户被厚厚的纸贴上，几乎透不进光线。

我们饥肠辘辘，被带进了食堂。旅馆原来的天井，加上几块铁皮板变成今日的饭堂。非洲小镇的气氛骤然消失了。三张暗色木桌，墙边一台三十四英寸长虹电视正调到CCTV-4，播放着奥运火炬的传递画面，电视上方则是落满灰尘的红条幅，上面有四个白纸剪出的汉字：春节快乐。

"是今年，不，是去年挂上去的。"五十五岁的蒲师傅似乎对自己的记忆不太确定。他个子不高，端正的方脸，黑灰白相间的短发，分明地立在头顶，像是20世纪50年代黑白电影中忠厚的老大爷。不过，比起那个年代单调的爱憎分明，他的音调柔软与缓慢得多。他是四川南充人，自从1995年第一次前往乌干达以来，他已经断断续续在东非生活了十年，中国的工程师与工人们可以容忍不同的气候与环境，却不可能改变自己的舌头与胃，他们最需要的是厨师。

当蒲师傅将三碗覆盖着荷包蛋、黄瓜片、红色辣椒油的面条端出来时，我难以表达内心的感受，仿佛意识到味觉与食物，才是将中国人联系在一起的真正缘由。

六点半，食堂的铁钟敲响了几下，工地上的人们陆续走进来。厨房里的两位女工将酱牛肉、红烧鸡块、圆白菜，还有一瓶老干妈辣酱摆到桌子上。

十几个人，大多很年轻，最小的一位二十六岁，来自湖北，有一张修长、漂亮的脸，这两天他正忙于道路检修。

"彭老大"，他这样称呼项目经理。四十七岁的彭中华身材魁梧，声若洪钟，穿着一件蓝格子衬衫，脚下是一双黑布鞋，有一股革命者的豪情。事实上，他正出生于革命老区湖南茶陵。他是那一代人的幸运者，十七岁时成为恢复高考的第一届学生，而且考取的是著名的同济大学建筑系。1982年毕业时，他赶上中国的第一次建筑浪潮，到处都在修建新的房子。中国社会也面临着各种匮乏，电器、房子、娱乐，当然也有人才。彭中华的职业生涯受惠于多年社会运动、教育中断所带来的人才断层，在那家大型国有建筑企业里，他迅速地攀升，不到四十岁时，已是正厅级干部。几年前，一场人事斗争后，他调到目前这家湖南工程公司。在坦桑尼亚的这条山间公路，是他在新公司开始的第一项工作。这既是他第一次出国承包工程，也是他第一次修建公路。

四年前，他和另三位同事来到这个乞力马扎罗山腰的小镇。那时，他们对即将开始的工程心怀乐观，以为只要两年时间就可完工。但很快他们就发现，现实比他设想的困难得多。当地的材料比预想的要贵，找不到合适的水源，当雨季到来时必须停止施工，当地招募的黑人工人比想象的难以管理，监理公司的要求严苛……总之，合同上的预算和时间，都难以满足现实的要求。

当我们到来时，最繁忙与困难的时刻已经过去。高峰时期，曾经有三十多名中国工程师和五百多名本地工人一起忙碌。

中国经验会有用吗？这不是小赵感兴趣的话题，对他来说，他要管理的那十几个本地工人，经常让他伤脑筋。"他们挺笨，今早上学会的东西，晚上就忘了，明天还要再教。"令他感到头疼的还有他们的偷窃习惯和懒惰。"从电池、汽油到木板，他们什么都拿，"他抱怨说，"而且休息时间，你别想让他们干任何事"。

小赵和他的同事们早已习惯了工地上不断地丢东西，而且训练出一套威逼利诱的追问办法。他们也习惯了在发工资后的几天里，总有人醉醺醺地来上班，或者干脆不见人了。

在很多方面，本地工人的习惯和他们习以为常的理解截然不同。

勤劳、节俭、灵活性、"自我压榨式"的工作方式，这些中国人熟悉的生存原则，在当地人中并不适用，他们也并不怎么在乎物质上的积累，或是内心从来不缺那种安全感——需要依靠金钱积累获得的安全感。

"发展靠援助，吃饭靠上树，交通靠走路……"从内罗毕一直到 Tarakea，我一直听到中国人对当地的描述，这其中带有明显的谐谑。来到此地的中国人，似乎从未试图理解当地的环境与人文特性。

夜晚来临时，旅馆外小镇的夜生活开始了，当地音乐的节奏传来。晚饭结束，来自中国的小伙子都趴到了电脑前，没人有兴趣带我们出去喝一杯酒。我隔壁那个有着一双大而亮的眼睛的小伙子，一直在电脑前玩一款三国的游戏，电脑音箱里传出从张国荣到周杰伦的声音，仿佛让你置身于中国城市中的一个网吧中。

8 月 7 日的早晨，我们、彭老大和朋友小徐一起巡查公路。多云的天气，到了山中变成了浓雾，在树林空地上是隐隐的界标，对面就是肯尼亚。这三十二公里长的公路，就像山间的树林和空气一样让人心旷神怡，一点也不颠簸。公路的尽头是另一个小镇 Kamwanga。

我们的车停下来，路旁一群当地工人围着修理一台机车，它是专门用来给道路画线的，这几乎是最后一道工序了。彭中华处于几年中最放松的时刻。今天他依旧穿着昨天的格子衬衣，外套一件夹克，脚下半穿半拖着那双黑布鞋，只是头上多了顶圆形蓝色碎花图案的太阳帽，这让他多少显得有些滑稽。这是他妻子几个月前来看他时留下的，他随手扣在头上，在这个异国的山区里，没人觉得这有什么奇怪。

我大口地呼吸，远处的田野上，火焰正在烧掉荒草，等待新一轮的播种。骑着单车的少年经过我们身边时，用斯瓦希里语好奇地向我们打招呼；一位身披红布的老酋长慈祥而冷静地看着我们，面对年龄和权威给他带来的双重尊严；一位裹在黄红绿相混的衣服里的少女，经过我们时，低下头轻轻地说出"你好"，然后继续向前……

这条灰黑色的土路，像是山区的陌生来客。经过的车辆不多，它们暂时的喧闹，很快被宁静所吞噬。"见得多了，也就熟了。"彭中华对几个本地居民打招呼时对我说。在山间的四年中，他们经历本地人对他们感情的戏剧性变化。一开始，人们对这群中国人充满好奇，他们代表着外来的事物，肤色更白，面孔不同，更富有，更先进的技术，新的工作机会……但是这种好奇与好感，因为两年前的一次事故而遭受质疑。在一次采石爆破中，一块巨石意外地飞出安全线，在滚落中它压坏了十几所居民房，还砸死两头猪。它在山间小镇激起愤怒和不信任，经过赔偿和道歉后，表面的冲突消除了，但双方间的情绪却发生微妙变化。

这种变化或许也加剧了中国工程队的孤立感。Tarakea Guesthouse 像是小镇上的孤立岛屿。院门一关，这里就是独立的中国人世界，声音、味道、杂乱习惯，都是中国式的，就连厨房里的当地女工都爱上了炝炒圆白菜。你几乎在院子里都能闻到那种思乡之情，这其中混杂着厌倦、喜悦、疲乏和某种空虚。很多同事已经回国了，他们是最后的留守人员。

对这里的年轻人来说，那种厌倦和喜悦感似乎都更强烈。他们来这里最短也一年多了，这也是他们第一次出国。来到异地的新鲜感业已消失，取而代之的是惯性。

工程的最后阶段，也是最繁忙的时期，同事们走了大半，他们要承担起以前两三个人的事，在空余的时间里，他们用上网和睡觉来打发时光。

在睡梦中，他们必定被自己的青春骚动弄得难安吧。8月7日的夜晚，他们在我的房间里闲聊。我们谈到了这里的酒吧和姑娘。他们说起黑人姑娘那美妙的舞姿——她们特别会抖动自己丰满的臀部，性感和节奏感无人可敌。他们只偶尔去小镇的酒吧，让他们流连的是更大的城市阿鲁沙——它经常被称作"非洲的日内瓦"。而且他们在那里还留下一些足以回味的记忆——独自坐在酒吧里，一个黑人姑娘走过来，一句话不说，或者仅仅是斯瓦希里语的"你好"，就把一个保险套放在桌上，然后伸手指指门外。"她不好看"，他们自言自语，仿佛表明，只要她够好看，他们就肯定有勇气和她出去。

8月8日清晨，我在鸡鸣声、清真寺的祈祷声，还有CCTV-4的新闻广播声中醒来，Tarakea比北京晚五个小时，我六点醒来时，中国国家主席已经对前来北京的各国领导人发表演说和祝词了。

这一天也是坦桑尼亚的公共假日。小镇的人们起得比平日喧闹的时候更晚，而旅馆里的中国朋友们，大多仍赖在床上。昨天，我们在CCTV-4中得知，它无法转播奥运会的开幕式。这个电视台是厨房里的那台电视机可以观看的七个频道之一。日本的NHK新闻台，印度的新闻台，一个本地的很少有人看斯瓦希里语台，CCTV-9的英语频道和西班牙语频道是其次的选择，中文的CCTV-4经常被调到。在那天，我看到了无数的中国风光短片，这是中国给世界呈现的形象。

早晨的Tarakea Guesthouse显得过分安静，阳光特别好。他们说，在大部分时刻，这里的天气实在太好了，到了这儿才知道什么叫蓝天白云，而且一年的大部分日子都是如此。这也是他们在此生活的主要乐趣之一。在山腰的公路上工作时，很多日子里，只要抬起头，就能看到乞力马扎罗的被白雪覆盖的顶峰——远远望去，像是一个巨大的冰甜品，一点也不神秘。

几个小时后，我们坐车去山下的 Moshi，那是个繁华得多的城市，如果幸运，我们还能赶上奥运会开幕式的转播。北京时间晚上八点零八分，是这里的下午三点零八分。

图书在版编目（CIP）数据

加尔各答、开罗与最幸福的国度 / 许知远著. -- 昆
明：云南人民出版社，2024.2
（意外的旅程）
ISBN 978-7-222-22601-2

Ⅰ. ①加… Ⅱ. ①许… Ⅲ. ①随笔 – 作品集 – 中国 –
当代 Ⅳ. ①I267.1

中国国家版本馆CIP数据核字(2023)第245394号

特约编辑：张　妮　郭　亮
责任编辑：金学丽
装帧设计：陈超豪
排版制作：陈基胜
责任校对：柳云龙
责任印制：代隆参

意外的旅程：加尔各答、开罗与最幸福的国度
许知远　著

出　版　云南人民出版社
发　行　云南人民出版社
社　址　昆明市环城西路609号
邮　编　650034
网　址　www.ynpph.com.cn
E-mail　ynrms@sina.com
开　本　850mm × 1168mm　1/32
印　张　25.625
字　数　410千
版　次　2024年2月第1版第1次印刷
印　刷　山东韵杰文化科技有限公司
书　号　ISBN 978-7-222-22601-2
定　价　158.00元（全三册）

这些漫游对我意义非凡，它让我清晰地确认了
世界与历史作为一张巨网的存在，而我们都在继续编织它。

想象另一种可能

理
想
国

imaginist

Unexpected Journeys from
Heihe to Tengchong

意外的旅程——从黑河到
腾冲

许知远 © 著

云南人民出版社

图书在版编目（CIP）数据

从黑河到腾冲 / 许知远著. -- 昆明：云南人民出
版社，2024.2
（意外的旅程）
ISBN 978-7-222-22601-2

Ⅰ.①从… Ⅱ.①许… Ⅲ.①随笔－作品集－中国－
当代 Ⅳ.①I267.1

中国国家版本馆CIP数据核字(2023)第245395号

特约编辑： 张　妮　郭　亮
责任编辑： 金学丽
装帧设计： 陈超豪
排版制作： 陈基胜
责任校对： 柳云龙
责任印制： 代隆参

意外的旅程：从黑河到腾冲

许知远　著

出　版　云南人民出版社
发　行　云南人民出版社
社　址　昆明市环城西路609号
邮　编　650034
网　址　www.ynpph.com.cn
E-mail　ynrms@sina.com
开　本　850mm×1168mm　1/32
印　张　25.625
字　数　410千
版　次　2024年2月第1版第1次印刷
印　刷　山东韵杰文化科技有限公司
书　号　ISBN 978-7-222-22601-2
定　价　158.00元（全三册）

总序　意外的旅程

"克莱尔学堂"，我嘟囔一声，仰头倒在后座，享受暂时的休憩。这是凌晨六点，我搭伦敦的早班车抵达剑桥，走出窄小车站，一头钻进出租车，宿醉令人疲倦不堪。

但，车没动。"克莱尔学堂"，我又大声说了一句，以为他没听清。与东京一样，剑桥的出租车司机也多是老者，白发苍苍或头发稀疏，威严与慈祥并存。

车仍未动。大概我片刻从晕眩中清醒，意识到此，拍了拍驾驶座。他转身看我，一张椭圆形的脸，鹰一样的鼻子，眼神平静，像是一部老电影里的管家。"你是不是忘记了一个词"，看我一脸茫然，他加了一句，"Please"。

是的，得体的表述应该是"Clare Hall, Please"。收到我的歉意之后，发动机启动了，他的冷峻也退隐了，开始絮絮叨叨。1979 年，他刚从波兰来到英国，要努力学习这里的一切，包括无处不在的 Please。我猜，他是那一批东欧移民之一，一心逃向一个新世界。意外的，他让我想起石黑一雄笔下的老式英国———一股落日余晖。这也是吊诡的一刻：在这个也曾饱受折磨的波兰人眼中，我也是某种新型的野蛮人吧，对传统、习俗缺乏体悟。

一些时候，我的确觉得自己像个"野蛮人"。来自一个古老文明，却常感到自己是一个现代世界的迟来者，总为自己的学识、语言、口音，感到不安。是的，我是挂名于剑桥大学东亚研究系的访问学者，难道研究中国要来到一个大西洋上的岛屿？现代世界确是个从这个岛屿诞生，从约翰·洛克到亚当·斯密，从达尔文到凯恩斯、罗素或奥威尔，他们塑造了我们对世界的想象。而我们毕生的精力，可能只是去理解他们。

我所属的克莱尔学堂（Clare Hall）是一所过分年轻的学院，晚宴（Formal dinner）也遵循民主之风，不用着长袍（gown），甚至没有高桌、低桌之分，你仍可以发现身旁坐着《剑桥中国史》秦汉卷的主编，试着给我解释董仲舒的《春秋繁露》，或在寂寞的酒吧间偶遇一位波兰史家，纵情谈论东欧漫长的纠结……我最好的朋友安德鲁，面颊消瘦，白发苍苍，带着匈牙利口音，作为一位研究塞缪尔·贝克特的权威，他第一次让我意识到，1956年的匈牙利革命原来是那个样子。他还说起儿时如何与全家来到伦敦，父亲为自由欧洲电台（Radio Free Europe）工作，自己又是如何喜欢上戏剧。我们常在图书馆的茶室一起喝咖啡、吃司康，分享一种局外人的亲密。

这正是我渴望的游历生活，在一群性情不同、际遇迥异的世人间，做一个游手好闲者，东听一句，西扯五分钟，所闻颇多，又不求甚解。这与他们的学识多少无关，在某种意义上，来自波兰的出租车司机，与一位来自布达佩斯的戏剧史权威，对我来说并无分别，他们皆代表一种我不了解的人生。

这三卷本的游，也正是这些偶遇之产物，它与国别、语言无关。在黑龙江旁的一所砖房里，我似醒非醒，听一位老奶奶说起海兰泡的惨剧；在仰光的街头，迎着夕阳饮下一杯啤酒，听到 GoldenEye（电影《黄金眼》）的旋律；在特拉维夫，听见一个香港老板唱起《我为祖国献石油》；在槟城的阿美尼亚街上，追忆孙文的往事，还有亚历山大城的那个湖南厨子，他的小炒肉、西红柿蛋汤把我从埃及之行的苦闷中解脱出来；或是在横滨，关帝庙如何让我想起康有为、梁启超的往事……

这些记述贯穿了十五年之久。我的写作也常在未遂的雄心与自暴自弃间摇摆。我曾期待如奈保尔书写印度一样，借由观察和行走写出文明之衰亡；也刻意模仿过简·莫里斯的敏锐，她那种即兴的深刻，总能击中人心；更多时候，我只将旅行视作阅读的伴随，是的，我显然更钟情的是书籍的镜像……

我未能变成自己期待的旅行作家，更离一个老练的旅行者相去甚远。我从未写出真正得意的旅行作品，也常憎恨于没直接投身于冒险之中，去彻底醉酒、拥抱一场真正的恋爱，或是完全置身于陌生人之中，并甘之如饴……

然而，这些偶遇塑造了我，令我总是意识到自己的无知，随时可能滑入的偏狭，更一次又一次地确认，一种恒久的不安是所有力量的源泉。

2023 年 5 月 23 日

第一版序

是书籍引发书籍。我记得第一次阅读到《在中国大地上：搭火车旅行记》时的快乐，保罗·索鲁在中国的火车上度过了一年之久，从广州到哈尔滨，从上海到新疆……他观察、呼吸、品尝、发呆、焦躁，偶尔尝试交谈。

他写作的那个中国，我是如此熟悉，以至于闭上眼睛，就能闻到夜晚马路旁大排档上烤肉的香气，看到那些有时无所适从、有时又安然自得的眼神，那些既不传统又不现代的愚蠢的建筑，和那特别的人际关系——一旦提到了共同的朋友，陌生人之间的冰冷突然转向极度的热忱。但我从未尝试过去写这活生生的现实。

收录在这本书里的篇章，大多完成于过去的三年中。

它们是雄心和能力之间失衡的产物。每一章，我原本都想作为一本书来完成。2007年夏天从爱辉到腾冲的旅行，原本期望写成一本保罗·索鲁式的游记，却在途中失去耐心，四十天之后就草草收场，甚至结尾都没有稍微仔细描述腾冲著名的温泉大滚锅，它也是徐霞客惊人的旅行的最后一站。我更曾想完成一次对台湾的压缩式历史的诠释，所以在九天的旅行札记中，却想塞下一个世纪的中国悲喜剧，它显得繁冗。

耐心与观察能力的双重不足，让我经常选择用历史背景来填充现实描述的空白。其中一些旅行，像是一次次长途阅读体验，我头靠在长途大巴的玻璃窗上，翻阅一个世纪前的人们对此地的描述与想象。很多时刻，我也忍不住再度评论起来，丢掉了记录时该恪守的耐心。

这本书是杂糅的产物，游记、人物、评论，都混合其中，但是其主题仍旧算得上清晰，它试图展现的是当代社会深刻的断裂感。

人们习惯性地夸耀中国历史的漫长和延续性，却经常发现她的四周都是"崭新"的。人们很难看到一幢超过一百年的建筑，对二十年前的事都记忆不清。生活在其中的人们，他们困惑、焦灼、滑稽、痛苦，却也蕴含着无尽的能量——他们无法从传统中获取价值和意义，却也享有了没有历史束缚所带来的无边界的自由。我们有无数残忍与痛苦，却没有真正的悲剧；有四处泛滥的情感，却鲜有值得铭记的爱；人人工于计算，却没有一点长远的眼光；对未来的无限期待，不过是为了逃避眼前的无力之感……

我经常不知道，是该赞叹我们的勇敢无畏，还是哀叹我们的迟钝无知……

2009 年 10 月 15 日

第二版序

李伟仍偶尔打电话来，有时从广州，有时从雅安。谈话没什么具体内容，只是礼节性地问好，在结束前也总习惯性地问一句，何时再去看他。这总令我想起青衣江畔的一幕，我和这个十九岁少年无所事事地闲坐，似乎都对自己的未来充满困惑。

小余则消失了。他没能来北京，在向我借了一千块钱后，他彻底没了音信。不知他是否仍游荡在三峡的那些小城里卖气球，有没有爱上新的姑娘。

那次斜穿中国的旅行，给我带来了持久而意外的影响。它充满了浮光掠影式的浅薄，却让我第一次试着观察与理解陌生人。不知为何，总是这些少年和我成为短暂却密切的朋友。

重读这些文字时，那些温暖又感伤的记忆片段总是不经意地浮现出来。比起 2010 年的版本，这一版做了一些增删，以使我那常滑向拖沓的旅行见闻，有了更强的连续性。而至于其中的主要观点与情绪（它常是负面的）——历史的断裂，生活的无根，意义的缺失——我竟发现没什么太多可修正的。

2012 年 9 月 13 日

第三版序

　　我一直期望能再走一次腾冲—爱辉线。如果可能，再度相逢那些故人，我听过他们的故事，一起喝过啤酒，在夕阳下发呆，武断地把他们写入书中。

　　距离那次旅行已经八年，中国的社会情绪再度发生了戏剧性的变化。他们又会以何种方式来表达他们新的希望与愤怒？在途中，我的观察与感受，将会更敏感，还是更迟钝？

2015 年 4 月 25 日

目 录

游历

003　向南方

059　三峡纪行

088　从上海到西安

116　穿梭在历史的江南

寻访

169　小镇青年贾樟柯

193　无根的丹青

221　刘香成：《中国：1976～1983》

244　余华：活在喧嚣的国度

游

历

向南方

一

"北京披上了春天的绿装,无数的杨柳和巍峨的松柏把紫禁城变成了一个迷人的奇境,"埃德加·斯诺开篇写道,"在许多清幽的花园里,人们很难相信在金碧辉煌的宫殿的大屋顶外边,还有一个劳苦的、饥饿的、革命的和受到外国侵略的中国。"

临行前,我意外地翻到这本《红星照耀中国》。它声名显赫,我却从来没产生过兴趣。我多少觉得,埃德加·斯诺过分单纯,但这个下午,我却感觉到了那种久违的阅读带来的怦然心动。

那是 1936 年，他已在中国生活了八年，厌倦了北京封闭、充满特权的西方人生活："……饱食终日……在自己的小小的世外桃源里过着喝威士忌酒掺苏打水、打马球和网球、闲聊天的生活，无忧无虑地完全不觉得这个伟大的城市的无声的绝缘的城墙外面的人间脉搏。"

他决定深入内陆，去探索真实的中国，去了解一群不为所知的共产党人的作为，他们可能是改变中国的力量。

他的语言比我想象的美感得多，在形容陕西的无穷无尽的断山孤丘时，他写道："连绵不断，好像詹姆斯·乔伊斯的长句，甚至更加乏味。然而其效果却常常像毕加索一样触目，随着阳光的转移，这些山丘的角度陡峭的阴影和颜色起着奇异的变化……"

他的观察也让人过目难忘，"周恩来面目英俊、身材苗条"，毛泽东是"面容瘦削、看上去很像林肯的人物"，在"中日淞沪战争中，中国农民就在炮火交加之中也毫不在乎地继续种他们的田"。他还有敏锐的感受力，他说毛泽东"身上有一种天命的力量，这并不是什么昙花一现的东西，而是一种实实在在的根本活力。你觉得这个人身上不论有什么异乎寻常的地方，都是产生于他对中国人民大众，特别是农民——这些占中国人口绝大多数的贫穷饥饿、受剥削、不识字，但又宽厚大度、勇敢无畏、如今还敢于造反的人们——的迫切要求作了综合和表达，达到了不可思议的程度"。

这不再是一本记录了史料、猜测的历史书，它让我躁动。像七十年前一样，生活在北京的人们容易迷失自己——玻璃幕墙大厦、个人博客、星巴克咖啡馆，比昔日厚厚的城墙、园林建筑更容易将真实的中国脉搏隔离在外。

我也厌倦了坐在咖啡馆，依靠二手的新闻、汉学家的作品来评论自己的国家，像是被困在抽象的观念世界，对于那些具体的肉体、生动的表情、黄土、森林与河流缺乏感性的认识。每过一段时间，成为一名行动者、游荡者的愿望，就会冒出来。

二

离开北京四天后，我最终到了爱辉，它是这次旅行的真正起点。我为自己设定的旅行路线是从黑龙江的爱辉到云南的腾冲，一个是东北角，濒临俄罗斯，另一个是西南角，离缅甸不远。

如果在这两点间画一条直线，它就是中国地理的分水岭。这条线的东部占国土面积百分之四十三，却居住着百分之九十以上的人口，西部为国土面积的百分之五十七，人口却不足百分之十。它也是民族的分界线，汉族人居住在线的东南，而西部则是满族、蒙古族、回族、藏族，还有其他民族。

地图上的爱辉—腾冲线，是历史地理学家胡焕庸的发明。它解释了中国的拥挤与人口的压力。经过多次移民，我们的人口分布仍遵循着胡焕庸的划分。这条线上的城市与乡村，与正被传颂的中国经济奇迹的故事没有太多关联。

我没有期待的那么兴奋。我缺乏耐心地参观完爱辉博物馆，里面尽是俄国欺压中国的故事，他们抢占我们的领土，屠杀我们的人民，掠夺我们的女人与财产，有时，你也不禁沮丧，为何我们总是处于劣势，似乎除去康熙皇帝，我们从未打过一次胜仗。1975年，它刚建立时叫"反修博物馆"，那是中苏关系最紧张的时刻，距离珍宝岛战役仅仅六年，谁能想到仅仅二十年前，中苏关系还密切得像是一家人，共同缔造社会主义阵营来对抗资本主义。

爱辉只是个小镇，除去博物馆与黑龙江，就再没可看的东西了。我在镇上一户老太太家里睡了一觉，她爷爷一百年前住在黑龙江对岸，是江东六十四屯那场屠杀的幸存者。他拉着马尾巴回到了黑龙江的这一侧。新故事正掩盖住旧伤痛。

爱辉属于黑河市，像很多边境城市一样，贸易是它的缔造者。我的朋友朱秀峰1992年来到此地时，正流行着"南深北黑"的说法。南方的深圳因香港而腾飞，而黑河则因濒临俄罗斯而繁荣。期望没变成现实，深圳一飞冲天，黑河连"半飞"都没发生。

俄罗斯的皮毛与中国的轻工业品，是彼此的需要，最初的蜜月之后，相互欺骗摧毁了信任，贸易衰落了。很难说双方谁更应该指责，多年的不信任再度爆发出来。

边境的感觉没那么显著，黑河和其他小城似没太大区别，只是店牌下面多了俄语的标志，售货员会讲俄文，夜晚街道上多了一些拿着酒瓶子的俄罗斯男女。黑龙江宽阔、深沉、神秘，但是站在黑河的江边花园眺望对岸，除去建筑更稀疏，并没有特别的印象，就像是从长江北岸望着南岸。这是多么可怕的感受，似乎你跑出了上千公里，就是为了再度印证所知的一切，似乎黑河市就是一个放大版的雅宝路。

在江边，我们遭遇了一场未遂的斗殴。两个喝多了酒的年轻人，找茬和我们打一架。我很为自己的怯懦汗颜，绕过了他们的拳头。当地的朋友还劝我尝试俄罗斯姑娘的风情，在那些红色灯光的房间里，只需要两百块，就可以抚摸她们引人遐想的臀部。除去异国的风情，不管这些姑娘多么落魄，她们还是白种人，似乎还有一种特别的权力，引发中国男人的征服欲。在一顿午餐上，一位当地的历史学家给我讲他的宏论：如果中国想在未来与俄国的较量中获胜，中国男人应该更多地前往俄罗斯，那里男女比例失调，可以让更多的俄国女人生下中国后代。

三

当郝秀荣笑起来时，你依稀可以猜测她四十年前的模样。她会把头半低下，用手捂住嘴，好像她又讲了什么不好意思的话。

她已历经岁月沧桑，身体枯瘦、头发花白，牙齿掉了大半，神情却仍带有少女式的羞涩。

我们坐在她家堆满木柴的院子里，前厅里不时传来稀里哗啦的麻将声，风偶尔掠过，她那轻薄的丝绸裤子与衬衣就微微抖动起来。

"我没什么后悔的，住在这里挺好的，"她坐在我对面说，"有时回哈尔滨，反而觉得人太多、车太多"。这个院子在三池子南岸的一个渔村。五大连池位于黑龙江省松嫩平原的北端，因五个大小不等、彼此相连的火山湖得名。黑色的凝固熔岩石、高矿物质的湖水、沉睡的火山口，它是中国东北著名的风景区。

郝秀荣在渔村中拥有特殊的特殊。"她是知青，一直没回去，可能知道得更多。"渔村里黑龙宫道观卖香火的一位大婶对我说。她骑着摩托车载我去见这位村中的"历史性人物"。

穿过一长串的烤鱼摊位，来到了村中的一排平房前，其中一些是小饭馆——旅游业越来越成为村民们的主要收入。郝秀荣家的天顺活鱼馆尚未开张，她从一张麻将桌旁站起来，走过来和我们说话。

1963年，她来到五大连池，那一年她十九岁。她一直生活在哈尔滨南岗区的铁道旁，在五个姊妹中排行第二。她从哈尔滨铁路一中毕业后，还在松花江派出所短暂地工作过。

五大连池地区景色虽好，却贫穷荒凉，而她则成为第一批前来支援建设的三十多名城市青年之一，他们都来自哈尔滨，都响应了党的号召。

"那时候的路可不像现在这么好走，"她回忆说，"我们从哈尔滨坐火车到北安，接下来没有车了，只有搭大轱辘，也不知换了多少次才到这儿"。大轱辘是拖拉机，在乡间泥泞的道路上，它缓慢却畅通无阻，突突地喷出浓烟。

她最初被分配到的村子是第三池子的北沿，被划分到十三连。城市姑娘开始学习打鱼、补网、种地。她和同伴们像是被移植的草木，在一个全新的环境中成长，其中很少有人确信，他们还会回到城市。

青春的欢乐很快就盖过了忧伤。"我都不知道那时候为什么那么有劲头，白天干了一天活，晚上只要一听说农场放电影，就会结伴撑船从北岸到南岸。"郝秀荣回忆时，青春风采复活了。

到了 1967 年，全国性的上山下乡开始了，从北京、上海、天津涌来了更多的年轻人。他们一起学习种大豆、养猪、捕鱼，他们一起聊天，打牌，在月光下的湖边散步，交朋友，谈恋爱。

郝秀荣就是这样嫁给了生产队的小队长，他是本地的农民。他们很快就有了孩子，先是一个，然后又一个，二十来岁的姑娘变成了四个孩子的母亲，一名家务熟练的农村妇女。1970年代初，郝秀荣一家从北岸搬到了现在的渔村，那时它是十连队。

知青运动在1970年代末走到尽头，郝秀荣早已习惯了乡村生活，同伴们一个接一个地回到城市，她留了下来，她的新家庭已是六口人，实在不太容易再搬迁了。

她没带太多的遗憾，她的乐天性格帮助了她。她不怎么为外界的变化所烦恼。两个儿子就在村子里打鱼，就像他们的父亲一样，一个女儿在哈尔滨当工人，是当地政府安排的，算是对这个知青家庭的补偿。女儿似乎不怎么喜欢城市的喧闹，而经常想回到湖边的老家。

似乎多谢我们的到来，郝秀荣又回忆起《野火春风斗古城》，哼唱起《七十年代老歌》中的老歌。"那真是个好时候。"她淡淡地说，没多一句解释。她一心要留我们吃晚饭，或者明天再来吃午饭，她的女儿要从哈尔滨来看她，一家人又可以暂时地团聚了，距离十九岁懵懵懂懂地来到这里，四十四年过去了，她对经历的一切，没有什么后悔。

五大连池的故事已经改变，没人在意知青的故事。池子里的水也不再那样清澈了。池子边新建的酒店正将污秽排入池水中，工厂也正在威胁它的水质。郝秀荣有些惋惜地说，白鱼、红尾鱼再也看不见了。

四

抵达伊春时，是傍晚七点。步行街上人群稀落，商店几乎全部打烊了，在大部分城市，这是最热闹的地点，最喧嚣的时刻。

在等待本地的朋友时，我坐在一家蛋糕店门口发呆，它是整条街上最后一家小店，店门口的高音喇叭一直在循环播放同样的短语：蛋糕麻花小甜饼……朗诵者的语速过快，甚至懒得断句停顿。不知疲倦地重复，是中国商业社会最重要的推销手段，从中央电视台黄金时段的广告，到卖鞋和杂食的街头小店，都是如此。

天空逐渐变黑却仍旧蓝得透彻，盛夏的时节，空气却飘荡着一股冬日的萧瑟与感伤，步行街旁的楼房墙面斑驳，墙皮脱落已久。步行街上的大笨钟开始报时了，报时音乐是《东方红》。

我被带回到了三十年前。生活在一个集体主义气息浓郁的军队大院中，清晨六点有起床号，傍晚是下班号，食堂里供应黏稠的米汤与因用碱过多而变黄的馒头，大院里的人们来自五湖四海，操着不同口音，被共同的纪律塑造。它不是自由生长而是移植来的，不同的性格、家庭、梦想、口音与口味，被塞进了一个窄小的空间，为同一个目标服务。

伊春洋溢着这种气氛。它位于黑龙江东北部，是小兴安岭的中心城市，它生产的木材和大庆的石油、鹤岗的石油、建三江的黑土地一样，是火热的新中国建设的象征。就像大庆产生了模范石油工人王进喜一样，马永顺是伊春的象征，他是个不知疲倦的伐木工人，他们都有着"喝令三山五岳开道，我来了"的豪情。

孙铁军是那股豪情的产物。我看到他时，他正挑着一担水从院子里出来。那连成一片的由木板、泥浆、砖头搭建的建筑群分布在半山上，这算得上伊春的贫民窟。他看起来四十岁左右，消瘦的脸上流露着一股淡淡的忧伤。早晨九点的伊春，空气清新，可以荡涤掉我肺中所有北京的废气。阳光则穿过轻轻的云层，暖洋洋地打在身上，皮肤干爽，甚至感觉得到毛孔的呼吸。

孙铁军出生于1954年。四岁时，他随全家搬到伊春市。他的父亲曾是志愿军的一员，战争结束了，作为退伍军人，父亲被分配到伊春市的百货公司当业务员。这座人造城市居民分成两类人：林业的、商业的。前者采伐树木，后者则为他们服务。但他们的界限随着时间迅速模糊。

1969年，铁军成为了一名林业工人，在山中，他熟悉了透光、打带、清林的工序，每月挣三十三块。接着他成为了一名卡车司机，开着解放牌汽车运送被砍伐得整整齐齐的圆木。1977年，他结婚了，伊春则迎来了她最繁荣的年代，中国正开启经济建设的浪潮。一直到1980年代中期，这里拥挤着来自全国的代表。各地政府、大大小小的公司都派人前来，都想获得木材。

"到处都是外地人，什么人他们都要，我们这儿的所有人都有工作。"铁军的母亲也突然插进谈话。这个神情淡定的老太太正在窗外抽烟，香烟夹在她左手的食指与中指之间，姿态异常潇洒，她为志愿军丈夫生了四个儿子。此前，她一直向我抱怨生活的不公，作为一名抗美援朝老兵的家属，每个月只能领到一百多元的补助。

对于这个家庭来说，最寒冷的时刻来自1993年。林场的繁荣已经逝去，长期没有节制的砍伐，没人控制的盗砍盗伐，令数百年的森林开始萧瑟，需要封山育林;同时，国有企业的改革也开始了，积压了两代人的管理失调，要在一年中解决。

孙铁军对此有心理准备，这是全国性的潮流，而非仅仅他个人的挑战，结果仍令他吃惊。"我做好了家里有人下岗的准备，"铁军回忆说，"却没想到三口人全部下岗了"。除去自己，他的妻子、女儿——分别在林场的财务科和保卫科工作——也下岗了。

二十五年的工龄最终以一万八千块钱作为了结，他的整个青春就值这么多。令铁军耿耿于怀的是赔偿数字的笼统，他这样将近三十年工龄的工人，和那些工龄只十年的工人，没太多区别，似乎相隔二十年的人生其实毫无价值。

那真是段难熬的日子。"工人就像笼子里的鸡，放出来之后它还会围着笼子转，"孙铁军说，"现在回想起来，我都觉得害怕"。

我们见面时已是 2007 年 8 月，十五年过去了，他仍未完全从当时的震荡中走出来。他们在国营的气氛中成长，他们的家庭、爱情、事业、娱乐，都在一套模式中，而且他那时已人到中年，生命开始由强壮滑向衰弱。

突然间，他要负责一家四口的生活，要交纳养老金、医疗保险金。在即将开始的新生活中，没有他熟悉的路线图。他病倒了，一年后才逐渐恢复。像很多代的中国人一样，当面临社会的震荡时，亲戚、朋友、同学所缔结的网络开始发挥作用。他先是在山东游荡了九个月，依靠最初朋友的介绍，从一份工作换到另一份工作。新生活不安定，却让他呼吸到从未有过的自由空气。

"我一口气跑了很多省份，那些地方我从来都没去过，哪里有活干，我就去哪里。"他的足迹从山东到了湖北，从四川到了新疆，从广东到了福建，他重操开车的老职业，在葛洲坝开铲土机，在攀枝花卸货，在新疆参与修路。

伊春的经济没有起色，甚至更糟了。被包围在两座小山之间的市中心的商业区不再有从前的繁华。五十年前，退役的士兵、年轻人涌到这里创造一座新城，三十年前，人们涌向这里，寻找木材与机会，现在本地的年轻一代外出打工，下岗家庭经常全家迁走。

铁军的女儿在一家小商店卖书包，每月六百块的工资是家里的主要依靠。她的丈夫在大连工作，每年见面的机会不多。他们六岁的女儿在屋里跑来跑去，一直想打断我们和她外公之间的谈话。

孙铁军觉得自己衰老了。那些游历令他大开眼界，却没带来太多的经济回报，他在为每年要交纳的一千七百元社保基金发愁，听说它要涨到两千一百元。他还被胃炎、肝炎、胆囊炎所困，即使如此仍要不时去开长途货运，经常连续很多天日夜兼程。

铁军的家里干净、整洁，狭小空间里的一丝不苟，显示出他强烈的自尊。这自尊挽救了他，他知道自己那些下岗的同事中，很多因为长期的积怨而一病不起。两个月前，他又参加了其中一位的葬礼，不过五十岁出头。"死得都让人心寒了。"他说。

墙上挂着的那把蝴蝶牌吉他，记载着他灿烂而浪漫的少年时代。他曾是个音乐爱好者，当年这把三十几块的乐器让他成为聚会的中心，他向少男少女们弹奏《游击队之歌》。但琴弦好久都没被拨动了，以至于他忘记了如何调音。

五

一旦上路，你就意识到之前的理论准备是多么可笑，具体、散漫、鲜活的人、物与场景很快占据了你。除去孙铁军、郝玉秀，我还在一个星期五的中午，和元宝村的王村长讨论联产承包责任制和工业化问题。元宝村是周立波的小说《暴风骤雨》中的原型，它也经常被视作"中国土改第一村"。我记得王村长穿一条浅蓝色牛仔裤，条纹的、颜色暗淡的白 T 恤掩盖不住脸庞、脖颈、手臂上发红的黑皮肤，脸部尤其突出，那是日晒和勤劳工作的证明。我喜欢他的脸，在不经意时，上面流露着某种庄严感。

我在小城依兰停留了一晚。我所住的金岛宾馆还兼营洗浴中心，楼道里暗红色的灯光传递着廉价的色情味。在中心的商业区，照例是那一家接一家的店铺，蓝色、红色、绿色的不同面积的店铺牌，上面用黑体、宋体、隶书、美术字等各式字体书写着店名、服务范围和电话号码，人们急于在给予的空间里塞进所有的信息。县城在中国社会的区域划分中地位尴尬，它失去了村镇的宁静和人与人之间相对紧密的关系网，却也没获得城市的自由与丰富。这是座古老、充满掌故的县城，12 世纪时，两位皇帝宋徽宗与宋钦宗正是从开封被掳掠至此，从一国之君变为阶下囚，他们大部分时间坐在一口井里，像猪一样被供养，他们发呆，学会忍受屈辱。城里修建了石砖城墙，把这当年的屈辱转化成观光业。在依兰的牡丹江畔，我还遇到了一场意外的死亡，大批围观者远远地看着江心裸露出的河床上的女尸，白花花的身体上一抹红色，好像是内裤的颜色。那是个清晨，人们几乎欢笑着谈论这个姑娘。

我路过了大庆，被它的傲慢所激怒。它庞大得没有边界，除去水泥路和楼房，似乎连一棵树也没有。我没有采访一个具体的人，觉得整座城市都是王进喜性格的延伸。他是毛泽东时代的模范人物，不顾生死地劳作，是中国石油自主的象征。在大庆郊区的茂兴镇，我却碰到了意外的温暖。一家餐厅的老板娘的身躯，让我想起了聂鲁达自传中的场景，在一个短暂的时刻里，我觉得东北与拉美不无相似，女人们都丰满、健壮、不拘细节，似乎在表明她们是在一望无际的黑土地上而非在精耕细作的南方成长的；她们用不着精心隐藏与修饰，只需要直接表现自己的生命力；她们不让你辗转反侧、左猜右测，却会用无尽的温暖包住你。可惜，我没有十六岁诗人的热忱，丧失了表达爱慕的勇气，什么也没发生。在小镇上一座寺庙里，我坐在一个破旧沙发上，昏昏欲睡，几只不安分的苍蝇在我四周飞舞，轻微地打破了那种黏稠的气氛。那是中午，除去三两个同样昏昏沉沉地卖香火的老人，寺庙里空空荡荡，不知那些僧人去向了何处。

从这里，我进入了吉林省。我对于白城一无所知。它位于吉林、黑龙江、内蒙古的交界处。它的名字很美，在蒙古语里是查干浩特——白色的城堡。名字还催生了我不恰当的想象力：这是一座草原之城，我将看到草甸在城市的中心生长，还看到芦苇荡中的白鹤。

但白鹤仅仅是门前广场上的雕塑，我住在吉鹤宾馆，旁边则是科尔沁宾馆，但真可惜，科尔沁草原还要向北一百公里。我看到了高大、豪华的法院、政府大楼，经过一家叫维多利亚的夜总会，一条步行商业街、连成一排的餐厅和练歌房。我看了拆迁的老房子，抗洪抢险的纪念碑，似乎已废弃一般的新兴工业园区，一个早已干涸的天鹅湖，一座空空荡荡的寺庙。在傍晚的广场上，人们在跳舞，但是敲锣的老人却面无表情。我看到历史或自然，空气中没有亢奋或不安、傲慢或愤怒，甚至一点小小的自得也没有。它重复着所有中型城市的节奏，在中国巨大的变迁中，它找不到自己的方位。"黑龙江有一种愤怒的情绪。"哈尔滨作家阿成对我说。黑龙江曾经为中国的建设作出贡献，如今却似乎被遗弃了，而到了吉林，愤怒也没有了，只有茫然。

我在酒店的商务中心买火车票，接待员是个子高挑的姑娘。她平坦的脸因为浓妆而略显苍白，嘴角上挂着显著的厌倦。

"白城没什么特点，就是风大。"她合起正专心阅读的书说。从侧面看过去，它该是罗伯特·清崎的《穷爸爸，富爸爸》。

"它真的对你有帮助吗？"我问。她嘴角的厌倦立刻消失了，转而变成了兴奋："怎么没用，我虽然不能很有钱，但我看的这本可能帮我获得财务自由。"

"那么财务自由的目的是什么？""创业呗！自己创业多好，就不用像现在这样上班了。"谈话被一个前来打字的客人终止了，刚才还沉浸在"人人都可致富"的梦想中的姑娘，又回到了现实，那丝生动又冻结起来。旅途中，我总是碰到这样的女人：她们的容颜比周围人出众一点，却没出众到改变她们生活的程度；她们不安于现状，却又不知道，或者不敢打破生活的惯性。

六

我们放弃了穿越内蒙古草原的计划——中国比我想象的大得多——直接飞到了大同。

大同是煤炭之都，是驱动中国的主要动力，还是人道灾难的来源之一——矿难是不断发生的社会新闻。政府、矿主、矿工、新闻媒体间形成了共生关系。一条人命变贵了但仍不值钱，它从三万元上涨到十几万。大同还以"春情"著称，过去它的窑子吸引着来自北方的商人、官僚、书生，而现在它则演变成了洗浴中心、娱乐城，它是北京的后花园——便捷、清洁、廉价。

在大同，我的第一印象是人群。夜晚十点，我们沿着新建南路走，它拥挤得像星期日的王府井。他们在散步，围着小吃摊坐着，年少的男女在追闹，象棋棋局吸引了十几人来助阵。不知是路灯太过昏黄，还是空气中粉尘过多，我在他们的脸上看到了油腻腻、混浊不清的东西，它的懒散不蕴含着思考，而亢奋则没有对应的创造力。我还在学习分辨他们的身份差异，这城市男人最时髦的装束是黑色长裤配 T 恤，露出自己健壮或不健壮的肩膀，脖子或手腕上戴着一串金光闪闪、不知是真是假的金链子，头顶则是光光的，最多留下一点点发茬。在本地，这是混得好的装扮。

顺着人群来到红旗广场，广场三面被电信公司的巨大广告牌包围，另一面则对着大同的展览馆，展览馆像是小型的人民大会堂，它正被一片广告所包裹，最醒目的是"大同云冈旅游节"的横幅。云冈石窟、悬空寺从历史尘埃里站出来，帮助这座城市摆脱过度的资源依赖，连华严寺门口都有这样的横幅——"一切为了发展"。展览馆对面的雕像，是战国年代胡服骑射的赵武灵王，据说他是大同历史的真正开创者。

你可以轻易地从记载中感受到大同的悠长历史，它是北魏的首都——历史上第一个与南方汉族政权抗衡的少数民族王朝。在漫长的岁月里，它还是辽、金两朝的陪都，契丹人、女真人、沙陀人和汉人在这里学会共同生活。他们留下了寺庙、九龙壁，以及乾隆皇帝到此寻花问柳的传说。

你来不及回望历史，就被裹进了热气腾腾的现实生活里。人们创造了很多简单、粗陋却有效的游戏，在广场上把很多大型、结实的气球踢来踢去，在临时搭建的舞台上放声卡拉OK，在连绵不断的小吃摊上吃来吃去。他们最钟爱的是兔头，据说一个二十八岁的小伙子是真正的"兔头王"，一天能卖出三千个，每个月净赚十万元，真不知竟有那么多兔子可以杀。一路上我都在想，总有一天，人们能用基因技术培养出有两个、三个头的兔子。

我去看云冈石窟，那些佛像雕塑，那些被岁月、风沙、

大同市内公园里的现代雕塑

雨水侵蚀的石窟，流露着说不尽的沧桑。给我印象最深刻的是那些面部残损的佛像，在洞窟内散发着忧愁，但曾经它们蕴含着人们对于极乐世界的渴望。

站在公共澡堂门口，我看到远处模糊的石窟。这个小山丘上的澡堂，属于一家国营煤矿的矿区，它的外墙被刷成天蓝色。我贸然闯进，经过一条长长的走廊，推开门，透过腾腾的雾气，我看到了三种人，洗过的人是赤条条的白色，而没下水的人则是黑色的，还有半黑半白的，都抬起头，整整一分钟里，他们看着我，我也看着他们，没人问我来干什么。

矿区人的姿态与表情都是奇特的。在不同的城市与乡村，你都会看到街角、房屋前正在发呆的人，他们有着相似的麻木和空洞，生活的刺激与兴奋早已逝去，他们只不过在等待生命终结那一刻。但是矿区却不同，他们或许更为悠闲，不下井的矿工和他们的家属有大把时间可以挥霍，那些无所事事的白昼肯定很无聊，他们总是三五成群地聚集在一起，漠然的表情里却有着特定的镇定，适于被拍摄，那里面有一种天然的质感。

接着，我前往老矿工的家，他刚刚退休。那是一片贫民窟式的房屋，依地势沿低矮的丘陵而建，六七十户人家，

被橱窗困住的等待出售的金色大佛们

房屋前是一个宽而深的土坑，也是这个聚集区的垃圾场，零星的野草点缀在垃圾、荒土和乱石之间，展示着它们顽强的生命力。我们是在两排房屋间的走道里碰到那位姓孙的老矿工的，他正拿着小板凳要到前面的空地上，那里是居民活动区，老人家们在这里下棋、打牌、扯闲天，而小孩子则在四处奔跑，大声叫着爷爷以吸引长辈的关注。

"我是1965年下矿的。"姓孙的老矿工讲述起他的故事。他的家由两个房间组成，两个大炕各自占据了主要的空间。他的老伴正在外屋的炕上缝被子，光线昏暗，我没看清她的模样。她热情地把一个被茶垢染深了颜色的玻璃杯递给我，里面是新沏的茶水。里屋的窗台与炕上放着十几盆花，一面墙上挂着陈旧的挂历，上面是毛泽东的画像，对面墙上则是一个印有明星的手提袋。我和老孙盘腿坐在炕上，脚边是散落的扑克牌。

我几乎听不懂老孙的话，山西口音比我想象得复杂，我开始怀念东北段的旅行了，那里空气清新，东北话都听得懂。我也不知道该问些什么，第一个问题就愚蠢得要命："第一次下井时，你害怕吗？""怎么不害怕。"老孙说。

谈话进行得时断时续，经常是突然性的沉默，谈话信息也是碎片式的，你很难把它拼成一个完整的故事。十分

大同路边的露天矿坑

钟后，老孙的老伴突然开始说话了："不知道，就不要说！"她的声音穿过了两屋之间的窗口，入侵到这个屋的谈话中。这种情况愈来愈严重，在一段时间内，我们刚说出问题，他老伴的回答就接踵而至，和老孙的回答形成了一个此起彼伏的二重奏。她的出言是否定性的，以终止这场谈话为主要目的。"不知道，不知道，我们什么都不知道！"她再三地重复这句话，双手仍在熟练地缝被子。她对我们的摄像机充满不信任，而且我们问起了煤炭工人的现状，他们的旧房子什么时候可以拆迁，这像是敏感问题。老孙一开始还苍白地辩解，显然，他的声音没有她的尖厉，也没有她富有权威感，时断时续最后变成了欲说还休。我们忍受了一段时间的静默后，最终离去，觉得自己像是入侵者，打破了别人生活的平静。

这是个失败的采访吗？我通过书本来理解世界，在那里语言是富有逻辑的，当拖沓时，我就一跳而过，它的每个段落、每个章节都会指向某一个结论，或者拥有具体的意义。在旅途中，我只偶尔碰到富有逻辑性的表达，在大多数时刻，是思路不那么清晰的交谈者，他们用沉默、跳跃、离题来回答我，从不使用我习惯的书面语。

"你之前见到了太多的成功者。"同伴对我说。成功者的标志之一，是他们能够面对社会表达自我。但除去小部分的成功者，剩下的则是"沉默的大多数"。他们也需要表达，却被斩断了习惯性的方式。他们的沉默，他们迷离的眼神，还有他们低着头的小动作，可能比他们的语言更有效地诉说了自己。

我们前往可供游人井下探秘的矿井。已经六点，游览项目已经关闭。我们偷偷穿过了售票处，穿过了像北京地下通道一样的走廊，来到升降机前。这口井的一部分可供参观，但另一部分仍在作业。游人早已散去，我们看到三两个矿工正在等待下降。

"没什么危险的。"他们表情淡然地对我们说，然后就沉默了，脸上是厚厚的黑土。几个小时后，他们将在澡堂里再恢复成白色。在一分钟寂静之后，升降机的铁门突然咣当地打开，他们钻进去，又是咣当一声，铁门合上了，它突然下降，向深深的地下坠去。

七

我们的出租车刚停下来时，一个剃平头的小伙子就把头伸进来。这是大同市的一家娱乐中心，我们慕名而来——至少两个本地出租车司机推荐我们来，因为"适合你们这些年轻人"，它是"最典型的大同景观"……我和朋友对此充满好奇，我们的青春期开始得太晚，超过了三十岁却仍令人怜悯地有着十八岁的好奇心，我们仍想了解各种各样的生活，各种各样的女人……这在今日社会看起来唾手可得，每个城市、每个小镇都有那么多公然或半明半暗的色情场所，女人身体和饭桌、KTV、桑拿房一样，是经济增长的润滑剂，是社会压力的排泄口，是改良热情的麻醉剂，大多数人对此司空见惯，以至于不觉得这有什么不正常的。我怀疑，很多生意人已经不知道如果不带着客户去唱歌、去洗浴中心该怎么谈生意，就像很多报纸编辑不知道在搜索引擎出现之前是怎样找资料的……

这家娱乐中心拥有一个平庸的名字"鑫鑫"，它的霓虹灯招牌有几个荧光灯管坏掉了，所以"鑫鑫"这两个字是不完整的，本来应该有六个"金"字，却少了一个半。门口有点奇特，要先爬上十几级台阶，才进入正门，它的门口方方正正，格局像是老式的苏式建筑，就像是机关大院的办公楼，不知道它里面是否铺着我喜欢的被漆成红色的木地板。

我们试着像老江湖一样，带着有点厌倦的表情缓缓进门，仿佛我们早已历经沧桑，尝遍山珍海味，熟知各种新奇事物……一旦进了门，我还是立刻就被震惊了。

楼内是我再熟悉不过的空间。一个面积不大的门厅，连着一条长廊，一个接一个房间分割了这长廊的空间。机关大院的办公室，筒子楼，医院，我那个时代的中学教室，都是这种格局。厅内和长廊，还有通往二楼的楼梯上，到处都是人。暴露着双腿和肩膀的姑娘们坐在那里，她们在聊天、吃零食或干脆表情呆滞地干坐着，她们坐的是那种低矮的小凳子，有点像一群候诊的病人……还有一群油光满面的男人，这群人打上了我们时代的烙印，他们喜欢穿一种有领的条纹 T 恤，腋下夹着黑色的小皮包，那里面是钱包、手机。他们的脸上有一种发暗的红色、轻微的浮肿，那是夜生活与烟酒过度的表现。他们的表情通常有点自满和乖戾，但我知道如果遇到更有权力和金钱的人时，他们就会转化成过度的谦卑……

他们是经济变革中的小有成就者，成功给他们带来了小小的傲慢，也让他们付出了过多的身体和内心的代价。他们被一种褊狭、自以为是的世界观左右。

我们跟着这个小平头上了二楼，这里与一楼是同样的景象。然后我们左拐，钻进一间封闭的房间。这个大房间被分割成面积均等的两个，用木板隔开。我能记住的是带着拙劣刺绣的沙发，是暗淡的黄色，不知道它是暧昧的灯光所致，还是确实这么脏。那一排姑娘走进来时，我觉得有点眼花缭乱。

我和同伴以社会考察的名义而来，内心都蠢蠢欲动。我们太虚伪了，太自以为是地矜持了，两个姑娘坐在我们身旁、并随时准备坐在我们的大腿上，我们却纵容大好时光悄然逝去，倒是她们的直接弄得我们无所适从，她们需要尽快地开始，尽快地结束，效率和金钱紧密相连。我们是她们最好、最莫名其妙的客人吗？足够慷慨，却什么也没发生。她们会特别记住我们吗？

八

灰尘混合着我们身体的汗水，牢牢地粘在我身上，使毛孔难以呼吸。到处都在修路，到处都在鸣笛，到处都是闪烁的霓虹灯。

在漫长的时间里，临汾被称作平阳，是"南通秦蜀，北达幽并，东临雷霍，西控河汾"的兵家必争之地，也曾是北方工商业的重镇。它更著名的渊源是，这里是尧的诞生地，尧被公认为华夏文明的开创者，他和另外两位继任者——舜和禹——构成了中国最初的统治史，代表了华夏的黄金时代。

我来到了山西南部，中原地带的中心。我这一代对"中原之地"耳熟能详，却很少意识到它到底意味着什么。如果我对近代以来的中国文化有所了解的话，它遵从的地理区域也先是东南沿海，或是江浙一带。中国近代历史的变革中心来自沿海，而文化中心则一直在江南。历史变化总是沧海桑田，如今我们谈论的是上海、香港，谁还记得临汾、商丘与开封？但当华夏文明在后者兴起时，前者仍是杂草丛生的乱石堆。

整个上午，我都徘徊在临汾市区的尧庙广场。它激起的不是我对远古文明的幽思，而是一种生理上的不适。饱经战乱、天灾与人为纵火的尧庙当然早已消失，最多剩下断壁残垣、青苔野草。遗迹是个不断被修复的东西，中国的历史倾向于存留在典籍，而不是建筑之中。我们不喜欢帕特农神庙那种石头，而倾向于木头，它们美观、精巧，却经不起历史烟尘。眼前的尧庙是1998—2002年一连串扩建的产物，它不再是一座孤单的被祭奠的建筑，而变成了一片建筑群，被称作尧庙广场。它就像另一种意义上的世界公园，街口的杂货铺，建造者费力地想把所有的东西都塞进一个空间里，所有东西都有着显而易见的廉价感。

我先是在观礼台的广场上游荡，它坐南朝北，正对着尧宫。它像是一个小型的"天安门"，殿内摆放着那种廉价的工艺品，它是"中国尧都民间艺术博物馆"。两个年轻姑娘无精打采地坐在那里。在同样微缩的广场上，摆放着几辆电瓶车，它们被分别塑造成济公、火箭的模样，花上五块钱，你可以在广场上"驰骋"一下。然后，我又在尧庙里消耗了一个小时，在那些仿明清的建筑中穿梭。那些懒散的管理员会突然走到你面前："给先祖敬香吧，三十块的六十块的都有。"如果你拒绝，她就立刻恹恹地走回屋角的同伴那里，继续她们的聊天。这尧庙是她们的，不属于游客。

贯穿广场的尧都大道有四十米宽，两边的景区除去"天安门"，还有缩小的天坛，有尧舜禹三座宫门，有用水泥制成的立体中国地图（可惜福建、台湾等一些省份，表层水泥已经脱落）。广场建筑处处夸耀它的规模，二十一米高的汉白玉华表，长达百米的、花岗岩铸就的千家姓纪念壁——它不但是全国最大的，而且采用了长城造型，还有号称"天下第一门"的华门——三门鼎立象征了尧舜禹，主门十八米高，是"世界上最高最大之门"……

我在四十米宽的大道上走来走去，这并非特别节日，大道上空空荡荡的。我庆幸自己没有再花五十块门票去进那个华门，它四周飘荡的红旗早已褪色，丝绸的边角早已残破。摆设在尧都大道两旁的摊位和这些宏大的建筑一样，真实地反映了中国人此刻的精神世界。一个又一个摊位提供了每一座城市都雷同的消遣方式：汽枪打气球的游戏，小吃摊，盗版书籍与音像——在上面我看到的几乎全部是玄幻、武侠小说，还有一本余秋雨的散文，还有《我偷了二嫂》这样诱惑人心的光盘名称……那个微缩的天坛被命名为"幻觉动感の屋"，中文的"的"字被换成了"の"字，而且在说明里特意提及，游戏来源于"日本株式会社"，我甚至看到了一艘仿制的军舰矗立在华门前……一位叫刘群良的僧人还给我算了命，但是他的个人简介上却印着八卦图。"不管僧道，都要看八卦的。"他对将信将疑的我说，并确信我"天赋敏感，也可以预测未来"，只要付给他三万元，学习一年两载即可。我婉拒了这份"前途无量的工作"，付给他十元钱离去。

如此大规模的混杂仍让我有点吃不消。那位尧真的

临汾尧舜广场前的仿造天坛，被商家改造成了游乐屋

是我的祖先吗？今天的中国人真的是古代中国人的延续吗？一切变得容易理解，浩大的工程与历史情怀无关，它只是经济增长的催化剂，而且它与"大跃进式"的坏品味相连——拜多年的标语化、好大喜功的美学观念所赐。

"旅游业是一个大蛋糕，关键是谁能将这块人人看好的蛋糕做大做强……"一份旅游手册这样写道，"我们的卖点就是四千五百年中华文明的源头"。而手册的编著者则写道："我们的先祖创造了太多太多的华夏之冠。如何将先祖们创造的'无形资产'变为'有形资产'，使华夏千古文明浓缩在尧都，浓缩在一处看得见、摸得着的艺术经典中……"离开尧庙广场后，我看到了第一个大幅广告牌是"纽约，纽约"和"台北新娘"的婚纱摄影。

九

一阵雨过后，天变得明澈，那辆现代汽车就在山路上行驶，穿过了一个又一个隧道，窗外是清澈的山涧，河滩上布满了大小鹅卵石块，铁青色的岩石取代了黄土丘陵。

我心情舒畅，因为终于要离开北方中国了，我正在穿越的秦岭是北方与南方的地理分界线。南方气味在经过眉县的渭河桥时就已变得鲜明，我看了一家又一家的路边简陋饭店都以川菜告人，成都和重庆的力量陡然增强。西安则被遗忘了，仿佛我不再身处陕西，而进入了四川。行政划分相较于自然划分和历史习惯，粗暴、不堪推敲，权力总是可以战胜语言、山川、风俗。

我开始觉得潮湿，而旅行节奏舒缓下来，我变得松懈。在汉中的清晨醒来，隔壁的潮皇酒楼门口那个穿着紫色旗袍的年轻女人正擦着玻璃，满身的慵懒从旗袍侧面的开叉溢出来，马路对面的性保健品商店的门口张贴着这一路上我看到的最有创意的名字——"阿根挺"。

在路边摊上，我听着两个少妇的闲聊，其中一位过分浓妆，像是冯梦龙笔下的小家碧玉。"汉中女人好看，"一位西安朋友提醒我，"她们有点像陕北的女人，个子高，皮肤白"。

"为什么西安人都说汉中人小气？"我一边吃着辣椒炒蛋，一边插话。我的胃口终于苏醒了，从黑龙江到陕北，我受够了那种粗糙、没味道的饮食，四川的辛辣终于到来了。

这句话引发了两个女人的热烈情绪，她们开始将之前西安人对她们使用的形容词，都送了回去："西安人哪有汉中人豪爽，他们做事才小家子气呢！"

这座城市给我的印象是，女人比男人更有力量，不知道那"阿根挺"的销量如何。载我前往勉县武侯祠的是个女司机，今年正好三十岁。她前额的刘海修剪得过分整齐，像一把精巧的刷子，而后面则长长地飘下来，她的脸苍白平坦，五官小巧，这使她看上去就像放大的樱桃小丸子。她的牛仔短裤真是短，以至于我坐在副驾驶的位置时，目光总是不由自主地被她白晃晃的双腿吸引，忽略了她作为整体的存在。

"汉中男人太懒了！"我们谈话是这样开始的。一路上，我的攀谈水准很低，不外乎"本地人有什么特点啊"，"你对生活满意吗"，"一个月挣多少钱"。我很少碰到对自己收入满意的人，总是"太少，不够花的"。

说话干脆的樱桃小丸子也是，她毫不掩饰对自己丈夫的嫌弃。"如果不是孩子，我早就离婚了。"这辆捷达车正驶在栽了两排整齐的高大冷杉树的公路上，而路两旁则是浅绿色的稻田，绿得让人心旷神怡。"如果你春天来，更美，都是黄色的油菜花。"她说。

她对于结婚十年的丈夫的主要抱怨是，他赖在一家半死不活的国有企业里，每个月挣一千块，自己都不够花的，却不愿意到外面去闯一闯。她是个想得开的女人，喜欢在那家鹦鹉酒吧里喝啤酒，和朋友抽烟聊天，她喜欢北京、西安这样的大城市的生活，后者的麻辣小龙虾给她的印象深刻："汉中就没这种做法。"她给老板开过车，嫌钱少又不自由，然后就自己买了这辆出租车，准备开上三年挣些钱，再把车一卖，或许能在西安开始个小生意。她是个称职的投资者，不再开车载朋友了，即使会被他们讥笑"小气"，她还雇用了一个男员工，每月付他九百元，专门开夜班——闲置的出租车该是多么浪费。在家里的姊妹三人中，她是最不安分的，总是向往着更刺激的生活，要穿名牌衣服，要下馆子吃饭，要去全世界旅游，她也是最自立的一个——除了自己谁也没法依赖。

夹在秦岭与巴山之间的汉中，的确仍旧散发着一股置身事外的气息。对于饱受大城市的节奏折磨的人来说，它悠闲散漫得如此迷人，而对于这位"樱桃小丸子"来说，它缺乏生气与活力。

速度正在致力打破这种状况，八百里秦川如今只需要六个小时的车程，西汉高速公路通车之后，则将缩短成三个半小时，"云横秦岭家何在"的感慨变成了彻头彻尾的远古景象。这也给"樱桃小丸子"带来了新的机会，她希望到时不再在市内挣那五块一趟的活儿，被别人包车往返一趟西安、汉中，或许就可以收入一千块。

来到武侯祠时，我是当天最后一位游人，空空的院落里，皮鞋踏在石砖地面上的声音响亮而清晰，我喜欢上了那棵玉兰树，甚至试着欣赏结构对称的古建筑，还有四四方方的院子，散布着青苔的石板路引人遐想，我突然觉得自己被剥夺了那美妙的传承，恨不得能就地坐下，抚琴一曲。对风景之爱，曾是中国文化中多么重要的一部分，站在小小的阁楼之上，穿过一片玉米田，我看到了流淌的汉江水，一阵清风恰好迎面吹来，内心莫名其妙地充盈起来。

对诸葛亮的记忆主宰了这座小县城。我试着在西方传统中找到他的对应人物。他是那么机智，那么有操守，那么执着，却最终还是失败，充满了悲剧式的无力感。奥德修斯有他的机智吧，却比他更幸运，或者说更明智。中国人推崇诸葛亮，多少因为他的"知其不可为而为之"的悲剧性。从刘备到阿斗，他不怀疑既有秩序，甘心成为摇摇欲坠的秩序的维持者。

我对历史遥远和模糊的记忆在汉中被一点点唤醒。诸葛亮，马超，汉中王刘邦的拜将台，萧何月下追韩信的地点，还有汉江。中国人的身份是从汉代开始的吧，因为汉朝，我们成为了"汉人"。

<h1 style="text-align:center">十</h1>

从汉中前往绵阳的公路，穿越了一座又一座山峰，一座又一座桥梁，我看不见窗外那些高山与谷地。大雨突然滂沱，雨打玻璃的声音短促有力，而窗外一片漆黑，迎面到来的汽车的前灯会短暂地打破这黑暗，提醒我车依旧在开往目的地，而非仅仅是钻入了无尽的黑暗。我闻到了那种神秘气息，其中甚至带了某种杀气，如果在此埋下一支伏兵，谁能进入富饶的成都平原？我在穿越蜀道，前往绵阳，富饶、拥挤的四川北部。

我觉得饥饿，疲倦，情绪低落，突然想到一切终将逝去，荣耀、爱情、雄心，友谊，还有生命。这些追问在城市明亮的灯光中很少浮现。我慢慢意识到自己是个浅薄之人，对于终极意义缺乏热忱，生命对我来说像是一个又一个的临时解决方案，我从这一处跳到另一处，不相信它通向某个特定的终点。

从汉中开始生出的懒散，如今潮水般地扩散。到了绵阳，懒散变成了懈怠，而旅行则变得像是观光。涪江旁是一家又一家的茶馆，那些软软的藤椅、五块钱一杯的绿茶，可以坐下喝上一下午。麻将声就像辣椒味道一样四处可闻，它们都给平淡的生活增加味道，也抵御那连绵的阴雨。

那家开元米线馆一早就被人群挤满了，店铺太小，十几张凳子不够坐，人们就端着大碗站在路边，我在碗里看到了颜色浓郁的红油汤，诱人而可怕。但这些身形秀气的本地人则在清晨刚刚醒来时就喝下一大碗，就像它仅仅是一杯茶，一杯牛奶，一杯咖啡。被这碗红汤米线诱惑来此的人形形色色，我看到了睡眼惺忪、脸面浮肿的男人女人，像是刚刚从欢乐、放纵的夜生活中脱离出来；白衬衣、斜挎细带黑色皮包的上班族，正尽力将碗端离身体远一点，然后探头去吃，期待他的白衬衫能逃过溅出来的油星。他的小心翼翼，不妨碍他吃米线的速度，筷子夹住滑腻的米线，灵巧地一卷，再上下掂两下，挥发了热气，然后送入口中。我像是在观赏一场晨间的杂技表演，并叹为观止：他的衬衫没溅上一滴油星。

十一

"三轮！三轮！"我喜欢听李仲贤在街道上这样喊叫。那是浓重的四川腔，音调大得出奇，仿佛不是从他瘦小的躯体里发出来的。雅安正下着雨，它已经持续了一整夜。我一下子就迷上了雅安，虽然我还不知道这城市的布局，不知那条横穿市区的河流叫青衣江，只看到远处若隐若现的墨绿色山峰，和昏黄色路灯下湿漉漉的水泥路。

雅安在成都的西南，距离上一站的绵阳需要四个小时的车程。它是四川盆地向青藏高原的过渡区，著名的茶马古道川藏线的起点。由马匹、茶叶交易筑就的商业古道，也同样传播了文化、政治、宗教与爱情。

李仲贤熟知这些历史，五十五岁的他是地方志的编纂者。旅行中，我最喜欢碰到他这样的人，他们对自己生长的土地充满热忱，熟知它的种种典故，而且愿意与人分享。他带着我去青衣江畔喝茶，叫来他的朋友，其中一位是本地作家廖念钥，在过去十年中，他写了八本小说，试图将雅安的历史命运串联起来。屋外的雨越来越大，青衣江水算得上奔腾向前，裹挟着山上黄得发红的泥沙，气势倒是让山西境内的黄河黯然失色。

茶馆内只有我们一桌客人，屋顶有点漏水，洗手间入口处一个水盆正滴滴答答地接着漏下的雨水，那个三十四寸的彩色电视机播放着一部香港枪战片。我倾听着这群本地知识精英的谈话，间或插入一两个问题。他们的四川口音浓重，我吃力地跟随着。

廖念钥的普通话好得多，他会有意识地照顾我，不过谈兴浓烈时，他们又会不由自主地开始讲本地话。谈话的内容五花八门，我喜欢听他们说起民国年间的传奇，刘文辉、刘文彩和刘湘的故事，他们同属一个大家族，却又彼此争斗。这些故事经常让我想起《死水微澜》的气氛，新旧军阀、袍哥、教会争夺权力，但这些刀光剑影、枪炮火光却又立刻被麻婆豆腐、甜甜的井水、女人的胭脂发髻、小孩子的啼哭声掩盖住了。成都平原太安逸了，暴力和愤怒都被溶解了。

"我的父亲那一代真的不同。"李仲贤说。他的父亲毕业于南京大学，1948年时来到偏僻的西康省，成为一名法官，他拥有那一代中国人的温文尔雅。"他真是那种读书人，即使老百姓把唾液吐他们的脸上，他们也会保持风度。"

当故事从民国转到当下时，气氛更加热烈了。像所有城市一样，雅安被过去三十年的变化弄得不知所措。廖念钥在他的小说里描绘他这一代人的故事：他们幸运地考上了大学，为了能被分配回家乡不惜和不爱的人结婚。但当他们结婚生子，准备安于这一切时，更剧烈的变化发生了。没有机构再限制他们的自由，事实上，也没人再给予你安全保障，你要依靠自己的努力来重新获得一切。这变化来得太快，年轻时他们谈论诗歌、理想，而现在得面对现实。在这股财富重新分配的热潮中，那些曾被他们瞧不起的人，摇身一变成为了暴发户，而他们自己则苦苦挣扎。

"那些国有企业被卖得太便宜，那是几代人积累下来的，突然到了一个人手里。"他们谈起一位千万富翁级的女性，她有几分姿色，当主动躺到本地一位高官的床上之后，特权折换成大笔现金。这种故事再普通不过了，各地都有类似的版本。

李伟是雅安的年轻一代，有着南方少年的瘦小，却很帅气，染烫过的黄发乱蓬蓬的，不大的眼睛很清亮。他才十八岁，却有着丰富的阅历，他当过理发师，成立过少年帮派，高峰时手下有一百多个小兄弟，他在藏区闯荡过，却因为拒付黑社会的保护费被打了出来。"我最崇拜陈浩南，他够义气。"他这样描述自己的价值观。香港电影经常占据遥远的内陆城市的主要精神生活，从1980年代的

《英雄本色》到 1990 年代的《古惑仔》，兄弟义气一直激励着这些少年。

但真实的情况是，它几乎从未发生过。李伟厌倦了小帮派生活，因为"其实根本不讲义气"。暴力是没有目的的，经常是为了打发时间，甚至为了一块钱、一个挑衅的眼神而打起来。两个人的冲突，会迅速转化成团伙的对抗，接着双方开始叫来更多的人。"雅安那么小，经常两边叫来的是同样的人，然后可能就不打了，"他说，"两个月前，我被其中的人拿刀逼着去打架，但到了那里看到被打的人我认识"。他对此深感厌恶，一直没有动手。但那次的斗殴没以和平收尾，双方都失控了，其中一位被扎成了重伤，肇事人都逃到了乡下。"他们不会报案的，"李伟解释游戏规则，"你要自己报仇，而不是靠警察"。

他的生活开始得太早，也因此厌倦得早。他说十三岁时就有了性体验，到现在已对姑娘没什么兴趣。如今，他是江边一家砂锅店的服务生。砂锅店老板的女儿爱上了他的好朋友。这个男孩也是瘦瘦小小的，更内向忧伤，他们是在成都做保安时熟识的，真想不出他们两个站在大门前，会有什么威慑力。

我们坐在一起聊天时，是雨后的下午，李伟出神地望着远处山上的信号发射塔，它看起来像是一棵千年老松树。"我一直想去看看，那到底是什么？"很多无所事事的下午，他都这样发呆。在他一旁，那一对小恋人正在相互挖苦，或许两年后他们就会结婚，将自己的命运和青衣江边卖砂锅的餐馆紧紧相连。

十二

张德藩打开张贴了尉迟恭、秦叔宝两位门神的木板门，站在我们眼前，他的蓝色西装整洁利索，面颊刮得干干净净，看得出，他不属于这个村庄。

"我们来找一位从台湾来的老人。"从张家坡的村口，我们开始一路询问。我们不知道他叫什么，只是从一个朋友那里听到他的经历：他曾是中国远征军的一员，在台湾度过了大半人生，如今又回到了他的故乡——云南腾冲市和顺镇的张家坡。

我从不了解中国远征军的故事。十四年艰苦卓绝的抗日战争的来龙去脉，我们知之甚少，而国民党政权的作为则更像是历史的盲点。距离1937年的卢沟桥事变整整七十年过去了，但我对于那场战争的主要记忆是几个孤立的年份、几场孤立的战役、几次骇人听闻的屠杀，至于战争的内在逻辑与细节——中国失败与胜利的原因、中日两国的真实国力对比、杰出人物和普通人在战争中表现出的勇敢与怯懦——则几乎未得到探讨。我们总是在遗忘，似乎所有的苦难都仅仅是苦难本身，除去哀叹与控诉，无法转化成真正的精神财富，转化成我们对自身命运的探求。

腾冲曾是明清的军事重镇，而在第二次世界大战中见证了中国与它的盟友美国、英国兴奋、悲壮、挫折重重的合作。1942年至1944年，中国军队在缅甸遭遇重创，几万人被困在深山密林中，迎接不必要的死亡；他们在印度重整旗鼓，补充了"十万青年十万军"的兵员，接受美国式的装备与军事训练，最终完成了对日反攻。腾冲建于1945年的国殇墓园记录了其中的一部分牺牲者，那些五十厘米高、二十厘米宽的小小墓碑，整整齐齐地排列在一起，既然他们生前就列队，那么死后也是如此吧。很多墓碑上的字迹经过雨打风吹已然褪色，只依稀看到"一等兵""上等兵"的字样。

真实的战争比我想象的更复杂，除去勇猛、荣耀、爱国热忱，它或许更蕴含了恐惧、无可奈何。

张德藩的外表比实际年龄年轻得多，他毫无障碍地跨过门槛，脸上也没有太多的老年斑，他的反应称得上快速，看起来不过七十岁，唯一可惜的是，他基本失聪了，必须是他熟悉的人在他的耳边吼叫式地说话，他才略微听得清。他出生于1917年，和我们见面时整整九十岁了。

由于失聪，我们的交流很难展开，而且他依旧浓重的乡音我也经常听不懂。他当然也像所有老人一样，喜欢重复，似乎那是生命将逝前，拼命抓住一些确定的东西，或是通过反复诉说曾经的遗憾，来平复内心长久的不安。

他就出生于这个老屋中，这幢房子的历史足以追溯到清朝末年，可以猜测出，这是个殷实之家。他曾是个青年商人，行走在中国与缅甸之间——腾冲一直就是中缅贸易的重镇，很多中国商人的大半时间生活在缅甸。他娶了一个气质端庄、眼窝深邃的中缅混血儿，是缅甸曼德勒市一家英文学校的老师，为他生了四个孩子。他经历过日本人在1942年的到来，商人式的精明帮他回避了很多痛苦，当日本人进村时，他会事先准备好几个鸡蛋与番茄，当他们敲门时，他会一边主动递给他们，一边说自己是"良民"，他亲眼看到那些迟迟开门的邻居怎样被打得头破血流。

当远征军开始反击日本人时，他已是个三十七岁的父亲，无意卷入其中，但战争却选择了他。他会说熟练的缅语，熟悉缅甸的山地与丛林，他先是成为了一名向导，然后被迫参军。战争中充满了意外，他和几位战友被大部队甩了出去，不知为何又卷入了缅甸的内战，他看着战友一个个死在身边……他算得上幸运，逃过一次次劫难，他记得一次夜间战友想拉他一起出门，他恰好不在，第二天那两位战友都死在了外面。在国民党政府撤离大陆之后，他们这些残留的远征军老兵辗转泰国，前往台湾。他就这样来到台湾，成为挤满外省人的台湾岛上的一个陌生人，操云南口音，在一家理工学院里充当烧水的锅炉工人，他再没见过妻子，在台湾时他接到了她的死讯，而儿女们只有在大陆向台湾开放旅游之后才又见到。

"那是乱世啊，人命不值钱啊。"我记得他总是在说这句话，他总是提到他再未见到的第一任妻子，她那张魅力十足的黑白照片就在客厅的相框里，他的第二个妻子则坐在他身旁。你可以轻易感觉到，他所有的爱都给了死去的、在照片中光彩照人的那位年轻女人，而不是身边这个白发苍苍、皮肤干黄的老太太。

他带着我参观后院那个小花园，串串红正在盛开，那棵粗大的茶树穿过屋顶伸向天空，他指给我们看他新修的浴室，轻轻地抱怨说鱼缸里的金鱼为什么总是养不活……

他热爱生活，并且期待别人倾听他的故事。他的弟弟也坐在房间里一直陪着我们。除去照顾他们的那位中年保姆，他的弟弟是这个房间里最年轻的人，今年七十三岁了，儿孙都不在家。偌大的院子里显得空旷，木制老房子和石板路上的青苔散发着久远的气息。有那么几分钟，没有一个人说话，我甚至感觉到时间静静流淌。

当我要离去时，九十岁的老人恋恋不舍，说了很多遍"谢谢"，他的眼神里充满了期待，或许我们应该留下吃饭，或是不久再来看他，他期望有人听他的故事，尽管这个故事早已被岁月弄得残破不全，甚至彻底被历史遗忘了，但那些往事的悲欢在他的腹中停留了太久，他需要把它们倾泻而出，并被别人知晓。

十三

离开腾冲的感受，就像到来时一样复杂。我斜躺在那个两米长、一米宽的铺位上，一页一页地翻着手上的书。灯光昏暗，人声嘈杂，窗外一片漆黑。从腾冲到昆明的夜班车，宣告我四十天旅程的结束。汽车在山路上行驶，穿越着高黎贡山、怒江。我觉得自己平躺的身体像是传说中飞翔的尸体，镇定而沉默地飞入无尽的黑暗。

抵达昆明后，那个陪伴我走了最后一周的旅伴将返回香港，她有着黑亮的长发、修长的手指，并和我一样喜欢 Leonard Cohen 的低沉嗓音。这段朦胧的恋情尚未展开，就要宣布结束。

我们的暧昧情绪，一直被包裹在没完没了的细雨中。我们在潮湿中参观远征军的墓园；坐在和顺镇安静的图书馆里翻阅老报纸；一边在路边摊上吃米线，一边看着雨水从屋檐淌下；在用火山石铺就的田间道路上散步，黑色火山石和浅绿色的稻田的和谐搭配像是出自安藤忠雄之手；我们还在著名的温泉大滚锅旁洗脚，品尝用地热煮熟的鸡蛋和花生，这里也是徐霞客那惊人的旅程的最后一站；我们也在潮湿中，熟悉彼此的皮肤和嘴唇。

她会和我讲起阳明山的温泉，台大的杜鹃花，还有杨德昌的电影和爱情。她来自台北，毕业于台湾政治大学，母亲是外省人，外公是 1940 年代上海的一位知名记者，父亲是土生土长的台湾人，家族历史足以追溯到清代中叶。

这是她在中国大陆的第一次旅行。"在去法国读书前，"她在刚认识我时说，"我要知道大陆到底是什么样子的"。她的台湾腔一听可知，她把三声的"法"，读成了四声。她总是恨不得把每个字音都发得字正腔圆，陈述中听不出轻重缓急。

她曾想坐着火车穿越中国，去倾听普通人的谈话、争吵，呼吸同样的空气，但立刻就被朋友的劝说终止了——火车上的秩序太混乱了，拥挤得甚至上不了厕所。

我猜她对中国大陆的感情，就像是奈保尔对印度的感受。他们都生活在一个相对狭小的空间，对于那辽阔、复杂的大陆有着强烈的渴望和好奇，他们和这片大陆既紧紧相连，又有着难以逾越的隔阂。

不要说来自台北的她，就是生活在北京的我，不也觉得自己就像是这块土地上的陌生人？中国社会的变化太剧烈、太迅速了，整个国家就像一棵被连根拔起的大树，她忘记了自己从何处生长而出。一路上，我看到了战争、政治运动、经济发展，如何将这个国家改变，抹平了地域差异，解构了原有的人际关系……余光中式的情怀反而在中国销声匿迹了，当方文山开始将唐诗宋词的意境置于流行音乐中时，它因为新鲜而风靡了整个中国。

在黑夜的长途汽车上，她侧躺在靠窗的铺位上，和我距离不到一米。她一直安静地盯着窗外，不知道她在那黑黢黢的夜色里发现了什么。偶尔，她的手会穿过这一米的距离，来寻找我的手，一言不发，她的手轻轻地滑过我的手背，延伸到我的小臂。我继续翻阅手上的这本《大国之魂》，是作家邓贤对1940年代的远征军的记录，一些段落让我过目难忘："每逢阴雨天气或者没有空袭警报的日子里，重庆的街道上就挤满各种各样黄皮肤的人群。他们好像洪水塞满河道一样浩浩荡荡在城市和乡村流动，永无尽头。他们中大多是衣衫褴褛的苦力和被战争夺去土地的农民，还有许多失业者和流落街头的学生，这些人的住处都是东倒西歪的小棚子，用一两根木头支撑着，屋外流淌着令人作呕的污水和垃圾。我进过几处这样的房子，房子里没有床，主人和孩子在地上吃饭睡觉，但是他们照样活着！上帝，中国人的生命力是多么顽强啊！他们似乎只需要一片菜叶或者一口水就能活下去并且成群地繁衍后代。"

这是史迪威给他的上司马歇尔的信中所写到的，它在黑夜里让我难以入眠，想起两个月前所看的纪录片《南京》，几十万拥挤在南京的中国人根本无力保护自己，他们中最幸运的保住了生命，只是因为得到了那十几个来自欧洲和美国的白人的帮助。20世纪的中国历史（或许中国历史的大部分时刻皆是如此）充满了这种悲剧性时刻，个人根本无力主宰自己的命运，他们被动地接受所有安排。与此同时，他们发展自己的应对之道，他们对于环境的恶劣保持着惊人的容忍和麻木，对一切机会充满敏感，迷恋看得见的物质，对于死亡保持着一种无知的坦然……我们依靠的不是个人的成长，而是一个生生不息的群体，用源源不断的新生命来取代对每个人过分强烈的消耗。在一个家庭中，一个人的生命似乎在四十岁就停滞了，他要把希望全部押注给下一代了；在对抗日本人的战争中，成群成群的营养不良的少年充当了炮灰，他们甚至没有接受过像样的军事训练，没有足够的子弹；在1990年代东南沿海的那些工厂里，从内地来的青年男女，他们把十八至二十五岁这样的人生最黄金的时刻交给了高强度的工作，一旦超越了一定年龄，他们就自然被更年轻的人取代，只有很少的人从中获取了未来生活所需要的足够技能与金钱，大部分人则再度回归到旧轨道。

我想把自己的感慨讲给她听，却不知道如何开口。我似乎比她年长了整整一代，像是成长在20世纪七八十年代的那一代台湾青年。那是意识觉醒的一代人，一心要探究自己命运的由来，被一种莫名其妙的使命感激励着和压迫着，他们也有着自己明确的敌人，要为自由表达而奋斗。而到了她这一代，没有明确的黑白了，昔日的压迫都消散了，娱乐正在取代所有严肃的精神生活，她们关注自身的感受，要远远超越所谓的台湾命运。对身份认同的纠缠不清，才是令她真正困惑的。她对于政治的、经济的中国大陆没有太多兴趣，甚至充满了某种不信任，却对文化的大陆一往情深，她相信其中埋藏着她生命的密码。

但双方都面对着同样的中国传统和现状、记忆与现实。这一路上，我感受到中国的巨大变化，它早已不再是史迪威眼中那个中国，但同样的，我看到了那惊人的惯性并未消退——我不能说今天的中国人获得了一直期待的个人尊严。旅途中，给我最深的印象就是"遗忘"，我们遗忘过去发生了什么，我们付出了什么代价，所有人似乎都在生机勃勃、闹哄哄地生活着，却像是陷入了一场集体无意识，甚至连悲情都丧失了。

我回到北京两个星期了，她早已身在里昂。我收到她寄来的腾冲的火山石，夜晚那些记忆突然涌来，我想起在四十天里经历过的那些地方、那些面孔、那些意外的插曲。它们没有使我的头脑更清晰，我也没有寻找到分析中国社会的钥匙。但我感觉到，我对脚下这片土地的感情更加浓烈了，我期待自己不仅是去分析它们，更重要的是感受它们……

三峡纪行

宜昌的春节

在宜昌，我第一次看到了孔明灯。薄薄的红纸，被竹篾支架构造成一个长方体，底部开口的支架上是蜡烛台，点燃后，热气充盈灯笼，它开始上升。我一直想知道，在蜡烛燃尽前，它到底能飞多高。

这是除夕夜，江边公园到处是不断飞起的孔明灯，各种形态的烟花。我们在江边闲逛。正值枯水期，三分之二的河道变成了浅滩，剩下的长江水黑黢黢的，静止不动，一艘游船停在那里休憩。亮光来自一个夜晚捕鱼的老汉，他戴着矿工一样的帽子，头顶上有射灯，不知哪条孤独、好奇的鱼会上钩。

我兴致勃勃地看着烟花、灯火、兴奋的人群。两个小时前，我抵达这座城市。对于它，我唯一的信息是三峡大坝修建于此。"宜昌并不是一个出产丰富的、工业的、拥有大商行的地方。"1912年的《海关贸易报告》如是描述。

宜昌的重要性不能与下游的武汉相比，它也没有工业城市沙市的活力。它的优势来自地理，它是长江三峡的入口。由此而上，宽阔的长江在山峰间收缩成窄窄的河道，在不到两百公里的旅程里，江水急速奔腾，一个接一个的浅滩、暗礁与明礁，只等船只的搁浅与颠覆。而江水与沿岸陡峭的山峰，交相辉映，又让几千年来的中国诗人沉醉不已。

我们离开了江边，在解放电影院周围闲逛，这是城市的中心区，酒吧、咖啡厅、舞池、K歌房云集。满街都是年轻人。大概和我们一样，对这传统节日心生烦闷。和一大家子吃吃喝喝、打麻将、相互拜年，这样的日子往往要持续好几天，单调而乏味。新一代城市青年，不再饱受生活的磨难，没必要从家庭里寻找力量与安慰，给予回馈。他们在一种四处充满机会与诱惑的环境中成长，他们往往是家庭里唯一的孩子，各种爱向他们涌来。即使成年后，他们仍坦然、任性地将自身的困境分给别人，希望家庭为他们找工作、买房子。自由是想当然的，义务是陌生的。

这里最时尚的酒吧叫"糖果"。夜晚十点时，我们穿过保安的冷漠眼神和安检门，进入了喧闹、迷离的气氛。一个袒露着柔软腰部的姑娘正在吧台中间的小空间里领舞，我喜欢她细长的眼睛和故作的冷漠，那画得过浓的眼眉，在昏暗、飘移不定的灯光下，竟也恰到好处。

我突然想起了不久前广州火车站滞留的人群，一场大雪的到来，几乎让这个国家的整个交通陷入瘫痪，从北京到广州，火车站挤满了等待回家的人。但这里的年轻人不想回家，也毫不担心那些想回家的人。

大年初一的中午，我们去看葛洲坝。这个工程在小学课本出现过，一直印在我脑海里。我记不清文章的标题与内容了。在网络上，我没查到原文，却意外地发现了《〈葛洲坝工地夜景〉说课》的文章，它应来自小学教师的教学参考书。

"我国当时最大的水电站——葛洲坝水电站建设工地的夜景，反映了社会主义建设者们火一样的劳动热情，歌颂了劳动人民的巨大力量和伟大贡献。"文章写道，"全文以'我'的所见所闻和所想，表达了'劳动人民创造了人类文明'这一历史唯物主义观点。"

我一下子回到了小学课堂，我们都对人生与世界充满好奇、一无所知，一种世界观与美学观念就那样不费力地进入了我们的系统。文章有"中心思想"，值得赞美的是劳动人民。如果你要形容夜色的美，可以说像"仙女脖子上戴着的项链"，如果你在赞美勤劳，那么他就像是"辛勤的小蜜蜂"。

我随着稀稀落落的人群进入，在褪色的宣传栏里，我看到了毛泽东的题词"赞成修建此坝"，保持着一贯的龙飞凤舞。

修建水坝曾是一个时代的风潮，富兰克林·罗斯福1935年参观胡佛大坝时说："我来了，我看了，我服了。"它也是一个失落民族找回自信的方式，尼赫鲁1954年看到楠加尔运河及巴克拉大坝时抑制不住豪情：

"这是多么壮观、多么宏伟的工程啊！只有那具有信念和勇气的人民才能承担如此的工程！……象征着这个国家正在迈向力量、决断和勇气的时代……"

五十年来，中国可修筑了若干大坝。

1949年，中华人民共和国建立时，它有八座高十五米以上的大型水坝，到了1990年，这个数字已增至

荒芜的长江边的货运小码头

一万九千座，遥遥领先于第二名美国的五千五百座。

葛洲坝的修建开始于1970年，中国亢奋而混乱，大坝的建设也并不顺利，直到1989年才最后竣工。参观路线只是大坝的一角。供通航的闸口紧闭，向闸口内望去，有一种意外的昏眩感。它那么深，混凝土的墙壁如此笔直，冰冷凝重得让人迫于呼吸，下部绿色的青苔是经年水泡的痕迹。发电区禁止游人参观，远远地望去，宽阔的水泥路似乎通向遥不可及的目的地。

被拦截住的湖水很平静，一些白色的塑料饭盒在水面漂浮。被刷成黄色的巨大机器不知何用。这道由水泥、钢筋、铁板构造成的庞然大物，毫不费力地截住了长江。

它取得了预期的发电效能了吗？它更重要的意义是更壮阔的三峡大坝的预演，这个惊世工程在葛洲坝上游大约三十八公里处。

中华鲟

小王最终成了我们的司机兼导游，一百五十元，他用那辆年头过长的长安面包车载我们去三峡大坝。他得意地把通行证晃给我们看——有了它，你可以行驶在三峡工程的专用公路上。

他给我们讲解经过的桥梁和隧道，那条河流叫乐天，因为白居易曾在此露宿过，还有那条延伸山沟，那是备战备荒年代的兵工厂。我们还路过了中华鲟的养殖基地。

多年之前，我在电视新闻中见过它的模样，四位捕到它的渔民正抬着它，重新放生。它看上去足有三米长，丑陋而威严，庞大而骄傲。每年夏秋，它们聚集于长江口，溯江而上，到上游金沙江一带产卵，然后带着幼鲟顺江而下，到东海、黄海的深水中成长。葛洲坝修建后，它们上不去了。

"它们拼命撞大坝，死伤很多，科学家不得不把他们都捞起来，放在那里人工养殖。"小王说。

水坝不仅截断了江水，也重塑了生态，中华鲟是受危害生物中最著名的一种。它也是真正的活化石，其祖先足以上溯到一亿年前。持续了一亿年的生活中断了。一位参观过养殖基地的朋友说，这些昔日的江中王者，正像猪一样被饲养着。

小王是葛洲坝的同龄人。他来自一个水利之家。在武汉学习水利的父母亲，把青春奉献给了丹江水库，它如今是南水北调工程的枢纽。他们从丹江来到宜昌，参与葛洲坝的修建，小王和两位哥哥的童年是在工地上度过的。

成年后，三峡大坝是他们人生的机会。1994年到1997年，是三峡工程最繁荣的时期。"有十万人在工地上，"小王回忆时兴高采烈，"山西的新疆的四川的东北的，哪里人都有，他们都知道这里有几千亿的大工程，都希望承包工程，发大财"。发财的是少数，工程经过层层转包，经常让真正干活的人吃了大亏。那是个火热和混乱的年月，那么多年轻人满怀着欲望，聚集在此。

大坝已近完工，坝区寂静无人，空阔萧索。小王指着一片荒地说，这里将建成一个高尔夫球场与度假村。管理者有一种孩子式的一厢情愿：旅游者将源源不断地涌来，参观这人造的奇景。

太平溪镇是大坝边的小镇，它的斜对岸是著名的三斗坪，大坝的管理机构就设在那里。小镇被包裹进白色的瓷砖里。镇机关背后一座丘陵，前面对着长江，正符合中国的风水，背山向水，一辆车正停在门口。街上满地爆竹的残骸，人们聚在一起打牌，除了我们没有别的游客。

我站在江边广场，身后一块巨大的花岗岩，它被称作"太平石"，为纪念大坝而立，一位本地墨客为此撰写了《太平石赋》，提到了盘古、女娲与大禹——中国历史的神话源头，都与水、石相关。

十八根灰色、光滑的混凝土柱子，笔直、静默地矗立在江水中，供等待过闸的轮船拴锚所用。江面宽阔，江水清澈、静止不动，下午三点，阳光灿烂，水面泛起耀眼的金光。江对面的山峰若隐若现，山腰上是拥挤在雾中的高楼，是下游搬迁来的秭归新县城，老县城已被淹没。

三峡大坝没有期待的那样壮阔，它像是一条悠长的水泥走廊，可能适合傍晚时散步。被它拦截住的江水，正汇聚成平静的大湖。即使再讨厌陈词滥调的人，也会不由自主地念出毛泽东的诗句，"高峡出平湖"。我看到了它画卷般的美丽与平静，却不知道它隐含的情绪。

巴东县城

我们乘坐的长江一号快艇，像是一条怪头怪脑的箭鱼。当它启动时，有一股浓烟突然升腾出来。快艇上写满了俄文字母，是购买自俄罗斯的二手货，窗口的玻璃早已被磨成了半透明状态，向外看去，景物都像是蒙上了一层腾腾的雾气。

快艇是从太平溪镇的码头开出的。我六点钟就从床上爬起来，在宜昌车站等待客车将我运到码头。"明早七点半发船。"售票员前一天斩钉截铁地说。一直到八点半，我们才上了客车。九点钟抵达码头时，又被通知快艇的数量不够，只能先运载远途客人，我们这些短途客人要继续等待。

人群中一阵骚乱，人们拥到调度员面前——他是个身高体壮、留着寸头的小伙子，裹着黑夹克。"这是春运期间嘛！"他的语气无奈却强硬。当他发现辩解无用时，就退身到铁栏杆背后，站在江边吸烟。

旅客们最初的烦躁开始平息下来，原先挤成一团的人群各自分散开。上了年纪的妇女正在对自己的儿子嘟囔着抱怨，年轻的情侣在一旁闲聊，还有更多的人发呆，不断打哈欠，所有人脸上都流露着睡眠不足的样子。我知道自己不是最困的，有的旅客早晨六点就开始等车。

一位老人令我印象深刻。他大约五十岁，脸部平且瘦，上面却挂着一望可知的倔强。他一直没能从气呼呼的状态中摆脱出来，他呼喊的声音最大，抱怨声一直没停过。当脸色红润的调度员再次出现在我们面前，并要求我们排好队，以便于他像老师数学生一样清点人数时，那个老人突然挤到他面前，开始不住地问："为什么没船，为什么没船？"得不到满意的答复后，他突然把头低下来，有点笨拙地撞向调度员，第一次没有撞上，他又撞了第二次。他的年龄突然消失了，像是个不知怎样表达自己情绪的街头儿童。

最终我们上了船。我在那裹着脏兮兮的红罩子的座椅上半昏半睡，耳边是三流港片的吵吵嚷嚷。

西陵峡在我这半梦半醒间就被掠过了。我对风景保持着惊人的迟钝，我的内心太杂乱，难以在千年不变的山水上，看到那缓慢的、不动声色的美。

逆长江而上，两个小时后，我来到巴东县。在三峡风景线上，这个县城没有产生屈原、王昭君这样的人物，也没留下"朝辞白帝彩云间""除却巫山不是云"这样的诗句，也没有像小城涪陵那样用榨菜征服了全中国的胃。

巴东没有太多的历史遗迹，本地人都会向你提起寇准曾在此担任过县令，这位北宋年间的宰相是中国历史上最受喜爱的人物之一，就像是三国时期的诸葛亮，明代的刘伯温，或是乾隆年间的纪晓岚一样，他们不仅具有超人的才华和品质、充满爱国情怀，还都机智诙谐，通过各种语言上的游戏、心思上的机巧嘲弄对手。比起民间故事中的丰富性，书面记载简单乏味。一本历史读物上干巴巴地写

三峡纪行

道："他（寇准）注意发展农业生产，减轻赋税徭役，兴办教育，很有政绩。"

我们踏上的是一座新县城。船停靠在码头时，要把头仰起六十度，才能看到客运大楼。我们沿着陡峭的石阶而上。石阶的一部分已被淹没在水下，透过清澈的水面，我看到水泥台阶仍在不断向下延伸，通往那个被淹没的城镇。不知顺势而下，将会发现什么。

我们住在楚天路上的国玖大酒店，它是簇新的十二层高建筑，三颗星显著地印在玻璃门前。老板是一个将整个上身裹进灰白色裘皮的中年女人，身材矮小丰满。她给我们指明电梯的位置，脸上洋溢着一种可爱的自足。

沿着楚天路而上，爬上数不清的台阶，就来到了巫峡广场——县城的中心。大年初二，街道上冷冷清清，广场是唯一的喧闹之地。这座四十万人口的县城，最重要的机构都在这里了。县政府大楼在最高处，要从广场再登上几十级台阶，才能到达大楼门口。七层高的楼房算得上是精心设计，暗黄色的墙面与大面积的蓝窗棂、茶色玻璃窗，比起司空见惯的白瓷砖、深蓝色镀膜玻璃要讲究得多，官员们正好隔窗眺望缓缓流淌的长江。

县医院在政府大楼的斜对面，广播电视台则在另一侧。紧邻政府、高度稍逊一筹的丹阳时代广场是本城最豪华的购物中心。"丹阳"无处不在，超市、宾馆、酒厂、娱乐中心……所有的这些"丹阳"都属于一家叫丹阳实业的公司，它的领导者叫王丹阳，一个三十岁出头的年轻人。

"他是我们这儿的首富，是个传奇人物。"一位本地人对我说。他没受过正规教育，当过兵。他从一个小店铺开始起家，小店铺逐渐扩大，变成了超市，又变成了酒店、娱乐场所。每个地方都有这样的人物，他们在中国社会眼花缭乱的变迁中，抓住了一次又一次的机会，既有个人的精明与勤奋，也有哪些不能放在桌面上的隐秘世界。从巴尔扎克笔下的巴黎商人到美国的强盗资本家再到俄罗斯的寡头，他们都分享着类似的精神。

老县城与新县城相距十三公里。当地人所说的老县城，并不老，只不过比新县城老上几岁。它们的街道与建筑都差不多，一样的丑陋，一样的不洁，一样的匮乏，一样的吵闹。

因为三峡大坝，县政府先是建造了一座新城。但决策者发现，它的地基不牢，滑坡问题严重，不到十年里，他们又开始了第二次迁城。刚修了不久的七层政府大楼，被遗弃了。大白菜堆在台阶下，台阶上则是果皮和污水，一个老年乞丐把破棉被摊在大楼平台上，昏昏睡去。

而真正的老县城，早已葬身江底，商业街道、住宅区都被淹掉，仅存的是烈士陵园的纪念碑，寂寞地面对着江水。烈士陵园里有贺龙的题词，他用两把菜刀开始了革命生涯，是中国革命史中的传奇人物，他曾在这一带打游击。

卖气球的小余

我在新县城的广场上碰到小余。广场颇有几位卖气球的小贩，气球颜色与形状不一，都是熟知的形象：机器猫、白雪公主、奥运福娃、米老鼠……它们的色彩与工艺有一望可知的廉价感，倒是县城里的广告牌、店铺里传出的流行歌曲的音质相当匹配，都有一种粗陋的亮丽。

小余与那些小贩不同。他年轻，身材瘦小，脸上却挂满了书卷气，鼻梁上架着黑框眼镜，唇上留着柔软、随意的黑胡子，倘若他穿了白衬衫，眼镜框再窄一点与粗线条一点，就更像是时尚杂志所钟爱的青年设计师了。

或许出于小城的百无聊赖，小余吸引了我。他让我想起了昔日社会中那些走街串巷的小贩，他们有糖果、画片和姑娘们喜欢的头饰，还代表着陌生与新鲜的世界，给过分平静的生活带来涟漪。

我们邀请小余一起吃晚饭，他也是小城的过客，不愿意回家中过年。傍晚七点，他准时到了酒店。他坚持要来找我们，而不是我们去找他。他后来说，是因为他所住的"春风旅社"太寒酸了，是十块钱一晚的地下室。看得出，这与其说是他脆弱的虚荣，不如说是他保持自尊的方式。

我们在酒店冷清的餐厅包间里，喝着重庆产的山城啤酒，听小余讲他的故事。1984年，他出生于秭归县的一个乡村，十八岁时，再也压抑不住对读书的厌倦，跑到了宜昌市讨生活。他在那里为一家垃圾处理厂工作，负责为废弃金属分类。"那是个污染严重的工作，"他说，"每个月一千块，管吃管住。"对于他的家乡来说，宜昌是个大城市，有各种可能性。

他还卖过仙人掌，骑三轮车替人运货，找不到工作时，就睡在长江边的公园里，夏夜温暖宜人，却被人偷走了钱包。他不会向家人求援，家里也帮不了他什么。他们家是库区的移民，忙着从旧家搬到新家，政府答应一次性支付的一万八千元安迁费，却被乡里干部变成了每月付五十元，一直延续下去。"这是个整数，还能做点小生意，但分开给，就什么用也没有。"小余说。

他卖了半年的气球了。他以每个两块的价钱从宜昌批货，来到周边的小县城兜售，一般卖五块钱一个，他认为特别漂亮的，比如流行的米老鼠，可以卖到八块。每次出发前，他的小小行囊里除去很少的衣物，还有一个充气机，他用少量的化学药品在地下室的房间里制作出氢气，给气球充上气。

一周前，他坐着长途汽车来到巴东县，他不认识任何人。他的生意不好不坏，他发现巴东人喜欢新奇的东西，不管是吃的还是玩的，只要是他们没见过的，就会试一试，包括他的气球。

饭桌上都是男人，话题自然就引到女人身上。小余一下子变得动情起来。旅行时，我经常会碰到各色小镇青年，他们年纪小小，却似乎有着单调又丰富的社会阅历。县城与小镇的精神生活是匮乏的，他们以成年人的世俗生活来填补，他们过早地学会抽烟、喝酒、赌博，在歌厅里扔掉童贞。他们在街道上呼啸而过，生命在此作了灿烂却短暂的停留，然后迅速、头也不回地奔向衰老，不过二十岁，却带上了暮气。

小余却相信爱情，他是个多情种子。在宜昌时，他先是陷入了一场不对等的恋爱，一个女大学生，从不愿意承认他们是男女朋友，只愿意接受他的照顾，却很少给予回馈。他们的恋情注定走向终结，只等她毕业。然后，他朦朦胧胧地爱上了同事的老婆，一个比他年长十多岁的女人，两个孩子的母亲。他喜欢和她谈话，偶尔的拥抱让他陶醉，结果可想而知，尽管什么也没发生，他还是被迫离开了工作单位。比起他节俭的日常生活，他对女人们过分慷慨。

即使分手在即，他仍花了几百元给女大学生购买生活用品。他还偷偷买了一套保暖内衣裤，希望有一天能送给那个成熟女人。

在从宜昌前往巴东的长途汽车上，身旁一个少女抑制不住倦意倒在他肩膀上睡着了。整整三个小时，他身体僵硬麻木，只为了不打扰她的睡眠。他记得她是在江苏打工，春节回家车票紧张，于是一直站在火车上。下车前，他对那个女孩和她的母亲说，可以替她们在宜昌买回程火车票，这样就不用再站回去了，让他遗憾的是，她们没相信他。在巴东的旧县城，他遇到了一个明眸善睐的少女，送给了她一个粉色米老鼠的气球。旧县城的生意不比新县城，他还是在这里连续待了三天，只想再碰见她。

吃过饭，小余提议到江边散步。沿着石阶而下，正是跨江大桥，一路上，我不停地看到这种通体白色的钢索桥，它们就像一只只巨大的纯白竹叶虫趴在山峰之间，暂时地休憩。对岸的山已隐藏于黑暗中，山腰上闪耀的灯光。

小余诚恳地请我们吃路边的烤羊肉串，他还谈到了他在春风旅社里的另一个住户，是个十八岁的年轻姑娘，过年时也未归家，他们孤单在外，有时一起在旅社的厨房里煮面条吃，打发寂寞时光。他似乎在暗示，我们是否需要这样的服务，他愿意给她打电话。他的自尊是淳朴的，他不想只占有，愿意提供帮助，回报我们的酒饭。

"在北京鞋垫好卖吗？"他突然问。我不置可否，看得出他渴望更大的城市，他甚至还提到了北京的奥运会，他说能去看一场比赛，是人生的一场梦。

彩虹桥

因为蓄水，江面升高、变宽，流速减慢，泥沙沉浸到水底了，快艇像是行驶在平静的湖面上，两边则是陡峭的山峰。上面生长着的树木在冬天萧瑟得灰黄，倒是与其下的岩石色调一致。山体的形状与颜色偶尔发生变化，有时是黑色平平的岩石，有时像是一串突然突出的鱼脊背斜插入江面，陡陡的山坡有时是零星的树林，有时是光秃的一片，当一片梯田突然出现时，就意味着一个小村落的出现。

远望像小小的火柴盒的房子突然聚集在山腰上，不出意外，还会有一道白线划过山腰，那是将村落与市镇连接起来的公路。有时，我盯着一个火柴盒，会看到一个红衣的小人从阳台上走回屋内。她过的是一种怎样的生活？有时，刺眼的人工痕迹进入了眼帘。我看到了中国电信那蓝色的广告牌，岩石上刷着白底红字的方块：175 米。当大坝彻底竣工之时，水面将达到这个高度，山峰又会变矮了一截，水面又将增宽，而那些山坡上的"火柴盒"又将消失一些。

当穿过那座橙色的跨江大桥时，巫山到了。

如果不是同伴提醒，我几乎就忘记了这是贾樟柯电影中引人注目的一幕。橙色的、像彩虹一样弯曲的大桥，连接了两座山峰，周围是墨绿色的山与水。

巫山的客运站大楼明确无误地显示，这是一座仍在建设中的城市。大楼的外表还没来得及覆盖上瓷砖，仅以灰色水泥示人，钢筋支架上裹着绿色的施工网眼布，一架黄色的吊臂车孤单而骄傲地俯视着长江。墙壁上辽阔的长方形空缺在等待着玻璃，地面上则只有尘土和沙石，在售票大厅里，没有一张椅子，人们站着抽烟、蹲在地上发呆，给小孩子把尿。

我对于巫山的记忆始自"巫山云雨"这个词。十四岁，我知道了它是性隐喻，它在我青春期时孜孜不倦地不断翻阅的"三言二拍"里随处可见。那时候，性仍是禁忌，是困惑与兴奋的主要来源。"巫山云雨"是所有意向中，最朦胧、诗意的。我忘记了在年少时的那些情书里，是否引用过元稹的"曾经沧海难为水，除却巫山不是云"，多么富有嘲讽意义，写出这样海誓山盟句子的人，是个滥情公子。

眼前的巫山县城与诗词中的巫山毫无关系。出租车沿街向上，这个新县城已经断断续续建了十年。县城的主干道被命名为广东道。

比起巴东县，巫山热闹、繁华得多。市政广场是城市中心，广场的布局像是三层水泥梯田。第一层的平地广场，是小吃的大排档与露天舞池，不同年代的流行曲彼此重叠。我也看到了小余所卖的气球，但米老鼠的那一款不是八块，只有五块。

再高一层是椭圆形的露天电影院，稀稀落落的人群正在看一部拙劣的香港警匪片。电影院旁则是一家接一家的台球桌、游戏厅、网吧、手机店。第三层是一家接一家的小商店，还有一个滑冰场。中午时，平台上面摆满了一张张绿绒或灰绒桌面的麻将桌，五块钱一杯茶，你可以打上一下午，不断有挑着凉粉的小贩经过，供玩者缓解饥饿，解解馋。

我从未体验过麻将的乐趣。一个小方桌，四个人，一百四十四张牌，就可以消磨掉无穷的时间。环境微妙地塑造了人们的行为与思想。越到南方，人口就越密集，人们精耕细作，发明各种烹饪方法，能将普通的材料做得味美可口，热气腾腾的重庆火锅正是集大成者，每次把白菜叶放进红汤里，就经常想起一位外来者所写的："我非常清楚，中国人的餐饮艺术一直是无中生有的艺术……（他们）试图利用我们不加注意的一切东西。"麻将似乎也是对密集人口的响应，它是一个在最小空间可以容纳最多人的活动之一。

夜晚，我沿着市政广场旁的石阶攀登，它被命名为神女大道。大道上没有神女的香气，只有一向横流的污水、果皮和塑料袋，垃圾堆旁则是一片大排档，油锅嗞嗞作响，铁板锅上的土豆块，散发出阵阵香气。

"新城好。"神女大道旁一家古董店的女人告诉我。她从前是旅行社的雇员，旅行社解散了，她就和丈夫合伙开了这家又卖兵马俑、又卖"文革"宣传画，还有辨认不清的三峡文物的古董店。"如果不是建新城，道路不会这么宽，也没有这么多商场，我们的房子也大些。"她的丈夫，一个圆圆脸的中年男子补充说。

我曾经是带着某种偏见来到三峡的。它太浩大了，超出了人力的驾驭，当试图以数字衡量得失时，那些难以量化的事物往往就被忽略掉了。你可以计算大坝的发电量，但是你该怎样计算人们看到家园被淹、迁移他乡，物种消失、植被破坏的损失呢？

我得到的信号是含混的。我没去乡村。那里的人是受影响最大的人，他们世世代代在此耕种，突然失去了土地。城镇是受益者。他们会抱怨补偿太少了、属于他们的移民款被层层盘剥，但他们也乐于承认，若不是三峡大坝，他们搬不到体面的新城。对于老城，他们的感受和我们这些外来者不同——老街道只意味狭窄、肮脏与拥挤，它没有太多价值。人们渴望的是"崭新"的世界，是霓虹灯广告牌、新款的摩托罗拉手机，还有被染成黄色的蓬松发型。人们没有时间也没有心情向回看。

"八成是好的吧。"在山顶上一座居民楼阳台上，一个中年男子对我说。阳台下是建立在斜坡上的新城，蜿蜒的盘山公路、层次分明的楼房，是一座山城的典型景象。远处的长江，静止不动。"原来可能都没有现在的三分之一宽。"这个男人说。他右手指着彩虹桥右边的望天峰，他的老家正在望天峰后，要坐上几十公里的汽车才能到。他所住的居民楼是两年前租下的，因为他的儿子在楼后的巫山中学上学。他的妻子在这里陪儿子念书，照顾儿子的生活，而他一年的大部分时间则在北京朝阳区做一名室内装修工。

　　"北京的活还是好找。"当他听说我来自北京后，谈话的兴味变得更浓了。他还谈到了台湾问题、奥运会问题，因为它们都会对北京未来繁荣产生影响，而繁荣则直接关乎他的生计。

移民纪念碑

　　李家沟大桥下的土坑的地形，比我想象的更复杂。"你只要拿这个闪光灯，对着纪念碑，然后同时按这两个钮。"几分钟前，摄影师叮嘱我，他指着黑黢黢的远处，三峡移民纪念碑在那儿。

我顺着他的右手，只看到一片夜色。奉节的夜生活刚刚开始。李家沟大桥像是两种生活的分界线。在桥的这一边，是城市的休闲广场，一家又一家的餐厅、旅馆、舞场、商场连接在一起，霓虹灯管的店名，姿态夸张地吸引着过路人。在桥的这一边，却仍是一座待建的城市。我不知道，超过五十米的巨大土坑，是准备修建新的建筑，还是等待被填平。

我依稀记得《三峡好人》中移民纪念碑的形状。是这部电影促使我开始这次旅行的。导演贾樟柯向我描绘他在奉节五个月时间里的拍摄经历："我的镜头跟不上这种节奏，一开始，我能看到一座旧楼在远处，在短暂回到北京再回到现场后，楼房消失了，紧接着，另一片建筑又倒塌了，即使摄影机镜头保持着静止，里面的空间却也早已面目全非。"电影中还有一句过耳难忘的台词："三千年古城要在两年内拆迁。"

这句话是今日中国的某种隐喻，变化宽阔、庞杂、没有规律、无视个人的意志，以至于人们要用镇定自若或麻木不仁来应对这种变化。在贾樟柯经常去的一家小餐馆的平台上，临江的围栏都莫名其妙地消失了，老板娘神情淡定地站在台边上炒菜，她身后几步就是山崖，下面流淌着长江水。在电影中，三峡移民纪念碑像是个摆放歪了的俄罗斯方块，而非对那些移民的个人命运的纪念。在电影的最后，这个始终没有竣工的纪念碑，像是天外来客一样，突然飞上了天。

真实的纪念碑仍旧停在那里，仍旧裸露，像是在进行一场永远没有完成的告别仪式。我对着它按下闪光灯键，一道白光突然将它包裹起来，突兀在夜色里。不知在李家沟大桥的摄影师的镜头中，这一场景将如何再现。

第二天下午，晴朗多风。我参观了那个孤零零的白帝城。水位上涨，它变成了一座孤岛，它夸耀其历史足以追溯到近两千年前的东汉末年，但它最古老的建筑是来自民国年代。展览的主体由刘备与诸葛亮的壁画与人工雕像构成，他们代表着忠诚、信任与明知不可为而为之的悲剧感。在中国旅行，你经常被一个接一个、不知节制的人造景观所包围。在山西时，当地的公司修建了一座木塔，宣称它就是"欲穷千里目，更上一层楼"的鹳雀楼，向每个游客收取一百元的门票。四川人修建了一座混凝土博物馆，说它就是大禹故里，不管历史上是否真有大禹其人。真实历史与民间传说相互混杂在一起，但它们很少像在此刻的中国这样边界模糊。我们毫不吝惜地搬迁、焚烧、拆毁、重建，或许是我们的历史遗产实在太丰富，没什么值得尊重与留恋。富裕起来的中国人，蜂拥而至所有他们想去的地方，不介意是在真实的遗迹前还是人造的景观前，合影留念。

太阳已落山时，我在奉节的旧城闲逛，天色是忧郁的灰蓝色。江边是一座巨大的垃圾场，汽车轮胎、门板、砖头、钢筋、陶瓷马桶，似乎这座城市可以被拆卸的一切，都集中在这里。一群白灰斑点的小狗突然一阵风似的从坡上奔下来，激起尘土阵阵，然后他们相互撕咬着向远处跑去。垃圾场的帐篷中，有人在打麻将，一个中年妇女正抱着一捆白菜向露天灶台走去……从老城回到新城，我还路过了一场葬礼，人们散乱地挤在灵堂前，等待吃饭，气氛很是热烈，若不是那些花圈，我搞不清这是葬礼还是婚礼。

在这散漫的日常下，是弥漫的麻木。"这地方选得不好，很多地方在继续灌注混凝土，"我在李家沟大桥上遇到的小伙子说，"很多专家都已论证这地点有问题，但是领导还是决定建在这里"。

"你们不担心吗？""不担心，大家不都住在这里？别人能过，我们也能过呀。"这是一座建立在不确定基础上的城市。我被一种强烈的荒诞感包围。我曾如此热爱这种荒诞，它为我理解当代中国提供了一个兴致盎然的视角。但荒诞却同时腐蚀了我的感受力，还有我的心。一种厌倦突然袭来。我不知这厌倦的原因。可能是城市里的噪声，千篇一律的商场与娱乐场所，丑陋的建筑，还有那些不痛不痒、难以深入的对话。

你会遇到小余那样的浪漫年轻人，为了孩子的教育而甘愿自我牺牲的装修工父亲，耐性、坚韧是一种常见的品质，为了更好的生活，他们充满热忱地抓住每一次机会。但碰到的越多，我就越发现最初发现的喜悦感消失了，他们的命运都差不多，经常为自己的生存苦苦挣扎，对巨大的社会变迁感到无力，有过分投机的心理。近代中国社会的现实状况深深塑造了他们的内心——过少的资源与过多的人口之间有着难以消减的矛盾。席卷一切的狂暴的社会变化，除了响应、忍受，个人似乎别无容身之处。

有时我假装理解他们，试图富有同情心地看待这一切。但在更多的时刻，我则对那种空气中飘荡的麻木、精神匮乏感到无聊和愤怒。我担心自己变得嘲讽，用冷漠和

走向新城区拥抱新生活的一家人

厌倦看待眼前的一切。在内心深处，我也并不相信每个普通人都是"日常生活中的英雄"。

夜晚的航船穿越了黑乎乎的夔门，白昼它曾美得让我心神荡漾，而夜晚它高大而神秘。

从上海到西安

一

"哇，世界是平的！"托马斯·弗里德曼站在讲台上发出他刻意的感慨时，正好传来一声低沉的江轮汽笛声。我和几百名听众坐在外滩三号三层的沪申画廊漂亮的白沙发上，听着这位世上最著名的新闻记者讲解世界运转之道。这幢设计于1922年的七层楼，如今是上海最时髦的场所，一个由乔治·阿玛尼的服装店、高级餐厅与咖啡馆、男性护理中心、中国当代艺术画廊、黄浦江景构成的小世界，象征着消费主义和艺术风尚的结合。

从它的窗口望出去，向左是一排灰色、坚固的花岗岩、欧洲风格的建筑，并不长的中山东一路在七十年前被称作"远东的华尔街"，大英银行、中国通商银行、汇丰银行、交通银行、麦加利银行、中国银行，一家接一家排列着，它们是昔日上海繁荣的象征。那个渔民晒网、纤夫拉船的水岸逐渐被煤渣和水泥覆盖，1898年《申报》的一则广告还正式给予了它名字——"外滩"。

对岸的浦东则是另一个上海形象——一座由钢筋水泥、玻璃幕墙、巨大荧光屏构建的21世纪全球城市。在1978年重新打开国门之后，上海人发现荣耀已经不再，甚至多年前的模仿者香港都已遥遥领先。将江岸对面的那片农田开发成金融区是上海重塑信心的举措之一，三脚的东方明珠电视塔戳在那里，像是来自一部科幻电影的蹩脚造型，那些玻璃高楼像是一面面巨大的镜子。像所有试图在新一轮全球金钱与权力竞赛中获胜的城市一样，上海用高度来证明自己，468米的电视塔的旁边是420.5米的金茂大厦，它为自己拥有世界最高的酒店大堂而自豪。紧邻金茂大厦的是仍在兴建中的上海环球金融中心，在2008年春天竣工时，它有望以492米的高度成为世界第一高楼，尽管这个纪录不会保持太久。

只有双脚可以帮助人记忆城市，我对北京充满温情，是因为在年少时代，骑着单车不知疲倦地穿过海淀区的大街小巷，和一群同样迷惘的少年一边漫无目的地漫步，一边不知所云地争论。但是上海，我总是从机场到酒店，在出租车上看着南京路与淮海路逐渐远去。只有一个下午，我和一个美丽的姑娘穿过了弄堂、糕点铺、中学、邮局，在苏州河汇入黄浦江之前分手时，夕阳正斜射过来。

那个迷人的下午似乎是在外滩终止的。我走进黄浦公园，充满着花岗岩带来的坚硬气息，在三根指向天空的巨大石碑的底座上，刻着官方版本的上海叙事：小刀会的农民起义被视作这座城市的开端，其后是和帝国主义、封建统治者所作的一次次斗争——皆是上海摆脱殖民城市命运的艰苦努力。这座曾经悬挂了"华人与狗不得入内"屈辱告示的公园，现在是人民的公园，是外地人来此游览的必到之地。

历史充满了讥讽。灰色的洋楼上，鲜艳的五星红旗在傍晚的风中飘舞，在获得解放半个世纪之后，上海人却如此怀念十里洋场与百乐门的岁月，甚至日本占领时期的租界都因为张爱玲的小说而散发出不可抵挡的魅力。

我对上海总是充满了偏见，相信它拥有着不可救药的虚荣和势利，崇拜金钱，价值观单调，它的头脑仍是殖民地式的，对于更强大的外来者采取一种习惯性的取悦姿态，而对于弱小者则尽是冷漠与傲慢。我不喜欢高级餐厅里习惯先说英文的服务员，不喜欢市民对于外国人外国货的迷信，对上海姑娘过分热衷于寻找西方男朋友的行为感到不解，在灯红酒绿的外滩天桥上是乞讨的老人与小孩，十分钟内，我没看到过一位行人愿意给出一毛钱。

我记得历史学家罗兹·墨菲在 1950 年代这样形容上海："上海是两种文明交汇的地方，两种文明都不起统治作用。对外国人来说，已经没有限制，脱离了自己的文化背景和文化监督，每个人自己就是法律……道德是不相干或无意义的东西……对中国人而言，上海同样没有限制。那些选择这种新生活的人……选择了割断同传统中国的联系的做法，并摆脱了强加给他们的约束。"

这个上海沉睡了四十年，苏醒过来，并因新力量的到来带上了新的色彩。尽管夸耀自己是一座典型的商业城市，但政治的色彩却无处不在。在过去的两个月中，一桩本地政府的丑闻暴露了权力与金钱的结合与相互利用是多么地显著。这座超过一千三百万人口的城市，也因为政治的压力，而没有一家值得尊敬的新闻机构，电视、网络、报纸、杂志是用来传播时尚、消费、衣着、流行话语的，它们热衷于评选女性化的美男子，举办浮华却空洞的"风尚大典"，夜色下的黄浦江行驶的是架着巨大广告牌的游船，它和两岸的各种闪耀着霓虹灯光的商标牌一样，既诉说着这座城市自认的骄傲，也刺激着更多的人加入这场游戏——这座城市总是需要这样的强心剂，更昂贵的房价，更多的消费品，世界博览会这样的浩大行为。

在那个下午，我突然感觉到站在讲台上的托马斯·弗里德曼与上海在气质上是如此相配。这位《纽约时报》专栏作家的著作像是一本广告语大全，"DOS 资本主义""凌志汽车与橄榄树""全球化 3.0"，他迷恋于简化世界，用一种浅薄的物质需求来取代人类内心深刻的对生活意义的需求。

二

出租车穿过大厦、工地和一望无际的农田，浦东机场遥远得像另一座城市。坐在悬挂着很多蓝色吊柱、特别高的顶棚的候机大厅里，我开始翻阅新一期的《新闻周刊》。

《新闻周刊》的主题是美国在世界的角色，三篇文章令人印象深刻。一篇来自新加坡的马凯硕（Kishore

Mahbubani），他曾担任新加坡驻联合国的大使，如今是李光耀学院院长。很长一段时间他被视作亚洲崛起的代言人，李光耀信任的理论家。

马凯硕的观点，像是对托马斯·弗里德曼的补充与呼应。他们都相信在这个"平坦的世界"，中国与印度将扮演支配性的角色。他们都是数量和历史趋势的崇拜者。中国与印度，人口加起来超过二十亿，既是未来最重要的生产者也是最大的市场。这样一个庞大的人口，还掌握了现代组织与技术，从前它一直是被那一个西方群落所垄断的。过去三十年中，全球化这个巨大的机器如何将越来越多的地区、人口、物品卷入其中。与 19 世纪末的那次全球化不同，今天的全球化动力不仅来自西欧和美国，也来自印度、中国、拉丁美洲这些国家和地区。历史的天平正在另一次倾斜，在落后了四百年后，亚洲要再度占据世界舞台的中央吗？

大约八年前，马凯硕发表了轰动一时的文章《亚洲人能思考吗？》。那是 1998 年夏天，一场金融风暴正席卷东南亚，喧嚣一时的"东亚奇迹"迅速褪色，但他相信，历史的变化已不可避免。对于亚洲人来说，最重要的挑战不是来自物质与技术，而是他们如何能克服自信的危机——

他们在西方的阴影下生活了至少两百年，殖民者早已离去，获得了独立的人们却可能仍有着"被殖民的头脑"，他们不相信自己的判断，仍盲目跟从西方。

任何一个非西方的知识分子，都多少能感到马凯硕式的苦涩与质疑。我怀疑自己对于托马斯·弗里德曼的不屑也与此相关。有些人宁可倾听他对中国的平庸见解，却没兴趣尊重自己的知识分子。

我们该怎样面对这种焦虑？它可能转变成一种对外的愤怒，对西方盲目的批评。八年前，马凯硕批评西方社会的溃败、对于亚洲的独特性缺乏尊重，而现在，他的调门更高了。当年的"亚洲人会思考吗"变成了"为亚洲崛起让路"。他毫不留情地批评美国例外论的心态，它觉得自己注定要领导世界。

这套论调是不是太熟悉了？你听得到其中的双重标准，他可以尽情地指责美国，美国社会也慷慨地接受了这种指责。但他从不会用同样的批评态度来面对自己的社会，李光耀会容忍他对新加坡提出类似的质疑吗？

在表面上，他与弗里德曼谈论了同样的主题。弗里德曼或许浅薄，但他继承的仍是美国的优秀传统，它需要寻找外来的挑战者，来刺激自身的活力。但马凯硕，他要批评外界，来证明自身系统的合理性。

谈论这些宏大概念，令人着迷。它让你忘记了加尔各答街头的平民，这些具体而微观的个人命运都消失了，取而代之的是整体性、规模性的胜利，是媒体世界上的"闪亮的印度"与"中华民族的伟大复兴"。况且，真的存在这样一个亚洲吗？它由如此广袤的地区、彼此截然不同的人群组成，它只是在西方面前被迫形成的松散联盟。中国与印度之间的差距，可能比中国与美国之间还遥远。而且富有戏剧性的是，"亚洲世纪"最热烈的倡导者，是一位新加坡人。这个国家繁荣的支柱是美国缔造的亚洲秩序。

在这期杂志的第五页上，我看黄浦江港口的照片，在两架起重机吊臂中间是隐隐约约的高楼，东方明珠的尖顶正亢奋地刺向天空，但我辨识不清，这弥漫着黄晕的景象，是清晨还是夕阳落下时。

三

我要前往西安。上海的历史从一百六十年前开始，西安的往事则足以追溯到五千年前。从正在被污染的长江到日趋干涸的渭河，从今日的荣耀到昔日的荣耀，它们的气质是如此不同。

飞机停在咸阳机场，古老的都城咸阳变成了西安的卫星城。宽阔的机场高速公路穿越了这古老的关中之地，它是中国文明的发源地之一，平原上经常有一座座的土堆。

"它们是周朝人留下的坟墓，"朋友会说，"他们的坟就是这样的"。她迷恋历史，是个不折不扣的唐朝迷。西安夸耀自己是十三朝古都，想必他们也说不完整到底是哪十三朝，最常被提及的是秦代与唐朝，尤其是后一个朝代，普遍被认定是中国历史的顶峰。比起上海的无根基和快节奏，西安节奏缓慢；上海一心要拥抱新世界，而西安则活在往日里，它向后看。在酒店的走廊里、在商场的门口、在新开张的沃尔玛超市前，都有秦俑的仿制品，一座试图复原唐代歌舞生活的大唐芙蓉园，是如今西安人宴请客人的最时髦场所，人们品唐朝菜，看那些丰满美人的歌舞，期待自己是"长安人"。我和朋友坐在市中心的 King Coffee 里，她说这是在永宁门内，从前只有王公贵胄才能在此消遣。在过去的二十年里，这座城市产生的最重要的文学作品叫《废都》，弥漫了被排斥于新历史进程外的颓唐与自我沉溺。

唐代中国为何如此引人遐想？汉朝给予了中国人最初

的身份认同，而唐朝则是中国人最甜蜜的记忆——我们强大、繁荣、开放，我们折服了蛮族，创造了瑰丽的诗歌，我们谈论山水，品评美人。在某种程度上，它就像波斯帝国、罗马帝国，大英帝国和过去二十年的美国一样，它们不只是一个强国，而是超级强国，它们在经济、军事和科技领域遥遥领先，还主宰了态度、理念、语言和生活方式，而且在它们所生活的时代与世界里，没有可与之抗衡的国家。

它们又如何获得这样的强盛与魅力？关于帝国的兴衰，没人能给出完全令人信服的解释，很多历史学家都从各自的角度给出解释。对于耶鲁大学教授蔡美儿来说，强大政权因不同的原因而衰落，但它们处于影响力顶峰时，却分享着一个共同的、决定性的特质——宽容，而衰落总伴随着狭隘和排外。

唐代拥有中国历史上少见的开放，它继承了匈奴——突厥的体制，并以汉人与突厥混合贵族统治为基础，它的主要奠基人唐太宗是鲜卑血统与汉人血统的混合产物。长安城混居着波斯人、突厥人、日本人、朝鲜人，他们像汉人一样得到平等的对待，异国风情在长安城如此风行，人们有一种充满了自信的好奇心。

在此刻的西安，你还能找到这种痕迹。大皮院位于西安的市中心，与城市的标志钟楼与鼓楼一步之遥。这里仍住着很多穆斯林，是他们的聚集区。我住得不远，有时会穿越窄窄的莲花池街去大皮院吃一碗羊肉泡馍。一天上午，我看到一个卖白饼的姑娘神情沉静地坐在那里，手持一卷《古兰经》。还有一次深夜，我在一家烤肉店喝啤酒、吃羊肉，老板娘身材滚圆，笑声爽朗，她说她的祖先来自沙特阿拉伯，自从唐代以来就生活在西安——那个时刻，它叫长安。留学生巷、唐玄奘的雕像，记忆着这既曾是日本青年阿倍仲麻吕的游荡之地，又是饥渴学习印度佛教的国家。甚至将这个王朝拦腰斩断的肇事者也是个胡人——安禄山曾经得到天子的多少宠幸，他的不纯正血统从未阻碍他的晋升。

当中国在过去一百六七十年陷入一次又一次的挫折后，强大往日的记忆变得迫切与浓烈，心中满是对外部世界的苦涩。

这种气氛，也延伸到中国对外的态度。是的，你在生活中，随处可见上海式的开放，它局限于消费领域。很少有比《环球时报》更能代表此刻的中国对于外部世界的态度。

四

19世纪起，长期习惯了自身强大和独特性的中国，脚步慌乱地将自己置于一个新兴的民族国家的行列。

唐代的强盛给后人留下了难以改变的印记。强大的中国没有直接的对手，它的周围，朝鲜、日本、越南、缅甸，它们深受中华文明的影响；西北方的游牧民族则难以征服、朝秦暮楚，但是他们的文化却显著地低于中国；能对中国构成挑战的古罗马、阿拉伯帝国，太遥远，不足以成为威胁与竞争。

每当我试图这样理解中国的天朝心态时，一个结却始终难以解开。谈起中国的历史，我们经常忽略它的变化，总是一厢情愿地将它视作从来如此。中国变成了一个两千年专制的帝国，儒家思想一直牢固地统治着人们的内心，天朝的观念从来颠扑不破。但事实上，今日的中国版图是经历过多少代人的征战、谈判、同化、通婚所致。直到唐代，中国的政治与经济中心仍集中在北方，中国文明的演进就像是一群生活在黄河上游的人们不断向外拓展的过程。但此后，中国的经济中心逐渐南移，盛产稻米的长江下游开始占据越来越重要的角色。如果你有在中国旅行的经验，就会知道陕西话、四川话、福建话、广东话、云南话有着多么显著的分别，这些省份很容易像欧洲各国一样变成独立王国，但是它们却被奇迹般地统一到一起，并对自己的中国人身份确信无疑。这种不断扩展与融合的内在动力，必定澎湃和绵延不绝吧。每当人们指责长城象征了中国的封闭特性时，我就会想到，我们也遗忘了中国的开放性。

我们经常夸耀中国历史的长度，或许也要承担这漫长传统所带来的巨大惯性。林语堂在1930年代感慨，中国疆域太大了，以至于丢失了东北三省，四川人仍在有条不紊地生活。同样的，在这么长的历史中，两三百年似乎算不上什么，在隋朝再度统一前，至少经受了三百年的失序。

这个国家似乎有太多的耐心，在这海洋般的耐心中，一代代人来，一代代人去，所有的灿烂归于平淡，而那些令人焦虑难安的困境也都将被忘却。而付出的代价，则是一代代被淹没的冲动与热忱。

看到夕阳下的朱雀门时，我在上海郁积的急躁，阅读《环球时报》时对这个国家的焦虑，又消散了。

五

"在中国所有的省份中，也许陕西不利条件最多，"一位美国人写道，"⋯⋯五十年前的回民起义（1862—1873）以后，她就如同其地图形状一样，像个要死的乞丐无力地躺着"。

这段话写于1938年，多年的战乱、管理失调、饥荒正把这个地区推入绝境。它曾是中国最强盛的象征，却成了最落后又多灾多难的地区。而落后与灾难，令它成了新一场革命的温床。西安北部的延安，是这场革命的中心。一直到1945年，这里的共产党军队，表面看起来和明朝末年李自成的起义军没有太多的区别，他们都鼓动那些贫困者，起来抗拒现有的政治、经济秩序，他们也都容易在底层人民中寻找到同盟者。不同的是，他们有来自德国的共产主义与苏联的组织方式。他们不仅改变了中国的政治结构、思想方式，甚至改变了审美。信天游、腰鼓、窑洞、黄土高坡和白羊肚头巾，在20世纪后半叶覆盖了中国，将江南所代表的精致、敏感扫除一清。共产主义的意识形态和这黄土气息，融进了那些来自上海、南京、北京的知识青年的血液。直到今天，它还借由张艺谋占据着中国文化的中心。

不过吸引我来到陕西的，既不是长安往事，也不是延安革命，而是煤炭与暴富，它是陕西的新故事。

西安向北五百五十公里的榆林地区，是全球最大的煤产区，它也自诩是"中国的科威特"。过去三年中，因为煤炭价格的暴涨，这里变成了淘金者的乐园。长久以来，这个区域陷于贫困，没人想到脚下的煤炭会成为财富。每个乡村都曾有自己的简陋矿井，煤块用来取暖、修葺猪圈和厕所、铺垫泥泞的道路，突然间每一块都闪烁着人民币的光辉。昨天还在卖豆腐、赤着双脚的人，因为无意中拥有了煤矿，今天就变成了亿万富翁。他们操着鼻音浓重的陕北话，在北京、上海、西安购买成单元成单元的住房，把车展上的新品一抢而空。榆林狭窄的街道上挤满了名车，突然涌入的金钱改变了人们的内心。

在很多方面，它像是崛起中国的另一种缩影。东莞与温州的工厂，象征着中国引入资金与技术、融入全球经济循环，是当年的日本奇迹、东亚奇迹的延续。榆林则是自我摧毁式发展的样本：财富与教育、管理、技术无关，它只是攫取式的，充满了可怕的后遗症。

我前往府谷县，这是最负盛名的产煤区，一座黄河边的小城。高就来自这个县城，他是陕北最著名和最神秘的人物之一，他的个人财富可能有六十亿，是本省首富。而这一切财富是在不到五年里积累的。他几乎没有任何值得期待的背景，据说他是个彻头彻尾的粗人，经常把自己的名字写成"高刀子"。他激发起人们狂野的想象力，每个人都在谈论他，都拥有自己的版本。大多数人口气平静，语带尊敬，相信高拥有一种过人的品质，他对朋友忠诚，对别人慷慨，是一个阿甘式的人物。

府谷的天空中飘荡着浓稠的黑色粉尘，太阳永远是灰蒙蒙的，用不上两个小时，白色领口就变成了灰色。富有者们早已迁往别的城市，留下的人们在粉尘中行走、婚恋、争吵、焦虑与绝望，这是个废弃的家乡。这里像是陷入了"煤炭的诅咒"。他们通过挥霍储存上万年的能源（它也属于自己的子孙），获得迅速的繁荣，并被这种繁荣所毒害——他们缺乏动力去创造真正的社会进步，而满足于坐吃山空。他们还污染掉未来几代人所依赖的自然环境。人们期待自己的子女生活在任何地方，除去故乡。

但个人的故事总比时代波涛要细腻，它也常常与我的期待不同，这些暴发户也是。

六

"先来八斤羊肉。"洪波扫视了桌上的其他四个人，然后语调平缓地对服务员说。这个小姑娘有一双细长的眼睛，看起来只有十六岁。照例，洪波和她闲扯了几句。他的陕北腔太重了，而且总是吞音，那些词句就成群结队地从他微微张开的厚嘴唇中滚了出来。

我大概猜得出内容。自从高中时代，他就是个很讨姑娘喜欢的男孩子，知道怎样在几分钟内将她们逗得咯咯笑。如今，那个曾经清瘦、有点像姜育恒的男孩已消失了，取而代之的是个腰身浑圆、腹部凸出的中年形象，上唇毛茸茸的黑胡子和那张胖胖的颜色暗淡、有点油腻的脸，加深了中年的印记。

经过两天的相处，他对我的问话不那么拘谨了。我们第一次见面是在一张坐了十个人的大圆桌上，桌上主要是他在榆林中学的同学。距离高中毕业十三年了，当初的少年意气似乎又回来了，他们称呼着彼此的绰号，回味着那些尴尬往事。他们大多出生于1971至1973年之间，有的来自乡村，有的出生于城镇。榆林中学是陕北最好的中学，它的历史可以追溯到1903年，中国共产党早期的领导人刘志丹正毕业于此。他们在1990年代初进入这所中学,共同度过了三年高中时光。他们记得那个时刻的榆林,萧条、贫穷却不乏诗意。他们踢球,传看金庸小说,疯狂地写诗,留郭富城的发型,取笑班主任的健美裤,其中成绩最优秀的梦想着考上大学,离开榆林,到省城西安,或者更远的地方。

洪波坐在人群中,沉默,比周围人看上去更成熟,或者说更苍老些。每个人又自动归位到高中时代的各自角色。在整个高中时代,他没给其他人留下太多的印象。班里的五十九名同学,一半来自城市,一半来自乡村,像两个泾渭分明的阵营。榆林是一座面积达43578平方公里的城市,包括十一个县和一个市辖区。榆林中学在这个市辖的榆阳区,它一直是陕北的政治与商业中心。洪波是那一半乡村学生中的一个,来自最北的神木。就像东南沿海的广东、福建的时尚要过上几年才传到西北的榆林,而城乡间从未弥合的差异,则使来自乡村的同学在物质和精神生活方面,都更匮乏。进入这所好中学,又往往意味着更大的压力,他们要对得起学费。课间休息时,城里的学生在操场上嘻嘻哈哈,而乡村的孩子们则安安静静地坐在凳子上。

洪波没有考上大学，五十九个学生中只有三个被录取了。第二年，他和很多同学一样自费前往西安读书，在一所财经学院，他学了三年的会计。在 1990 年代中期的西安，榆林像陕北的其他地区一样，是贫穷与落后的代名词。"你们竟然还有皮夹克穿。"他的高中同学彩彩曾有这样的尴尬遭遇。在很多西安人心目中，陕北人仍旧头戴白羊肚毛巾，张口就是信天游。

三年学业后，洪波回到了神木，他依旧要为自己的生存挣扎。知识看起来没起什么作用，他成了一家电石厂的一名开炉工，每月五百元的工资。电石有一个更正式的名称叫碳化钙，是无烟煤或焦炭与生石灰在炉中经高温冶炼而成。洪波的工作是每隔一两分钟，就把长长的铁钩伸进冶炼炉中搅一搅，有时他还负责为炉中加燃料，把一铲又一铲黑色煤与白色的石灰送进炉子。

"我曾经喝水喝醉过，"洪波在热气弥漫的冶炼炉旁对我说，"那天特别热，我一直流汗，一直喝水，不知为什么就晕倒了"。在带我们参观他曾经工作的电石厂时，他顺手夺过工人们手里的铁锹，向炉里添煤。他发福的身体突然变得灵巧而有力量，姿势标准。他和其中一位热烈地握手，几年前，他们在一个工作组。

"如果我不离开，顶多像他这样，成为一名技术人员，管几个工人。"洪波离开石英厂时说。石英厂巨大的钢铁管道、高温的石英块、浓重的烟尘、三十七度的废水，都令我印象深刻。

因为偶然的机缘，他成为了一家焦炭厂的出纳。这是他新生活的开始，他天生对数字的敏感和大学的财会知识开始发挥作用。他是个勤奋而谨慎的年轻人，不断冒出的煤矿和焦炭厂则亟须值得信赖的专业人士。这是个紧凑的小世界，他的名声很快就为他赢来了更多的机会，高峰时期，他代理十余家小型煤炭相关企业的财会业务。2004年起，他用赚来的钱投资参股焦炭生意。

他赶上了煤炭价格不断上涨的黄金年代。他曾经只期待"当个厂里的会计一把手"，结果他发现自己获得了从未想象过的财富。他在西安买了房子，他的儿子在一所著名小学念书，他的妻子成为了全职太太。他每个月的时间则平分在神木县与西安两地。去西安叫"下去"，回神木则是"上去"，在陕北口音里，"下"的发音是四声的"ha"。两地距离六百多公里，他开着那辆有点旧的黑色索纳塔要走上六七个小时，有时会困倦得停车休息几分钟。

有两天的时间里，我坐在这辆索纳塔里，他带着我去看他的炼焦厂，去登二郎山。从神木县到府谷县的路上，我第一次看到传说中运煤卡车的长龙。每辆卡车载着六七十吨煤，一辆接一辆地等待通过检查站，大概有三十公里之长。等待是漫长而无奈的，耗上两三天时光是正常的。

各种服务也因此而生，卖零食、面条、香烟、扑克牌的小贩们四处出现，一些打扮妖娆的姑娘还会为孤独、烦躁的司机们提供慰藉，卡车驾驶室的窗帘一拉，就是另一个快乐的小天地了。

坐在时走时停的车里，洪波断断续续地讲述着焦虑与期望。他的行业是真正的关系密集型行业，一座煤矿、一个炼焦厂，不需要太多的专业技术，但是获得作业的许可却要大费周折。谁都看得到府谷县城烟尘笼罩的上空，流经神木的窟野河的一半面积被黑水所占据，城市的居民经常在超市里购买大量纯净水以挨过断水的日子。这里是中国面临的环境挑战的缩影。也因此，"关系"是那些小矿、小厂得以延续的依靠。他们有自己的游戏规则，讲究信用和人情。

洪波比从前富有得多，但是生活习惯却保持着一贯的简朴，似乎也从未从那个乡村穷孩子的内心走出来，十二万元一块的手表，还是令他很是心痛了一段时间。

　　　　　　　　意外的旅程：从黑河到腾冲

运煤铁路边上的忧伤驴儿

他希望离开这种生活，人际交往太疲惫，又担心政策总是在变。最近一年，他一直试图将若干小厂合并成一个大厂，然后逐渐退出一些厂矿的股份。但是他又担心一旦真的离开这些，他该以什么为生活的中心？他说想"干点喜欢干的事情"，却不知道自己到底喜欢什么。他对儿子的未来充满期待，为了保证他能被最好地对待，他慷慨地送礼给教师们，令一些西安的家长心理失衡。他还准备在北京购置新的房产，比起其他投资，这既具体又可以控制。

这些迷惘不会妨碍他对生活的享受，他是个可以在日常生活中发现乐趣的人。我喜欢看他大块吃羊肉、趴在电脑前聚精会神地玩扫雷游戏，或是用 QQ 有一搭没一搭地和朋友聊天。他说最近喜欢上了红酒，晚上独自看电视时会喝上几杯，并按照流行的方式在杯子里加几块冰。

十五年前的那个农村少年，从未梦想过有这样舒适和丰沛的生活吧。

七

大多数人没有洪波的运气，他们想奋力把握变化，但经常被弄得疲惫不堪。

仅从外表，你很难相信郝国华是酒家的老板，他双颊消瘦，鼻梁架一副普通的金边眼镜，开口时吐字过分清晰，像是经过专业的普通话训练。他的形象和我旅途中不断见到的那些民间知识分子更为相似，他们都熟悉本地情况，善于表达，对自己的判断具有不容置疑的自信，也都有些怀才不遇的酸涩。他们常常是一个社区的信息中枢，并在关键时刻，会将自己的话语影响力转化成实际的权力。中国历史的变革动力，不经常都是由一位鲁莽、果敢、富有魅力的领袖人物，配上一小群在原有秩序下不得志的知识分子所造就的吗？至于那些跟随着揭竿而起的大众，则经常只是提供了茫然无序的、等待被引导的能量，他们是历史的音符，却不能提供旋律和节奏。

　　"新闻媒体对陕北的报道太片面了。"听说我来自北京时，郝国华说。我品尝了他赠送的羊脸肉，被切成薄薄的一片片的羊脸被放在一架羊头骨里，它的味道有点发腥，却提醒我这一带正是与草原的交接之处。他还送了我们一首陕北民歌，它淫荡而迷人。

　　郝国华出生于 1964 年，是一对工人夫妻六个孩子中的第五个。在"文化大革命"的尾声里，他读完小学，是学校里的宣传队员，喜欢样板戏、秧歌舞。高中时他迷上了信天游，四处收集陕北民歌。他的生活一波三折，通向大学的道路狭窄，他先是成为了榆林第一毛纺厂的工人，并最终如愿地在1988年考入了西安电子科技大学，学习经济管理。1989年的风波没给他的个人生活带来太多的影响，这座陕北城市的街头曾有几次不成规模的喧哗与骚动，丝毫没有影响到本地平静的生活。

毕业后，他先在榆林天然气化工厂工作，然后成了皮革厂的一名销售员，销售厂里生产的皮鞋、皮大衣。他的商业才能也是此时被训练出来的。一年内，他卖出了五十二万元的货物，那时每双皮鞋不过三四十元，每件皮衣是三百多元，这是个惊人的成就。邓小平在1992年南方谈话所刮起的经商风，是逐渐从东南沿海吹到西北的榆林的，1995年起，郝国华开设了自己的鞋店。他不从本厂进货，也不选择西安，他直接前往上海，那里货品多样，价格也便宜。他买了两张火车票，先是和外甥两个人前往，八万多块的进货钱放在随身的一个篮子里，上面盖了一块破布，内心惴惴不安。到上海时，有人对他说，上海鞋都是从广州过来的。他抵达广州时是晚上十一点多了，住到了陕西办事处。第二天他开始进货，专寻新潮的东西。第一次冒险的运气不佳，八万元的货托运到榆林，只剩下四万多。他眼睁睁看着西安火车站的工人直接打开包裹把鞋抢走。

他的商业生涯此后进入了相对的坦途，到了2000年决定关门时，他积累了一笔在当时的榆林也不算太少的钱。那时的榆林似乎仍和十年前差不多，安静却有点萧条，古老也有点衰败。一场戏剧性的变化正在到来，事实上，他也算卷入了其中。2002年，他在距榆林城一百三十公里的子长县的一座煤场里帮忙，在十个月里，煤炭的价格从六十多块上涨到近百元。

"'9·11'时，我就意识到煤炭价格要上涨，然后是美伊战争，那时石油也每天在飞涨呀。"我不清楚郝国华在多大程度上高估了自己当时的判断力。在两天后第二次更私人的谈话中，他显得比初次见面时更为镇定，更愿意陈述他对历史的看法，喜欢提到那些宏大、抽象的概念。但我想倾听的却是他的个人经验。

不管他对煤炭价格的预测多么有先见性，他也没有从2003年开始大幅上涨的煤炭价格中赚到钱。

2005年，他开办了这家餐厅。这个时候的榆林已与从前大不一样。推土机、吊车、筑路机散落在四处，那些因煤炭致富的人开始花费他们的财富，购物中心和大小餐厅不断兴起。他在 2005 年租赁这处房子时，房价是十二块一平方米，到了 2007 年 9 月，已上涨到将近四十八元。当我在餐厅里等他从厨房里出来时，隔壁一对二十岁左右的年轻情侣正在吃饭。结账时，那个男孩子满不在乎地从口袋里掏出一叠三厘米厚度的百元人民币，从中抽出了两张。大量的现金，是如今陕北给人最鲜明的印象。

泰和酒家一桌饭的平均价格是二百六十元。"我们是中等价位的，"郝国华说，"他们的一桌消费都是几千块或者上万，他们针对的都是这些煤老板啦、油老板啦这些大人物。或者是政府部门高级干部。但前期投资也高"。

而泰和的定位，则是针对这座城市里的中产阶级和普通官员。"一个县级干部下面至少要有七八个科级干部，我去做他们的生意，我的装修没有那么高档次，我的饭菜也很实惠，合胃口，每桌四五百块钱，他回去报销问题也不是太大。"

他是个独特的餐馆老板，会计算一桌饭的烟酒水价格大约是菜钱的 1.65 倍。在他店里，汾酒、太白与西凤酒销得最好。他也会抱怨食物价格的上涨，并以一盘木樨肉为例为我作出分析："原料是肉片、白菜、木耳还有青椒，如果肉涨一块钱，白菜涨了一毛五分钱，青椒涨了八分钱，但最终上涨的远不是这个价，因为色拉油涨价了，白醋涨价了，调料涨价了，水费涨价了，煤气涨价了，人员工资涨价了，洗涤剂涨价了，每一道工序都很重要，这盘菜三个月上涨了四块钱。"

在榆林，什么都在建，什么东西都有，什么东西都贵。郝国华对于未来仍充满担心："这些资源都是不可再生资源……大同、铜川，这些矿区出现的问题，在榆林都会出现。"他的这种忧虑感是在一次前往北京的公路上产生的，他看见运煤车一辆辆开走，车队漫长得没有尽头。"它终有穷尽的一刻吧，可能也就持续四十年。"他对我说。而且财富是以如此不平衡的方式出现的，"吃肉的继续吃肉，喝粥的还在喝粥"，他昔日工作的毛纺厂、皮革厂，如今都已没落。

令他更加遗憾的是，这城市丰富的记忆正在丢失。那些记载着他少年印记的小巷、防空洞、城墙上的革命标语，都正在消亡，都让位于一模一样的混凝土结构，这似乎是所有致力于现代化的城市的宿命。当这阵淘金热最终过去时，这种记忆上的遗失，将更加令人难以忍受，他觉得自己的下一代反而没有自己那个匮乏的童年欢乐。

穿梭在历史的江南

安庆的陈独秀

"大概就像我这么高吧。"老人和青年并排站在一起，一边用手上下比画一边说。他略感奇怪，这个前来拜访的青年想知道他父亲的身高，还想知道当年他父亲在江津逝世后，尸骨是从水路还是陆路运到县城的。

1988年的冬天，安庆城又被裹进了潮湿、寒冷之中，屋内的供暖总是很差，经常比户外更寒冷。年轻人叫朱洪，三十二岁，是安庆市党校的一名教师，如今他正准备完成他的第一本书。和他比个头的老人叫陈松年，七十八岁，像大多数这个年纪的人一样，和善、天真，容易沉溺于琐碎的事物。当谈起他的父亲时，除去生活里的细节，他似乎没兴趣进行任何深入的探讨，尽管在父亲人生的最后岁月里，他是唯一陪伴左右的儿子，而他的父亲又曾在20世纪的中国历史中扮演如此显赫的角色。

他是遗忘了，还是不想思考？朱洪多少能够理解他的内心，在过去三十年，他的身份——"陈独秀最小的儿子"——给他带来的不是本应有的荣耀与骄傲，而是紧张与忧虑。

即使仅仅作为一名研究者，朱洪仍能清晰地意识到阴影曾是多么强大。五年前，当他决定以陈独秀作为研究课题时，他的师长警告他"这是在踩高压线""这个案是不能翻过来的"。

朱洪从未想过去翻案，他被一种好奇心所牵引。已被"右倾机会主义""托派"甚至"汉奸"这些粗暴标签覆盖的陈独秀，会是怎样一个人？他的一生是如何度过的？

旋即他发现自己被拖进了一个复杂而陌生的世界。倘若你要理解陈独秀，就必须了解晚清到民国的转变，了解他的朋友，吴越、胡适、钱玄同、蔡元培、刘半农……这些名字很熟悉，却又很陌生。

四年后，朱洪开始以陈独秀为研究对象时，他首要的任务是将这位历史人物从党派定义中解放出来，重新置于时代背景中，他是一个身经历史转变的知识分子，一个丈夫、父亲、朋友，而不仅仅是一个党派的建立者。

朱洪试图建立起陈独秀和他生活的时代的联系。他翻阅页面发黄的《安徽俗话报》《新青年》，查阅老一代人的口述记录，在安庆的老城区闲逛，当然也与陈松年见面。

在一张老照片里，他与陈松年隔桌而坐，探着身子在说话。两个人都穿着深蓝色的中山装，朱洪戴着黑色的鸭舌帽，正侧耳倾听。陈松年正张口讲着什么，颧骨突出，鼻梁挺直，脸部的线条清晰、富有棱角，黑灰白夹杂的短发竖立在头顶，皮肤黑黑的，据说他很像青年陈独秀。背景是一个杂物架，香烟、水杯、粉笔、苹果，无序地摆放在一起，散发着物质刚刚开始丰富的 1980 年代的味道。他住在这两间十多平方米的小房子里，已很多年。

每一次，朱洪都带上一包香烟，陈松年就一支接一支地边吸边谈。这样的见面没进行几次，1990 年冬天，陈松年患癌症去世，去世前还滑了一跤，摔坏了腿。

朱洪的《陈独秀传》的出版，是一个漫长而无望的过程。

1983 年，当他写完只有六万字的《陈独秀传略》，正是反资产阶级自由化的高潮时刻，这样的研究难以发表。

1989 年，他完成了更厚、更全面的《陈独秀传》准备出版时，突发事件令书稿再次束之高阁。

朱洪讲起这些往事时，我们坐在一家名为金色年代的茶餐厅里吃煲仔饭。餐厅内的装饰象征着此刻中国人对美好生活的想象。矗立的罗马柱、天花板上仿制的水晶灯，还有巴洛克风格的红色沙发，墙壁上还有金黄框的油画肖像，清一色的 19 世纪人物，我对面这一幅满是络腮的白胡须，像是屠格涅夫，又似乎是托马斯·卡莱尔……

餐厅里飘散着饭菜香和周杰伦的含混唱腔。餐厅正邻人民路，陈松年住过的那幢二层楼房就在马路对面，几年前它被拆除了，让位给一座更高、贴满白瓷砖的新大楼。而在楼旁则是徐锡麟的纪念雕像，1907 年，这位刺杀安徽巡抚恩铭的起义者，正是在这里被处死的，他的心肝被挖出来，被恩铭的亲兵炒来吃了。

那是个激越而肃杀的年代。没有资料记载陈独秀听到这一消息的反应。那时，他正在东京，和章士钊、苏曼殊同处一室，学习英语和法语。他二十八岁，人生阅历已显得过分丰富。他中过秀才，读过新式学堂，开过图书馆，创办过报纸，研制过炸弹，组织过暗杀团，他的倔强性格和过人才华已有显现，但没人能预料到他日后的成就。他只是那一代青年中的一位。他们目睹着中国的声誉在19世纪末跌入谷底，看着外来者正准备瓜分古老的家园，亲历已经传导了上千年的价值观、知识系统的崩溃，体验着作为睁开双眼的一小群人的悲愤与无力，他们既不知如何抵御外来者的侵蚀，也不知如何去唤醒仍在沉睡的广阔内陆。他祖父一代的杰出人物们，选择了自强，以为只要引进坚船利炮就足以捍卫自己的价值观，比他们更年长一代的维新派则希望达成制度上的变革，但寄望于皇帝的指令。

到了他们这一代，这一切都被证明为幼稚的幻影。一种新的情绪正在升起——只有清除满族人的统治，将中国重新收回汉族人的手中，变革才可能真正发生。在20世纪最初的十年中，排满的情绪比抗拒俄国、日本或是英国，更占据着年轻一代的心。比起将近三百年的官僚机构，这群年轻人势单力薄。暗杀成了这种不对等冲突的选择。

那是个重义轻生死的岁月。1907年的陈独秀已目睹自己朋友的一连串死亡。在1902年的东京和自己一同剪下学监辫子的邹容已病死在上海的狱中，时年十八岁，他那本《革命军》风行中国；他的安庆同乡吴越也死在刺杀出洋五大臣的火车上，自制的炸弹不够精密，列车启动引起的晃动提前引爆，五大臣只受了轻伤，吴越却应声而亡……

暗杀与死亡激发起恐惧、仇恨与愤怒。但是，这一代人很快又发现，1911年武昌起义的成功，并未带来期望的结果。满族人的统治结束了，但新世界却并未到来。

1913年"二次革命"失败后，陈独秀仓皇逃出安徽，并差点在芜湖丢掉了性命。之后，他跌入了人生最低谷。袁世凯解散了国会，实行独裁，北京城内的复辟风声不断吹起。政治的恶化导致了道德的继续溃败，各种光怪陆离的现象不断出现，似乎共和制带来的不是新时代，而只是更让沉渣泛起。

个人生活的不幸加剧了他的悲观。他在上海以编辑为生，却发现销量不及上年的十分之一。1914年夏天，在给身在东京的朋友章士钊的信中，陈独秀写道："自国会解散以来，百政俱废，失业者盈天下。又复繁刑苛税，惠及农商。此时全国人民，除官吏兵匪侦探之外，无不重足而立……"他说自己"静待饿死而已"，而这个国家唯一的希望是"外人之分割耳"。

但一年后，《新青年》杂志创刊了，它几乎立刻象征了另一个变革年代的到来。中国的问题不仅是技术上落后，专制政治制度只是表面的现象，根本的原因是文化。统领了中国两千年的儒家文化，才是一切不幸的源头。此刻，最重要的工作是要去埋葬这种旧文化，将个人从这种文化束缚中解放出来。

它也将希望交给了一个新群体——青年。对于一个一切依赖于习惯、稳定的农业社会来说，老年是力量的中心，他的经验和价值观是智慧的源泉。但在这个强调变化与竞争的新时代中，青年才是希望所在。他们的智慧与性格都尚未成形，他们能带来新的可能性。

接下来的五年中，陈独秀迎来了人生中最辉煌的岁月。他主办中国最有影响力的杂志，是中国最有影响力的大学的文科学长，缔造了一场文化运动。在围绕《新青年》而兴起的新一代知识分子中，他没有鲁迅的穿透力、胡适的学术素养，却是所有人中最具方向感的一位。他寻找目标，树立标靶，呼引众人一拥而上。

这一切似乎太慢了。文化拯救的方案诱人，却让人迟迟看不到结果。陈独秀选择了将影响力转化成行动，他介入实际政治，组建党派，期待更快的结果。

但他的悲剧性也由此展开，他被自己一手缔造的组织所吞噬。以至于他离世六十年后，他的丰富个体性，似乎仍埋藏在那些简单的标签里。

朱洪的《陈独秀传》最终在 1994 年出版。我没读过这本书，不过这并不重要。我见到他时，又十五年过去了，他已经写了将近二十本与陈独秀相关的著作，这些著作经常情节重复，也没有寻找到理解的新角度，缺乏历史的洞察力，但它们逐渐拼起一个完整的陈独秀的生平，这已经实现了他二十五年前的设想。

即使如此，朱洪真正感兴趣的仍是陈独秀与党组织的关系，而不是他作为独立知识分子的身份。他津津乐道于他与王明、毛泽东之间的纠缠关系，提及了新一代中共领导人正重新评价陈独秀。权力对于中国知识分子的诱惑，从未减退过。

两周来，安庆一直在下雨。长江边的码头静悄悄的，像是陷入了时间的停滞。这座安徽南部的江城，像是中国很多三级城市一样，被忽略、被遗忘。很少有人记得，就在一个世纪前，它是安徽的省府，是繁华的港口，是中国不多的开风气之先的城市。这里产生了中国第一家近代军事工厂，造出了中国第一艘轮船，开办了中国最早的白话报纸之一，创办了一批新式学堂，孕育了一代革命者。

那时，长江是主要的航运通道，货物、人员、观念，在此繁忙地传递。长江上客运业是不同国家争夺的对象。飘着米字旗的怡和、太古洋行，悬挂着星条旗的旗昌洋行，来自日本的船运公司，还有清王朝的招商局，它们的客轮都曾云集于此。沿江而下，就是南京、上海，中国最繁华之地。安庆人习惯了听轮船的汽笛，也习惯了外来的观念。陈独秀、吴越这批年轻人，不正是在南京、上海、接着是东京，看到一个崭新世界，并准备用新理念来改造旧中国吗？那个安庆，是古老的桐城学派和现代的西方冲击共同造就的。传统与革新之间的张力，激发了一代人的才情，陈独秀本人不正像是传统文化、码头文化和西洋理念的混合体吗？

现在，安庆扑面而来的是它的没落。城市里仍有旧时代的记忆，但是早已面目全非。徐锡麟街、吴越街，除去名字，它与那些人与事，毫无关联。几年前建立起陈独秀的墓园，崭新得毫无历史的风霜，而纪念馆中空空如也，只剩下喷绘出的单调历史记录。倒是墓园不远处的水泥厂说出了这个时代的新故事——那些巨大的管道与柱子，像是乡村的闯入者，格格不入却又强大有力。江边的陈家老屋早已被拆毁，只剩下一条两米长的石条案孤零零地横卧在那里，老屋的遗址归属当地的自来水厂，被修建成了平整的篮球场。当我们试图进入参观遗址时，面目阴沉的保安像是对待窃贼一样警惕，仿佛陈独秀一直是自来水厂的私有物产。老屋原址还竖立着一块墓碑，它建立于1990年，上面只说这是革命烈士陈延年、陈乔年家的旧址，刻意忘记了陈独秀是他们的父亲……

"就是在这里。"老太太指着这间大韩日化杂货店说。我在芜湖的长街走了好一段，问了一家又一家，陈独秀当年办书店、闹革命的长街二十号在哪里。

长街沿青弋江而建，从鱼市口一直延伸至长江口的红色麻石和青石板铺就的路面，曾是芜湖的繁华中心，号称十里长街。街道两旁是林立的商铺，贩卖着来自全国各地的货物。受益于通商口岸的地位，还有日益发达的长江航运，19世纪末与20世纪初的芜湖曾是南方最繁荣和开放的城市之一。西方的商人与传教士纷至沓来。他们给本地带来了被入侵的屈辱，但也带来了种种新事物和新观念。美孚公司的洋油，"勾人魂魄"的照相术，鸣笛汽轮，还有声称能拯救灵魂的耶稣，人们习惯在每一个新事物前加上一个"洋"字："洋油""洋火""洋布"，还有"洋大人"，它们都代表一个更强大的力量……

长街二十号的店铺，就是一家"洋书店"，它叫芜湖科学图书社。这里没有《三字经》《千字文》《大学》《中庸》，有的是《申报》《新民丛报》《大公报》《时报》《东方杂志》，书籍则是翻译小说、人物传记，很多出自梁启超的手笔。店铺里也没有财神的龛笼，遇到特别节日不烧金银纸，甚至也没有"老太"的牌位——芜湖人都知道"老太"的威力，她是成精的狐狸，不能得罪。它还在门口安装大玻璃窗，夜晚时，"洋味道"还会更明显，电灯的光芒穿过玻璃门，亮堂堂的，而其他店铺只是昏黄的洋油灯。就连长街上随处可见的乞丐也能明白这一点，当他们在书店门口讨饭时，只要旁人说一声"这是洋书店"，他们顿时就前往别家了。

"洋书店"在1990年代初的城市改造中被拆毁了，那时的陈独秀似乎仍生活在"托派分子"与"右倾机会主义"的阴影中，他的名声没能保存住它。热情的老太太已经七十岁了，她在隔壁开一家衣物店，她那个肤色特别白的女儿正熟练地给一个客人装一包褐色的手套。她家是长街不多的老房子，大概也建于晚清。她的父亲也是个生意人，在这里卖工厂所需的铜扣。他见过陈独秀，也向他的女儿谈起过他。"后面有一条窄窄的巷子，"老太太努力恢复起她的记忆碎片，"清兵来抓他时，他就从后面跑走"。

她挪动着矮胖胖的身材，带我们去看她的家，它的结构和陈独秀的洋书店一模一样。从外屋到里面有条狭窄、幽深的过道，没装灯，黑黑的，只靠出口的光线来照亮，就仿佛我们一不小心踏入了时光隧道，出了走道，就会遭遇到正在争论的陈独秀和吴越。堆满了成堆的衣服的走道，最终没变成时光隧道，老太太带着我们走到里面，再上楼，侧墙上已生满了青苔。

十里长街仍旧热闹，却再不是繁荣的中心，它甚至也不能说是十里了，一幢在建的高楼生硬地截断了它，只有上年纪的人才记得它原先的模样。一家接一家商铺，从床单、暖瓶、年画、卫生纸、电视机到文具，你能想象的关于生活的一切用品，这里都有。来这里逛的只是附近郊县的批发商，他们将这里的货物再卖到乡下。每一家店铺都杂乱、拥挤，路面脏脏的，大家都习惯于在这种无序和简陋中生活。白墙灰瓦的旧楼几乎已被拆光了，换上两层砖楼——它们既没有过去，也没有簇新的将来，只等着被替代。只有广告牌是鲜艳和明亮的，半裸的白种男人与女人，这些不知从哪里找来的模特，展示不知从中国哪个偏僻工厂生产出来的内衣——它们都有个洋名字。

我们沿青弋江散步，它很窄，水流很小，不比它的名字那样逸兴，两旁高楼拔地而起，都算是江景豪宅了吧。过了中山桥，再有两百米就是长江了，它平静地流过，中江塔还残破地矗立在江边，不过一个崭新的透明怪物也矗立在它对面……

桐城的吴越

陈独秀就是在芜湖科学图书社这家洋书店里办他的《安徽俗话报》的，一场悲壮、杀气腾腾的谈话也是在这里进行的。

1905 年夏天，这幢二层小楼必定显得逼仄狭窄，它装不下这几个青年的高涨情绪和激烈言语。他们在商讨如何去刺杀即将出洋的五大臣。这五大臣准备前往日本与欧美考察政治体制，为清王朝可能实行的君主立宪做准备。

这一年，吴越二十七岁，他从读书的保定赶往家乡桐城，他的母亲生了重病。途经芜湖时，他来这里探望老朋友陈仲甫，后者还没有开始使用日后著名的名字——陈独秀。桐城隶属安庆府，而陈仲甫出生在安庆府老城内，两人算得上同乡，陈比吴小一岁。三十二岁的湖南人杨笃生和二十岁的江苏人赵声也在场，他们也是相约到此的。

他们或在新式学堂相识，或是通过朋友介绍，或是在东京时相遇过。这是那个时代的风尚，青年四处游荡、结交、争辩、办报，有时他们还一起做炸弹。杨笃生是一个倡导用炸弹来暗杀的人。之前暗杀者普遍采用手枪，它的威力太小了，暗杀者普遍缺乏训练，也很少命中目标。而吴越第一次看到杨笃生在山谷里的炸弹试验时，大喜过望，仿佛找到了快捷的解决之道。陈仲甫与杨笃生就是在上海一起研制炸弹时相识，当时常来学习的还有一位翰林，他叫蔡元培。

他们生活在一个思想剧烈转折的年代，少年时都曾研读四书五经，准备成为儒家学者中的一员。但是1895年的中日战争，惊醒了中国"四千年未醒之大梦"。他们是同代人中头脑最敏锐的，或许也是情感上最冲动的一群。旧的思想秩序坍塌了，他们迫不及待地接受新潮流。梁启超曾是他们集体的导师，用自己匆匆学习的知识，匆匆地告诉他们整个世界的模样。

但是，急剧变化的时代让今天的新思想变成了明天的陈旧物。重大的历史事件走马灯式地上演：1898年的百日维新，1900年的义和团运动，1903年的拒俄运动，1905年的日俄战争、废除科举……1898年时，康有为、梁启超还是激进派人物，到了 1901 年，则已被斥责为顽固的保皇派，更激进的革命派已经兴起。

那真是个兴奋、丰富、刺激而又混乱的年代。新学堂、新报馆和新书局不断建立，他们造就了一个中国历史上未见的公共平台和学生人群。自由、平等、博爱、民权、进化、权利、竞争、欧化、国粹、尚武、保种、保教、立宪、革命、个人主义、民族主义、国家主义、民生主义、军国主义、虚无主义……新名词、新概念，成群结队、相互矛盾地涌来。它们让一代青年既亢奋又迷惘，他们的头脑就像是各种思想的跑马场。吴越留下的自传中生动地记录了这一切。早期，他阅读梁启超的《清议报》，所以就天天和别人谈论立宪，斥责西太后昏庸，而光绪帝圣明，倘若别人不同意康梁的主张，他就排斥他们。但是当革命派的声音流行时，他又阅读《猛回头》《革命军》《黄帝魂》，他的思想又为之一变，感慨梁启超几乎误导他了。

一场重大而激烈的争论已经开始——面对强权的欺侮，中国能够依靠由上而下的改革来实现强大，还是必须通过一场革命、推翻清朝的统治来实现？这一小部分异族人压抑了广大汉人的能量，只要推翻它，中国的种种困境都可能迎刃而解。

小楼里的这四个青年，倾向于后者。言语的激烈、行动的极端，是那个时代的风尚。这位陈仲甫就曾在两年前留学日本时剪了清朝学监姚煜的辫子，当时由张继抱腰，邹容捧头，陈来挥剪。捧头的邹容已死于上海监狱中，才十八岁。死亡加剧了他的传奇色彩，他那本激烈的《革命军》在青年学生中几乎人手一册，它鼓舞起英雄式的殉道精神。

　　这种殉道精神，也是他们应对现实的被迫反应。王朝的体制依旧强大，革命队伍弱小、分散、缺乏组织。后者也缺乏足够的基础，他们只是一群受过新式教育的青年，和广阔的社会基层格格不入，也难以取得普通人的理解。在某种程度上，他们像是俄国知识分子的翻版。俄国革命者索菲亚·佩罗夫斯卡娅的确引起了他们的共鸣。这位著名的无政府主义者，出生于沙皇官僚家庭，却成为了一名激进学生，建立了恐怖组织，最终在1881年刺杀沙皇失败后被处死，年仅二十七岁。当这个故事被介绍给中国的学生时，她的冒险和自我牺牲，的确令他们血脉偾张。恐怖与暴力日益受到推崇，它似乎是应对无边的腐烂与黑暗的最简捷、有效的手段。

　　这些青年不仅受到俄国无政府主义者的鼓舞，来自历史深处的回响也影响着他们。年少时他们都受着中国古典教育，要进入士林，而士的精神中有一脉正是为了道义而自我牺牲的精神，从东汉太学生的清议到明末的东林党人，再到几年前谭嗣同的慷慨赴义，为了某种信念而抗争权贵、以身殉道，被世代传颂与崇敬。

吴越或许是这四个人中最激烈的一位。万福华在去年刺杀前广西巡抚王之春、王汉刺杀户部侍郎铁良的事迹就曾深深震撼他。二十一岁的王汉尤其代表那一代人的激烈程度：铁良的防备严密，他无从下手，燃烧的怒火无处发泄，他愤而投井，留下遗书一封。

吴越试图刺杀的对象不断改变，慈禧太后、铁良，都难以得手，而这次五大臣给予了他新的希望。况且，他们都在担心，倘若清王朝真的立宪成功，革命就无望了。此刻的中国，像是一场改良与新政的赛跑。在很多方面它黑暗和溃烂，但另一方面它似乎又在锐意进取，开办新学堂、鼓励商业公司、取消科举制、大练新兵、考察立宪，种种在1898年无法实现的革新举措，一个接一个地发生，加尔文·马蒂尔，一位长期生活在山东的长老会传教士，代表了很多旁观者的看法。"目前的情况与我四十一年半前到来时形成了鲜明的对比，"他在1905年给朋友的一封信中写道，"那时任何东西都是僵死和停滞的，但现在是活跃和变化的……不远的将来必有伟大的事情发生"。

吴越试图中断这个进程，以促成革命的到来。我无法猜想小楼的景象。据说他问道，舍生一拼与艰难缔造，孰更易？其他三人说当然是前者容易，而建设起一个新国家便很难了。吴越于是说，我来完成容易的，而你们来完成难的。他知道自己必将一死。

9月26日，北京正阳门火车站像是在举办一场盛大的告别宴会。五位考察大臣在亲友、大臣、社会各界人士的簇拥下，准备离去，之前他们刚刚集体拜祭祖先。载泽、徐世昌、绍英三位大臣坐于前车厢，而戴鸿慈和端方则坐在后面的车厢里。

突然间，一声巨响，人群一片哗然，前车一个一身皂隶装扮的瘦弱男子倒地，他的腹部已被炸开，五脏六腑已经流出。没人知道他是谁，只知道又是一次未遂的暗杀。

他打开箱子，翻出了一张黑白照片。家里仅有的一张吴越的照片。屋内光线昏暗，照片则让人心悸，我不敢再看上第二眼。一个赤身汉子，胸腹已被炸烂，内脏正往外流。三个人正围着他，其中一个正揪着他头顶上的发辫，一副恶狠狠的表情，像是擒住一个战利品。

"烈士吴樾殉义后摄影"，照片底下有一行字，据说是孙中山的笔迹。1905年的照片，曝光过度，缺乏精度，但时代的气氛却一目了然。

一声爆炸声后，9月24日的正阳门火车站，欢送气氛转为混乱、惊愕与恐惧。四个人已经死去，三位是送行者，而最惨烈的这一位制造爆炸的人，除去下半身被震碎，手足也断了，当场死亡。他穿着普通官差的布袍，头上是无顶官帽，像是一名普通的送行衙役。没人知道他到底是谁，他满脸血污，面目不清。

桐城会馆的一位住客第二天醒来，在一夜未归的吴越的枕下发现了一封书信，上面写着"此行决实行暗杀，惟成否不可知。然我必死。我死不足惜，恐诸同乡因我而被累，可将我之行李移置他处，以免受嫌"等语。这是一次精心策划的暗杀，除去留下遗书，吴越吞食药品弄哑嗓子，一旦被俘，他不会说出任何情报。

五大臣中的两位受了轻伤，送行的官员也受到影响。他们中最著名的两位是徐世昌和伍廷芳，日后是民国舞台上的重要人物。出洋考察暂时终止，大规模的追查开始了，清廷因权威被挑战而深感震怒。爆炸也引起国际性的关注，第二天的《纽约时报》刊登了《革命党在北京车站引爆自杀炸弹》的新闻，刺杀者被定义为"无政府主义者"，该报评论说："众所周知，俄国的无政府主义分子在大清国境内传播他们的教义已有一段时间了，而一个相信无政府主义观念的秘密团体也已在大清国成长壮大。"

刺杀者的面目经过药水洗涤后清晰了，警察厅用玻璃匣载入，拍摄了很多照片，警员四处散发与探查。一直到11月，才有一点线索。桐城会馆的小女孩看到警员的照片叫道，这不是吴老爷吗？

"今日这时代，非革命之时代，实暗杀之时代也。"这个神秘刺客的大名，最终随着他的长文《暗杀时代》的发表和传诵，尽人皆知。吴越在刺杀前十天，给他的朋友和未婚妻邮寄《暗杀时代》与《意见书》。这其中的论调既激昂又悲观——革命需要群体的力量，而暗杀需要个人力量。在群体尚未觉醒时，他要用一己之力来唤醒这个群体。他对未婚妻详告了自己的计划，并希望她成为英勇的"罗兰夫人"，"欲子他年与吾并立铜像"。

这张照片是吴敬仲与吴越唯一的联系。吴敬仲出生于1948年，他的父亲是吴越的侄儿。据说，在那份著名遗书里，吴越曾希望能将其弟弟的儿子，过继为自己的儿子，他虽然二十七岁了，却尚未成婚。过继在中国南方是常见的行为，它保证家族内部的联系和延续性。他的朋友陈仲甫也过继给没有子嗣的叔父了。吴敬仲也因此有了这样一个著名的爷爷。

在桐城市老城的小巷里，我转了很久，很少有人知道吴越的故居了。人们记得住张英的府第，因为他中过状元，还当过宰相。

至于方苞、姚鼐的故居，也不知何处。此刻的桐城是一个再普通不过的县级市。商业街上一家接一家的店铺、中心广场丑陋的不锈钢雕像、河畔的巨幅地产广告牌，只有那座仍旧素雅端庄的文庙，稍微流露着这里的与众不同。在17、18世纪，这里曾是中国的文化中心，桐城学派制定了文章写作的标准，塑造了十几代人的思考方式，方苞、刘大櫆、姚鼐是其中最著名的三位。在某种程度上，桐城对于中国，就像19世纪的新英格兰之于北美，才俊集体性地涌现，交相辉映。

但是新英格兰的爱默生、洛威尔、梭罗，倡导的是个人主义精神，是自由的想象力，是对于政权的不合作。而桐城的学人们面对的则是一个强大得密不透风的政治权力。他们兴起的年代，也正是文字狱肆虐的年代。放弃对政治、社会的整体深入的思考，学者们躲入考据和形式主义的小世界。你可以称赞他们开辟了更为精致的研究方式，一些乐观主义者甚至从中预见到了科学方法的兴起。但是回避了价值判断，却也使所有的钻研变得琐碎。

这些学者的研究方法，或许也间接地解释了在昌盛的、纵横全球的 18 世纪后，中国为何一头扎入了失败的连环陷阱。中国丧失了内部辩论和自我批判、反省的能力，对于陌生的挑战反应迟缓，一个错误重叠着另一个错误，最终系统性地崩溃。

桐城学派也成了替罪羊。在吴越去世的十三年后，他的挚友陈仲甫（已成为著名的陈独秀）在《新青年》里，毫不留情地将这昔日的一代文宗称为"桐城谬种"，似乎他们要为中国的崩溃负责。

即使岁月早已将城市弄得面目全非，但午后的老城，仍能让人感到昔日的余韵。戴着厚厚镜片的男人正摇头晃脑地走过，一家叫相府人家的小餐厅，老墙背后传来的低落的谈话声，还有被刷成蓝灰色的六尺巷，悠长而神秘。它曾是这城市训练人们礼仪的场所，小巷太窄了，当有人走过时，双方必须侧身礼让，拥挤的中国需要这种相处之道。新的时代到了，含蓄让位于直白，在一面墙上，我还看到了红字的宣传标语：管好自己的嘴，不随地吐痰，不说不文明的话；管好自己的手，不乱画乱扔乱倒垃圾，不做不文明的事；管好自己的腿，不违反交通规则，不践踏花草树木，不走不文明的路。落款是"胜利居委会宣"。好一句"不走不文明的路"，它是这个时代的桐城派文风吗？

这样一座城市，却产生了吴越。我去小巷里一家有着老式黑皮沙发的理发店问路（这城市里有很多理发店，似乎生活太悠闲了，居民需要通过理发来打发时间），一位热心的大妈帮助我们找到了吴越的故居。"他还有个孙子呢！"她不忘提醒我。

从西后街拐到更窄的延陵巷，穿过布满了青苔的后墙，来到了一个长方形的院子。"吴樾烈士故居"，黑底蓝字的石牌就镶在一面墙壁上，石牌前一株已枯萎的植物挡住了最后一个"居"字。院子里放了很多花盆，是茶树、白玉兰与兰花，晾晒的衣物杂乱地挂着、堆放着，狗闻到了生人气味，狂吠不止。只看到一个年轻的母亲正哄着她的小女儿，她们见到我们进来，并不多问，可能早已习惯了游客的到来。

"他去打麻将了，我帮你去叫他来！"热心的大妈说。五分钟后，吴敬仲站在我面前。一个乐呵呵的小老头，戴着一顶黑色的鸭舌帽。他把我引进屋里，一起喝茶、吸烟，香烟的牌子是娇子，英文是 Pride。

屋里有点潮冷，他讲着自己一生的故事。他的父亲，也就是吴越过继的儿子，1948 年去世了，那时他刚出生不久，母亲则在他十二岁时离去，相依为命的哥哥死于1968 年。

1970 年时，他进入一家镇办工厂，做过钳工与刨工，他右手失去的中指，就是那段经历的印记。

如今，他生命中最艰苦的时期已过去了。他的两个儿子都已长大成家，他有了两个孙女，吴越生前住过的老宅经过装修和改造，有了五间房，容纳一家八口。1981 年，他第一次感受到他与吴越的关系。那是辛亥革命七十周年之际，他被请去参加相关的研讨会，也因此还当了三年的政协委员。

"它是袁世凯改的。"他向我解释说"吴越"为何总是被写成"吴樾"。袁世凯是当时的直隶总督，驻扎在保定，而吴越曾就读于保定高等学堂，据说为避牵连，他将吴越改名"吴樾"。

我们离去时，狗又吠了起来，一件鲜红色羽绒服在衣架上晃动。不知当年吴越离家，动身前往北京时，他的家是否也养了狗，它的叫声是否响亮？谁也未曾想到，这个瘦小男子孤注一掷的行动将成为 20 世纪中国历史的一个转折时刻——一个暴力的、激进的时代正式开始了。他鼓舞了社会，但这鼓舞导致的结果，却可能并不是他最初所期望的。

绍兴：秋瑾和鲁迅

那座深灰色、简约、方头方脑的纪念碑像是天外来客，矗立在解放北路中央，两旁车流不息，过马路的人群匆匆走过，没人有兴趣多打量它一眼。

"秋瑾烈士纪念碑"，在朝西的那面上刻着这样七个金色大字。在下面，是密集的碑文。借着路旁的灯光、不断闪过的车灯，看得到"而轩亭口人烟稠密，往来肩摩，睹纪念碑矗立，尤足以感动群情，廉顽立懦"的句子，它的落款是蔡元培，撰写者是于右任，那是来自 1930 年的遗迹。建筑、文辞、书法，都是民国时的审美了。

马路的东侧，是一块小小的广场，汉白玉雕的秋瑾神情严肃、身形挺拔地站在那里。她穿着斜扣的褂子、折皱的长裙，微微上扬着头，脑后束着发髻，双手背在身后，端庄有余，烈性不足，身后墙上是另四个金色大字"巾帼英雄"——孙文的字。

她的目光穿过解放路与纪念碑，是座红色的牌坊，上挂的白匾之上正是那四个黑字——古轩亭口。穿过牌楼，是喧闹的、店铺林立的府南路。第一家"名牌首饰"的商店，章子怡在橱窗的广告画上笑靥如花、明艳照人，而在府南路上的一长串广告画，则来自女子整形医院。

灯光改变了夜空的颜色，它微微发红。我想即使是后半夜，当人群散去、街道入睡，天空仍旧很难变成"乌蓝的天"吧。在写于1919年4月的那篇著名小说里，鲁迅用这句来开头："秋天的后半夜，月亮下去了，太阳还没出来，只剩下乌蓝的天……"也是在这个丁字路口，华老栓接过了鲜红的馒头，那块破匾上是"古口亭口"四个字，那时还是暗淡的金字。想必秋瑾的死在鲁迅心头留下了深刻的印象，否则他也不会十二年之后在《药》中使用了"夏瑜"这个名字。

前往绍兴，最初是想去看看鲁迅的故居、他的百草园与三味书屋。这真是迟来的拜会，直到一年前，我才发现他是那么好的作家。在漫长的时间里，过度的、不着边际的宣传，掩盖了他的魅力。这次到了绍兴，发现他又被商业劫持了。一家又一家的咸亨酒店，一个又一个孔乙己的铜雕，茴香豆的小碟摆满了柜台，不知是否还有人记得"回字的四种写法"。他的故居一扩再扩，原先的老宅变成了簇新的、连成一片的大宅，游人可以逛得更久些。旁边一片巨大的工地正在施工，那是鲁迅故居的第二期，号称"咸亨新天地"。它的围墙上有着这样的广告语："千年福祉百年咸亨鲁迅故里城市客厅"。它夸耀自己有超过两万五千平方米的停车场，三万平方米的鲁迅文化酒店，还有一万七千平方米的商业区。老街道上是灰尘与泥水，三台吊车正在地基上工作，卡车装载着沙石进进出出，带着巨大的轰鸣声。

我没能参观他的故居，白天游人太多了，人们拥挤着走来走去，品着黄酒，空气里飘荡着炸臭豆腐和烦躁的味道，而夜晚时，它又大门紧闭。不去又何妨，院内那些野草早已不野了，赤练蛇的传说恐怕也早被游人惊吓走了吧。在鉴湖旁修建的"鲁镇"，像是另一种版本的世界公园。阿Q调戏尼姑的小桥、祥林嫂、衙门、假洋鬼子、镇公所，鲁迅笔下的人物与场景，在这个人造小镇上懒散地再现着。或许是怕游人们乏味，绍兴的土产店到处都是，还有汽枪射击、打沙包的游戏，甚至连越王勾践的雕像也被加了进去。这混乱与贫瘠的价值观，就像是小镇上书店里摆放的图书，围绕在几本鲁迅相关著作周围的是这样的书:《细节成就人生》《圈子成功书》《股市一万点》……

"这不是我二十年来时时记得的故乡？我所记得的故乡全不如此。我的故乡好得多了。但要我记起他的美丽，说出他的佳处来，却又没有影像，没有言辞了。仿佛也就如此。于是我自己解释说:故乡本也如此……"在一百元门票的鲁镇入口处是鲁迅雕像，底座上引用他在《故乡》中这一段话。

或许，故乡本就如此，而人世也是如此。鲁迅的旧居太过拥挤，我去寻找秋瑾的遗迹，与鲁迅一起在1910年代末感慨"轩亭口离绍兴中学并不远，就在秋瑾小姐就义之处，他们常走，然而忘却了"。

城南和畅堂上的秋瑾故居和胜利路上的大通学堂空空荡荡，游人寥寥。那间督办室内仍旧是白墙木桌，秋瑾的墨迹"读书击剑"被装进玻璃框内挂在墙上。好一笔刚劲的字，就像秋瑾给自己的号——"竞雄"。1907年7月13日，她在这间办公室被捕时，穿着白衬衫、黑哔叽长裤和皮靴，英气十足。这一年她三十二岁，裹过小脚、作过官太太、生过两个孩子、去日本留过学、研制过炸药、办过报纸、结过社，在她朋友的记忆中，她勇敢、尚武、钟爱慷慨激昂的演说，一心要推翻满族人的统治，倡导男女平等。她的性格比她的主张给人留下了更深的印象，鲁迅记得她从日本归国前的欢送会上说"归国后，若有人投降满房，吃我一刀"，然后从靴筒里抽出一把短刀，啪的一声插在演讲台上。

即使透过那些黑白照片，我还是想象不出这些革命者的模样，他们在那时遭遇的困境，和他们内心的勇气。在 20 世纪最初的十年里，中国充满了起义、暗杀、爆炸、慷慨赴义。一代中国青年知识分子，像是俄国的十二月党人一样，希望用暴力来终结旧秩序。他们将个人的困境、国家的困境，都归咎于满族人的政治统治。这份或许单纯得近乎幼稚的信念，给予他们过人的力量。

很可惜，他们的人生与选择，却被抽象化了。历史的复杂性，也从历史叙述中消失了。到了绍兴，我才发现秋瑾的同乡与同志，刺杀安徽巡抚恩铭的著名的徐锡麟，原来在革命中深深地受困于他浓重的绍兴口音。当他在安庆向士兵发表演说、争取他们时，那些士兵其实根本听不懂他在说什么。当他杀死恩铭后，跟随他的士兵，从一百多人减少到三十多人。而秋瑾，她拥有非凡的个人魅力，但是进行一场与政府的对抗，唤醒民众的支持，却需要更强大的组织能力。原定于杭州的起义，尚未开始就终结了，秋瑾上了断头台。

她的死引发了复杂的反应。审判秋瑾的山阴县知县李宗岳深感愧疚，上吊身亡，生前他备受百姓爱戴。一大批官员被罢官。而那位告发秋瑾的绍兴府学务胡道南，在1910年被另一位革命党人王金发刺杀。但是，你又很难说胡道南只是一个腐烂、卑劣的清政府官员。给秋瑾撰写了碑文的蔡元培也同样写了《胡道南传》来悼念他，而趋向自由的《白话报》也在悼念文章中说："胡君平生待人和善，学识丰富，遭遇惨祸，友人痛惜。"

转折期的历史充满了彼此矛盾的征兆，你难以用单一的角度去理解它。1905年后的中国，像是进行一场赛跑。新政所催生出来的建设性，革命的摧毁力，还有旧政权的腐烂速度，并存着，相互赛跑，看谁能获得领先。

清朝的政权在1911年崩溃了。但是，中国却没有变得更好，对于革命的种种憧憬开始褪色。鲁迅的感受与思考，是那个纷乱和复杂年代的最好描述。

革命者想解救民众，她的鲜血却只是他们无效的药，那些不断到来的新名词、新口号、新政体，却像是"城头变幻大王旗",而那些"光天化日、熙熙攘攘,则是黑暗的装饰,是人肉酱缸上的金盖,是鬼脸上的雪花膏"。

一百年前的秋瑾为女人的独立而呐喊,渴望见到男女的平等社会。但如今她的雕像对面的橱窗里,街道上的整形广告上,都在暗示,"那样的女人更平等"。

买了一百块的门票,进入鲁镇,在入口处紧邻着鲁迅雕像的,是一块上书"民族魂"的石碑,红色题字来自中国前任领导人。它的意思似乎是双重的,"民族魂",需要来自权力的认可,"民族魂"也要迅速折换成现金。

钱穆的七房桥世界

在前往无锡的路上,我时断时续地读着美国人杰里·邓尔麟(Jerry Dennerline)的《钱穆与七房桥世界》。

车窗外正是江南的阴郁天气,小雨下下停停。平坦宽阔的一级公路已把那些布满蜿蜒河流的小镇联结到一起,沿途不时出现的玻璃幕墙、金属框架厂房、三五成群的青年工人,表明曾为鱼米之乡的长江三角洲已是新的工业革命的重镇。

穿过了昆山,绕道阳澄湖。在一家临湖的餐馆里,我第一次吃到了阳澄湖大闸蟹，湖面上寒风瑟瑟，烟雾渺茫，屋内一壶黄酒温暖滋润。这是一次意外的旅程，大约一个月前，我迷上了钱穆。

九年前，在选修的历史课上，一位姓罗的青年教师给我们讲授中国历史，时间来到魏晋时，他戛然而止，决意让另一位老师讲述接下来的课程——因为中国历史的青春期到魏晋时终止，再无心醉神迷之处。在告别前，他推荐了钱穆的《国史大纲》。

在那时刚刚开张的北大南门的风入松书店里，我找到了黄色封面的商务印书馆版的《国史大纲》。这是一次注定夭折的阅读历程。竖排的繁体文字、文言语句、布满正文的注解，中国人熟悉了上千年的行文到了我这一代已变成了陌生的丛林。我对钱穆的身份仍有质疑，出生于1895年的他，在五四之后的那两代中国知识分子中，身份不明。新文化运动中让我沉醉的是它的激进因素，是那种将传统一股脑儿扔进"历史的垃圾桶"的豪迈。"进步"，在我们的词典中是至关重要的，不管大学与中学政治课是多么空洞乏味，我们其实都是黑格尔的线性历史的信仰者：我们要不断抛弃陈旧，进入一个新阶段；为了一个更光明的明天，我们可以对昨天与今天毫无眷恋，甚至残忍异常。

中国传统看起来早已无力面对现代挑战，我们何须了解与学习它。鲁迅的大部分篇章我都没了印象，却始终记住他对青年的告诫——多读外国书，少读甚至不读中国书。线装书理应被扔进茅房，儒家礼教中只写满了吃人，传统中国就是裹着小脚的媳妇……"传统"与"现代"在我的谈话中被滥用，似乎真的存在着那么一个时刻，所有的东西都改变了，带有现代意味的都值得赞扬，而任何"传统"都是阻碍，必将被历史的车轮碾碎。

在我阅读所及的 20 世纪中国文化史中，钱穆混杂于一群人名中，他被提及，却似乎从来不与时代旋律相关，他是少量对旧世界如此钟情的顽固派……

对钱穆的初次探索不了了之，甚至罗老师在我内心短暂激起的中国文化的青春期热情也迅速消退了——诸子百家、魏晋风度与我所生活的现代中国看起来毫无关联，阿诺德·汤因比或者 Google 兄弟比他们更有力地影响了我的思想。

是史景迁促使我再次对中国传统产生了兴趣。"做中国人意味着什么？"在对邓尔麟的《钱穆与七房桥世界》的书评中，史景迁询问说，"究竟怎样一种价值观念，或者怎样一种文化，与历史的经验和共同的民族起源相互影响着，将中国人紧紧地维系在一起？"

在一个标榜全球化的时代，认同危机却覆盖到每一个角落。在一个你可以随心所欲地克服地理障碍的时刻，人人都在为自己的身份焦虑不安。

这些危机有一些源自古老的传统，另一些则是由一个崭新的全球性时代带来的。人口的快速流动、相对主义价值观的普及、不同文化间的融合，这一切却使人们更加迫切地想知道：我是谁，我的截然不同之处是什么？不同的国家依赖不同的方式寻找独特性，塞缪尔·亨廷顿最近写道："日本人在痛苦地思索，他们的地理位置、历史和文化是否使他们成为亚洲人，而他们的财富、民主制度和现代生活是否使他们成为西方人。伊朗一直被描述成'一个寻求自己特性的民族'。南非也在'寻求特性'……土耳其处于'独特的特性危机'……俄罗斯处于'深刻的独特性的危机'……"

中国依靠的是什么？在这一轮"中国热"中，中国被描绘成世界上最富潜力的市场，最大的生产基地，中国人像四十年前的日本人一样蜂拥到世界各地，拍照、购物、参观历史遗址……成长的经济力量赋予中国人一种新的自信与不切实际的骄傲。

历史最终还是报复了我们。我这一代人粗暴地理解了历史，将世界看作一幅实用主义的图景，把任何事物都当成了手段，最终我们要承担缺乏生命意义的痛苦。

钱穆心目中的中国则是另一个截然不同的世界。同样是课堂时光，我在为历史不可避免的方向性与残酷性而辩护，而钱穆则在让他的学生描写红烧肉的味道，描述风穿过松树的声音……在我们为今日中国信任网络的坍塌而叹息时，却通过钱穆发现，那个封建礼教的社会通过"礼"维持了一个值得依赖的价值系统与保障体系。

好笑的是，我对钱穆的缓慢了解，是从这两位来自美国的汉学家开始的。在邓尔麟那本1988年由耶鲁大学出版的著作中间，印刷着十几幅钱穆家乡无锡七房桥的黑白照片，水乡气息与中国古建筑的上翘房檐，令人感觉亲切不已。到无锡时已是夜晚，小雨仍未停。霓虹灯与汽车烦躁的鸣笛声，打破了我的遐想。那些丑陋的、千篇一律的建筑又出现了，几层的小楼、白色瓷砖墙、深蓝色玻璃，中国所有的市镇，不管是南方还是北方，西部还是东部，总是惊人的雷同。在这座盛产文人风雅的城市，同样到处都是房地产广告，园林风格早已被遗弃，人们最热心的是

"剑桥风格""北美别墅"。毫无例外，市中心被太平洋百货这样的购物中心占据着，在路边散步时就像走在缩小一号的上海淮海路上。

如果你一时找不到路，没关系，麦当劳总是处于市中心，而离麦当劳不远处必有一家肯德基连锁店。历史悠久的无锡小吃店与麦当劳遥相呼应，圣诞节刚过，给我们端上灌汤包的姑娘们都戴着红色的帽子。夜晚在东林书院的遗址喝茶，雨打窗外的竹林沙沙作响，四百年前的读书人也正是在同样的情景下谈论国事的吧。世界早已改变，我们身后的一桌人正在谈论他们的新生意，过去几年中在中国兴起的商业用语弥漫着整个空间，他们在说"团队精神""执行力很重要""细节决定成败"……临睡前打开电视，所有电视台都在进行卡拉OK大赛，年轻一代在把不费吹灰之力地一夜成名视作人生理想。

第二天清晨，我们前往七房桥。在钱穆成长的年代，从无锡县城出发，如果走水路，四个小时就能到达钱家门前的啸傲泾，这是由钱穆的祖先所修建。这个家族漫长的历程，正是中国社会的一角，它之所以能够面对种种社会动荡，是因为家族遵循着"礼"，它为家庭生活提供准则、价值观，它为弱小的人群提供救助，当"礼"由家族扩展到整个社会时，它就变成一个国家的准则，支配着政府与人民、国家与外部世界的关系。

但这套价值还可以应对19世纪末开始的、张之洞所说的"三千年未有之大变局"吗？作为"礼"的化身，中国知识分子一心要成为道德楷模君子，被中国政治革命中的兰波式人物邹容称为"实奄奄无生气之人也"，钱穆从一开始就要面对两个截然不同的世界的拉扯：一方面是现实的国际环境的残酷，中国面临的亡国之灾，而另一方面，他依旧看到了那个存于诗词典籍中的士大夫的风雅世界。

十六岁起，他成为了一名乡村教师。接下来，他展现了与那个时代的主流知识分子截然不同的路径。没有海外留学的背景，也未追随喧嚣一时的各种新思潮，他在古籍里寻找另一个世界。他是一名伟大的自我教育者，从小学教师最终成为了北京大学的著名教授。难能可贵的是，他似乎从未在线装书中逃遁，远离现实的痛苦。他也从未将古代中国世界想象成一个乌托邦，而只是在一片文化虚无主义的论调中，重申中国文化的独特性——它是由特别的历史际遇与地理环境所致。它的内在生命力，可以保证它在面对各种挑战时，仍能保持自身，最危险的情况是，我们忘记了保持这种内在生命力。

自小迷恋司马迁的钱穆相信，没什么比历史更能寄托中国人的智能与情感。在抗日战争最为激烈的 1937 年与 1938 年，钱穆手不停歇地挥笔写着《国史大纲》，它跨越了几千年的风雨，不断重演着外族人入侵与被同化的历史、中国人在面对外来挑战时所表现出的气节与智能……在西方世界占据优势时，在中国正跌落在自信的谷底时，钱穆希望我们对于自己的历史保持着"温情与敬意"。像邓尔麟一样，我大学的那位老师也称《国史大纲》是"国家的骄傲"。

钱穆的故居如今是一片空地，昔日五世同堂的旧宅只剩下残缺的根基，冬日雨后的灌木蔓延其上。"我们一直想重修它。"钱煜对我们说。他称钱穆是他叔公，在 1949 年钱穆离开前，他经常见这个很有学问的叔公在小巷里散步，"他矮矮胖胖的，对小孩子很好"。

钱穆在 1949 年之后的故事，似乎更为单纯，他成为了在海外的中国传统文化坚定的领导者。他的思想不仅不合时宜，而且应该遭受批评。

我去了桂林街，这是香港九龙的拥挤之地，像半个世纪前一样，这里仍是贫民窟。1949 年 10 月时，钱穆与朋友们在这里创办了新亚书院。余英时是二年级第二学期来此上课的。他在 1950 年春天从北京的燕京大学来到这里。他发现"整个学校的办公室只是一个很小的房间，一张长桌子已占满了全部空间"。而钱穆给他的第一印象则是"个子虽小，但神定气足，尤其是双目炯炯，好像把你的心都照亮了"。

在这个租来的三个单元两层楼仅有的四间教室里，钱穆想保存中国文化的气韵。在一个炎热潮湿的夏天，余英时发现钱穆正躺在地板上。他病了。他叫余英时去买"二十四史"给他读，仿佛这足以驱逐所有的痛苦。

新亚书院最终成为 20 世纪后半叶中国教育的奇迹之一。而钱穆的故事从香港到了台北，他再未回到大陆。在他的家乡，在很长一段时间里，他的侄子钱伟长比他更声名显赫——他是一名杰出的物理学家，并曾任全国政协副主席。

一切似乎又转变了。北京的书店里摆满了钱穆的著作，他对孔子的理解，注释的《论语》，对中国历史的再考察，甚至他在新亚书院时期随意写的小文章，都被整齐地收集好，精美地印刷出来。钱穆的历史哲学甚至都与西方主流的后现代历史观有了关系——历史不是对规律的探索，而是对意义的寻求。

但是钱穆所赞美的那个"礼"的世界早已崩溃。没人再以君子为楷模，人们把道德理解成不切实际的空洞话。钱煜说，一位本地企业家想出资重建钱穆的故居时，镇政府却要求，这笔钱必须通过政府来使用，计划落空了。

社会也充满了重振儒学的口号，但那种粗暴地复苏传统的方式，像是一出滑稽剧。风范可以被传递，却不能被机械地模仿。中国传统看起来就像是博物馆中的展品，人们不知道如何赋予它现实的生命力，尽管人人都觉得这很迫切，都觉得中国的古典思想可能给我提供一些令人振奋的启发。

朱自清的温州

仅仅是看到这棕色的路牌，也感到安慰。我到过了散发臭气的工业区，看到了戒备森严的复工的工厂，几位志得意满的投资者，还有赔钱的生意人，还有人头攒动的劳工市场，他们目光迷离，又饥渴异常，随时把我这样的陌生人当作招工的老板，团团围住。

和中国的很多城市一样，温州生长得太快，一切记忆都被迅速地铲平。一样的丑陋而喧嚣的高楼、令人窒息的行政区、零乱的马路，只不过这里更富有，更炫耀，也更无序。我第一次在KTV门口看到停放的劳斯莱斯，紧邻的是一排宝马与路虎，排放序列似乎严格遵守着价格高低。人们走路快、说话快、吃饭快，他们思考的、忧虑的、言说的都是生意，他们勤奋、精明，用炫耀性的消费证明自己的成就，但也显露出粗陋的品位。这城市有罗马广场、凯旋门、佛罗伦萨饭店、卢浮世家，是个山寨的欧洲一角。除去各种典当行，街上还到处是苹果专卖店与红酒行。倘若你开上半天车，一定会了解，他们的成就还与胆大妄为紧密相关，司机们毫无心理障碍地逆行、并线、突然掉头，他们甚至把繁华马路的一个车道当成停车场。

我很快觉得疲倦，我不能总是亢奋着，听人们谈论投资与破产，忍受工地上的尘土。这时，我看到了那个路牌——朱自清旧居。

青砖、木窗、灰瓦，翻修过的两进院落，孤零零、谦逊地坐落在环绕的高楼之中。1923年的春天到秋天，朱自清在温州的浙江第十中学担任国文老师，暂居在这四营堂巷。他也是一颗文学新星，当时中国的文学传统正在发生激烈的变化，他这一代人的挑战是，如何创造一种既通俗又典雅的文体。

旧居如今是一座小型的博物馆，朱自清其实从未在这里住过。原址离此还有一百多米，它是易地重建的产物。对于地方官员来说，它象征着他们保护文化的决心与牺牲。

当地一份报纸以赞叹的口吻写道："最早的方案是建造多层商住楼的，用来建造朱自清旧居后，至少要损失两千多万元的经济效益，但它为温州增添了一个高品位的文化景观，其社会效益是难以估量的。"赞扬声中也暴露了一切，你听得到钱的声音，我们词汇是如此贫乏，一切都是"效益"。

旧居也是现代技术的产物，三百多立方木料、十五万块青砖、十四万块瓦片要拆卸，再原样组装。一些材料腐烂了，订购了很多仿制品。

跨进院落的那一刻，你感到这不是旧居，还是崭新的。窗明，几净，漆亮，散发着不真实感。博物馆里陈列着朱自清的生平，其中一部分讲述他与温州的渊源。我这才意识到，中学课本里读到的名篇《绿》《月朦胧、鸟朦胧、帘卷海棠红》，原来是他在温州写作的。重读挂在墙上的文章片段，太多的形容词，真是甜腻。经过几十年的革命、再造，我早已不能体会这单纯的情绪。

冷清的下午，只我一个游人，隔壁有几个中年女人正私语，她们是无所事事的管理员和她的朋友们。她们的温州话，我一句也听不懂。本地人喜欢说，温州话是中越战争中的密码语言，它的发音奇特，难于破译。也不知她们的谈话是否与高利贷有关。据说这场金钱游戏已渗入当地每个家庭。

在江边，一个带孙子的老人平静地一指远处的高楼说："她就是从那个地方跳下去的。"他说的是一位破产的债务人。金钱给予人平等，出身、阶层、教育都不再重要，你的一百块和他的一百块是一样的；金钱也抹平一切历史，把复杂的社会、文化逻辑简单化、平面化。薄薄的钞票，可以购买一切，却也没有任何厚度。

不管旧居多么缺乏质感，它仍散发出特别的魅力，至少它是安静地试图与往日发生关系。在展览牌上，我还看到朱自清为浙江第十中学撰写的校歌："雁山云影，瓯海潮淙，看钟灵毓秀，桃李葱茏。怀籀亭边勤讲诵，中山精舍坐春风。英奇匡国，作圣启蒙，上下古今一冶，东西学艺攸同。"国家与社会陷入了困境，美与豪情仍在。

从旧居出来，来到瓯江边的码头。那成片的老房子已拆除，在旧照片上，它们绵延不绝，人们穿宅入巷，做饭生火、到江边洗菜、争吵说笑。如今，只剩下宽阔

意外的旅程：从黑河到腾冲

的江滨大道与连成一片的高楼，一排水泥屏风。乘上名叫吉尔达的渡船，只五分钟就到了江心屿。轮渡上有吵闹的游客、谈情的恋人，站在我身旁的老太太要去江心寺念佛。

狭长的江心屿上有黄墙的江心寺和红顶的英国领事馆旧址。还有一东一西两座塔，都建自宋代。西塔是中国式的，有白塔身与一层层的飞檐；东塔却光秃秃的，像一座灯塔，塔顶上长出一棵歪树。当英国人占领这座岛屿时，强拆了这些飞檐。在1884年的"教案"中，温州人焚烧了教堂，惊惧的洋人和他们的中国追随者躲避到了孤岛上。我差点就忘记了，温州也是中国最早的开放口岸之一。

拍摄婚纱照的男女们围绕在领事馆旁。"头再向新郎歪一些""再亲密些""姿势再优雅点"，摄影师喊着。在下一个镜头拍摄前，新娘抱着自己的裙摆走来走去，穿燕尾服的新郎等待着，面带顺从与厌倦。

雨驱赶了新人，天也暗了，江水依旧浑浊，流速加快了，涨潮的时候到了。偶尔，一艘平底货轮经过，发出汽笛声。寺庙的门关闭了，领事馆旧宅的灯亮起来，它被改造成一家叫"国际公馆"的高级餐厅。人均至少要五百元，门口的侍从冷冷地对我说。

游人们坐渡轮回去了，食客们纷纷到来，他们在"国际公馆"里推杯换盏，唱卡拉OK。

我该怎么描述夜晚的江心屿？谢灵运、李白、杜甫甚至文天祥，都到此游历过。一直到朱自清一代，中国文人一直沉醉于山水与月色，在雨后的寺庙里谈禅。但我们已彻底失去了这种心境与能力。古树、流水、绝句、月光、庙宇，这些意象都消失了，取而代之的是高楼、霓虹灯、汽车、玻璃、金属、水泥、市盈率与高利贷。我不知道，该怎么在这个世界里寻找属于它的诗意。

郁达夫的富春江

"你姓赵吗？"我问。她二十岁出头的样子，一张白净的瓜子脸，上面有几粒淡淡的雀斑。

她笑了。她真聪明，立刻明白了我的玩笑之语。我们站在这个安静的院落里。正是夏日的午后，整个小城都在昏睡，空气潮湿而慵懒。院落里还有那座二层木制的小楼，曾是郁达夫的故居。它也是富阳县城仅存的几座老房子之一。在1990年代末的城市改造浪潮里，灰砖、吊梁、天井、窄巷的旧痕迹被铲平了，取而代之的是水泥、马赛克、蓝色有机玻璃的楼房与马路。这刻意保存下的故居，也不是往日的模样，它修缮一新，漆色浓酽，也是游人必经之地。

房间里悬挂了郁达夫的画像、他与兄弟们的合影，玻璃橱窗里陈列着他各种版本的书籍、与鲁迅的通信、他临死前的照片——苍老、颓废，唇上是浓密的胡须。我还意外发现了一张烈士证书，由民政部在 1983 年颁发："郁达夫同志在抗日战争中壮烈牺牲，经批准为革命烈士，特发此证，以兹褒扬。"

郁达夫成了一名同志了吗？我知道他死于日本人的枪下，那真是令人悲痛、惋惜的一刻。他从中国逃离到吉隆坡、新加坡，在苏门答腊落脚，最终却未逃劫难，而东京在此前一个月已宣布了投降。

他的死亡，即使加上 1920—1930 年代的左联经历，他就可以被称作"同志"了吗？在我心中，他永远是那个感伤、浓烈、放纵、焦虑的浪荡子，酒气、精液、热血混杂一处。他沉浸在个人的希望与幻灭中，哪有兴致加入一致的、集体的、分不出个人面貌的"同志大合唱"。

我还记得多年前读到《沉沦》的感受。它曾让我激动难耐，那里面有形态、色彩、味道，难以言传的诱惑。是不是我们都曾瘦弱矮小，都会羞涩无言，因为对现实倍感无力，所以要在想象力与语言中自我放纵？女人的肉体与深情，是自我发现的最重要的途径。我没有到过冬夜的日本，却能想象一个中国留学生的落魄、哀伤与愤怒，他满口酒气，涨红着脸，冲进妓馆，带着难言的兴奋与悔恨。我记得他对女人常用的形容——"高壮肥白的美妇"。

不过，在钟爱上"高壮肥白的美妇"前，他的情窦是由一位纤弱的少女打开的。那是晚清崩溃前的富阳城，十四岁的郁达夫还前额剃光、脑后留着辫子，不过，他读的已是新式学堂。科举制度被永久废除了，四书五经更丧失了魅力，洋学堂取代了私塾。而穿着黑斜纹布制服的学堂生，则变成了众人瞩目的中心。古老的中国正进行着激烈的新陈代谢，它要抛掉旧时代，拥抱新世界，重新建立自己的身份。

在洋学堂里，郁达夫和同学们操着江南口音说英语，想知道有没有外文的《三字经》和《百家姓》。他们也开始谈论异性。县城里三位美丽、时髦的少女，让所有的男孩子痴迷，她们家境富有，穿梭在县城与上海之间，带来了新世界的时髦，是新女性的象征。郁达夫致命地迷上了其中的赵家小姐，她"皮色实在细白不过，脸型是瓜子脸"，性格开朗可人，拖一条长长的辫子。

两年里，她令郁达夫着迷不已，只要一想起她都不免头昏眼热。他为羞涩、自卑所困，这压抑也催生了更多欲望。

直到学堂结业、要前往杭州求学前，少年人才有机会抒发自己。一个冬日的夜晚，借着送别会上的酒劲，他又来到赵家。只她一人，在一盏洋灯前练字。他走到她身后，吹灭了灯。"月光如潮水似的浸满了这一座朝南向的大厅，她于一声高叫之后，马上就把头朝了转来，"将近三十年后，郁达夫写道，"我在月光里看见了她那张大理石似的嫩脸，和黑水晶似的眼睛，觉得怎样也熬忍不住了，顺势就伸出了两只手去，捏住了她的手臂"。两个人就在月光下，一言不发，看看彼此，看看月亮，直到她的母亲归来，方打破这奇特、深沉而陶醉的感觉。

自从中学时读到这篇《水样的春愁》，赵家小姐就留在了我心里。如今，我到了郁达夫的故居，看到了他写了又写的富春江，只要沿江走上五分钟，就到了当年的新学堂旧址，它已改成一所小学。赵家小姐的大厅在哪里，赵家小姐魂归了何方？

院落里的瓜子脸姑娘不姓赵。大学毕业后，她被分配到文化局，郁达夫故居是她的工作范围。不过，她熟悉这段往事。"应该在不远的地方吧，可惜老房子都拆了。"她说话时也带着微笑。可惜，我不知道她的故事，她被谁等待。

"噢，郁达夫，我知道。"在夜晚的恩波桥旁，算命师傅认真地说。

他穿中式的对襟褂，脸颊凹陷，鼻梁上架一副金边眼镜，眼睛小而窄。语速奇快、成串涌出的富阳话，让我似懂非懂。我们围坐在矮凳前，我的左手摊在他的眼前，他用扇子指着掌心的纹路，提醒我命犯桃花，明年冲太岁，务必不能向东行……我将信将疑，却也不知道怎么确认或是反驳。

他说这算命的手艺是外公传下来的，他已练习了二十年。他从不为了钱财而说吉利话，他有自己的原则，他从事的是某种"科学"。他的客人遍布全国，从广州到沈阳，一些人专程赶来，一些人则邀请他远游去看风水。夜色中，他的话飘忽不定。除去我的命运，我们还谈了别的。他说毛主席精通奇门遁甲，全因此，他才逃过第五次反"围剿"；他还说黄公望的卦术惊人——我想起来了，在漫长的一生中，黄公望的确常靠算卦为生，不知他说了多少的谎话、

　　　　　　　　　　意外的旅程：从黑河到腾冲

做了多少人生的预测，是不是对人世变故的了解，让他画出了那缥缈的山水？

即使我对算命先生的博学做了足够的预期，也没想到他这样说起郁达夫，这个至少和黄公望同样著名的同乡："他是个下流派作家。"

九十年前，他的确被很多人这样辱骂过。那个中国，仍旧在争论寡妇是否要守节、要不要接受包办的婚姻，但郁达夫那么赤裸裸地表达出自己的欲望，他渴望丰满的肉体、性的欢乐，他在乎个人的感受与欲望，远甚于民族与时代的困境。他触动了年轻人的心，或许是错误地触动了，还因为他把个人的压抑与时代的压抑，联系到了一起，他在偷看日本女人洗澡时，却愤恨地喊出了"中国呀中国，你怎么不富强起来"。但他所有的欲望，又同时被他包裹在矜持、简约的文字风格里，他永远的天真则让所有欲望都显得并不恼人。

我该怎么反驳算命师傅呢？还是，由他去吧。我和同伴去富春江畔，说服一对渔家夫妇载我们在黑乎乎的江面上游荡一周。自由、率性的水边生活早没有了，如果被警察碰到，这算是违法的营生。我真爱这江面，宽阔、平静、迷蒙，一如它的名字，富有春意。可惜，江岸边都是林立的高楼，霓虹灯牌闪烁不停。江南从来是富庶之地。也像一百年前一样，富庶仍牢牢吸引着这里的年轻人，富庶里却缺了些什么。街头的少年人，依旧嬉闹，玩弄着手中的手机。他们很难知道"压抑"与"羞涩"的滋味，他们在马路旁一家接一家店铺的明亮灯光下成长，随时把自己小小的焦虑与思念发给同伴，寻求即刻的慰藉。

富春江的魅力也不如从前了，黄公望、严子陵的故事，还有多少人谈起？在夜色江畔的招牌中，最明亮的一个叫"塞纳河咖啡"……

寻
访

小镇青年贾樟柯

一

　　宁竟同对于那段闲散的时光记忆犹新。作为赵树理文学院作家班的一名学员，他对自己的文学道路憧憬不已，他已经在《山西文学》上发表了两篇小说，使用的是"西波"这一笔名。这是 1990 年春天的太原市，在每个傍晚，他和他的年龄各异的同学们从食堂散步回招待所，他们无所事事，也无所不谈。他记得那个"腼腆、羞涩"的小个子同学，总是穿着大头皮鞋和一件宽大的牛仔裤，似乎"总善于让自己带有艺术家气质"，这个同学也发表了一篇短篇小说《太阳挂在树杈上》，技巧明显稚嫩。

宁竟同坐在北京石景山区一家每位十八元的自助火锅店里，回忆起十六年前的太原时光。他穿着一件有点皱巴巴的白衬衫，将打了一个生鸡蛋的啤酒一饮而尽，在我们之间，隔着一桌子看起来不那么新鲜的羊肉、白菜与土豆片，那台布满油腻腻灰尘的立式空调发出的噪声一直没有减弱过。我们的谈话进行得比预料的更愉快，尤其预先设定的主题——那个"腼腆、羞涩"的小伙子——转变为文学理想和命运安排时，气氛更热烈起来。

宁竟同如今是一名不太成功的编剧、一个丈夫和一个孩子的父亲，住在火锅店附近一套租来的公寓里，他在不同的剧组间游荡，在自己无法左右的剧情上删来改去，等待有朝一日成为著名的编剧，以使家庭的生活更为稳固。

过去十六年的生活颠簸不平，造化弄人。他原本清晰可见的作家梦在1990年夏天时遭遇了意外的打击，之后很长的时间里，他回到了少年时代流浪在山东、山西时的老本行，成了一名装修工人。他在2000年前后来到了北京。他的文学梦看来已经破灭，1990年代的社会气息与1980年代已完全不同，文学不再是时代中心，那些在《人民文学》《收获》上发表一篇小说就名满天下的日子一去不复返了。所以，在意外地摆脱那个装修工人的生活后，他开始为一家个体出版商工作。这些风起云涌的个体出版商，是1992年开始的全民经商热潮的一部分，一些昔日的诗人与小说家也加入了这个行列，他们既为了摆脱物质的困顿，也期待或许可以满足自己的梦想——出版自己喜欢的书。宁竟同为之工作的出版机构创办人是简宁，在1980年代他是一名热情洋溢的诗人，以性格豪爽和具有理论素养著称。他和他的作家朋友莫言共同创办这家出版机构的目的很单纯——"出版朋友的诗歌与小说"。宁竟同的第一项工作是为"贾樟柯电影"丛书做编辑。

于是，在2003年的夏天，宁竟同再次见到了赵树理文学院的那个小个子同学，十三年前稚气的文艺青年，如今是中国最著名的青年导演，是"亚洲电影闪电般耀眼的希望之光"。宁竟同吃惊地发现，后者已变得如此成熟、自信，在坐满了年长的哲学教授、诗人与艺术家的饭桌上，刚过三十岁的贾樟柯毫不羞涩地发表对政治、社会与艺术的看法。

我和宁竟同的火锅席间的谈话，是以一篇他在十年前写的关于命运的小说结束的，尽管我们四周坐了赤裸上身、被啤酒弄得面红耳赤、情绪激动的大汉，但我还是被拽入了小说浓重的宿命色彩中。

宁竞同是我在 2006 年夏天一连串采访中的一个，我想写一篇贾樟柯的文章，他们是他的童年玩伴、同学、合作伙伴。但是，在每一次接触后，我的头脑中总是闪现出博尔赫斯那篇小说的名字《小径分岔的花园》，在人生的某些横截面，他们似乎都站在同一个起点，在短暂的相伴之后，他们的轨道变得如此不同，一些人继续向前，大多数人则被甩出了轨道。在他们身后，则是中国社会在过去三十年的激烈转变，我们昨天还信奉的铁律，到今天就一文不值，人们在颤动之中，拼命却经常徒劳地抓住他们认定是确实的东西。

二

　　我对于贾樟柯所知甚少，大约是七年前，我在《天涯》杂志读到他的同学顾峥回忆他们的"青年电影实验小组"的文章，忘记了细节，却被其中弥漫的年轻人倔强的努力的情绪深深打动。在一位昔日同事的家里，我断断续续看了《站台》，我感受到其中的情绪，却没有得到期待的打动。我猜这多少与我对所谓的新生代导演的排斥有关，在 1990 年代兴起的年轻电影导演中，他们的姿态感过分鲜明，他们借鉴了太多所谓的前卫元素，拍摄的主题则不是摇滚青年就是同性恋——他们总处于边缘，他们为了反叛而反叛，而不知道自己到底需要什么。在很长的一段时间里，我甚至不知道贾樟柯与这一潮流有什么区别。我成长在一个过分迷恋文字的传统里，对于镜头到底能表达什么充满着不信任。

这也与我的经历有关，我的童年从乡村到军队大院，那是两个各自封闭的世界。我的路径是书本上所描绘的知识分子式的，甚至是纯粹西方意义上的，读书、进入名校、一心要成为社会的金字塔顶端，每一个阶段的过渡都是过分平稳的，没有暂时的卡壳，也没有无所事事的游荡。在很长的一段时间里，我对于自己的未来充满了信心，中国正不可逆转地进入一个全球时代，我和纽约、伦敦、东京的青年都处于同一个起跑线，我们分享同样的人类文明，并将共同创造新的奇迹。那时，我很少受身份认同所困，这反映在我的写作和谈话中，我毫无障碍地引用了埃德蒙·伯克或是伯特兰·罗素的字句，相信我在精神上正和他们是同代人。这给予了我知识上的庞杂结构，却也令我经常陷入一种无根基所带来的虚幻之中。我是在书本上成长起来的，所以每当脱离书本时，现实给我带来的总是困感与不安。我了解罗素在 1922 年所描绘的中国人，但这与 2006 年的中国人有什么关系？我知道伯克所分析的法国大革命，这能帮助我看清今天中国社会的变化吗？

随着年龄日增，我对自己日渐不满，我经过了训练，掌握了技巧，却不知道该表达什么，什么是我写作的母题？即使我再熟练地谈论美国人、英国人、法国人、德国人的历史与思想，看起来，我也不过为他们增加了新的注脚。我渴望自己的独特声音，我想知道什么才是我内心的真正源泉，能够驱动我一直向前。

人的思想成长总是充斥着被打断，并以意外的方式重新组合。在我的头脑充满不安时，在奈保尔、林语堂之后，贾樟柯出人意料地闯了进来。出生在加勒比海上狭小的特立尼达的奈保尔，一生纠缠在他对于自己的祖国印度的辽阔与复杂的渴望之中，这种渴望又经常被现实的混乱与丑陋所震惊。而出生于福建传教士家庭的林语堂一直到二十多岁，才听说孟姜女哭长城的传说，他感到愤怒，因为自己"被骗去的民族遗产"，他记得自己"在童年已经知道约书亚的角声曾吹倒了耶利哥城"，却发现"任何洗衣工都比我更熟悉三国时代的男女英雄故事"之后，开始了对中国的探索之旅。他们讲述的都是一个追寻的故事，最终发现，他们与国家甜蜜或紧张的关系，是他们的情感与创造力的源泉。

但是，我不能假装与孟姜女哭长城的传说是多么亲近，我读了林语堂的大部分作品，并延伸阅读了钱穆，甚至前往了他的家乡——无锡的七房桥，钱穆将之美化成中国传统价值观的代表。或许林语堂和钱穆描绘的中国，都是真实的，但至少是在表面上看起来，它的确不再和我有那么清晰的关联。

在漫长的智力成熟期，我总是期望生活在另一个时代、另一个空间，那是1960年代的伯克利，1920年代的巴黎，1914年之前的茨威格的"昨日的世界"，或者干脆是巴纳耶夫所回忆的那个"群星灿烂的年代"，那都是人类情感与智性的青春时代，年轻人通过音乐、绘画、小说、政治、诗歌、建筑甚至暴力探索一个新世界，他们拥有想象力和勃勃雄心。

总而言之，我生活在一个借来的时空里，认定那样的情感与智力生活，才是值得吸收与挥霍的。但借来的时空或许充满新鲜和振奋人心，却似乎注定像人造阳光一样，难以制造真正的光合作用。

他说对于中国迅速的变迁而言，他的"摄像机镜头记录得实在太慢了"

三

像很多人一样，我是因为贾樟柯迅速获取的罕见声誉对他产生好奇。自1997年的《小武》以来，他的每一部电影似乎都获得了国际性的认可。他出生于1970年，即使放在世界范围内，都是这一代人中最有成就的艺术家之一。

但更进一步地了解的欲望，却不是通过他的电影，而是来自他个人。我第一次见到他是在2005年初，我们被相互介绍给对方，却只是握了手，好像什么也没有说。第二次则是在上海，在酒店的柜台前，我们一起等待登记入住，他和我的同事小晏随意地聊天，诚恳而真实。再然后，我们邀请他为杂志写文章，他的语言比编辑们估计的要有魅力得多，他像一个作家在写作，却比大多数作家要诚实。在东四环的一间餐厅里，我还发现他拥有谈话的天赋。那天，他刚刚从重庆市的奉节县城归来，他的新电影《三峡好人》是在那里展开的。

"我们不要再说中国仍处于转型之中，我觉得转型已经完成。"我对他的这一句记忆犹新，他谈到了刚刚的拍片经历，他看到一个七十多岁的老人没有赶上拆迁分房子的末班车，住在桥洞下，就像家乡煤矿已被既得利益者垄断，它们似乎都预示着中国社会转型的结束，资源的分配已成定局。他谈到了一心想推销一切的少年，记得奉节人不是问"你做什么工作"，而是"你讨什么活路"，在为基本生活所困的奉节，生活在其中的人们却展现出了一种令人赞叹的生命力。

他说对于中国迅速的变迁而言，他的"摄影机镜头记录得实在太慢了"。他回忆起十年的电影生涯，并按照它们所试图捕捉的时代情绪，而排列在一起。《站台》，它讲述从1979年到1990年代，一个县城里一群年轻人的生活。《小武》，它讲述在1990年代后期，社会变革波及基层社会之后，一个人面对身份重新定位时的一个矛盾。第三部是《任逍遥》，它讲的是一个依赖能源生存、却面临资源枯竭的城市的生存状态。到《世界》的时候，把摄像机对准了一个充满了复制的世界公园，它就像是今天的中国，它是一个由赝品构造的埃菲尔铁塔、金字塔、银座的世界，人们在其中行走、交谈与相恋……

尽管他说自己已没有昔日的因对于未来的憧憬而伴随的激情，但是他的谈话仍是如此富有魅力，他的语音平稳，节奏不缓慢也不急迫，最为引人注目的是他从不放弃的个人角度，他总是在谈论他自己正在思考的、想象的，对于正在发生的历史的质疑，不管他是否拥有成熟的结论，或者是否拥有前后一致的逻辑，他真挚地表达出了自己的困惑。

没什么比他在思考上所展现出的真诚更动人的了。他充满热情地去探讨，在旧价值观迅速被颠覆和抽空，而新的元素则相互扭曲地拥挤进入时，人们头脑中与内心中既空洞又杂乱的状态到底是怎样的。这是另一个中国的故事，它不在北京、上海的五星级酒店里，不在新建的高楼大厦里、宽阔的公路上，也无关庞大的市场里令人惊讶的劳动力储备，而是人们在这个价值失衡的社会里的内心焦灼。

我被他的谈话深深触动了。我突然惊异地发现，尽管面对着人类历史上规模最为浩大的社会变革，绝大多数中国知识分子与艺术家却表现得无动于衷。我当然也是其中之一，尽管一心要生活在一个更波澜壮阔的年代，但是却对身边的深远变化视而不见：几亿人从乡村搬入城市；昨天还生动有力的思想到今天已变得僵化不堪；先前所有人都谈论政治，现在所有人都在谈论金钱；昨天人们还只是在电视上看到美国人、欧洲人这样生活，今天已身在东京、巴黎和纽约；一些人突然变得无比富有，而另一些人则沦为赤贫，财富在增加，不平等似乎增加得更快……生活在其中的中国人，是如何作出应对的？他们外表看起来千篇一律，内心却可能跌宕起伏。一个个个体的故事，或许没有一眼可知的英雄主义与诗意的场景，却以另一种方式传达了人的希望与尊严……

<h1 style="text-align:center">四</h1>

我找来贾樟柯的电影、关于他的文字记载，和与他相识的人交谈，甚至专门前往了他在镜头下拍摄了很多遍的汾阳县城。

这种最初对一个青年导演的好奇心，很快就拓展成为对一代人的兴趣。这一代人与我年龄相仿，却从属于不同的空间，他们不属于我熟悉的烟雾弥漫的咖啡馆、图书馆与互联网所构成的城市知识青年的世界，而是一种"混合了压抑和梦想""发展的冲动和失落的恐惧"的小镇经验。支持他们不断向前或者后退的力量，不是外省青年的野心，而是与生存现状的搏斗，他们要在不断变化的潮流中，确保自己的生存空间。

我记得在汾阳的奇特经历。这座小城总是被各种声音包围着，除去喇叭里的音乐声，还有卡车、小轿车、摩托车的发动机声，建筑工地的打桩声，它们入侵你的耳朵、头脑，让你无处可躲。与噪声相伴的是永远无法消退的尘土。在关上了车窗的汽车里，闭了门的酒店房间里，废旧的电影院里，都躲避不了。人们在尘土里、噪声里呼吸、行走、交谈，相爱、迷惘……

《小武》在1997年冬天汾阳的西关集贸市场开拍时，这座超过两千年历史的古城正进入它第一轮的拆城高潮。人们准备进入新时代，所有一切昔日的痕迹都在扫清。古城墙已被拆除，城市中的老建筑则被一点点铲平。此刻，汾阳的国有企业大多已经倒闭，人们拆除了旧世界，却不知道新世界在哪里。

九年之后，汾阳仍在修建道路与新的楼房，但是在商业区我们看到的不是一个生气勃勃的新市镇，而是一个充满仿制品与过分喧闹的破落小镇，拥有和中国所有小镇千篇一律的形式。炼制焦炭已是城市重要的经济来源之一。在过去的五年中，能源的紧缺给整个山西带来崭新的机会，煤炭的价格突然上涨好几倍，那是中国经济车轮高消耗能源的结果。"每一篮子拉出来的不是煤而是人民币"，一位本地人既感慨了财富的到来也感慨了污染的严重，

"开车进去时你是欧洲人，出来时，你就是非洲人"。那些曾经不显眼的小城，突然涌现出大量的百万富翁、千万富翁甚至亿万富翁。在过去的几年中，山西有点像是发现了金矿的1850年代的加利福尼亚。

像很多小城一样，汾阳总是被这种突然到来的潮流所裹挟，一些时候是幸运的，更多时候它则是迷惘的。墙上的"文革"标语还未消退，淘金热潮就已到来。

在汾州大酒店的广场上，我在等待安群雁的到来。像所有北方城市的大排档一样，空气被熟食的味道和流行歌曲占据着。安群雁是一个有着十四年婚龄的丈夫，十三岁孩子的父亲，建设银行汾阳市宏达储蓄所的所长，住一套一百零五平方米的房子，对于每个月两千元的收入还算满意。他的浅蓝色衬衫没有规矩地勒进皮带里，而是散落在外面，上面有一两点污迹，衬衫里面是一件白色T恤衫。他握手有力，笑容灿烂，像是多年未见的邻家憨厚大哥。在《小武》中，他扮演一位药房老板。

他谈起来他们小时共同玩耍的经历。他们午后在电线杆下听《杨家将》的评书，他将此生唯一参演的电影称作"社会思考片"，因为他身边的人很长时间都不相信"这也是一部电影"，因为它看起来就和"每天的生活没什么两样"。这也是最初观看《小武》的人中大多数人的看法。"在那个时候,"贾樟柯后来对我说,"好像电影必须是演戏,一个县长早晨起床,喝橙汁、往面包上涂黄油"。

比起安群雁对于参与这部获奖无数的电影的兴奋,郝鸿健则显得冷静得近乎冷漠。他们两个都是贾樟柯整个少年时期的玩伴,在一起奔跑打闹的日子里,他们称自己是"三剑客"。郝鸿建黝黑、瘦弱,有严重的腰椎间盘突出症,他现在是一个派出所的指导员。在回忆他在其中扮演了一位本地暴发户的《小武》时,他出人意料地说,"一点都不真实,《小武》是闹着玩的",仿佛他毫不在意过往的经历。他坐了一会就离去了,他的孩子生病了。他和安群雁都是在贾樟柯考入电影学院的1993年结的婚,孩子都超过了十岁。

在整个山西的行程中,丁三都是我的同行者,我们在不知名的小巷里闲逛,那些破旧的砖墙、午后的静谧,是小城少见的诗意的角落与时刻,我们路过了电影院与发廊,这里的录像厅在二十年前一部接一部地播放着《英雄本色》《喋血双雄》之类的武打电影,传出了从邓丽君到罗大佑的歌声,它们影响了整整一代中国青年。

丁三的本名是林晓寒,1974年出生于福建沿海的一个小乡村，他说他的家乡以"儒家礼教"和"生存条件恶劣"著称。他是个叛逆的孩子，熟读《史记》与陶渊明，最爱Beyond的那句歌词"原谅我这一生不羁放纵爱自由"。他没有上过大学，在福建省的图书馆阅读中国典籍与马克思政论文章进行自我教育。在1990年代初期，他像很多外省的文艺青年一样，在人民大学周围游荡，和人谈论政治，寻觅漂亮的姑娘。后来，他做了四年生意，取得过短暂成功并以惨败收尾，最终回到他最擅长的写作领域。我是通过他的第一本书《蓝衣社碎片》认识他的。这本描绘了一群试图拯救民族却最终变成特务组织的年轻人的光荣与悲剧的作品，像是他的个人情怀与雄心的流露。在很多时刻，他让我想起了胡宗南、戴笠的年轻时代，他们来自国家的边缘地区，却向往荣耀的中心，他们拥有才华与情怀，却缺乏顺畅的表达途径。

尽管，他度过少年岁月的福州与汾阳截然不同，但是他却对于时代潮流和个人命运的关系体会尤深。我们都相信，我们这一代人是在叠加与压缩式的体验中成长的，我们既匮乏，又丰富，在貌似多元的选择之下，是选择的单一化的程度在加剧。我们的父辈或许有着更险恶的物质与精神条件，但是意识形态给予了他们一种面对世界的稳定感。但是，自我们一出生，就是这些稳固消退与动摇的时刻，它真像是马克思在《共产党宣言》中发出的感慨："一切……固定的东西都烟消云散了。"像所有世代一样，我们这一代人由形形色色的人构成，但我们可能比之前的世代更被形形色色的思想所左右，前现代与后现代被轻易地被嫁接在一起，封建主义、共产主义与资本主义息息共存，新技术与古老习俗并不排斥……我们是商人，是公务员，是写字楼里的白领，建筑工地上的木匠，田里的农民，流水线上的工人，街头小贩……但是我们分享了至少一种同样的感受——迷惘，似乎总是在一觉醒来，外部世界就改变了，我们总是难以构建一个明确的价值观。长期封闭后的中国，正又赶上了全球价值观的混乱，它们相互影响，共同作用到我们身上。

贾樟柯比我们这一代人中任何一位都更准确和勇敢地把握了这种情绪。在观看他的电影时，我总是忍不住想起斯泰因对海明威所说的那句话："你们都是迷惘的一代。"在汾阳大排档里的小武的迷惘，与在巴黎酒馆里的海明威的迷惘，它们都是迷惘，在本质上并没有什么不同，就像贾樟柯形容他成长的感受："北京是放大的汾阳，而巴黎则是另一种意义上的北京。"岁月很容易令人忘却最初实验者的勇敢，如今我们习惯了青年导演用纪录片式的手法拍摄中国，但倘若没有《小武》的尝试，谁会真的想到我们司空见惯的广告牌林立的街头、荒凉的车站和我们身边沉闷的朋友，会成为电影的主题？那些无序和迷惘，也理应被忠实地表现出来。

五

"他总是想把剧本写成本溪的王家卫。"顾铮如今是中央戏剧学院的一名年轻教师，他这样谈起班里的一个学生，后者似乎不相信自己的生活。我是在一个下午，在中戏旁南锣鼓巷里的一家咖啡馆见到他，三十一岁的他看起来仍像个羞涩的少年，书卷气十足，喝加了冰的可乐。在北京电影学院时，他是贾樟柯的同班同学，在最初的几部电影里，他一直是副导演。在那篇有着青春特有的动人的文章《让我们一起拍部电影吧》里，他回忆起"青年实验电影小组"成立的过程。

在一个星期三的夜晚，他和贾樟柯与王宏伟在观看了两部印象早已模糊的电影之后，感到异常的愤怒。这是积郁了很久的情绪，几年前他们还为陈凯歌的《黄土地》而心醉不已，但如今陈凯歌与张艺谋制造的异国风情与绚丽多姿已成为套路，主要的导演都加入了仿效的行列，其中充满了虚伪和矫情。借着几瓶啤酒，他们三个人在宿舍楼的防火梯上谈了一夜，情绪莫名地亢奋，他记得贾樟柯的谈话里多了很多山西腔，不停地在说："不能让这帮人瞎搞了，咱得弄点儿实在的东西，得发言，得拍点实在的东西。"而王宏伟则干脆摔了一个啤酒瓶："不管，就是要拍。"这个夜晚的冲动，后来成了中国文化史上难以忽略的一笔。

和王宏伟一样，顾峥不愿意回忆过去。一方面，它已经被回忆得够多了，伴随着贾樟柯声誉的攀升，昔日年轻人的举动被赋予了过多的色彩；而另一方面，在亲密的合作之后，他们的轨迹早已不同。除去教书，顾峥也会给电视剧写剧本。他的学生偶尔会问起他《小山回家》《小武》的拍摄，不过他发现，他们不是真的对此感兴趣，而是因为"贾樟柯已变得很有名"。

他相信贾樟柯有柏拉图所说的"政治家"式的能力，政治人物可以"通过编造情节影响普通人"，而贾樟柯则善于"编造情节使他的电影富有历史意义"。他在第一次看到《小武》的剧本时，就产生了类似的感受，尽管他来自大城市上海，拥有一个从小就给他看《切·格瓦拉传》、陀思妥耶夫斯基的哥哥，但他还是轻易地嗅到了小镇青年的故事："突然之间，一个人的外部世界全部变了……我们都有过类似的感受。"

在北京现代城的电影院里，我见到了王宏伟。他是那个电影里总也找不准节奏的小武，据说他在现实生活中也总是慢半拍。他来自安阳，那个比汾阳大一些却在形态上差不多的城市。那天，他穿着肥大的短裤，脸上总挂着无精打采的神情。他说他"不善于总结别人，更不善于总结自己"。他正忙于自己的一个新纪录片，讲述一个收割队的生活，几百辆收割机浩浩荡荡从山东开到河南，他在讲起这个场景时，眼睛里流露出少见的光芒。

他不久前从奉节归来，在《三峡好人》里，他客串一个角色。但很显然，他真正期待的是拍出自己的片子，就像他说的"你不能期待别人会怎样，你应该期待自己"。

作为昔日的同学和长期的合作者，他们都相信贾樟柯还有一种过人的能力，他总是从一开始就知道自己手中拥有什么样的工具，并如何使这些工具的作用发挥到最大化。赵涛是这一连串访问的最后一位。她甚至比屏幕上更朴素。安群雁是贾樟柯的童年伙伴，宁竟同目睹了贾樟柯

意外的旅程：从黑河到腾冲

前途茫茫时的文艺青年时期的片段，顾峥与王宏伟和贾樟柯一起尝试了电影的新形态，而赵涛则是贾樟柯日渐成熟的电影探索的合作伙伴，从《站台》到《世界》到刚刚结束的《三峡好人》，她一直是女主角。

在那个有点闷热的下午，她喝着柠檬茶给我讲述了她的经历。令人惊奇的是，我丝毫不记得她怎样看待贾樟柯，却记得她描绘的奉节的生动景象。她说菜市场旁的石板路上，常年流着污水，特别臭，但是一旁就有人吃饭，在卖猪肉的摊位，因为地方太热了嘛，又没有冰柜，猪肉就在案子上摆着，下面就是土路，大车走来走去，猪肉上趴满了苍蝇，然后来了个人买猪肉，卖猪肉的人叼根烟过去，"啪"那么拿起猪肉一扔，"轰"那些苍蝇就飞了……

一直到去年，她还是太原一所舞蹈学校的老师。七年前，还是学生的她曾和昔日的一些同学，前往深圳世界公园做专业的舞蹈演员，她们的生活就和《世界》中一模一样。她记得当时在世界公园旁边有一条街，老师警告她们那条街全是毒贩和妓女，禁止她们过去……七年了，赵涛当年的一些同学还在那儿，她们早已发现那条街其实一点也不危险，但是她们的确已不想，或者不知道脱离持续了七年的生活，在那里跳着和七年前一样的舞蹈，而此刻，中国已有越来越多的人涌向巴黎去看真正的埃菲尔铁塔。赵涛还手舞足蹈地谈起了几天后就要在太原举办的班级聚会。

而我的头脑里一直闪现着深圳的世界公园和太原即将举办的那个小小的班级聚会的景象，这其中该蕴含着多少昨日的希望和今日的失落，青春的欢乐和青春不再的无奈。我突然想起了《世界报》对贾樟柯的一句评价，在翻译成中文后它显得拗口而生涩，却相当传神地把握住了他电影中流淌的气质，而这气质正在赵涛的生活中，或者说我们这一代人的身上："通过摄影机……捕捉到了一种身体之间交流的气息——这种交流所讲述的与社会学和心理学的表述同样关键却大相径庭。他的导演方法表面上看像粗糙的即兴报道，实际上却细致而有效：将主要角色包裹在不断贴近或疏离的运动关系中，充满活力地把人们司空见惯的世俗情感戏剧化。"

六

我从未对一个同代人如此富有兴趣。我采访的方向左右摇摆，最终它既不是对电影文本的解读，尽管电影中经常流露出的诗意让我感慨不已；它也不再是一个杰出人物的成长，尽管我对于他长达三年的孤独和挫折的补考时间印象深刻，他在大雪中骑车度过新年的焦灼与惶恐，是再典型不过的青年艺术家故事中最动人的章节；甚至也不是他对于社会变革的思考，尽管他充满了一个敏感的知识分子的洞见……

它更多地变成了一种探寻，一种对我所生活的时代，我这一代人的情绪，包括对我自己的未来方向的探寻。尽管是缓慢的，但我的确开始试着培养起我对于那一个个活生生的个人的兴趣，试着在一幅壮阔的社会图景中观察他们生活的细节，理解他们的欢乐和悲伤，和那些难以言说的迷惘。

他的电影给了我一种清晰有力的鼓舞，没什么比诚实更有力的武器了，每个人、每个社会，不管它看起来是多么粗糙和平庸，都有着被你忽略的光辉。就像普鲁斯特看到夏尔丹的绘画作品："……之前，我从没意识到在我周围，在我父母的房子里，在未收拾干净的桌子上，在没有铺平的台布的一角，以及在空牡蛎壳旁的刀子上，也有着动人的美的存在。"

对我而言，我越来越承认，我头脑中杂乱的知识体系，是我真实生活的一部分。我这一代注定在种种的矛盾与冲突中成长，内心的困惑是我们生活的一部分。正因如此，我应将这种困惑不加掩饰地表达出来。

无根的丹青

一

"拉萨的马路上全是尿的味道，夜晚时，牦牛就直接睡在路中央，寺庙里飘出酥油香，"陈丹青这样回忆起对西藏的第一印象。

那是 1976 年的秋天，陈丹青二十三岁了。他是个英俊的年轻人，一米七八的修长身材，有一张南方人的清秀面孔，大眼睛、鼻梁挺直。当他笑起来时，有一股少年人的憨厚，头发总是乱蓬蓬的，但在他的朋友中，他以能言善辩著称。在一幅他的朋友所绘的铅笔素描上，他表情严肃而倔强，似乎饱受委屈，随时准备展开一场反击。

在拉萨，他算是借调来的知青画家。他很乐意离开苏北插队的那个小乡村。自从1970年起，他就成为了全国一千六百万"上山下乡"的知识青年中的一员。最初，他被分配到江西，几年后他又跑到了江苏。真实的农村生活，既不像"接受贫下中农再教育"那样激动与高尚，也没有古诗词中描绘到的静谧、诗意。

"每天下工后，我跟在牛后面回来，走在田埂上，天开始黑下来，"他被一种绝望包围，"完了，我到老都得在这个村子里面"。画画是他逃避绝望的方式之一。

他是1968年开始学习油画的，毕业于"行知艺专"的章明炎教他在油漆的大铁皮和水泥墙上画毛主席像。那时，"文化大革命"度过了它最动荡的两年。陈丹青目睹着周围人的命运的戏剧性起伏。当这场"革命"1966年5月爆发时，十三岁的少年感到莫名的兴奋——他们不用上课了。但随即，兴奋转为震惊与苦涩，他的父母成为了被批斗的对象，他看着自己的家被抄，父亲给人摁着头在公共场合批判，而他自己也被孤立起来——"昨天还在和你玩的朋友开始向你吐口水，扔石子"。几个月后，斗争范围扩大了，曾经嘲笑他的家庭也被批斗了。

我不知这幕眼花缭乱的戏剧是否深刻地影响了这个

十三岁少年的内心，令他觉得这世上没什么是稳固可靠的，也没什么值得相信。不过，青春的活力和懵懂或许能暂时消化掉这些悲痛和荒诞。

社会机构被摧毁，日常生活失调，少年们却可能在混乱中寻找到意外的自由。他在街道上无所事事地闲逛，焦急地等待着喉结变粗，用说粗口掩饰自己的胆怯，并随时准备和人打上一架以证明自己。

他旺盛的好奇心也通过某种奇特的方式得到了满足。"红卫兵抄家，反而把以前很难见着的外国小说、画报、画册，给散到社会上来了，"陈丹青说，"我们读民国时期的翻译作品，英美法俄的古典文学，听古典音乐，当时流行傅雷翻译的《艺术哲学》，我看不懂，可是里面有美术史的黑白图片"。

陈丹青的生活是双重的，白天他画毛主席像，夜晚则临摹达·芬奇、米开朗琪罗，还有从垃圾箱里拣来的扑克牌——它的背面印有哈拉莫夫的《意大利女孩》。他还幸运地碰到了一些刻骨铭心的场景，那是 1968 年的春天，他在淮海中路到陕西南路的一段水泥墙上，看到一群正在作画的青年，他们"一字排开，高踞木梯，手握大号油漆刷"，正在涂画一幅巨大的毛泽东油画像。几年后，他认识了这些比他年长几岁的青年，他们叫夏葆元、魏景山、陈逸飞、赖礼庠……他们是上海美专的毕业生，他们厌恶已占据中国艺术主导的苏联现实主义传统，试图在政治与革命题材上，实践对于德加、门采尔、柯勒惠支的理解。

初中毕业后，陈丹青的知青生活在赣南、苏北的农村和上海之间来回转移着。他试着摆脱沮丧的农村生活，他用五十元贿赂南昌一所文艺学校的招生者，却还是失败了，他的艺术天赋偶尔派上过用场，他为江西人民出版社画过三本连环画，还曾为大队办的骨灰盒厂服务过——青松、白鹤、夕阳、落日、兰花，他将这些形象绘在骨灰盒的周边空白处。他最愉快的时刻，还是溜回上海的油画朋友圈子，他和那些美专的学生已经相熟，他们躲在屋子里偷偷听三十三转的古典音乐老唱片，切磋如何打破已成为教条的苏联油画技巧，对于重新开始的全国美展议论纷纷。陈丹青第一次前往北京就缘于1974年的全国美展。怀揣从家里要来的四十块钱，他换了好几次火车才赶到。"第一次上北京就像后来到纽约、到巴黎，走进中国美术馆就像走进卢浮宫，一泡一整天，赖在几幅画前，后面全是人挤着，比现在印象派展览的观众多得多了。"他回忆说。

这种热忱象征了陈丹青对于坐标的渴望。他们是一群散落的种子，凭着本能发芽与结果，能依赖的只是从紧闭的窗帘漏过的几缕阳光。那个时代的中国，既与整个世界割裂开，也埋葬了自己的传统，而陈丹青和他的朋友，则依靠零星寻找到的历史遗迹、相互间的鼓励与影响而成长。青春无所畏惧的生命力、对僵化模式的反抗，还有那个时代特有的对恢宏气势的热爱，激发起他们的想象力与创造力，并以一种错乱而意外的方式爆发。

于是在1976年秋天的西藏，陈丹青看到的是库尔贝、列宾画笔下的风物，是19世纪的法国、俄罗斯的现实主义传统，他也记得朋友魏景山的劝告——不是以素描去陈述对象，而是在对象中看见素描。

他还在拉萨遭遇人生中另一次重大历史事件——毛泽东的去世。这一事件激发他画出了《泪水洒满丰收田》，金黄色的青稞田里、身穿皮袍的藏民正围绕在一个小收音机旁，毛主席去世的消息通过无线电波传来，他们神情悲壮……这幅154cm×235cm的画作成了陈丹青的成名作，它入选了当年的全国美展，挂在令这个年轻人仰慕的中国美术馆里。它给人带来的冲击来自画面的情绪，就像他自己所说的："画工农兵哭，这在当时绝对不可以，可那是哭毛主席……而且美术界欣赏的是悲剧性……"

对于二十三岁的陈丹青来说,画面上的情绪是悲剧的,但在私下,一个时代结束了,等待他的将会是什么?

二

我再次见到陈丹青,已是 2008 年的 5 月,北京初夏的傍晚,干爽宜人。在东三环旁的一个小区里,他领我们进入他的画室——一套两层挑高的单元房。堆在东墙的木制画架框,他在欧洲旅行时购买的雕像,西墙墙上他临摹的委拉斯贵支的名作《宫娥》,老式沙发摆在房间中心,木桌上放着零食与水果,桌上那盆正娇艳盛开的牡丹,一下子让我出了神,它不仅散发香气,还带来了某种气氛,似乎只要沙发上再侧卧一名丰满女子,我就进入了一位19 世纪欧洲艺术家的画室。

房间北面是整面的落地窗,一条铁轨横在窗外不远处,更远一点是这个不断变得更宽、更高、更闪亮、更喧嚣的北京的缩影:国贸中心、建外 SOHO、万达广场、嘉里中心,巨大的荧光广告飘浮在灰尘与夜色中,还有那座在黑夜里像是天外来客的 CCTV 大楼——荷兰建筑师雷姆·库哈

他依旧一脸矜持，扣子系到最上面一个，有点惊慌的表情被定格在镜头面前

斯备受争议的作品。

对于陈丹青来说，这座大楼和遍布在中国城市的新建筑一样，是"急于赶超""一心求新"的心理的典型流露。他将这个传统上溯到19世纪末，从那个时刻起，李鸿章购买德国制造的坚船利炮，孙中山试图将美国共和制引入中国，胡适想创造中国的文艺复兴，而此刻的中国，像是一个舶来观念的试验场，而且结果经常是一个拙劣的仿制品——像是一个小城里穿上西装的青年，似乎时髦，却总是不对劲。

这些言论，也是过去八年的陈丹青给予中国公众的印象——一名机智、犀利、渊博、直接的批评家，语言别致、感受细微的散文作家。事实上，我对他的认识，是从他的写作，而不是他的画作开始的。

我记得2005年春天的一个深夜，我读到那本薄薄的、黄色封面的《陈丹青音乐笔记》。此刻的陈丹青已是个被过度谈论的人物，在杂志封面上，在电视屏幕前，还有互联网之上，他几乎可见头皮的板寸、冷冷的眼神、有点阴柔的英俊，还有那不变的黑色中式褂子，已是此刻中国社会最难忘的形象之一，像是某个民国人物——或是一名刚刚卸了妆的梨园爱好者。我记得书店里长期摆放着那两册一套的白色的《纽约琐记》，还有偶尔增加的新书名《多余的素材》或是《退步集》……我没有购买，一方面，它们变得过分时髦，在一群自认为有想法、有性格的年轻人中，人人都在谈论陈丹青，就像几年前他们谈论王小波一样；另一方面，我对于艺术所知甚少。我模糊地记得他作为画家的标本意义。1980年那组《西藏组画》早已成为中国当代艺术史的开端，在某种程度上它帮助中国人开始重新观察他们熟悉的世界。或许也对于此刻中国艺术家正在获得暴发户式的地位感到嫉妒与不屑吧——他们没有特别的才华与真诚，却在这个视觉主导的时代，获得了过分的关注。所以，我对这个在几乎三十年前暴得大名，然后在纽约销声匿迹，如今又归来的人物，保持着下意识的回避——过去十多年中，有多少人将在异国生活的贫乏经验，贩卖回国内。

但在那个夜晚，阅读这本偶然购买的小书，我却感觉得到自己内心的潮湿。上一次类似的感受，是来自余华的散文集《高潮》，也是他倾听古典音乐的历程。我搞不清曲目的名字，记不住音乐家的名字，更分不清版本，但古典音乐却是生活中重要的一部分。清晨时，它为我清理头脑，沮丧时，我从中获得安慰与鼓舞，而我工作时，它则飘荡在空间里，我知道当我需要一个抒情的结尾时，我该听一段拉赫马尼诺夫。我喜欢余华，是因为他试图在音乐中寻求叙事，在肖斯塔科维奇的旋律和霍桑的句子之间，找到相似的回应，那都是人类心灵的密码。

陈丹青则让我在音乐里听到那些往事与记忆。比起他对于音乐家和音乐会的品评，我更喜欢他对自身境况的描述。我喜欢他那样的语句，"终日作画，音响常开着。一九八九年冬初，时在迟午，纽约第 104 频道古典音乐台正播放肖邦"；或他对第一次听到《拉科齐进行曲》的记忆，那是 1970 年的赣南山中，他用自制的收音机偷听台湾的广播，"因是山野荒村更深人静的偷听，台湾女播音员的款款语调格外柔美"，"柏辽兹管弦乐一声声清亮清亮地奏起来，传过海峡这边"……

比起余华那绵延、曼妙的长句子，陈丹青的措辞像是一截截被折断的小黄瓜，简短、干脆、滴着新鲜的露水，而且有一种读惯了翻译体文字的我不熟悉的白话文味道，像是新文化运动那个年代的某个变种。除去语言的新颖，日后令他备受争议的批评风格也显露出来——即使在最抒情的段落，他强烈的社会意识与政治意识，也从未丢失。

这本书一下子颠覆了我，之前对他的回避，转化成一种敬意。以至于几周后，当我见到他本人时，有一种难以化解的紧张。那是在洪晃主持的一个谈话节目上，在南三环一间由破落舞台搭建的录影棚里，我们围坐在暗色藤椅上。大部分时刻，我们听陈丹青在谈，那时，他辞去清华大学教职的新闻正沸沸扬扬。我对于他当天的谈话内容全无记忆，却记得他是多么地会谈话——流畅、紧凑、选词新鲜而恰当，并且会在适当时刻爆出一两句粗口，仿佛他依旧保持着上海弄堂里的少年意气。

我对他的表现充溢着赞叹与羡慕。"你的语言方式是怎么来的？"节目后，我问他。他一字一顿地说，他有老师，但他现在不想说是谁。但是，我也感到一丝不悦，我猜是因为他身上流露出的某种傲慢——对一个刚见面的年轻人，他似乎懒得多说上几句。几个月后，在另一次人数众多的宴会上，我再次碰到了他，我们在饭店门口相遇，我叫上一声陈老师，他的鼻腔中冒出"哼哼"两声冷笑，我分不清那是什么意思——算是某种招呼，还是他在人群中同样感到不自在？我只觉到他的某种冷，倘若在街头碰到他，我是不好意思拉他去咖啡馆里，去和他谈谈我的焦虑和梦想，指望他给我某种启示的。

我不知道这种小情绪是否影响了我对他的判断。总之，在我印象中，2005年后的陈丹青，变成了一个似乎无所不谈的公众人物。他指责教育的堕落，批评建筑的夸张与无根，他追溯摄影的历史，谈论文艺复兴的内核，分析消费与时尚，还突然开始就鲁迅发表演讲，和人谈论1980年代，他还四处推荐木心的作品——对，这就是他所说的老师，在很多人看来，他将木心放在了后者不匹配的高位上……

至于他个人的绘画，倒是很少有人去追问，人们感兴趣的是他对那价格高涨的艺术市场的意见。他变成了各种观点的生产者。

在照片上，他依旧一脸矜持，扣子系到最上面一个，有点惊慌的表情被定格在镜头面前，仿佛突然在梦中被惊醒，对外界感到格格不入。有那么两年时间，我觉得他说得太多了，太快了，太流畅了，以至于让人怀疑他说的是否真诚，那些观点是严肃的思考，还是一场聪明才智的表演。这种怀疑，或许也是我对于1980年代成名的另一位杰出人物阿城的态度。他和陈丹青等几位经常被形容成那一代最敏锐与智慧的人物，他们的智力与经验似乎可以完成各种事。但我却发现，他们有智慧和感召力，却没兴趣承担起这个时代所需要的更严肃的使命。或许，他们年轻时被各种空洞的口号弄得心力交瘁、遍体鳞伤，以至于怀疑严肃的使命是另一种劫持和欺诈。我不知道这种要求是否是另一种专制，或许在潜意识里，我期待这个社会能够有真正的智力风范与道德勇气，而不仅仅是将自己的生活过好的聪明（或是狡猾）。

陈丹青，仅仅是又一个极度聪明的人吗？还是他的努力中蕴含着些别的东西？

因为这次采访，我开始真正阅读陈丹青。我承认，他的文字让我吃了一惊。不错，这些断断续续的文集中的一些，我已在报纸与杂志上阅读过。不管何种题材，陈丹青总有能力将它表达得与众不同。我记得他在北京鲁迅纪念馆的讲演，他说到鲁迅的脸，"这张脸非常不买账，又非常无所谓，非常酷，又非常慈悲，看上去一脸的清苦、刚直、坦然，骨子里却透着风流和俏皮"，我还对他引用贝托鲁奇所说的"高贵的消极"过目难忘……

而且，我得承认，他对教育、建筑、电影、当代艺术的诸多判断，惊人地准确。他的写作风格也无比鲜明，他拥有强大的直觉，能敏锐地在繁多的表面现象之下，寻找到被人忽视的东西，他的形象思维比逻辑思维强大得多，用铺陈、类比、列举，来取代分析、推理与逻辑……所以，他的文章中，被记住的不是整体结构，或是具体的结论，而是他经常性的灵光一闪，或是格言警句——那里面有戳破窗户纸的畅快。

这种艺术家式的敏锐是他应对如此繁多的话题的主要方法，而他的哲学与思想基础，与其说是来自某种特定的价值观，不如说来自他自称的"常识与记忆"。对于"常识与记忆"的寻找，则耗费了他整整半生，如今仍在这个过程中。

三

1982 年 1 月的场景突然出现在我的脑海里。"严寒，阴霾。我从北京远赴纽约。上海转机一小时，隔窗遥望前来送行的父母和孩子，热泪长流，"陈丹青后来回忆说，"机身缓缓转弯趋向跑道，螺旋桨启动的飓风刮得机坪草丛成片倒伏，庞大的机翼掠过一群正在列队操练的士兵，军衣阵营在风中抖动翻飞，望之壮观而萧条……"

那时的陈丹青二十九岁，他刚刚迎来了人生第一个真正的高峰。他在毛泽东时代结束时朦胧地感到的希望，不仅成真，而且将他推到了一条眼花缭乱的快速通道上。

1978 年，他进入了中央美术学院。经过长时期的压抑之后，中国的政治、社会、文化变革也突然纠结在一起，一同爆发了。

邓小平复出，十一届三中全会，中美建交，《今天》创刊，首都机场的裸体画，星星画展，伤痕文学……而陈丹青和所有的年轻人一样，被青春的躁动、对艺术与自由的渴望，弄得兴奋异常。他依旧留着长发，尽管已二十五岁，结了婚，但仍是班里年纪最小的一位，脸上还有着青春痘的痕迹。食堂提供的白菜、米饭，不能给他们足够的营养，他们总觉得饥饿，却不妨碍他们声嘶力竭地辩论与争吵——中国的这一切变化，意味着什么？

在陈丹青自己的描述里，他是个典型的愤怒青年，在全班开会发言时，因为年纪小，他总是排到最后一个，"讲一些我就不知道怎么再往下讲了，然后就骂人，然后就哭，就这样"。他的叛逆气质没怎么变，当星星画展的曲磊磊、钟阿城来到中央美术学院时，他在这些"野路子"身上，找到了更多的精神契合。

不过，这不妨碍他在主流中获取到足够的认可。那幅《泪水洒满丰收田》，是 1977 年全国美展的参展作品，帮助他进入了中央美术学院。1980 年时，他再次前往西藏，经费则来自学校特批。

距离上一次进藏，已经四年过去了，陈丹青更成熟了，眼界也更开阔了，也画了更多，但他的方向没有改变——他仍在努力地模仿，在寻找他者的眼光。上一次在拉萨，他看到的是苏联现实主义的景象，希望自己画得像苏里科夫；而这一次，他依旧在试图模仿，他希望画得像法国现实主义，之前不久，法国乡村画展带给他至深影响，于是他希望画出米勒眼中的西藏。

拉萨的半年时光，他画出了《西藏组画》。当时的他无法意识到，这组画将可能吞噬他，把一个具体的陈丹青，变成一个抽象的陈丹青——人们围绕着他，支持、反对、喋喋不休地争论。对于美术，我所知甚少，时至今日，我也从未看过《西藏组画》的原作，而且倘若你对中国美术史缺乏理解，对于1980年代初的中国气氛没有具体的印象的话，似乎也很难理解它引发的狂潮。

那是个中国人热烈地重新寻找自己的过程，多年以来，他们被捆缚在一种单调的词汇、情感、颜色之中，他们渴望一种新的语言与感受力。不管这种表达来自何处，只要它与之前不同，那么它就可能引起广泛的争议，不管它是邓丽君的靡靡之音，萨特的"他人即地狱"，还是街头的红裙子……人们急于告别一个旧时代，用各种方式来寻找新时代，于是，人们在陈丹青的《西藏组画》中发现了新时代——尽管他借用的是19世纪的法国眼睛，但在那个年代，只要它不是革命年代的色彩与形象，它就意味着崭新的、值得被不断欢呼的。

不管是主动还是被动，陈丹青错过了那个喧嚣的1980年代，尽管他的画作被视作那个年代的主要标志。他孤身一人来到纽约，怀抱着他自认的简单理想：去各个美术馆，去看原作。伴随终身的自省意识那时或许已很强烈。"这一切刚开始，就觉得《西藏组画》是个习作……先得出去看看。"他后来说。

这是第二次被甩到一个陌生的环境中了。上一次，他从上海被扔到了江西南部的山中，饱受水土不服的煎熬，不知是否还能回到上海。而这一次，他则进入了一个陌生之地，他从未离开过中国，对纽约一无所知，几乎不懂英语，所有熟悉的关系网络都消失了，他在国内突然获得的声名毫无用处，他像一颗水珠滴落到纽约的大海中。

"像是一种流亡之感，"他对我说，"我是强烈靠记忆生活的人，跟你的记忆能够有关系的视觉、触觉都没有了，1980年代初的纽约还没有太多的中国大陆人，华人主要来自台湾、香港，每天醒着的时候全是这种感觉"。

在纽约，他人生的重要一刻又开始了。他深陷两种困境之中，自信的坍塌和深深的孤独。前者来自那些美术馆和纽约的艺术环境。"我很早就意识到我们根本是个巨大的断层，'文革'后的我们是绕过苏联影响，回到欧洲19世纪前的大传统，就是说去接续徐悲鸿他们被中断的一切。"他说。但是他真的到了美国之后，发现他本来想寻找某个欧洲传统，看到的却是一个整体——"希腊、文艺复兴、印象主义、现代主义，直到当时在苏荷（纽约SOHO）发生的所有当代艺术；连现代主义都早已过时了"。

我猜陈丹青在那时的感觉，就像是一个长期处于黑暗中的人，突然被扔到了强光之下，处于巨大的震惊与失落之中。而他这种内心剧烈的起伏，又无人可以表达，在英语的环境中，他同样感到失语。

与国内朋友的通信，变成了排遣内心的方式。他心急如焚地等待阿城的来信，等待他寄来的小说，等待和到访纽约的作家和艺术家交流……

阅读是他另一种方式，这是他人生第二次高密度的阅读，上次是对俄罗斯文学的饕餮，而这一次，他则发现了那些在中国大陆被忽略的作家，张爱玲、沈从文、尼采……

意外的旅程：从黑河到腾冲

不知是他的懒惰还是顽固，他没有进入英语的语言环境，这些书是竖排的台湾版本。

他还发现了纽约的古典音乐台，一天二十四小时播放，其中一些曲目和旋律，让他想起了自己的年轻时代，他们想方设法才搞到那些唱片。

他的个人生活则依旧靠"西藏"来维持。他算是幸运，一位画商根据他在国内的大名上门索骥，每年付给他一定报酬，但是他要不停地画西藏。于是，他变成了一名匠人。在西藏时，他满怀着对法国米勒的崇敬下笔，而在纽约，他要兴味索然地一遍遍毫无快感地意淫西藏。

在纽约一间租来的画室里，他总把收音机调到104频道，然后开始画他的西藏。这种情形持续了六年。在这六年中，他也学习在失语中生活。他感觉不到有再作画的冲动，他找不到自己的表达方式，而且他对于正在兴起的巨大时髦——当代艺术——缺乏兴趣，他的根紧紧扎在现实主义的土壤里，激起他内心情感的是形象、是记忆，而不是标新立异的观念。于是他成了纽约的一名游荡者，他喜欢这城市无边的宽容。他在美术馆里临摹，参观画廊，偶尔参与社交活动，和街头艺术家相识，他充当来纽约朋友的导游，陪着来玩的罗中立在第五大道上拿大顶，有一次在大都会博物馆抽烟时，他碰到伍迪·艾伦牵着女友的手路过，还有一次在一家小画廊里迎面撞上了安迪·沃霍尔……

这是个自我荡涤的过程，他在逐渐学习如何成为一个独立的个体，如何与自己相处，这种经验是在人群与运动中长大的他那一代人，很少体验的。

在最痛苦的时刻，叔本华抚慰了他："我突然发现，哦，生命一点意思也没有，从那以后就好多了，然后读叔本华，发现他妈的就这么简单，种种得失都放下了。当然焦虑苦恼肯定会有，但是情绪的那些东西都离开我了。"叔本华的虚无情绪，或许让他想起了 1966 年那些无所适从的日子。

在这种疏离与寂静中，中国的主题意外地回到陈丹青的内心。在中国时，他一心要寻找欧洲视角，而在美国，他却发现原来中国的传统如此丰富。他发现了董其昌的魅力，"带着全套的油画工作钻进他管辖的水墨山林中"，在接下来的年份里，他还将不断被中国昔日的艺术成就所震惊。

七年的纽约生活给予他的另一个重要启示是，你要肯定自己的经验，它是你重要的资源。于是，他开始将正在发生的新闻，和他昔日对欧洲油画的记忆，放在一个共同的平台上，他开始画三联画、四联画，甚至是十联画。这些画作曾给予他巨大的激情，但是它们始终安静地躺在他的画室里，它们从未被展出过，也很少有人看过。

在中国，1980年代与1990年代的过渡是以突然截断的方式完成的，而在纽约，陈丹青的方式则自然与平静得多。他熟悉了这里的空气、味道、节奏和颜色，喜欢上了与自己相处，而且有更多的中国艺术家正涌来，他也找到了自己的表达方式。除去绘画，他还开始练习写作，阅读生涯打开了他的另一重视线，更何况，他还遭遇了另一名在纽约游荡的人，那个不会拒绝学英文、也沉浸在现代汉语之中的木心成为他在文学、思想上的启蒙者。或许，也是通过木心，他还产生了一种对民国中国的浓浓乡愁——那时的中国人，根依旧未断。

四

"2000年2月9日，严寒，大晴。我从肯尼迪机场启程回国。飞机轰然升空后，我临窗下看，与纽约默默告别。"陈丹青在2007年新版的《纽约琐记》中写道。他在这座城市住了十八年，全家皆已搬至此地，最终还是决定回国。

吸引他回来的，是乡愁，还是又一次对现状的逃避——他厌倦了纽约局外人与旁观者的生活？十八年间，世事沧桑。1982年他离开中国时，满耳仍是李谷一颤巍巍的"属于你，属于我，属于我们八十年代的新一辈"，而现在谁还记得李谷一？是的，很多人仍记得《西藏组画》，所以清华大学的美术学院希望他能回来任教。但是，他也看到了，作为画家的陈丹青给人的记忆，似乎仍停留在1980年代初，他在1990年后的新探索，画书、三联画，很少有人知道。而在中国当代艺术的版图上，他"文革"时的兄长与朋友陈逸飞，已经完成了多次的转型，他从革命情怀到了江南水乡，后来又变成了电影导演；而比他更晚来到纽约的徐冰、谷文达、蔡国强，则已经获得了国际性的声誉……

昔日的幽灵无时无刻不在。"我没有那种为别人承认的焦虑。"陈丹青说。在某种意义上，他的确早已经体验过名声的喜悦，二十三岁画出了《泪水洒满丰收田》，二十七岁则已是《西藏组画》的作者。他也声称十年以来很少受到内心的折磨，他获得了某种平静。

我不能确认是否当真如此。他坐在我对面，缓缓地谈话，一根接一根地抽细长的大卫杜夫香烟，之前，他耐心地被时尚摄影师摆来弄去，夸其中一位摄影助理的好身材，分明是个温和宽厚之人。之前的整个下午，他正在将石涛的画册绘到画布上，这幅新"画的书"，将在慈善晚会上拍卖。

不知是否因为他作画已疲倦，还是他只吃了一个三明治能量不足，或者是我的问题不够有趣，他一直诚恳却不够兴奋地回答着，夜色从黑到特别黑，但他的耐心却从未减弱过。窗外的铁轨不时有火车经过，巨大的声响经常淹没他的谈话。

稍作休息时，他给我们看他的画作，然后把音响的声音调大一些，正是勃拉姆斯的一段旋律，悲怆而崇高，充盈了整个画室。裹在松垮垮的黑色褂子中的陈丹青，则像幽灵一样在空空荡荡的空间里游荡着。"对，我们是不太有这种情感，"他这样评价这段曲子，"据说崇高是来自于恐惧，你觉得呢？"

我不置可否。我觉得在四个小时的谈话里，我的神经一直没有真正放松下来。他比我前两次的印象、还有他的文字，要温和耐心得多，偶尔电话打进来，他耐心得像个好好先生。他说自己正在被人情网络吞噬，尽管不再教书，他仍要帮助学生找工作，帮助过去的老朋友办画展，还有一直不停的媒体采访，偶尔，他还要帮助一些受他"误导"的年轻人——一个南方青年因为他对教育体制的痛骂而退了学，他要帮他写推荐信去欧洲读书……

但是，我仍觉得无法和他进入更深入的谈话，我想知道他到底是怎样一个人。或许，因为我不懂艺术，这样就等于错过了他身上最重要的一部分东西。或许，这是他习惯性地保护自己，他喜欢谈论外界事物，而不是他自己。对前者，他可以运用才智，而不用太触及内心。此刻的中国，有太多的外部事物可以谈论。当他在八年前回到中国时，肯定想不到他即将展开的新旅程，就像他日后所写的："记得是三峡大坝接近完工，京城的五环路才刚开通，申奥结果迄无公布，电子邮箱犹未普及，所谓'博客'更是多年后上市的新把戏……《上海宝贝》的作者正当大紫，少年歌迷尚不知周杰伦何方神圣，'八零后'才俊适在大学用功……小小美术界，千禧年那届上海双年展俨然是为当代艺术正名的信号，京城前卫盲流被驱赶的生涯初告缓和……所谓教育界，世纪初适值全国重点大学的庞然合并和行政升级，当初我初识中国教育现状而少见多怪，格外伶俐的学者们则个个悄然欣喜，竞相关起门来着手又一轮权力洗牌与利益瓜分。"

他的青少年时代是一段封闭无知的岁月，当他回望1980年代的文化热时，又说它仅仅是"恢复了一点残破走样的记忆"，是"瘫痪病人下床给扶着走，以为蹦迪呢"，他曾经热烈赞扬1990年代开始兴起的个人表达与个人空间，但他真的在21世纪初回到中国时，则发现个人、体制与社会已经迅速庸俗化，1980年代的热忱、纯真反而变得弥足珍贵……

媒体文化、大众文化则无比昌盛起来，三十年前，人们没有渠道表达，而现在人人都有很多话可说，却不知自己说的尽是无用的垃圾。

而陈丹青则像突然被卷入了层出不穷的争论中，他敏锐的感受力、他阅读过的书籍、他刻意寻找的表达方式，突然爆发出巨大的能量。三十年前，他用法国人的视角来对抗苏联的僵化传统，而现在他则用多年游荡积累的常识、用民国白话文的传统、用少年时说粗口留下的锐利，来刺破这个迅速膨胀、思维混乱的时代。

或许他的精神资源并不充沛，不外乎是对那些往日传统的追忆，对已被认同的常识的强调，但是由于他的敌人目标实在过分显著与愚蠢，不管是那不断扩充的城市，不断官僚化的教育机构，还是不断庸俗化的精神世界。所以他仍刀刀见血。在这些鼓舞他的精神力量中，鲁迅再度鲜明地站了出来。

陈丹青再度回到了过去一个世纪知识分子、艺术家们的传统。他们面对的是一个充满悲剧、不断堕落的中国文化图景。他们用各自的方法来改变这种现状，却始终发现他们力量微弱。

一个世纪以来，我们生活在西方的阴影之下。我们模仿他们，不断自我反省，却发现这种反省并不奏效。鲁迅哀叹、讥讽"吃人的传统"，但是当陈丹青成长时，这些传统虽已夭折，此后却并未出现一个新世界，相反的，失去了传统的人，在以更高的速度堕落。他不断碰到类似的困境，在他年轻时，他需要打破封闭、需要更多的信息，但他再度回到中国时，发现尽管面对如此多的信息，年轻人的头脑却以另一种形态封闭着……

他继续求助于传统，求助于记忆，求助于常识。他不断引用着约翰·伯格的名言："一个被割断历史的民族或阶级，它自由地选择和行为的权利，远不如一个始终得以把自己置于历史之中的民族或阶级，这就是为什么——这也是唯一的理由——所有的古代艺术，已经成为一个政治问题。"他也重复性地讲着民国的精神，民国人的面孔与风范，经过这么多年的发展与进步之后，人的质量反而降低了。

五

对我来说，此刻的陈丹青，有点像是约翰·拉斯金在19世纪末的英国所扮演的角色。拉斯金目睹了英帝国的兴起，中产阶级庸俗的价值观、物质主义，支配了维多利亚时代，他试图通过美感来恢复英国对精神世界的追求。

而陈丹青呢？你当然不能苛求他的知识背景与思维深度，他自己早已承认，他是断层中的一代，缺乏足够的情感与知识背景，去企及更高的地方。他也没有打破语言的壁垒，去进入更大的思想与知识空间。但是，他的方式却是相似的。在我们谈话时，他再次提到了，这个时代需要"新的语言""新的感受力"，三十年前，他为中国的美术界寻找某种"新的语言"，而今他在公众中的广受欢迎，仍依赖他与他在文字中的"新的语言"。

他没有拉斯金式的道德与伦理热忱，他将诗歌、文学视作新的宗教形式。这使得陈丹青的表达，充满快感，却可能变成某种漂亮的表演。它锋利，却不温暖与鼓舞。我不知道在那他内心深处，是否存在着某种持续的信念。而人类的辉煌，经常是依靠这种信念而不是头脑达成的。但是，对于这一切，我怎又好意思苛求？陈丹青喜欢说，他喜欢此刻的中国，是因为它"充满剧情"，回想他所走过的五十多年，在他那一代人中并不稀奇，但倘若和其他国家人的相比，那么这实在是过高的密度了。而且，这些变化中，只有很少情况下是他们主动的选择，大部分时刻，他们是被裹挟在更大的社会变动中，他们中只有极幸运的才能一直跟随自己的志趣。同时，他们又是生活在这样一个漫长、庞大、被各种网络交织的社会中，个人很容易被吞噬其中，既浪费了精力与才华，又淹没了自我。此刻的陈丹青不正在犹豫，是在中国继续观看这"精彩的连续剧"，还是回到纽约重新找回那个安静的自己？

我不知作为画家的陈丹青的生命是否已经结束，或是未来的历史将怎样记录他。或许他对此并不关心，在他深夜独自作画与听音乐时，想必叔本华经常跳跃出来吧——他试图用坦白承认人生的无意义，来面对人生注定的孤独与无根。我很想知道，这种方法是否真的有效。

刘香成：《中国：1976～1983》

一

刘香成第一次明确的身份意识与红领巾有关。那是 1957 年的福州，六岁的刘香成是鼓楼第一中心小学的一年级学生。小学生胸前佩戴的红领巾，是这个 1949 年建立的新国家表现自己先进性的诸多努力之一，也像很多事物一样，它来自苏联的影响。自 1917 年以来，苏联的道路为饱受羞辱的古老中国提供了意外的选择。

班里几十位同学中，刘香成是唯一没有佩戴红领巾的。"就像全红中的一点黑,黑就是我。"多年后,刘香成回忆说。

阻碍戴上这条红领巾的是刘香成的出身。他的一位外叔公是清朝末年邮传部尚书陈壁，在中国历史上，他的名字除去与中国早期的铁路建设紧密相连外，他也曾挪用了部分福建马尾船厂的经费来修建慈禧太后的颐和园，他还拥有中国士绅阶层对教育的热心，在他创办的一系列学堂培育出的众多学生中，最著名的一位叫梁漱溟。

刘香成的父亲刘季伯则是民国时期自我奋斗青年的缩影。他的出生地湖南湘潭，山清水秀却很贫穷。读书、当土匪或者从军，是年轻人改变命运的三种方式。刘季伯幸运地成为一名将军的助手，并被送入上海的一所大学培训，毕业后他先是成为蒋介石的福建省国民政府的一名官员，然后在一所学校里教书，在他的学生中有一位叫陈伟雯——陈姓大家族的一位小姐。

这桩地位不对等的恋情，最终成就了婚姻。他们住进陈家赠送的一座四合院里，邻居中有一位叫严家淦，当蒋介石 1975 年在台北去世时，他成了台湾地区的领导人。

稳定的生活没有持续多久，1949 年到来了。刘季伯夫妇没有听从严家淦的建议前往台湾。他选择了去香港，在那里他又意外地成为《星岛日报》的社论作家，为他牵线的则是一位中共地下党员。也像他那一代中的很多人一样，刘季伯的民族情感远远高于党派之争。在 1950 年的社论中，他将新中国比喻成春天的到来。

刘香成出生在 1951 年 10 月的香港，是六个孩子中最小的一个。三年后，他的母亲抱着他又回到了福州的老家，因为刘季伯相信"教育还是内地好"，香港只是个小渔村。在刘香成懵懂的童年岁月，中国发生着眼花缭乱、深刻的变革。在国际上，它已在一场代价高昂的战争中获胜，成为社会主义阵营中第二重要的国家；而在国内，它要更改持续了上千年的传统社会结构和心理，它发动"土改"，解放妇女，镇压地主、资本家、反革命，将党支部建立到每一个村庄。这种变化不仅是外在的，而且毫不迟疑地进入人的内心。长期受困于"一盘散沙"的中国社会，正在被锻造成同一种力量、同一个声音。

六岁的刘香成是如此渴望变成这一致的声音中的一个，但是他有个那样的家庭。他无法改变自己的出身，只能在其他方面努力。在每个星期三捡石头的义务劳动中、在挥舞着扫把到处赶麻雀的活动里，他特别积极。"我打苍蝇比谁都起劲，"他说，"我的苍蝇都是满盒满盒地交给班主任的"。但是他的成绩单里的政治表现一栏从来只是两分、三分，而满分是五分。

他对红领巾的焦虑感到 1961 年终于结束了。父亲希望他回香港，内地愈演愈烈的政治浪潮不知会把这个国家带向何方，席卷多少人。

刘香成的离开，变成了学校的新闻事件。在那个准备将自己封闭起来的年代，离开是件稀奇而重要的事。校方特意召开了全校大会，所有的同学都站在操场下，观看刘香成戴上红领巾。

二

当刘香成向我讲起福州的四合院，去追赶麻雀的时光，还有红领巾带来的焦虑时，阳光正穿过木棂的窗户打进屋内，他的银白头发亮亮的。那台同时可以放八张唱片的唱机，扬声器中正传出"一条大河波浪宽"的悠扬女声，时空一下子错乱了。

我们坐在距离北京景山公园不远的一个四合院里，它四百平方米的面积比不上福州的那一个，但在日渐面目全非、被巨大钢筋混凝土建筑挤压的北京城中，它散发出历史上"北平式"的悠闲味道。当1994年买下这个院子时，刘香成准备开始一段人生的新旅程。他之前的体验丰富却路径清晰。他是华人世界最知名的摄影师之一，为《时代》、美联社这些世界最负盛名的新闻机构工作过，还经常被冠以"第一位普利策新闻奖华人获得者"——尽管那只是 1992 年的一项集体性荣誉。

我是在 2001 年 2 月第一次见到刘香成，那时他是新闻集团中国区的高级副总裁，自 1994 年决定搬到北京后，除去创办过一份寿命短暂的《中》月刊，为《时代》拍摄过江泽民 1997 年访美的一组照片外，他逐渐告别了一线的新闻业。他先是成为了时代华纳集团的北京首席代表，促成了财富论坛 1999 年在上海的召开。接着，他又加入了澳大利亚人鲁伯特·默多克的新闻集团，为其想进入中国市场的勃勃雄心疏导千丝万缕的关系。

中国的形象在 1990 年代末再次发生了改变，它变成了全球最庞大与诱人的新兴市场，蕴藏着无穷的机会，吸引着人群与资本的蜂拥到来。但是，像两百年前英国人马戛尔尼到来时一样，这个市场被种种隐藏的、繁复的规则所左右，涉及权力、金钱、阶层还有敏感的面子。这个国家正在为自己错乱的身份认同焦虑不安。

刘香成发现，自己的经历与身份，为了解这种复杂性提供了意外的便利。事实上，自从福州的鼓楼一中小学起，他就一直在练习不断适应新的身份。

刘香成：《中国：1976～1983》

三

1960 年代的香港，处于一个喧闹、动乱、被各种灾难和新观念充斥了的年代，它也是老式的华人社会与殖民地统治的混合体。

刘香成自始就没有对香港产生认同感。"广东话我一句都听不懂。"他对于 1960 年代香港的气氛也缺乏兴趣与记忆，想必他在同龄的少年中，再次发现自己像个旁观者。他宁愿生活在父亲所构造的新闻世界里。刘季伯此刻是《大公报》的国际新闻编辑，他也是 1960 年代香港仍旧活跃的左派力量中的一员，他的同事包括闻名一时的新闻人，他的桌子对面就是曹聚仁。

他们大多是理想主义者，尽管是现代意义上的知识分子，骨子里却流淌着中国传统文人的血液——充满忧患意识。他密切注视着内地的一举一动，在内心深处，他们或许也从未认可香港，相信这不过是暂居之地，他们终究要回到广阔的内地的。他们穿着整洁的白衬衫，参加红五月歌唱比赛，为中国取得每一次进步而欢呼。但是，他们也感受着内地气氛的变化，形势变得让人越来越不安了。

刘香成记得父亲私下的抱怨。事实上，高中的岁月里，

刘香成给我的最初印象，除了他的银白头发，还有他的漫不经心，甚至有点倨傲

他已经对国际新闻了如指掌。暑假在家时，别人都去玩，父亲却让他把美联社、路透社的新闻翻译成中文，然后父亲来改。所以，当他1970年决定前往美国上大学时，自然希望学习新闻。父亲的一个老朋友制止了他："新闻是实践。"所以他选择了国际关系专业——这多少也是他翻译了那么多国际政治新闻所致。

1971年秋天，二十岁的刘香成成为纽约 Hunter College 的一名新生。比起生活了十年的香港，纽约是个更大、更自由的世界。身处美国，他的中国人意识增强了，而且获得了另一种观察角度。他读定期出版的《中国新闻》，它们是由一群耶稣会的神父收集整理的，这些葡萄牙人在香港、澳门收听中国的广播，而且能够听懂毛泽东的湖南话，他们把毛泽东、林彪的讲话翻译成英文。他读不懂中国古文，就依靠美国的汉学家来深入了解中国的传统、政治结构与社会心理。

但改变刘香成命运轨迹的不是政治学，而是他的一门选修课。他在摄影课上的主要内容是在纽约街头随意抓拍路人，由这些摄影习作制成的简易摄影集，意外地吸引了琼·米莉（Gjon Mili）的注意。这个阿尔巴尼亚人是那个时代最著名的摄影师之一，他与毕加索合作的

"光笔"系列，改变了人们对于观看的态度。鼻梁上架着粗黑框眼镜的琼·米莉建议这个中国小伙子来《生活》做他的实习生。

刘香成第一份工作的最初九个月是这样度过的：白天，他为七十二岁的琼·米莉整理资料，傍晚五六点时，他们坐在一起，老人家拿来一瓶威士忌，切一块香蕉和苹果，咬苹果喝威士忌。这时候，琼·米莉开始指着墙上贴的从报纸剪下的各种图片，告诉这个年轻人，这张为什么好，那张为什么不好，解读事件要比抓住事件更重要。有时，他还把老朋友布列松的照片拿出来品评。

"整整九个月里，他从来没有谈过技术问题，"刘香成说，"但结束时，他对我说，你应该去中国了"。劝他回中国的不止一位，还包括一位时代公司的高级主管。他让刘香成在公司图书馆里阅读收藏的所有关于中国的照片，其中最令人难忘的一部分来自布列松。

刘香成想回中国，像当年的布列松一样记录这个古老国家的变化，但在此之前，他还想去欧洲游荡，他才二十五岁，对世界充满了好奇心。他前往西班牙，著名的独裁者佛朗哥刚去世一周年，在他的镜头里戴红帽子的是佛朗哥的支持者，他们与改革派在街头追来打去。他还认识了社会党领袖阿道弗·苏亚雷斯·冈萨雷斯，后者是个三十四岁的年轻人，他带着刘香成等一班海外记者一起喝咖啡，给他们谈社会主义，几个月后，他当选为首相，开启了西班牙的民主年代。

刘香成接着前往葡萄牙，跟随着葡萄牙共产党竞选的旅程。"葡萄牙的共产党开着拖拉机从一个地方到另一个地方，然后就露天烧烤，煮猪肉、做三明治什么，"这情景让刘香成大感意外和有趣，"这跟中国共产党很不一样"。接着，他又去了法国，他申请临时记者证去拍摄刚刚当选的新总理。当他从总理府走出时，看到巴黎街头报亭里全部报纸的头版都是毛泽东的大幅相片，毛泽东逝世了，他意识到中国历史出现了又一个转折时刻，他要回到中国。

他上一次回中国还是 1969 年，那时他高中毕业，去广州看姐姐。他住在全广州最好的华侨饭店，房间正对着珠江，在"文革"中武斗最严重的时刻，一些被捆起来的尸体沿珠江而下，漂到香港的海边，震惊了当时的香港人。

他对 1969 年的中国的记忆是荒诞且压抑。他在一家理发店时，那位给他理发的老头突然对他说："站起来！"他回问："站起来干什么？理发不是要坐着理的吗？"老人家语气肯定："站起来，跟着我读。"然后他转身，让刘香成跟着他读《毛主席语录》。他也记得去餐馆时，总有很多人排队，服务员来到桌旁，就把一大把的筷子扔给你，让人备感压抑。

这一次，刘香成感觉到空气中的微妙变化。就像两年前在纽约一样，他把镜头对准了广州的普通面孔。他在珠江岸边看到人们打太极、看报纸。"他们的神态和 1969 年的中国不同了，他们的身体语言表明他们放松了，阶级仇恨减弱了，他们把包袱放下来了，"刘香成回忆，"我意识到新的时代已经到来了，我想要报道毛泽东以后的中国"。

四

我手中这本《中国：1976～1983》（*China after Mao*）是 1997 年印刷出版的，是 1983 年首版以来的第四版，它十六开大小，只有一百零五页，收录了刘香成 1976 年至 1983 年间在中国所拍摄的九十六张照片。

这本薄薄的书，不仅是刘香成职业生涯的第一个高峰，也有着更为广泛的历史意义，理查德·伯恩斯坦在 1997 年的评论或许并不为过。"当刘香成的中国摄影集十三年前第一次在中国出版时，"这位《时代》当时的驻京记者写道，"熟悉中国那段深刻转型的人立刻意识到，这是共产党在 1949 年执政以来，关于这个国家最真实也最深刻的照片呈现"。

当刘香成在 1960 年结束了他对红领巾的焦虑时，中国已决意将自己像铁桶一样封闭起来。在整个 1960 年代，全世界对于毛泽东进行的试验着迷不已。

但一直到 1979 年中国正式接纳西方新闻社派驻的记者之前，关于中国的描述都是零星的。而且，这些涌到中国的观察者经常被眼前的情景弄得失去头绪，这个被一致样式、颜色的服装包裹的国家，人们表情漠然，公共场合到处都是空洞的政治标语，在外来者的镜框里或是笔下，它们可能被轻易贴上标签、被归类。而掩藏在表面下的更真实的、情感涌动的世界却被遮蔽了。

但刘香成却真切地感受到了。事实上，他的潜意识一直在为这时刻做准备。

"从福州戴着红领巾离开时就开始准备了。"他说。当他 1976 年来到广州时，计划更明确了："我非常兴奋，我要拍毛泽东以后的中国。"

毛泽东去世时，他只能在珠江边徘徊；直到 1978 年底，他作为《时代》首任驻京摄影师，可以到全中国拍摄了。他儿时的情感体验，他通过汉学家的著作进行的知识积累，他与琼·米莉在傍晚进行的那些似懂非懂的交流，在美国与欧洲的游荡经历，如今似乎找到了一个汇聚点，更重要的是，他还拥有年轻艺术家的敏感，他能于细微中洞察到这个社会正在发生的戏剧性变化。

他看到，这个国家正从阴影中走出，开始学习或者重温很多事物，他们大口地呼吸，跳不是忠字步的舞蹈，把头发烫成弯曲的，练习在公开场合接吻，滑旱冰取乐，创办私人的企业，对着奇怪的广告牌出神……那是一个社会的上升时期，或许色彩仍旧是灰暗的，物质仍是匮乏的，但是空气里飘荡着希望，像是一个漫长冬日后的初春。

刘香成似乎比任何人都更有优势把握这些变化。他有局内人的体验，又有着局外人的敏感。刘香成在各个地区旅行，好奇地打量一切。Tiziano Terzani 是当时《明镜》周刊的记者，在他记忆中，刘香成经常开着那辆有挎斗的军绿色摩托车，不知道他是怎样搞到这种军人和警察专用车子的，因此他不用像其他外国记者一样必须坐外交部指派的车辆。

他那一贯的幸运也从未离开他。他三十岁的生日时，侯宝林送来自己的字，黄永玉他们教他怎么吃大闸蟹，怎么欣赏俄罗斯歌曲，当白桦因为那句"我爱我的祖国，但我的祖国爱我吗"而成为舆论的中心时，他就直接去他家里拍他。"觉得很幸运，他们把我当成个小弟弟，"他回忆说，"我也觉得这个职业非常美好，我要去做什么就做什么，这对于一个新闻记者来说，是不可想象的自由"。

五

《中国：1976～1983》改变了很多人的观看方式，就像布列松镜头中的1940年代末的中国一样，它将1970年代末、1980年代初的中国定格。我相信，很多中国年轻一代摄影师，在成长的过程中，都曾受益于不到三十岁的刘香成的视角。这些照片中，有冲突，有隐喻，有疏离感，也有技巧，但其中始终有一种动人的情绪，对于这一点，Tiziano Terzani 的评论再准确不过了："For Liu, then, China was not just a question of truth to discover, but are lationship of love to clarify."（对那时的刘来说，中国不仅是要去发现的真相，而且是有待澄清的爱恋关系。）

刘香成还在继续长大，他还是那个精干的小个子，头发比别的年轻人白得更早，他从《时代》跳到了美联社。中国继续开放，社会的步伐走走停停、开开合合，他继续捕捉中国的面孔与情绪。但是，他的身份意识从未减弱，不断地自我证明是他减缓焦虑的方式。他要离开中国，因为"别人会把我在中国的成就打折扣，因为我是中国人"。美联社的分社遍布全球，他有足够的选择。

他先是前往洛杉矶，这是个引人羡慕的职位。他在海滩旁有自己的住房，开一辆敞篷车，随身携带刚刚出现的第一代的移动电话，每天有大把时间带着新婚的法国妻子晒太阳。这种生活悠闲，却也令人厌倦。"我身上有湖南人的较劲。"他后来说，尽管他从不会讲湖南话。他要去印度。

1985年初的新德里刺激却混乱，甘地夫人刚刚遇刺，这个古老的文明国度在现代世界里步履艰难。在印度他发现，一个国家发展的根本问题是经济问题，人们对宗教的虔诚态度也与物质匮乏密切相关。

在新德里的刘香成还同时要负责巴基斯坦、斯里兰卡、孟加拉国的新闻摄影，有时，他还要前往阿富汗，即将解体的苏联正在进行其最后一场战争。为了获得签证，他陪着苏联驻新德里大使馆的克格勃人员喝了六个月的威士

刘香成：《中国：1976~1983》

忌。在阿富汗的战场，他被人用枪指着脑袋，看着四处充斥的苏制坦克、大炮。

苏联撤军后，他还目睹了令人瞠目结舌的内战，那些吸食完毒品的阿富汗战士跟着坦克从山坡上冲下来，神情兴奋无比。他和另一位摄影师就在距离不过一百米的一个有篱笆的小房子里，不停地拍，沉浸在同样的兴奋里。回来冲照片时，他才觉得后背发凉："他们手持的那个火箭筒，如果稍微歪两步，我就会被轰掉。"

四年后，他再次准备离开，因为"我证明了我在哪里都能做好工作，不仅是在中国"。他前往韩国，那正是汉城（首尔）奥运会期间，也是民主运动的高潮时期，学生与警察的冲突愈演愈烈，催泪弹的味道四处弥漫。"我每天的差事就是吃完午饭戴上一个防毒面具，出门转。"后来，他对防毒面具特别地敏感，而且他的防毒面具的那个玻璃同时是眼镜片，这样近视眼的他也可以拍照。

汉城（首尔）之后，又是莫斯科，在这里，四十岁的刘香成迎来了他职业生涯里的另一个高峰体验。作为唯一的在场记者，他意外地拍摄到了戈尔巴乔夫告别演说时的照片。他记得走出克里姆林宫时的壮观场景，等在外面的大批记者看到他突然跑出后，几百个人开始冲他叫喊。他们知道这个人获得了独家新闻。第二天，照片登上了全世界主要报纸的头版。"我知道了，'fuck you'就意味着独家新闻。"即使今日，刘香成对那晚的奇特场景仍记忆犹新。也是在这一年，刘香成和他在莫斯科的同事们，获得了普利策现场新闻图片报道奖，他的另一部摄影集《苏联，一个帝国的崩溃》（*USSR，Collapse of an Empire*）也在这一年出版。

六

刘香成给我的最初印象，除了他的银白头发，还有他的漫不经心，甚至有点倨傲。2000年时，他作为跨国媒体公司管理者的身份已得到了广泛的认可，他还是北京社交界的一位名人，在时尚杂志的社交栏的照片中，我有时看见他穿着红色的唐装，右手端着香槟酒杯，笑意盈盈。在一些记者招待会上，我看到他陪在鲁伯特·默多克或是他的儿子杰智·默多克左右。

那时，我二十四岁，刚刚大学毕业，满脑子美国式新闻业的光荣与梦想。刘香成是我眼中最接近这一传统的中国人。大概六年后，我第一次前往他家。那个下午，我们

刘香成：《中国：1976~1983》

坐在院子当中喝茶，两棵石榴树正在旺盛生长，准备孕育果实。

刘香成缓缓地端起茶壶，缓缓地说话，他谈到了俄罗斯的特别光线，它使曝光后的胶片有种特别的效果。我喜欢他流露出的诗意，但似乎仍未找到和他交谈的方式。

他的外表和言谈尽管显得随意，却又是一丝不苟的。看着院子的灰色砖墙，我记起他曾说，四合院讲究的是磨砖对缝，所以这每一块砖都是人工打磨出的，每个工人每天只能磨出八块。我是对细节过分敏感的人，总是心感不安，似乎怕打破他们精心设计的游戏规则。而且，他似乎习惯于在自己的逻辑内起承转合，他只管自己讲，我的疑问就像打在自顾自旋转的转盘上，要么被忽略，要么就被无声息地弹回。

也是在那个下午，他提到自己已经进行了两年的计划，他正在编辑一本关于1949—2008年中国的摄影集。"你觉得他们镜头里的是中国吗？"他突然问我。没等我的回答，他继续说："我觉得那怎么不是我看到的中国呢！"他指的是英文世界已经出版的一些著作，其中一本是我们都看过的《中国世纪》（*The Chinese Century*）。

我对此不置可否。我们生活在一个影像过分泛滥的年代，人们用对形式感的推崇，来掩盖思想与内心的苍白。在北京，一个自认有文化的年轻人经常会脱口说出"一张好照片胜过千言"这样的话来。

我刻意很少去翻阅照片，去通过图像来理解世界。不过，他的情绪我再理解不过。鲁迅 1920 年代在香港的演讲中，感慨我们是个"无声的中国"——我们一直不习惯整理与分析自己。

通过编辑一组图片，刘香成试图寻找自己理解的中国六十年。在某种意义上，它既是再一次的自我证明——他为理解中国提供了某种影像上的标准；同时，这或许也是他继续寻求身份认同的方式，他的命运已经和这个国家紧紧相连。这个国家正大踏步却脚步慌乱地进入现代世界，在上千年的领先和一百五十年的落后所制造的混合经验里，它急于证明自己的再度强大。这也是刘香成将 2008 年作为一个历史节点的原因："中国人盼望了很长时间，盼望的含义之下，就说我在这个世界大家庭里面，也坐在主桌上了。"但你仍可以感受到，即使坐到主桌上，我们的内心仍有多么强烈的要证明的倾向——希望别人看到、承认我们坐在了这里。

刘香成：《中国：1976～1983》

七

之后，我们偶尔见面，我一直对他的计划深感兴趣。我记得他四合院的家里，到处充斥着中国当代艺术家的作品，还有一张鸦片床——自从 1980 年代初购买以来，它就跟随他在全世界搬来搬去。它们都是中国的某种符号，既然他讨厌西方视角通过符号理解中国的浅薄与单调，那么他将提供的是什么？

我知道他的挑剔，他曾扔给我一本国内著名摄影师的影集："你能从里面挑出一张好照片吗？"他再一次没等我回答："我看一张也没有。"

不过，我相信他的耐心，他不是可以等待一个工人以每天磨八块砖的速度去盖一座四合院吗？

我的浓厚兴趣中夹杂的怀疑，在 2007 年冬天的一个夜晚慢慢消退了。那天，我们在路过景山公园西门时，他指着那排平房说，过几个月它们就要拆了，可以露出公园的红墙，多美啊。他激动地说起他的新闻理想："在美国，当人们想严肃地讨论一个问题时，可以在《纽约时报》上争论，在英国可以是《金融时报》或《经济学人》，中国却没有这样一份让人信赖的报纸或杂志……当外人想了解这个国家的主流舆论时，却找不到。"

他也说起去编辑这本书，是一个"孤独的历程"："我看到那么多西方记者、专家谈中国谈得莫名其妙时，我很急，但是你看到自己国家的人也按这种方式这样说话时，就更急了。"

他还说起比利时汉学家 Simon Leys 用宋朝的一张画来形容中国知识分子："那张画里的森林着火了，上面有几只鸟飞过，每只鸟衔了一滴水飞到火上面来救火——看起来是那么地徒劳无力。"

这时，我突然想起了那个帮助父亲翻译外电的少年，想起了刘季伯那一代人内心的焦灼与感慨。眼前的刘香成剥离了所有外在的符号身份，变成了有点老派的知识分子。

那是在一个晚上，我趴在他的电脑前，看他初步选出的 1949—2008 年的中国的照片。对我而言，观看这些照片，像是一次再度发现中国的历程。"土改"、人民公社、"大跃进""文化大革命"、改革开放、市场经济、全球化……这些历史经验是如此熟悉又如此陌生，它们经常像是抽象的名词存在于我的生活里，我喜欢其中散发出的既亲切又疏离的情绪。

对于刘香成本人，这更是再度发现的过程，不仅是对

刘香成：《中国：1976~1983》

中国，也是对他自己。他面对浩如烟海、价值观迥异的照片作出选择。过去五十年中，中国摄影世界被两种世界观影响着。前三十年是一个受意识形态左右的时代，人们的观看方式来自特定的政治与道德秩序，《人民日报》在1974年对安东尼奥尼的批评，再生动不过地表明了这种视角，这位意大利导演被指责为"专门去寻找那些破墙旧壁和早已不用的黑板报"，"不愿拍工厂小学上课的场面，却要拍学生下课'一拥而出'的场面"，"故意从一些很坏的角度把这座雄伟的现代化桥梁拍得歪歪斜斜、摇摇晃晃"……那个年代做摄影师的人，很多是退伍军人出身，只要人高高大大的，就可以扛摄影机……

但转瞬之间，尤其是在过去的十年中，摄影又变成了庞大的消费工业的一部分，人们不停地拍照，是因为它能提供娱乐、刺激购买力……过多的图像不再像是加深记忆，而经常使记忆消失，它们变得像是某种麻醉剂，使人们感受钝化……

刘香成要在这样的迅速变化中，建构出自己的逻辑，寻找自己的情绪。他能依赖的除去专业训练，更重要的是对中国的感知，其中蕴含了深厚的同情，这种同情心使得我们昔日和今日的荒诞举止，显得不仅仅是荒诞。

八

　　在写这篇文章时，我不断翻看刘香成编辑的这些照片。从身穿棉军装的解放军进城，到巨大的路易威登广告下的行人，六十年来，这个国家一路走来，经历过那么多匪夷所思的变化，却似乎仍旧生机勃勃地前行，这令人赞叹，也有同样多的无奈。

　　我喜欢刘香成的那个比喻，他说中国像是水面上的鸳鸯，表面非常安静，在水下面它的脚是在拼命划动的。仔细想来，大多数中国人平静的外表下，都隐藏着多少戏剧性的故事。

　　刘香成兴奋地等待着这本书的出版，他喜欢得到人们的关注，生活在聚光灯下，被人们谈论，这既是他孩子气式的好胜心，也是缓解他一直隐隐的身份焦虑的方式。

　　这本书的封底照片是一个滑旱冰的青年正单脚滑过毛泽东像前，这是他在1981年的大连拍摄的。他第一本书的名字仍有时代意义，过去六十年的中国，正是因为毛泽东而划分的吗？前三十年，人们在他的意志下生活，而后三十年，人们则试图淡化这种影响，却发现他仍在强有力地影响我们的精神世界。

刘香成：《中国：1976～1983》

余华：活在喧嚣的国度

一

1982 年，余华二十二岁了，他决定成为一名作家。之前五年，他每天八小时，在浙江一个叫海盐的小县城的一所牙科医院里给人拔牙。他相信自己至少见到了上万张嘴巴，却仍发现那是"世界上最没有风景的地方"。

和整整一代中国作家一样，对余华而言，文学与其说是一种内心压抑不住的才情的释放，不如说是对单调生活的最有效的逃离。"作曲与绘画太难了，而写作只要认识汉字就行，"1997 年他谦虚而认真地回忆说，"我只能写作了"。

此时，他已经是个不折不扣的大作家了，1991年他发表了第一部长篇小说《在细雨中呼喊》，一年后人们又看到了《活着》，1995年他完成了《许三观卖血记》。在此之前，批评家把他划入了先锋派小说家的行列，他和北村、苏童、格非是1980年代最后几年中国文坛最让兴奋的几个年轻人，他们对于中学作文式的写作厌倦透顶，正探索一种与众不同的写作方式。

但更广泛的承认似乎仍未到来。三部长篇小说的印数加在一起仍不超过两万册，尽管其中一两本得到了中等规模的奖项，比如《中国时报》的"十本好书奖"，张艺谋在1994年把《活着》搬上了银幕，但那更像是导演而非作家的作品。

他居住在五棵松一处不到四十平方米的小公寓内。他多年的朋友陈年记得他们第一次见面的场景，后者当年是《北京青年报》二十七岁的年轻记者，前去采访三十六岁的作家余华。见面的气氛诚恳而紧张。在采访进行到一半时，陈年被扔进一个黑黑的小房间里，余华把巴赫的唱片放进唱机后离开，半个小时后，他回来询问仍莫名其妙的记者，你觉得巴赫怎么样？

这可能是余华第一次接受大众媒体的采访，以《北京青年报》在当时的影响力，采访使余华收获了一个小说家都想象不到后果——他儿子的幼儿园老师找上门来，询问能否帮助她的儿子上小学，因为他显然是个名人。陈年也记得，在1996年的那个暑假，余华如何不知疲倦地从五棵松骑上一个小时的自行车到北京大学，再加上一个北大青年老师韩毓海，三个人坐在学校的草坪上。"我们在一起胡说八道，相互打击，没个正经，"陈年回忆说，"余华是个骄傲的人，和朋友在一起又是满口放肆的家伙，激动起来还口吃，他从不怀疑自己是最好的小说家"。1996年初时，余华对于独立采访者许晓煜说："我认为我始终是走在中国文学的最前列的。"

但在此后将近十年中，余华没有出版任何小说，他开始在《收获》杂志上断断续续地发表随笔，卡夫卡与川端康成，布尔加科夫与福克纳，博尔赫斯与三岛由纪夫，他回忆这些年轻时痴狂喜爱的经典作家。他也开始讲述音乐如何影响了他的写作，它和文学一样都代表了对叙述的迷恋，他想起了1975年，在他仍是个初中生时，如何突然间爱上了作曲，用整整一个下午，将《狂人日记》谱成了曲。是随笔而非小说，使我第一次对余华产生兴趣。1998年的夏天，我买到《我能否相信自己》，余华在《收获》上读书笔记的合集。那个时候，我们喜欢各种各样的文论，从 T.S. 艾略特到瓦尔特·本雅明，从爱德蒙·威尔逊到米兰·昆德拉，他们谈论如何写作小说与诗歌，比小说与诗歌本身对我更有吸引力。厨房的秘密比餐桌上的菜肴更让我兴致盎然。

我完全被《我能否相信自己》的叙事迷住了，一句接一句构成了一条绵延的河流，我只能顺流而下。我怀疑自己从未看出其中的特别之处，只是觉得它写得几乎像是博尔赫斯的随笔，在每一句话后面我都读到了更悠长的意味，那的确是个"温暖和百感交集的旅程"。紧接着，《高潮》又出版了，他将肖斯塔科维奇的《第七交响曲》和霍桑的《红字》放在了同一坐标系中，尽管"他们置身于两个截然不同的时代，完成了两个截然不同的命运"，然而，"他们对内心的坚持却是一样地固执和一样地密不透风……他们的某些神秘的一致性，使他们获得了类似的方式，在岁月一样漫长的叙述里去经历共同的高潮"。

二

我从未学会文本分析，在文学理论家们强调余华作品中的"暴力""冷酷"色彩时，余华在我心目中却是一个温暖、富有激情、又有点无赖孩子气的形象。我从来也不是文学青年，对中国文坛的兴衰一无所知。因为随笔，我开始阅读余华的小说。令我激动的是，它们看起来一点都不先锋，而是像极了我心目中传统意义上的小说——我被叙述的节奏、人物的命运牵引着，头也不回地往下读。

但我得承认，我仍主要用随笔甚至警句阅读者的眼光在读余华的小说。他的小说的序言比小说主题更让我着迷。我一遍又一遍地读着不同小说的中文版、韩文版、日文版、意大利文版的序言。那里面充满了让我击节赞赏的语句。《许三观卖血记》的序言是这样开头的："这本书表达了作者对长度的迷恋，一条道路、一条河流、一条雨后的彩虹、一个绵延不绝的记忆、一首有始无终的民歌、一个人的一生。"在《在细雨中呼喊》的韩文版序中，他又写道："这本书试图表达人们面对过去时，比面对未来更有信心。因为未来充满了冒险，充满了不可战胜的神秘，当这些结束以后，惊奇和恐惧也就转化成了幽默和甜蜜。这就是人们为什么如此热爱回忆的理由。如同流动的河水，在不同民族的不同语言里永久而宽广地荡漾着，支持着我们的生活和阅读。"

从 1999 年夏天到 2000 年冬天，在很多安静的下午与夜晚，我缩在沙发上、坐在公园的长凳上，想象着是什么人写出了这样的文字。我从他偶尔给大众报刊撰写的随意的小文章，知道了他生活的一些片段：他的父母都是医生，他如何躺在医院的太平间里凉爽的水泥板上度过炎热，在夜深人静之时，躺在小床上，透过树梢看到月光的抖动，夜空的深远和广阔与无边无际的寒冷，给了他持久的恐惧感；第一次战战兢兢前来北京改稿的经历；他有一个叫漏漏的儿子；他是多么高兴能够搬到北京来住，他在这里不需要主动和任何人说话，是个真正的陌生人的世界。

　　也就是在这几年中，对于余华的更广泛的承认终于到来。南海出版公司最初发现了这位作家的市场价值。那是一种窄窄的、不带勒口的开本，康笑宇设计的封面，尽管内页的纸张不无粗糙，我买的几本都有蛀虫的痕迹，但在当时仍不失为精美包装。它们在书店里都成为了长销书，他的主要作品开始以不同的版本进入国际市场，国际性的奖项也接踵而来，他开始周游世界，去欧洲签名售书，去美国的大学做讲演，为意大利的中学生分析"活着与生存"的差异，去韩国作访问，参加不同国家的文学节……在世俗意义上，他的确已经是个大作家，甚至可以说没有几位中国小说家比他更声名显赫。

也是在这几年中，中国社会的运转速度进入了一个新的阶段，它变得空前地喧哗与躁动，所有人都把他们所有的欲望释放与表达出来，它混乱、粗俗而生气勃勃。而对于作家而言，写作也突然变得蓬勃且泛滥，他们曾经宣称诗人已死，小说已死，作家在1980年代的风光无限，已彻底地让位于商人、娱乐明星，但由于媒体的爆炸、互联网的兴起，突然之间，每个人都在宣称自己在写作小说、剧本、诗歌、随笔，但与此同时写作不再被称为写作，而是写字。

在这种喧闹的映衬下，余华那些往昔的作品，那些饱含深情的阅读、音乐体验，散发的光彩显得不真实地动人。他引用贺拉斯的名句，用崔护的"人面桃花别样红"的诗句向日本人解释"活着"的意义，乃至于我毫不怀疑，他不属于我们的时代，而是从属所有时代的杰出作家的行列。

三

2005年8月的最后一个星期三，我第一次见到了他。

意外的旅程：从黑河到腾冲

一个月前，他十年来的第一部小说《兄弟》的上半部出版了，不需要再多的时间检验，我们已经知道了它肯定是2005年最受瞩目的文化事件之一。首先是长篇小说，其次是短篇小说，然后才是随笔，在余华的内心中，它们的重要性是如此顺序排列的。可能即使最亲密的人也不知道，整整十年中，焦虑感如何困扰着他，没有一个长篇、一个中篇，甚至一篇短篇都没有。无论是封面设计还是第一页正文，《兄弟》都让我既惊诧又失望。在前几页，它看起来就像是一本一流网络小说家的作品，语言粗糙重复。是的，我一口气读了两章，但很大程度是被林红那个可能曼妙的臀部所吸引，像刘镇的所有人一样，猎奇感牵引着我。这些文字与那个我熟悉的余华相去甚远。

他选择了在一个傍晚见面，他那个著名的、相当有礼貌的儿子漏漏为我们开了门。在客厅的西边墙上是一排又一排的唱片架，东墙则堆放着一沓沓杂乱的过期报纸杂志，一台饮水机不和谐地矗立其中。他穿着灰色的短裤，暗青色的、有些折皱的T恤衫，短簇的头发，看起来比实际年龄年轻得多。

他客气地让我们坐下，谈话开始了，我却不知道如何开始。我应该告诉他，多年来他的作品是如何在我内心中激发出温暖和诗意的吗？还好，他不需要任何形式的开头方式。与 1996 年和陈年相见时不同，他不会再有任何紧张不安。他已经习惯面对媒体谈话。仅仅在过去的四个星期中，他已前往了四座城市，接受数不清的彼此重复的采访。

"前两天，我接受了三十五个采访，有面对面的，也有电话的。"他以这种方式开头。他态度和气，声音似乎既有点尖厉又有点沙哑，但音量足够高，有一种显而易见的快活和兴奋。然后他谈起这本书如何畅销，在不到一个月内印量就达到了二十五万册。对我而言，接下来是一段艰难的心理适应期。余华谈起了他如何在当当网上查看跟帖，发现其中大部分人都持肯定态度，甚至还抱怨了新浪网的发言限制，它影响了更多人对《兄弟》作出评价。"没有比一口气读完更好的评价了，"他说，"我对于这些网友的评价比对那些批评家的更重视"。

事实上，他只愿谈论的，不是书本身，而是它引起的反响。至于作家的使命、叙述的艺术，这样的询问大部分被他一句带过。总之，他没有说出任何我所习惯的、一心期待的那种意味深远的语句。他斜坐在沙发上，右腿跷在左腿上，双手似乎总也安静不下来，不是摸摸这里，就是碰碰那里。随着谈话的继续,他身体倾斜的角度越来越大,以至于我担心他会像上课时调皮的小学生一样从课椅出溜到地板上。过程中，他还会穿插着接一两个采访电话，把刚刚对我们说的一段话再公平地送给对方。一些时刻，眼前的情景让我恍惚，仿佛是面对一个精明的商人在沿街兜售他的拨浪鼓。

谁都读得出他的随和里面蕴含的自负。他为自己在《兄弟》中的粗糙语言辩护说："如果你习惯了《许三观卖血记》的开头，不一定喜欢现在这么嘈杂的开头。况且，他还相信："凡是容量足够大的作品，就无法同时做到精致，它们必然是冲突的。"

"这是两个时代相遇以后出生的小说，前一个是'文革'中的故事，那是一个精神狂热、本能压抑和命运惨烈的时代，相当于欧洲的中世纪；后一个是现在的故事，那是一个伦理颠覆、浮躁纵欲和众生万象的时代，更甚于今天的欧洲。一个西方人活四百年才能经历这样两个天壤之别的时代，一个中国人只需四十年就经历了。四百年间的动荡万变浓缩在了四十年之中……"在《后记》中，余华为小说的基调作出了说明，这种说明对于小说家而言显得过分直白。

谈话时，他斜坐在沙发上，右腿跷在左腿上，双手似乎总也安静不下来

这种对比的确让他亢奋异常。今日中国社会的光怪陆离与"文革"时的普遍性的疯狂，一样给他刺激与灵感，前者是欲望的极度泛滥，而后者是欲望的极度压抑。他不止一次地说，新浪的社会新闻给予他源源不断的灵感，他相信这种荒诞性给予了中国作家令人嫉妒的创作题材，就像南美洲大陆的混乱曾经给予魔幻现实主义作家的刺激一样，一个把自己家的祖坟修建得像人民英雄纪念碑的河北农民，与《百年孤独》里长尾巴的情节难道没有相似之处吗？

在《兄弟》里，在谈话时，那个我臆想中从容而富有节奏感的余华缺席了，取而代之的是一个有着旺盛的生命力、有点世俗的浙江海盐人，只是看不出他是否给人拔过牙。但我得承认，他的确没有必要将他那更为敏感、深情的一面暴露给我们，过多的采访使他必须学会机械而礼貌地应对，采访者不是他小说里的主人公，不需要鲜明的个性、被认真地对待，我猜想，他根本不会留意你是谁，重要的是，他需要把这本书推广出去，这是双方都需要的工作。不过，当他偶尔说到司汤达的于连握到德瑞纳夫人的手的那一段描写时，那个我期待的余华显灵了，"那么一个简单的动作，它惊心动魄地就像拿破仑的一场战役"，他在说完后，还不忘加上一句，"真他妈的精彩。"他说起了他的妻子和《收获》杂志的两位编辑是他最好的评判者时，那种真诚简直令人感动。

写作长篇小说是一项艰难而漫长的训练。余华不断地强调说，体力肯定比才华更关键。"有些时候你兴奋不起来，不是别的原因，而是因为你的身体不够兴奋。"余华说。漫长的努力随时可能被一次小胃病或是意外的感冒击垮，所以在写作期间，他经常要突击性地锻炼，以使自己的身体健康并兴奋起来。《兄弟》是不到十个月的产物，之前他在美国讲学，在东部与西部之间游荡，再之前他已经一个字一个字地敲出了三十几万字。"它或许符合你的期待，语言比'许三观'还精致。"最终，他还是让它安静地留在了硬盘里。他需要突破，就像他的朋友朱伟说的："他需要写一些和之前的《活着》《在细雨中呼喊》不一样的东西。"

"成为先锋派的一个重要原因是他始终不满足于现状。过去，几乎我的每一篇小说都能引起评论，如果我用我所熟练、被称为"余华式"的写作方式继续写下去的话，写到今天也会受欢迎……但是，我就是不满意我写不出更好的东西……我就发现必须否定自己，这时我就是另一种意义上的先锋派了。"在 1996 年那篇《我永远是个先锋派》的访谈中，他对许晓煜说。

"十三年前，《活着》刚刚发表的时候，文学批评界一片否定之声。他们的否定很奇怪，就是认为我这样的先锋作家不应该写这样的小说。而《兄弟》也可能类似。"2005年时，1996 年的那段表白再次找到了呼应："一部小说刚出版的时候，一片叫好的话是比较可怕的，因为它可能是短命的。当你是一片批评的时候，往往生命力会很强。"

谈话的气氛从未热烈起来，就像夏日闷闷的夜晚，你看到云层厚积，风已起，却不见雷电的到来。有几次，明显的冷场出现了。我始终未能从惊奇感中摆脱出来，而余华则依旧保持着他的心不在焉，却没有丝毫急躁的情绪。他的妻子正在和十二岁的儿子在大院的活动室里打乒乓球，他得意于儿子发现了《三剑客》《基度山伯爵》《大卫·科波菲尔》比《哈里·波特》更好看，两天后他准备要去新加坡参加一个文学节。一直到 9 月 3 日之前，他不准备从事任何紧张的精神活动，决定这个日期的原因是他在那天将到新浪做客聊天，谈《兄弟》。之后，他就准备回到小说里，回到李光头与宋钢的命运里，外部世界不再与他有任何关联。

我们起身告别，他站起来送行，松松垮垮的姿态，就像是和隔壁的邻居吹完牛后，带着不愿继续、也不愿意结束的漫不经心。那一瞬间，我又想起了那个二十二岁的小镇牙医，他站在医院的橱窗前，看着空空的街道发呆，看到文化馆的职员以工作的名义在大街上闲逛时心生羡慕；也想起了《活着》开头里那个把毛巾别在腰带上，走起路来啪哒啪哒打在屁股上，走在乡间与田野里采风的年轻人；或许还有那个小学生，他把所有的鞋都穿成了拖鞋，把所有的课本都卷成了圆柱体，塞在口袋里……

那次见面使我精心塑造的余华形象破裂，我甚至怀疑把文学解读得让人心神荡漾的人可能根本不是他，不过是一个精灵恰巧寄居在他体内。

两周后，我从《兄弟》的第三章读起。我放松了要求，它比我从前的感觉好得多。其中一些段落让我感动。我记得宋钢在进城时，把青菜放在李光头家门口，然后再回去卖菜；两个孩子在小镇的街道上疯狂地跑着，寻找着毫无血缘关系的另一个兄弟；他们在看到曾经高大无比的父亲瞬间变成了一个软弱无力的人时的心情……语言依旧粗糙，但我开始期待它的下半部，或许它将呈现出另一个让你惊叹的世界，或许它可能继续延续了上半部的水准。

《兄弟》即使不能与之前的作品相比，也是一部不错的作品。余华毫不犹豫地向我表明，一个作家的创造力没有枯竭之时，只要身体状况良好，他就可以继续写下去，因此"在一个作家没有到达八十岁之前，不要轻易给他下判断"。不管这是真正的自信还是盲目的自负，都表明《兄弟》是余华的一个旅程的开端、转折点的作品，不是因为它多么杰出，而是它标志着新的可能性。当然，对于余华来说，所有的写作都理应是为作家的内心服务的（尽管他其实也不可避免地很在乎市场的承认），那么别人的评价就更不值得理会了。

在《兄弟》里，一个余拔牙，占据了几百字的形象，让我再次想起了那个年轻的、闷得发慌、一心想周游世界的牙医余华。在过去的二十三年里，他的个人故事正像很多作品中的主题：命运是如此难测、不可言说。但在这种充满诡谲的命运里，每个人却可能依靠不同类型的奇特力量而与命运共处，并总是抵达一个陌生的奇妙之地。正如余华在1997年对青年时代写作的回忆："在潮湿的阴雨绵绵的南方，我写下了它们，我记得那时的稿纸受潮之后就像布一样地柔软，我将暴力、恐惧、死亡还有血迹写在了这一张张柔软之上。这似乎就是我的生活，在一间临河的小屋子里，我孤独地写作，写作使我的生命活跃起来，就像波涛一样，充满了激情。"

四

下半部的《兄弟》，没给我带来喜悦，事实上，它惊人的糟糕。乡镇企业家的粗鄙欲望、处女选美大赛、隆胸药的推销员，让余华津津乐道的荒诞轶闻是小说的主角。原本的主人公消失了，他们的勉强存在似乎就是为了串联起这些碎片。余华在拼命地追赶这个光怪陆离的镀金时代，以完成他最初设定的雄心——中国人在六十年间的戏剧性转变。他太沉浸在这些荒诞的奇观中，为此乐不可支，却没兴趣做出任何细腻与深入的探究。你也感觉得出，即使是这些荒诞，他也缺乏足够体验，他依赖的是报纸、网络与谈话中的新闻与传言。

《兄弟》让严肃读者备感失望，但它仍带来市场的成功，不仅在中国市场，也在全球范围。在剑桥的闹市区，巴黎第八区的小书店，还有班加罗尔发着霉味的二楼书店，我都见到了不同版本的《兄弟》。余华，就像张艺谋的电影、海尔电器，是我在旅行时碰到的少见的中国标志之一。从美国到欧洲，他穿梭在一座又一座城市间，发表演讲、接受采访，为陌生人讲解当代中国。一位中国记者发现，余华已变成一名技巧高超的演讲者，自如地控制语气、节奏，知道何时该插入一个笑话了。小牙医不仅变成了大作家，还变成了国际明星。

看到英文版的《兄弟》时，离我上次、也是唯一一次见到余华，五年过去了。中国变化的速度比所有人预想的都更快。五年前，人们还尝试性地探讨中国崛起，今天则不容置疑地宣称"中国统治世界"。人们总是先被物质力量震惊，才会感兴趣它的内涵。这个"要统治世界"的中国到底怎样思考，有着怎样的内心？

鲁迅曾经抱怨这是个"无声的中国"，中国人不分析自身。八十年过去了，中国仍是"无声"的，谁也说不清这个国家内部的复杂变化。但中国远不是那个衰退、仅富有观赏价值的古老文明，而可能决定世界的命运。世界理解中国的欲望更为强烈。中国当代艺术家、电影导演，还有中国模式的理论家们，涌入了西方市场，他们是窥探中国内部的捷径。

余华是这股浪潮中最重要的作家，《兄弟》符合外来者对于中国的期待。六十年来，它是人类行为的试验场，必然怪相丛生。余华曾把当代中国的混乱比作马尔克斯笔下的南美洲,它们都是"魔幻的现实"。但《兄弟》却与《百年孤独》相去甚远,中国的悲剧与荒诞没有激起深层的、普遍的情感,它变成了这股"中国热"中的消费品,充满了猎奇。

再次阅读余华,是因他的散文集《十个词汇里的中国》,借由"人民""领袖""阅读""写作""鲁迅""差距""革命""草根""山寨""忽悠"这十个词汇,余华希望能够"将当代中国的滔滔不绝,缩写到这十个简单词汇之中……跨越时空的叙述可以将理性地分析、感性的经验和亲切的故事融为一体……可以在当代中国翻天覆地的变化和纷乱复杂的社会里,开辟出一条清晰和非虚构的叙述之路。"在气质与主题上,它是《兄弟》的延续。余华似乎喜欢上了"中国解释者"的角色,他不仅通过虚构故事来描写中国,他还准备直接作出诠释。他或许也想追随很多伟大作家的道路,他们不仅说故事,还是个智者。

很多人对此表示赞叹,余华表现出一个中国作家罕见的勇敢。他在这本书里批评现实的腐败,批评政府对于高经济增长的过度依赖,在中国主流作家里,他是第一位这样做的。这也是令人心酸的赞叹,作家本应是一个社会天然的批评者，但在今天的中国社会，这态度倒成了例外。

我的感受是复杂的。是的，它仍有很多迷人之处，余华保持着叙述的从容，对生活中荒诞的敏锐捕捉，很多段落，尤其是与他的童年记忆相关的描写，仍让我哈哈大笑，它让我想起了十年前最初阅读到他的散文时的快乐。他觉察到中国历史的连续性，狂热的三十年革命与拜金浪潮的三十年，并没有表面上那么大的差别。"为什么我在讨论今日中国的时候总是会回到'文化大革命'时期？这是因为这两个时代紧密相连，尽管社会形态已经截然不同，可是某些精神内容依然惊人地相似。比如我们以全民运动的方式进行了'文化大革命'之后，又以全民运动的方式进行了经济发展。"他在《山寨》一章中写道。

与此同时，他的弱点也暴露了出来。和大多数同代作家一样，他没接受过太多的正规教育，他们几乎全部依赖于直接经验和个人感受力，借由中国社会提供的丰富素材，他们可能迸发出特别的创造力。但去理性地分析社会是另一回事，这需要你掌握更多的分析工具，更广阔的知识背景，而余华没有这个能力，在最初的敏锐发现之后，他没有能力探测得更深入、更全面，只能在同一种分析中打转，不断地重复。这情有可原，我们不该要求一位作家也是思想家。

随着阅读的深入，我慢慢意识到这不仅仅是知识结构与分析能力的问题，它可能还蕴含着某种更深的危机，这危机不仅与余华有关，也是一代中国作家的困境。它或许还解释了《兄弟》让我不适的原因。

不管是《兄弟》还是《十个词汇里的中国》，余华从未试图进行真正的道德与价值上的追问。他聪明地列举种种例证，质疑流行的观念，在时空中穿梭，但他从未试图作出追问——倘若眼前问题重重，到处是欺骗与躁动，什么才是有意义的人生与社会？

这种追问不是为了找到"怎么办"式的答案，而是重建意义系统的努力。正因为缺乏这种追问，中国的苦难与荒诞，才仅仅变成了观赏与消费，它转化不成更普遍的人类经验与更高级的艺术表现。这或许与余华这一代人的经历相关，他们出生与成长在一个充斥着空洞道德的年代，在多年的欺骗后，道德与意义彻底破产了，人们再不相信这些光辉的词汇。嘲讽与功利主义变成了自我保护与自我实现的主要方式。这也解释了《活着》这本小说和这个词汇，能让这么多中国人心颤不已，在一个意义崩溃的时代，唯有活下去的动物本能才是真实的，而余华为这卑微的欲望赋予了更高（某种程度上，也是不存在）的意义。

　　道德与意义追问的缺失，也表现到余华的叙述上。只有个人责任，才是道德与意义的最终承载者。一直以来，他宣称要为内心写作，但他从未试图逼近自己的内心。在阅读《十个词汇里的中国》时，你会强烈地感觉到，他在为一群国外的读者写作，他简单化、说明式、方向明确地努力，盖过了想要探索的欲望和必然伴随的未知。在行文里，他也从未自我质疑与追问，仿佛一切就是如此。我在他的文字里，看不到他的内心，他精明地组合文字与感受，他太精明了，他的产物精美却没有灵魂。

　　对意义的放弃，也多少解释了《兄弟》中混乱的叙述。因为缺乏内在的价值与意义，杂乱的社会现象在小说中也以杂乱的描述出现，他没有净化它们，只任由它们蔓延。我要承认，我的怀疑可能太苛刻了。这种情绪就像是一次逆反。昔日过度崇拜，而现在则太过刻薄。我多么希望，余华能如他五年前所说，把作家的创作力维持到八十岁。但如今，我很怀疑这一点，因为他缺乏那股真正的道德激情，正是这激情，而不是敏锐与机巧，才是驱动一个伟大作家的真正源泉。

余华：活在喧嚣的国度